MEURTRE AU CARNAVAL

TAMI HOAG

MEURTRE AU CARNAVAL

ROBERT LAFFONT

Titre original :

A THIN DARK LINE

traduit de l'américain
par Johan-Frédérik Hel Guedj

ISBN 2-266-08084-9

Ce livre est dédié à toutes les victimes qui attendent que justice leur soit rendue, et aux professionnels chargés d'appliquer la loi, qui tendent vers cette justice avec une détermination résolue.

Note de l'auteur

Ceux qui me lisent depuis longtemps le savent, *Meurtre au Carnaval* s'inscrit dans l'un de mes décors favoris — le Triangle français de la Louisiane. Aux États-Unis, ce site n'a pas son pareil — écologiquement, sociologiquement, culturellement, linguistiquement. J'ai fait de mon mieux pour vous rapporter un peu du parfum capiteux de cette région, notamment en me servant, ici et là, du français cajun, un patois aussi singulier, pour la Louisiane, que peut l'être, pour La Nouvelle-Orléans, cette musique que l'on appelle le *gumbo*. J'ai puisé mes sources dans le *Dictionnaire de la langue cajun*, de Monseigneur le Révérend Jules O. Daigles, et le *Français cajun courant*, de Randall P. Whatley et Harry Jannise.

Mes sincères remerciements et toute mon estime au shérif Charles A. Fuselier, du comté de Saint-Martin, Louisiane, pour l'emploi généreux qu'il a fait de son temps et de son savoir ; pour m'avoir accompagné dans un véritable périple autour du pays bayou et pour m'avoir donné une leçon de politique louisianaise. Vos histoires étaient excellentes, shérif, et la nourriture encore meilleure. Merci ! Merci également au shérif adjoint Barry Reburn, mon consultant maison en matière de procédure policière. Toutes les erreurs commises ou toutes les libertés prises au nom de la fiction le sont de mon fait.

Remerciements à Kathryn Moe, de l'agence immobilière Coldwell Banker, Rochester, Minnesota, qui, sans le vouloir, a planté la petite graine d'une idée macabre, en proposant que l'on attende la visite de contrôle du réparateur de chaudières. J'espère que cela ne vous donnera pas de cauchemars. Et merci encore une fois à Dina Dreyer, pour m'avoir communiqué le virus du patois de ce pays.

Le Rat, merci à toi, où que tu sois.

Et enfin, mes remerciements tout particuliers à Dan, qui ne s'est jamais formalisé que je lui remette toujours mon texte à la limite du délai imparti.

Cache ton cœur sous le lit et ferme à clé ton tiroir secret
Vide les anges de ta tête, tu n'auras plus besoin d'eux
L'amour est un démon et tu es celle qu'il vient chercher.
Oh, Seigneur.

« Est-ce que je pourrais être ta fiancée ? »
Jann ARDEN RICHARDS

Prologue

« Le rouge est la couleur de la mort violente. Le rouge est la couleur des sentiments extrêmes —

amour, passion, cupidité, colère, haine.

Émotions — je crois qu'il vaut mieux ne pas en avoir.

Il est plus heureux de ne pas en avoir.

Amour.

Passion.

Cupidité.

Colère.

Haine.

Les sentiments s'entraînent l'un l'autre, en un cercle. Plus vite, plus fort, ils se fondent dans la violence. Là-dessus, je n'avais aucun pouvoir.

Amour.

Passion.

Cupidité.

Colère.

Haine.

Ces mots palpitaient dans ma tête, chaque fois que je plongeais le couteau dans son corps.

Haine.

Colère.

Cupidité.

Passion.

Amour.

La ligne qui les sépare est fine et rouge. »

1.

Son corps gît sur le sol. Ses bras graciles, grands ouverts, paumes vers le ciel. La mort. Froide et brutale, étrangement familière.

Lorsque le juge émergea de la salle du conseil, tout le monde se leva, à l'unisson. L'honorable Franklin Monahan. La figure de proue de la justice. La décision serait sienne.

Des mares noires de sang dans le clair de lune argenté. Vidée de sa vie, une flaque sur le parquet dur en bois de cyprès.

Richard Kudrow, l'avocat de la défense. Mince, gris, les épaules voûtées, comme si la ferveur de la justice avait brûlé en lui tout excédent de chair, pour se mettre à consumer la masse musculaire. Des yeux perçants et une voix forte démentaient cette image de fragilité.

Son corps nu, gravé à la pointe du couteau. Une œuvre d'art violent.

Smith Pritchett, le procureur. Vigoureux et aristocratique. Quand il leva les mains en un geste de supplication, l'or de ses boutons de manchettes accrocha la lumière.

Des cris de miséricorde étouffés par l'ombre froide de la mort.

Lorsque Monahan prononça son jugement, le chaos et l'indignation parcoururent la foule en une vague sonore. La petite bague montée d'une améthyste ne figurait pas sur la liste du mandat de perquisition au domicile du prévenu et, de ce fait, elle sortait du cadre de ce mandat et n'était pas susceptible d'être prise en compte.

Pamela Bichon, trente-sept ans, séparée, mère d'une fille de neuf ans. Brutalement assassinée. Éviscérée. Son corps nu retrouvé dans une maison vacante de Pony Bayou, les paumes percées de pointes plantées dans le parquet ; à travers les fentes d'un masque de Mardi gras fait de plumes, ses yeux vides, fixes, tournés vers le haut, ne regardent rien.

Pourvoi rejeté. En sortant du palais de justice du comté de Partout, la foule s'éparpilla, dépassa les lourdes colonnes doriques, descendit les larges marches, essaim bourdonnant d'humanité, et fit cercle autour des personnages clés du drame qui venait de se dénouer dans la salle d'audience du juge Monahan. Smith Pritchett attacha son regard perçant à la Lincoln bleu marine qui l'attendait et lâcha une suite staccato de « sans commentaires » à des journalistes pris de frénésie. Toutefois, Richard Kudrow, lui, interrompit sa descente en plein milieu des marches.

Malaise, voilà le mot qui vint immédiatement à Annie Broussard, lorsque la presse encercla le procureur et son client. Comme tous les autres adjoints rattachés aux services du shérif, elle avait espéré, contre toute attente, que Kudrow échouerait dans sa tentative de faire exclure la bague de la liste des preuves. Tous, ils avaient espéré que ce serait à Smith Pritchett de pavoiser sur les marches du palais de justice.

La voix du sergent Hooker crépita dans la radio portative.

« Savoy, Mullen, Préjean, Broussard, allez au-devant de ces foutus journalistes. Mettez-moi un peu de champ entre cette foule et Kudrow et Renard, avant que tout ça ne tourne à la partouze. » La main posée sur la poignée de sa matraque, les yeux sur Marcus Renard lorsque Kudrow prit la parole, Annie se fraya un chemin entre tous ces corps. Renard se tenait aux côtés de son avocat, l'air gêné de toute cette attention qui se concentrait sur lui. Il n'était pas homme à se faire remarquer. Paisible, sans prétentions, architecte au sein de l'entreprise Bowen & Briggs. Pas monstrueux, pas beau. Des cheveux bruns, soigneusement coiffés — qui perdaient leur épaisseur —, et des yeux noisette qui avaient l'air un peu trop grands pour leurs orbites. Il se tenait debout, les épaules voûtées et la poitrine rentrée, l'ombre de son avocat, en plus juvénile. Sa mère se tenait une marche au-dessus de lui, une femme mince, avec une expression effarouchée, et une bouche aussi mince et aussi rectiligne qu'un trait d'union.

— Certaines personnes diront que ce jugement est une parodie de justice, fit Kudrow d'une voix forte. La seule parodie de justice qui ait été perpétrée ici l'a été du fait des services du shérif du comté de Partout. Leur soi-disant enquête, qu'ils ont conduite sur la personne de mon client, n'a été rien d'autre qu'une forme de harcèlement. Deux précédentes perquisitions au domicile de M. Renard n'ont rien mis en évidence qui aurait pu le lier au meurtre de Pamela Bichon.

— Êtes-vous en train de suggérer que les services du shérif ont manipulé des pièces à conviction ? lança un journaliste.

— M. Renard a été la victime d'une enquête serrée, menée de façon fanatique par l'inspecteur Nick Fourcade. Vous êtes tous au courant, depuis son passage au sein du commissariat de police de La Nouvelle-Orléans, des états de service de Fourcade et de la réputation qui a accompagné son arrivée dans ce comté. L'inspecteur Fourcade a prétendument trouvé cette bague au domicile de mon client. Tirez-en vos conclusions vous-mêmes.

Comme elle jouait du coude pour passer devant un cameraman, Annie put voir Fourcade se retourner, une demi-douzaine de marches au-dessous de Kudrow. Les caméras cadrèrent sur lui précipitamment. Son expression était celle d'un masque de pierre, ses yeux dissimulés par une paire de lunettes à verres chromés. Une cigarette se consumait lentement entre ses lèvres. Son caractère était chose légendaire. Dans tout le service, les rumeurs abondaient selon lesquelles il n'était pas tout à fait sain d'esprit.

Il ne répondit rien à l'insinuation de Kudrow, et cependant l'air, entre eux, parut épaissir. Dans l'attente, la foule retint son souffle. Fourcade retira sa cigarette de sa bouche et l'envoya rouler par terre, en rejetant la fumée par les narines. Annie posa un pied sur une marche, pour se rapprocher de Kudrow ; ses doigts entourèrent la poignée de sa matraque. Dans le battement de cœur qui suivit, Fourcade bondissait vers le haut des marches — droit sur Renard, en hurlant : « NON ! »

— Il va le tuer ! vociféra quelqu'un.

— Fourcade ! tonna la voix de Hooker, et le gros sergent se jeta brusquement après lui, en tendant la main pour l'attraper par le dos de sa chemise, mais il la manqua.

— Vous l'avez tuée ! Vous avez tué ma petite fille !

Ces cris de supplicié déchirèrent la gorge de Hunter Davidson, le père de Pamela Bichon, qui se jeta vers le bas des marches, sur Renard, les yeux exorbités, et, d'un bras, fouetta l'air avec sauvagerie, l'autre main se refermant sur un .45.

De l'épaule, Fourcade écarta Renard, saisit le poignet de Davidson, et le propulsa vers le ciel à l'instant où le .45 jappait un coup de feu, des cris s'élevant de toute part. Annie heurta Davidson par le côté droit ; son corps bien plus menu entra en collision avec le sien, juste au moment où Fourcade se jetait de tout son poids contre le bonhomme. Les genoux de Davidson ployèrent et tout le monde tomba dans un enchevêtrement de bras et de jambes, de grognements et de hurlements, dévalant brutalement jusqu'au bas des marches, Annie coincée au pied de cette masse humaine.

— Il l'a tuée ! sanglota Hunter Davidson, et son grand corps se fit tout mou. Ma fille ! Il l'a massacrée !

Annie se tortilla pour se dégager, se redressa et s'assit, avec une grimace. Tout ce qu'elle parvint à se dire, c'était qu'aucune douleur physique ne pouvait se comparer à ce que cet homme devait avoir enduré. Balayant en arrière les mèches de cheveux noirs qui s'étaient libérées de sa queue-de-cheval, elle passa, avec précaution, les doigts sur la bosse qui enflait au-dessus de sa nuque. Ses doigts en ressortirent collants de sang.

— Prenez ça, ordonna Fourcade à voix basse, en tendant le pistolet de Davidson à Annie, crosse en avant.

Le visage fermé, il se pencha sur Davidson et posa une main sur son épaule, alors même que Préjean lui passait les menottes.

— Désolé, murmura-t-il. J'aimerais bien pouvoir vous laisser l'tuer.

Annie se remit sur ses pieds et essaya de réajuster le gilet pare-balles qu'elle portait sous sa chemise. Hunter Davidson était un homme bon. Un planteur honnête, dur à la tâche, qui avait mis sa fille au collège, sa fille qui avait remonté l'allée de l'église à son bras, le jour où elle avait épousé Donnie Bichon. Le meurtre l'avait déchiré, et le déni de justice qui s'était ensuivi l'avait conduit à cette issue désespérée. Et ce soir, il coucherait en prison, tandis que Marcus Renard dormirait dans son lit.

— Broussard ! lança Hooker avec irritation, en surgissant subitement devant elle, porcin et monstrueux. Donnez-moi ce pistolet. Ne restez pas là comme une cruche. Descendez jusqu'à cette voiture de patrouille et ouvrez ces sacrées portières.

— Oui, monsieur.

Pas très assurée sur ses pieds, elle entreprit de contourner la foule pour passer derrière. Une fois tout danger écarté, la presse était à nouveau traversée de clameurs, et se montrait encore plus frénétique. L'entourage de Renard s'était fait éjecter de l'escalier. À présent, l'attention se tournait vers Davidson. Les cameramen se bousculaient pour prendre des clichés du père pris d'abattement. Des microphones se tendaient vers Smith Pritchett.

— Allez-vous procéder à une inculpation, monsieur Pritchett ?

— Monsieur Pritchett, quelle sorte de chefs d'inculpation allez-vous retenir ?

Pritchett les dévisagea, furieux.

— Ça reste à voir. S'il vous plaît, reculez, et laissez les fonctionnaires de police faire leur travail.

— Davidson n'a pu obtenir justice de la cour, alors il a cherché à se faire justice lui-même. Vous sentez-vous responsable, monsieur Pritchett ?

— Nous avons fait de notre mieux avec les pièces à conviction dont nous disposions.

— Des pièces entachées d'irrégularité ?

— Je n'ai réuni aucune pièce à conviction de ce type, rétorqua-t-il, cassant, et il commença de remonter les marches en direction du palais de justice, le visage aussi écarlate que s'il venait de prendre une insolation.

En claudiquant, Annie descendit les dernières marches et ouvrit la portière arrière de la voiture de patrouille bleu et blanc stationnée le long du trottoir. Fourcade escorta Davidson en sanglots jusqu'à la voiture, avec Savoy et Hooker juste derrière eux, flanqués de Mullen et Préjean. La foule se précipita à leur suite pour se porter à leur hauteur, comme des invités à un mariage qui raccompagnent le couple.

— Fourcade, vous vous occupez d'aller le boucler ?

demanda Hooker, tandis que Davidson s'engouffrait sur la banquette arrière.

— La barbe ! grommela Fourcade en claquant la portière. Ici, aujourd'hui, ce n'est pas lui qui a commis le pire des crimes. Même s'il avait tué c'te fils de pute. Bouclez-le vous-même.

Cette altercation fit monter un afflux de sang au visage de Hooker, mais il ne dit rien lorsque Fourcade traversa la rue vers une Ford 4 × 4 noire et cabossée, monta dedans, et démarra dans la direction opposée à la prison du comté. Le shérif lui passerait un savon plus tard, se dit Annie tout en rejoignant sa propre voiture radio. Mais pour l'heure, un vice de procédure était le dernier des soucis de Fourcade et, s'il y avait quoi que ce soit de vrai dans les propos de Richard Kudrow, le dernier de ses péchés.

2.

— Il est coupable, déclara Nick.

Ignorant la chaise qu'on lui avait proposée, il arpentait les limites exiguës du bureau du shérif, l'adrénaline brûlant en lui comme la flamme bleue du gaz.

— Alors, comment se fait-il qu'on n'ait que dalle contre lui ?

Le shérif August F. Noblier restait sur son siège, derrière son bureau. Bourru, le cuir épais, il faisait de gros efforts pour affecter une attitude calme, empreinte de rationalité, tandis que les concepts avaient l'air de jaillir du crâne de Fourcade. Gus Noblier avait fait respecter la loi dans le comté de Partout, bon an, mal an, durant quinze des cinquante-trois années de sa vie — trois mandats consécutifs, une élection perdue contre Duwayne Kenner à cause de transferts d'électeurs d'un bureau à un autre et autres tripatouillages, avant une quatrième victoire. Il aimait ce boulot. Il le faisait bien. Ce n'est qu'au cours des six derniers mois — depuis qu'il avait engagé Fourcade — qu'il s'était découvert une envie soudaine de comprimés d'Antacide.

— On avait cette foutue bague, répliqua sèchement Fourcade en plaquant d'une main ses cheveux noirs.

— Vous saviez qu'elle ne figurait pas sur le mandat. Vous vous doutiez bien qu'elle en s'rait exclue.

— Non. Je pensais que peut-être, pour une fois dans ce système, quelqu'un ferait usage de son bon sens. *Mais sa c'est fou !*

— C'est pas fou, insista Gus, en transcrivant automatiquement cette expression de français cajun. Nous sommes en train de parler de lois, Nick. Si les lois sont là, c'est qu'il y a une raison. Quelquefois, il faut s'les plier. Quelquefois, il faut se faufiler autour. Mais nous ne pouvons pas faire comme si elles n'existaient pas.

— Alors qu'est-ce qu'on est censé faire, nom de Dieu ? demanda Fourcade, sur un ton de sarcasme mordant et avec un haussement exagéré des épaules. Laisser la bague au domicile de Renard, revenir, et tâcher d'obtenir un autre mandat ? Pour obtenir ce mandat, pas question d'avoir recours à l'argument « pièce à conviction en évidence ». Nom de Dieu, cette bague, elle n'était pas là, posée bien en vue. Bon, alors ? Filer un membre de la famille de Pamela Bichon et jouer aux vingt questions ?

Il ferma les yeux, paupières serrées, et se pressa le front du bout des doigts.

— Attendez un peu que je réfléchisse, je pense à un petit quelque chose, qui appartenait à Pam, et qui pourrait bien avoir disparu. Vous tous, vous d'vinez pas ce que ça pourrait être, ce petit quelque chose ? *Mais non*, j'ai pas le droit de me pointer et de vous le dire. Ce serait contre ces règles à la con !

— Bon sang de bonsoir, Nick !

L'irritation fit se lever Gus d'un coup et son visage s'injecta d'une couleur malsaine. Même son crâne rosissait à travers le gris fer de sa coupe en brosse. Il cala les mains sur sa taille épaisse et fixa son regard sur Fourcade en se penchant par-dessus son bureau. Avec son mètre quatre-vingt-neuf, il avait six centimètres de plus que son inspecteur, mais Fourcade était bâti comme un boxeur poids lourd léger — tout en puissance et en muscles, et avec trois pour cent de graisse dans le corps.

— Et pendant qu'on était tous en train de remonter nos pistes, en faisant en sorte de les respecter, ces lois, poursuivit Fourcade, vous ne croyez pas que Renard serait allé la balancer dans le bayou, cette bague ?

— Vous auriez très bien pu laisser Stokes sur place avant d'y retourner. Et à ce moment-là, pourquoi est-ce que

Renard ne l'avait pas déjà balancée, cette bague ? Nous nous étions rendus à son domicile deux fois...

— Jamais deux sans trois.

— Il est plus malin que ça.

De toutes les choses que Nick risquait de s'entendre dire, ou insinuer, de la bouche de Gus Noblier, il ne s'était pas attendu à ça. Il se sentit piégé, et puis crétin, et ensuite il se dit que cela importait peu. Mais tel n'était pas le cas.

— Vous pensez que je suis allé la planquer sur les lieux moi-même ? fit-il d'une voix dangereusement radoucie.

Gus lâcha un soupir du bout des lèvres. Entre ses paupières plissées, il lança un regard rapide à hauteur du menton de Nick, avant de ricocher autre part.

— Je n'ai pas dit ça.

— Ce n'était pas la peine. Nom de Dieu, et moi, vous ne me croyez pas plus malin que ça ? Vous ne croyez pas que, si j'avais su ce que j'allais trouver là-bas avant d'y aller, j'aurais eu assez de jugeote pour inscrire cette bague sur la liste de ce foutu mandat ?

Le shérif se renfrogna, accentuant ainsi les lignes tombantes de son large visage.

— Je ne suis pas de ceux qui vous considèrent comme un flic dévoyé, Nick. Ça, c'est le jeu de Kudrow, et il a la presse pour y jouer avec lui.

— Et je suis supposé ne rien en avoir à branler ?

— Vous plus que quiconque. Cette affaire fout la trouille à un tas de gens. Ils voient des tueurs partout dans l'ombre et ils veulent qu'on coffre quelqu'un.

— Renard...

Gus leva une main en l'air.

— Épargnez votre salive. Dans cette histoire, nous voulons tous une condamnation. Je suis simplement en train de vous expliquer à quoi ressemble cette histoire et à quel point elle peut être tordue. Kudrow sème suffisamment le doute, on ne le coincera jamais, ce salopard. Je suis donc en train de vous demander de vous surveiller.

Nick laissa filer la poche d'air qu'il avait retenue en lui, se détourna du bureau en désordre, et se remit à arpenter la pièce, mais avec moins d'énergie.

— Je suis un inspecteur, pas un fonctionnaire à la con en charge des bonnes relations au sein de la collectivité. Je ne fais que mon boulot.

— En ce qui concerne Marcus Renard, votre boulot, vous ne pouvez pas le faire. Pas pour l'instant.

— Alors qu'est-ce que je suis censé faire ? Aller voir une gitane pour qu'elle me tire d'autres suspects ? Faire porter le soupçon sur quelqu'un d'autre, juste pour rester dans les règles ? Avaler cette théorie de merde, comme quoi ce meurtre est l'œuvre d'un tueur en série, dont tout le monde sait qu'il s'est déjà fait poinçonner son ticket il y a quatre ans ?

— Vous ne pouvez pas continuer à vous appuyer sur Renard, Nick. Pas sans une preuve solide ou sans un témoin ou sans au moins quelque chose. C'est de l'acharnement, et il va nous traîner en justice par tous les moyens possibles et imaginables.

— Oh, ben alors, Dieu fasse qu'il ne nous traîne pas en justice, ricana Nick. Un meurtrier !

— Un citoyen ! aboya Gus en laissant retomber une pile de dossiers sur son bureau avec un bruit lourd. Un citoyen avec des droits et un sacré bon avocat pour s'assurer qu'on les respecte. C'est pas à un salopard aux mœurs dépravées que vous avez affaire. C'est un architecte, nom de Dieu !

— C'est un tueur.

— Alors vous le pincez, et vous le pincez dans les règles. J'ai eu assez d'ennuis dans ce comté, avec une moitié des gens qui croyait que l'Étrangleur du Bayou s'était levé d'entre les morts, et l'autre moitié qui brûlait de lyncher quelqu'un — Renard, vous ou moi. Il y a déjà suffisamment le feu à la basse-cour, je n'ai pas besoin que vous alliez jeter de l'essence dessus. Il ne faudrait pas venir me provoquer sur ce terrain-là, Nick.

— Qu'est-ce que vous êtes en train de me dire ? releva Nick. Que je fasse marche arrière ? Ou alors vous voulez que je me retire complètement de cette affaire, Gus ?

Il attendait la réponse de Noblier avec impatience. Cela lui faisait un peu peur, tant cela lui importait. C'était le premier meurtre dont il avait à s'occuper depuis son départ de La Nouvelle-Orléans, et ce meurtre l'avait aspiré, il avait consumé sa vie. Le meurtre Bichon avait pris le pas sur tout ce qui se trouvait sur son bureau et dans sa tête. D'aucuns auraient appelé cela de l'obsession. Il ne pensait pas avoir franchi cette ligne, mais en fait peut-être se trouvait-il au beau milieu d'une épaisse forêt, et peut-être les arbres lui cachaient-ils cette forêt. Ce ne serait pas la première fois.

Ses mains s'étaient crispées et il gardait les poings sur les hanches. Il ne pouvait se résoudre à laisser tomber.

— Pour l'amour du ciel, restez profil bas, lui conseilla Gus avec résignation, tout en s'affalant dans son fauteuil. Laissez Stokes prendre une part plus importante dans cette affaire. Ne vous retrouvez pas en face de Renard.

— Il la voulait, Gus, et elle ne voulait pas de lui. Alors il l'a harcelée. Il l'a terrorisée. Il l'a enlevée. Il l'a torturée. Il l'a tuée.

Gus leva vers le ciel ses mains jointes.

— Ça, c'est notre preuve à nous, Nick. Tout le monde, dans l'État d'Louisiane, a beau savoir que c'est Marcus Renard qui a fait ça, tant que nous n'obtenons pas plus que ce que nous possédons déjà, cet homme est libre.

— *Merde*, bougonna Nick. Peut-être que j'aurais dû laisser Hunter Davidson le descendre.

— Alors c'est Hunter Davidson qui se serait retrouvé en procès pour meurtre.

— Pritchett va l'inculper ?

— Il n'a pas le choix. Gus attrapa un rapport d'arrestation sur son bureau, y jeta un œil, et le mit de côté. Davidson a essayé de tuer Renard devant cinquante témoins. Que cela vous serve de leçon, si vous avez l'intention de tuer quelqu'un.

— Je peux y aller ?

Gus posa sur lui un long regard.

— Vous n'avez pas l'intention de tuer quelqu'un, n'est-ce pas, Nick ?

— J'ai du travail.

Il était impossible de déchiffrer l'expression de Fourcade, impossible de lire ses yeux sombres. Il ajusta ses lunettes de soleil. L'estomac de Gus réclamait à grand bruit une dose de Mylanta. Il pointa un doigt sur son inspecteur.

— Vous tenez en laisse votre sale caractère de Cajun, Nick. Il vous a déjà fait atterrir le cul dans de l'eau assez chaude pour y faire bouillir une langouste. Faire porter le chapeau aux flics, c'est la mode, ces temps-ci. Et tout le monde a votre nom sur le bout de la langue.

Annie s'attarda sur le seuil de la porte ouverte, à l'entrée de la salle de réunions, une poche de glaçons fondus contre sa bosse. Elle avait troqué son uniforme sale et déchiré contre le jeans et le T-shirt qu'elle gardait dans son casier. Elle essayait de capter des bribes de la dispute qui avait lieu dans le bureau du shérif au bout du couloir, mais seul lui parvenait le ton de la conversation. Un ton d'impatience, de colère.

Avant même l'audience d'examen des pièces à conviction, la presse avait spéculé sur le fait que Fourcade allait perdre son boulot à cause de cette pagaille autour du mandat de perquisition, mais c'est que la presse aimait bien faire du bruit, sans comprendre grand-chose des subtilités du travail policier. Les journalistes avaient beaucoup écrit sur la déception suscitée dans l'opinion par l'incapacité des services du shérif à procéder à une arrestation, mais ils avaient tenu pour quantité négligeable la déception des flics qui travaillaient sur cette affaire. Ils avaient appelé à rien de moins qu'une pendaison publique du suspect, fondée sur rien de plus qu'une preuve par ouï-dire, avant de virer à cent quatre-vingts degrés et de désigner l'inspecteur en charge de l'affaire, quand il s'était enfin présenté avec quelque chose de tangible.

Personne ne détenait de preuve que Fourcade avait planqué cette bague chez Renard. Qu'il soit allé fourrer une pièce à conviction sans l'inscrire sur le mandat de perquisition, cela n'avait aucun sens. Selon toute probabilité, Renard n'avait pas imaginé que l'on perquisitionnerait à son domicile une troisième fois, et il avait mis la bague dans un tiroir. Les auteurs d'homicides à connotation sexuelle ont tendance à conserver des souvenirs de leurs victimes. C'était un fait avéré.

Trois mois avant le meurtre de Bichon, à l'école de police de Lafayette, Annie avait suivi le séminaire consacré aux prédateurs sexuels. Elle avait pris autant de cours supplémentaires que possible, dans la perspective de devenir un jour inspectrice. C'était son objectif — travailler en civil, plonger en profondeur dans les mystères de crimes que, pour l'heure, elle n'abordait qu'en demeurant cantonnée en lisière de l'affaire.

Les diapositives que l'instructeur leur avait montrées étaient horribles. Les meurtres, d'une cruauté et d'une brutalité indicibles. Des victimes torturées et mutilées d'une manière qu'aucun individu sain d'esprit n'aurait jamais pu imaginer, même dans ses pires cauchemars. Mais à présent elle n'avait plus à imaginer. C'était elle qui avait découvert le corps.

Au cours du week-end où Pamela Bichon avait disparu, Annie n'était pas en service. Lors d'une patrouille de routine le lundi matin, elle s'était retrouvée attirée par une maison vacante, à Pony Bayou. L'endroit était en vente depuis des mois, bien que les locataires n'aient déménagé que cinq ou six semaines auparavant. Une enseigne rouillée, au nom de Bayou Immobilier, était tombée sur un bas-côté de l'allée où l'herbe avait poussé à foison. Elle avait lu un article dans le magazine *Police*, qui l'avait amenée à tourner dans cette allée — il évoquait le nombre de femmes agents immobiliers qui, chaque année, se laissaient entraîner dans des propriétés isolées, avant d'y être violées et assassinées.

Dissimulée dans les ronces derrière la maison délabrée, une Mustang décapotable était garée, capote relevée. Elle avait reconnu la voiture, que l'on avait évoquée lors de la réunion d'information, mais elle avait entré le numéro des plaques dans son ordinateur pour s'en assurer. Il l'avait fait remonter jusqu'à Pamela K. Bichon, pas d'avis de recherche, pas de mandat d'arrêt, mais portée disparue depuis deux jours. Et dans la salle à manger de la vieille demeure, ce fut Pamela Bichon qu'elle trouva... ou ce qui en restait.

Trop souvent encore, lorsqu'elle fermait les yeux, elle revoyait la scène. Les ongles des mains. La mutilation. Le sang. Le masque. Ces images la réveillaient encore la nuit, entremêlées avec un autre cauchemar vieux de quatre ans, et la poussaient à regagner précipitamment la surface de sa conscience, comme une nageuse remontant des profondeurs, à court d'oxygène. De temps à autre, au moment où elle s'y attendait le moins, l'odeur lui brûlait les narines. Les miasmes putrides de la mort violente. Écœurants, étouffants, épaissis par un relent de peur.

À présent, un frisson la parcourait tout entière et s'enroulait au fond de son estomac. La poche laissa perler de l'eau glacée dans sa nuque, elle tressaillit et, dans un souffle, poussa un juron.

— Hé, Broussard. L'adjoint Ossie Compton rentra le ventre et effaça les épaules devant elle pour franchir le seuil de la salle de repos. J'ai entendu dire que tu avais le sang froid. Comment se fait-il que cette glace fonde ?

Annie lui jeta un regard navré.

— Ça doit être parce que tu fais beaucoup de vent, Compton.

Il lui fit un clin d'œil, et eut un sourire fugitif.

— Tu veux parler de mon charme torride.

— C'est le nom que tu leur donnes ? le taquina-t-elle. À cet endroit-là, je pensais que c'étaient des gaz.

Des rires retentirent derrière elle, Compton compris.

— Tu l'as encore mouché, Annie, fit Préjean.

— J'ai arrêté de tenir le tableau d'affichage, dit-elle en lançant un regard vers le fond du couloir, en direction du bureau du shérif. Ça finissait par tourner à la cruauté pure et simple.

Dans vingt minutes, il allait y avoir un changement d'équipe. Des types qui arrivaient pour la nuit venaient aux nouvelles, histoire de faire le bilan avec l'équipe de jour avant la réunion. L'incident Hunter Davidson était le sujet chaud du jour.

— Mon pote, t'aurais dû voir Fourcade ! s'écria Savoy avec un large sourire. Il bouge comme une vraie panthère, celui-là ! Mince !

— Ouais. Il s'est retrouvé sur Davidson, comme ça. Préjean claqua des doigts. Et des bonnes femmes se sont mises à crier et le pistolet est parti et c'était les neuf cercles de l'enfer à la fois. Un vrai cirque en bonne et due forme.

— Et toi, où tu étais pendant tout ce temps, Broussard ? questionna Chaz Stokes en tournant ses yeux pâles vers Annie.

En elle la tension monta instantanément, tandis qu'elle soutenait le regard de l'inspecteur.

— En bas de la pile, hennit Sticks Mullen en exhibant une petit bouche surpeuplée de dents jaunes. À la place des femmes.

— Ouais, comme si tu t'y connaissais. Elle lança sa poche de glace dégoulinante dans la poubelle. Tu as lu ça dans un livre ?

— Tu crois qu'il sait lire ? fit Préjean avec un étonnement moqueur.

— *Penthouse*, suggéra quelqu'un.

— Nan, fit Compton d'une voix traînante, en donnant un coup de coude à Savoy. Il regarde juste les photos, et il s'astique le manche.

— Va te faire foutre, Compton.

Mullen se leva et se dirigea vers le distributeur de barres de chocolat, en remontant son pantalon sur des hanches osseuses, et il fouilla dans ses poches pour trouver de la monnaie.

— Mon Dieu, ne nous le sors pas ici, Sticks !

— Seigneur, grommela Stokes, avec une mine dégoûtée.

Il avait le genre d'allure qui attire le regard des femmes. Grand, mince, athlétique. Une intéressante combinaison de ses traits laissait soupçonner le mélange de ses origines familiales — des boucles foncées coupées court lui faisaient un casque, la peau juste un soupçon plus brune qu'une peau blanche. Il avait un nez fin et une bouche façon Monsieur Propre encadrée d'une moustache bien taillée et d'un bouc.

Avec sa mâchoire et son menton carrés, les yeux turquoise clair et perçants sous d'épais sourcils noirs, son visage aurait fait forte impression sur une affiche de recrutement. Mais, sous tous les autres angles, Stokes n'avait pas le genre qu'il fallait. Il cultivait une image décontractée, à l'esprit libre, qu'annonçait une façon peu conventionnelle de s'habiller — en l'occurrence, aujourd'hui, un pantalon gris comme en porte le personnel d'entretien (il flottait dedans) et une chemise à pans carrés imprimée de tipis indiens, de cactus et de broncos agités de ruades. Il fit basculer en avant son chapeau de paille au rebord impeccable, pour lui faire décrire un angle au-dessus de l'œil.

— Tu as fauché ça à Chi-Chi Rodriguez ? demanda Annie.

— Allez, Broussard, murmura-t-il avec un sourire futé. Tu me veux. Tu es toujours là, à me regarder. De deux choses l'une : soit j'ai raison, soit j'ai raison, non ?

— Tu déconnes à plein tube, et tu es plutôt difficile à louper, fringué comme t'es. Alors, tu étais où pendant toute cette rigolade ? Sur l'affaire Bichon, tu as autant travaillé que Fourcade.

Il appuya l'épaule contre le montant de la porte, en jetant un œil dans le couloir.

— Nick est le premier en charge sur cette affaire. Il a fallu que j'aille à St. Martinville. Ils avaient ramassé mon dealer de méthadone pour conduite en état d'ivresse.

— Et ça demandait ton intervention personnelle ?

— Hé, j'ai travaillé depuis des mois pour épingler ce petit salopard de merde.

— S'ils l'avaient bouclé dans leur taule, c'était quoi, la grosse urgence ?

Stokes lui sortit un sourire toutes dents dehors.

— Hé, un tien vaut mieux que deux tu l'auras. Tu sais de quoi je parle. Les mandats venaient de ce comté. Je tiens à m'inscrire le nom de Thibidoux à mon CV aussitôt que possible.

— Tu as laissé Fourcade faire sa promenade de santé, pour te mettre Billy Thibidoux dans la poche. Ouais, ça me plairait vraiment de faire équipe avec toi, Chaz, fit Annie sur un ton de dérision.

— Nicky est un grand garçon. Il n'avait pas besoin de moi. Et toi... Ses yeux se durcirent un peu, même si le sourire tenait bien en place. Je croyais qu'on avait déjà abordé ce sujet-là, Broussard. Tu as eu ta chance. Mais tiens, je suis un type généreux. Je pourrais avoir envie de te laisser tirer une deuxième cartouche... en laissant tomber l'uniforme, si je puis m'exprimer ainsi.

Je préférerais une séance de lutte dans la boue toute nue avec des alligators. Elle garda sa remarque pour elle, alors qu'elle l'aurait balancée aussi sec à n'importe lequel de ses collègues. Mais elle savait que Chaz supportait assez mal de se faire rembarrer.

Sans qu'elle s'y attende, il tendit la main et appuya de son pouce sur l'hématome qui lui couronnait la pommette gauche.

— Tu vas avoir un coquard, Broussard. Alors qu'elle reculait, il laissa retomber sa main. À toi, ça va bien t'aller.

— Tu es vraiment un pauvre type, bougonna-t-elle, tout en se détournant, et elle savait être la seule dans le service à le penser.

Chaz Stokes était le copain de tout le monde... sauf le sien.

La porte du bureau du shérif s'ouvrit à la volée et Fourcade sortit en coup de vent, l'air sinistre, la cravate dénouée, le col de sa chemise tabac clair laissant sa gorge dénudée. Il tira une cigarette de sa poche poitrine.

— On est baisés ! lâcha-t-il sèchement à Stokes, sans ralentir le pas.

— J'ai entendu.

Annie les regarda s'éloigner dans le couloir. Stokes avait travaillé sur l'affaire Bichon quand Pam était encore en vie, lorsqu'elle déclarait que Renard la harcelait. Il avait manqué l'enquête préliminaire sur l'homicide, mais il avait travaillé sur le meurtre comme équipier de Fourcade. Toutefois, ce n'était pas l'équipe qu'ils formaient qui s'était retrouvée en proie à l'inquisition publique et au ridicule. Dans les articles, c'était le nom de Fourcade qui figurait. Fourcade, qui était arrivé dans le comté de Partout précédé d'un passé en dents de scie. Fourcade, qui s'était présenté avec cette bague. Après la décision prise ce même jour par la cour, ce n'était pas Stokes qui allait se retrouver sur le gril. Il s'était assuré de cela en se faisant rare.

— Billy Thibidoux, mon cul, grommela-t-elle à mi-voix.

Annie demeura tard pour terminer son rapport sur l'incident Davidson. Lorsqu'elle sortit du bâtiment à dix-sept heures six, le parking derrière l'hôtel de police était désert, excepté la présence d'un duo d'employés en train de laver la nouvelle Suburban break du shérif. L'équipe de jour des adjoints s'était séparée et chacun était rentré chez soi, avait enchaîné sur son deuxième boulot, ou regagné son tabouret de bar préféré. La presse s'était saisie de la brève déclaration officielle de Smith Pritchett sur la situation de Hunter Davidson et les journalistes étaient partis s'occuper de tenir leurs délais de bouclage.

Une fausse sensation de paix tenait cet instant en suspens. Un étranger qui aurait traversé Bayou Breaux aurait remarqué ce bel après-midi. Le printemps était survenu inhabituellement tôt, il remplissait l'air du parfum de la fougère royale et de la glycine. Dans cet ancien quartier d'affaires, il y avait des jardinières aux balcons du second étage, éclatantes de couleur et débordantes de verdure, et le lierre retombait en longues traînes le long du fer forgé et des balustrades de bois. À l'approche du carnaval de Mardi gras, on avait décoré les vitrines des boutiques. À l'angle de la rue, la vieille tante Lucesse se tenait assise sur une chaise pliante, et tressait un panier en aiguilles de pin en chantant des psaumes pour les passants.

Mais il y avait, sous ce vernis de paix, quelque chose de sinistre. Comme un nerf à vif, à force d'inquiétude. Le soleil se couchait sur Bayou Breaux, et un tueur se tenait assis quelque part dans l'obscurité. Le savoir souillait cette beauté patinée, comme une tache traverse une nappe. Le meurtre. Que l'on tienne ou non Renard pour le tueur, un meurtrier circulait parmi eux, libre d'agir à sa guise.

Ce n'était pas la première fois, ce qui interdisait d'écarter la chose comme s'il s'agissait d'une aberration. Auparavant déjà, la mort avait régné sur ce bout de Louisiane Sud. Les souvenirs en étaient à peine éventés. La mort de Pamela Bichon les avait fait remonter à la surface, avait réveillé la peur et ravivé le doute.

Sur une période de dix-huit mois, entre 1992 et 1993, six femmes, dans cinq communes différentes, étaient mortes violées, étranglées, soumises à des mutilations sexuelles. Deux des victimes qu'Annie connaissait depuis toujours étaient de Bayou Breaux — Savannah Chandler et Annick Delahoussaye-Gerrard. Ces crimes avaient laissé les habitants du Triangle français de la Louisiane en état de choc, un état proche de la peur panique, et la conclusion de l'affaire les avait choqués encore davantage.

Avec la mort de Stephen Danjermond, fils d'une riche famille d'armateurs du quartier de New Orleans Garden, les meurtres avaient cessé. L'enquête avait révélé un long passé de sadisme sexuel et de meurtre, des passe-temps auxquels Danjermond s'était livré depuis ses années de collège. Lors d'une perquisition à son domicile, on avait découvert des trophées de ses victimes. Au moment de sa mort, Danjermond accomplissait son premier mandat de procureur du comté de Partout.

Durant une brève période, cette histoire avait placé Bayou Breaux sous les projecteurs, mais la colère dans les regards s'était estompée et on avait détourné les yeux de toute cette horreur. L'affaire était classée. Le mal s'était consumé. La vie était redevenue normale. Jusqu'à Pam Bichon.

Sa mort était trop voisine de cette affaire, trop semblable pour ne pas être dérangeante. Toutes les vieilles peurs avaient relâché leurs bulles en surface. Les gens se demandaient si Danjermond avait bien été le tueur, et leur nouvelle peur panique recouvrait d'un nuage le souvenir des preuves retenues contre lui. Tué dans un incendie, il n'avait jamais publiquement avoué ses crimes. D'autres gens avaient très envie de voir en Renard le suspect dans l'assassinat de Bichon — mieux valait un mal tangible qu'un mal nébuleux. Pourtant, même avec une cible sur laquelle pointer le doigt, la peur latente demeurait : une superstition, une croyance à demi consciente que le mal était en fait un fantôme, que ces lieux étaient l'objet d'une malédiction.

Annie elle-même le sentait — une nervosité, un bourdonnement de basse fréquence qui lui parcouraient les nerfs, la nuit, une attention accentuée portée, d'instinct, à chaque bruit, une sensation de vulnérabilité. Toutes les femmes de la commune de Partout le ressentaient, peut-être plus encore cette fois. Les victimes de l'Étrangleur du Bayou avaient été des femmes à la réputation douteuse. Pam Bichon, elle, avait mené une vie normale, avait un bon métier, était issue d'une famille honorable... et un tueur l'avait choisie, elle. Si cela pouvait arriver à Pam Bichon...

À présent, cette sensation de gêne, Annie la sentait qui exerçait sa pression tout autour d'elle, comme si l'air était soudain devenu plus dense. L'impression d'être surveillée la démangeait derrière la nuque. Pourtant, quand elle se retourna, aucune gargouille du mal ne la fixait du regard. Par-dessus le volant de sa Jeep, une petite figure aux grands yeux tristes se penchait sur elle. Josie Bichon.

— Hé, Josie, dit-elle en se glissant sur le siège côté passager. Qu'est-ce que tu fabriques ?

La petite fille posa la joue contre le volant et haussa les épaules. C'était une enfant magnifique, avec des cheveux bruns et lisses qui lui faisaient comme une traîne épaisse jusqu'à la taille, et des yeux marron trop éloquents pour son âge. En robe chasuble et chapeau flou de toile de jean, le bandeau du chapeau piqué sur le devant d'une grande fleur en soie, elle aurait pu être mannequin d'une séance de photos pour GAP Kids.

— Tu es toute seule ?

— Non. Je suis venue avec grand-maman voir grand-papa. Ils n'ont pas voulu me laisser entrer.

— Désolée, Jose. L'accès des enfants à la prison est réglementé.

— Ouais. Avec les enfants, tout le monde réglemente sur tout. J'aimerais bien pouvoir faire le règlement, pour une fois. Elle tendit la main et tapota du doigt l'alligator en plastique qui pendait au rétroviseur. Le croco portait des lunettes de soleil, un béret rouge, et il avait un mauvais sourire, amusant, mais à la place où elle se trouvait Josie était bien au-delà de tout amusement. Règle numéro un : Ne pas me traiter comme un bébé, parce que j'en suis pas un. Règle numéro deux : Ne pas me mentir pour mon bien.

— Tu as entendu ce qui s'est passé devant le palais de justice ? lui demanda Annie avec douceur.

— C'était à la radio pendant qu'on avait la classe d'art. Grand-papa a essayé de tirer sur le type qui a tué ma maman, et il a été arrêté. D'abord, grand-maman a essayé de me raconter qu'il avait juste trébuché et qu'il était tombé en bas des marches du palais de justice. Elle m'a menti.

— Josie, je suis certaine qu'elle ne t'a pas dit ça comme un mensonge. Imagine la peur qu'elle a dû avoir. Elle ne voulait pas te faire peur à toi aussi.

Josie lui décocha une mimique qui évoquait avec assez d'éloquence ses sentiments sur le sujet. Depuis le moment où l'on avait annoncé la mort de sa mère à sa famille, Josie avait été nourrie de demi-vérités, gentiment mise de côté pendant que les adultes se chuchotaient leurs préoccupations et leurs secrets. Son père et ses grands-parents, ses tantes et ses oncles avaient fait de leur mieux pour l'envelopper dans une sorte d'isolement fait d'informations tronquées, sans s'imaginer une seconde qu'en agissant ainsi ils ne faisaient que la blesser plus encore. Mais Annie, elle, le savait.

— Maman, Maman ! On est rentrés ! Regarde ce qu'oncle Sos m'a acheté à Disneyworld ! C'est Minnie petite souris !

La porte de la cuisine se referma en claquant et elle s'arrêta sur sa lancée. La personne assise à la table de la cuisine n'était pas sa mère. Le père Goetz se leva de la chaise aux pieds chromés, le visage grave, et Enola Meyette, une grosse femme qui sentait toujours la saucisse, s'écarta de l'évier en se séchant les mains à un torchon à carreaux rouges.

— Allons, chérie, fit Mme Meyette en lui tendant une main creusée de fossettes. On descend à la boutique. On va te chercher un bonbon, oui ?

Annie avait alors tout de suite su que quelque chose n'allait pas du tout. Évoquer ce souvenir lui réveillait dans le ventre le même nœud nauséeux. Elle pouvait distinctement se voir, à neuf ans, les yeux agrandis par la peur, étreignant à l'étouffer sa nouvelle Minnie petite souris empaillée, tandis qu'on l'attirait à l'écart de la vérité que le père Goetz était venu leur livrer : pendant qu'Annie était partie pour son tout premier voyage de vacances avec tante Fanchon et oncle Sos, Marie Broussard avait mis fin à ses jours. Elle se rappelait les gentils mensonges des gens bien intentionnés, et la sensation d'isolement qui grandissait à chaque mensonge. Un isolement qu'elle avait porté en elle très, très longtemps.

Quand les services du shérif avaient envoyé leurs représentants pour révéler la nouvelle à Hunter Davidson et sa femme, Annie avait pris sur elle de répondre aux questions de Josie. Et Josie, percevant peut-être entre elles un air de similitude, avait fait un lien immédiat, quoique refoulé.

— Tu aurais pu venir dans les bureaux du shérif et me demander, lui dit Annie.

Josie tapota de nouveau l'alligator et le regarda se balancer.

— Je ne voulais pas être avec des gens. Pas si je pouvais voir grand-papa Hunt et lui demander ce qui s'était vraiment passé.

— J'y étais.

— Il a vraiment essayé de tuer ce type ?

Annie choisit ses mots avec soin.

— Il aurait pu, si l'inspecteur Fourcade n'avait pas vu le pistolet à temps.

— J'aurais voulu qu'il lui tire dessus et qu'il le tue.

— Les gens ne peuvent pas se faire justice eux-mêmes, Jose.

— Pourquoi ? Parce que c'est contre les règles ? Ce type a tué ma maman. Et alors, et les règles qu'il a violées, lui ? Il faudrait qu'il paie pour ce qu'il a fait.

— C'est pour ça qu'il y a dcs tribunaux.

— Mais le juge l'a laissé partir ! cria Josie, le dépit et la douleur entremêlés formant un nœud dans sa gorge.

Ce même dépit et cette même douleur qu'Annie avait entendus dans la voix brisée de sanglots de Hunter Davidson.

— Juste pour le moment, lui assura Annie, espérant que cette promesse n'était pas en réalité aussi creuse qu'elle lui semblait. Juste le temps que nous mettions la main sur une preuve plus valable contre lui.

Des larmes noyèrent les yeux de Josie.

— Alors pourquoi est-ce que tu peux pas la trouver, cette preuve ? Tu es un flic et tu es ma copine. Normalement, tu devrais comprendre ! Tu m'as dit que tu m'aiderais ! Normalement, tu devrais tout faire pour qu'il soit puni ! À la place, tu mets mon grand-papa en prison ! Elle frappa le volant de la main, déclencha le klaxon. Je déteste tout !

Josie bondit de son siège et se précipita vers l'hôtel de police. Annie se lança derrière elle. Mais elle s'arrêta vite, car elle aperçut Belle Davidson et Thomas Watson, l'avocat de Davidson, sortant par la porte latérale. Belle Davidson était une femme imposante, vêtue d'un déguisement tout sage, en lainage brodé de perles. Un magnolia en acier de première catégorie. À la vue d'Annie, les lèvres de cette femme se pincèrent, et son regard s'alluma. Elle se dégagea de l'étreinte de Josie et traversa le parking.

— Vous avez un toupet d'enfer, adjoint Broussard. Jeter mon mari en prison à la place du meurtrier de ma fille, et puis jouer à la grande sœur comme si vous aviez droit à son affection.

— Je suis désolée que vous le preniez comme ça, madame Davidson, répondit Annie. Mais nous ne pouvions pas laisser votre mari tirer sur Marcus Renard.

— Il n'aurait pas été conduit à un acte aussi désespéré sans votre incompétence, à vous autres, des services du shérif. Vous laissez un coupable cavaler librement dans toute la ville, uniquement à cause de votre insouciance et de votre négligence. Par Dieu, j'ai à moitié envie de le tuer moi-même.

— Belle ! geignit l'avocat en rattrapant sa cliente. Je vous ai avertie, vous ne devriez pas dire ça devant les gens !

— Oh, pour l'amour de Dieu, Thomas ! Ma fille a été assassinée. Ce que les gens trouveraient bizarre, ce serait au contraire que je ne dise pas ce genre de chose.

— Nous faisons du mieux que nous pouvons, madame Davidson, intervint Annie.

— Et qu'est-ce que vous nous avez sorti ? Rien. Vous êtes la honte de votre uniforme — quand vous en portez un.

Elle laissa tomber sur le T-shirt déteint d'Annie un regard aigu et soupçonneux, qui aurait vraisemblablement fait repartir chez lui, en larmes, plus d'un louveteau.

— Je ne travaille pas sur l'affaire de votre fille, m'dame. Ça relève des inspecteurs Fourcade et Stokes.

L'expression de Belle Davidson ne fit que se durcir.

— N'invoquez pas d'excuses, adjoint. Dans cette vie, nous avons tous des obligations qui vont au-delà de nos propres limites. Vous avez découvert le corps de ma fille. Vous avez vu ce que... Elle s'interrompit en jetant un coup d'œil sur Josie. Lorsqu'elle se tourna de nouveau vers Annie, ses yeux sombres brillaient de larmes. Bref, vous savez. Comment pouvez-vous faire comme si de rien n'était et continuer de vous montrer en face de ma petite-fille ?

— Ce n'est pas la faute d'Annie, grand-maman, fit Josie, même si le regard qu'elle leva vers Annie était teinté de déception.

— Ne dis pas cela, Josie, la réprimanda Belle avec douceur, tout en passant un bras autour des épaules de sa petite-fille pour la serrer contre elle. C'est ça qui ne va pas, dans le monde d'aujourd'hui. Personne ne veut prendre ses responsabilités.

— Je veux la justice, moi aussi, madame Davidson !

s'écria Annie. Mais il faut que ça se fasse dans le cadre du système.

— Adjoint, la seule chose que nous avons eue jusqu'à présent, à l'intérieur du système, c'est de l'injustice, et rien d'autre.

Tandis qu'elles s'éloignaient, Josie se retourna et la regarda, de ses immenses yeux marron et tristes. L'espace d'un instant, Annie se sentit comme si c'était elle-même qu'elle regardait s'éloigner dans la brume douloureuse du passé, un souvenir qui tirait du tréfonds d'elle-même comme une corde.

— *Qu'est-ce qui s'est passé, tante Fanchon ? Où est maman ?*

— *Ta maman, elle est au ciel, ma 'tite fille.*

— *Mais pourquoi ?*

— *C'est un accident, chérie. Dieu, Il regardait ailleurs.*

— *Je ne comprends pas.*

— *Non, chère 'tite bête. Un jour. Quand tu seras plus grande...*

Mais ce fut sur-le-champ qu'elle fut blessée, et les promesses pour plus tard n'avaient rien fait pour soulager sa douleur.

3.

— On l'aura, Nick la Malice, d'une manière ou d'une autre.

Du coin de l'œil, Fourcade jeta un regard en levant son verre.

— Il y a un tas de gens qui pensent que, « d'une autre », on a déjà essayé.

— Des enculés, déclara Stokes, et il renversa la tête pour vider son baby. Il empila son verre sur le bar, avec la demi-douzaine qu'ils avaient déjà accumulée. Nous savons que Renard est notre homme. Nous savons ce qu'il a fait. Le petit enculé de sa mère, lui, c'est un méchant. Tu le sais et je le sais, mon camarade. Alors, de deux choses l'une : soit j'ai raison, soit j'ai raison, non ?

Il étreignit d'une main l'épaule de Fourcade, un geste qui fut accueilli d'un regard de pierre. Dans le métier de policier, la camaraderie est de règle, mais Fourcade n'avait ni temps ni énergie à gâcher. Son objectif, c'était, par nécessité, son propre dossier, et sa propre personne — se remettre dans le droit chemin, ce chemin étroit hors duquel il était tombé à La Nouvelle-Orléans.

— L'État aurait dû lui brancher la queue dans une prise et l'allumer comme un bordel d'arbre de Noël, grommela Stokes. Au lieu de ça, le juge le laisse filer. Le monde est un bordel, un asile de dingues, mais je suppose que ça, tu le savais déjà.

Rien d'étonnant dans tout ça, se dit Nick, mais il garda ça pour lui. Il ne parla ni de l'époque de l'hôtel de police de La Nouvelle-Orléans ni de l'incident qui l'avait finalement contraint à quitter la ville. Pour autant qu'il sache, de toute façon, la plupart des gens s'intéressaient assez peu à la vérité. Ils choisissaient de se former une opinion sur la base de n'importe quelle bribe d'histoire susceptible d'être gobée. Le fait d'avoir été celui qui avait trouvé la petite bague d'améthyste de Pamela Bichon, par exemple.

Voici quatre ans, Stokes était arrivé à Bayou Breaux de quelque part à Crakerland, Mississippi, un Tartempion moyen, sans aucun passé qui vaille la peine d'être raconté. Si Stokes avait trouvé cette bague, l'attention se concentrerait-elle, comme à présent, sur l'injustice qu'il y avait à laisser un Renard circuler librement, ou les eaux de l'opinion publique se seraient-elles troublées de toute façon ? Les avocats avaient une manière de faire remonter le fumier en surface comme on attrape un poisson-chat dans les hauts fonds, et Richard Kudrow était le martin-pêcheur de cette singulière école de mange-merde.

Nick avait besoin de se dire que Kudrow aurait de toute façon répandu la calomnie sur cette pièce à conviction. Il n'avait pas envie de penser que le simple fait de l'avoir trouvée lui-même avait suffi à l'entacher de suspicion, ni d'imaginer que sa présence dans cette affaire allait interdire à Pam Bichon d'obtenir qu'on lui rende justice. Il n'en avait pas envie. Point, à la ligne.

Stokes se versa encore un coup à boire de cette bouteille de Wild Turkey. Nick renversa la tête pour vider son baby et alluma une cigarette. La télévision, accrochée dans un coin du salon faiblement éclairé, diffusait un sitcom devant une petite assistance d'hommes d'affaires indifférents à la chose, venus de l'hôtel d'à côté pour déconner autour de quelques verres. Il n'y avait pas d'autres clients, raison pour laquelle Stokes avait suggéré cet endroit, plutôt que les repaires habituels des flics. Nick aurait préféré broyer du noir en privé. Il ne tenait pas à ce qu'on lui pose de questions. Pas envie de commisération ni de ressasser les événements de la journée. Mais Stokes était son équipier dans l'affaire Bichon, et c'est pourquoi Nick avait fait cette concession — s'en envoyer quelques-uns tous les deux ensemble, comme s'ils avaient autre chose en commun que le boulot.

Il n'aurait pas dû boire du tout. C'était l'un des vices dont il avait tâché de se défaire à La Nouvelle-Orléans, mais ce vice-là (et quelques autres) l'avait suivi à la trace jusqu'à Bayou Breaux comme autant de chiens perdus. Il aurait dû être chez lui à travailler sur les mouvements prenants et compliqués du tai-chi, pour essayer de se nettoyer l'esprit, de concentrer la charge d'énergie négative et la consumer. Au lieu de cela, il était assis là, chez Laveau, à mijoter dedans.

Le whisky fermentait dans son ventre et dans ses veines. Bien parti pour le pays de l'oubli, songea-t-il. Et ça le rendrait vachement content, une fois qu'il y serait. C'était le seul endroit où il pourrait peut-être ne pas voir Pam Bichon étendue morte sur le sol.

— Je pense encore à ce qu'il lui a fait, murmura Stokes, pelant, d'un air absent, des lambeaux d'étiquette de sa bouteille de bière. Pas toi ?

Jour et nuit les images demeuraient en lui. La pâleur de sa peau. Les blessures : révoltantes, qui l'avaient rendue hideuse, tellement à l'opposé de ce qu'elle avait été. L'expression de ses yeux fixes sous le masque — morne, désespérée, pleine d'une espèce de terreur liée à la mort brutale. Et lorsque ces images venaient à lui, elles s'accompagnaient aussi de cette sensation de violence qui avait dû envahir l'air à l'instant de sa mort. Il s'y cognait comme contre un mur, et cette colère intense, puissante, vénéneuse le laissait nauséeux, secoué. La rage ne lui était pas étrangère. À présent, elle bouillait en lui.

— Je songe à ce qu'elle a dû traverser, poursuivit Stokes. À ce qu'elle a éprouvé quand elle a compris... ce qu'il lui faisait avec ce couteau. Mon Dieu. Il secoua la tête comme pour se débarrasser des images qui y prenaient racine. Il faut qu'il paie pour ça, mec, et sans cette bague, on est dans la merde pour lui passer l'addition. Il va filer, Nick. Il va s'en tirer à bon compte.

Ça arrivait à un tas de gens. Tous les jours, la ligne était franchie, et des âmes disparaissaient dans les profondeurs d'une dimension seconde. C'était une affaire de choix, une bataille de volontés. La plupart des gens ne s'approchaient pas suffisamment de la limite pour en avoir la moindre connaissance. Trop près de la limite, et cette force pouvait vous tirer et vous faire passer par-dessus, comme un courant sous-marin.

— En ce moment même, il est certainement assis dans son bureau à se dire la même chose. Le reste des gens de sa boîte ne peut pas supporter de l'avoir dans les parages. Ils savent qu'il est coupable, exactement comme nous.

Juste de l'autre côté du passage. Le cabinet d'architectes Bowen & Briggs logeait, en face du bayou, dans un immeuble étroit de briques peintes, flanqué d'une échoppe miteuse de barbier à la façade recouverte de bardeaux et d'un magasin d'antiquités. Au premier étage, le même immeuble abritait Bayou Immobilier. Ce soir, Bowen & Briggs était probablement le seul endroit habité du pâté de maisons.

— Tu sais, mon vieux, il faudrait que quelqu'un se fasse Renard, chuchota Stokes en jetant un coup d'œil circonspect vers le barman.

Au bout du comptoir, il gloussait devant un sitcom.

— Justice, quoi, tu vois, renchérit Stokes. Œil pour œil.

— J'aurais dû laisser Davidson lui tirer dessus, grommela Nick.

Et il se demandait encore pourquoi il ne l'avait pas fait. Parce qu'une part de lui-même croyait encore que le système était supposé fonctionner. Ou peut-être n'avait-il pas voulu voir Hunter Davidson se faire happer du côté des ténèbres.

— Il pourrait avoir un accident, suggéra Stokes. Ça arrive tout le temps. Le marais, c'est dangereux, comme endroit. Parfois, le marais, il lui arrive d'avaler des gens, juste comme ça, tu sais.

À travers un brouillard de fumée, Nick l'observa, tâchant de juger, de jauger. Il ne connaissait pas assez bien Stokes. Du moins pas au-delà de ce qu'ils avaient partagé dans le boulot. Tout ce qu'il savait de lui, c'étaient des impressions, une poignée d'épithètes, une spéculation menée à la hâte, parce qu'il se souciait peu de gâcher son temps à pareilles choses. Il préférait se concentrer sur des points essentiels ; Stokes faisait partie de la périphérie de sa vie. Juste un inspecteur de plus dans un service de quatre hommes. La plupart du temps, ils travaillaient indépendamment l'un de l'autre.

La bouche de Stokes se releva en coin.

— Prendre ses désirs pour des réalités, mon pote. Oui ! C'est pas ça qu'ils font là-bas, à La Nouvelle-Orléans ? Dégommer les sales types et les balancer dans le marais ?

— Dans le lac Pontchartrain, surtout.

Stokes le dévisagea un moment, hésitant, et puis il conclut que c'était une plaisanterie. Il rit, vida sa bière, et glissa de son tabouret pour attraper son portefeuille dans sa poche revolver.

— Faut que je me casse. Je dois voir le procureur dans la matinée pour l'affaire Thibidoux. Il lui sortit de nouveau son sourire. Et ce soir j'ai un rendez-vous chaud. Tout chaud et tout doux, sous les draps. Je meurs si je mens.

Il lâcha une pièce de dix sur le comptoir et passa le bras autour des épaules de Nick.

— Protéger et servir, mon pote. J'te retrouve plus tard.

Pamela Bichon était morte. Son père couchait en prison, et l'homme qui l'avait tuée était libre. Alors, en ce jour, qui avaient-ils protégé et quel objectif avaient-ils servi ? songea Nick.

— Pritchett est d'humeur à tuer quelqu'un.

— Je suggérerais Renard, grommela Annie en parcourant son menu d'un air renfrogné.

— Il y aurait plus de chances que ça tombe sur Fourcade, ton idole.

Elle saisit le sarcasme, la jalousie, et leva les yeux au ciel devant son compagnon. Annie connaissait A.J. Doucet depuis toujours. Il faisait partie de la nichée des neveux et nièces véritables de tante Fanchon et oncle Sos, leur lien de parenté étant le fait du sang, et non pas d'un heureux hasard, comme c'était son cas à elle. Enfants, ils s'étaient couru après tout autour de la grande cour devant Corners — le magasin café/débarcadère/commerce de quartier que Sos et Fanchon tenaient dans le sud de la ville. Durant leurs années d'école, A.J. avait endossé le rôle souvent peu apprécié de protecteur. Depuis lors, il était passé d'ami à amant, et retour, tout en accomplissant ses années de collège et de faculté de droit, jusqu'à intégrer le bureau du procureur du comté de Partout. Ils durent alors convenir d'une définition de leur relation. L'attirance qui, au cours des années, avait fait entre eux des allées et venues paraissait ne jamais devoir aller ou venir au même moment pour tous les deux.

— Il n'est pas mon idole, fit-elle avec irritation. Il se trouve que c'est notre meilleur inspecteur, c'est tout. Je veux devenir inspecteur. Alors naturellement, je l'observe. Et qu'est-ce que cela peut te faire ? Toi et moi, je te le répète, on n'est pas un couple, A.J.

— Tu sais ce que j'en pense, de ça aussi.

Annie laissa échapper un soupir.

— Pour ce soir, est-ce qu'on peut éviter cette discussion ? J'ai eu une journée pourrie. Il paraît que tu es mon meilleur ami. Conduis-toi comme tel.

Il se pencha vers elle par-dessus la petite table nappée de blanc, et la blessure qu'elle vit dans ses yeux marron au regard intense lui ficha une lame dans la conscience.

— Tu sais bien qu'il y a quelque chose de plus dans tout ça, Annie, et ne me la joue pas sur le thème à la con « dans les faits, on est parents » où tu te complais depuis quelque temps. Tu n'es pas plus parente avec moi qu'avec le président des États-Unis.

— Oh ! ça ça se pourrait tout aussi bien, vu le peu que je sais de ma famille, bougonna-t-elle en se redressant sur sa chaise, battant en retraite de la seule façon possible sans faire de scène.

En fait, ils étaient devenus l'objet de conjectures d'un autre couple de dîneurs assis à l'autre bout de l'espace fort intime du restaurant Isabeau. Elle soupçonnait que son œil au beurre noir avait attiré l'attention de la femme. Sans son uniforme, elle avait plus l'air d'une épouse maltraitée que d'un flic tabassé.

— Ce n'est pas après les flics que Pritchett devrait en avoir, fit-elle. Le juge Monahan a rendu son jugement. Il aurait pu y intégrer cette bague.

— Et laisser la porte ouverte à un pourvoi en appel ? Cela aurait servi à quoi ?

La serveuse qui leur apportait leurs boissons interrompit la discussion, et son regard passa brièvement du visage tuméfié d'Annie à celui d'A.J.

— Tu sais quoi, elle va cracher dans ton estouffade.

— Pourquoi devrait-elle considérer que c'est moi qui t'ai fait ce coquard ? Je pourrais être l'avocat de ton divorce, un coriace, cher payé.

Annie but une gorgée de vin, laissant le sujet de côté.

— Il est coupable, A.J.

— Alors apporte-nous-en la preuve — une preuve obtenue par des moyens légaux.

— Dans les règles, comme si c'était un jeu. Josie n'avait pas si tort que ça.

— Qu'est-ce que Josie vient faire là-dedans ?

— Elle est venue me voir aujourd'hui. Ou plutôt, elle est venue avec sa grand-mère rendre visite à Hunter Davidson en prison.

— La formidable Miss Belle.

— Elles me sont tombées dessus toutes les deux.

— Pourquoi ? Ce n'est pas ton affaire.

— Ouais, d'accord..., fit-elle, évasive, percevant bien qu'A.J. ne comprendrait pas la puissante force d'attraction qu'elle éprouvait.

Chaque chose à sa place — c'était tout A.J. Chaque facette de la vie était supposée se loger dans l'un de ces petits compartiments bien nets qu'il y avait disposés, quand tout, dans la vie d'Annie, donnait l'impression d'avoir été balancé en un gros tas désordonné qu'elle était constamment en train de trier, pour essayer d'y trouver un sens.

— Je suis liée à cette affaire. J'aimerais pouvoir en faire plus pour leur venir en aide. Je regarde Josie et...

L'expression d'A.J. se radoucit, il était touché. Il était trop beau pour que cela lui porte chance. La malédiction des hommes de la famille Doucet, avec leurs mâchoires carrées, leurs pommettes saillantes et leurs jolies bouches. Annie — ce n'était pas la première fois — avait envie qu'entre eux les choses puissent être aussi simples qu'il le souhaitait.

— Cette affaire a été un enfer pour tout le monde, mon chou, dit-il. Tu en as déjà fait plus que ta part.

C'est là le problème, se dit Annie en picorant dans son assiette. Quel était son rôle, au juste ? Était-elle censée tracer une limite au devoir et s'exonérer de toute responsabilité au-delà de cette limite ?

Dans cette vie, nous avons tous des obligations qui dépassent les limites. Elle avait déjà répondu à l'appel, en s'impliquant auprès de Josie, elle était allée en amont et au-delà. Mais, même sans Josie, elle aurait senti Pam Bichon exercer une attraction sur elle depuis ces limbes habités par les âmes sans repos des victimes.

Avec toute la controverse qui tourbillonnait autour de cette affaire, Pam, petit à petit, se retrouvait évacuée, perdue de vue. Quand elle était en vie, personne ne l'avait aidée, et personne n'avait cru que Marcus Renard la harcelait, et maintenant qu'elle était morte, l'attention s'était tournée ailleurs.

— Peut-être n'y aurait-il aucune affaire si le juge Edmonds avait pris Pam tout de suite au sérieux ? s'interrogea-t-elle en reposant sa fourchette et en laissant son plat. À quoi ça sert d'avoir une loi contre le harcèlement si les juges envoient balader toutes les plaintes qui se présentent à eux, sur le thème « les garçons seront toujours les garçons »...

— On a déjà eu cette conversation, lui rappela A.J. Aux yeux d'Edmonds, pour délivrer cette injonction qui interdise à Renard d'approcher Pam Bichon, il aurait fallu que la loi soit formulée de telle manière que le simple fait de regarder une femme de travers soit déjà considéré comme un acte criminel. Ce que Pam Bichon a produit devant la cour n'était pas du harcèlement. Renard lui a proposé de sortir avec elle, il lui a offert des cadeaux...

— Il lui a tailladé ses pneus, il lui a coupé sa ligne de téléphone, et...

— Elle n'avait aucune preuve qu'il était l'auteur de ces actes. Il lui a proposé de sortir avec elle, elle l'a rembarré, il était malheureux. Du malheureux au psychotique, il y a un grand pas.

— C'est ce qu'a dit le juge Edmonds, qui continue probablement de penser que les types qui frappent les femmes sur la tête à coups d'os de mastodonte préhistorique et qui les traînent dans des grottes en les tirant par les cheveux, ça ne pose aucun problème, fit Annie avec dégoût. Mais ça le place plutôt dans la bonne moyenne, par ici, non ?

— Hé là, objection !

Elle quitta sa mine renfrognée, avec un regard contrit.

— Toi, tu es au-dessus de la moyenne, cela va sans dire. Désolée d'être d'une si piètre compagnie, ce soir. Je vais faire l'impasse sur le film, rentrer à la maison, macérer dans la baignoire, me mettre au lit.

A.J. lui tendit la main par-dessus la table, enroula le bout d'un doigt à l'intérieur de l'unique bracelet en or qu'elle portait, et lui caressa la peau si tendre de l'intérieur du poignet.

— Ce ne sont pas nécessairement là des quêtes solitaires, chuchota-t-il, les yeux pleins d'une chaude promesse qu'il avait exaucée de temps à autre, par le passé, lorsque les courants de leur attirance étaient parvenus à croiser leurs chemins.

Sous le prétexte d'attraper son sac à main, Annie retira sa main.

— Pas ce soir, Roméo. J'ai été commotionnée.

Ils se dirent au revoir sur le petit parking qui jouxtait le restaurant, Annie offrant sa joue alors qu'A.J. visait ses lèvres. Leur séparation ne fit qu'ajouter à l'agitation qu'elle avait éprouvée toute la journée, comme si le monde tout entier était désynchronisé d'un demi-temps. Elle s'assit au volant de la Jeep, écoutant la radio d'une oreille tandis qu'A.J. s'engageait dans la rue Dumas et tournait vers le sud.

« Vous êtes sur KJUN, ligne ouverte en permanence. Sur notre chaîne, concours jackpot géant. Ici votre *Avocat du diable*, Owen Onofrio. Notre sujet de ce soir : la décision controversée prise ce jour dans l'affaire Renard. J'ai Ron, de Henderson, sur la ligne numéro un. Vas-y, Ron.

— Je pense que c'est une honte que les criminels aient encore tous les droits dans les tribunaux. Il avait la bague de cette femme dans sa maison. Nom de Dieu, elle pouvait quand même pas faire mieux, à part laisser un mot écrit. Sanglez-le à la chaise et allumez-le !

— Mais, et si l'inspecteur avait planqué la pièce à conviction ? Qu'est-ce qui se passe si nous ne pouvons plus faire confiance aux gens assermentés pour nous protéger ? Jennifer, de Bayou Breaux, sur la ligne numéro deux.

— Bon, moi, ça me rend malade de pétoche. Qu'est-ce qu'il faut penser ? Je veux dire, la police, y sont tombés dessus c'mec, Renard, mais, et si c'était pas lui ? J'ai entendu dire qu'on avait une preuve secrète qui relie ce meurtre-là aux autres meurtres, là, de l'Étrangleur du Bayou. Je suis une femme qui vit seule. Je travaille dans l'équipe du soir, là-bas, à la fabrique de lampes... »

Annie éteignit la radio — elle ne se sentait pas d'humeur. Elle écoutait souvent cette station ligne ouverte où ça bavardait tout le temps, pour capter la température de l'opinion publique. Mais les opinions, dans cette affaire, couvraient toute la largeur du spectre. Seules les émotions avaient de la constance : colère, peur, et incertitude. Les gens étaient inquiets, facilement effrayés. Les dépôts de plaintes contre les rôdeurs et les voyeurs avaient triplé. Les listes d'attente pour les systèmes d'alarme à domicile s'allongeaient. Les armureries du comté faisaient des affaires, un commerce sinistre et florissant.

Ces sentiments n'étaient pas étrangers à Annie. Cette affaire non close, cette carence de la justice la rendaient folle. Cela, et son propre rôle, bien minime, dans la tragédie. Le fait que, malgré son implication depuis le début, elle se soit trouvée reléguée au rang de spectatrice. Elle savait quel rôle elle voulait jouer, mais aussi que personne n'allait jamais l'inviter à prendre part au jeu. Elle n'était qu'un adjoint, et une femme par-dessus le marché. Dans le comté de Partout, il n'y avait pas de voie de promotion rapide. Depuis la place qu'elle occupait jusqu'à celle où elle voulait accéder, l'échelle comptait un nombre de barreaux considérable.

Elle était censée attendre son tour, gagner ses galons, et pendant ce temps... Pendant ce temps, le besoin qui l'avait poussée à devenir un flic mijotait et bouillonnait en elle... et pendant que les choses traînaient, cette situation équivoque avait vu la perte de Pam Bichon... et un tueur restait là, à observer, à attendre, libre de s'éclipser ou de tuer encore.

La nuit s'était insinuée dans la ville, amenant avec elle un frisson d'humidité. De véritables nappes de brouillard flottaient sur le bayou et dérivaient dans les rues, tels des fantômes. De l'autre côté de la rue, en face de l'endroit où Annie était assise, la porte noire capitonnée de chez Laveau s'ouvrit à la volée, et Chaz Stokes fit un pas au-dehors, la lumière bleue du néon le doucha. Il se tint là un moment, sur le trottoir désert, fumant une cigarette, jetant un œil d'un côté de la rue, puis de l'autre. Il lança sa cigarette dans le caniveau, monta dans sa Camaro, tourna dans la rue adjacente qui menait au bayou, laissant un espace vide le long du trottoir, devant un pick-up noir déglingué. Le pick-up de Fourcade.

Cela frappa Annie, elle trouvait ça curieux. Encore un élément qui n'était pas à sa place. Personne n'allait traîner chez Laveau. Le repaire habituel des flics de Bayou Breaux, c'était le Voodoo Lounge. Laveau (qui était vide la plupart du temps) tenait compagnie à l'hôtel Maison Dupré (vide aussi la plupart du temps), la porte à côté. Ce fut cette réflexion qui la poussa à sortir de sa Jeep. Alors même qu'elle se formulait ce mensonge, elle put voir distinctement le visage accusateur d'A.J. se dessiner dans sa tête. Il croyait qu'elle n'en pouvait plus avec Fourcade. Pour le bien que ça lui ferait... Fourcade la traitait comme si elle faisait partie des meubles. Il ne s'irritait pas de sa présence, il ne la harcelait pas, il ne plaisantait pas avec elle. Rien. Et le seul intérêt qu'elle éprouvait, elle, elle le réservait à cette affaire. Devant chez Dumas, elle traversa en dehors des clous, en direction du bar.

Laveau était une grotte, avec des murs bleu nuit et des boiseries d'acajou noircies par le temps. En pénétrant dans les lieux, s'il n'y avait eu cette télévision dans le coin opposé, Annie aurait cru être devenue aveugle. Le barman l'effleura du regard, avant de se remettre à verser une tournée de Johnnie Walker pour sa seule tablée de clients — un quatuor de types en costumes froissés.

Fourcade était assis au bout du bar, les épaules rentrées dans sa veste de cuir bosselée, le regard arrêté sur la pile de babys devant lui. Il lâcha dessus un torrent de fumée, qu'il regarda se dissiper dans l'obscurité. Il ne se retourna pas vers elle, mais, quand elle approcha, Annie eut clairement l'impression qu'il était tout à fait conscient de sa présence.

Elle se glissa entre deux tabourets et s'accouda au bar.

— Un méchant loupé, aujourd'hui, fit-elle, en clignant des yeux sous la morsure de la fumée. Instantanément, les grands yeux sombres, sous leur épaisse broussaille de sourcils, la dévisagèrent. Clairs, aigus, ne laissant transparaître aucun état brumeux, brûlant d'une intensité féroce qui paraissait émaner du plus profond de lui-même. Il ne se tournait toujours pas pour la regarder en face, ne lui présentant qu'un profil d'oiseau de proie. Il avait ses cheveux noirs plaqués en arrière, sauf une touffe ébouriffée qui retombait sur son large front.

— Broussard, fit Annie, mal à l'aise. Adjoint Broussard. Annie. D'un geste nerveux, elle écarta de ses yeux ses mèches coiffées en pétard. Je... euh... j'étais sur les marches du palais de justice. Nous avons calmé Hunter Davidson. J'étais celle qui se trouvait en bas de la pile.

Le regard figé glissa de son visage, passa sur le devant ouvert de sa veste en jean et sur le mince T-shirt blanc qu'elle portait dessous, puis sur la jupe à fleurs qui lui descendait jusqu'à mi-mollet, jusqu'aux Keds qu'elle avait aux pieds... et remonta tranquillement, comme pour une longue caresse.

— Vous avez quitté votre uniforme, adjoint.

— Je ne suis pas en service.

— Ah oui ?

Annie cligna des yeux, à sa réponse et à la fumée, ne sachant trop quoi faire de la première.

— J'ai été le premier fonctionnaire de police sur les lieux de l'homicide Bichon. Je...

— Je sais qui vous êtes. Qu'est-ce que vous croyez, *chère*, que ce petit coup de whisky m'a décapé la cervelle ou quoi ? Il arqua un sourcil et lâcha un petit rire étouffé, tout en tapotant sa cigarette dans le cendrier hérissé de mégots. Vous avez grandi ici, vous êtes entrée à l'Académie en août 1993, on vous a engagée au commissariat de police de Lafayette, vous êtes arrivée au bureau du shérif en 95. Vous étiez la seconde femme adjoint affectée aux patrouilles dans ce comté — la première à avoir tenu la totalité de ses dix mois. Vous avez de bons états de service, mais vous avez tendance à fouiner. Moi, je trouve que ce n'est peut-être pas une si mauvaise chose, si vous avez l'intention de le faire, ce boulot, si vous cherchez à monter l'échelle, ce qui est votre cas.

Abasourdie, Annie le regarda, bouche bée. Depuis ces quelques mois où Fourcade avait intégré le service, elle ne l'avait jamais entendu délivrer spontanément une phrase de plus de dix mots. Qu'il semble en savoir assez long sur elle était déconcertant — et cette réaction d'Annie, il la devina sans difficulté.

— Vous avez été le premier adjoint sur les lieux. J'avais besoin de savoir si vous étiez bonne à quelque chose, ou s'il se pouvait que vous fassiez n'importe quoi, ou si peut-être vous connaissiez Pam Bichon. Peut-être que vous aviez le même petit ami. Peut-être qu'elle vous avait vendu une maison avec des serpents sous les parquets. Peut-être que c'était elle, la pompom girl qui vous battait la cadence, quand vous étiez au lycée.

— Vous me considérez comme suspecte ?

— Moi, je considère tout l'monde comme suspect, jusqu'à preuve du contraire.

Il tira une longue bouffée et l'observa en relâchant la fumée.

— Ça vous embête ? demanda-t-il en faisant un petit geste de sa cigarette.

Elle essaya de ne pas cligner des yeux, sans succès.

— Non.

— Mais si, déclara-t-il tout en l'écrasant dans le cendrier qui débordait. Dites-le. Dans ce monde, y a personne qui va parler à votre place, *chère*.

— Je n'ai pas peur de parler.

— Non ? Vous avez peur de moi ?

— Si j'avais peur de vous, je ne serais pas ici.

Sa bouche se tordit en un sourire légèrement narquois, et il eut un haussement d'épaules, vraiment à la normande, qui voulait dire *Peut-être, peut-être pas*. Annie sentit son humeur monter d'un cran.

— Pourquoi devrais-je avoir peur de vous ?

Sa physionomie s'assombrit, et il retourna son baby sur le bar.

— Vous n'écoutez pas les potins ?

— Je les prends pour ce qu'ils valent. Des demi-vérités, au mieux.

— Et comment décidez-vous quelle moitié est la bonne ? demanda-t-il. Il n'y a pas de justice dans ce monde, fit-il doucement, l'œil plongé dans son whisky. Qu'est-ce que ça vaut, ça, comme vérité, adjoint Broussard ?

— Tout dépend de votre perception des choses, j'imagine.

— « La justice d'un homme est l'injustice d'un autre... la sagesse d'un homme est la folie d'un autre... » Il sirota son whisky. Emerson. Aucun journaliste ne résumera aussi bien les événements d'aujourd'hui... ou avec une telle vérité.

— Ce qu'on raconte ne change rien aux faits, dit Annie. Vous avez trouvé la bague de Pam au domicile de Renard.

— Vous ne pensez pas que c'est moi qui l'ai mise là-bas ?

— Si vous l'aviez mise là-bas, elle aurait été inscrite sur la liste du mandat.

— *C'est vrai*. C'est assez vrai, Annie. Il la gratifia d'un regard pensif. Annie — c'est un diminutif de quelque chose ?

— Antoinette.

Il sirota son whisky.

— C'est un beau prénom, pourquoi ne le portez-vous pas ?

Elle haussa les épaules.

— Je... eh bien... tout le monde m'appelle Annie.

— Moi, je ne suis pas tout le monde, 'Toinette, fit-il tranquillement.

Il donna l'impression de s'être rapproché, ou sa silhouette parut s'étirer. Annie crut qu'elle allait pouvoir capter sa chaleur, humer le vieux cuir de sa veste et sentir son regard fixe soutenir le sien. Elle se conseilla de reculer. Mais n'en fit rien.

— Je suis venue ici pour vous poser des questions sur cette affaire, déclara-t-elle. À moins que Noblier ne vous ait dessaisi ?

— Non.

— J'aimerais vous aider, si je peux. Elle avait laissé échapper ces mots-là, et lâché l'idée avant de pouvoir la ravaler. Je veux dire, je sais que je ne suis qu'un adjoint, et que, techniquement, cette affaire n'est pas la mienne, et que vous êtes l'inspecteur en charge, et que Stokes ne voudra pas que je m'en mêle, mais...

— Vous êtes vachement bonne, comme vendeuse, 'Toinette. Vous me fournissez toutes les raisons de dire non.

— C'est moi qui l'ai découverte, dit simplement Annie. L'image du corps de Pam Bichon palpita dans sa mémoire, une chose morte qui n'était que trop vivante, qui ne lui laisserait pas de repos. J'ai vu ce qu'il lui a fait. Je me sens... une obligation.

— Vous sentez cette chose, chuchota Fourcade. L'ombre des morts.

Il leva la main gauche, doigts écartés, et la tendit vers elle, sans la toucher tout à fait. Avec lenteur, il lui passa la main devant les yeux, frôla le côté de sa tête en le contournant, effleura ses cheveux du bout des doigts. Elle sentit un frisson descendre en ondoyant le long de son corps.

— C'est froid, là, non ? chuchota-t-il.

— Où ? murmura Annie.

— Dans la Terre des ombres.

Elle fut sur le point de prendre son élan, de lui dire qu'il ne racontait que des conneries, de désamorcer la sensation de picotement qui avait commencé de prendre vie en elle, mais on aurait dit que sa gorge se bloquait. Elle perçut la sonnerie d'un téléphone, quelque part, et le rire en conserve qui sortait d'une télévision. Mais surtout, elle percevait Fourcade et la douleur qui brillait dans ses yeux et qui venait de quelque part du fond de son âme.

— C'est vous, Fourcade ? s'écria le barman en tendant le combiné. Vous avez un appel.

Il glissa de son tabouret et longea le bar. Il s'éloignait, et elle sentit l'air se ruer dans ses poumons comme si jusqu'alors son aura avait appuyé sur sa poitrine, telle une enclume. D'une main mal assurée, elle porta son verre à ses lèvres. Elle observa Fourcade qui voûta ses épaules, penché sur le bar, l'oreille collée au combiné. Il fallait qu'il soit ivre. Quand il était parfaitement à jeun, tout le monde savait qu'il ne tournait pas tout à fait rond.

Il raccrocha le téléphone et revint vers elle.

— Faut que j'y aille.

Il sortit un billet de vingt de son portefeuille et le fit voltiger sur le bar.

— Restez à l'écart de ces ombres, 'Toinette, la prévint-il doucement — la voix de la trop grande expérience. Il leva une main et lui encadra le visage, la pulpe de son pouce effleurant la commissure de ses lèvres. Elles vont vous vider de votre vie.

4.

Entre la route et le bayou, Nick longeait le boulevard. Ses mains gantées au fond des poches de sa veste de cuir. Les épaules voûtées dans la nuit humide et froide. Le brouillard roulait sur l'eau comme de l'écume et passait en flottant, comme des nuages de parfum, exhalant des senteurs de végétation pourrissante, de poisson crevé et de chlorophytes. Quelque chose creva la surface avec un bruit sec et un éclaboussement. Une perche qui attrapait tardivement son dîner. Ou quelqu'un qui lançait des cailloux, traînant avec lui son ennui comme une lourde caisse.

Il fit une halte contre le tronc d'un chêne vert, porta le regard au-delà des branches où pendaient des lambeaux de *barbes de vieillard* et observa la rive, sur sa gauche et sur sa droite. Il n'y avait personne, pas un piéton, pas une voiture traversant le petit pont à bascule qui enjambait le bayou vers le nord. Au-delà de la rive orientale, les lumières des maisons éclairaient les fenêtres d'une lueur d'ambre. L'air nocturne s'était alourdi d'une brume épaisse qui menaçait de se changer en pluie. Une nuit pluvieuse n'incitait nullement les gens à sortir sans un but précis.

Et mon but à moi ? Voilà qui demeurait peu clair.

Il était presque soûl. Le dépit, l'injustice — c'était comme un feu sous sa peau. Cela le consumerait s'il ne faisait rien pour les réduire en cendres.

Il ferma les yeux, prit une inspiration, la relâcha, s'efforçant de trouver son centre de gravité — ce noyau de calme profond qu'il avait consacré tant de temps et tant d'effort à bâtir. Il avait travaillé si dur pour maîtriser sa rage, et voilà qu'elle échappait à son emprise. Travaillé si dur sur cette affaire, et elle s'effritait autour de lui. Le froid passait sur lui, à travers lui. L'ombre des morts. Il sentit un besoin l'attirer à lui. Et une part de lui-même désirait très fort se rendre là où ce besoin le mènerait.

Il se demanda si Annie Broussard ressentait cette même attraction, ou même si elle la reconnaîtrait. Probablement non. Elle était trop jeune. Plus jeune qu'il ne l'avait été lui-même à vingt-huit ans. Fraîche, optimiste, intacte. Quand il avait parlé des ombres, il avait vu le doute dans ses yeux. Il y avait aussi vu la vérité nue, quand elle avait parlé de l'obligation qu'elle ressentait à l'égard de Pam Bichon.

La clé, pour demeurer sain d'esprit face à l'homicide, c'était de conserver une distance. Ne pas se laisser aller à transformer ça en une affaire personnelle. Ne pas se laisser impliquer. Ne pas ramener ça chez soi. Ne pas franchir la ligne. Mais son boulot, il l'avait dans la peau et la ligne, il la laissait toujours derrière lui.

Les ombres avaient-elles entraîné Pam Bichon ? Avait-elle vu venir le fantôme de la mort, senti son haleine froide sur ses épaules ? Il connaissait la réponse.

Elle s'était plainte auprès de ses amis des avances insistantes, quoique subtiles, de Renard. En dépit de ses rebuffades, il s'était mis à lui envoyer des cadeaux. Puis ce furent de petits actes de vandalisme et des objets volés à son bureau — des photographies, une brosse à cheveux, des documents de travail, ses clés.

Oui, Pam avait vu venir le fantôme, et personne ne l'avait écoutée. Personne n'avait entendu sa peur, pas plus que ses cris sous la torture, cette nuit-là, dans Pony Bayou. *« Je pense encore à ce qu'il lui a fait. Pas toi ? »* Tout le temps. Les détails avaient saturé son cerveau, comme un afflux de sang.

Le dos contre le tronc de l'arbre, Nick s'accroupit et s'assit sur ses talons, fixant de l'autre côté de la rue vide l'immeuble qui abritait Bowen & Briggs. Une lumière brûlait au second étage. Une lampe de bureau. Renard travaillait là, dans le fond de la grande salle, côté sud, à la troisième table à dessin. Bowen & Briggs assurait à la fois la conception de petits immeubles commerciaux et résidentiels, des transactions portant aussi bien sur New Iberia et St. Martinville que sur Bayou Breaux.

Renard était l'un des associés de la société, même si son nom ne figurait pas sur le logo. Il préférait concevoir des immeubles résidentiels, en particulier des maisons familiales individuelles, et il avait un faible pour les styles d'époque. Il menait une vie sociale tranquille. Il n'était engagé dans aucune romance durable. Il vivait avec sa mère, qui collectionnait les masques de Mardi gras et créait des costumes pour les bambocheurs de Carnaval, et son frère autiste, Victor, son aîné de quatre ans. Leur maison, une demeure de planteur restaurée, était modeste — à moins de cinq kilomètres en voiture des lieux du meurtre de Pam Bichon. Plus près par bateau.

Selon les descriptions données par les gens qui travaillaient avec Renard et le connaissaient, il était tranquille, poli, ordinaire, ou un rien bizarre — cela dépendait de la personne que vous interrogiez. Mais d'autres mots lui vinrent à l'esprit. Méticuleux, compulsif, obsessionnel, renfermé, maîtrisé, passif-agressif.

Derrière le masque de la banalité, Marcus Renard était un homme très différent de celui que ses collègues voyaient chaque jour assis à sa table à dessin. Ils n'étaient pas à même de percevoir la composante centrale que Nick avait repérée chez lui dès leur première rencontre — la rage. Loin, loin à l'intérieur, sous les couches et les couches de bonnes manières et de bonnes mœurs, sous l'apparence de douce apathie. La rage, qui fermentait, contenue, cachée, enterrée.

C'était la rage qui avait fait pénétrer ces pointes dans les mains de Pam Bichon. La rage : elle ne lui était pas étrangère.

À la fenêtre du second étage, la lumière s'éteignit. Suivant sa vieille manie, Nick consulta sa montre — 9 h 47 du soir —, et scruta la rue dans les deux directions — rien en vue. La Volvo marron de Renard, vieille de cinq ans, était arrêtée sur l'aire de stationnement exiguë située entre l'immeuble de Bowen & Briggs et la boutique d'antiquités qui jouxtait une zone mal éclairée par une ampoule de service jaune de soixante-quinze watts, située au-dessus de la porte latérale.

Renard allait déboucher par cette porte, grimper dans sa voiture, et rentrer chez lui, auprès de sa mère, de son frère, et de son passe-temps — dessiner des maisons de poupée soignées. Cette nuit, il dormirait dans son lit, en homme libre, et il rêverait les rêves sinistres, euphoriques d'un meurtrier qui s'en est tiré à bon compte.

Il n'était pas le premier.

« Protéger et servir, mon pote... » La rage montait... *« Affaire classée »*... et brûlait de plus en plus... *« J'ai vu ce qu'il lui a fait... »*

Sang et clair de lune, l'éclair du couteau, l'odeur de la peur, les cris d'agonie, le silence sinistre de la mort. L'obscurité froide, une fois le fantôme passé.

Le froid entra violemment en collision avec le feu. Cette explosion le remit sur pied. *« Il va filer, Nick. Il va s'en tirer à bon compte... »* Nick traversa la rue, se coula le long du mur de Bowen & Briggs, hors de vue des fenêtres du premier étage. Tirant de sa poche un mouchoir, il s'engagea sur le perron latéral à pas de loup, éteignit la lampe de service en dévissant l'ampoule d'un tour de poignet, et plongea à terre, du côté opposé de l'escalier.

Il entendit la porte s'ouvrir, entendit Renard susurrer quelque chose dans un souffle, entendit le clic, clic, clic de l'interrupteur qu'on actionnait. Des pas sur le béton. Un profond soupir. La porte se referma. Il attendit, immobile, invisible, jusqu'à ce que les mocassins de Renard claquent sur le bitume et qu'il passe devant Nick pour se rendre à sa Volvo.

— Ce n'est pas fini, Renard, dit-il.

L'architecte se jeta de côté. Son visage était d'un blanc de cire, ses yeux saillaient comme deux œufs durs.

— Vous ne pouvez pas me harceler comme ça, Fourcade ! s'écria-t-il, le tremblement de sa voix démentant l'aplomb qu'il essayait d'afficher. J'ai des droits.

— Est-ce que c'est un fait, ça ? Nick avança d'un pas, ses mains gantées sorties de ses poches. Et Pam ? Elle n'avait pas de droits ? Vous lui avez retiré ses droits, *tcheue poule*, et vous croyez encore avoir des droits ?

— Je n'ai rien fait, répliqua Renard en jetant des regards nerveux en direction de la rue, cherchant un salut qui n'était nulle part en vue. Vous n'avez absolument rien contre moi.

Nick fit un deuxième pas en avant.

— J'ai tout ce dont j'ai besoin contre toi, *pou*. J'ai ta puanteur qui me monte au nez, espèce de merde.

Renard leva un poing devant lui, tremblant si fort qu'il en fit tintinnabuler ses clés de voiture.

— Laissez-moi tranquille, Fourcade.

— Sinon ?

— Vous êtes ivre.

— Ouais. Un sourire grand comme un cimeterre. Et en

plus, je suis méchant. Qu'est-ce que vous allez faire, appeler un flic ?

— Touchez-moi et votre carrière est terminée, Fourcade, menaça Renard en reculant vers sa Volvo. Tout le monde est au courant de ce que vous avez fait. Vous n'avez aucun droit de porter cet insigne. Vous devriez être en prison.

— Et vous, vous devriez être en enfer.

— À cause d'une pièce à conviction que vous avez planquée ? Ce ne serait pas la première fois. Pour ça, c'est vous qui irez en prison, pas moi.

— C'est ce que vous croyez ? murmura Nick en avançant. Vous croyez que vous pouvez traquer une femme, la torturer, la tuer, et filer aussi simplement que ça ?

Les images de cauchemar du meurtre. Le souvenir imaginaire de ses cris.

— Contre moi, Fourcade, vous n'avez aucune preuve, et vous n'en aurez jamais.

« Pourvoi rejeté. »

— Vous n'êtes rien qu'un ivrogne et un fanfaron, et si vous me touchez, Fourcade, je vous jure que je vous détruirai.

« Il va filer, Nicky... » Un visage surgit de son passé, une apparition flottant à côté de Marcus Renard. Un visage moqueur, un sourire de supériorité. *« Jamais vous ne me mettrez ça sur le dos, inspecteur. Ce n'est pas comme ça que marche le monde. Cette fille n'était qu'une putain de plus... »*

— Vous l'avez tuée, espèce de fils de pute, murmura-t-il, ne sachant pas à quel démon il s'adressait, celui de la réalité ou celui de son imagination.

« Ça, vous ne le prouverez jamais. »

— Vous n'avez pas le droit de me toucher.

« Il va s'en tirer à bon compte, avec un meurtre... »

— Cause toujours.

Au travers de la fine camisole de maîtrise de soi, l'émotion et la violence remontaient, et il n'y eut plus moyen de rien réfréner lorsque son poing s'écrasa sur la figure de Marcus Renard.

Annie sortit du Quick Pick avec, dans un sac, un pot d'un demi-litre de glace aux copeaux de chocolat et une petite souris qui lui rongeait la conscience. Cette petite gâterie, elle aurait pu la trouver chez Corners, mais elle avait eu sa dose de gens pour la journée, et se faire encore mettre sur le gril par oncle Sos, c'était plus qu'elle n'en pouvait supporter. Les dessous politiques de l'affaire Renard mettaient les nerfs de l'oncle en pelote. Elle savait de façon certaine qu'il avait parié cinquante dollars sur le résultat de l'audience des pièces à conviction — et il avait perdu. Ceci, de pair avec l'opinion qu'il avait de la relation platonique d'Annie avec A.J., voilà qui allait le mettre dans une forme rare, ce soir.

« Pourquoi t'épouses pas c'garçon, 'tite chatte ? André, c'est un bon garçon, lui. Qu'est-ce que t'as à faire la jolie dégoûtée ? T'es tout le temps à courir après tu sais même pas quoi, espèce de tête dure. »

Rien qu'imaginer sa harangue, cela suffisait à renforcer ce martèlement dans sa tête. Elle n'avait pas envie de penser à Renard, A.J., Pam Bichon ou Fourcade.

Elle avait entendu toutes ces histoires sur le compte de Fourcade. Ces allégations sur sa brutalité, ces rumeurs entourant l'affaire non résolue du meurtre d'une prostituée adolescente dans le Quartier français de La Nouvelle-Orléans, ces accusations non étayées de falsification de pièces à conviction.

« Restez à l'écart de ces ombres, 'Toinette... Elles vont vous vider de votre vie. » Un bon conseil, mais qu'elle ne pouvait suivre, si elle voulait rester dans le coup avec cette affaire. Fourcade et ce meurtre, cela faisait un tout. Les deux avaient l'air d'aller un peu trop bien ensemble. Lui, c'était un redoutable fils de pute.

Elle fit démarrer la Jeep et tourna en direction du bayou, en enclenchant les essuie-glaces pour découper l'épaisse buée du pare-brise. À la radio, Owen Onofrio était encore en train de pousser ses auditeurs à faire part de leurs réactions.

« Kent, de Carencro, vous êtes sur la ligne deux.

— Je trouve que ce juge, on aurait dû le débaucher.

— Vous voulez dire destituer ? »

Comme elle ralentissait à un stop, instinctivement, ses yeux surveillèrent la circulation... et tombèrent sur un pick-up Ford noir à plateau, avec une bosse sur le panneau arrière côté conducteur. Le pick-up de Fourcade, garé devant une cordonnerie qui avait cessé ses activités deux ans auparavant.

Annie coupa ses phares et resta là, en double file, avec son moteur qui broutait. Sur cette portion de rue, le tiers des emplacements commerciaux étaient vacants... mais les bureaux de Bowen & Briggs étaient situés deux pâtés de maisons plus au sud. Elle mit la Jeep en prise et avança lentement. Elle pouvait apercevoir l'immeuble qui abritait Bayou Immobilier et Bowen & Briggs. Il n'y avait pas de lumière. Pas de voitures garées dans la rue. Après l'audience, le shérif avait levé la surveillance autour de Renard, dans l'espoir que la presse n'insisterait pas. Pour ce même motif, Renard s'était mis à travailler le soir.

« La justice d'un homme est l'injustice d'un autre... la sagesse d'un homme est la folie d'un autre... »

Annie remonta jusqu'au trottoir situé devant Robichaux Electric, coupa le moteur, et, derrière le siège passager, par terre, dans un fouillis de détritus, elle attrapa sa grosse lampe-torche noire. Peut-être Fourcade prenait-il sur lui de continuer de surveiller Renard. Mais, si tel avait été le cas, il ne se serait pas garé à deux pâtés de maisons de là, et il n'aurait pas quitté son véhicule.

Elle sortit son Sig P.225 de son fourre-tout et coinça le pistolet dans la ceinture de sa jupe, puis elle descendit de la Jeep. Laissant sa torche éteinte, baskets silencieuses sur le dallage humide, elle emprunta le trottoir.

« Il n'y a pas de justice dans ce monde. Qu'est-ce que ça vaut, ça, comme vérité, adjoint Broussard ? »

— Merde, merde, merde, scanda-t-elle dans un souffle, accélérant le pas au premier bruit qu'elle entendit en provenance de Bowen & Briggs.

Un raclement. Des pas sur l'asphalte. Un cognement sourd. Un cri étouffé.

— Merde !

Sortant son pistolet, elle alluma sa lampe-torche et se mit à courir. Avant même de pénétrer sur le parking exigu, elle put entendre le bruit de la chair frappant la chair. Passant outre aux procédures, l'instinct la poussait en avant. Elle aurait dû les respecter, ces procédures. Elle n'avait personne en couverture. Son insigne était dans son sac à main, à bord de la Jeep. Aucune de ces données ne lui fit ralentir le pas.

— Services du shérif, plus un geste ! aboya-t-elle, balayant l'aire de stationnement du rayon blafard de son halogène.

Fourcade avait bloqué Renard contre l'aile d'une voiture, et le cognait à la cadence d'un boxeur sur un sac de frappe. Un méchant gauche retourna la tête de Renard vers Annie, et la vision de ses traits noirs de sang lui coupa le souffle. Il partit en avant vers elle, bras déployés ; une mousse de sang et de salive lui gicla de la bouche, un cri de bête sauvage lui déchira la gorge, et ses yeux virèrent au blanc. Fourcade le cueillit à l'estomac et, du poing, le renvoya en arrière, sur la Volvo.

— Fourcade ! Arrêtez ça ! hurla Annie en se jetant contre lui, tentant de le traîner à l'écart de Renard. Arrêtez ça ! Vous êtes en train de le tuer ! *Arrête ! C'est assez !*

Il la repoussa d'un mouvement de l'épaule, comme il aurait fait d'un moustique, et flanqua une droite dans la mâchoire de Renard.

— Arrêtez ça !

En se servant de la grande lampe-torche comme d'une matraque, elle la lui balança dans les reins, aussi fort qu'elle put, deux fois, trois fois. Comme elle armait le bras une troisième fois, Fourcade pivota vers elle, reprit son équilibre pour riposter.

Annie recula précipitamment. Elle braqua le rayon de la lampe-torche dans la figure de Fourcade, pleins phares.

— On ne bouge plus ! J'ai un pistolet !

— Foutez le camp ! rugit-il.

Il avait une expression féroce, la commissure de ses lèvres se retroussa et il laissa échapper un grondement.

— C'est Broussard, dit-elle. L'adjoint Broussard. Reculez, Fourcade ! C'est sérieux !

Il ne bougea pas, mais l'expression de son visage dériva vers l'incertitude. Il jeta un œil autour de lui, hésitant comme s'il venait à peine de reprendre ses esprits et ne savait ni où il était ni comment il était arrivé là. Derrière lui, Renard tomba à quatre pattes sur l'asphalte, vomit et s'évanouit.

— Mon Dieu, murmura Annie. Restez où vous êtes.

Fourrant de nouveau son pistolet dans sa ceinture, accroupie à côté de Renard, elle lui palpa l'artère carotide, et retira ses doigts poisseux de sang. Son pouls battait avec force. Il était vivant mais inconscient, et probablement pas mécontent de l'être. Sa figure avait l'air d'un hamburger cru, son nez n'était plus qu'une masse indistincte. Elle essuya le sang sur son épaule, tira de nouveau le Sig, et se releva, les genoux tremblants.

— Bordel, qu'est-ce qui vous est passé par la tête ? demanda-t-elle en se tournant vers Fourcade.

Nick abaissa le regard sur Renard, étendu dans son propre dégueulis, comme s'il le voyait pour la première fois.

Passé par la tête ? Il ne se rappelait pas s'être servi de sa tête. Ce qu'il se rappelait n'avait pas de sens. Des échos de voix venus d'ailleurs... des sarcasmes... La brume écarlate se dissipait lentement, lui laissant une sensation d'écœurement.

— Vous alliez faire quoi ? demanda Annie Broussard. Le tuer et le balancer dans le marais ? Vous pensiez que personne ne remarquerait rien ? Vous pensiez que personne ne soupçonnerait rien ? Bon Dieu, vous êtes un flic ! Vous êtes censé faire respecter la loi, pas vous en charger vous-même !

Elle laissa échapper un souffle qui siffla entre ses dents.

— Finalement, j'ai l'impression que je vais croire à la mauvaise part de ces rumeurs qui circulent sur vous, Fourcade.

— Je suis venu ici pour lui parler, protesta-t-il.

— Ah ouais ! Eh ben, vous êtes vachement bon causeur.

Renard gémit, changea de position et retomba dans l'inconscience. Nick ferma les yeux, se détourna et passa ses mains gantées sur sa figure. L'odeur du sang de Renard sur le cuir lui donna un haut-le-cœur.

C'est une affaire à pus finir, chuchota-t-il. *C'est une chose qui n'a pas de fin.*

— Qu'est-ce que vous racontez ? questionna Broussard.

Ombres et obscurité, et cette sorte de rage qui pouvait avaler un homme tout entier. Mais elle ignorait toutes ces choses, et il n'essaya pas de lui en parler.

— Allez appeler une ambulance, laissa-t-il tomber avec résignation.

Elle regarda Renard, revint à Fourcade, soupesant les choix possibles.

— Ça va, 'Toinette. Je promets de ne pas le tuer pendant que vous serez partie.

— Vu les circonstances, vous me pardonnerez si je ne crois pas un mot de ce que vous dites. Annie jeta de nouveau un coup d'œil à Renard. Il n'ira nulle part. Vous pouvez venir avec moi. Et au fait, ajouta-t-elle en lui faisant signe, d'un geste de son pistolet, de se diriger vers la rue, vous êtes en état d'arrestation. Vous avez le droit de garder le silence...

5.

— Vous ne pouvez pas arrêter Fourcade. C'est un inspecteur, nom de Dieu !

Gus fulminait, allant et venant derrière son bureau. Le sergent de garde l'avait appelé à son dîner du Rotary, où il avait ingéré des calories sous forme liquide, en tâchant d'atténuer les commentaires acérés de Rotariens mécontents de la décision rendue le jour même par le tribunal. Les notabilités en charge des pouvoirs publics avaient souhaité l'inculpation de Renard, en guise de petit supplément pour fêter Mardi gras. Même avec un demi-litre d'Amaretto dans le corps, Gus avait eu l'impression que sa tension artérielle allait finir par lui faire exploser le crâne.

— Bordel, Broussard, qu'est-ce qui vous est passé par la tête ? interrogea-t-il.

Annie en resta bouche bée.

— Il m'est passé par la tête qu'il a commis une agression ! Je l'ai vu de mes yeux !

— Écoutez, dans cette histoire, il a dû se passer quelque chose de plus que ce que vous savez.

— J'ai vu ce que j'ai vu. Demandez-lui vous-même, shérif. Il ne niera pas. Renard a l'air de s'être collé la figure dans un mixeur Whirlpool.

— Putain de Dieu, pesta Gus. Je l'avais prévenu, je l'avais prévenu ! Où est-il maintenant ?

— Interrogatoire B.

Pour l'amener là-bas, ç'avait été une vraie bagarre. Non que Fourcade ait résisté. C'était à cause de Rodrigue, le sergent de garde, et Degas, et Pitre, les adjoints. *« Arrêter Fourcade ? Nan. Doit y avoir une erreur. Arrête tes conneries, Broussard. Qu'est-ce qu'y t'a fait — t'a pincé le cul ? On n'arrête pas un des nôtres. Nick, il fait partie de la Confrérie. Qu'est-ce qu'y te prend, Broussard — t'as tes règles ou quoi ? Il a démonté la tête de Renard ? Bon Dieu, on d'vrait lui dégotter une médaille ! Il est mort, Renard ? On peut fêter ça ? »*

Finalement, Fourcade avait traversé le groupe pour franchir le seuil et entrer de lui-même en salle d'interrogatoire B.

De son pas imposant, le shérif dépassa Annie et sortit de son bureau. Elle pressa le pas derrière lui, en réprimant son mouvement d'humeur. Si elle avait alpagué un civil, personne n'aurait mis en doute son jugement ou sa perception des faits.

La porte de la salle d'interrogatoire était grande ouverte. Rodrigue se tenait debout, une main sur le chambranle, un œil sur son bureau qu'il avait délaissé, et, tout sourire, il échangeait des commentaires avec quelqu'un qui se trouvait à l'intérieur de la pièce, sa moustache se tortillant au-dessus de sa lèvre supérieure comme une chenille laineuse.

— Hé, shérif, on pourrait peut-être organiser un défilé pour Nick, une grande parade sous une pluie de confettis.

— La ferme, jappa Gus tout en se frayant un chemin.

Il dépassa le bureau du sergent de garde pour pénétrer dans la pièce où Degas et Pitre s'étaient étalés dans des fauteuils. Des tasses de café fumaient sur la petite table. Fourcade était assis à l'autre bout, cigarette aux lèvres, l'air détaché. Gus lança un regard cinglant à ses adjoints.

— N'avez rien de mieux à faire, vous autres ? Je me demande bien pourquoi vous émargez à mon budget ! Sortez de là ! Vous aussi ! fit-il, cassant, à Annie. Rentrez chez vous.

— Chez moi ? Mais... shérif, bégaya-t-elle. J'étais là-bas. Je...

— Lui aussi, il y était. Il pointa Fourcade du doigt. Vous, je viens de vous parler, maintenant je vais lui parler à lui. Ça vous pose un problème, adjoint ?

— Non, monsieur, fit Annie d'un ton ferme.

Elle regarda Fourcade, elle avait envie que ses yeux croisent les siens, elle avait envie d'y voir... quoi ? L'innocence ? Elle savait qu'il n'était pas innocent. Des excuses ? Il ne lui devait rien. Il tira sur sa cigarette et se concentra sur le filet de fumée.

Gus planta ses deux mains sur le dossier d'une chaise vide et s'appuya dessus, en attendant que la porte se referme derrière lui. Et lorsque la porte se ferma, il attendit enore un peu, pris d'une envie de se mettre dans son lit bien douillet, avec son épouse replète et ronflante, et de pouvoir se dire que tout cette journée n'avait été qu'un mauvais rêve et rien de plus.

— Qu'est-ce que vous avez à déclarer pour votre défense, Fourcade ? demanda-t-il enfin.

Nick écrasa son mégot dans le cendrier que Pitre lui

avait obligeamment tendu. Qu'était-il censé dire ? Il n'avait pas d'explication, il n'avait que des excuses.

— Rien, dit-il.

— Rien. Rien ? répéta Noblier, comme si ce mot lui était étranger. Regardez-moi, Nick.

Il s'exécuta, et se demanda ce qu'il avait de mieux à faire : s'autoriser, face à la déception qu'il voyait chez Noblier, une réponse dans le registre émotionnel, ou la neutraliser. L'émotion, voilà ce qui lui causait immanquablement des problèmes. Il avait passé l'année précédente à apprendre comment la contenir d'une poigne de fer, tout au fond de lui. Cette nuit, l'émotion s'était libérée, et il était là, assis.

— J'ai pris un grand risque en vous prenant ici, fit calmement Gus. Je l'ai fait parce que je connaissais votre papa, et parce que je lui devais quelque chose de longue date. Et puis, au sujet de cette affaire de La Nouvelle-Orléans, je vous ai cru, et je pensais qu'ici vous pouviez faire du bon travail. C'est comme ça que vous me payez de retour ? demanda-t-il en élevant la voix. Vous foutez une enquête en l'air et vous démontez la tête d'un suspect ? Pour votre défense, vous avez intérêt à m'en dire un peu plus que « rien », sans quoi, nom de Dieu, je balance vos tripes aux loups !

« Pourquoi vous vous êtes approché de Renard alors que je vous avais dit de ne pas le faire ? Quel besoin vous aviez de vous coller en face de lui ? Nom de Dieu, est-ce que vous avez la moindre idée de ce que lui et son anorexique d'avocat vont infliger à ce service ? Dites-moi que vous aviez une raison, n'importe laquelle, de vous approcher de lui. Qu'est-ce que vous foutiez dans ce quartier ?

— Je buvais.

— Oh, excellent ! Vous avez quitté mon service dans un état inflammable, et vous êtes allé jeter de l'alcool par là-dessus !

Il repoussa la chaise sous la table.

— On limite les dégâts, grogna-t-il. Bordel, on tourne ça comment ? Je pourrais dire que vous étiez en mission de surveillance.

— Vous avez déclaré à la presse que vous aviez levé toute surveillance.

— Rien à foutre de la presse. Je leur dis ce que j'veux qu'ils pensent. Renard est encore suspect. Nous avons des raisons de le surveiller. Ça vous donne un motif pour vous être trouvé là-bas, et puis, dans cette histoire de tripatouillage de pièce à conviction de merde avec laquelle Kudrow est en train d'essayer de nous monter les uns contre les autres, ça montre que je crois en votre innocence. Et puis après ? Est-ce qu'il vous a provoqué ?

— Ça change quelque chose ? demanda Nick. Peu importe que ce soit un meurtrier, et que ce foutu tribunal aurait dû lui poinçonner son ticket...

— Ouais ! Mais il ne l'a pas fait. Et puis Hunter Davidson a essayé et vous l'avez arrêté. Ça donne l'impression que vous vouliez vous garder le boulot pour vous tout seul.

— Je sais bien quelle impression ça donne.

— D'une agression, au minimum. Broussard pense que je devrais vous foutre le cul en taule.

Nick se redressa sur ses jambes, sa colère rallumée. Broussard, qui ne lui avait pas adressé dix mots depuis six mois qu'il était à Bayou Breaux. Qui subitement venait le trouver chez Laveau. Surgissant de nulle part avec un pistolet.

— C'est ce que vous allez faire ? demanda-t-il.

— Pas si je peux l'éviter.

— Renard va engager des poursuites.

— Vous pouvez miser vos couilles là-dessus. Celui-là, c'est pas un minable avec de la merde à la place du cerveau, à qui vous pouvez coller la tête dans les toilettes et tirer la chasse pour lui soutirer ses aveux sans personne pour l'écouter brailler. Depuis le début, Kudrow a menacé de donner des suites judiciaires. Harcèlement, dit-il. Arrestation illégale, dit-il. Eh bien, ce qu'il va dire de ça, j'en mets ma main à couper.

Il se laissa tomber sur une chaise.

— Tout compte fait, je vais finir par regretter que vous n'ayez pas fini le boulot, en donnant Renard à bouffer aux crocos.

— Qu'est-ce que tu traînes par ici, Broussard ? questionna Rodrigue.

Trapu et presque chauve, il se tenait derrière le bureau à farfouiller dans des papiers, avec un air de fausse importance, comme si on ne l'avait pas mis à la porte de la salle d'interrogatoire. Annie lâcha au sergent un regard de méfiance courroucée.

— Je suis le fonctionnaire de police qui l'a arrêté. J'ai

un suspect à coffrer, un rapport à enregistrer, et une pièce à conviction à rentrer sur l'écran.

Rodrigue renifla.

— Il va pas y avoir d'arrestation, ma choute. Fourcade, il a rien fait d'autre que ce que tout le monde dans ce comté mourait d'envie de faire.

— L'agression, la dernière fois que j'ai vérifié, c'était contraire à la loi.

— C'était pas une agression. C'était de la justice. Ah ça, ouais !

— Ouais, renchérit Degas. Et tu as fait obstruction, Broussard. C'est là qu'il est, le crime. Pourquoi tu l'as pas laissé finir le boulot ?

Parce que cela aurait été un meurtre, se dit Annie. Que Renard mérite d'être tué n'y changeait rien. La loi était la loi, et elle avait prêté serment de la faire respecter, de même que Fourcade, que Rodrigue et Degas, et que Gus Noblier.

— C'est vrai, fit Pitre en plastronnant devant elle, tout en détachant ses menottes de sa ceinture. Peut-être qu'on aurait dû t'arrêter, toi, Broussard. Pour obstruction à la justice.

— Pour avoir fait entrave à un fonctionnaire de police dans l'exercice de son devoir, ajouta Degas.

— Je pense qu'en ce cas une fouille au corps s'impose, suggéra Pitre en lui attrapant le bras.

— Va te faire foutre, Pitre, lâcha-t-elle en se dégageant.

Un ricanement salace lui éclaira la figure.

— Pour ça, je suis partant, mon petit lapin, si tu penses que dans ton cas ça peut t'aider.

— Va pisser en l'air.

— Le shérif t'a dit de rentrer chez toi, Broussard, lui rappela Rodrigue. Tu désobéis à un ordre. Tu veux aller au rapport ?

D'incrédulité, Annie eut un geste de la tête. Il irait trouver des excuses à la brutalité, mais il lui collerait un rapport parce qu'elle traînait au bureau. Elle regarda vers la porte de la salle d'interrogatoire, hésitante. Elle aurait donné n'importe quoi pour savoir ce qui était en train de se dire de l'autre côté de cette porte, mais personne n'allait lui en livrer la clé, ni au propre ni au figuré. Gus avait pris les choses en main, et Gus Noblier régnait en maître absolu sur les services du shérif du comté de Partout, si ce n'était sur le comté de Partout lui-même.

— Très bien, fit-elle à contrecœur. Je rédigerai mon procès-verbal demain matin.

Tout le temps qu'elle mit pour gagner la porte, elle sentit leurs regards cuisants dans son dos, et leur hostilité, comme une chose tangible. Cette sensation la rendait malade. Ces hommes étaient ceux qu'elle connaissait depuis deux ans, des hommes avec qui elle avait échangé des plaisanteries.

Le brouillard s'était transformé en une pluie froide. Annie ramena sa veste en jean sur sa tête et courut à sa Jeep, où sa glace avait fondu et coulait à travers le carton, une flaque crémeuse sur le plancher côté conducteur. Une fin bien dans le ton de la soirée. Elle s'assit au volant, essaya d'imaginer ce qui allait arriver demain, mais rien ne lui vint. Elle n'avait pas de cadre de référence. Elle n'avait jamais arrêté l'un de ses camarades fonctionnaires.

« On n'arrête pas un des nôtres. Nick, il fait partie de la Confrérie. »

La Confrérie. Le Code.

— Et alors, bon sang, qu'est-ce que j'étais censée faire ? se demanda-t-elle à haute voix.

L'alligator en plastique qui pendait au rétroviseur lui rendit son regard fixement, l'œil moqueur et mauvais. De l'index, Annie lui flanqua une chiquenaude et, tandis qu'il dansait au bout de son cordon, elle se redressa contre le dossier de son siège. Elle jeta un coup d'œil au sac en papier qu'elle avait calé entre les sièges baquets. Le sac dans lequel il y avait eu sa glace. Le sac qu'elle avait utilisé pour y recueillir les gants ensanglantés de Fourcade. Chaque gant aurait dû être ensaché séparément, mais elle s'était débrouillée avec ce qu'elle avait eu sous la main, en glissant un gant dans le sac, puis en repliant le sac et en insérant l'autre gant dans la poche que formait ce pli. Le code de procédure stipulait qu'elle devait enregistrer à l'écran la pièce à conviction, et veiller à ce qu'elle soit déposée en sûreté dans l'endroit prévu à cet effet. Son instinct la retint de retourner au poste en courant. Elle pouvait encore sentir leurs regards. Elle avait rompu le Code.

Et pourtant, elle avait biaisé avec les règles. Avec un civil, elle aurait appelé une unité sur les lieux, ce qu'elle n'avait pas fait. La juridiction compétente était celle de la ville de Bayou Breaux, pas celle du comté de Partout, mais transférer Fourcade à un autre commissariat aurait passé pour une trahison. Elle avait appelé une ambulance pour

Renard, en ne fournissant aucune explication aux auxiliaires de santé, et elle avait emmené Fourcade jusqu'au poste dans son propre véhicule. Elle n'avait même pas eu recours au système de transmission pour les avertir, parce qu'elle ne voulait pas que cette histoire se balade sur le réseau radio.

Pour Fourcade, parce que c'était un flic, elle avait consenti des concessions, et on lui en faisait quand même tout un plat. Des hommes avec qui elle plaisantait la nuit dernière la regardaient subitement comme une étrangère, hostile et importune.

Elle fit démarrer la Jeep et sortit du parking, lorsque deux voitures y pénétrèrent. Des adjoints qui arrivaient pour la relève de minuit. La nouvelle que Fourcade s'était fait coffrer allait crépiter comme de l'huile chaude dans une poêle. Soudain, son monde avait pivoté de cent quatre-vingts degrés. Tout ce qui était simple était devenu complexe. Tout ce qui était familier devenait insolite. Et ce qui était clair devenait sombre. Elle regarda la pluie et se souvint des mots chuchotés par Fourcade : *Terre des ombres*.

Les rues étaient désertes, donnant aux feux de signalisation un air incongru. La majorité des sept mille habitants de Bayou Breaux étaient des gens de la classe laborieuse qui, les soirs de semaine, allaient se coucher à une heure décente et se réservaient les week-ends pour faire la java. Pêcheurs qui vendaient à la criée, ouvriers du pétrole, planteurs de canne à sucre. Le peu d'industrie qu'il pouvait y avoir en ville les faisait vivre.

Le cœur de Bayou Breaux était ancien. Deux des immeubles de la rue Dumas se dressaient là avant même le XVIIIe siècle, quand les premiers Acadiens débarquèrent de leurs bateaux, suite au *grand dérangement*, quand les Britanniques leur avaient confisqué leurs propriétés et les avaient chassés de la Nouvelle-Écosse. Les immeubles datant du XIXe siècle étaient beaucoup plus nombreux — certains recouverts de bardeaux, d'autres en briques, avec de faux frontons, certains en bon état, d'autres non. Annie passa devant, momentanément oublieuse de leur histoire.

Un éclairage au néon, à l'enseigne de la bière Dixie, rougeoyait dans la vitrine du T-Neg's, la boîte de nuit située dans ce qu'on appelait toujours le quartier coloré de la ville. Il restait encore à cette fureur moderne du politiquement correct à investir les recoins les plus reculés de la Louisiane Sud. Elle tourna sur sa droite, à hauteur de Canray's Garage, une station-service délabrée qui, avec ces voitures bonnes pour la casse et ces moteurs éviscérés abandonnés dans tous les coins, avait l'air de sortir d'un film de science-fiction postapocalyptique. Des pavillons miteux à un étage s'élevaient de terre sur des empilements de briques un peu penchés, les maisons entassées à touche-touche, avec des jardins de la taille d'un timbre-poste.

À mesure qu'elle roulait vers l'ouest, les propriétés se faisaient plus vastes, les demeures plus respectables et modernes. Les vieux quartiers laissaient place à des parcelles, dans le sud-ouest de la ville, où les entrepreneurs avaient aligné, dans des voies en cul-de-sac, des villas de planteur en brique, dans le style pseudo-acadien ou pseudo-caraïbe. C'était là qu'habitait A.J.

Mais comment pouvait-elle se rendre chez lui ? Il travaillait pour le procureur. Techniquement, les flics et les procureurs avaient beau faire partie de la même grande équipe, la réalité était plus souvent celle d'une rivalité que d'une communauté d'intérêts. Si elle coiffait le shérif et franchissait la ligne pour se retrouver dans le camp du procureur, elle allait passer un sale quart d'heure avec Noblier, et le service y verrait simplement une preuve supplémentaire qu'elle s'était retournée contre eux.

Et alors, et si elle se rendait chez A.J. comme on se rend chez un ami ? Pouvait-elle attendre de lui qu'il ne confonde pas ce qu'ils étaient avec ce qu'ils faisaient, quand il y avait une possible inculpation pour forfaiture dans la balance ?

Annie fit demi-tour et prit la direction de l'hôpital. Jusqu'à preuve du contraire, la raclée qu'avait prise Marcus Renard, c'était son affaire. Il lui revenait de recueillir la déposition de la victime.

À Notre-Dame-de-la-Miséricorde une statue de la Vierge Marie d'un blanc immaculé accueillait à bras ouverts les affligés. À la base du piédestal, des projecteurs nichés dans les bosquets d'hibiscus l'illuminaient toute la nuit, un balisage qui n'attendait que de se faire rentrer dedans. L'hôpital lui-même avait été construit dans les années 70, durant le boom du pétrole, en des temps où l'argent facile et la philanthropie coulaient à flots. C'était un L en brique à deux étages, qui s'étendait sur une pelouse manucurée, juste assez en retrait du bayou pour offrir une vue spectaculaire, en particulier durant la saison des inondations, tout en restant abrité.

Annie se gara en zone rouge devant l'entrée des urgences, et abaissa sa casquette sur son front, avec l'insigne des services du shérif épinglé dessus. Carnet de notes en main, elle entra dans l'hôpital, tout en se demandant si Renard serait en état de lui parler. S'il mourait, cela rendrait-il la vie plus facile ou plus difficile ?

— Nous venons à peine de l'installer dans une chambre. L'infirmière Jolie la conduisit dans un couloir qui luisait comme une perle sous le doux éclairage nocturne. J'avais voté pour qu'on le mette dans la chaufferie — dans la chaudière, pour être précise. Vous savez qui lui a fichu une trempe ? Ce type-là, j'aimerais bien le couvrir de baisers.

— Il est en prison, mentit Annie.

L'infirmière Jolie haussa un sourcil finement incurvé.

— Ah ? Pourquoi ça ?

Annie réprima un soupir, et elles s'arrêtèrent devant la porte de la chambre 118.

— Est-il réveillé ? Sous sédatifs ? Peut-il parler ?

— Il peut parler à travers ce qui lui reste de dents. Pour son nez et sa mâchoire, le docteur Van Allen a pratiqué une anesthésie locale. On ne lui a pas donné d'antalgiques. Un sourire d'un sadisme malicieux retroussa les lèvres de l'infirmière. Nous ne voulons pas prendre le risque que les narcotiques masquent les symptômes d'un traumatisme crânien avec complications.

— Ne jamais envoyer bouler les gens de la profession médicale, fit Annie en faisant mine de se griffonner une note à son propre usage.

— Bien vu, ma fille.

Jolie poussa la porte. La chambre était pour deux personnes, mais seul un lit était occupé. Renard était couché, la tête du lit légèrement relevée, et la lumière fluorescente lui donnait en plein dans les yeux, qui étaient presque fermés tant ils étaient enflés. Sa figure avait l'air d'une grenade mutante. Deux heures seulement après sa raclée, et déjà la tumescence et les bleus la rendaient méconnaissable. Un sourcil était recousu. Depuis le menton, une autre ligne d'agrafes courait sur la lèvre supérieure comme un mille-pattes. On avait bourré ses narines de coton, et ce qui restait de son nez était emmailloté de bandages et de sparadrap.

— Même pas une prise à débrancher, fit l'infirmière sur un ton de regret. Elle jeta un regard à Annie. Vous n'auriez pas pu traîner un peu les pieds jusqu'à ce que Je-ne-sais-qui mette cet enfoiré dans le coma ?

— Le sens du tempo n'a jamais été mon meilleur atout, maugréa Annie avec une ironie teintée d'amertume.

— Dommage !

Annie la regarda s'éloigner à pas feutrés vers la salle de repos des infirmières.

— Monsieur Renard, je suis l'adjoint Broussard, dit-elle en décapuchonnant son stylo tout en avançant vers le lit. Si cela vous est possible, j'aimerais recueillir une déposition de vous au sujet de ce qui s'est passé ce soir.

Marcus l'examina au travers des fentes demeurées ouvertes dans le boursouflement qui lui entourait les yeux. Son ange de miséricorde. À côté du lit d'hôpital surélevé, elle avait l'air d'être petite. Elle disparaissait dans la veste en jean qu'elle portait. Jolie, style garçon manqué, avec un coquard qui noircissait en haut d'une joue et ses cheveux bruns en désordre. Ses yeux au dessin légèrement exotique avaient la couleur du café noir, et leur expression était sacrément sérieuse, dans l'attente qu'il parle.

— Vous étiez là, chuchota-t-il, réveillant un élancement de douleur qui lui traversa le visage.

L'effet du peu de lidocaïne que le médecin avait bien voulu se donner la peine de lui administrer se dissipait. Le forçait à respirer par la bouche, et ne faisait qu'ajouter à l'impression que sa tête avait deux fois sa taille normale. Ses sinus s'écoulaient dans son arrière-gorge, presque à l'étouffer.

— J'ai besoin de savoir ce qui s'est passé avant que j'arrive, dit-elle. Qu'est-ce qui a déclenché la bagarre ?

— Agression.

— Vous êtes en train de dire que l'inspecteur Fourcade vous a tout bonnement agressé ? Aucun propos n'a été échangé ?

— Je suis sorti... de l'immeuble, fit-il en hésitant. Le sparadrap enserrait si étroitement ses côtes fêlées qu'il aurait été incapable d'aspirer plus d'une infime goulée d'air à la fois. Il était là. En colère... à cause du jugement. M'a dit que ce n'était pas fini. M'a frappé. Encore... et encore.

— Vous ne lui avez rien dit ?

— Il veut ma mort.

Elle lui jeta un coup d'œil en levant le nez de son carnet.

— Il est loin d'être le seul, monsieur Renard.

— Pas vous, fit Marcus. Vous... m'avez sauvé.

— Je faisais mon travail.

— Et Fourcade ?

— Je ne m'exprime pas à la place de l'inspecteur Fourcade.

— Il a essayé... de me tuer.

— A-t-il déclaré qu'il avait l'intention de vous tuer ?

— Regardez-moi.

— Ce n'est pas mon rôle de tirer des conclusions, monsieur Renard.

— Mais c'est ce que vous avez fait, insista-t-il. Je vous ai entendue dire : « Vous êtes en train de le tuer. » Vous m'avez sauvé. Merci.

— Je ne veux pas de vos remerciements, répliqua brusquement Annie.

— Je n'ai pas... tué Pam. Je l'aimais... comme un ami.

— Les amis ne pourchassent pas leurs amis.

Marcus leva un doigt pour la reprendre.

— Conclusion...

— Ce n'est pas mon affaire. Je suis libre de passer les faits en revue et d'en venir à la conclusion que je veux. Avez-vous provoqué l'inspecteur Fourcade d'une manière ou d'une autre ?

— Non. Son attitude était irrationnelle... et il était ivre.

Il essaya de s'humecter les lèvres, sa langue vint buter contre les arêtes déchiquetées de plusieurs dents ébréchées, et dans l'espace désormais vide d'une canine. Son regard glissa sur sa droite, vers une carafe en plastique.

— Pouvez-vous, s'il vous plaît... me verser un verre... Annie ?

— Adjoint Broussard, fit Annie trop sèchement.

Cet usage qu'il faisait de son prénom l'agaçait. Elle voulut refuser sa demande, mais il avait déjà suffisamment matière à poursuites contre le service. Cela n'avait aucun sens d'envenimer la situation en lui fournissant un motif à reproche aussi banal. Elle posa son carnet sur l'étagère de chevet, remplit la moitié d'un verre d'eau et le lui tendit. Les jointures de sa main droite étaient à vif et orange de teinture d'iode. C'était dans cette main qu'il devait avoir brandi le couteau, quand il avait massacré unc femme qu'il prétendait avoir aimée comme un ami.

Il essaya de boire une gorgée d'eau, et d'éviter la partie éclatée et recousue de sa lèvre en appuyant le verre contre le coin droit de sa bouche. Un filet d'eau lui coula au bas du menton dans sa chemise d'hôpital. Il aurait dû avoir une paille, mais les infirmières ne lui en avaient pas laissé. Annie se dit qu'il pourrait toujours s'estimer heureux si elles n'avaient pas empoisonné l'eau.

— Merci, encore une fois... adjoint, fit-il, dans une tentative de sourire qui lui donna encore plus l'air d'un vampire. Vous êtes très gentille.

— Avez-vous l'intention d'engager des poursuites ? lui demanda Annie abruptement.

Il émit un bruit étouffé, qui aurait pu être un rire.

— Il a essayé de me tuer. Oui... Je veux engager des poursuites. Il devrait être... en prison. Vous allez m'aider à l'y envoyer... adjoint. Vous êtes mon témoin.

Cette perspective la pénétra comme une baïonnette, et le stylo s'immobilisa dans la main d'Annie.

— Vous savez quoi, Renard ? Cette nuit, j'aurais voulu ne jamais avoir tourné dans cette rue.

Il essaya de remuer la tête.

— Vous ne voulez... pas ma mort... Annie. Aujourd'hui, vous m'avez sauvé. Deux fois.

— J'aimerais n'avoir rien fait.

— Vous ne... recherchez pas la vengeance. Vous recherchez... la justice... la vérité. Je ne suis pas... un méchant homme... Annie.

— Je me sentirai mieux si c'est un tribunal qui tranche la question, fit-elle en refermant son carnet. Quelqu'un du service vous contactera.

Marcus la regarda s'éloigner, puis il ferma les yeux et fit réapparaître son visage, en imagination. Joli, un soupçon de fossette au menton, une peau qui avait la douceur et le teint des pêches nouvelles de Géorgie. Elle croyait au bon côté des gens. Elle aimait se rendre secourable. Il s'imagina sa voix — douce, un peu enrouée. Il songea à ce qu'elle aurait pu lui dire si elle n'était pas venue le voir en sa qualité d'adjoint. Des mots de sympathie et de réconfort, faits pour soulager sa douleur.

Annie Broussard. Son ange de miséricorde.

6.

La pluie tombait régulièrement, réduisait la portée des phares, refermait la nuit comme un tunnel. Le ciel semblait trop bas, les arbres qui poussaient dru paraissaient se voûter au-dessus de la route. L'imagination de Jennifer Nolan s'emballait sur des images de film, des images de maniaques bondissant devant elle et de voitures surgissant soudainement dans le rétroviseur.

Elle détestait travailler en équipe de nuit. Mais elle détestait tout autant rester chez elle, le soir. Elle avait été élevée dans la crainte fondamentale de tout ce qui touchait à la nuit : l'obscurité, les bruits de l'obscurité, les choses qui pouvaient s'y tapir. Elle aurait aimé avoir une colocataire, mais la dernière lui avait volé ses plus beaux bijoux et sa télévision, avant de s'enfuir avec un quelconque motard, et donc elle vivait seule.

Soudain, des phares surgirent derrière elle, et Jennifer retint son souffle. Tout le monde ne parlait plus que de meurtre, et des femmes qui ne pouvaient plus marcher dans les rues en sécurité. Elle avait entendu dire que cette femme, Bichon, avait été démembrée. Ce n'était pas ce qu'on avait rapporté aux informations, mais elle savait que c'était probablement vrai. Les fuites alimentaient la rumeur — comme ce détail du masque de Mardi gras. Ça non plus, la police voulait que personne ne le sache, mais tout le monde était au courant.

Rien que d'imaginer la terreur que cette femme avait dû éprouver, cela suffisait à donner des cauchemars à Jennifer. À cause de cette histoire de masque, elle n'avait même pas envie de penser à Mardi gras, qui n'était que dans deux semaines. Et maintenant il y avait cette voiture qui la filait. Pour autant qu'elle sache, c'était ce qui avait dû arriver à Pam Bichon. On avait pu la forcer à quitter la route et à emprunter cette allée, vers sa mort.

La voiture arriva à sa hauteur et sa panique redoubla. Puis la dépassa, ses feux arrière rougeoyant dans les ténèbres. Un soulagement l'envahit. Elle abaissa le clignotant et tourna à la hauteur du parc aux caravanes. Lorsqu'elle monta les marches, elle avait sa clé en main, exactement comme elle l'avait lu dans *Glamour*. Tenir sa clé prête pour ouvrir la porte en vitesse ou pour s'en servir comme d'une arme si un agresseur jaillissait du buisson de chèvrefeuille, qui luttait pour survivre à côté du petit perron de sa caravane.

Une lampe était allumée dans le salon, pour donner l'impression que toute la soirée il y avait eu quelqu'un. Après avoir fermé à clé derrière elle, Jennifer accrocha sa veste au portemanteau, attrapa un torchon sur le bar de la cuisine et sécha ses cheveux roux mouillés par la pluie, tout en avançant. Elle faisait bien attention de ne pas entrer dans une pièce avant d'avoir allumé et d'y voir. Elle vérifia la chambre d'amis, la salle de bains. Sa chambre était au bout de l'étroit couloir. Rien n'avait été dérangé, personne n'était dans le placard. Une bombe de laque Aqua Net était posée sur la table de nuit. Si quelqu'un s'introduisait dans la nuit, elle s'en servirait comme d'une massue.

Avec la sensation d'être en sécurité, la tension commença de refluer, laissant place à la fatigue. De trop nombreuses nuits avec trop peu de sommeil, les chamailleries avec son directeur à chaque pause café, l'arriéré sur sa facture de téléphone — chacun de ces soucis lui pesait. Déprimée, elle se brossa les dents, retira son jeans, et grimpa dans son lit, avec le T-shirt qu'elle avait porté toute la journée. JE SUIS AVEC STUPIDE, était-il écrit dessus, et une flèche pointait l'espace vide dans le lit à côté d'elle. Elle n'était avec personne. Jusqu'à 1 h 57 du matin.

Jennifer Nolan se réveilla en sursaut. Une main gantée la frappa violemment au visage, tandis qu'elle se débattait pour s'asseoir et qu'elle ouvrait la bouche pour crier. L'arrière de son crâne cogna contre le dossier du lit. Elle essaya encore de se jeter en avant, mais elle fut arrêtée cette fois par le contact d'une lame sur sa gorge. Sa vessie se relâcha et des larmes jaillirent de ses yeux.

À travers ce voile de larmes, elle put tout de même voir l'agresseur. Son image était illuminée par la lueur verte du réveil et par la lumière qui filtrait par le pourtour des ministores bon marché. Il semblait immense, alors que sa silhouette menaçante se dressait au-dessus d'elle, une vision de mort. Terrifiée, elle fixa son visage — à demi caché par un masque de Mardi gras surmonté de plumes.

7.

Richard Kudrow était mourant. À la maladie de Crohn qui assiégeait son tractus intestinal depuis ces cinq dernières années s'était ajouté, ces derniers mois, un cancer galopant. En dépit des efforts de la science médicale, son corps était virtuellement en train de se dévorer lui-même.

On lui avait conseillé de cesser d'exercer et de consacrer son temps à cette tâche sans espoir, son traitement, mais il n'en voyait pas l'intérêt. Il savait son décès inéluctable. Le travail était la seule chose qui le faisait tenir. La colère, les poussées d'adrénaline alimentaient son organisme affaibli. Se concentrer sur la justice — un but à sa portée — suscitait en lui une volonté plus résolue que n'en aurait fait naître la poursuite d'un traitement — un but hors de sa portée. En défiant et ses médecins et la maladie, il avait déjà réussi à vivre au-delà de toute attente.

Ses ennemis le disaient trop sacrément méchant pour mourir. Et il comptait que la raclée passée à Marcus Renard lui vaudrait six ou huit mois supplémentaires de fureur de vivre.

— Mon client a été frappé par votre inspecteur, il a été à deux doigts de perdre la vie, Noblier. Quelles foutaises allez-vous essayer de répandre pour masquer cette vérité toute nue ?

Gus serra les lèvres. Lorsqu'il fixa Kudrow, assis en face de lui, gris et desséché comme une bogue de noix de pécan pourrie, dans son costume brun chiffonné, ses yeux s'étrécirent à la taille de deux perles.

— L'expert en foutaises, Kudrow, c'est vous. Est-ce que je suis censé avaler les rodomontades de votre client, ce pervers inadapté social et homicide ?

— Il ne s'est pas fracturé le nez et la mâchoire tout seul. Il ne s'est pas fait sauter les dents tout seul. Interrogez Broussard, votre adjoint. Encore mieux, Broussard, je vais l'interroger moi-même, fit Kudrow en s'aidant de ses bras pour s'extraire de son fauteuil. S'il y a bel et bien une chose dont je suis sûr, c'est que vous faire confiance, ce serait vraiment donner des perles aux cochons.

Gus se leva avec énergie et brandit un doigt en direction de l'avocat.

— Vous n'approchez pas de mes gens, Kudrow.

— Broussard est un témoin essentiel et Fourcade est un voyou. Au commissariat de police de La Nouvelle-Orléans, c'était déjà un voyou, et vous le saviez quand vous l'avez engagé. Cela vous rend coupable au civil, Noblier, et, en vertu du fait que vous n'avez pas démis Fourcade de l'affaire Bichon après sa tentative avérée de manipuler une pièce à conviction, vous pourriez bien être coupable de collusion avec cette agression.

Gus s'en étrangla de rire.

— Collusion ! Vous enfourchez un cheval déjà crevé, espèce de vieux bouc, et vous allez vous coller une hernie à essayer de traîner cette carcasse devant le tribunal. Et vous pouvez lancer autant de poursuites au civil que vous voulez. Vous serez mort avant de soutirer un centime à mon service. Du reste, je ne me souviens pas qu'on vous ait élu procureur.

— Smith Pritchett va intenter une action en justice avant que vous ayez digéré la graisse que vous avez mangée au petit déjeuner. Il sera trop content de voir Fourcade le cul en prison.

— Nous verrons ça, grommela Gus. Vous savez que dalle de ce qui s'est passé la nuit dernière, et rien ne m'oblige à en parler avec vous.

— Tout ça dépendra du procès-verbal. Kudrow attrapa sa vieille serviette, dont le poids le fit pencher légèrement de côté. Et ça vaut rudement mieux comme ça. La nuit dernière, votre adjoint a procédé à une arrestation. Elle a recueilli une déposition de mon client, elle lui a demandé s'il voulait engager des poursuites. Et s'il n'en ressort aucune paperasse qui corresponde à tous ces faits, ça va barder, Noblier.

Les traits de Gus se tordirent comme si l'on venait seulement de le tenir au courant d'un carambolage meurtrier vieux de la veille.

— Votre client est un paranoïaque et un menteur, et ce sont là parmi ses meilleures qualités, fit-il en coupant le chemin à l'avocat pour gagner la porte de son bureau. Sortez d'ici, Kudrow. J'ai mieux à faire que de vous écouter éructer vos gaz toute la matinée.

Kudrow découvrit ses dents, que les toxines de son corps avaient fait virer à l'ambre. L'énergie brûlait dans ses veines comme du combustible pour fusée et il s'imaginait qu'elle consumait son cancer en l'expurgeant de lui.

— Ce fut un plaisir, comme toujours, shérif. Mais pas

autant que le plaisir que j'aurai à réduire à néant votre existence et celle de votre dévoyé de Fourcade.

— Pourquoi ne rendez-vous pas service à tout le monde en tombant raide mort ? suggéra Gus.

— Je ne vous ferai jamais ce plaisir, Noblier. Je prévois de survivre plus de temps qu'il ne vous en reste à passer dans ce bureau, ne serait-ce que par rancune.

— Dieu vivra assez longtemps pour ça, mais vous, c'est sûr que non, et ça n'est pas pour me déplaire.

— Nous verrons bien qui aura le dernier mot.

Gus claqua la porte dans le dos de Kudrow.

— Moi, espèce de vieille pourriture de fumier, grommela-t-il. Il pivota vers la porte latérale, celle du bureau de sa secrétaire, et beugla : Broussard, arrivez !

Cela lui mit le cœur à l'envers. Elle avait guetté avec une intense attention les éclats de voix que l'on entendait très distinctement à travers la porte. C'était comme si la chaleur de la dispute l'avait enveloppée physiquement. Elle pouvait sentir la sueur couler entre ses omoplates et rendre son uniforme tout moite aux aisselles.

Valérie Comb, la secrétaire de Noblier, la regarda de travers. Fausse blonde, elle avait été l'aînée d'Annie à l'école, de quatre ans, chef pompom girl de l'équipe de basket, et au jeu de « Toi, qu'est-ce que tu feras plus tard ? », ses copines avaient dit : « Toi, tu te feras engrosser. » Ce qu'elle fit. À présent divorcée, avec trois enfants, sa loyauté était solidement acquise à Noblier.

Annie prit une profonde inspiration, s'introduisit dans le saint des saints et ferma la porte derrière elle. Le shérif avança sur elle de son pas lourd, œil de bouledogue et mains à hauteur de la ceinture. Annie cala ses pieds en les écartant légèrement et noua ses mains dans son dos.

— Vous avez recueilli une déposition de Marcus Renard la nuit dernière ? fit-il d'une voix nette.

— Oui, monsieur.

— Je vous avais bien dit de rentrer chez vous, n'est-ce pas, Broussard ? Est-ce que je deviens Alzheimer ou quoi ? Est-ce que je me suis seulement imaginé vous avoir dit de rentrer chez vous ?

— Non, monsieur.

— Alors nom de Dieu, qu'est-ce que vous foutiez là-bas à Notre-Dame, à recueillir une déposition de Marcus Renard ?

— Il fallait bien le faire, shérif, dit-elle. J'étais le fonctionnaire de police présent sur les lieux. Je savais que Renard serait trop content d'attaquer le service pour négligence, et...

— Ne me serinez pas la procédure, pas à moi, Broussard, coupa-t-il. Vous pensez que je ne la connais pas, la procédure ? Vous pensez que je ne sais pas ce que je fais ?

— Non, monsieur... je veux dire, si, monsieur... Je...

— Quand je vous dis quelque chose, adjoint Broussard, j'ai une raison. Il se pencha vers elle, la tête aussi rouge qu'un radis jusqu'au bout des oreilles. Avant de procéder de la manière habituelle, il arrive parfois qu'il faille mettre un peu d'ordre dans une situation. Vous comprenez ce que je suis en train de vous dire là, adjoint Broussard ?

Annie tint bandé chaque muscle de son corps, car elle avait trop peur de comprendre exactement ce qu'il disait.

— J'ai vu Fourcade passer Renard à tabac, shérif.

— Je ne suis pas en train de vous dire que vous ne l'avez pas vu. Je suis en train de vous dire que vous ne savez rien des circonstances. Et que vous n'avez pas pu capter un appel qui signalait un rôdeur dans ce quartier de la ville. Lorsque le contrevenant a résisté à son arrestation, vous n'étiez pas sur place.

Annie la dévisagea un long moment.

— Donc, je n'étais pas dans la salle la nuit dernière, quand tout le monde était en train d'arranger cette histoire, dit-elle enfin, sachant qu'elle allait susciter la colère de Noblier. Ce qu'a fait Fourcade la nuit dernière était illégal. Il était dans son tort.

— Et ce que Renard a fait à cette fille Bichon ?

— Bien sûr, mais...

— Laissez-moi vous dire quelque chose, Annie, reprit-il, soudain plus calme, radouci.

Il fit un pas en arrière et s'assit sur le rebord de son bureau. Son expression était grave, franche, dénuée de cette tempête qu'il soufflait d'ordinaire sur le monde.

— Le monde n'est pas noir ou blanc, Annie. Il est plein d'ombres grises. Le monde ne suit pas le manuel de procédure. La loi et la justice ne sont pas toujours une seule et même chose. Je ne suis pas en train de dire que j'excuse ce que Fourcade a fait mais que ce que Fourcade a fait, je peux le comprendre. Et que, dans ce service, nous devons nous soutenir. Cela suppose que vous arrêtiez de bâcler le travail en essayant d'arrêter un inspecteur. Cela signifie que vous n'avez pas à vous précipiter pour recueillir une déposition quand je vous dis de rentrer chez vous.

— Je ne peux rien changer au fait que j'étais là, shérif, ou que Renard savait que j'étais là. Ça donnerait quelle impression, si je n'avais pas recueilli sa déposition ?

— Ça pourrait donner l'impression que Renard s'est trompé sur l'enchaînement des événements. Et que nous lui laissons la nuit pour se remettre avant d'aller l'embêter un peu plus. Et aussi que nous étions en train de régler ici les questions juridictionnelles.

Ou bien cela aurait pu donner l'impression qu'ils ignoraient délibérément la victime d'un passage à tabac brutal, qu'ils préféraient regarder ailleurs parce que l'auteur de la chose était un flic. Cela aurait pu donner l'impression qu'ils étaient en train de jouer la montre jusqu'à pouvoir sortir une histoire tout prête.

Annie se tourna vers le mur auquel était accroché un assortiment de clichés de l'illustre carrière d'August F. Noblier. Le shérif, aux temps où il était plus jeune, plus svelte, avec un grand sourire, en train de serrer la main du gouverneur Edwards. Un déploiement de photographies en compagnie de politiciens de moindre envergure et de célébrités qui étaient passées par le comté de Partout tout au long des années du règne de Gus. Elle l'avait toujours respecté.

— Vous avez fait ce que vous avez fait, et nous ferons avec, dit-il, comme si c'était elle qui avait enfreint la loi. Annie se demanda s'il avait admonesté Fourcade, ou s'il lui avait simplement donné une tape dans le dos. Le fait est que nous aurions pu traiter cette situation plus proprement si vous aviez respecté mes instructions à la lettre. Vous voyez de quoi je veux parler ?

Annie ne dit rien. Faire remarquer qu'on l'avait exclue des opérations comme une étrangère, cela n'aurait rien apporté de bon. Elle n'était pas certaine de savoir où était le pire — se retrouver mise à l'écart, ou enrôlée dans un complot.

— Je ne veux pas que vous parliez à la presse, fit Noblier en contournant son bureau pour s'installer dans son grand fauteuil directorial. Et ne parlez à Richard Kudrow sous aucun prétexte.

— Bien, monsieur.

— Sans commentaire. C'est dans vos cordes ?

— Oui, monsieur.

— Et, surtout, je ne veux pas que vous parliez à Marcus Renard. Vous avez saisi ?

— Oui, monsieur.

— Vous n'étiez pas en service, et c'est pour ça que vous n'avez pas entendu cet appel lancé sur le réseau radio 10-70. Vous avez déboulé en plein milieu d'une situation et vous vous en êtes rendue maître. C'est bien comme ça que ça s'est passé ?

— Oui, monsieur, chuchota-t-elle, la sensation de malaise au creux de son estomac gonflant comme de la pâte à pain.

Pendant un moment, Noblier la dévisagea en silence.

— Comment Kudrow sait-il que vous avez essayé d'arrêter Fourcade ? Vous a-t-il déjà parlé ?

— Il a laissé un message sur mon répondeur téléphonique ce matin, pendant que j'étais sortie courir.

— Mais vous ne lui avez pas parlé ?

— Non.

— Vous lui avez dit que vous aviez arrêté Fourcade ?

— Non.

— Est-ce que vous avez informé Fourcade de ses droits devant Renard ?

— Renard était inconscient.

— Alors Kudrow bluffait, l'ignoble fils de pute, marmonna Gus en se parlant tout seul. Je hais ce type. Je me moque qu'il soit mourant. J'aimerais qu'il se presse un peu et qu'on en finisse. Est-ce que vous avez déposé un rapport d'arrestation ?

— Pas encore.

— Et vous n'en déposerez pas. Si vous avez commencé d'établir les documents, je veux que vous en fassiez des confettis. Pas que vous les jetiez. Des confettis.

— Mais Renard va engager des poursuites...

— Cela ne veut pas dire que nous devons lui faciliter la tâche. Rédigez sa plainte, rédigez votre rapport préliminaire, mais vous n'avez pas arrêté Fourcade, d'accord ? Mettez vos initiales de sergent sur cette paperasse et apportez-moi directement le dossier.

« Je prends l'affaire en charge personnellement, ajouta-t-il, comme s'il prononçait cette phrase pour l'essayer, en vue d'une déclaration officielle à venir. C'est une situation inhabituelle — des allégations émises sur l'un de mes hommes. Demande mon attention sans partage, pour veiller à ce que justice soit rendue.

« Et ne me regardez pas comme ça, adjoint, fit-il en pointant un doigt accusateur. Nous ne faisons rien que Richard Kudrow n'ait fait plus d'une fois pour le compte de l'ordure qu'il représente.

— Alors nous ne sommes pas meilleurs qu'eux, murmura Annie.

— Et puis quoi encore ! grommela Noblier en tendant la main vers le téléphone. Nous sommes les bons garçons, Annie. Nous travaillons pour Dame Justice. Seulement, ce qu'il y a, c'est qu'avec ce foutu bandeau sur les yeux elle n'est pas toujours capable de voir ce qui est. Vous êtes relevée, adjoint.

À l'origine, au sein des services du shérif du comté de Partout, le vestiaire des femmes était un réduit de concierge. Dans les années 60, lorsque l'immeuble avait été conçu, il n'y avait pas de femme dans le métier, et les mâles, chauvins et bienheureux, qui composaient la commission chargée des plans de l'édifice, n'avaient pas prévu cette possibilité. Du fait de leur manque de clairvoyance, les fonctionnaires de sexe masculin disposaient d'un vestiaire avec douches et de leur propre salle de repos, tandis que le personnel féminin se contentait d'un placard à balais reconverti lors du réaménagement de 1993.

Pour tout éclairage, il y avait une ampoule accrochée au plafond. On avait chipé quatre casiers en métal cabossés dans le vieux collège d'enseignement secondaire pour les transplanter le long d'un mur. Sur le mur opposé, un miroir miteux, sans cadre, était accroché au-dessus d'un petit lavabo en porcelaine. La première fois qu'Annie était venue travailler, quelqu'un, depuis le vestiaire des hommes situé de l'autre côté du mur, avait foré un trou à une quinzaine de centimètres sur la gauche du miroir. Désormais, elle vérifiait périodiquement la cloison, à la recherche de nouvelles brèches pratiquées dans l'intimité des lieux, et elle remplissait les trous avec un mélange d'enduit qu'elle gardait dans son casier, à côté de la cachette où elle planquait ses barres de chocolat.

Elle était la seule à utiliser la pièce avec régularité, et, à l'heure actuelle, la seule femme agent de patrouille. Il y avait deux femmes qui travaillaient à la prison, et une fonctionnaire en civil, chargée des jeunes délinquants, mais, toutes arrivées avant la reconversion du placard à balais, elles s'étaient adaptées à leur vie professionnelle en s'en passant. Annie considérait cette pièce comme la sienne, et elle avait fait en sorte de l'embellir un peu, en y apportant un palmier dans un pot en plastique et un bout de tapis pour couvrir le sol en béton. Une affiche de l'Association internationale des femmes policières égayait un mur.

Annie s'assit sur sa chaise pliante et fit face à la porte. Elle ne pouvait se résoudre à s'asseoir devant les femmes de l'affiche. Elle était en retard pour la patrouille et elle avait manqué la réunion du matin. Dans son esprit, il ne faisait aucun doute que tous les uniformes de la place savaient que Noblier l'avait appelée dans son bureau, et pourquoi. À la minute où elle était entrée dans le bâtiment, le sergent Hooker lui avait annoncé le premier de ces deux faits. Les regards qu'elle s'était attirés de la part des autres hommes avaient été autant de lourdes allusions au second.

Elle regarda la chemise du dossier qu'elle tenait sur ses genoux. Elle était allée jusqu'à taper le rapport d'arrestation de Fourcade la nuit dernière. S'asseoir à sa machine à écrire, chez elle, et porter noir sur blanc ce qu'elle avait vu, ce qu'elle avait fait, cela lui avait procuré un sentiment de maîtrise. Elle en avait éprouvé une sensation d'assurance, juste l'espace d'un instant, là, au cœur de la nuit. Ce matin, le shérif Noblier avait écrasé ce sentiment sous le poids de son autorité.

Il voulait qu'elle dépose un faux rapport. Elle était censée mentir, justifier la brutalité, violer Dieu seul savait combien de lois.

— Et personne ne voit aucun mal à ce tableau, sauf moi.

Lorsqu'elle quitta le vestiaire pour se diriger vers le hall, l'angoisse s'insinua dans son estomac comme un acide. Hooker roula un œil vers elle lorsqu'elle dépassa le bureau du sergent.

— Voyons voir, aujourd'hui, si tu es capable ou non de te retenir, pour arrêter les criminels, les vrais, Broussard.

Annie garda son commentaire pour elle, tout en signant son registre de sortie.

— Il faut que je sois au tribunal à trois heures.

— Oh, vraiment ? Tu témoignes pour nous ou contre nous ?

— Hypolite Grangnon — cambriolage, répliqua-t-elle, catégorique.

Hooker plissa ses petits yeux porcins vers elle.

— Le shérif veut ces rapports sur son bureau d'ici midi.

— Oui, monsieur.

Elle aurait dû se rendre directement en salle des rapports pour en finir, mais elle avait besoin d'air et d'espace, de passer un moment sur la route pour s'éclaircir la tête, et d'une tasse de café qui n'ait pas le goût de jus de chaussettes bouilli. Elle sortit du bâtiment et aspira un air qui sentait la terre humide et l'herbe verte.

La pluie s'était calmée vers cinq heures du matin. Annie était restée éveillée dans son lit toute la nuit, à l'écouter au-dessus de sa tête prendre le toit d'assaut. Finalement, elle avait renoncé à l'idée de se reposer, elle s'était forcée à sortir de son lit et à s'entraîner avec les haltères et la barre de traction qui donnaient une allure si décorative à sa seconde chambre à coucher.

Tout en faisant travailler ses muscles douloureux, elle vit se lever l'aube sur la cuvette d'Atchafalaya. Certains matins, le soleil se levait sur le marais comme une boule de feu, et le ciel virait en ombres d'un orange et d'un rose si intenses qu'elles en paraissaient liquides. Le roulement de nuages d'une mauvaise couleur ardoise portait en eux la menace d'un orage avec toute l'arrogance d'une petite frappe.

Un orage lui aurait assez convenu, se dit-elle, à ceci près qu'une pluie torrentielle de printemps ne s'abattrait que pour se faire aussitôt oublier, tandis que l'orage métaphorique dans lequel elle s'était fourrée ne ferait ni l'un ni l'autre.

— Adjoint Broussard, pourrais-je distraire une minute de votre temps ?

Annie se crispa en se retournant vers la source de cette voix basse et feutrée. Richard Kudrow se tenait debout, appuyé contre le côté du bâtiment, en retenant les pans de son vieil imper comme un exhibitionniste.

— Je suis navrée. Non. Je n'ai pas le temps, fit-elle vivement en se dirigeant vers le parking, où stationnait son véhicule de patrouille.

Elle jeta un regard inquiet par-dessus son épaule, en direction du bâtiment.

— Tôt ou tard, il faudra bien que vous me parliez, fit l'avocat en réglant son pas sur le sien.

— Alors il faudra que ce soit plus tard, monsieur Kudrow. Je suis en service.

— C'est du temps payé par le contribuable. Dois-je

vous faire remarquer, mademoiselle Broussard, que je verse moi-même de coquettes sommes dans les coffres bien garnis d'August Noblier et que, pour cette raison, je suis en quelque sorte l'un de vos employeurs ?

— Je ne m'intéresse pas à ça. D'une main, elle déverrouilla la portière de la voiture, tout en faisant basculer son bloc-notes, ses dossiers et son carnet de contraventions sur son autre bras. Si je ne me mets pas au travail, c'est mon sergent qui va me botter le cul.

— Votre sergent ? Ou Gus Noblier — si vous m'adressez la parole ?

— Je ne vois pas ce que vous voulez dire, mentit-elle.

Sur le haut de sa pile de documents, elle posa en équilibre ses clés de voiture et s'apprêta à ouvrir la portière de son véhicule.

— Puis-je vous aider ? offrit galamment Kudrow en lui tendant la main.

— Non, répliqua sèchement Annie en se dégageant.

Ce geste brusque fit glisser le bloc-notes, les clés, qui entraînèrent le carnet de contraventions et les dossiers. La chemise du dossier Renard répandit son contenu. Paniquée, Annie se jeta à quatre pattes sur l'asphalte en débitant toute une litanie de jurons, se précipitant pour ramasser les papiers et les remettre dans la chemise avant que le vent ne les emporte. Kudrow s'accroupit, tendit la main vers le carnet de notes, les pages du dossier et de notes d'entretiens papillonnant sous le vent qui les avait ouvertes, aussi tentantes, pour un avocat, que d'entr'apercevoir des dessous affriolants. Annie le lui arracha, puis elle vit sa main tavelée de taches lie-de-vin se tendre vers le formulaire d'arrestation qu'elle aurait dû classer et réduire en confettis. Elle se précipita dessus en se cognant durement le coude contre le bitume, et froissa le formulaire dans son poing en l'attrapant.

— Je l'ai. Je l'ai, balbutia-t-elle.

En détournant le visage de Kudrow, elle ferma les yeux et articula un remerciement silencieux à Dieu. Elle serra le fouillis de papiers, de chemises et de bloc-notes contre sa poitrine, se leva gauchement et, à reculons, regagna la portière ouverte de sa voiture.

Kudrow l'observa avec intérêt.

— Quelque chose qu'il ne faudrait pas que je voie, mademoiselle Broussard ?

Les doigts d'Annie resserrèrent leur étreinte sur le formulaire d'arrestation chiffonné.

— Il faut que j'y aille.

— Vous étiez le fonctionnaire présent sur les lieux la nuit dernière. Mon client avance que vous lui avez sauvé la vie. Cela vous a demandé un certain courage d'arrêter Fourcade, fit-il en maintenant ouverte la portière de la voiture tandis qu'Annie se glissait au volant. Cela demande un certain courage d'agir honnêtement.

— Comment le savez-vous ? grommela Annie. Vous êtes un avocat.

Cette réplique sarcastique rebondit sur sa couenne jaunie. Elle put sentir la chaleur de son regard sur son visage, même si elle se refusait à le regarder. Une vague odeur fétide de décrépitude atteignit ses narines, et elle se demanda si c'était le bayou ou Kudrow.

— L'abus de pouvoir, l'abus de fonction, l'abus de confiance publique — ce sont là des choses terribles, mademoiselle Broussard.

— Autant que de traquer et d'assassiner. Et ce sera « adjoint » Broussard, pas mademoiselle.

Elle tourna la clé dans le démarreur et claqua la portière. Comme la voiture démarrait, Kudrow fit un pas en arrière. La brise printanière balaya l'air de stationnement, et il s'emmitoufla dans son manteau. La maladie avait déréglé son thermostat interne, de sorte qu'il était toujours soit gelé, soit en feu. Aujourd'hui, il était glacé jusqu'à la moelle, mais son âme brûlait d'une volonté farouche. S'il avait pu être plus rapide, il aurait tenu un rapport d'arrestation dans sa main. Un rapport d'arrestation sur la personne de Nick Fourcade, le voyou qui, justement, n'était pas en prison ce matin, et ce grâce à August F. Noblier.

— Je vous réduirai tous les deux à néant, murmura-t-il tout en observant la voiture de patrouille qui tournait la rue. Et voilà la dame qui va m'y aider.

8.

Comme Annie l'avait soupçonné, la nouvelle de l'engueulade de Renard avec Fourcade avait déjà atteint la rue. Des flics de l'équipe de nuit et des infirmières de Notre-Dame avaient colporté le peu qu'ils connaissaient de cette histoire jusqu'au petit restaurant de Madame Colette, et les serveuses, au petit déjeuner, le redistribuaient au compte-gouttes, en même temps qu'elles annonçaient l'assiette spécial flic du matin. L'atmosphère était chargée, tant de l'odeur de potins et de mécontentement que des relents de bacon frit et de café.

Lorsqu'elle se rendit au bar, Annie essuya une grêle de commentaires acerbes, pour finalement s'entendre répondre par une serveuse agressive que le restaurant n'« avait plus de café ». Les clients de Madame Colette avaient rendu leur verdict. La population de Bayou Breaux ne serait pas en reste.

On voulait un coupable — dans les esprits, à défaut d'en tenir un au tribunal, se dit Annie. Les gens se sentaient trahis, trompés par un système qui semblait subitement pencher du mauvais côté. Ils voulaient reléguer cette dernière atrocité derrière eux, et aller de l'avant comme si de rien n'était. Ils avaient peur de n'être jamais en mesure d'y arriver. Peur, qui sait, que le mal ne coure sous la terre du comté comme une nappe aquifère que quelqu'un aurait crevée par erreur, et personne ne savait comment s'y prendre pour boucher la fuite et refouler cette force sous terre.

Chez Po'Richard's, la femme qui servait au guichet des voitures tendit un café à Annie et lui souhaita une bonne journée — à l'évidence, celle-là n'était pas branchée sur le téléphone arabe. Le breuvage était comme d'habitude : trop noir, trop fort, et avec une amertume qui lui venait de son goût de chicorée. Pour éviter de le renverser, Annie le transvasa dans un gobelet spécial voiture, y ajouta trois dosettes de lait en poudre, et prit la route en direction de la sortie de la ville.

La radio revint à la vie en grésillant, pour lui rappeler qu'elle n'était pas la seule, loin s'en faut, à avoir des ennuis dans le comté.

— Toutes les unités dans les parages : à tous, vous avez un possible 261 sur le parc aux caravanes « Domaine Campagnard ». À vous.

Tout en enfonçant l'accélérateur, Annie attrapa son micro.

— Réponse de One Able Charlie. Je suis à deux minutes. Terminé.

Comme aucune réponse ne venait en retour, elle essaya le micro à nouveau. La radio lui répondit avec un grésillement.

— 10-1, One Able Charlie. Ça coupe. Il doit y avoir quelque chose qui cloche avec votre radio. Vous êtes où ? Terminé.

— Je réponds à ce 261 de « Domaine Campagnard ». Terminé.

Aucune réponse ne vint. Annie raccrocha le micro, contrariée par ce pépin technique, mais plus préoccupée par cet appel : une agression sexuelle. Au cours de sa carrière, elle était tombée sur quelques affaires de viol. Dans ce genre d'appel, il s'ajoutait toujours un élément émotionnel qu'il lui fallait prendre en compte. Elle n'était pas un flic comme les autres. Ce n'était pas un appel comme les autres. Elle ne se mettait pas seulement en jeu comme fonctionnaire, mais aussi en tant que femme, susceptible d'apporter à la victime cette sorte de soutien qu'aucun fonctionnaire de police de sexe masculin ne pourrait lui offrir.

Le parc à caravanes se situait très exactement au milieu de nulle part, entre Bayou Breaux et Luck, ce qui lui conférait sa qualité de « campagnard ». L'endroit ne ressemblait en rien à un « domaine ». Le mot évoquait une « distinction » de bon aloi. En fait, il ne s'agissait que d'une dizaine de caravanes antédiluviennes et rouillées, plantées, depuis le début des années 70, sur un bout de pré d'un hectare.

La caravane de Jennifer Nolan se trouvait sur l'arrière du terrain : c'était un modèle rose et blanc, avec un autocollant de protection OPÉRATION CARTE D'IDENTITÉ collé sur la porte d'entrée. Annie frappa à la double porte et s'annonça. La porte intérieure s'entrouvrit de cinq centimètres, puis de quinze.

Si le visage qui la fixait avait jamais été joli, Annie doutait qu'il le redevienne un jour. Les deux lèvres étaient boursouflées, toutes deux ouvertes, éclatées. Les yeux marron étaient si enflés qu'ils en étaient presque fermés.

— Dieu merci, vous êtes une femme ! fit Jennifer Nolan entre ses dents.

Ses cheveux roux retombaient en torsades. Elle s'était enveloppée dans une robe de chenille rose qu'elle retenait serrée sur sa poitrine, et s'écarta péniblement de la porte en traînant des pieds.

— Madame Nolan, avez-vous appelé une ambulance ? s'enquit Annie, tout en la suivant dans le petit salon.

La caravane était empuantie par la fumée de cigarette et par cette espèce de moisissure qui fleurit sous les vieux tapis. Jennifer Nolan se laissa aller avec beaucoup de précaution dans un canapé mastoc en tissu écossais.

— Non, non, marmotta-t-elle. Je ne veux pas... Tout le monde va me regarder.

— Jennifer, vous avez besoin de soins médicaux.

Annie s'accroupit devant elle, et elle perçut les signes évidents d'un choc psychologique. Il y avait de bonnes chances pour que Jennifer Nolan ne soit pas pleinement consciente de l'étendue de ses blessures. Elle se sentait probablement engourdie, abasourdie. Les mécanismes d'autoprotection mentale propre au refoulement avaient pu s'introduire en elle par effraction : comment cette chose terrible avait-elle pu lui arriver, cela ne pouvait pas être réel, ce n'était qu'un terrifiant cauchemar. Déjà, sa logique était faussée : elle se souciait de la présence d'une ambulance, mais pas de celle d'une voiture de flic.

— Jennifer, je vais vous appeler une ambulance. Vos voisins ne sauront pas pourquoi elle vient ici. Notre souci principal, c'est votre bien-être. Comprenez-vous ? Nous voulons être certains que l'on s'occupe de vous.

— Espèce de Judas, grommela Sticks Mullen en s'introduisant sans frapper. Pour ce qui est de s'occuper d'elle, on dirait que quelqu'un s'en est déjà chargé.

Annie lui lança un regard furieux.

— Va appeler une ambulance. Ma radio ne marche pas.

Alors même que Mullen n'esquissait pas le moindre geste pour obtempérer, elle se retourna vers la victime.

— Jennifer ? C'est arrivé voici combien de temps ?

Le regard fixe de la jeune femme flotta dans la pièce jusqu'à s'arrêter sur la pendule murale.

— Dans la nuit. Je... je me suis réveillée et il... il était là, c'est tout. Au-dessus de moi. Il... il... m'a fait mal.

— Vous a-t-il violée ?

Son visage se tordit, et des larmes jaillirent de ses yeux gonflés.

— J'es... saie de faire tell... tellement attention. Pourquoi... pourquoi c'est arrivé ?

Annie esquiva la question : elle ne voulait pas lui dire que la prudence ne faisait pas toujours de différence.

— Quand est-il parti, Jennifer ?

Elle remua légèrement la tête. Ne pouvait-elle ou ne voulait-elle pas se souvenir, ce n'était pas clair.

— C'était déjà l'aube ? Ou faisait-il encore noir ?

— Noir.

Ce qui signifiait que leur violeur était déjà loin.

— C'est parfait, ronchonna Mullen.

Annie examina à nouveau Jennifer Nolan — les cheveux filasse, le peignoir.

— Jennifer, après son départ, avez-vous pris un bain ou une douche ?

Les larmes coulèrent plus fort.

— Il... m'a forcée. Et... et... il a fallu... que je le fasse, fit-elle en un chuchotement pressant. Je ne pouvais pas supporter... de me sentir comme ça. Je... l'ai senti... partout sur moi, partout !

Mullen remua la tête, écœuré que l'on se trouve ainsi privé d'une pièce à conviction. Annie posa doucement une main sur le bras de Jennifer Nolan, en veillant à ne pas toucher les marques de liens qui cerclaient le poignet de la jeune femme, simplement au cas où un peu de fibre serait resté incrusté dans la peau.

— Jennifer, connaissiez-vous l'homme qui vous a fait ça ? Pouvez-vous nous dire à quoi il ressemble ?

— Non. Non, chuchota-t-elle en fixant les souliers de Mullen. Il... il p... portait un masque.

— Comme une cagoule ?

— Non. Non.

Elle tendit une main tremblante vers le paquet de Eve extra-longues et le briquet Bic blanc sur la table basse. Sans un mot, Annie intercepta les cigarettes et les mit de côté. Il était probablement illusoire d'espérer que Jennifer Nolan ne se soit pas brossé les dents ou qu'elle n'ait pas fumé de cigarettes après le départ du violeur, mais il faudrait quand même procéder à des prélèvements bucaux. Toute trace laissée derrière lui par le violeur pouvait fournir une clé pour l'identifier.

— Horrible. Comme d... dans un cauchemar, fit la jeune femme, le corps encore secoué de spasmes. Des plumes. Des plumes noires.

— Vous voulez dire un vrai masque, fit Annie. De Mardi gras.

Chaz Stokes arriva sur les lieux en mangeant un *burrito* en guise de petit déjeuner. Il portait l'un de ses accoutrements habituels : un pantalon de costume marron, qui pochait, avec une chemise jaune et marron tout droit sortie d'une piste de bowling des années 50. Un feutre rond noir déformé lui creusait des ombres, en plus des poches qu'il avait sous les yeux et qui témoignaient du genre de nuit qu'il avait passé. L'humeur n'était pas au beau fixe.

— Elle a pris un bain. Un bain ! fit Mullen en descendant d'une enjambée l'escalier en fer rouillé de la caravane. Merde ! encore heureux qu'elle ait pas fait sa lessive. On a au moins la scène du crime.

Annie se pressa à sa suite.

— C'est le violeur qui lui a fait prendre un bain. Grosse différence, crétin. Toi, plus que n'importe qui d'autre, tu devrais être capable de comprendre qu'une femme puisse avoir envie de prendre un bain après le sexe.

— J'ai pas besoin que tu l'ouvres, la rembarra Mullen. Je sais même pas ce que tu fais en uniforme, après hier au soir.

— Oh, j'ai arrêté quelqu'un qui enfreignait la loi, je te demande pardon.

— Nicky est un frère, fit Stokes en jetant la fin de son petit déjeuner dans un carré de soucis desséchés sur le côté de la caravane de Jennifer Nolan. Tu t'es retournée contre l'un d'entre nous. Qu'est-ce qu'il y a derrière tout ça, Broussard ? Il t'a fait des avances ou quoi ? Tout le monde sait que tu te trouves trop bien pour te faire un flic.

— Ouais, forcément, il n'y a qu'à voir le choix qu'on me propose, fit Annie avec un large sourire. Au cas où ça t'intéresserait, trou-du-cul, juste derrière cette porte, il y a une victime de viol. Elle dit que le type portait un masque de Mardi gras en plumes.

Stokes tressaillit.

— Dieu de Dieu, et voilà qu'on se retrouve avec une copie conforme, maintenant.

— Peut-être.

— Ça veut dire quoi, peut-être ? Celle-ci, c'est pas Renard qui se l'est faite, et il s'est fait Pam Bichon. Ou alors t'as un autre avis sur Bichon ?

Annie ravala son envie trop tentante de relever que personne n'avait prouvé que Renard était coupable de quoi que ce soit. Stokes était en train de prêcher le faux pour savoir le vrai. Il disait noir, elle disait blanc. Mais oui, bon sang, elle le croyait, que Renard était leur tueur.

— Qui tu es ? fit Mullen en retroussant la lèvre. T'en peux plus de la petite queue ratatinée de Renard ou quoi ? Tout d'un coup, tu lui sers de pompom girl. Si Nick et Chaz disent qu'il s'est fait Bichon, il s'est fait Bichon.

— Va faire ton travail de porte à porte, Broussard,

ordonna Stokes, tandis que l'ambulance pénétrait sur l'aire des caravanes. Laisse le travail d'enquête au vrai flic.

— Je peux aider à faire les relevés, répondit Annie tandis qu'il ouvrait grand le coffre de sa Camaro.

Le service n'était ni assez important ni assez occupé pour justifier l'existence d'une brigade criminelle en tant que telle. L'inspecteur qui captait un appel apportait toujours son matériel avec lui et supervisait les opérations, pendant que les fonctionnaires présents sur les lieux s'attelaient au travail d'époussetage, pour relever les empreintes digitales et ensacher les pièces à conviction.

Le coffre de Stokes était bourré de tout un fatras : une boîte à outils rouillée, un bout de câble de remorque en nylon, un ciré jaune sale, deux sacs McDonald's. Trois colliers de perles en plastique aux couleurs criardes, restes d'une fête de Mardi gras, avaient fini entortillés autour d'un manche de cric. Du côté le mieux rangé de son tas de vieilleries, Stokes tira un nécessaire de prise d'empreintes et un autre destiné à la collecte des pièces à conviction. Stokes regarda Annie de travers.

— On n'a pas besoin de ton genre de coup de main.

Elle s'éloigna, parce qu'elle n'avait pas le choix. Stokes était son supérieur. L'idée que c'était lui et Mullen qui allaient procéder aux relevés sur les lieux du crime la rebutait. Stokes était un flemmard, Mullen un crétin. S'ils loupaient quelque chose, s'ils salopaient le travail, ils pouvaient fiche l'affaire en l'air. Bien sûr, si la description que Jennifer Nolan avait donnée des événements était précise — pas garantie, de la part d'une victime rudement secouée —, il y aurait de précieuses petites pièces à conviction à collecter.

Remettant à plus tard l'enquête de voisinage, Annie passa derrière la caravane. L'agresseur était entré dans celle de Jennifer au milieu de la nuit, en s'ouvrant un passage par la porte de derrière, qui n'était visible d'aucune des autres caravanes du parc. Les chances qu'un voisin ait vu quelque chose étaient plus que minces. La ligne de téléphone avait été proprement coupée. Nolan avait appelé le 911, la police, depuis le domicile de sa plus proche voisine, une femme âgée nommée Vista Wallace, dont Nolan disait qu'elle était très dure d'oreille.

Annie prit un cliché Polaroïd de la porte moustiquaire déchirée et de la porte intérieure, qui avait été facilement forcée à la pince-monseigneur, et laissée entrebâillée. Il n'y aurait pas d'empreintes digitales. Nolan avait indiqué que l'agresseur portait des gants. Il l'avait agressée dans son lit, l'avait ligotée au cadre en se servant de bandages qu'il avait apportés avec lui. Il n'y avait pas de trace de liquide séminal sur les draps, ce qui tendait à montrer soit que le violeur avait utilisé un préservatif, soit qu'il n'avait pas éjaculé au cours de l'agression.

De ses études, Annie avait retenu que, au rebours d'une croyance fort répandue, les dysfonctionnements de la libido étaient très courants chez les délinquants sexuels. Dans le viol, il était question de pouvoir et de colère, de faire mal et d'asservir une femme. La motivation de l'acte provenait, dans le passé du violeur, d'une colère envers une femme en particulier, ou envers le sexe féminin tout entier, et découlant d'un mal passé. L'agression contre Jennifer Nolan avait été préméditée, organisée, ce qui indiquait qu'il y était avant tout question de pouvoir et d'asservissement. Le violeur était venu préparé, affublé d'un masque, apportant avec lui de quoi forcer la porte et attacher sa victime.

La signature de l'Étrangleur du Bayou, c'était un foulard de soie blanche autour du cou de sa victime. Dans le cas présent, le type de liens utilisés était assez similaire pour générer quantité de ragots si le moindre mot transpirait sur cette affaire. L'absence de sperme pouvait être également relevée comme une similarité. Mais, dans les affaires de l'Étrangleur du Bayou, les femmes avaient été violemment brutalisées et leur corps laissé exposé aux éléments, si bien que ce dernier type de pièce à conviction se serait très probablement décomposé de lui-même.

La différence fondamentale avec le cas de Jennifer Nolan, c'était qu'elle était encore en vie. Au lieu d'être emmenée ailleurs, elle avait été agressée chez elle ; violée, mais ni assassinée, ni mutilée. C'étaient également les différences entre son cas et celui de Pam Bichon, et pourtant la presse établirait des corrélations. Le masque allait avoir la force d'un vecteur de choc.

Annie se demandait si les similarités ou les différences entre les deux affaires avaient été intentionnelles. Si elle se le demandait, tout le monde en ferait autant. Le degré de peur, dans le comté de Partout, était sur le point d'atteindre des niveaux que l'on n'avait plus vus depuis quatre ans. Mais au moins la plupart des gens en étaient-ils restés à l'idée que Renard était le tueur. Or, pendant que Jennifer

Nolan se faisait agresser, Marcus Renard était à Notre-Dame-de-la-Miséricorde.

Dieu, quel gâchis ! se dit Annie en fixant le sol. Les services du shérif avaient déjà été l'objet de suffisamment de critiques dans l'affaire Bichon. Maintenant, on avait un violeur masqué en balade et, pendant que Jennifer Nolan se faisait agresser, les flics s'étaient occupés de se mettre mutuellement en état d'arrestation. Voilà comment la presse dépeindrait la chose. Et en plein milieu du tableau, il y aurait la figure d'Annie.

À l'arrière de la caravane, le terrain alentour n'était composé, sur plusieurs mètres, que de gravier couvert de mauvaises herbes, puis le « domaine » laissait place aux bois, avec un sol mou couvert de feuilles en décomposition. Ce qu'elle trouva à l'extrémité nord de la caravane, ce fut une plume noire en forme d'éventail, longue d'environ trois centimètres, plantée dans une touffe d'herbe et de pissenlit. Elle prit un cliché de la plume à l'endroit où elle se trouvait, puis elle déchira une feuille de papier vierge de son calepin, y posa la plume et la glissa entre les pages du carnet, en sûreté.

Où le violeur avait-il garé son véhicule ? Pourquoi avait-il choisi cet endroit ? Pourquoi Jennifer Nolan ? Elle avait déclaré n'avoir aucun homme dans sa vie. Elle vivait seule et travaillait à la fabrique de lampes True Light de Bayou Breaux, dans l'équipe de nuit. Il semblerait que la fabrique serait le point de départ logique où aller fureter en quête de suspects.

Naturellement, Annie n'aurait aucune chance d'aller interroger qui que ce soit, en dehors des voisins. Désormais, l'affaire appartenait à Stokes. S'il voulait de l'aide, il était bien évident qu'il n'allait pas venir la chercher. Et puis, encore une fois, peut-être le violeur était en fait un voisin. Qui n'aurait pas eu à se soucier de cacher son véhicule, aurait été au courant des horaires de Jennifer Nolan et du fait qu'elle vivait seule. Peut-être ce travail d'enquête de voisinage ne serait-il pas si ennuyeux, après tout.

Au moment où elle contournait la caravane de Nolan, l'ambulance sortait du parc. À deux emplacements de là, dans la même rangée, une femme, son gamin posé sur une hanche et la cigarette à la main, se tenait au seuil d'une caravane. Plus loin, un vieux type costaud, en sous-vêtements, avait tiré un rideau pour regarder au-dehors.

Annie trouva Stokes en train de prélever des poils pubiens au fond de la baignoire avec une pince brucelles.

— Derrière la caravane, j'ai trouvé ça, dit-elle en posant la plume sur la coiffeuse. Ça ressemble au genre de plume qu'on utilise pour les masques et les costumes. Peut-être que notre mauvais garçon faisait sa mue.

Stokes haussa un sourcil.

— Notre ? Tu n'as rien à faire là-dedans, Broussard. Et nom de Dieu, qu'est-ce que je suis censé foutre d'une plume ?

— Envoie-la au labo. Compare-la avec le masque laissé à côté de Pam Bichon et...

— Renard s'est fait Bichon. Ça n'a rien à voir avec ça. Ça, c'est une agression copie conforme.

— Parfait, alors envoie-la au labo, fais dessiner par Jennifer Nolan un croquis du masque que portait le violeur, et vois si tu peux retrouver le fabricant. Peut-être...

— Peut-être que tu sais pas de quoi tu parles, Broussard, fit-il en se redressant au-dessus de la baignoire. Il enveloppa le poil pubien dans un morceau de papier et le posa sur le couvercle des toilettes. Je te l'ai déjà dit, je veux pas que tu me tournes autour. Sors d'ici. Va un peu remplir des PV. Entraîne-toi pour ton nouveau boulot de pervenche. C'est tout ce qui te reste comme avenir, mon cœur. Je meurs si je mens. Tu mouchardes un frère, tu restes pas dans le métier.

— C'est une menace ?

Il tendit l'index et l'appuya fermement contre l'hématome qu'elle avait à la joue. Ses yeux avaient l'air aussi lisses et aussi froids que du verre.

— Je ne fais pas de menaces, mon lapin.

Annie serra les dents, pour contenir la douleur.

— Sur ce qui s'est passé la nuit dernière avec Renard, tu as intérêt à mettre ton histoire au carré, fit-il.

— Je sais exactement ce qui s'est passé.

Stokes secoua la tête.

— Vous les poules, l'honneur, vous y connaissez que dalle, hein ?

Elle lui repoussa la main.

— Ce que je sais, c'est que ça n'implique pas de commettre un crime. Maintenant, je vais aller parler avec les voisins.

9.

Nick était debout dans la pirogue, le regard fixé sur un horizon liquide, l'esprit complètement concentré sur ses gestes lents et précis. *Équilibre... grâce... calme... souffle... harmoniser la pensée, le corps, l'esprit... sentir l'eau sous le bateau — fluide, souple... devenir comme l'eau...*

Malgré la fraîcheur de cette journée, de la sueur luisait sur son front et traversait son sweat-shirt gris sans manches. Quand il bougeait, biceps et triceps se bandaient et tremblaient. Cette tension ne lui venait pas de la mise en condition du tai-chi, mais de l'intérieur, de la bataille qu'il menait pour rester concentré. *Plus lentement... sans force... sans violence...*

L'espace d'un battement de cœur, une scène de cette nuit le tira de ses réflexions. *Renard... sang... force... violence...* La sensation d'harmonie qu'il avait recherchée s'éloigna de lui et s'en fut. La pirogue oscilla sous ses pieds. Il tomba sur le siège du bateau et se prit la tête entre les mains.

Il avait construit ce bateau lui-même, avec du cyprès et du contreplaqué marine, il l'avait peint en vert et rouge, ainsi que les vieux écumeurs des marais l'avaient fait, voilà des années, pour se faire reconnaître comme des pêcheurs et des trappeurs dignes de ce nom. Il avait été heureux de revenir au marais. La Nouvelle-Orléans était un lieu de discordances. À regarder en arrière, là-bas, il s'était toujours senti spirituellement brisé. C'était de là qu'il était venu : les Atchafalaya — plus d'un demi-million d'hectares sauvages qui s'étiraient en une guirlande de petites bourgades comme Bayou Breaux et St. Martinville, et plus petites encore, comme Jeanerette et Breaux Bridge, et d'endroits apparemment trop petits et trop insignifiants pour porter un nom, et qui cependant en portaient bel et bien un.

Il avait passé son adolescence à quelques kilomètres d'un de ces endroits, sur une péniche amarrée à la rive d'un lac sans nom. Il se souvenait de son père qui pêchait et qui posait des collets, avant d'être frappé par le boom du pétrole et de prendre un boulot de soudeur et de déménager toute la famille à Lafayette. Là, ils avaient vécu plus richement, mais pas mieux. Plus d'une fois, Armand Fourcade avait avoué qu'il avait laissé une partie de son âme dans le marais. C'était seulement depuis qu'il était revenu que Nick avait commencé de réaliser ce qu'avait voulu dire son père. Ici, il arrivait à se sentir intact, et pourvu d'un centre. Parfois. Mais cette fois-ci !

À regret, il reprit son aviron et dirigea sa barque vers la maison. Le ciel planait bas, il ternissait les couleurs du marais et teintait tout d'un gris de zodiac. Cette journée était fraîche, mais, si le temps se réchauffait encore, les rives seraient bientôt submergées d'une foule de grandes fleurs, les vergerettes à pointe blanche et les rudbeckies éclatantes pousseraient au bord de l'eau et viendraient se mêler à l'enchevêtrement des sumacs vénéneux, des algues à alligators et des ajoncs.

D'ordinaire, au printemps, le marais regorgeait de vie. Aujourd'hui, il semblait retenir son souffle. En attente. Le marais se montrait attentif, comme lui. La nuit dernière, il avait mis quelque chose en mouvement. Toute action engendre une réaction ; tout défi, une réponse. Avec Gus qui l'avait renvoyé chez lui, la chose n'était pas arrivée à son terme. Elle avait à peine commencé.

Il guida la pirogue dans le chenal encombré de branches mortes de cyprès, et il contourna la pointe étroite d'une île qui doublerait de taille lorsque les eaux de printemps reflueraient. Sa maison était comme posée sur la rive, deux cents mètres plus à l'ouest, une relique acadienne que l'on avait pauvrement remise au goût du jour lorsque le confort moderne s'était mis à la portée des gens de cette Louisiane Sud rurale.

Il réaménageait l'endroit lui-même, une pièce à la fois, en lui restituant son charme. En choisissant de la qualité. L'insouciance propre au travail manuel lui procurait un exutoire acceptable à la nervosité qu'il aurait essayé naguère de noyer dans l'alcool. Il remarqua tout de suite la voiture de patrouille urbaine. Elle était garée à proximité de son 4 × 4. Un officier blanc, et en uniforme, se tenait à côté du véhicule avec un Noir trapu en complet cravate, dont l'allure empreinte de suffisance était perceptible même à cette distance. Johnny Earl, le chef des services de police de Bayou Breaux. Nick guida la pirogue et l'amarra.

— Inspecteur Fourcade, fit Earl en s'approchant du quai, son écusson doré brandi à bout de bras. Je suis Johnny Earl, chef de la police de Bayou Breaux.

— Chef, reprit Nick. Que puis-je faire pour vous ?

— Je pense que vous savez pourquoi nous sommes ici,

inspecteur, fit Earl. Selon une plainte déposée ce matin par Marcus Renard, vous avez commis un crime sur le territoire de la municipalité de Bayou Breaux, la nuit dernière. Au contraire de ce que semble penser le shérif Noblier, cette affaire relève de la police. J'ai assuré le procureur Pritchett que je m'en occuperais personnellement, même si cela m'attriste d'avoir motif à le faire. Vous êtes en état d'arrestation pour avoir agressé Marcus Renard — et cette fois c'est pour de bon. Menottez-le, Tarleton.

Annie gravit l'escalier d'accès au deuxième étage du palais de justice, en essayant d'imaginer comment elle pourrait échapper à un tête-à-tête avec A.J. Si elle pouvait se glisser dans la salle d'audience juste au moment où l'on appellerait l'affaire d'Hypolite Grangnon, et puis filer aussitôt après avoir témoigné... Elle avait eu sa dose de confrontations pour la journée. Mais le comble avait été cette convocation au commissariat de police de Bayou Breaux.

L'entretien avec Johnny Earl lui avait paru l'heure la plus longue de sa vie. Il avait pris l'affaire en charge personnellement et il l'avait mise sur le gril, tâchant de la pousser à admettre qu'elle avait arrêté Fourcade sur les lieux de l'incident. Elle s'en était tenue à l'histoire que le shérif lui avait fait avaler, se répétant sans arrêt que ce n'était pas si loin de la vérité. Elle n'avait pas entendu l'appel radio signalant un rôdeur — parce qu'il n'y en avait pas eu. Elle n'avait pas vraiment arrêté Fourcade — parce que personne, dans le service, ne l'aurait laissée faire.

Earl n'avait pas gobé un mot de tout ça. Il était flic depuis trop longtemps. Mais frotter les côtes de Noblier parce que ce dernier avait couvert un de ses hommes n'était qu'une préoccupation secondaire à son ordre du jour. Il avait la garde de Fourcade et il n'allait pas se gêner pour battre le fer tant qu'il était chaud sur le terrain politique. Il n'avait pas besoin des aveux sincères d'Annie pour mettre le shérif dans ses petits souliers. En fait, il aurait pu se débrouiller tout aussi bien sans. Comme cela, il pourrait arguer que la corruption était largement répandue au sein des services du shérif, qu'elle touchait tous les échelons. Il pouvait la considérer comme partie prenante de la conspiration, elle aussi.

Conspiration, délivrer un faux témoignage. Et quoi encore ? À quelle nouvelle bassesse puis-je prétendre ? Annie se le demandait en tournant dans le corridor qui menait vers les vieilles salles d'audience. *Parjure*. Tôt ou tard, elle se présenterait devant ce tribunal pour témoigner contre Fourcade.

Le hall était encombré d'avocats en maraude, de travailleurs sociaux et de gens qui avaient toutes sortes d'intérêts matériels à faire valoir dans les affaires qui passaient en jugement. La porte de la salle d'audience du juge Edmonds s'ouvrit d'un coup, culbutant presque un avocat commis d'office. A.J. fit irruption dans le hall. Son regard se porta tout de suite sur Annie.

— Adjoint Broussard, puis-je vous voir dans mon bureau ? s'écria-t-il.

— M... mais le procès Grangnon...

— Renvoyé. Il a plaidé coupable pour alléger la peine encourue.

— Chouette, dit-elle sans enthousiasme. Alors je peux repartir en patrouille.

Il se pencha tout près d'elle.

— Ne me force pas à te tirer par la main, Annie, et ne crois pas que je ne sois pas assez fou pour le faire.

Lorsque A.J. passa en trombe, les secrétaires dans l'antichambre du bureau du procureur se redressèrent sur leurs chaises comme des caniches de cirque, battant inconsciemment des cils. À peine entré dans son bureau, il balança sa serviette dans un fauteuil et claqua la porte derrière Annie.

— Nom de Dieu, pourquoi tu ne m'as pas appelé ?

— Nom de Dieu, comment est-ce que j'aurais pu le faire ?

— Tu tombes en plein sur Fourcade en train d'essayer de tuer Renard, et tu ne te préoccupes même pas de m'en faire part ? Bon Dieu, Annie, tu aurais pu te faire blesser !

— Je suis un flic. Je peux me faire blesser tous les jours de la semaine.

— Tu n'étais même pas en service ! clama-t-il en levant les mains au ciel. Tu m'as dit que tu rentrais chez toi ! Comment c'est arrivé ?

— Un tour du destin, fit-elle amèrement. Je me suis trouvée au mauvais endroit au mauvais moment.

— Ce n'est pas exactement comme ça que Richard Kudrow a présenté les choses quand il a lâché cette petite bombe sur Pritchett ce matin. Il a chanté tes louanges, une héroïne, la seule championne de la justice dans un service par ailleurs en état de corruption maladive.

— Le service n'est pas corrompu, rectifia-t-elle, et ce mensonge lui fit horreur.

Couvrir un acte de brutalité policière, qu'est-ce que c'était, sinon de la corruption ?

— Alors pourquoi Fourcade n'était-il pas en prison ce matin ? Tu l'as arrêté, non ? Kudrow prétend avoir vu le rapport, mais il n'y a pas de rapport enregistré dans les services du shérif. Alors quoi ? Tu l'as arrêté ou pas ?

— Et tu t'étonnes que je ne t'aie pas appelé, reprit Annie, bougonne, le regard fixé sur sa gauche. Mieux valait regarder en direction de son diplôme de l'Université d'État de la Louisiane que lui mentir en face. Je peux vraiment me passer de toutes ces conneries sur ce passage à tabac, merci beaucoup.

— Je veux savoir ce qui s'est passé, dit-il en faisant un pas pour rentrer dans son champ de vision, car il n'ignorait aucune des stratégies auxquelles elle recourait dans la discussion. Annie, je me fais du souci pour toi. Nous sommes amis, d'accord ? C'est toi qui le disais la nuit dernière — les meilleurs amis du monde.

— Ah ça ouais, fit-elle, sarcastique. Hier, nous étions les meilleurs amis du monde. Et maintenant tu es un procureur et moi je suis un adjoint, et tu l'as mauvaise parce que tu te sentais dans tes petits souliers devant ton patron ce matin. C'est ça, hein ?

— Bon sang, Annie, je suis sérieux !

— Moi aussi ! Jure-moi que ça n'est pas vrai, exigea-t-elle. Tu me regardes dans les yeux et tu me dis que tu n'es pas en train d'essayer de te servir de notre amitié pour obtenir des informations que tu ne pourrais pas avoir autrement. Et tu prétends que tu aurais accosté n'importe quel autre adjoint dans le hall devant une vingtaine de personnes pour le tirer ici par la main comme un gamin.

A.J. serra les dents en détournant le visage. La déception qui envahit Annie fut presque aussi forte que cet inéluctable sentiment de culpabilité. Les mains croisées au sommet de la tête, elle passa devant lui et se dirigea vers la fenêtre.

— Je suis tombée dans quelque chose dont tu n'as pas idée, murmura-t-elle en fixant le parking du regard.

— C'est simple, dit-il de sa voix calme et séduisante, la voix de la raison. Si tu as pincé Fourcade en train d'enfreindre la loi, alors sa place est en prison.

— Et il faut que je témoigne contre lui. Balancer un autre flic — un inspecteur, rien que ça.

— La loi est la loi.

— Ce qui est juste est juste. Ce qui est mal est mal, continua-t-elle en hochant la tête en cadence tout en se tournant de nouveau face à lui. Je suis ravie que la vie soit si facile pour toi, A.J.

— Ne me sors pas ça. Tu crois en la loi tout autant que moi. C'est pour ça que tu as arrêté Fourcade la nuit dernière. C'est aux tribunaux d'infliger la sanction, pas à Nick Fourcade. Et tu ferais vraiment mieux de témoigner contre lui !

— Ne me menace pas, jeta calmement Annie. Il fit un pas vers elle, déjà penaud, mais elle leva les mains et s'écarta. Merci de ta compassion, A.J. Tu es un véritable ami, d'accord. Je suis très contente de m'être tournée vers toi dans un moment où j'en avais besoin. J'attends de recevoir ton assignation.

— Annie, ne..., commença-t-il, mais elle le repoussa en passant devant lui. Annie, je...

Elle claqua la porte. Dans le même temps, celle du bureau d'angle de Smith Pritchett s'ouvrit toute grande et un quatuor d'hommes en colère s'ouvrit le passage dans le hall, avec Pritchett à sa tête. Le chef de la police lui emboîtait le pas, suivi de Kudrow et Noblier. Annie se plaqua contre la porte pour les laisser passer, et son cœur fit un bond quand Kudrow lui adressa un petit signe de tête.

— Adjoint Broussard, fit-il, mielleux. Peut-être devriez-vous vous joindre à nous...

Noblier poussa l'avocat de côté.

— Dégagez, Kudrow. J'ai deux mots à dire à mon adjoint.

— J'en suis sûr, fit Kudrow dans un gloussement. Ai-je besoin de vous rappeler que la subornation de témoin est un grave délit ?

— Vous me donnez envie de dégueuler, l'avocat ! rugit Gus. Vous faites libérer un meurtrier et vous vous mettez après les flics. Il faudrait que quelqu'un vous botte le cul pour y faire rentrer un peu de décence.

Kudrow dodelina de la tête, le sourire bien en place.

— Vous prêchez même la brutalité. La presse va tendre l'oreille quand elle va apprendre ça.

— Chez lui, il n'y a pas que les boyaux qui sont cancéreux, grommela Gus tandis que Kudrow suivait les autres dans le hall. L'âme de cet homme est noire de pourriture.

« Il file le train de Pritchett, fit-il, comme s'il parlait tout seul. C'est ma faute. J'aurais dû appeler Pritchett personnellement la nuit dernière. Maintenant il s'est fourré dans la tête que tout ça n'est qu'une espèce de concours à qui emmerdera le plus l'autre. Cet homme a un ego plus gros que la queue de mon grand-papa.

« Et Johnny Earl... Je ne sais pas qui lui a fourré cette idée dans le crâne. Ce type a l'esprit de contradiction. Comprend pas les rythmes de la vie d'ici. Voilà ce qui arrive quand le conseil municipal engage des types qui sont pas du coin. Ils nous ramènent Johnny Earl l'Enculé, de Cleveland ou de je ne sais quel endroit à la mords-moi le nœud, où personne sait que dalle de la vie par ici. Ce type se la joue. Il me prend pour un paresseux, un véreux, un petit Blanc raciste et cinglé sorti d'un film merdique. Du genre que je voudrais pas de Noirs pour bosser dans mon service. Que je serais pas pote avec. Et que j'aurais pas ramassé trente-trois pour cent du vote noir à la dernière élection.

Il se retourna carrément vers Annie, la mine féroce, et la fit reculer vers le bureau vide de Pritchett.

— Je vous ai dit de ne pas adresser la parole à Kudrow.

— Je ne lui ai pas adressé la parole.

— Alors qu'est-ce que c'est que ces conneries qu'il dégueule partout sur un rapport d'arrestation ? chuchota-t-il. Et comment se fait-il que votre sergent m'ait dit vous avoir vus tous les deux sur ce foutu parking, à même pas dix mètres du bâtiment ?

— Je ne lui ai rien dit.

— Et c'est exactement ce que vous allez déclarer à cette conférence de presse, adjoint. Rien.

Annie déglutit avec difficulté.

— Conférence de presse ?

— Allez, ordonna-t-il en s'engouffrant dans le hall.

Pritchett ouvrit la séance par une déclaration sur l'agression prétendument perpétrée sur la personne de Marcus Renard. Il annonça que l'inspecteur Fourcade était placé sous la garde du commissariat de police de Bayou Breaux. Il promit d'examiner ces allégations sans rien négliger et exprima son indignation à l'idée que quiconque puisse tenter de circonvenir le système judiciaire.

Kudrow, l'air tragique et blafard, rappela à tout le monde le passé contrasté de Fourcade, et demanda que justice soit faite.

— Je veux proclamer une fois encore l'innocence de mon client. Il n'a été retenu coupable de rien. En effet, pendant qu'il était couché la nuit dernière sur son lit d'hôpital, où l'a envoyé l'inspecteur Fourcade, le vrai criminel était en liberté et il se peut bien qu'il ait commis un viol avec brutalités.

Ce fut le début d'un feu nourri, une frénésie. Les questions et les commentaires des journalistes étaient pointus et accérés. Depuis plus de trois mois, sous une forme ou sous une autre, ils avaient couru après l'histoire Renard, sans parvenir à rien de tangible qui leur permette de conclure à son innocence ou à sa culpabilité. Incapables d'éprouver la moindre compréhension envers les fonctionnaires de police qui avaient enduré la même frustration, ils n'hésitaient pas à décharger la leur. Ils en avaient après tout le monde, et se précipitèrent bille en tête sur cette occasion de manger de la chair fraîche.

— Shérif, est-il vrai... qu'une autre femme a été attaquée la nuit dernière ?

— Pas de commentaire.

— Adjoint Broussard, est-il vrai que vous avez arrêté l'inspecteur Fourcade la nuit dernière dans les formes ?

Annie loucha sur l'éclair aveuglant d'un canon à lumière portatif, et Gus lui donna un coup de coude pour qu'elle réponde.

— Euh... je ne peux pas faire de commentaire.

— Mais vous êtes bien le fonctionnaire qui a appelé une ambulance. C'est bien vous qui avez regagné les services du shérif avec l'inspecteur Fourcade ?

— Sans commentaire.

— Shérif, si Renard était à l'hôpital pendant qu'une femme se faisait agresser, est-ce que ça ne prouve pas son innocence ?

— Non.

— Alors vous confirmez que cette agression a bien eu lieu ?

— Adjoint Broussard, pouvez-vous confirmer que vous avez recueilli une déposition de M. Renard la nuit dernière à l'hôpital ? Et si c'est le cas, pourquoi l'inspecteur Fourcade n'était-il pas sous les verrous ce matin ?

— Euh... je...

Gus se pencha devant elle, vers le microphone.

— L'inspecteur Fourcade agissait en réponse à une information qui signalait un rôdeur dans la zone. L'adjoint Broussard n'était pas en service et n'a pas entendu cet appel. Elle est tombée sur une situation qu'elle a jugée douteuse, s'en est rendue maître, et elle a raccompagné l'inspecteur

Fourcade dans les services du shérif. C'est aussi simple que ça.

« J'ai immédiatement suspendu l'inspecteur Fourcade, avec solde, dans l'attente d'une enquête complémentaire. Et voilà où en est cette affaire, en ce qui me concerne. Mon service n'a rien à cacher, rien dont il ait à rougir. Si le procureur souhaite que la police enquête sur cette affaire, je me prêterai volontiers à la rigueur de cet examen. Je suis derrière mes gens à cent pour cent, et c'est tout ce que j'ai à déclarer sur le sujet.

Pritchett recula pour remonter sur l'estrade et se rapprocher du microphone, déterminé à avoir le dernier mot, tandis que Gus précédait Annie pour la conduire à l'écart de l'estrade en direction de la porte. Annie se tenait sur les talons de Noblier comme un chien fidèle et se demanda si cela faisait d'elle une espèce d'hypocrite. Elle s'était attendue à ce que le shérif la protège, pas à ce qu'il protège Fourcade. *Je n'ai tué personne. Tout ce que j'ai fait, ça été de mentir et de déposer un faux rapport.*

Dégoûtée d'elle-même, de son patron, des vautours qui essayaient de l'attraper au vol tandis qu'elle effectuait sa sortie du tribunal pour regagner sa voiture de patrouille, elle resta muette et garda les yeux fixés droit devant elle. Alors la cohue éclata en petits groupes, certains remontait quatre à quatre les marches du tribunal où Kudrow faisait son apparition, d'autres filant le train de Noblier qui s'éloignait à bord de son break Suburban. Une demi-douzaine de journalistes suivirent Annie jusqu'au poste de police et la pourchassèrent à travers le parking jusqu'à l'entrée de l'immeuble réservée aux officiers de police.

Hooker était debout dans l'entrée, observant le spectacle qui se déroulait dehors, bras croisés sur son ventre arrondi.

— Où se trouve le rapport complémentaire sur cette affaire de cimetière vandalisé ?

— Je l'ai rendu il y a deux jours.

— Mon œil !

— Mais si !

— D'accord, mais moi je ne l'ai pas, Broussard, déclara-t-il. Vous le refaites. Aujourd'hui

— Oui, monsieur, acquiesça Annie, réprimant une envie pressante de le traiter de menteur.

Hooker était un enfoiré, mais il était équitable en ceci il traitait tout le monde avec un égal manque d'égard.

— Comme si c'était pas assez chiant comme ça d'avoir à faire le boulot de paperasserie une première fois, grommela-t-elle en arrivant dans la salle de réunions. Il faut que je me le tape une deuxième fois.

— Qui est-ce que tu veux te taper une deuxième fois, Broussard ? ricana Mullen. Lui et Préjean se tenaient debout dans le hall, à boire du café. Ton petit pervers de copain, Renard ? J'ai entendu dire que, quand il épingle une nana, elle reste épinglée — au sol.

Il émit un hennissement, en découvrant ses dents gâtées.

— Très marrant, Mullen, fit Annie. Et de si bon goût. Peut-être que tu pourrais te trouver un boulot comme comique de rue, au funérarium.

— C'est pas moi qui vais chercher du boulot, Broussard, répliqua-t-il. On a entendu dire que tu étais allée chez les types de la ville sucer la queue de Johnny Earl.

— J'ai horreur de gâcher tes fantasmes sordides, mais si j'y suis pas allée, ce n'est pas parce que j'en avais envie, et quand j'en suis repartie le chef n'était pas franchement heureux.

Mullen eut un petit sourire narquois.

— Même pas foutue de tailler une pipe correctement ?

— Ça, ma main au feu que tu ne le sauras jamais.

Annie regarda Préjean, qui d'ordinaire était plutôt rapide pour sortir un sourire et une réplique futée quand elle damait le pion à Mullen. À présent, il la regardait comme s'il ne la connaissait pas. Il lui faisait le coup de la snober.

— Tout va bien, Préjean, fit-elle. Ce n'est pas du tout comme si je t'avais couvert quand ta femme travaillait de nuit et que tu avais envie de jouer les prolongations à l'heure du déjeuner pour, on va dire, satisfaire ton appétit.

Préjean regardait ses chaussures. Annie s'éloigna. Elle avait besoin d'être seule dix minutes, juste pour faire une pause et se reprendre. Dix minutes pour canaliser sa désillusion et maîtriser la peur qui commençait à l'envahir. Elle était tombée dans un trou profond et personne ne lui tendait la main pour l'aider à en sortir. Au contraire, ces hommes qu'elle avait crus être des camarades se tenaient là, debout sur le bord, prêts à lui jeter de la boue sur la tête à coups de pied. Elle se rendit au vestiaire. Mais elle sut, avant même d'avoir posé le pied à l'intérieur, que son sanctuaire avait été violé.

Lorsqu'elle tourna la poignée de la porte, l'odeur la

saisit — une odeur écœurante de pourriture. Elle actionna l'interrupteur et réussit tout juste à se plaquer la main sur la bouche avant qu'un cri ne s'en échappe. Pendu à un bout de ficelle marron nouée à la seule ampoule du plafond, la corde attachée à la longue queue osseuse, il y avait un rat musqué mort. Il avait été écorché depuis la base de la queue jusqu'au crâne, son pelage laissé pendant à partir de la tête. Annie le fixa du regard, la nausée au bord des lèvres. Les courants d'air et le poids de son corps faisaient osciller le rongeur d'avant en arrière, comme un mobile grotesque. Une patte de derrière manquait, ce qui laissait supposer qu'il avait trouvé une mort subite entre les mâchoires d'acier d'un piège, comme des milliers d'autres chaque année en Louisiane Sud.

Sachant que ses tourmenteurs pouvaient l'observer par un nouveau trou pratiqué dans le mur, Annie avança vers le rat musqué, puis elle le contourna. Elle en examina chaque détail — la queue nouée, les muscles à nu, le morceau de papier que l'on avait épinglé sur le corps avec un clou. Il était écrit ces mots : *Salope qui retourne sa veste.*

10.

— Broussard t'a cafardé, fit Stokes en glissant les doigts dans le grillage de la cellule de détention provisoire de la police municipale. Mec, je peux pas croire qu'elle t'ait fait ça. Je veux dire, qu'elle veuille pas coucher avec moi, c'est une chose. Il y a des femmes, c'est juste leur manière à elles d'être masochistes. Mais cafarder un autre flic... mon vieux, ça, c'est bas.

Stokes n'aurait pas dû être autorisé à pénétrer dans la cellule. Tout au moins pas comme visiteur. Mais, comme toujours, Stokes connaissait quelqu'un et il avait négocié son droit d'accès.

— Bon sang, tu crois qu'elle serait lesbienne ? demanda-t-il, à l'instant même où cette idée lui venait à l'esprit.

Nick tournait en rond dans sa cellule, et une image d'Annie Broussard le frappa — les yeux d'Annie grands ouverts, un soupçon de rougeur lui montant aux joues tandis qu'il tendait la main et la passait tout près, trop près d'elle.

— Je m'en moque, fit-il.

— Toi peut-être, mais elle, elle vient de prendre une place toute nouvelle dans mes fantasmes, admit Stokes. Mais bon sang, j'ai toujours eu un truc avec les lesbiennes. Les jolies, corrigea-t-il. Pas les gouines hommasses. Tu t'es jamais représenté des jolies femmes ensemble toutes nues ? Ma parole, ça me tortille le dard.

— Elle m'a arrêté, déclara Nick abruptement, agacé par ce type qui n'était pas fichu de rester concentré.

— Bon, ouais, dans mes fantasmes, ça fera une lesbienne mauvaise. Une salope en cuir noir, avec un fouet. Comme un misogyne, mais en version femme. Haineuse avec les hommes.

— Comment se fait-il qu'elle était là ? demanda Nick.

— La faute à pas de chance, ça, c'est sûr.

Nick éprouvait des sentiments mélangés à ce sujet. Si Annie Broussard n'était pas survenue, il aurait tué Renard. En fait, elle l'avait sauvé de lui-même, et de cela il lui était reconnaissant. Mais ses motivations le troublaient.

— Elle considère que je suis responsable.

Peut-être était-ce aussi simple que ça. Peut-être était-elle idéaliste. Pour sa part, n'ayant jamais été un idéaliste, c'était là un point de vue qu'il avait du mal à accepter. Au vu de son expérience, les gens étaient en général motivés par une chose et une seule : l'appât du gain. Qu'est-ce qu'Annie Broussard avait à y gagner ? Pourquoi avait-elle fait subitement irruption dans sa vie ?

— C'est une emmerdeuse, fit Stokes. Une petite Mademoiselle Je-fais-tout-dans-les-règles. Je suis tombé sur une affaire de viol ce matin, là-bas, dans ce parc à caravanes plein de petits Blancs fauchés, sur la route de Luck. Elle était là à se mêler de tout, nom de Dieu. « Tu vas envoyer ce poil de nez au labo ? » se moqua-t-il, d'une voix aiguë de fausset. « Peut-être que c'est un poil de nez du violeur. Peut-être ce type s'est fait Bichon. Peut-être que c'est l'Étrangleur du Bayou. »

— Qu'est-ce qui lui faisait penser que c'était lié à Bichon ?

Chaz leva les yeux au ciel.

— Le type portait un masque. Comme si c'était une idée originale. Nom de Dieu, ronchonna-t-il. Qui a jamais pensé qu'il faudrait qu'ils laissent leur paletot en consigne là où ils font leur coup ?

Il jeta un œil par-dessus son épaule, pour guetter la porte. La prison municipale avait environ mille ans d'âge et ne possédait pas de caméras de surveillance dans le quartier des cellules de détention provisoire. S'ils voulaient écouter les conversations, les flics municipaux devaient le faire à l'ancienne.

— Enfin, nom de Dieu, elle est pas loin d'être la seule à trouver que tu dois payer pour ce que t'as fait, mec, pesta-t-il. Même Dieu en personne te demanderait pas de rendre des comptes pour ça. Œil pour œil, tu saisis ?

— Je vois ce que tu veux dire. Je suis censé être l'ange de la vengeance.

— Bon Dieu, il aurait fallu que tu sois l'Homme invisible. Si Broussard n'avait pas fourré son nez là-dedans, c'était ni vu ni connu. Renard serait en train de rôtir en enfer, affaire classée.

— C'est ce que tu t'es dit ? fit Nick à voix basse en s'approchant du grillage qui le retenait en cage. Quand tu es venu me retrouver chez Laveau... tu pensais que j'allais me pointer chez Bowen & Briggs et le tuer ?

— Bon Dieu ! siffla Stokes. Parle plus bas !

Nick se pencha tout près du grillage, glissa ses doigts à travers, juste au-dessus de Stokes.

— Qu'est-ce qui te prend, mon pote ? chuchota-t-il. Une réclamation pour conspiration, ça t'inquiète ?

Stokes se raidit et recula, l'air choqué, offensé, blessé même.

— Conspiration ? Merde, mec, on était beurrés et on causait comme deux biturés. Même quand je t'ai rejoint et que je t'ai dit qu'il était là-bas, jamais j'ai pensé que tu le ferais vraiment ! Je suis juste en train de raconter que je n'irais pas te jeter la pierre si tu l'avais fait ! Je veux dire, bon débarras — de deux choses l'une, soit j'ai raison, soit j'ai raison, non ?

— C'est toi qui voulais aller dans ce bar-là et pas dans un autre.

— Parce que personne d'autre traîne là-bas, mec ! Tu peux pas croire que je t'ai monté le coup ! Bon Dieu, Nicky ! On est des frères par l'insigne, mec. T'as pas de copain plus copain que moi. Je ne comprends même pas comment tu peux penser ça. Ça me blesse, Nicky. Franchement.

— Alors, je vais te blesser, Chaz. Si je découvre que tu m'as baisé, tu vas regretter d'être né.

Stokes s'écarta de la cellule.

— Je crois pas ce que j'entends. Mec, oh, mec ! Arrête ta putain de parano. Ici, ton ennemi, c'est pas moi. Il se tapota le sternum de son long index. Bordel, je t'ai appelé un avocat. Les gars vont prendre les frais en charge. Ils sont tous d'accord...

— Je paie par mes propres moyens.

— Ce que t'as fait, ça nous a tous fait éjaculer la nuit dans nos rêves, depuis trois mois.

— Quel avocat ?

— Wily Tallant, de St. Martinville.

— Ce salopard...

— ... gluant comme une morve, acheva Stokes. Ne crois pas qu'il soit de l'autre côté de la barrière. Prends-le comme le type qui va t'ouvrir les portes pour que tu puisses retourner du côté qui est le tien. Cette vieille branche, il est capable de faire passer Lucifer pour le pauvre gamin d'une famille à problèmes, incompris et délaissé. Quand il en aura terminé, tu vas probablement finir avec une citation et les clés de cette foutue ville, ce que tu mérites.

Il se pencha de nouveau vers le prisonnier, glissa une main dans sa veste et, dans un geste de magicien, en tira une cigarette.

— C'est tout ce que je souhaite, mon pote, dit-il en lui passant la cigarette. Je souhaite que tout le monde ait ce qu'il mérite.

Annie resta dans le vestiaire une vingtaine de minutes, à lutter pour retrouver son calme. À fixer ce rat musqué écorché.

Il n'y avait aucun moyen de savoir d'où il venait ou qui l'avait accroché là, sans questionner les gens et chercher des témoins. Sans faire du foin. On pouvait parier ferme sur Mullen, mais elle connaissait une demi-douzaine d'adjoints qui braconnaient un peu pour arrondir leurs fins de mois. N'empêche, l'écorché, c'était la griffe de Mullen. Annie l'avait toujours tenu pour le genre de gamin qui arrachait leurs ailes aux mouches.

Salope qui retourne sa veste. En retenant son souffle pour ne pas respirer l'odeur putride et sure du rongeur en décomposition, elle le décrocha en coupant la ficelle avec son couteau de poche, et grimaça quand il frappa le sol avec un bruit mou et mat. Elle arracha le mot, puis elle alla chaparder une boîte en carton dans la poubelle de la réserve aux fournitures, et s'en servit comme d'un cercueil. Elle n'avait pas l'intention d'apporter ça à Noblier pour envenimer la situation. Et elle n'avait nulle part où le laisser. Après avoir réécrit son rapport final sur le cimetière vandalisé et l'avoir enregistré, elle attrapa la boîte, son fourre-tout, et s'en alla. Une fois chez elle, elle pourrait balancer le cadavre dans les bois, et Dame Nature ferait une poubelle très appropriée.

D'ordinaire, après une mauvaise journée, faire la route la calmait. Aujourd'hui, cela ne l'amena qu'à se sentir plus isolée. La lumière du jour s'en était presque allée, projetant le monde dans ce crépuscule étrange et gris des mauvais rêves. Les bois avaient l'air menaçants, peu engageants ; les champs de canne à sucre étaient vastes, mers vertes et dépeuplées. Des lampes s'allumaient peu à peu aux fenêtres des maisons qu'elle dépassait : à l'intérieur, des familles étaient réunies, et dînaient ou regardaient la télévision.

C'était toujours dans des moments comme ceux-là qu'elle ressentait un manque aigu d'une famille traditionnelle et que les souvenirs remontaient, en rampant, depuis l'enfance : sa mère assise dans un fauteuil à bascule, à regarder le marais, une femme spectrale, surréelle, pâle, détachée, jamais tout à fait dans le présent. Il y avait toujours eu une distance entre Marie Broussard et le monde alentour. Annie en avait été profondément consciente, et cela l'avait effrayée, car elle redoutait qu'un jour sa mère ne s'éclipse tout simplement dans une autre dimension pour la laisser seule. Et c'était exactement ce qui était arrivé. Heureusement, elle avait eu Sos et Fanchon pour veiller sur elle, et elle n'aurait pu les aimer davantage, mais il y aurait toujours un endroit au fond d'elle-même où elle se sentirait orpheline, déconnectée, séparée des gens qui l'entouraient... comme sa mère l'avait été. Ce soir, la porte de cet endroit était grande ouverte.

« Vous êtes en direct avec Owen Onofrio, KJUN, ligne ouverte en permanence. Sur notre chaîne, concours jackpot géant. Nous en sommes maintenant à plus de neuf cents dollars. Quel auditeur va avoir la chance d'empocher ce chèque ? Ça peut arriver à n'importe quelle heure, n'importe quel jour.

« À notre programme de ce soir : Marcus Renard, soupçonné de meurtre, aurait été — paraît-il — attaqué et passé à tabac la nuit dernière par un inspecteur du commissariat de police du comté de Partout. Qu'est-ce que vous en pensez, Kay, sur la ligne une ?

— Je dis que c'est pas juste, voilà ce que je dis. Le monde est devenu dingue. Ils flanquent aussi en prison le père de cette femme qui est morte, et tout le monde sait que c'est un héros qui a essayé de faire ce que le tribunal voulait pas faire. Les tueurs et les violeurs ont plus de droits que les braves gens. C'est dingue ! »

En arrivant devant chez Corners, Annie coupa la radio. Il y avait là trois voitures sur le parking sablé de miettes de coquillages écrasés. Le break d'oncle Sos, la Fiesta rouillée du serveur de nuit, et à part, sur un côté, une Grand Am marron métallisé qui lui fit pousser une plainte. A.J. Elle s'arrêta un moment, juste pour regarder l'endroit que, toute sa vie, elle avait appelé sa maison : une simple construction à deux étages, avec un toit ondulé en zinc. La large vitrine tenait lieu de panneau d'affichage, avec une demi-douzaine d'annonces diverses et des messages pour des produits et des services. Une enseigne bière Bud au néon rouge, une pancarte où il était écrit ICI ON PARLE FRANÇAIS, une autre enseigne, rédigée à la main au feutre magique, proposait Boudin chaud & Couenne de porc.

Le premier étage du bâtiment abritait la société que Sos Doucet dirigeait depuis quarante ans. À l'origine, cette épicerie avait fourni les gens des marais qui vivaient dans le coin avec leurs familles, qui venaient là par bateau une fois ou deux par mois, avant de se transformer, avec le temps et du fait des nécessités économiques, en embarcadère pour les promenades en bateau sur le marais, en café, et en commerce qui vendait un peu de tout, et qui réalisait le plus gros de son chiffre d'affaires les week-ends, quand les pêcheurs et les chasseurs — « mes copains », comme les appelait oncle Sos — se ravitaillaient avant de partir pour la cuvette d'Atchafalaya. Les touristes adoraient le charme rustique du vieux parquet en cyprès tout éraflé et des ventilateurs antédiluviens qui grinçaient au plafond. Quant aux gens du cru, ce qui les réjouissait le plus, c'étaient les gros frigos industriels qui leur tenaient leurs bières au frais, et à portée de main, ainsi que les locations des cassettes de films du lundi soir, à deux-pour-le-prix-d'une.

L'appartement du second étage avait servi de domicile à Sos et Fanchon, durant leurs premières années de mariage. La prospérité leur avait permis de se construire une petite maison dans le style ranch, à une centaine de mètres de là, et, en 1968, ils avaient loué l'appartement à Marie Broussard, qui s'était présentée un beau jour devant le porche, enceinte et abandonnée, aussi mystérieuse que tous les chats errants venus élire domicile chez Corners.

— Commençait d'êt' l'heure que tu rentres, *chère* ! s'écria oncle Sos en se penchant par la porte moustiquaire.

Annie sauta de sa Jeep, son fourre-tout en bandoulière sur l'épaule, et la boîte du rat musqué dans l'autre main.

— Qu'est-ce que t'as dans cette boîte ? Le dîner ?

— Pas exactement.

Sos sortit sur la véranda, pieds nus, en jean, avec une chemise blanche aux manches à demi retroussées sur ses avant-bras nerveux. Il n'était pas grand, et pourtant, même à soixante et quelques années, sa carrure dégageait une vraie puissance. Il avait le ventre aussi plat qu'une enclume, la peau perpétuellement bronzée, le visage plissé par endroits comme du bon vieux cuir. Les gens lui disaient qu'il ressemblait à Tommy Lee Jones, l'acteur, ce qui lui allumait toujours une étincelle dans les yeux, et lui mettait cette réplique dans la bouche : bon sang, non, c'était Tommy Lee Jones, ce petit verni de fils de pute, qui lui ressemblait, à lui.

— Tu as de la compagnie, *chère* ! s'écria Sos avec un sourire malin qui fit presque disparaître ses yeux. André, il est venu ici pour te voir. Il baissa la voix sur un ton de conspirateur, tandis qu'elle montait les marches de la véranda. Sa figure était rayonnante. Vous avez eu une petite chamaillerie d'amoureux, vous aut', hein ?

— On n'est pas amoureux, oncle Sos.

— Taratata !

— Et d'ailleurs, pour la centième fois, tout ça ne te regarde pas.

Il rétracta le menton dans une crispation et prit un air offensé.

— Et comment ça se fait que ça me regarde pas ?

— Je suis une adulte, lui rappela-t-elle.

— Alors t'es assez maline pour épouser c'garçon, *mais* non ?

— Est-ce qu'un jour tu vas me lâcher ?

— P'têt', fit-il en tirant la porte moustiquaire pour la lui ouvrir. P'têt' quand tu m'feras grand-papa.

Un bouquet de roses rouges et de gypsophile trônait sur le coin de la caisse, aussi déplacé à cet endroit qu'un vase Ming.

— Tu vas pas dire bonsoir à André ? fit Sos avec irritation. Après qu'il a fait tout ce chemin jusqu'ici. Après qu'il t'a envoyé des fleurs et tout.

A.J. eut le bon goût de prendre un air penaud. Il s'adossa à une vitrine pleine de têtes peintes d'alligators et autres colifichets tout aussi incongrus, faits pour exciter les touristes.

— Je ne sais pas, répondit Annie. Faut-il que mon avocat soit présent ?

— J'étais complètement hors jeu, concéda-t-il.

— Essaie ailier gauche. Et choisis un terrain avec piste de dégagement, histoire de ne pas te fracasser la tête contre le mur du stade.

— Tu vois, *chère* ? sourit Sos avec chaleur en se rapprochant d'elle pour réduire la distance. André, il sait s'avouer vaincu. Il vient faire la paix.

Annie refusa de se laisser amadouer.

— Ah ouais ? Eh ben, il peut toujours faire la paix là où je pense.

Sos haussa un sourcil en direction d'A.J.

— Hé, c'est toujours ça de pris.

— Je suis crevée, déclara Annie en se retournant pour gagner la porte. Bonne nuit.

— Annie ! s'écria A.J. Elle put l'entendre derrière elle se rapprocher tandis qu'elle tournait l'angle de la véranda et qu'elle posait le pied sur l'escalier pour monter à son appartement. Tu ne peux pas t'éloigner de moi comme ça.

— Je ne suis pas en train de m'éloigner. Je suis en train de faire en sorte de t'ignorer, et je te promets que ça vaut mieux que le contraire. Je ne suis pas franchement ravie de ton attitude, en ce moment...

— Je t'ai dit que j'étais désolé.

— Non, tu as dit que tu étais hors jeu. Admettre qu'on a mal agi, ce n'est pas s'excuser.

Deux chats lui filèrent dans les pieds en miaulant, en direction du ponton. Un autre, écaille de tortue, sauta sur la balustrade et se pencha avec convoitise sur la boîte au rat musqué. Annie la tint hors de sa portée, tout en ouvrant la porte. Elle posa la boîte et son fourre-tout sur le petit banc de l'entrée, passa devant l'étagère du téléphone dans le salon, où la lumière du répondeur clignotait comme un œil rouge et colérique. Elle imaginait sans peine ce qui l'attendait sur la bande. Journalistes, parents, inconnus mécontents qui l'appelaient pour exprimer leurs opinions et/ou essayer de lui soutirer des informations. Elle s'éloigna de l'appareil et se rendit dans la cuisine, alluma les lumières. A.J. la suivit et posa le vase de roses sur la table de cuisine aux pieds chromés.

— Je suis désolé. Vraiment, fit-il. Je n'aurais pas dû te tomber dessus à propos de Fourcade, mais je me faisais du souci pour toi, mon chou.

— Et ça n'avait rien à voir avec le fait de t'être retrouvé comme un empoté devant Pritchett.

Il soupira.

— D'accord. J'admets, ces nouvelles m'ont pris par surprise, et, oui, je pensais que tu aurais dû m'en parler, à cause de notre relation. Ça m'aurait fait plaisir de croire que, dans ce genre de situation, tu te tournerais vers moi.

— Pour que tu puisses te tourner vers Smith Pritchett et tout lui recracher, comme un bon lieutenant.

Annie se tenait debout de l'autre côté de la table, les reins appuyés contre le rebord du bar, à hauteur de l'évier.

— Ce n'est qu'un exemple de plus, qui montre bien pourquoi cette histoire de relation entre nous ne peut pas marcher, fit-elle, la voix un peu rauque à force de tension. Je suis ici, tu es là, et il y a ce... ce... truc entre nous. Elle se servit de ses mains pour illustrer son propos. Mon boulot et ton boulot, et quand il s'agit du boulot ou qu'il s'agit de nous deux. Je n'ai pas envie de me coltiner ça, A.J. Je suis désolée. Je n'ai pas envie. Pas maintenant.

Pas maintenant, quand elle se retrouvait prise dans la tempête que Fourcade avait créée. Elle avait besoin d'être attentive à tout, ne serait-ce que pour se maintenir la tête hors de l'eau.

— Je ne pense pas que le moment soit le mieux choisi pour que nous ayons cette conversation, fit doucement A.J. en s'approchant d'elle, avec sur le visage une expression pleine de gentillesse et d'affection. La journée a été rude. Tu es fatiguée, je suis fatigué. Seulement, je ne veux pas qu'on se mette en colère. Un baiser et on fait la paix ? chuchota-t-il.

Elle laissa ses yeux se fermer lorsqu'il posa sa bouche sur la sienne. Elle n'essaya pas d'empêcher ses propres lèvres de s'ouvrir ni ses bras de s'aventurer autour de sa taille. Il l'attira plus près de lui, et cela paraissait aussi naturel que de respirer. Son corps était fort, chaud. Sa stature la faisait se sentir petite, en sécurité. Il aurait été facile d'aller se mettre au lit avec lui, de trouver le réconfort et l'oubli dans une nuit passionnée. A.J. appréciait son rôle d'amant protecteur. Mais, ce soir, le sexe ne résoudrait rien, compliquerait tout. Sa vie était devenue suffisamment difficile comme ça.

A.J. sentit son enthousiasme refroidir. Il leva la tête de cinq ou dix centimètres.

— Tu sais, tu peux blesser un type en l'arrêtant comme ça.

— C'est un mensonge, fit Annie, tout en étant bien consciente qu'il essayait de faire de l'humour.

— Qui dit ça ?

— Toi, tu dis ça. Tu m'as dit ça quand j'étais en seconde année de fac et que Jason Benoît essayait de me convaincre que ça le rendrait infirme si je ne le laissais pas aller jusqu'au bout.

— Ouais, bon, s'il avait été jusqu'au bout, c'est moi qui l'aurais rendu infirme. Il lui posa l'index sur le bout du nez. Amis de nouveau ?

— Toujours.

— Qui a jamais pensé que la vie pouvait être si compliquée ?

— Pas toi.

— C'est un fait. Il jeta un coup d'œil à sa montre. Bon, je suppose qu'il ne me reste plus qu'à rentrer chez moi et à prendre une douche froide, à feuilleter le catalogue de lingerie de chez Victoria's Secret ou un truc dans ce goût-là.

— Pas de travail ? demanda Annie en le suivant jusqu'à la porte.

— Demain, audience d'examen de la mise en liberté sous caution de Fourcade.

— Oh !

— Tu vois, je te l'avais bien dit. Il commença d'ouvrir la porte, puis il hésita. Tu sais, Annie, dans cette histoire, il va falloir que tu décides de quel côté tu es.

— Si je suis avec toi ou contre toi ?

— Tu sais ce que je veux dire.

— Ouais, admit-elle, mais je n'ai pas envie d'en parler ce soir.

A.J. accepta la chose avec un hochement de tête.

— Si tu te décides à bien vouloir en parler, et que tu veuilles en parler avec un ami... on arrangera le reste.

Annie garda ses doutes pour elle-même. A.J. tira la porte pour l'ouvrir, et trois chats se faufilèrent dans l'entrée et fondirent sur la boîte au rat musqué, en grondant.

— Mais qu'est-ce qu'il y a dans cette boîte ?

— Un rat musqué mort.

— Bon Dieu, Broussard, on ne vous a jamais dit que vous aviez un sens de l'humour plutôt morbide ?

— Un million de fois, mais j'ai aussi un certain sens de la dérobade.

Il sourit et lui cligna de l'œil tout en sortant sur le parking.

— À bientôt, fillette. Je suis content que nous soyons amis de nouveau.

— Moi aussi, murmura Annie. Et merci pour les fleurs.

— Ah... navré. Il fit grise mine. Ce n'est pas moi qui les ai envoyées. Oncle Sos a cru que...

Annie leva la main.

— T'en as assez dit. Ça va. Je n'attendais pas ça de ta part.

— Mais sens-toi assez libre pour me dire qui te les a envoyées, pour que je puisse mettre mon poing sur la figure de ce type.

— S'il te plaît. Une agression par semaine, c'est mon maximum.

Il se pencha pour effleurer sa joue d'un baiser.

— Ferme à clé. Il y a des sales types qui rôdent par ici.

Du bout du pied, elle fit sortir les chats et rentra dans l'appartement. Le bouquet trônait en plein milieu de sa table de cuisine, l'air aussi déplacé à cet endroit que dans le magasin. Son appartement était un lieu fait pour les fleurs des champs dans des pots à confiture, pas pour l'élégance des roses. Elle cueillit l'enveloppe blanche sur sa tige de plastique et en retira la carte.

Chère mademoiselle Broussard,

J'espère que vous ne jugerez pas ces roses hors de propos, mais vous m'avez sauvé la vie et je veux vous en remercier comme il convient.

Avec mes sincères salutations,

Marcus Renard.

11.

Il se demandait ce qu'elle avait pensé des fleurs. À l'heure qu'il était, elle devait les avoir trouvées. Elle travaillait dans l'équipe de jour. Il le savait, parce que les reportages sur son passage à tabac l'avaient identifiée comme un « adjoint au shérif qui n'était pas en service ». Elle avait été de service la veille au tribunal, et elle avait contribué à le protéger de l'agression de Davidson. Le matin où l'on avait trouvé le corps de Pam, elle était en service. C'était elle qui l'avait découvert.

Un fil conducteur reliait tout ceci, songea Marcus en regardant par la fenêtre de sa pièce de travail. Il avait été amoureux de Pam ; Annie avait découvert le corps de Pam. Le père de Pam avait tenté de le tuer ; Annie l'avait arrêté. L'inspecteur en charge de l'affaire de Pam avait tenté de le tuer ; Annie, encore elle, était venue à son secours. *Fil conducteur*. Dans son esprit engourdi par les médicaments, il se figura les lettres de ces deux mots se dénouant et se reliant en un cercle parfait, une fine ligne noire sans commencement ni fin. *Fil conducteur*.

Il déplaça son crayon sur le papier, à petites touches précautionneuses, aussi légères qu'une plume. Fourcade n'avait pas abîmé ses mains. Elles présentaient des hématomes — des blessures défensives — et ses phalanges s'étaient écorchées quand il était tombé par terre, mais rien de plus grave que ça. Ses yeux étaient encore enflés. Des pansements lui bourraient les deux narines, le forçant à respirer par la bouche, et l'air sifflait au passage entre ses dents ébréchées, parce qu'on lui avait bloqué son maxillaire fracturé en position fermé avec du fil de fer. Les agrafes s'entrecroisaient sur sa figure comme un patchwork cousu en dépit du bon sens. Il avait l'air d'une gargouille, d'un monstre.

Le médecin lui avait prescrit une ordonnance d'antalgiques et, tard dans la journée, l'avait renvoyé chez lui. Aucune de ses blessures ne menaçait ses jours ou ne nécessitait de suivi ultérieur, ce dont il se félicitait. Si plus ample occasion leur en avait été fournie, il ne doutait pas que les infirmières de Notre-Dame-de-la-Miséricorde l'auraient tué.

Le Percodan atténuait les élancements dans sa tête et son visage, comme les coups de poignard douloureux qu'il ressentait au côté, là où Fourcade lui avait fêlé trois côtes.

Le médicament brouillait, semble-t-il, toutes ses sensations. Il se sentait isolé, comme s'il vivait dans une bulle. Le volume de la voix de sa mère s'en était trouvé diminué de moitié. Les grommellements incessants de Victor s'étaient réduits à un bourdonnement sourd. Tous deux avaient été là, et bien là, quand Richard Kudrow l'avait ramené chez lui. Agités et irrités par l'interruption de leurs habitudes quotidiennes.

— Marcus, par ta faute, je me suis fait un sang d'encre, avait fulminé sa mère quand il avait monté péniblement une marche après l'autre pour accéder à la véranda.

Doll se tenait appuyée contre un pilier, comme si elle n'avait pas la force de se tenir droite. Aussi grande que ses deux fils, elle donnait pourtant l'impression d'être une femme oiseau, aux os légers, presque frêle. Elle avait cette habitude de laisser voleter une main contre sa poitrine, comme une aile brisée. Quoique excellente couturière, elle portait des robes d'intérieur démodées achetées dans des bazars, qui lui donnaient l'air plus âgée que ses cinquante et quelques années.

— Quand l'hôpital a appelé, je ne savais que penser. J'étais tout simplement terrorisée à l'idée que tu puisses mourir. Ça m'a tellement perturbée que j'ai à peine dormi. Qu'est-ce que je ferais sans toi ? Comment est-ce que j'arriverais à me débrouiller avec Victor, sans toi ? J'ai été presque malade d'inquiétude.

— Mère, je ne suis pas mort, releva Marcus.

Il ne lui demanda pas pourquoi elle n'était pas venue lui rendre visite à l'hôpital, parce qu'il n'avait pas envie de l'entendre lui répondre à quel point elle détestait conduire, en particulier la nuit — sous le prétexte d'une cécité nocturne non diagnostiquée. Peu importait qu'elle se soit acharnée pour qu'il lui achète une voiture, des années auparavant, afin qu'elle ne se sente pas dépendante de lui. Elle la sortait rarement du hangar pour voiture à cheval qui leur servait de garage. Et il n'avait pas envie d'entendre à quel point elle craignait de laisser Victor, et à quel point elle avait les hôpitaux en horreur, qu'elle tenait pour un terrain propice à toutes les maladies fatales. Car ce dernier couplet enclencherait la litanie de Victor sur les microbes.

Son frère se tenait debout dans l'embrasure de la porte, le visage détourné, mais ses yeux dévisageant Marcus avec circonspection. Victor avait dans sa manière de se tenir une raideur légèrement de guingois, comme si la gravité terrestre l'affectait différemment des gens normaux.

— C'est moi, Victor, fit Marcus, sachant que c'était peine perdue d'essayer de mettre son frère à l'aise.

Victor était arrivé à l'adolescence sans comprendre que coiffer un chapeau ne vous transformait pas en quelqu'un d'autre. Dans son adolescence, les voix au téléphone le déconcertaient, et c'était encore quelquefois le cas. Pendant des années, comme il ne pouvait voir son interlocuteur, et que, donc, celui-ci n'existait pas, il se contentait de respirer dans le combiné. Seuls les fous répondaient aux voix des gens qui n'existaient pas, et Victor n'était pas fou ; donc, il ne parlerait pas à des voix sans visage.

— Masque, pas de masque, susurrait-il. L'oiseau moqueur. *Mimus polyglottos*. Vingt-sept à trente-trois centimètres de hauteur. Pas de masque. Chante et chante, tout comme. Plus courant que les pies-grièches, tout comme. Corbeau courant. *Corvus corax*. Très malin. Très habile. Comme une corneille, mais pas une corneille. Un masque, mais pas de masque.

— Victor, arrête ! s'écria Doll, et sa voix s'éraillа, jusqu'à se faire perçante. Elle lança à Marcus un regard pour lui signifier qu'elle était à bout de patience. Il a rabâché ses divagations toute la journée. J'ai cru que je perdais la tête à force de me faire un sang d'encre pour toi, et j'avais Victor qui ressassait de sa voix de bourdon encore et encore. Assez pour me faire voir rouge.

— Rouge, rouge, très rouge, répéta Victor en remuant la tête comme si une bestiole lui avait rampé dans le conduit auditif.

— Cet avocat que tu as pris a intérêt à faire payer les services du shérif pour toute la souffrance qu'ils ont causée à cette famille, serina Doll en suivant Marcus dans la maison. Ces gens sont pourris jusqu'à la moelle, jusqu'au dernier.

— Annie Broussard m'a sauvé la vie, releva Marcus. Deux fois.

Doll se fit amère.

— Annie Broussard. Je suis certaine qu'elle n'est pas meilleure que les autres. Je l'ai vue à la télévision. Elle n'avait rien à dire pour ta défense. Tu exagères toujours tout, Marcus. Tu as toujours tout exagéré.

— Mère, je sais ce qu'elle a fait.

— Tu la trouves juste jolie, c'est tout. Je sais comment fonctionne ta tête, Marcus. Tu es bien le fils de ton père.

C'était proféré comme une insulte. Marcus ne se souvenait pas de son père. Claude Renard les avait abandonnés quand Marcus était tout juste un bambin. Il n'était jamais revenu, il avait tranché tous les liens. Il arrivait à Marcus de l'envier. Sur ce, il ferma les yeux et laissa au Percodan le soin de laver ce souvenir de son cerveau martyrisé. Les miracles de la chimie moderne.

Il s'était rendu directement dans sa chambre et, grâce à une pilule et à deux heures d'inconscience, il avait réussi à chasser de son esprit les sempiternelles jérémiades de sa mère. Lorsqu'il se réveilla, la maison était tranquille. Chacun s'en était retourné à son train-train. À dix heures, sa mère était au lit et se plaindrait toute la matinée du lendemain d'avoir à peine fermé l'œil. À l'en croire, Doll n'avait pas fait une seule nuit complète de sa vie.

Victor se mettait au lit à huit heures et se levait à minuit pour étudier ses livres d'histoire naturelle et travailler sur des calculs mathématiques complexes. Il se recoucherait à quatre heures du matin et se lèverait pour sa journée à huit heures précises. La routine, c'était sacré. Il l'assimilait à la normalité. Le moindre changement pouvait le plonger dans une phase de chagrin, et le faire se balancer et ressasser, ou pis. La routine le rendait heureux.

Si seulement ma vie était aussi simple. Marcus n'aimait pas être le centre d'attention de qui que ce soit. Il préférait qu'on le laisse faire son travail tout seul et s'adonner à ses passe-temps. Sa pièce de travail était située juste à côté de sa chambre. Il avait jeté son dévolu sur ce petit appartement dès la première fois qu'il y était entré avec Pam. Quand il était venu à Bayou Breaux pour son entretien d'embauche chez Bowen & Briggs, elle avait été son agent immobilier — un autre brin du fil conducteur.

Son appartement se trouvait au premier étage, sur l'arrière de la maison, et il fallait traverser une pièce pour passer dans l'autre. Une table de travail servait de support à son dernier projet, une maison de poupée Queen Ann, décorée de moulures tarabiscotées et de bardeaux en forme de cœur sur le toit. Les maisons qu'il avait dessinées et construites au cours de toutes ces années étaient exposées sur de profondes étagères fabriquées sur mesure le long d'un large mur. Il concourait dans des foires et y vendait toutes ses maquettes, sauf ses préférées. Mais ce soir, ce n'était pas la maison de poupée qui accaparait son attention. Ce soir, il avait quitté son lit pour s'asseoir à sa table à dessin. Il travaillait à projeter sur la page une image mentale issue de son esprit.

Pam était une femme ravissante — petite, féminine, ses cheveux noirs et lisses coupés au carré jusqu'aux épaules, son sourire lumineux, ses yeux noisette pétillants de vie. Tous les vendredis, elle se faisait faire les ongles. Elle ne fréquentait que les boutiques les plus chics de Lafayette, et elle avait toujours l'air de sortir des pages de *Southern Living* ou de *Town and Country*.

Annie était jolie, à sa manière. Elle était plus grande que Pam, mais pas de beaucoup, trois centimètres ; plus vigoureuse que Pam, mais petite tout de même. Il se la représenta, non pas dans son uniforme bleu ardoise des services du shérif, mais dans la jupe longue à fleurs qu'elle portait la veille au soir. Il la débarrassa de sa veste en jean trop grande, et, à la place, lui enfila un petit haut de coton blanc. Délicates, presque diaphanes, les ombres de ses petits seins le taquinaient. En imagination, il lui coiffa soigneusement ses cheveux noirs et les lui attacha dans la nuque avec un nœud blanc. Elle avait un nez retroussé ; un soupçon de fossette donnait à son menton un certain air têtu. Ses yeux étaient profonds, d'un brun soutenu, comme ceux de Pam, mais légèrement bridés, ce qui les rendait très attirants. Il était fasciné par leur forme — un peu exotique, un peu en amande, comme des yeux de chat. Sa bouche était presque aussi captivante. Une bouche très *française* — la lèvre inférieure charnue, la lèvre supérieure délicatement dessinée en forme d'arc de cupidon. Il n'avait jamais vu son sourire. En attendant de le découvrir, il y superposerait le sourire de Pam. Il reposa son pinceau et jugea son travail.

Depuis ces trois derniers mois, Pam lui manquait, mais il sentait la douleur de cette solitude commencer de refluer. Dans son brouillard médicamenteux, il s'imaginait avoir été tout ce temps dans un état de dessèchement. À présent, une nouvelle source capiteuse montait plus près de lui, tentatrice. Il essaya d'en imaginer le goût sur sa langue. Le désir lui agitait paresseusement les sangs, et il sourit.

Annie. Son ange.

12.

Dans le comté de Partout, les audiences d'examen des demandes de mise en liberté provisoire avaient lieu le lundi, le mercredi et le vendredi matin, un ordre du jour soigneusement programmé pour générer des rentrées d'argent. Toute personne mise en liberté provisoire le vendredi avait le week-end pour enfreindre encore une loi ou deux, et passer à nouveau en audience le lundi suivant. Le mercredi avait été placé là pour la bonne mesure et le respect des libertés civiles.

Comme par hasard, le juge qui présidait l'audience était le vieux Monahan. Quand ce dernier émergea de la salle du conseil et s'installa, Nick pesta intérieurement. On appela les différentes affaires. En ce vendredi matin, un bouquet garni de délits véniels : les prévenus, les yeux baissés, comme des chiens pris sur le fait en train de souiller le tapis, se tenaient debout à côté de leur avocat.

La tribune réservée au public de la salle d'audience se remplissait sans discontinuer, au fur et à mesure que l'on traitait les affaires en ordre serré. Si ces gens qui passaient avant lui étaient des pauvres types, songea Nick, alors qu'est-ce que les circonstances présentes faisaient de lui ? Chacun mettait en avant une bonne raison d'avoir commis ce qu'il avait fait. Aucun ne possédait de raison aussi bonne que la sienne, mais il n'était pas sûr que se lever et déclarer devant la cour qu'il s'était contenté d'accomplir le boulot que ladite cour avait négligé d'accomplir lui vaillent de marquer le moindre point avec Monahan.

À n'en pas douter, les membres très estimés de la presse qui garnissaient les bancs salivaient précisément dans l'attente d'une déclaration aussi théâtrale. Turbulents, avides d'en arriver au plat de résistance, ils espéraient qu'on en finisse avec tout ce manège de préliminaires. Leur présence avait l'air d'irriter Monahan, vu son humeur plus grincheuse que d'ordinaire. Il aboyait sur les avocats, coupait la parole des prévenus, et fixait les montants des cautions au plafond du barème.

Nick avait exactement trois mille deux cents dollars en banque.

— Ne pompe pas l'air de Votre Honneur, Nick, mon garçon, murmura Wily Tallant en se penchant vers lui.

Aujourd'hui, j'ai vraiment l'impression qu'il a une de ces migraines d'Irlandais. Ne croise pas son regard. Si tu n'arrives pas à prendre un air contrit, prends un air contemplatif.

Nick détourna le regard.

Tallant avait presque une tête de moins que Nick, et il était d'une maigreur qui lui donnait une certaine élégance à l'européenne. Ses cheveux fins et noirs étaient soigneusement plaqués en arrière, ce qui accentuait les traits de son visage. D'un bout à l'autre de l'année, il portait des complets noirs et une Rolex qui valait plus cher que ce que gagnait Nick en quatre mois. Les clients de Wily pouvaient bien être des ordures, en tout cas, c'étaient des ordures qui avaient de l'argent.

De nouveau, Nick scruta la foule. Un certain nombre de flics avaient trouvé place sur le balcon qui, du temps de la ségrégation ouverte, faisait office de galerie pour les spectateurs noirs. Il remarqua deux adjoints du shérif, en uniforme, de Bayou Breaux. Broussard n'était pas parmi eux. Il se dit qu'elle aurait pu venir. Elle avait ce qu'elle voulait : on allait lui faire danser la carmagnole.

Au premier rang du balcon, Stokes toucha la visière de la casquette de base-ball qu'il portait baissée sur une paire de Ray-Ban. Quinlan, un autre inspecteur des services du shérif, était assis derrière lui, avec Z-Top McGee, un inspecteur de la brigade municipale avec qui ils avaient travaillé une fois ou deux. Nick fut frappé de voir que personne d'autre que Stokes n'était venu, et il trouva cela singulier. Ici, il n'avait guère passé de temps à cultiver des amitiés. Selon toute vraisemblance, l'attachement qu'ils lui témoignaient était lié au boulot. La Confrérie. Il était l'un des leurs, et l'un d'eux aurait très bien pu se trouver là à sa place... En fin de compte, c'était pour eux-mêmes qu'ils se faisaient du souci, trancha-t-il. Une pensée cynique et réconfortante.

Il laissa tomber son regard sur les sièges de la grande galerie, parcourant les visages des journalistes qui l'avaient pourchassé depuis le début de l'affaire Bichon, et notamment l'un d'eux, qui le pourchassait depuis plus longtemps que ça — un visage familier, du temps de La Nouvelle-Orléans. Les Néo-Orléanais faisaient en général peu de cas de ce qui se passait au-delà des frontières de la Grande Peinarde, comme on l'appelait. Les comtés cajuns formaient un monde à part. Mais ce type-là aurait flairé le sang de Nick dans une flaque d'eau, et il était venu avec les crocs.

Inattendu, mais pas surprenant. Les surprises, elles, étaient assises devant le pisse-copie de La Nouvelle-Orléans. Belle Davidson et, deux rangées devant elle, son ex-gendre, Donnie Bichon. Que faisaient-ils là ? Hunter Davidson ne figurait pas parmi les infortunés qui attendaient leur tour de passer devant le juge. Pour ce qui serait de cette audience-là de mise en liberté provisoire, Pritchett aurait plutôt envie de la jouer profil bas. Engager des poursuites contre un père en proie au chagrin serait assez impopulaire auprès de ses électeurs. Les engager pour le même crime contre un « flic non-conformiste », c'était tout autre chose.

— L'État de Louisiane contre Nick Fourcade !

Nick franchit derrière Tallant le portillon d'accès à la table réservée à la défense. Au cours des débats précédents, Pritchett était demeuré silencieux, laissant Doucet, le procureur adjoint, s'occuper du menu fretin, pour se réserver l'attraction principale. Il se leva de sa chaise, boutonna le gilet de son costume, redressa les épaules d'un mouvement sec et passa une main nerveuse sur sa cravate de soie. Il avait l'air d'un petit coq de combat se lissant les plumes et grattant la terre avant le duel.

— Votre Honneur, entonna-t-il d'une voix forte. Les charges qui pèsent dans cette affaire sont extrêmement lourdes : coups et blessures et tentative de meurtre perpétrés par un représentant de la force publique. Nous sommes confrontés là non seulement à un crime, mais à un flagrant abus de pouvoir et à une trahison de la confiance publique. C'est un scandale absolu. Je...

— Épargnez votre sermon pour une autre chaire, monsieur Pritchett, aboya le juge Monahan, tout en faisant sauter le capuchon d'un flacon d'Excédrine et en laissant rouler deux pilules dans sa main.

Le juge dévisagea Nick, ses sourcils noirs se froncèrent au-dessus de ses yeux bleus perçants.

— Inspecteur Fourcade, je puis à peine exprimer ma répugnance rien qu'à l'idée de vous avoir à la barre devant moi en cette affaire. Vous êtes parvenu à rendre épouvantable une situation déjà horrible, et je ne suis guère enclin au pardon. Se pourrait-il que vous ayez quelque chose à dire à votre décharge ?

Wily se pencha en avant, avec juste le bout des doigts posé sur la table réservée à la défense.

— Revon Tallant, pour la défense. Votre Honneur, mon client souhaite plaider non coupable. Il articula chaque mot avec autant de précision qu'un poète. Comme d'habitude, M. Pritchett en est venu d'emblée aux conclusions sans avoir entendu l'énoncé des faits. L'inspecteur Fourcade était tout simplement en train de vaquer aux occupations de son métier...

— En écrabouillant le nez des gens ? s'écria Pritchett.

— En appréhendant un suspect de cambriolage, qui fait le choix de résister à son arrestation et de se battre.

— De résister et de se battre ? Il a fallu l'hospitaliser ! s'exclama Pritchett. Il a l'air de s'être jeté la tête la première dans une poutrelle métallique !

— Je n'ai jamais dit qu'il savait se battre.

Une cascade de rires parcourut la galerie. Monahan frappa de son maillet.

— Il n'y a pas matière à s'amuser !

— Je suis tout à fait d'accord, Votre Honneur, fit Pritchett. Nous ne devrions pas voir d'un trop bon œil que des fonctionnaires chargés d'appliquer la loi franchissent la ligne qui les sépare de l'autodéfense. Un adjoint au shérif a pris l'inspecteur Fourcade la main dans le sac — littéralement avec du sang sur les mains. Elle témoignera...

— Nous ne sommes pas au procès, monsieur Pritchett, le coupa Monahan. Je ne suis pas d'humeur à écouter les avocats déblatérer pour le profit de la presse et par pur amour du son de leur propre voix. Au fait !

— Oui, Votre Honneur. Pritchett ravala sa fierté, ses joues virant au rose. Au vu de la gravité des charges et de la brutalité de ce crime, l'État requiert une caution d'un montant de cent mille dollars.

Ces mots frappèrent Nick comme une batte de base-ball. Wily rejeta la tête en arrière et ouvrit tout grands ses yeux aux larges prunelles.

— Votre Honneur, mis à part la tendance de M. Pritchett à dramatiser...

— Votre client est un fonctionnaire de police en charge de l'application de la loi qui se trouve au banc des accusés pour avoir frappé un homme comme un dément, monsieur Tallant ! s'écria sèchement Monahan. En fait de tendance à dramatiser, il ne m'en faut pas plus. Il consulta son greffier sur son emploi du temps, secoua les comprimés d'Excédrine dans sa paume comme une paire de dés. L'audience préliminaire est fixée pour dans deux semaines à compter d'hier. Caution pour un montant de cent mille dollars, en liquide ou sous forme de mandat. Payez le greffier si vous le pouvez. Affaire suivante !

Nick et Tallant quittèrent la table de la défense tandis qu'arrivaient le prévenu suivant et son avocat. Nick regarda fixement Pritchett, à l'autre bout de la salle. La petite bouche du procureur se tordait en un sourire d'autosatisfaction.

— D'ici cette audience, j'obtiendrai qu'on dessaisisse Monahan de l'affaire, murmura Wily en accompagnant Nick vers la porte latérale, où un policier municipal attendait pour l'escorter de nouveau vers la prison. À l'évidence, il est trop de parti pris pour traiter cette affaire. N'empêche, je ne peux rien faire contre Pritchett. Cet homme veut ta tête sur une pique, mon garçon. L'autre jour, avec cette malheureuse affaire d'examen de pièce à conviction, tu lui as fait jouer le mauvais rôle. Dans le code selon Smith Pritchett, c'est un crime. Tu peux verser la caution ?

— Bon sang, Wily, je peux à peine te payer. Je pourrais peut-être arriver à dix mille dollars si je mettais au clou tout ce que je possède, fit Nick d'un air absent, son attention subitement attirée vers la galerie.

Donnie Bichon s'était levé de son siège pour s'avancer, en levant la main, non sans hésiter, comme un écolier mal assuré qui essaierait d'attirer l'attention du professeur. C'était un beau gosse — trente-six ans, l'air d'en avoir vingt —, avec un petit nez et les oreilles décollées, juste de quoi lui donner l'allure d'un perpétuel garçonnet. Il avait joué avant dans l'équipe de basket troisième à Tulane et avait une tendance à marcher avec les épaules voûtées, comme s'il était prêt à monter au filet à tout instant. Tout le monde, du côté de la barre réservé aux gens du métier, marqua un temps d'arrêt pour le regarder.

— Votre Honneur ? Puis-je venir devant la cour ?

Monahan lui lança un regard furibond.

— Qui êtes-vous, monsieur ?

— Donnie Bichon, Votre Honneur. J'aimerais payer la caution de l'inspecteur Fourcade.

— La promotion immobilière doit mieux marcher que je ne croyais, fit Nick en arpentant le bureau de Donnie Bichon, tout en faisant tourner un cure-dents entre ses canines.

Il avait laissé le drame de la salle d'audience se dénouer, non parce qu'il voulait l'argent de Bichon, mais parce qu'il avait envie de savoir quel était le motif de ce geste magnanime. La presse s'était déchaînée. La frénésie de la manchette. Monahan avait ordonné qu'on évacue la salle d'audience. Smith Pritchett en était sorti en proie à un coup de sang, furieux de s'être fait déposséder de son coup de théâtre. Après que Donnie eut payé le greffier, tous durent traverser la foule hostile des gens des médias pour gagner la sortie et descendre les marches du palais. Du déjà-vu sur toute la ligne.

Nick avait sauté dans l'Infiniti vert dollar de Wily et ils avaient trouvé une route dégagée en direction de New Iberia, ce qui leur avait permis de semer les journalistes. Lorsqu'ils avaient fait demi-tour vers Bayou Breaux par les routes de campagne, les reporters étaient partis écrire leur article. Nick s'était fait déposer à la prison par Wily ; là, il avait attrapé les clés de son pick-up, et il était reparti, en faisant l'impasse sur la douche et sur le changement de vêtements dont il avait le plus grand besoin. C'était d'autres choses qu'il avait le plus grand besoin. De réponses.

Le bureau de Bichon Bayou Promotion donnait l'impression d'une société solide — mobilier en chêne massif, coloris masculins, une petite fortune en gravures de faune et de flore accrochées sur les murs. L'enquête que Nick avait menée lui avait dévoilé une tout autre histoire. Donnie avait bâti sa société sur le dos de Bayou Immobilier, l'affaire de Pam, et avait laissé tomber ses propres bons filons pour asseoir sa structure sur ce terrain déjà bien assuré financièrement. Selon une source, le divorce avait nettement coupé les liens entre BBP et la société de Pam, et Donnie en avait été réduit à se mettre au travail ou à mourir.

Nick suivit du bout du doigt la ligne empreinte de grâce d'un canard sauvage sculpté dans le bois, qui s'apprêtait à l'atterrissage sur la crédence.

— Quand j'ai passé votre société au crible, Donnie, il m'a semblé que vous étiez pourri de dettes jusqu'au cul. Il y a dix-huit mois, vous aviez presque le ventre en l'air comme un poisson crevé. Vous avez camouflé des possessions foncières au sein de la société de Pam pour ne pas les perdre. Comment se fait-il que vous puissiez signer un chèque de cent mille dollars ?

Donnie éclata de rire tout en se laissant tomber dans le fauteuil en cuir sang de bœuf qui trônait derrière son bureau. Il avait ouvert le col et remonté les manches de sa chemise à rayures. Le jeune homme d'affaires au travail.

— Vous êtes un ingrat et une canaille, Fourcade, fit-il, hésitant à mi-chemin entre l'amusement et l'irritation. Je viens à peine de vous sortir le cul de prison en payant votre caution et l'odeur de mon fric ne vous plaît pas ? Allez vous faire foutre.

— Je crois vous avoir déjà remercié. Vous avez payé pour ma mise en liberté, Donnie, vous ne m'avez pas acheté.

Ce fut Donnie qui suspendit leur échange de regards et remit en place une pile de dossiers sur son bureau.

— Sur le papier, la société vaut un paquet. Des actifs, vous voyez ça. Terrains, équipements, maisons construites à titre d'investissements spéculatifs. Les banquiers aiment plus les actifs que les liquidités. Et donc j'ai une jolie petite ligne de crédit.

— Et vous avez fait ça pourquoi ?

— Vous plaisantez, ou quoi ? Après ce que Renard a fait à Pam ? Et le vieux Hunter et vous, vous couchez en prison, et lui il se balade ? C'est dingo. Les tribunaux sont un vrai cirque, de nos jours. Il était temps que quelqu'un fasse ce qu'il fallait faire.

— Comme tuer Renard ?

— J'en rêve. Petite saleté de pervers. C'est lui le criminel, pas vous. Voilà tout ce que je dis. Cet adjoint qui vous a coffré, elle aurait mieux fait de s'occuper de ses affaires, de laisser la nature suivre son cours et qu'on en finisse avec cette histoire.

— Pourquoi en liquide ? Quand on se porte caution, sous forme de mandat, on ne verse que dix pour cent.

Et on n'encaisse qu'une fraction de la publicité, se dit-il. Donnie dépassant la barre pour aller signer un énorme chèque, ce moment-là avait été jouissif. Ce n'avait pas été la première fois que Donnie avait goûté à la lumière des projecteurs.

Il y baignait depuis le jour où l'on avait découvert le corps de Pam. Il avait immédiatement offert une récompense de cinquante mille dollars pour toute information. À l'enterrement, il avait pleuré comme un bébé. Tous les journaux de Louisiane avaient publié en gros plan le cliché de Donnie, le visage enfoui dans ses mains. Dans l'antichambre, le téléphone sonnait à tue-tête. Des journalistes en quête de commentaires et d'entretiens, très vraisemblablement. Chaque reportage qui circulait, c'était autant de publicité gratuite pour Bichon Bayou Promotion.

Donnie détourna de nouveau le regard.

— Je ne savais rien de tout ça. Je ne m'étais jamais porté caution pour quelqu'un afin de le faire sortir de prison. Nom de Dieu, vous ne voulez pas vous asseoir ? Vous me rendez nerveux.

Nick ignora cette requête. Il avait besoin de bouger, et rendre Donnie nerveux, ce n'était pas une si mauvaise chose.

— Serez-vous en mesure de vous remettre sur l'affaire ?

— Quand il gèlera en enfer. Je suis suspendu. Ma mise en cause entacherait cette affaire, en raison de mon évidente position de parti pris contre le principal suspect. Du moins, c'est ce que dirait un juge. Je suis hors du coup, officiellement.

— Alors j'ai intérêt à espérer qu'autre chose vous retienne dans le comté de Partout, c'est ça ? Il est bien évident que je ne peux pas me permettre de perdre cent billets.

— Il y a des gens qui diraient que vous pouvez un peu plus vous permettre de les perdre maintenant que quand votre femme était en vie, rectifia Nick.

Le visage de Donnie se tendit.

— On a déjà descendu cette pente-là, inspecteur, et cela me déplaît fortement que vous la descendiez de nouveau.

— Vous savez très bien que, dans cette enquête, nous avons eu deux fers au feu depuis le début, Donnie. C'est du boulot standard. Que vous payiez ma caution pour me faire sortir de prison ne va rien changer à ça.

— Vous savez où vous pouvez vous les coller, vos deux fers, Fourcade !

Avec un haussement d'épaules, Nick poursuivit :

— Moi, j'ai eu beaucoup de temps à tuer au cours des dernières vingt-quatre heures. Du temps pour laisser mon esprit vagabonder, pour tout retourner encore et encore. Il peut sembler simplement... fortuit... que Pam ait été tuée juste avant que le divorce ne soit prononcé. Une fois que la compagnie d'assurances aura craché et que vous aurez vendu la moitié de la société immobilière de Pam, cette ligne de crédit, vous n'en aurez plus besoin.

Donnie se leva d'un bond.

— Mais bien sûr, Fourcade ! Sortez de mon bureau ! Je vous ai rendu un sacré service, et vous venez ici déblatérer sur mon compte ! J'aurais dû vous laisser pourrir en prison ! Je n'ai pas tué Pam. Je n'aurais pas pu. Je l'aimais.

Nick n'esquissa pas le moindre geste pour s'en aller. Il retira le cure-dents de sa bouche et le tint comme une cigarette.

— Vous aviez une drôle de façon de le montrer, à Tulane, à pourchasser tout ce qui portait jupon.

— J'ai commis des erreurs, admit Donnie avec colère. La maturité n'a jamais été mon atout majeur. Mais j'aimais vraiment Pam, et j'aime vraiment ma fille. Je ne pourrais jamais rien faire qui blesse Josie.

Le simple fait d'y penser parut l'affliger. Il se détourna de la photo d'école de sa fille qui était posée sur le coin de son bureau.

— Est-ce qu'elle habite déjà avec vous ? demanda calmement Nick.

Il y avait eu des rumeurs de bataille pour la garde de l'enfant, dans le cadre du divorce. Quelque chose qui, du côté de Donnie, ressemblait plus à de la méchanceté mesquine qu'au pur souci du bien-être de sa fille. Comme dans d'innombrables affaires de divorce, l'enfant devenait un instrument, une possession pour laquelle on se querellait. Donnie aimait trop sa liberté pour être un père à plein temps. Vu son style de vie, le droit de visite lui conviendrait mieux que le droit de garde.

Nick avait depuis longtemps écarté Josie comme motif possible du meurtre. C'était sous l'angle de l'argent qu'il se posait des questions, et sous celui des terrains que Donnie avait camouflés au sein des actifs de Bayou Immobilier. Il avait beau jurer ses grands dieux que Renard était leur homme, cette question d'argent continuait de l'asticoter. C'était un fil qui dépassait et, c'était plus fort que lui, il ne pouvait pas se résoudre à laisser un fil pendouiller. Ce fil le tarabusterait jusqu'à ce qu'il puisse le renouer d'une manière ou d'une autre. Certes, à cheval donné, on ne regardait pas à la bride, mais s'il fallait qu'il regarde, ainsi soit-il. Donnie avait décidé de lui-même de se porter caution pour le faire sortir de prison. Nick ne se sentait aucune obligation.

— Elle est avec Belle et Hunter, répondit Donnie. Belle a pensé qu'ils pourraient lui apporter un environnement plus stable pour le moment. Et puis voilà que Hunter tente de commettre un meurtre en plein jour. Vous parlez d'une stabilité. Bien sûr, la presse est en train de faire de lui une célébrité. S'il ne va pas en prison, il est probable qu'ils vont tourner un film sur lui.

Toute idée de lutte l'avait quitté. Ses épaules s'affaissèrent et il parut soudain plus vieux.

— Pourquoi remuez-vous de nouveau tout ça ? Vous croyez toujours que c'est Renard qui a fait ça. Je veux dire, je sais que les gens racontent certaines choses après le viol de l'autre nuit — toutes ces conneries sur l'Étrangleur du Bayou et machin chose. Mais ça n'a rien à voir avec ça. C'est vous qui avez trouvé la bague de Pam chez Renard. C'est vous qui l'avez envoyé à l'hôpital. Pourquoi vous venez me renifler le cul ? Aujourd'hui, vous n'avez pas eu de meilleur ami que moi.

— L'habitude, répondit Nick. Moi, j'ai tendance à être soupçonneux par nature.

— Sans déconner. Écoutez, je ne suis pas coupable.

— Tout le monde est coupable de quelque chose.

Donnie secoua la tête.

— Vous avez besoin de vous faire soigner, Fourcade. Vous êtes un paranoïaque clinique.

Lorsqu'il balança son cure-dents dans la corbeille et se tourna vers la porte, un sourire sardonique incurva la bouche de Nick.

— *C'est vrai*. C'est assez vrai. Heureusement pour moi, je suis l'un des rares à pouvoir faire avec.

Nick quitta Bichon Bayou Promotion par la porte de derrière, traversa deux allées, et coupa à travers l'arrière-cour d'une maison où une adolescente en bikini allongée sur une couverture métallique tâchait d'absorber des ultraviolets. Avec ses écouteurs et ses lunettes de soleil, elle n'eut aucune conscience de son passage.

Il s'était garé sur le parking recouvert d'herbe qui se trouvait à côté d'une échoppe de soudeur à l'abandon, son pick-up disparaissant au milieu d'un étalage de camelote au rebut. Il grimpa dans la cabine, descendit les vitres, et resta assis là, à fumer une cigarette et à réfléchir, tandis que la radio ressassait dans le vide.

« Vous êtes sur KJUN avec Dean Monroe. Notre sujet : la mise en liberté sous caution de l'inspecteur Fourcade, qui reste accusé d'avoir brutalisé Marcus Renard, soupçonné de meurtre. Montel, à Maurice, dis-nous ce que tu en penses.

— Il a déjà fait ce genre de chose et il s'en est tiré. Je pense qu'on a tous de quoi les avoir à zéro quand les flics peuvent planquer des pièces à conviction, démonter la tête des gens et s'en tirer comme ça... »

Nick réduisit la radio au silence, en repensant à La Nouvelle-Orléans. Il avait payé, d'une manière bien pire que la prison. Il avait perdu son boulot et sa crédibilité. Il s'était écrasé en flammes et il luttait encore pour recoller les morceaux. Mais il y avait des choses plus urgentes aujourd'hui pour lui occuper l'esprit.

Peut-être Donnie Bichon était-il plein de regrets à cause de l'échec de son mariage et de la mort de la femme qu'il avait jadis aimée. Ou peut-être que ses remords se rapportaient à tout autre chose. Abstraction faite de la brutalité hideuse du meurtre, Donnie avait été automatiquement suspect. Les maris étaient toujours suspects. Mais Donnie semblait plutôt appartenir à l'espèce de ceux qui auraient étranglé leur ex dans un moment de fureur aveugle, pas à l'espèce de ceux qui auraient pu préparer et accomplir une mort comme celle de Pam. Cela demandait une haine froide de mettre en œuvre un meurtre comme celui-là.

— C'est Renard, murmura Nick.

La trace, la piste logique ramenaient à Renard. Renard avait fait une fixation sur elle, l'avait traquée, l'avait tuée quand elle l'avait repoussé. Nick pensait que c'était déjà ce qu'il avait fait à Baton Rouge, peu de temps avant de venir s'installer par ici, mais la mort de cette femme-là avait été déclarée accidentelle et n'avait jamais fait l'objet d'aucune enquête pour homicide. Renard était leur homme, il le sentait dans la moelle de ses os. Et pourtant, dans tout ça, il y avait quelque chose qui clochait.

Peut-être était-ce le fait que personne n'avait jamais été capable de prouver que Renard était bien celui qui traquait Pam. Nom de Dieu, le mot *traquer* n'apparaissait même pas dans les rapports. Cela montrait à quel point les flics et les tribunaux étaient demeurés sceptiques. Renard lui avait ouvertement envoyé des fleurs et des petits cadeaux. Il n'y avait rien de menaçant là-dedans. Un jour, Pam lui avait retourné ses cadeaux à son bureau de Bowen & Briggs, peu de temps avant sa mort.

Personne n'avait jamais vu Renard entrer dans le bureau de Pam ou dans sa maison de Quail Drive lorsqu'elle n'y était pas, et pourtant quelqu'un avait volé des objets sur son bureau et dans sa penderie. On lui avait laissé un serpent mort dans son tiroir à crayons. Renard avait accès à l'immeuble de son bureau, mais Donnie aussi. Personne n'avait identifié Renard comme étant le rôdeur que Pam avait signalé à plusieurs reprises en composant le 911, mais quelqu'un s'était glissé dans son garage et avait tailladé les pneus de sa Mustang. Elle avait reçu chez elle tant d'appels raccrochés, d'appels où elle n'entendait que le souffle de celui qui l'appelait, qu'elle avait changé de numéro et s'était fait mettre sur liste rouge. Mais, à la compagnie de téléphone, il n'y avait pas un seul appel enregistré depuis le domicile de Renard ou depuis sa ligne professionnelle vers celle de Pam Bichon.

Renard était méticuleux, ordonné jusqu'à en être maniaque. Prudent. Intelligent. Il avait pu réussir à organiser la chose. Les fleurs et les friandises avaient pu faire partie du jeu. Peut-être avait-il senti dès le début qu'elle ne lui céderait jamais. Peut-être était-ce la rancœur qui l'avait poussé à cette fixation. L'affection était la parfaite couverture d'une haine profondément ancrée.

Mais là encore, Donnie avait très bien pu harceler Pam, dans une tentative malencontreuse et sotte de la ramener à lui. Donnie n'avait jamais été favorable au divorce. Il avait pris pour argument que ce n'était pas dans l'intérêt de Josie, mais en fait ce n'était surtout pas ce qu'il y avait de mieux pour les intérêts de Donnie — financièrement parlant. Pam lui avait demandé de déménager en février — voici maintenant un an. Une séparation avec procès. Ils avaient eu quelques rendez-vous avec un conseiller conjugal. À la fin juillet, il était devenu clair dans l'esprit de Pam que leur mariage était un échec, et elle avait établi les documents nécessaires pour entamer le divorce. Donnie n'avait pas bien pris la nouvelle.

Le harcèlement avait commencé fin août. Donnie aurait pu monter ces stratagèmes pour l'effrayer. Il possédait une certaine capacité à se comporter de façon immature. Mais, là encore, il n'y avait pas de preuves. Pas de témoins. Pas de relevés téléphoniques. Une perquisition à son domicile après le meurtre n'avait rien donné. Or, Donnie n'était pas si malin.

— Vous avez besoin de prendre du recul, Fourcade, grommela-t-il.

Comme sous l'effet du claquement de doigts de l'hypnotiseur, son état de transe se trouva rompu. Ce n'était pas lui qui avait besoin de prendre du recul. Il était dessaisi de l'affaire. Il n'avait aucune envie de la laisser filer, et pourtant, en s'en prenant à Renard, il avait tout gâché, et des deux mains.

Il s'était rejoué cette nuit-là dans sa tête une bonne centaine de fois. Dans sa tête, les bonnes décisions, il les avait prises. Il n'avait pas accepté l'invitation de Stokes à se rendre chez Laveau. Il n'avait pas versé de whisky sur sa fierté blessée ni écouté les non-sens de Stokes, dans le registre œil pour œil. Il n'avait pas pris cet appel téléphonique, il n'avait pas emprunté cette rue. Et Annie Broussard n'était pas sortie de nulle part pour entrer dans sa vie. Nom de Dieu, d'où était-elle sortie ? Et pourquoi ? Il ne croyait pas aux coïncidences, il n'avait jamais fait confiance au destin.

L'alternative possible lui taraudait l'esprit et lui mettait l'humeur à vif. Il mit le pick-up en prise et roula vers la sortie du parking. Dessaisi de l'affaire. Et puis quoi encore !

13.

Vendredi. Jour de paie. Tout le monde était pressé de se rendre à la banque, d'aller dans les bars, de rentrer chez soi pour entamer le week-end. Le vendredi était le grand jour des PV pour excès de vitesse. Les vendredis soir étaient parfaits pour les bagarres et les conduites en état d'ivresse.

Annie préférait les PV. De plus en plus de gens portaient des armes à feu, et du coup les bagarres étaient devenues un peu trop imprévisibles pour être amusantes. D'autant qu'à la moindre estafilade, il y avait cette trouille du sida, sans parler des menaces de suites judiciaires. À sa connaissance, les seuls flics qui appréciaient encore les bagarres, c'étaient les têtes de pioche qui suaient la testostérone, et les types courts sur pattes ; parce que leur petite taille leur donnait des aigreurs, ils avaient toujours envie de se battre pour prouver leur virilité. Le complexe de Napoléon.

Encore une bonne raison de se réjouir de ne pas avoir de pénis. Les quelques escarmouches dans lesquelles elle s'était collée lui avaient suffi pour gagner une dent ébréchée, deux côtes fêlées, et le respect de son équipier. Les hommes étaient faits comme ça. À leurs yeux, être capable de prendre un coup ne pouvait faire qu'améliorer un individu. Elle se demandait si aucun d'entre eux gardait le moindre souvenir de ces bagarres passées. Il semblait que non. Quand elle était venue au rapport ce matin en salle de réunions, elle avait pris un siège à l'une des longues tables, et tous les adjoints assis là s'étaient levés pour aller s'asseoir ailleurs. Pas un mot n'avait été prononcé, mais le message était clair : elle n'était plus des leurs. À cause de Fourcade, un homme qui n'avait accordé son amitié à aucun d'eux et que tous, pourtant, voyaient comme une vedette, tout simplement parce qu'il avait un appareil génital externe. Les hommes !

Elle avait envie d'entendre le rapport complémentaire sur le viol de Jennifer Nolan, mais tout ce qu'elle pourrait faire pour se rapprocher de l'affaire, ce serait de réécrire son rapport initial, que Hooker avait dit avoir « égaré ». La veille, elle avait interrogé une demi-douzaine de voisins, en n'obtenant qu'un seul élément d'information potentiellement utile : l'ancienne colocataire de Nolan s'était enfuie avec un motard. Deux des portes auxquelles elle avait frappé étaient restées closes. Elle avait transmis toutes ses informations à Stokes et elle doutait de jamais entendre de nouveau un mot sur le sujet, à moins de le lire dans le journal.

Elle réfléchissait à ce viol, par fragments : le masque, la violence, l'absence de liquide séminal, les liens, le fait qu'il l'avait obligée à prendre un bain, après coup. Le fait que, durant ce supplice, il n'avait pas prononcé un seul mot. L'intimidation verbale et les paroles dégradantes figuraient couramment au tableau de la plupart des viols. Elle se demandait ce qui serait le plus terrorisant : un agresseur qui menaçait de mort, ou l'angoissante incertitude du silence.

Prudent. Le mot continuait de lui revenir à l'esprit. Le violeur avait été assez prudent pour ne laisser aucune trace. Il semblait parfaitement informé de ce dont les flics auraient besoin pour le pincer. Cela indiquait un individu possédant de l'expérience et peut-être un casier judiciaire. Il faudrait que quelqu'un contrôle les dossiers professionnels à la fabrique de lampes True Light, pour voir s'il n'y avait pas un ancien taulard parmi les collègues de Nolan. Mais ce n'était pas son boulot et, si Chaz Stokes avait voix au chapitre, ça ne le serait jamais.

Annie consulta de nouveau sa montre. Encore une demi-heure, et elle put remettre le cap sur Bayou Breaux. Elle avait garé sa voiture de patrouille dans la rue, sur le terre-plein d'une baraque à légumes délabrée soufflée par le dernier orage. Les lieux étaient ombragés par un chêne vert qui étendait ses branches et donnait sur deux routes goudronnées qui convergeaient à un demi-kilomètre au sud de la petite bourgade de Luck — un endroit chaud, les vendredis soir. Le vendredi soir, tous les personnages mal dégrossis du comté se retrouvaient au relais routier Skeeter Mouton's. Motards, gros durs, bouseux, graines de criminels, tous réunis pour s'adonner au passe-temps populaire des basses classes : la bière, les paris et le démontage de tête.

Un camion Chevy rouge arrivait à toute allure. Annie le chronométra au radar quand il la dépassa, le conducteur tenant une boîte de bière à la fenêtre. Cent quinze dans une zone limitée à soixante et une conduite en état d'ivresse en prime. Jackpot. Elle déclencha gyrophare et sirène, et le força à se ranger, un demi-mile plus loin. Le camion était équipé d'un pare-soleil aux couleurs de l'armée sudiste, avec un autocollant de pare-chocs où il était écrit *USA Te Botte le Cul*. Rien de tel pour se remonter le moral que de coller une prune à mille dollars à un bouseux bourré.

— One Able Charlie, appela-t-elle dans sa radio. J'ai un chauffard sur la douze, à trois kilomètres au sud de Luck. Il a l'air alcoolisé. Immatriculé en Louisiane Tango Whisky Echo 7.3.3. Tango Whisky Echo 7.3.3. À vous.

Elle attendit un temps, pour un accusé de réception qui ne vint pas, et puis elle essaya de nouveau. Toujours pas de réponse. Ce silence était plus que contrariant ; il était inquiétant. La radio était son moyen de liaison pour le cas où elle aurait besoin de secours. Si une interpellation de routine tournait au vinaigre, le central connaissait sa position et le numéro de plaque du véhicule qu'elle avait contraint à se ranger. Si elle ne les rappelait pas dans le délai normal, ils enverraient d'autres unités.

— 10-1, One Able Charlie. Nous n'avons pas bien reçu votre appel. Votre radio coupe de nouveau. Recommencez. À vous.

Interrompre une transmission radio était chose facile. Il suffisait qu'un autre adjoint court-circuite son micro dès qu'il l'entendait lancer son appel, et elle était coupée. Coupée de toute communication, coupée de tout secours.

Écœurée par cette idée, Annie attrapa son bloc-notes et son carnet de contraventions et sortit de la voiture.

— Descendez du véhicule, s'il vous plaît, ordonna-t-elle en approchant du camion par l'arrière.

— J'étais pas en essès d'vitesse, aboya le conducteur en passant la tête par la fenêtre ouverte. Il avait des petits yeux méchants et une bouche qui se contracta en un nœud serré. Sa casquette de base-ball, rouge et sale, était décorée d'un logo jaune TriStar Chemical. Z'avez rien de mieux à foutre que d'm'arrêter moi ?

— Pas pour le moment. Je vais avoir besoin de votre permis de conduire et de votre carte grise.

— Ça c'est rien que des conneries, ma parole.

D'un coup, il ouvrit la portière du camion et une boîte vide de Miller Genuine Draft bascula sur le marchepied et roula sous la cabine. Il fit comme si de rien n'était et descendit, avec l'extrême prudence d'un homme qui sait qu'il a noyé son sens de l'équilibre dans la biture. Il n'était pas plus grand qu'Annie, un type taillé en petit pit-bull, en jean et T-shirt tendu sur une panse durcie par la bière. Un bouseux bourré, et court sur pattes, justement.

— Je paie pas des impôts dans ce comté pour que vous aut' m'tanniez le cul, grommela-t-il. Foutu gouvern'ment qui veut m'dire comment faut qu'je vive. Merde, on est dans un pays lib'.

— C'est le cas tant que vous n'êtes pas soûl et que vous ne roulez pas à cent quinze dans une zone limitée à soixante. Il me faut votre permis.

— J'chus pas soûl.

Il tira de sa poche revolver un grand portefeuille de camionneur attaché au bout d'une chaîne et fouilla dedans pour en extraire son permis, qu'il tendit au jugé. Il avait les doigts noircis de graisse. Un tatouage de femme, bleue et nue, avec de larges tétons roses, était allongé sur son avant-bras. Classe.

Vernell Poncelet. Annie coinça le permis sous le clip de son porte-bloc.

— J'étais pas en essès d'vitesse, insista-t-il. Leurs canons radar, y z'ont toujours tout faux. Vous seriez capab' de chronométrer un arbre, bordel, à cent à l'heure !

Subitement, ses yeux qui louchaient s'agrandirent de surprise.

— Hé ! Vous êtes une femme !

— Ouais ! Ça fait un certain temps que j'ai commencé à m'en apercevoir.

Poncelet pencha sa tête sur le côté, l'étudia, jusqu'à ce qu'il manque basculer. Il balança un bras pour la pointer du doigt et se redressa par la même occasion.

— Vous êtes celle des infos ! J'vous ai vue ! Vous avez coffré ce flic, celui qu'avait démonté la tête de c'violeur, c'tueur !

— Restez où vous êtes, fit Annie froidement en reculant vers sa voiture. Que je contrôle votre nom et vos plaques.

Et qu'elle appelle du renfort. Vernell n'allait pas se laisser faire sans bagarre. Les types courts sur pattes...

— Quel genre de flic vous êtes ? hurla Poncelet en titubant derrière elle. Vous avez envie qu'les tueurs et les violeurs s'baladent peinards ? Et vous m'filez un PV ? C'est des conneries, ça !

Annie lui lança son regard mauvais.

— Restez où vous êtes !

Il continua d'avancer en brandissant un doigt vers elle comme s'il avait l'intention de le lui faire passer au travers.

— J'vais pas prend' un putain d'PV à cause de toi !

— Ça reste à voir.

— Tu laisses un violeur se balader peinard. T'as p'têt' envie de tenter ta chance avec lui, hein ? Toi, espèce d'enculée de salope...

— C'est ça ! Annie balança son porte-bloc sur le toit de sa voiture et attrapa ses menottes à sa ceinture. Mains en l'air contre le camion ! Tout de suite !

— Va t'faire foutre ! Poncelet exécuta un cent quatre-vingts degrés en oscillant et se dirigea de nouveau vers son camion. Qu'un vrai flic m'arrête. J'vais pas m'laisser emmerder par une gonzesse.

— Mains en l'air contre le camion, le nabot, sans quoi ça va faire mal. Annie avança dans son dos, fit claquer une menotte autour de son poignet droit et lui ramena le bras contre l'omoplate. Les mains en l'air contre ton foutu camion !

Elle avança tout contre lui, pour essayer de le forcer à se retourner en lui appuyant sur le bras. Poncelet tituba, la déséquilibra, puis il pivota brusquement pour lui flanquer un coup de poing. Leurs pieds s'enchevêtrèrent en une danse maladroite et ils tombèrent d'une seule masse sur le bas-côté de la route, au corps à corps, en ahanant.

Poncelet lui jurait à la figure, l'haleine chaude et acide chargée de gaz de bière qui remontaient du fond de son ventre en faisant des bulles. Il chercha une prise à tâtons pour se redresser, agrippa le sein gauche d'Annie. Annie lui décocha un coup de pied dans le tibia et le cueillit du coude, en plein dans la bouche. Poncelet se hissa sur un genou et, en tentant de se relever, il balança brutalement la main dans le nez d'Annie.

— Fils de pute ! hurla-t-elle, et le sang lui ruissela sur les lèvres.

Elle se releva et précipita Poncelet la tête la première contre le côté du camion.

— T'as choisi le mauvais jour pour me niquer, nabot ! rugit-elle en lui refermant l'autre menotte bien serrée autour du poignet qu'il avait encore libre. Tu es en état d'arrestation pour toute la chiée de délits que je vais pouvoir te trouver !

— Je veux un vrai flic ! beugla-t-il. On est en Amérique. J'ai des droits ! J'ai le droit de garder le silence...

— Alors pourquoi tu la boucles pas ! aboya Annie en le poussant vers sa voiture.

— J'suis pas un criminel ! J'ai des droits !

— T'as de la merde à la place du cerveau, voilà ce que t'as. Mec, le trou où tu t'es foutu, il est si profond qu'il va te falloir une échelle pour en toucher le fond.

Elle le poussa sur la banquette arrière et claqua la portière. Il y avait pas mal de circulation sur la route asphaltée qui menait vers Mouton's. Un gosse qui portait un bouc se pencha par la fenêtre d'une GTO à châssis surélevé et lui tendit le majeur levé. Annie lui rendit son geste et monta se mettre au volant de sa voiture.

— T'es une féminazi, voilà c'que t'es ! hurla Poncelet en balançant des coups de pied dans le dossier du siège. T'es une féminazi, bordel !

Annie essuya le sang de sa bouche avec sa manche de chemise.

— Surveille ta bouche, Poncelet. Tu continues de me réciter les mots à la con que t'as entendu Rush Limbaugh débiter à la télé, je t'emmène au marais et je te flingue.

Elle s'examina d'un coup d'œil dans le rétroviseur et poussa un juron en attrapant le micro de sa radio. Avec l'œil au beurre noir de mercredi et son nez en sang, elle avait l'air d'avoir tenu cinq rounds devant Mike Tyson.

— One Able Charlie. Je ramène un soûlard. Merci pour rien.

Poncelet était encore en train de crier quand Annie l'escorta au bureau des arrestations. Elle avait cessé de l'écouter, sa propre colère réduisant le volume sonore de ses paroles au niveau d'un ronronnement gênant en bruit de fond. Et si Poncelet l'avait blessée ? Et s'il s'était emparé de son pistolet ? Est-ce que quelqu'un aurait fait la différence ?

L'Association des adjoints avait voté pour payer les amendes judiciaires de Fourcade. Elle se demanda s'ils avaient aussi voté pour qu'elle se fasse tuer. Elle n'avait pas été invitée à la réunion. C'était l'heure du changement d'équipe — des types entraient et sortaient du vestiaire, attendaient vers la salle de réunions. Le moment d'échanger des bêtises et de mauvaises plaisanteries autour d'un café fort. Lorsque Annie entra dans le couloir, les sourires détendus se figèrent et s'effacèrent.

— Quoi ? lança-t-elle sans s'adresser à personne en particulier. Déçus de me voir en un seul morceau ?

— Déçu de te voir tout court, marmotta Mullen.

— Ouais ? Eh bien, maintenant, comme ça, tu sais ce qu'éprouve la totalité de la population féminine quand elle te voit arriver, Mullen. Qu'est-ce que tu croyais ? demanda-t-elle. Que court-circuiter ma radio allait me faire disparaître ?

— Je vois pas de quoi tu parles, Broussard. Tu es hystérique.

— Non, je suis en pétard. Tu as un problème avec moi, alors sois un homme et tu me le déballes au lieu de t'amuser à ce genre de connerie d'adolescent...

— C'est toi, le problème, accusa-t-il. Si tu n'es pas à la hauteur du boulot, alors laisse tomber.

— Je suis à la hauteur du boulot. J'étais en train de le faire, mon boulot...

— Nom de Dieu, qu'est-ce qui se passe ici ? beugla Hooker en pénétrant dans le couloir.

Trop en colère pour faire preuve de circonspection, Annie se retourna vers le sergent.

— Quelqu'un couvre mes transmissions.

— C'est des salades, fit Mullen.

— Doit y avoir quelque chose qui cloche avec votre radio, hasarda Hooker.

Annie lui aurait volontiers flanqué un coup de pied.

— C'est marrant ça, que tout d'un coup j'puisse pas avoir une radio qui marche.

— T'as de mauvaises vibrations, Broussard, décréta Mullen. Peut-être que l'armature de ton soutif fout la réception de ta radio en l'air.

Hooker lui lança un coup d'œil.

— Boucle-la, Mullen.

— C'est pas la radio, insista Annie. C'est votre comportement. Quelqu'un a enfreint la loi et je l'ai arrêté.

C'est mon boulot. Si ça vous pose un problème, alors c'est que vous n'avez pas votre place dans un uniforme.

— Qui n'a pas sa place ici, on le sait, marmotta Mullen.

Il y eut un silence absolu. Annie observa chaque adjoint l'un après l'autre, une rangée de visages pétrifiés et d'yeux détournés. Si tous n'éprouvaient peut-être pas une animosité aussi prononcée que celle de Mullen, aucun d'entre eux ne la défendait non plus. Finalement, Hooker prit la parole.

— Vous avez une preuve que quelqu'un vous a causé du tort, Broussard, alors déposez une plainte interne. Sinon, vous cessez vos bons dieux de pleurnicheries, et vous allez rédiger votre rapport sur ce poivrot.

Personne ne fit un geste, jusqu'à ce que Hooker disparaisse à nouveau dans son bureau. Puis Préjean et Savoy s'éloignèrent, rompant le statu quo. Mullen se dirigea vers le hall, et se pencha sur Annie en passant.

— Ouais, Broussard, murmura-t-il. Arrête, sans quoi quelqu'un va s'occuper de te donner de quoi vraiment pleurnicher.

— Ne me menace pas, Mullen.

Il haussa le sourcil, avec une expression de fausse peur.

— Qu'est-ce que tu vas faire ? M'arrêter ? Son expression se durcit. Tu ne peux pas nous arrêter tous.

14.

Fin juillet : Pam fait savoir à son bureau qu'elle compte divorcer de Donnie. Ils sont séparés depuis février. Renard commence à lui témoigner de l'intérêt. Passe à son bureau pour bavarder avec elle, pour lui montrer qu'il se préoccupe d'elle, etc.

Août : Clairement, Renard craque pour elle. Il fait parvenir à Pam des fleurs et de petits cadeaux, l'invite à déjeuner, à prendre un verre. Elle ne sort avec lui qu'en groupe, confie à son associé qu'elle veut s'assurer que Renard ne s'illusionne pas à propos de leur amitié, tout en admettant trouver plutôt délicate la manière dont il lui fait la cour. Elle fait en sorte de laisser entendre à Renard qu'ils ne sont que des amis.

Fin août : Pam commence à recevoir des appels téléphoniques où elle n'entend que le souffle de son correspondant, ou bien celui-ci raccroche.

Septembre : De menus objets se mettent à disparaître du bureau de Pam et de son domicile. Un presse-papiers, un petit flacon de parfum, une petite photo encadrée d'elle et sa fille Josie, une brosse à cheveux. Elle ne peut repérer précisément le moment où ces objets ont été subtilisés. Renard lui tourne autour, se soucie d'elle au-delà du convenable. Pam commence à se sentir mal à l'aise avec lui. Les appels raccrochés, ou ceux où elle n'entend que respirer, continuent.

25.9 : En partant travailler, Pam découvre ses pneus tailladés (voiture garée dans un garage non fermé à clé). Appelle les services du shérif. Adjoint qui prend l'appel : Mullen. Pam fait part de ses inquiétudes au sujet de Renard, mais il n'y a aucune preuve qu'il ait commis ce délit. Inspecteur désigné pour conduire l'enquête sur une imputation de harcèlement : Stokes.

2.10 — 1 heure du matin : Pam signale un rôdeur autour de sa maison. Aucun suspect appréhendé. Renard est interrogé au sujet de l'incident. Nie toute implication. Exprime son inquiétude au sujet de Pam.

3.10 : Renard se rend au bureau de Pam, lui exprime de vive voix qu'il se fait du souci pour elle.

9.10 — 1 h 45 du matin : De nouveau, Pam signale un rôdeur. Aucun suspect appréhendé.

10.10 : En prenant le bus de l'école, Josie Bichon découvre les restes mutilés d'un raton laveur devant la porte d'entrée.

11.10 : Renard se rend de nouveau au bureau de Pam pour dire son inquiétude au sujet de sa sécurité et de celle de Josie. Perdant son sang-froid, Pam lui demande de s'en aller. Des clients qui attendaient leur rendez-vous avec elle confirment son degré d'exaspération.

14.10 : En arrivant à son bureau, Pam trouve un serpent mort dans le tiroir de son bureau. Plus tard le même jour, Renard l'approche une fois encore. Déclare quelque chose qui revient à laisser entendre qu'une femme seule, comme Pam, a beaucoup de choses à craindre, que toutes sortes d'événements fâcheux peuvent lui arriver. Pam perçoit ce propos comme une menace.

22.10 : En rentrant chez elle après sa journée de

travail, Pam trouve sa maison vandalisée : vêtements découpés, literie maculée de déjections canines, photos d'elle mutilées. Aucune empreinte digitale suspecte relevée sur le lieux. Pas de témoins. Pam appelle Acadiana Security pour se faire installer un système d'alarme chez elle. Plus tard, elle découvre qu'un double de ses clés de domicile et de bureau a disparu. Ne peut se rappeler avec précision la dernière fois qu'elle les a vues.

24.10 : Pour son anniversaire, Renard offre à Pam un coûteux bracelet. Pam, extrêmement en colère, dans le bureau de Renard, le met en face de ses soupçons à son égard, lui retourne tous les petits cadeaux qu'il lui a faits au cours des mois d'août et septembre. Devant témoins, Renard nie toutes ces accusations de harcèlement.

24.10 : Pam consulte l'avocat Thomas Watson au sujet de la possibilité de faire délivrer une injonction judiciaire, à l'encontre de Renard, pour l'empêcher de l'approcher.

27.10 : Pour le compte de Pam, Watson saisit alors le tribunal. Sa requête est rejetée pour défaut de motifs suffisants. Le juge Edwards refuse de « noircir la réputation d'un homme » sans plus de raison que la « paranoïa dépourvue de fondement d'une femme ».

30.10 : Pam aperçoit un rôdeur autour de chez elle. Tente d'appeler les services du shérif. Téléphones de la maison sans tonalité. Appelle sur le cellulaire. Aucun suspect appréhendé. La ligne téléphonique avait été coupée. La porte de derrière de la maison maculée de déjections humaines.

7.11 : Pam Bichon est portée disparue.

Annie relit toutes ses notes. Exposé de cette manière linéaire, cela semblait si simple, si évident. Un schéma classique d'escalade. Attirance, attachement, poursuite, fixation, hostilité croissante devant une attitude de rejet. Pourquoi personne n'a-t-il reconnu la chose pour ce qu'elle était et ne l'a-t-il empêchée ?

Parce qu'ils ne disposaient que d'un schéma. Il n'y avait rien, absolument rien, qui relie Renard à cette traque. Aux accusations de Pam, il n'avait réagi publiquement qu'en se montrant troublé, blessé. Comment pouvait-elle penser qu'il lui ferait jamais le moindre tort ? Pas une fois, dans les mois qui avaient précédé le meurtre de Pam Bichon, Renard n'avait exprimé, à aucun de ses collègues, ni colère ni hostilité envers elle. Tout au contraire. Pam s'était plainte de Renard auprès d'amis. Devant elle, ils lui avaient offert son soutien, et, dans son dos, ils s'étaient demandé si elle était saine d'esprit. Renard semblait tellement inoffensif.

Avec ce divorce imminent et un arrangement qui affectait potentiellement ses affaires, Donnie Bichon était apparu comme un candidat plus vraisemblable au rôle du méchant. Mais Pam avait insisté sur le fait que Renard était bien son poursuivant.

Quel cauchemar ! se dit Annie. Être si certaine que cet homme constituait un danger, mais demeurer incapable d'en convaincre qui que ce soit d'autre.

Annie se leva de sa table de cuisine pour tourner en rond dans son appartement. Neuf heures et demie. Elle avait passé une heure à examiner ses notes, en les confrontant aux articles de presse, en se reportant à des photocopies d'articles de magazine et à des passages d'ouvrages consacrés aux harceleurs. Elle avait suivi le déroulement de l'affaire depuis le début — par sens du devoir, et histoire de poursuivre son travail d'auto-enseignement, dans la perspective de devenir un jour inspecteur. Elle avait acheté un classeur à trois anneaux, pour y mettre toutes les coupures de presse dans une section, ses notes dans une autre, et ses observations personnelles dans la dernière. S'il n'y avait ces coupures de presse, le classeur aurait eu la minceur d'un carnet de notes. Elle n'avait procédé à aucun interrogatoire. Cette affaire n'était pas la sienne.

Fourcade avait probablement deux carnets de notes — des livres de meurtres, comme les appelaient les inspecteurs. Mais Fourcade était dessaisi de l'affaire. Ce qui laissait Chaz Stokes seul en charge. Stokes avait été l'inspecteur désigné pour examiner les poursuites initialement engagées pour harcèlement. S'il avait été en mesure de déboucher sur quelque chose dès ce moment-là, peut-être Pam serait-elle encore en vie aujourd'hui.

Annie arpentait son salon sans relâche. Suivant une vieille habitude, elle adopta une démarche au pas lent, mesuré, le long du grand côté de la table basse et retour. Cette table consistait en une plaque de verre posée en équilibre sur le dos d'un alligator empaillé long de cinq pieds, une relique que Sos avait conservée pendant un certain temps suspendue au plafond de sa boutique, jusqu'à ce qu'un des câbles qui la retenaient ne se rompe, et que le croco ne bascule pour venir étendre un touriste. Annie avait hébergé la créature comme si elle avait été un chien perdu, et l'avait baptisée Alphonse.

Elle allait et venait d'une extrémité d'Alphonse à l'autre, en méditant sur la situation du moment, ignorant le téléphone qui sonnait de temps en temps. Elle laissait le répondeur prendre les appels — ceux des journalistes aussi bien que ceux des loufoques. Personne à qui elle ait envie d'avoir affaire. Personne qui soit susceptible d'assouvir son besoin de rendre justice à Pam Bichon.

S'il n'y avait eu cet incident avec Renard, elle aurait éventuellement été en mesure de convaincre Fourcade de la laisser l'aider dans cette enquête. Désormais, c'était Stokes qui s'occupait de l'affaire et jamais elle ne demanderait une chose pareille à Stokes. Même si elle n'avait pas arrêté Fourcade, elle se serait affrontée avec lui. Stokes n'avait jamais admis qu'elle ne le trouve pas irrésistible. Et il ne passerait jamais là-dessus. Il avait d'abord pris son « Non merci » simple et poli pour un défi, puis comme une insulte personnelle. À la fin, il l'avait accusée d'être raciste.

— C'est parce que je suis noir, c'est ça ? l'avait-il accusée.

Ils étaient sur le parking du Voodoo Lounge. Une chaude nuit d'été, pleine d'insectes et de chauves-souris qui s'abattaient en piqué pour avaler lesdits insectes. Des éclairs de chaleur crépitaient dans le ciel, vers le sud, sur le Golfe. L'humidité rendait la peau comme du velours. Ils étaient sortis dans un bar avec tout un groupe, comme souvent le vendredi soir. Une bande de flics, pour se détendre un peu. Stokes avait trop bu, et il avait déblatéré sur le thème de la frigidité d'Annie pour la faire sortir de ses gonds, écœurée. Devant son accusation, elle était restée bouche bée.

— Allez ! Tu ferais mieux de l'admettre. Tu veux pas être vue avec un mulâtre. Tu veux pas coucher avec un nègre. Dis-le !

— Tu es un idiot ! lui avait-elle déclaré. Pourquoi est-ce que tu ne peux pas accepter le fait que je ne sois tout simplement pas attirée par toi ? Et pourquoi ? Laisse-moi énumérer les raisons : ça pourrait être parce que tu possèdes autant de maturité qu'un gosse au collège. Ou parce que tu es pourvu d'un ego de la taille de l'Arkansas. C'est peut-être parce que tu n'éprouves aucun intérêt pour une conversation qui ne serait pas centrée sur toi. Ça n'a rien à voir avec le fait de savoir à quelle espèce appartenaient les gens qui font de l'escalade sur ton arbre généalogique.

— De l'escalade ? Comme si c'étaient des singes ? Les gens de ma famille, tu les appelles des singes ?

— Non !

Il s'était approché, le visage durci par la colère. Puis une voiture était entrée sur le parking, des gens étaient sortis du bar, et la tension s'était brisée comme une brindille. Cette scène était si vivace dans la mémoire d'Annie qu'elle pouvait encore presque sentir la chaleur de cette nuit-là sur sa peau. Elle ouvrit les portes vitrées de son salon et sortit sur le balcon, pour respirer l'air humide et l'odeur capiteuse du marais. Il y avait juste assez de lune pour argenter l'eau et découper les silhouettes fantastiques des cyprès.

C'était drôle, elle n'y avait jamais vraiment songé, mais elle pouvait établir, dans une faible mesure, une relation entre l'expérience de Pam Bichon et la sienne. Elle savait ce que c'était que d'affronter des hommes qui refusaient qu'on leur dise non. Stokes. A.J. Oncle Sos, en l'occurrence. La différence entre eux et Renard, c'était la différence entre être sain d'esprit et être la proie d'une obsession.

— Les hommes, fit-elle à voix haute au chat blanc qui sauta sur la balustrade du balcon pour réclamer son attention. Impossible de vivre avec eux, impossible d'ouvrir les boîtes de cornichons sans eux.

Le chat ne proposa aucun avis.

En toute justice, Annie le savait, cela ne touchait pas seulement les hommes. On trouvait des harceleurs au sein des deux sexes. De nouvelles études montraient que ces gens-là étaient incapables de se détacher de l'objet de leur obsession. La pulsion, la fixation étaient toujours là. *Obsessionnels simples*, comme les appelaient les psy. Souvent ces hommes et ces femmes avaient l'air parfaitement rationnels et normaux. Ils étaient médecins, avocats, mécaniciens auto. Leur niveau d'études ou d'intelligence n'entrait pas en ligne de compte. Mais, en ce qui concernait l'objet de leur fixation, leur cerveau n'était pas correctement câblé. Certains en arrivaient à cet état que l'on connaît sous le nom d'érotomanie, dans lequel la personne imaginait et, réellement, croyait qu'une relation de cœur était en cours avec l'objet de leur fixation. Simple obsessionnel ou érotomane — laquelle de ces définitions s'appliquait-elle à Marcus Renard ? Elle se demandait comment il pouvait si bien cacher l'un ou l'autre de ces états à tous ceux qui l'entouraient.

Quelque part sur le marais, un alligator géant lâcha un rugissement rauque. Puis le cri perçant d'un ragondin fendit l'air. Ce bruit fila sur les nerfs d'Annie comme une lame de rasoir. Elle ferma les yeux et vit Pam Bichon étendue sur ce parquet, le clair de lune se déversant par la fenêtre, se répandant sur son corps nu. Et au fin fond de son esprit, Annie crut entendre les cris de Pam... et les cris de Jennifer Nolan... et des femmes mortes quatre années auparavant des mains de l'Étrangleur du Bayou. Cris des morts.

« Il fait froid, là, non ?

— Où ?

— Dans la Terre des ombres. »

La chair de poule courant sur sa peau, Annie rentra dans l'appartement, referma les portes, et tourna la clé.

— Bel endroit que vous avez là, 'Toinette.

Le cœur battant, elle se retourna brusquement. Fourcade se tenait juste à l'intérieur de l'entrée, adossé au mur, pieds croisés, mains dans les poches de sa vieille veste de cuir.

— Bon sang, qu'est-ce que vous faites ici ?

— C'est un verrou de pas grand-chose que vous avez sur cette porte. Il secoua la tête en signe de reproche tout en se redressant pour s'écarter du mur. On pourrait attendre d'un flic qu'il ait un peu plus de jugeote. Surtout une femme flic, non ?

Il avança vers elle avec une nonchalance trompeuse. Même depuis l'autre bout de la pièce, Annie pouvait percevoir la tension en lui. Lentement, elle fit un pas de côté, pour mettre la table basse entre eux. Son pistolet était dans son fourre-tout, qu'elle avait laissé dans l'entrée. Imprudente. Son meilleur espoir résidait dans la fuite. Et après ? Depuis neuf heures, le magasin était fermé. La maison de Sos et Fanchon était à cent mètres de là et ils étaient sortis danser, comme tous les vendredis soir. Peut-être pourrait-elle atteindre la Jeep.

— Que voulez-vous ? demanda-t-elle en se glissant vers la porte. Ses clés étaient accrochées à un clou au-dessus de l'interrupteur. Vous voulez me passez à tabac, moi aussi ? Vous n'avez pas commis votre quota quotidien de crimes ? Faut vous débarrasser du témoin ? Vous devriez être assez au courant pour confier ce genre de boulot à quelqu'un d'autre. Vous serez évidemment suspect.

Il eut le cran de paraître amusé.

— Vous me prenez pour le diable, hein, 'Toinette ?

Annie se précipita vers la porte, attrapa les clés d'une main, et les fit tomber par terre. De l'autre main, elle saisit la poignée, la tourna, tira dessus. La porte ne bougea pas. Puis Fourcade fut sur elle, la coinça, les deux mains calées contre la porte, de part et d'autre de sa tête.

— Vous me fuyez, 'Toinette ?

Elle pouvait sentir son haleine dans sa nuque, mêlée à l'odeur du whisky.

— Voilà qui n'est guère accueillant, *chère*, murmura-t-il.

Elle tremblait. Et cela lui plaisait, le fils de pute. Elle fit un effort pour maîtriser son tremblement, se força à se retourner et à lui faire face. Il était aussi proche d'elle qu'un amant.

— Nous avons tant de choses à évoquer. Par exemple, qui vous a envoyée chez Laveau cette nuit-là ?

Nick scrutait son visage comme un faucon. La réaction d'Annie fut spontanée — surprise ou choc, un soupçon de trouble.

— Qu'est-ce que vous avez cru, 'Toinette ? Que j'étais trop soûl pour m'en rendre compte ?

— Mais de quoi ? Je ne vois pas de quoi vous parlez.

Sa bouche se déforma en un rictus de dérision.

— Je suis dans ce service depuis six mois, vous ne m'avez jamais fait signe. Et tout d'un coup vous vous montrez chez Laveau dans une jolie jupe, à battre des cils. Vous voulez vous mêler de l'affaire Bichon...

— Je voulais m'en mêler.

— Et vous voilà dans cette rue-là. Vous passiez juste par hasard...

— En effet...

— Tu parles ! rugit-il, en jouissant de la voir tressaillir comme ça. Il voulait qu'elle ait peur de lui. Elle avait de quoi être effrayée. Vous m'avez suivi !

— Je ne vous ai pas suivi !

— Qui vous a envoyée ?

— Personne !

— Vous avez parlé à Kudrow. C'est lui qui a monté ça ? Je ne peux pas croire que Renard soit dans le coup. Et si j'étais venu le trouver avec un couteau ou un pistolet ? Il aurait été bien bête de courir ce risque juste pour me détruire. Et il n'est pas stupide. D'un autre côté, peut-être était-ce une manière pour Kudrow de se faire justice, hein ? Il devait bien savoir que Renard était coupable. Alors Kudrow l'expédie pour sauver sa propre réputation. Il fait en sorte que je tue Renard. Renard mort, je me retrouve en cage avec les truands en Angola, vingt-cinq ans ou perpète.

Il est insensé, se dit-elle. Elle avait vu de quoi il était capable. Elle jeta un coup d'œil sur son fourre-tout posé sur le banc. À soixante centimètres. La fermeture Éclair était ouverte. Si elle était rapide... Si elle avait de la chance...

— Je n'ai pas la moindre idée de ce que vous racontez. Il lui fallait dépenser de la salive pour gagner du temps. Kudrow essaie de me brouiller avec le service pour que je n'aie personne d'autre que lui vers qui me tourner. Je ne travaillerais pas pour lui, même s'il me payait en lingots d'or.

Fourcade ne parut pas l'entendre.

— Il risquerait tout ça ? réfléchit-il tout seul, à voix haute. C'est la question. Sûr, pour ce genre de chantage, il n'aurait qu'à payer jusqu'à sa mort, et ça ne sera pas bien...

Avec toute la force qu'elle put rassembler, Annie lui envoya son genou droit dans l'aine, puis se laissa tomber à terre tandis que Fourcade chancelait en arrière, se courbait en deux, en poussant des jurons.

— *Fils de putain ! Merde !* Enfoirée ! Enfoirée !

Oh s'il vous plaît oh s'il vous plaît oh s'il vous plaît. Elle plongea la main dans le fourre-tout et tâtonna à la recherche de son Sig. Du bout des doigts, elle en effleura le fourreau.

— Cherchez ça ?

Le Sig apparut sous ses yeux dans la paume de Fourcade, un doigt refermé sur le cran de sûreté. Il s'était jeté à genoux derrière elle, lui tirait à présent la tête en arrière en lui empoignant une touffe de cheveux, et il vint caler avec force son corps contre le sien, en la plaquant contre le banc.

— Tu te bats en traître, 'Toinette, murmura-t-il. J'aime ça chez une femme.

— Va te faire foutre, Fourcade !

— Mmmm..., ronronna-t-il tout contre elle, pressant ses joues râpeuses contre les siennes. Me donne pas d'idées, *'tite belle.*

Lentement, il se leva, la main toujours entortillée dans ses cheveux, en la tirant à lui.

— Toi, tu vaux pas grand-chose comme hôtesse, 'Toinette, fit-il, en la dirigeant vers la cuisine, là où la lumière était claire et gaie. Tu ne m'as même pas offert un siège.

— Désolée, je me suis fait recaler en économie domestique.

— Je suis sûr que tu as d'autres talents. Un sens de la décoration, à ce que je vois.

Il considéra la petite cuisine avec étonnement. Quelqu'un avait peint un alligator en train de danser sur la porte du vieux réfrigérateur. La pendule murale était un chat en plastique noir dont les petits mouvements de va-et-vient des yeux et de la queue marquaient les secondes.

Une chaise était poussée contre la table aux pieds chromés. Il l'assit là. Attrapant d'un geste vif le stylo qu'elle avait laissé sur la table, il recula vers le bar. Annie le fixa. Ses yeux avaient perdu un peu de leur sauvagerie, même si le regard n'était pas moins intense. Il se tenait debout, bras croisés, en laissant pendre le pistolet d'Annie de sa large main, comme un jouet.

— Donc, où en étions-nous avant votre tentative de me faire remonter les couilles dans les molaires ?

— Oh... quelque part entre le fantasmeur et le psychotique.

— Ça, c'était Kudrow ? Il vous achetés, vous et Stokes ?

— Stokes ?

— Quoi ? Vous pensiez que vous alliez vous prendre tout le gâteau ? Stokes m'a fait venir dans ce bar. Pourquoi là-bas ? Personne n'y va jamais. Pour être à l'écart de la piétaille, à ce qu'il m'a dit. Et Bowen & Briggs, qui se trouve juste de l'autre côté du passage. Foutrement commode. Et puis voilà la petite 'Toinette pour me tenir à l'œil pendant que ce vieux Chaz se poivre gaiement.

— Pourquoi laisserais-je Kudrow m'acheter ? demanda-t-elle. Une tentative futile de raisonner, supposa-t-elle. Votre carrière n'est pas la seule à en prendre un coup. Avant que tout ça soit fini, je vais me retrouver à passer la serpillière dans les cellules de la prison. Kudrow n'a pas assez d'argent pour compenser.

Nick inclina la tête sur le côté et pesa la chose. Il n'avait pas mangé de la journée, mais il s'était nourri de colère, de frustration et de suspicion, et il avait lavé le tout avec quelques coups de whisky. Et maintenant quelque chose de noir et de pourri remontait à la surface et s'échappait de sa bouche en un chuchotement.

— Duval Marcotte.

Fils de pute. Les éléments s'ajustaient avec une facilité

bien huilée. La similarité des deux affaires émoustillerait le sens de l'ironie de Marcotte. Et lui, il s'y entendait drôlement pour acheter les flics. Le visage du journaliste de La Nouvelle-Orléans, en salle d'audience, lui revint à l'esprit. Merde. Il aurait dû voir venir. Il se précipita vers Annie, ce qui la fit reculer sur sa chaise.

— Qu'est-ce qu'il vous a donné ? Qu'est-ce qu'il vous a promis ?

— Duval Marcotte ? fit-elle, incrédule. Vous avez perdu la tête ? Oh, bon Dieu, mais aussi, regardez à qui je m'adresse pour demander ça !

Il se pencha en avant sur son visage, en agitant le canon du Sig comme un doigt.

— Il s'emparera de votre âme, *chère*, ou pire. Vous me prenez pour le diable ? Le diable, c'est lui !

— Duval Marcotte est le diable, répéta Annie. Duval Marcotte, le magnat de l'immobilier de La Nouvelle-Orléans ? Le philanthrope ?

— Ce fils de pute, bougonna-t-il en faisant les cent pas le long du bar. J'aurais dû le tuer quand j'en ai eu l'occasion.

— Je ne connais pas Duval Marcotte, si ce n'est pour l'avoir vu aux informations. Personne ne m'a achetée. Je me suis trouvée au mauvais endroit au mauvais moment. Croyez-moi, je le regrette.

— Je ne crois pas aux coïncidences.

— Eh bien, je suis désolée, mais je n'ai pas d'autre explication ! hurla-t-elle. Alors tirez-moi dessus ou laissez-moi tranquille, nom de Dieu !

En retournant les hypothèses dans sa tête, Nick se passa la main dans la nuque et se gratta derrière l'oreille avec le canon du pistolet.

— Nom de nom ! Vous allez faire attention, avec ce machin ! cria-t-elle. Si vous ne me tirez pas dessus, j'aimerais autant ne pas avoir à récurer votre cervelle de mes placards.

— Quoi ? Ce pistolet ? Il le fit tournoyer au bout de son doigt. Il n'est pas chargé. Je me suis dit que ça pourrait être trop tentant.

Annie sentit une bouffée de soulagement monter en elle, et elle se passa les mains sur le visage.

— Pourquoi moi ?

— C'était la question que je me posais.

— Je vous ai dit tout ce que je savais, c'est-à-dire très

exactement rien. Je ne m'acoquinerais pas plus avec Chaz Stokes qu'avec quelqu'un comme Marcotte. Stokes me hait. Qui plus est, qui irait échafauder un coup monté en faisant tout reposer sur celui qui a vraiment commis le crime ? Ce serait stupide. Si quelqu'un voulait vous embarquer dans un coup monté, pourquoi ne pas tout simplement tuer Renard et faire en sorte que vous ayez l'air d'être celui qui a fait le coup ? Ce serait du gâteau. Dites, pourquoi vous n'allez pas montrer vos théories si élaborées en matière de conspiration à Oliver Stone ? Peut-être qu'il ferait un film sur vous.

En reposant le pistolet déchargé, Nick s'adossa contre le bar.

— Vous avez la dent dure, *chère*.

— Quand on me terrorise, ça fait ressortir la garce en moi.

Il en rit presque. Cette envie de rire le surprit presque autant qu'Annie Broussard l'avait surpris. Il pinça les lèvres et la dévisagea. Elle lui retourna son regard, pleine d'indignation, de colère. Si elle était innocente comme elle l'affirmait, alors elle devait le prendre pour un fou. C'était parfait. Être perçu comme un psychotique comportait certains avantages.

— Dites-moi une chose, fit-elle. Cette nuit-là, êtes-vous allé chez Bowen & Briggs de votre propre initiative ?

Il songea au coup de fil, mais répondit la vérité vraie.

— Oui.

— Et de passer Renard à tabac, vous avez décidé ça tout seul ?

Il hésita encore, sachant que la réponse n'était pas simple, se rappelant les flash-back qui étaient venus éclater dans sa tête cette nuit-là, comme un feu d'artifice. Mais, à la fin, il ne put répondre que d'une seule façon.

— Oui.

— Alors comment se fait-il que ce soit la faute de tout le monde sauf la vôtre ?

Annie attendit sa réponse. Il ne lui avait pas donné l'impression d'un homme qui esquiverait ses responsabilités. Et puis, encore une fois, elle n'avait pas cru non plus qu'il soit fou.

— Ce n'est pas Stokes qui vous a posté dans ce passage, chez Bowen & Briggs, dit-elle. Personne ne vous a braqué un pistolet sur la tête. Vous avez fait ce que vous avez fait, et j'ai été assez malchanceuse pour vous surprendre. Cessez d'en faire porter la faute par tout le monde.

Vous avez fait vos propres choix et maintenant vous devez vivre en en supportant les conséquences.

— *C'est vrai*, murmura-t-il.

Comme ça, d'un seul coup, l'énergie de frénésie qui l'avait investi s'était éteinte, et il avait l'air de retrouver son calme, au plus profond de lui-même.

— Moi, j'ai agi comme j'ai agi. J'ai perdu la maîtrise de moi-même. Je ne connais pas grand monde qui mérite plus de se faire démonter la tête que Renard, et je n'éprouve aucun remords d'avoir fait le nécessaire — si ce n'est l'impact que cela aura sur ma propre existence.

— Vous avez mal agi.

— J'ai mal agi, car, finalement, la force se défait elle-même. Cette nuit-là, je me suis déçu, admit-il. Mais tout, dans cette existence, a tendance à persévérer dans son être, *mais oui*. Interférez avec cet état de choses naturel et la chose résistera. Fondamentalement, je trouve difficile d'embrasser une philosophie de la non-action. C'est là le cœur de mon problème.

Une fois de plus, il prenait un virage serré qui laissa Annie sur place. Du maniaque délirant au philosophe en l'espace d'un instant.

— Vous avez plaidé non coupable, fit-elle. Mais vous admettez que vous l'êtes.

— Rien n'est simple, *chère*. Si je tombe pour forfaiture, je dégage du boulot pour toujours. Il n'y a aucun choix là-dedans.

— La résistance d'un être devant ce qui interfère avec son état naturel.

Contre toute attente, il sourit, fugitivement, et l'espace d'un battement de cœur, il fut extraordinairement beau.

— Vous êtes une bonne étudiante, *chère*.

— Pourquoi faites-vous ça ?

— Quoi ?

— M'appeler *chère*, comme si vous aviez cent ans.

Cette fois, le sourire fut triste, désabusé. Il vint lentement à elle et, de sa main, lui souleva le menton.

— Parce que je les ai, *jeune fille*, d'une manière qui ne sera jamais la vôtre.

Il était trop proche, il se pencha, de telle sorte qu'elle put voir chacune des années, chacun des fardeaux qui pesait dans ses yeux. Son pouce passa sur la lèvre inférieure d'Annie. Décontenancée, elle détourna le visage.

— Alors qu'est-ce que c'est, votre salade avec Duval

Marcotte ? demanda-t-elle en glissant de sa chaise pour gagner l'autre bout de la table.

— C'est personnel, fit-il en prenant son siège.

— Vous avez été pourtant assez rapide à me balancer ça, il y a quelques instants.

— Quand je pensais que vous pouviez être impliquée.

— Alors j'ai été absoute ?

— Pour le moment. Son attention fut captée par les papiers étalés sur la table. Qu'est-ce que c'est que tout ça ?

— Mes notes sur l'homicide Bichon. Lentement, elle revenait vers lui. Pourquoi pensez-vous que Marcotte puisse être impliqué ? Il y a un lien avec Bayou Immobilier ?

— Pas jusqu'à présent. Tout ça paraissait très simple, fit Nick tout en dressant un rapide inventaire de ce qu'elle avait compilé. Pourquoi faites-vous ça ?

— Parce que ce qui va se passer m'importe. Je veux voir son tueur puni, en toute légalité. Je croyais qu'il le serait — jusqu'à mercredi. Même si cela me coûte de l'admettre à l'heure qu'il est, j'avais foi en vos capacités. Maintenant, avec Stokes en charge de l'enquête, et l'attention qui dévie ailleurs, je ne suis pas sûr que justice sera rendue à Pam.

— Vous ne faites pas confiance à Stokes ?

— Il aime la facilité. Je ne sais pas s'il a le talent d'éclaircir cette affaire. Et s'il le possédait, je ne sais pas s'il s'en servirait. Maintenant vous me dites que vous pensez qu'il vous a attiré dans un coup monté. Pourquoi ferait-il ça ?

— L'argent. Le grand mobile.

— Et qui, parmi les gens impliqués dans l'affaire, aurait intérêt à vous voir sombrer, à part Renard et Kudrow ?

Il ne répondit pas, mais ce nom avait pris racine dans son esprit comme une plante vénéneuse. Duval Marcotte. L'homme qui l'avait détruit.

Annie s'approcha du bar.

— J'ai besoin de café, fit-elle, aussi calmement que si cet homme n'avait pas fait irruption à son domicile et ne lui avait pas brandi un pistolet à la figure.

Mais lorsqu'elle se tourna vers le robinet, ses mains tremblaient. Retenant son souffle jusqu'au fond de ses poumons, elle tendit la main vers la boîte à café en étain posée sur le bar et elle en souleva précautionneusement le couvercle. Lorsque Fourcade reprit la parole, elle lui jeta un coup d'œil à la dérobée.

— Alors qu'est-ce que vous allez faire, 'Toinette ?

— Qu'est-ce que vous voulez dire ?

— Vous désirez que justice soit faite, mais vous ne faites pas confiance à Stokes pour ça. Je m'approche de Renard à portée de crachat, et je me fais coffrer. Alors qu'est-ce que vous allez faire ? Vous allez vous activer pour obtenir un peu de justice ?

— Qu'est-ce que je peux faire ? Une perle de sueur lui dégoulina de la tempe. Je ne suis qu'un adjoint. Ces jours-ci, on ne me laisse même pas parler dans ma radio.

— Vous avez déjà travaillé sur l'affaire pour votre propre compte.

— J'ai suivi l'affaire.

— Vous aviez envie d'en être. J'étais pas la bonne personne à qui il fallait demander. Vous avez envie d'être inspecteur, *chère*. Faites preuve d'initiative. Vous avez déjà le chic pour fourrer votre nez là où il faut pas. Faites preuve d'audace.

— Est-ce que ça, c'est assez audacieux pour vous ?

Elle se retourna avec un neuf millimètres Kurz en main, un pistolet d'ordonnance long de quinze centimètres, une arme à barillet, pour le tir rapide de précision, et elle le pointait en plein sur la poitrine de Fourcade.

— Faites monter les enchères, si ça vous chante, Fourcade. Personne ne sera surpris d'apprendre que je vous ai descendu quand vous êtes entré chez moi par effraction.

Elle s'attendait à de la colère, ou au minimum à de la contrariété. Mais pas à ce qu'il parte d'un grand éclat de rire.

— À la bonne heure, 'Toinette ! Une gentille fille ! C'est exactement c'que j'voulais dire. Initiative. Créativité. Sang-froid. Il se leva de sa chaise et s'avança. Vous avez pas mal de culot.

— Ouais, et je suis pas loin de vous en lâcher un paquet, de mon culot, et dans la poitrine. Restez où vous êtes.

Pour une fois, il écouta, et, l'air nonchalant, il adopta une position d'arrêt, à soixante centimètres du barillet de l'arme, une jambe en extension, mains sur les hanches de son jean délavé.

— Vous en avez ras le bol de moi.

— C'est rien de le dire. À cause de vous, dans le service, tout le monde me traite comme une lépreuse. Vous avez enfreint la loi et on me punit pour ça. Et puis vous pénétrez chez moi et... et vous me terrorisez. Ras le bol, le mot est faible.

— Si vous travaillez avec moi, il va falloir que vous surmontiez ça, fit-il abruptement.

— Travailler avec vous ? Je ne veux même pas me trouver dans la même pièce que vous !

— Ah, ça...

Il eut un mouvement vif, lui donna un coup qui lui fit lâcher l'arme. Le Kurz heurta le plafond, où il laissa un éclat en forme de cercle, et de la poussière de plâtre tomba en pluie. En une seconde, Fourcade lui avait fait sauter le pistolet de la main et l'avait attirée contre lui d'un mouvement sec, un bras ramené dans le dos.

— ... ça serait mentir, termina-t-il.

Subitement, il la libéra et retourna à la table, passant en revue les documents qu'elle avait réunis sur l'affaire.

— Je peux vous aider, 'Toinette. Vous et moi, nous poursuivons le même but.

— Il y a dix minutes, vous pensiez que je faisais partie d'une conspiration contre vous.

Il ne savait toujours pas si elle n'en faisait pas partie, se rappela-t-il. Mais elle ne se serait pas donné la peine de constituer un dossier sur le meurtre de Pam Bichon si elle n'avait pas un réel intérêt à voir cette affaire résolue.

— Je veux que ce crime soit puni, fit-il. La place de Marcus Renard est en enfer. Si vous voulez qu'on y arrive, si vous voulez que justice soit faite pour Pam Bichon et sa fille, vous marcherez avec moi. J'ai dix fois ce que vous avez là sur cette table — déclarations, plaintes, photographies, rapports de laboratoire, duplicatas de tout ce qu'il y a dans le dossier des services du shérif.

C'était ce qu'elle voulait, se dit Annie : travailler avec Fourcade, avoir accès au dossier, essayer — dans l'intérêt de Josie et pour réduire au silence les cris des fantômes dans sa tête. Mais Fourcade était trop volatil, trop à cran, trop imprévisible. Il était coupable d'un crime, et c'était elle qui l'avait bouclé.

— Pourquoi moi ? s'enquit-elle. Vous devriez me haïr encore plus que tous les autres.

— Seulement si vous m'avez vendu.

— Je ne vous ai pas vendu, mais...

— Donc je ne peux vous haïr, la coupa-t-il simplement. Si vous ne m'avez pas vendu, alors vous avez agi selon vos principes et au diable les conséquences. Je ne peux pas vous haïr pour ça. Je vous respecterais plutôt.

— Vous êtes un homme très étrange, Fourcade.

Il se posa une main sur la poitrine.

— Moi, je suis comme je suis, 'Toinette. Ça vous plaît pas ?

Annie ne savait si elle devait rire ou pleurer. Fourcade posa l'arme sur la table et s'approcha d'elle, grave de nouveau.

— Je ne veux pas laisser filer cette affaire, fit-il. Je veux que Renard plonge pour ce qu'il a fait. Si je ne peux pas faire confiance à Stokes, alors je ne peux pas travailler par son intermédiaire. Ça ne laisse plus que vous. Vous disiez que vous vous sentiez une obligation envers Pam Bichon. Vous voulez être à la hauteur de cette obligation, alors vous marcherez avec moi. Jusque-là...

Il baissa la tête. Annie en eut le souffle coupé. L'attente lui tendit les muscles. Ses lèvres s'entrouvrirent légèrement, comme si elle avait eu l'intention de lui dire non. Puis il se toucha le front du bout de ses deux doigts, en guise de salut, se retourna, et sortit de l'appartement, dans la nuit.

— Merde alors, murmura-t-elle.

Elle se tint là, debout. Les minutes passèrent. Finalement, elle sortit sur le débarcadère, mais Fourcade était parti. Pas de feux arrière, aucun ronronnement estompé de moteur de pick-up. Les seuls bruits étaient ceux de la nuit sur le marais : l'appel, çà et là, d'une proie ou d'un prédateur nocturne, la gifle de quelque chose qui crevait la surface de l'eau puis plongeait dans les profondeurs. Un long moment, elle resta là, le regard perdu dans la nuit. À penser. À s'interroger. Tentée. Effrayée. Elle songeait à ce que lui avait dit Fourcade dans le bar. *« Restez à l'écart de ces ombres, 'Toinette... Elles vont vous sucer votre vie. »*

Cet homme-là était plein d'ombres, d'étranges nuances d'obscurité et de clarté inattendue. Une profonde tranquillité et une énergie farouche. Brutal, et pourtant avec des principes. Elle ne savait pas quoi faire de lui. Elle avait la sensation distincte que, si elle acceptait le défi qu'il lui avait lancé, sa vie s'en trouverait altérée à jamais. Était-ce là ce qu'elle voulait ?

Elle pensa à Pam Bichon, seule avec son tueur, à ses cris de pitié déchirant l'étoffe de la nuit, et laissés sans réponse. Elle voulait aboutir. Elle voulait la justice. Mais à quel prix ? Elle se sentit au bord d'une autre dimension, comme si, de l'autre monde, des yeux l'observaient, attendaient son geste prochain.

Finalement, elle retourna à l'intérieur, ayant du mal à croire que de tels yeux puissent exister.

« Je me sens comme dans les limbes, comme si je retenais mon souffle. Ce n'est pas fini. Je ne sais pas si ce sera jamais fini.

Les actes d'une personne déclenchent les actes d'une autre personne et encore d'une autre, comme des vagues.

Je sais que la vague va revenir vers moi et qu'elle va m'emporter. Je la vois en imagination : une lame de sang.

Je la vois dans mes rêves.

J'en sens le goût dans ma bouche.

Je vois celle qu'elle va emporter la prochaine fois.

La lame ne l'a pas encore atteinte. »

15.

L'appel survint à zéro heure trente et une. Annie avait verrouillé ses portes à double tour et s'était mise au lit, mais elle ne dormait pas. À la troisième sonnerie, elle décrocha, parce qu'un appel au cœur de la nuit ça pouvait être quelque chose de plus grave qu'un journaliste. Sos et Fanchon auraient pu avoir un accident. L'un de leurs nombreux parents avait pu tomber malade. Elle répondit d'un simple allô. Personne.

— Ahhh... fit-elle en s'adossant contre ses oreillers, et en se représentant instantanément Mullen à l'autre bout du fil. Vous savez, les gars, je suis surprise que vous n'ayez pas commencé deux nuits plus tôt. On se parle franchement, pas de prise de tête. Droit au but. Je dois dire qu'en fait je m'attendais à la variété « espèce d'enfoirée de salope ». Un grand sale type sans visage à l'autre bout du fil. Oooh, comme ça fait peur.

Elle attendit une épithète, un juron. Rien. Elle se figura le regard ahuri de Mullen, et elle sourit.

— Je te retire des points pour manque d'imagination. Mais je suppose que je ne suis pas la première femme à te le dire.

Rien.

— Bon, c'est pas drôle et demain j'ai du travail — mais ça tu étais déjà au courant, non ?

En raccrochant, Annie leva les yeux au ciel. Un souffleur anonyme. Comme si c'était censé lui faire peur, après ce qu'elle avait traversé ce soir. Elle éteignit la lampe, et elle aurait aimé pouvoir éteindre son cerveau aussi facilement.

À cinq heures du matin, les arguments pour ou contre la proposition de Fourcade rebondissaient encore dans son cerveau. Au cours de la nuit, l'épuisement l'avait plongée dans le sommeil par intermittence, mais c'était un sommeil sans repos, un sommeil fait uniquement de rêves remplis d'anxiété. Finalement, elle renonça et sortit de son lit, se sentant plus mal qu'à minuit lorsqu'elle avait rampé sous les draps. Elle s'aspergea le visage d'eau froide et enfila ses vêtements de travail. Tandis qu'elle se livrait à son entraînement quotidien — étirements et échauffements —, son cerveau refusait de se mettre en veilleuse. Peut-être la proposition de Fourcade faisait-elle partie d'un plan de vengeance. Si ses compañeros du service la détestaient assez pour se retourner contre elle, pourquoi pas lui ? « *Si vous ne m'avez pas vendu, alors vous avez agi selon vos principes et au diable les conséquences. Je ne peux pas vous haïr pour ça. Je vous respecterais plutôt.* »

Elle voulait bien être brûlée vive plutôt que de refuser de croire qu'il le pensait. Cela faisait-il d'elle un juge avisé du caractère d'autrui ou une imbécile ?

Elle se cala les pieds dans les attaches velcro de son plan incliné et entama sa série d'abdominaux. Cinquante tous les matins. Elle les avait tous en horreur. Les divagations de Fourcade sur Duval Marcotte, le magnat des affaires de La Nouvelle-Orléans, auraient dû suffire à la dissuader pour de bon. Elle n'avait jamais entendu parler d'un quelconque scandale lié à Marcotte — ce qui aurait pourtant dû éveiller ses soupçons. À La Nouvelle-Orléans, presque tous les gens de pouvoir voyaient régulièrement leur nom souillé. Dans la Grande Peinarde, en matière de politique sous la ceinture, on jouait en première division. Comment se faisait-il que Marcotte restait si propre ? Parce qu'il était aussi pur que Pat Boone, le trappeur héroïque... ou aussi noir que le diable ? Quelle différence cela faisait-il ? Qu'est-ce qu'elle en avait à faire, de Duval Marcotte ? Il était impossible qu'il ait quoi que ce soit à voir avec l'affaire Bichon... si ce n'était ce lien avec l'immobilier.

Annie passa du plan incliné à la barre de traction. Vingt-cinq chaque matin. Elle les détestait presque autant que les abdominaux. Et si elle marchait avec Fourcade ? Il était sous le coup d'une suspension, inculpé de nombreux chefs d'accusation pour agression. Dans quel genre de problème allait-elle encore pouvoir se fourrer avec le shérif ou avec Pritchett ? Elle était témoin à charge, nom de Dieu. Fourcade n'aurait pas dû l'approcher à moins d'un kilomètre et réciproquement.

C'était peut-être pour cela qu'il lui avait fait cette proposition. Peut-être pensait-il pouvoir marquer quelques points, l'amener à se radoucir à son égard. S'il lui venait en aide dans l'affaire Bichon en la laissant enquêter, peut-être ne se souviendrait-elle pas aussi clairement des événements de cette nuit-là, devant chez Browen & Briggs. Mais Fourcade ne semblait pas être le genre d'homme à user de subterfuges. Il était brusque, dénué de tact, direct. Il était plus compliqué que la grammaire française, rempli de règles, avec des irrégularités et des exceptions.

Annie sortit de son appartement, descendit l'escalier et traversa le parking à petites foulées. Un chemin boueux conduisait jusque sur la levée de terre, et puis à la route privative remblayée et revêtue de gravier. Elle courait trois kilomètres tous les matins et méprisait chaque foulée. Son corps n'était pas bâti pour la vitesse, mais, si elle écoutait ce que souhaitait son corps, elle aurait un cul de cheval de trait. L'exercice était le prix qu'elle payait pour sa manie de croquer des barres de chocolat. Plus encore, elle savait qu'être en forme pouvait un jour lui sauver la vie.

Alors qu'est-ce que c'était que cette histoire avec Stokes ? Quelqu'un aurait-il pu l'acheter ou Fourcade était-il simplement paranoïaque ? S'il était paranoïaque, cela ne signifiait pas pour autant que personne ne veuille sa peau. Mais tout de même, un coup monté, pour Annie, cela n'avait aucun sens. Stokes avait emmené Fourcade chez Laveau, d'accord, mais Stokes était parti. Comment aurait-il pu être certain que Fourcade allait se rendre chez Bowen & Briggs pour y affronter Renard ?

Le coup de téléphone.

Fourcade avait pris un appel, puis il avait décampé. Mais si Stokes avait eu l'intention de faire tomber Fourcade dans un traquenard, est-ce qu'il n'aurait pas posté un témoin ? Qu'en savait-elle, s'il ne l'avait pas fait ? Stokes aurait pu surveiller le déroulement des opérations avec un larbin en civil à ses côtés, qui aurait attendu de revêtir le rôle du témoin à charge. Quelle douce ironie pour lui qu'Annie ait déboulé sur les lieux. Fourcade et elle auraient pu s'éliminer mutuellement. Elle traîna jusqu'à son appartement, se doucha, et s'habilla dans un uniforme propre, puis descendit en vitesse à la boutique avec un Milky Way à la main.

— Eh, dis donc, toi, c'est pas un petit déjeuner ça ! la gronda tante Fanchon. Elle redressa sa fine silhouette, interrompant son travail, qui consistait à essuyer les nappes de toile cirée à carreaux sur les tables dans la partie café de la grande salle. Viens t'asseoir. Je te fais des œufs et des saucisses, *oui* ?

— Pas le temps. Désolée. Aujourd'hui, je suis de service.

Annie attrapa le pot de café sur le bar, et elle remplit son gobelet géant de voyage. Fanchon agita son torchon en direction de sa fille de lait.

— Bah ! Tu travailles trop tout le temps. Quel genre de travail c'est, pour une jeune et jolie petite chose comme toi ?

— Je rencontre un tas de bons partis, fit Annie avec un grand sourire. Enfin, bien sûr, la plupart, il faut que je les jette en prison.

Fanchon fit un mouvement de la tête et réprima un sourire.

— T'es trop grande pour tes culottes !

— Mais non je ne suis pas trop grande pour mes culottes, rétorqua Annie en reculant vers la porte. C'est pour ça que je cours tous les matins.

— Courir !

Fanchon renifla, comme si ce mot lui laissait un mauvais goût dans la bouche.

Annie manœuvra sa Jeep pour sortir du parking et s'engager sur la route du bayou. Elle se livra à son numéro de jongleur — le gobelet de café entre ses cuisses, volant et barre de chocolat dans la main gauche, tandis qu'elle passait les vitesses et qu'elle allumait la radio de la main droite.

« Vous êtes sur KJUN. Ligne ouverte en permanence. Sur notre chaîne, concours jackpot géant. On enregistre le nom de tous ceux qui appellent — y compris le vôtre, Mary Margaret, de Cade. Qu'est-ce que vous en pensez ?

— Je pense que les jeux d'argent, c'est un péché et que votre jackpot, c'est un jeu d'argent.

— Comment ça, m'dame ? Y a pas de mise.

— Si, y en a une. C'est le prix d'une communication à longue distance quand on n'habite pas à Bayou Breaux. Comment qu'vous pouvez dormir la nuit vous aut' quand on sait qu'il y a tous ces gens qui retirent le pain de la bouche de leurs enfants pour pouvoir appeler et s'inscrire à votre jackpot ? »

À chaque croisement, la circulation ralentissait. Les gens se rendaient à Bayou Breaux pour travailler ou y faire leurs courses du samedi, ou bien ils continuaient vers Lafayette, histoire d'aller passer une journée en ville. Des amateurs de pêche se dirigeaient vers le bassin pour la journée. Une vieille Cadillac de la taille d'un bateau s'engagea sur la route asphaltée juste devant elle. Annie enfonça la pédale d'embrayage et celle du frein, tout en tendant la main vers le levier de vitesse, et elle jeta un coup d'œil vers le bas, juste assez pour apercevoir quelque chose de bizarre du coin de l'œil. Par terre devant le siège du passager, son fourre-tout remuait, et le coin du sac le plus proche d'elle se soulevait lentement. Elle tourna la tête pour regarder, et son cœur lui remonta dans la gorge. Ondulant de sous le fourre-tout, le corps de l'animal se faufilant vers elle, et dépassant déjà le levier de vitesse, c'était un serpent pommelé de brun, aussi gros qu'un tuyau d'arrosage. Une vipère cuivrée.

— Dieu !

Elle fit un bond de côté sur son siège, donnant un coup de volant vers la gauche. La Jeep fit un écart sur la voie en sens inverse, provoquant des coups de klaxon furieux. Annie leva les yeux et poussa de nouveau un juron en voyant un semi-remorque foncer sur elle, sirène mugissante. Serrant le volant à s'en faire blanchir les phalanges, elle enfonça l'accélérateur et se rua vers le fossé. La Jeep décolla pour ce qui sembla une éternité. Puis tout ne fut plus qu'une cascade confuse de secousses. L'impact la projeta de son siège et fit sauter le serpent du plancher. Le corps épais et musculeux de la bête vint buter en travers de ses cuisses et retomba par terre. Annie se jeta sur la portière et claqua la porte derrière elle. Son cœur cognait comme un marteau. Elle respirait par à-coups désordonnés. Elle entoura de ses bras le garde-boue avant pour se remettre.

— OhmonDieu, ohmonDieu, ohmonDieu.

En contre-haut, plusieurs voitures s'étaient arrêtées sur l'accotement. Un conducteur descendit de son break.

— S'il vous plaît, tout le monde, restez dans vos véhicules ! Circulez ! Je m'en occupe.

Annie leva la tête et scruta au travers des mèches de cheveux qui lui étaient retombées sur le visage. Un adjoint venait vers elle, sa voiture garée sur l'accotement, gyrophares allumés.

— Mademoiselle ? fit-il. Tout va bien, mademoiselle ? Faut-il que j'appelle une ambulance ?

Annie se redressa pour qu'il puisse voir son uniforme. Elle le reconnut instantanément, même si, de son côté, il était incapable d'en faire autant. York le Gland. Il marchait comme s'il portait en permanence une talonnette. Une moustache à la Hitler perchée au-dessus de sa petite bouche pincée. Maintenant que la lumière commençait à poindre dans son esprit, sa moustache se crispait.

— Adjoint Broussard ?

— Il y a une vipère cuivrée dans ma Jeep. Quelqu'un a mis une vipère cuivrée dans ma Jeep.

Même si une morsure ne l'eût probablement pas tuée, elle l'aurait certainement été dans l'accident, et n'aurait pas été la seule victime. Celui qui la harcelait l'avait-il envisagé quand il avait planqué son petit ami le reptile, puis elle se demanda laquelle des réponses à ces questions l'aurait mise le plus hors d'elle.

— Une vipère cuivrée ? Je ne vois rien, couina le Gland dans un reniflement. Il scruta l'intérieur de la Jeep. Je ne vois rien.

— Pourquoi vous ne montez pas dedans pour aller ramper un peu sur le plancher ? Quand elle vous mordra le cul, on saura qu'elle existe bien.

— C'était sûrement une ceinture ou un truc comme ça.

— Je sais faire la différence entre un serpent et une ceinture.

— Sûre que vous étiez pas en train de vous regarder dans le rétroviseur, à vous mettre du rouge à lèvres, et que ça vous a pas fait perdre le contrôle du véhicule ? Ce ne serait pas la première fois que je l'entendrais, cette histoire, fit-il avec un gloussement. Vous les filles...

Annie l'empoigna par la manche de sa chemise et le tira pour le faire se retourner.

— J'en porte, du rouge à lèvres ? Vous en voyez sur cette bouche, espèce de crétin qui le prend de haut ? Il y a un serpent dans cette Jeep et si vous me la jouez encore sur le registre « ma p'tite dame », je vous l'enroule autour du cou et je vous étouffe avec !

— Hé, Broussard ! Vous êtes en train d'agresser un officier de police !

Le cri venait de la route. Mullen. Il s'était garé sur l'accotement — un pick-up Chevy, une vraie poubelle, avec en remorque une barque pour la pêche à la perche. Engoncé dans un jeans étroit, il avait les jambes aussi maigres que les pattes d'une aigrette. Il compensait cette maigreur avec une veste bouffante de base-ball en satin vert.

— Elle prétend qu'il y a une vipère cuivrée là-dedans, fit York, avec un geste du pouce vers la Jeep.

— Ouais, comme s'il le savait pas déjà, le reprit sèchement Annie.

Mullen fit une moue désapprobatrice.

— Et voilà, tu recommences. Hystérique. Paranoïaque. T'as peut-être besoin de te faire régler les hormones, Broussard.

— Va te faire foutre.

— Oooh, insultes, agression d'un officier de police, conduite imprudente... L'air faraud, il passa de l'autre côté du véhicule jeter un œil par la fenêtre côté passager. York, elle est peut-être ivre. Tu ferais bien de lui faire faire quelques mouvements, pour voir.

— Et quoi encore ? Annie contourna le capot. Court-circuiter ma radio, c'était déjà pas mal, et je peux encore supporter qu'on m'emmerde quand je suis au poste, mais là, dans cette petite cascade, quelqu'un d'autre que moi aurait pu se faire tuer. Si j'arrive à trouver la moindre parcelle de preuve qui te relie à ça...

— Ne me menace pas, Broussard.

— Ce n'est pas une menace, c'est une promesse.

Il renifla l'air.

— Il me semble sentir l'odeur du whisky. Tu ferais mieux de la coffrer, York. Tu dois commencer à être stressée, Broussard. Boire dès le matin sur le chemin du boulot, c'est une honte.

— Je n'ai rien senti, fit York d'un air craintif.

— Enfin, bon Dieu ! lui lança Mullen, cassant. Elle voit des serpents et elle se flanque dans le décor. Relève les plaques du véhicule et embarque-la !

Annie se cala les mains sur les hanches.

— Je ne vais nulle part tant que vous n'attrapez pas ce serpent dans ma Jeep.

— Résistance, à ajouter à la liste de ses crimes, fit Mullen.

— On ferait mieux d'aller au poste pour tirer ça au clair, Annie, intervint York en s'efforçant de prendre un air navré.

Il tendit la main pour lui attraper le bras et elle se dégagea d'un geste sec. Il n'y avait pas d'échappatoire. York ne pouvait pas la laisser remonter dans son véhicule si sa sobriété était mise en question, et elle voulait bien être pendue si elle acceptait de se plier devant eux à la série d'exercices que l'on imposait aux ivrognes, comme un caniche dressé.

— Euh... je pense que vous feriez mieux de vous asseoir à l'arrière, fit-il en tendant la main vers la portière côté passager de sa voiture de patrouille.

Annie se mordit la langue. Elle, au moins, elle avait emmené Fourcade au poste dans son propre véhicule, en faisant abstraction de la situation, autant que possible. On n'allait visiblement pas se conduire avec la même délicatesse.

— J'ai besoin de mon fourre-tout, fit-elle. Mon arme est dedans. Et je veux qu'on ferme cette Jeep à clé.

Elle l'observa tandis qu'il redescendait dans le fossé en disant quelque chose à Mullen. York passa du côté du siège du conducteur et en retira les clés, tandis que Mullen ouvrait la porte côté passager, en extrayait son fourre-tout, puis se replongeait dans le véhicule. Lorsqu'il en émergea de nouveau, il tenait en main un serpent qui se tortillait. Il avait l'air de mesurer près d'un mètre vingt, assez gros, même si les vipères cuivrées, dans cette région, atteignaient en général des tailles plus importantes. Mullen souffla quelque chose à York et ils éclatèrent tous deux de rire, puis Mullen fit tourner le serpent au-dessus de sa tête en une grande boucle et l'envoya voler dans un champ de canne à sucre.

— C'est juste une couleuvre royale ! cria-t-il vers Annie, tout en rejoignant la voiture, son sac à la main. Une vipère cuivrée ! Tu dois être ivre, Broussard. Tu sais même pas faire la différence entre deux espèces de serpent.

— C'est pas ce que je dirais, lui décocha Annie en retour. Je sais quelle espèce de serpent tu es, Mullen.

Et elle rumina là-dessus, en route pour Bayou Breaux.

Hooker n'était pas d'humeur à s'occuper des conséquences d'une farce, qu'il y ait eu malice ou non. Depuis l'instant où York avait escorté Annie dans le bâtiment, il fulminait et jurait, rejetant sa colère vers elle.

— Chaque fois que je me retourne, vous êtes au milieu d'un tas de merde, Broussard. Je commence à en avoir plein les gonades de vous.

— Oui, monsieur.

— Vous souffrez d'un dérangement du cerveau ou quoi ? Les adjoints sont censés arrêter les voleurs, pas s'arrêter eutre eux.

— Non, monsieur.

— Quand nous étions entre hommes par ici, nous n'avions jamais ce genre d'ennui. Balancez une femelle en plein milieu et subitement tout le monde se prend une espèce de trique.

Annie réfréna son envie de relever qu'elle était ici dans le métier depuis deux ans sans qu'on ait jamais eu à mentionner le moindre problème la concernant. Ils se tenaient dans le bureau de Hooker. La porte était restée grande ouverte, permettant à tous ceux qui se trouvaient à portée d'oreille d'écouter la diatribe de Hooker. Elle était à même de surmonter cet orage. Annie entretenait l'espoir que ce serait la dernière humiliation. Sous peu, Hooker allait arriver à court d'insultes ou avoir une attaque, et alors elle pourrait partir en patrouille.

— J'en ai ma dose, Broussard. Je vous le dis tout de suite.

Quelque part au bout du couloir lui parvint le son d'une autre voix forte. « Qu'est-ce que vous voulez dire, vous n'arrivez pas à les retrouver ? » Annie reconnut le nasillement de Smith Pritchett. Le service du central d'appel était au bout de ce couloir. Qu'est-ce que Pritchett leur voulait ? De quoi Pritchett pouvait-il avoir un tel besoin, au point de venir se présenter un samedi ?

— Dites, vous autres, vous m'expliquez que vous gardez ces bandes du numéro d'appel 911 au cas où, pour vos séances de branlette, mais justement vous n'avez pas la bande de la nuit où Fourcade s'est fait arrêter ?

Une veine en forme de zigzag palpitait en travers du large front de Prichett, comme un éclair. Il se tenait dans le couloir, devant l'entrée du central, en chemise Izod vert citron, en pantalon kaki, en souliers de golf à crampons, un fer neuf dans la main.

La femme postée de l'autre côté du guichet se croisa les bras.

— Oui, m'sieu, c'est ce que j'essaie de vous expliquer. Est-ce que vous êtes en train de me traiter de menteuse ?

Pritchett la dévisagea, puis il se retourna brusquement vers A.J.

— Nom de Dieu, où est Noblier ? Je vous avais dit de l'appeler.

— Il est en route, promit A.J.

Comme s'il ne suffisait pas que Smith Pritchett l'ait envoyé effectuer cette recherche un samedi matin — une attaque surprise, comme il appelait ça —, voilà que maintenant, en guise de supplément, ils allaient tous avoir droit à une rixe dans les règles, la tactique du KO contre celle du combat d'attente. A.J. avait misé sur la responsable de la supervision du central. Pritchett avait beau être armé, elle devait bien lui rendre quarante kilos.

Il aurait gardé pour lui la nouvelle que la bande était manquante, mais Pritchett était comme un môme de cinq ans, plus qu'impatient le soir de Noël. Il en était au troisième trou de son parcours quand il l'avait appelé sur son téléphone cellulaire. Tandis que l'avocat de Fourcade devait encore soumettre un compte rendu écrit de la version des faits donnée par son client, Noblier avait déclaré que l'inspecteur avait agi en réponse à un appel signalant un possible rôdeur dans le voisinage de Bowen & Briggs. Un mensonge éhonté, sans aucun doute. Les bandes du numéro d'appel 911 auraient dû confirmer la chose, et le central des services du shérif prenait en charge tous les appels du comté sur le 911. Mais, subitement, on ne pouvait retrouver nulle part la bande 911 de cette nuit fatidique.

La porte du bureau du shérif s'ouvrit à la volée, et Gus sortit en jeans, bottes de cow-boy et chemise de jeans, une odeur âcre d'écurie l'enveloppant comme une mauvaise eau de Cologne.

— Ne montez pas sur vos grands chevaux, Smith. Nous allons la retrouver, cette foutue bande. On est tous très pris, ici. Les choses s'égarent.

— S'égarent, mon cul. Pritchett agita son fer neuf en direction du shérif. Il n'y a pas de bande, nom de Dieu, parce qu'il n'y a aucun appel sur cette bande qui se rapporte à un rôdeur dans le voisinage de Bowen & Briggs.

— Est-ce que vous êtes en train de me traiter de menteur ? Après toutes ces années où je vous ai soutenu ? Vous êtes un petit, un ingrat, Smith Pritchett. Vous ne me croyez pas, adressez-vous à mes adjoints de patrouille cette nuit-là. Demandez-leur s'ils n'ont pas entendu d'appel.

Pritchett leva les yeux au ciel et descendit le couloir en direction du shérif, ses crampons martelaient le carrelage dans un fracas de tonnerre.

— Je suis sûr qu'ils me diraient avoir entendu les archanges chanter du jazz Dixieland s'ils croyaient que ça pourrait aider Fourcade à s'en tirer ! hurla-t-il par-dessus le raffut. C'est sacrément dommage qu'il faille que cette histoire vienne se mettre entre nous, Gus. Vous avez une pomme pourrie dans votre cageot. Sortez-la du cageot et qu'on en finisse.

Gus lui loucha dessus.

— La raison pour laquelle nous n'avons pas cette bande, c'est que peut-être Wily Tallant est déjà venu la prendre. Comme preuve à décharge.

— Quoi ? fit Pritchett dans un cri perçant. Vous iriez allègrement confier une chose pareille à un avocat de la défense ?

Gus haussa les épaules.

— Je ne suis pas en train de dire que c'est arrivé. Je suis en train de dire que ça se pourrait.

A.J. s'interposa.

— Si Tallant la détient, il faudra en divulguer le contenu, Smith. Et si la bande n'existe plus, alors ils ne disposent de rien d'autre que d'une assertion de parti pris, fondée sur des on-dit, comme quoi cet appel aurait été réceptionné. Donc pas grand-chose.

Pas grand-chose, si ce n'est que Pritchett venait encore une fois de se retrouver dans une situation embarrassante.

— Je ne sais pas, Gus, se lamenta Pritchett tandis qu'ils sortaient sous le chaud soleil printanier. Peut-être baignez-vous dans tout ça depuis trop longtemps. Votre sens de l'objectivité s'en trouve faussé. Regardez Johnny Earl : il est jeune, habile, il n'est pas déformé par les corruptions du temps et de la promiscuité. Et il est noir. Un tas de gens pensent que le moment est venu d'élire un shérif noir dans ce comté — ça ferait progressiste.

Gus envoya une crotte de nez sur le trottoir.

— Vous croyez que Johnny Earl me fait peur ? Puis-je vous rappeler que j'ai remporté trente-trois pour cent du vote noir à la dernière élection, et que j'étais en concurrence avec deux Noirs ?

— Ne remettez pas ça sur le tapis, Gus, lui répliqua Pritchett. Ça ne fait que rappeler ces horribles allégations de bourrage d'urnes que l'on a formulées contre vous.

Il alla vers sa Lincoln, où se tenait son caddy, qui attendait de le raccompagner au club de golf.

— Doucet ! aboya-t-il. Vous venez avec moi. Nous avons des chefs d'inculpation à débattre. Qu'est-ce que vous savez, au juste, des textes de loi sur les conspirations ?

Gus regarda les deux avocats grimper dans la Lincoln, puis il rentra d'un pas lourd dans le poste de police, en ronchonnant.

— Une queue de collégien avec un gros gland. Menace-moi, espèce de petit...

— Shérif ?

Ce glapissement provenait de Hooker. Gus se massa la panse d'une main. Ce foutu samedi promettait d'être infernal. Il s'arrêta devant la porte ouverte de Hooker et regarda à l'intérieur.

— Adjoint Broussard, dans mon bureau.

— Quelqu'un aurait placé ce serpent dans votre Jeep ?

— Oui, monsieur. Il n'aurait pas pu y entrer autrement.

— Et vous pensez qu'un autre adjoint l'a mis là ?

— Oui, monsieur. Je...

— Personne d'autre n'aurait pu avoir accès au véhicule ?

— Eh bien...

— Chez vous, vous le fermez à clé, c'est ça ?

— Non, monsieur, mais...

— Vous avez une preuve qu'un autre adjoint a fait ça ? Vous avez un témoin ?

— Non, monsieur, mais...

— Vous habitez au-dessus d'une nom de Dieu d'épicerie, adjoint. Vous êtes en train de me dire que personne ne s'est arrêté dans ce magazin la nuit dernière ? Vous êtes en train de me dire qu'il n'y avait pas de gens à l'intérieur ou à l'extérieur, sur ce parking, pour commettre cet acte ou pour le voir commettre ?

— La boutique ferme à neuf heures.

— Et après cette heure-là, à peu près n'importe qui aurait pu venir coller ce serpent dans votre Jeep. N'est-ce pas ?

Annie respira un coup. *Fourcade*. Fourcade aurait pu faire ça, il avait motif à le faire, il était assez dérangé pour ça. Mais elle ne dir rien. Le serpent, cela ressemblait à une farce d'adolescent, et Fourcade n'était pas un adolescent.

— Bon sang, l'intérieur de votre Jeep, je l'ai vu, jeune fille. Pour autant que je sache, ce serpent aurait pu y trouver de quoi nicher.

— Et vous pensez que York patrouillait sur cette portion de route ce matin-là par pure coïncidence, fit Annie. Et que Mullen est juste tombé là par hasard.

Gus la regarda fixement un long moment.

— Je suis en train de vous dire que vous n'avez aucune preuve du contraire. York était en patrouille. Vous êtes sortie de la route. Il a fait son boulot.

— Et Mullen ?

— Mullen n'est pas en service. Ce qu'il fait de son temps libre ne me regarde pas.

— Y compris se mêler des responsabilités d'un autre fonctionnaire de police ?

— À ce compte-là, vous êtes bien placée pour en parler, adjoint, rétorqua-t-il. York vous a embarquée parce qu'il pensait que vous pouviez avoir bu.

— Je n'avais pas bu. Ils ont fait ça pour m'humilier. Et Mullen était le meneur de jeu. York n'était que son faire-valoir.

— Ils ont trouvé un litre à moitié vide de Wild Turkey sous votre siège côté conducteur.

L'effroi noua l'estomac d'Annie. Rien que pour ça, on pouvait la suspendre.

— Je ne bois pas de Wild Turkey et je bois encore moins à bord de mon véhicule, shérif. C'est Mullen qui a dû la mettre là.

— Vous avez refusé de vous soumettre aux contrôles en cas d'état d'ébriété.

— Je passerai un alcootest. Si vous voulez, je ferai une prise de sang.

Elle se rendit compte qu'elle aurait dû insister pour en faire un sur les lieux de l'accident. Maintenant sa carrière s'effondrait sous elle parce qu'elle s'était montrée trop fière et trop entêtée.

— Il y a une heure de cela, ou plus, et vous n'étiez pas à dix kilomètres de chez vous quand vous avez eu cet accident. Si vous aviez quoi que ce soit dans l'organisme, ça c'est probablement éliminé, à l'heure qu'il est.

— Je ne bois pas.

Gus faisait pivoter son grand fauteuil d'un côté, de l'autre. Il se massa la barbe de deux jours qu'il avait au menton. Il ne se rasait jamais le samedi, jusqu'à sa toilette du soir, avant d'emmener sa bourgeoise dîner. Il aimait vraiment les samedis. Celui-ci commençait à ressembler à une descente aux enfers sur une luge.

— Vous êtes passée par pas mal de tension ces derniers temps, Annie, fit-il avec prudence.

— Je ne bois pas.

— Et vous avez remué la merde hier, en déclarant que quelqu'un vous avait coupée à la radio ?

— Oui, monsieur, c'est vrai.

Elle décida de garder pour elle l'incident du rat musqué. Elle se sentait déjà trop comme un enfant qui rapporte.

Un froncement plissa la bouche de Gus.

— Tout ça c'est à cause de cette histoire avec Fourcade. Tous vos petits jeux dangereux sont en train de vous retomber sur le nez, adjoint.

— Mais je...

Annie s'interrompit et attendit. Un poids s'abattait sur elle à mesure que ce silence se prolongeait.

— Je n'aime pas ça du tout, fit Gus. Je vous laisse le bénéfice du doute sur la boisson. York aurait dû vous faire passer un alcootest et il ne l'a pas fait. Mais, comme pour le reste de ce merdier, j'en ai ma dose. Je vous suspends de patrouille, Annie.

La sentence la frappa avec la force d'un uppercut, la laissant abasourdie.

— Mais, shérif...

— C'est la meilleure décision que je puisse prendre, eu égard à tous ceux qui sont concernés. C'est pour votre bien, Annie. Vous sortez de patrouille jusqu'à ce que tout ceci s'apaise. Comme ça, vous êtes en sûreté, hors de vue de tous les gens que vous êtes arrivée à exaspérer.

— Mais je n'ai rien fait de mal !

— Ouais, d'accord. La vie, quelle garce, hein ? fit-il sèchement. J'ai là des gens qui me disent que vous êtes une plaie. Vous êtes assise là à me dire que tout le monde est en chasse après vous. J'ai pas de temps à consacrer à ces conneries. Tous les fouille-merde bouffis d'orgueil du comté se penchent sur mon cas à cause de Renard et de ce violeur, et le carnaval de Mardi gras est dans une semaine, même pas. Je vous le dis, j'en ai marre de tout ce bordel. Je vous sors de patrouille jusqu'à ce que la situation s'apaise. Point final. Demain, vous êtes de service ?

— Non.

— Parfait, alors prenez le reste de votre journée. Venez au rapport lundi matin, que je vous notifie vos nouvelles fonctions.

Annie se tut. Elle fixa Gus Noblier du regard, la désillusion et le sentiment de trahison bourdonnant en elle comme une ligne à haute tension.

— C'est ce qu'il y a de mieux à faire, Annie.

— Mais ce n'est pas ce qu'il y a de plus juste, répondit-elle.

Et avant qu'il puisse répliquer, elle se leva et sortit de la pièce.

16.

Il lui en coûta 52,75 dollars pour sortir la Jeep de la fourrière. Affront qui s'ajoutait à la blessure infligée à son ego. Fulminant, Annie exigea que l'employé de la fourrière farfouille dans tout son bric-à-brac sur le plancher et qu'il inspecte chaque centimètre de l'intérieur du véhicule, dans l'éventualité de surprises désagréables. Il n'en trouva aucune.

Elle prit le volant, longea le bloc d'immeubles jusqu'au parc et s'assit sur un carré de pelouse, sous un chêne vert tentaculaire chargé de mousse, à observer le bayou. Comme cela avait été simple, pour Mullen et sa cohorte de minus, d'obtenir ce qu'ils voulaient — la faire mettre sur la touche —, et elle avait été impuissante à arrêter ça. Un pouce sur le commutateur radio, une bouteille de Wild Turkey planquée là où il fallait, et elle était interdite de patrouille sur le terrain. Cette hypocrisie la mettait en rage au point de voir rouge. Gus Noblier, c'était bien connu, se commandait volontiers un petit pousse-café après déjeuner, pour la route, et voilà qu'il la suspendait, au motif qu'elle aurait peut-être versé un petit quelque chose dans son café matinal pour le corser un peu, une allégation boiteuse et dénuée de fondement.

Sa réponse instinctive était de se battre pour se défendre, mais comment ? Fourrer un serpent encore plus gros dans le pick-up de Mullen ? Aussi tentante que fût cette idée, elle était stupide. Ce dont elle avait besoin, c'était d'une preuve, mais il n'y en aurait aucune. Personne mieux qu'un flic ne savait comment brouiller les pistes. Les seuls témoins seraient des complices. Personne ne se ferait connaître. Personne ne cafarderait un autre flic, un frère, pour en sauver un qui s'était retourné contre l'un des leurs.

« Vous allez découvrir le dessous des cartes avec Dean Monroe sur KJUN. Le sujet chaud de ce matin, c'est toujours l'importante décision tombée mercredi au palais de justice du comté de Partout. Un suspect de meurtre s'en sort sur un vice de procédure, et maintenant deux hommes sont en prison pour avoir violé les droits de ce meurtrier. Lindsay, sur la une, qu'est-ce que tu en penses ?

— Injustice. Pam Bichon était mon amie et mon associée, et ça me rend furieuse que l'attention portée à son affaire se soit déplacée sur les droits d'un individu qui l'a terrorisée et qui l'a tuée. Le système judiciaire n'a rien fait pour défendre ses droits quand elle était en vie. Ce que je veux dire, c'est réveille-toi, Louisiane Sud. On est dans les années 90. Nous, les femmes, méritons mieux que de nous faire traiter avec condescendance, d'être mises à l'écart, et de voir nos droits considérés comme inférieurs aux droits des meurtriers. »

— Amen là-dessus, murmura Annie.

Une noce était arrivée dans le parc pour une séance de photos. La mariée se tenait au centre du belvédère du Rotary Club, l'air impatient, tandis que l'assistant du photographe se tracassait à l'excès pour la traîne de sa robe de satin blanc. Une demi-douzaine de demoiselles d'honneur parsemaient le gazon autour du belvédère de taches d'organdi jaune pâle, comme des jonquilles qui auraient trop poussé. Les garçons d'honneur s'étaient mis à jouer à chat non loin de la tombe d'un héros de guerre, un Sudiste inconnu. En bas, sur la berge du bayou, deux petits garçons en frac noir s'appliquaient à lancer des cailloux dans l'eau aussi loin qu'ils pouvaient.

Annie fixa les rides circulaires qui rayonnaient à partir de chaque impact dans l'eau. Cause et effet, une chaîne d'événements, une action catalyse la suivante, et ainsi de suite. La pagaille dans laquelle elle se trouvait avait commencé par l'arrestation de Fourcade, et plutôt avec l'agression de Fourcade contre Renard. Pas avec le rejet prononcé par le juge Monahan de la pièce à conviction ou par la perquisition qui avait mis au jour cette pièce à conviction. Il fallait remonter jusqu'à Marcus Renard et son obsession pour Pam Bichon. C'était là que se situait le cœur sombre de l'affaire : Marcus Renard, et ce que le système judiciaire lui avait inconsidérément permis de faire. Injustice.

Se refusant à considérer les conséquences de tout ceci, Annie fit démarrer la Jeep et sortit du parc. Elle avait besoin d'agir plutôt que de se laisser tirer dans le sillage des autres. Faire quelque chose — pour Pam, pour Josie, pour elle-même. Elle avait besoin de voir cette affaire close, et qui allait s'en occuper, qui allait découvrir la vérité ? Un service de police qui s'était retourné contre elle ? Chaz Stokes, que Fourcade accusait de traîtrise ? Fourcade, qui avait trahi la loi qu'il avait juré de servir ?

En tournant vers le nord, elle se dirigea vers l'immeuble qui abritait Bayou Immobilier et le cabinet d'architectes Bowen & Briggs.

Les bureaux de Bayou Immobilier étaient aussi intimes qu'une maison, décorés par des femmes qui, instinctivement, avaient su recréer un nid. Une paire de banquettes en chintz à fleurs, rembourrées de coussins à fronces, formaient un L douillet sur un côté de la pièce principale qui donnait sur la rue. Des documents de vente, avec photographies en couleurs des maisons proposées, étaient disposés, par catégories, sur la table basse en osier à plateau de verre, tels des portraits de famille. Des fougères en pot lézardaient, logés contre les fenêtres en brique. Une senteur de cannelle flottait dans l'air.

Le bureau de la réceptionniste était vide. On pouvait entendre une voix de femme provenant de l'un des bureaux du couloir. Annie attendit. La cloche de la porte d'entrée avait annoncé son arrivée. Elle se sentait fébrile. « Faites preuve d'audace », lui avait conseillé Fourcade. Fourcade était un dément.

La porte du deuxième bureau sur la droite s'ouvrit, et Lindsay Faulkner sortit dans le couloir. L'associée de Pam Bichon avait l'allure de ce genre de femme qui s'est fait élire reine de la fête annuelle au lycée ou au collège, et qui a continué sur sa lancée. Un mariage d'argent et de beaux enfants bien éduqués avec des dents parfaites. Elle traversa le couloir avec le sourire ferme et ensoleillé d'une présidente de Ligue Junior responsable de l'accueil.

— Bonjour ! Comment allez-vous aujourd'hui ? Elle avait dit ça avec tant de familiarité et de chaleur qu'Annie se retourna presque pour voir si quelqu'un était arrivé derrière elle. Je suis Lindsay Faulkner. Que puis-je faire pour vous ?

— Annie Broussard. J'appartiens aux services du shérif.

Un fait qui n'était plus si évidemment apparent. Elle avait troqué son uniforme taché de café contre un jeans et un polo. Elle avait fourré son insigne dans sa poche revolver, mais elle ne put se résoudre à le sortir. Cela lui vaudrait suffisamment d'ennuis comme ça si Noblier avait vent de ce qu'elle était en train de faire.

L'enthousiasme de Lindsay Faulkner s'évanouit rapidement. Une petite flamme irritée scintilla dans ses grands yeux verts. Elle s'arrêta juste derrière le bureau de la réceptionniste et croisa les bras sur son chemisier de soie émeraude.

— Vous savez, les gens comme vous me font voir rouge. Pour nous, toute cette histoire a été un enfer — pour les amis de Pam, pour sa famille —, et qu'est-ce que vous avez fait ? Rien. Vous savez qui est le tueur et il se promène en toute impunité. Cette incompétence me laisse coite. Mon Dieu, si vous aviez commencé par faire votre boulot, aujourd'hui Pam serait peut-être encore en vie.

— Je sais que cela a été pénible, madame Faulkner. Cela l'a été pour nous aussi.

— Vous ne savez pas ce qu'il y a de pénible là-dedans.

— Avec tout le respect qui vous est dû, si, je sais, répondit Annie sans détour. C'est moi qui ai découvert Pam. Il n'est rien que je souhaite plus que de voir cette affaire résolue.

— Alors montez au premier étage, arrêtez-le, et laissez-nous tranquilles.

Elle repartit dans le couloir. Annie la suivit.

— Renard est en haut, là maintenant ?

— Votre puissance de déduction est étonnante, inspecteur.

Annie ne la corrigea pas quant au rang présumé qu'elle lui accordait.

— Ce doit être comme du sel sur une blessure, de travailler dans le même immeuble que lui.

— Ça me fait horreur, fit-elle sèchement tout en pénétrant dans son bureau. Bayou Immobilier est propriétaire de l'immeuble. Si je pouvais résilier leur bail dès demain, ils seraient à la rue, tous autant qu'ils sont, mais, là encore, la loi est de son côté à lui. Le culot de cet homme ! Son expression était un mélange d'horreur et de haine. Venir travailler ici comme s'il n'avait rien fait de mal, alors que tous les jours il faut que je passe devant ce bureau vide, le bureau de Pam...

Elle demeura un instant, une main sur la bouche, fixant du regard le parking par la fenêtre.

— Je sais que vous et Pam étiez très proches, fit Annie avec calme, en se glissant sur une chaise devant le bureau.

Elle sortit un petit carnet de notes et un stylo de sa poche revolver, et plaça le carnet sur sa cuisse.

Un petit mouchoir de lin apparut comme par magie, et Lindsay Faulkner sécha délicatement le coin de ses yeux.

— Depuis le jour de notre rencontre au collège, nous étions les meilleures amies du monde. J'ai été la demoiselle d'honneur de Pam à son mariage. Je suis la marraine de Josie. Pam et moi, nous étions comme des sœurs. Avez-vous une sœur ?

— Non.

— Alors vous ne pouvez pas comprendre. Quand cet animal a tué Pam, il a tué une part de moi-même, une part qui ne peut pas être ensevelie dans une tombe. Je la porterai en moi pour le reste de mes jours. Un poids mort, noir de pourriture ; quelque chose qui a été si brillant, si rempli de joie. Il faut qu'il paye.

— Si nous pouvons le faire condamner, il aura la peine de mort.

Un petit sourire déforma les lèvres de Faulkner.

— Nous étions opposées à la peine capitale, Pam et moi. Cruelle et anormale, barbare, disions-nous. Comme nous étions naïves ! Renard ne mérite aucune compassion. Aucun châtiment ne sera assez cruel. En imagination, j'ai torturé cet homme à mort plus de fois que je ne peux en compter. Je suis restée des nuits entières sans dormir à souhaiter avoir ce courage...

Elle dévisagea Annie, une lumière de défi dans les yeux.

— M'arrêteriez-vous ? Comme on a arrêté le père de Pam ?

— Il a fait un peu plus que d'imaginer Renard mort.

— Pam était la seule fille de Hunter. Il l'aimait tant, et maintenant, lui aussi, il porte cette part morte en lui.

— Soupçonneriez-vous que Renard était bien celui qui harcelait Pam ?

Une expression de culpabilité assombrit le visage de la jeune femme, et elle baissa les yeux sur ses mains posées sur le bureau.

— Pam disait que c'était lui.

— Et vous pensiez... ?

— J'en suis venue à partager cette opinion, en parlant avec un peu tout le monde, fit-elle. Vous ne parlez pas, entre vous ?

— Je m'efforce de dégager une optique nouvelle sur cette affaire. Les inspecteurs de sexe masculin ont un point de vue de sexe masculin. Il se pourrait que je saisisse quelque chose qui leur a échappé.

Un bon argument, se dit Annie. Il faudrait qu'elle s'en souvienne quand Noblier la mettait sur la sellette sous prétexte qu'elle avait dépassé les limites de son rôle.

— Il avait l'air si inoffensif, chuchota Lindsay Faulkner. Vous voyez des films, vous vous imaginez que les maniaques sont censés avoir un certain air, agir d'une certaine manière. Vous croyez qu'un homme qui traque les femmes ne peut être qu'une espèce de moins que rien sans boulot avec un QI à deux chiffres. Vous ne vous dites jamais : « Oh, je parie que cet architecte à l'étage est un psychopathe. » Il est là depuis des années. Jamais je... il n'avait pas...

— Nous ne pouvons pas toujours voir les ennuis nous tomber dessus, avança gentiment Annie. S'il ne vous avait donné aucune raison de le soupçonner...

— Pam en avait, pourtant. L'été dernier, après leur séparation avec Donnie, Renard a commencé de traîner par ici, et ça l'embêtait — les cadeaux qu'il lui envoyait, sa façon de lui tourner autour. Et quand le harcèlement a commencé, d'abord elle n'a rien voulu dire, mais elle pensait que c'était lui.

— Et vous, qui pensiez-vous que... ?

— Donnie, répondit-elle sans hésitation. Le harcèlement a commencé peu de temps après qu'elle lui a annoncé son intention de divorcer. Je me suis dit qu'il essayait de lui faire peur. Cela ressemblait au genre de chose qu'il aurait pu inventer. Le développement émotionnel de Donnie s'est arrêté vers seize ans. Je l'ai même mis en garde à ce propos, je lui ai remonté les bretelles.

— Comment a-t-il réagi ?

Elle leva les yeux au ciel.

— Il m'a accusée de monter Pam contre lui. Je lui ai dit que j'avais essayé des années auparavant, et que malgré ça elle l'avait épousé. Ce que Pam voyait toujours en Donnie, c'était son potentiel. Elle ne pouvait admettre qu'il ne saurait pas se montrer à la hauteur de ce potentiel.

— Cela doit vous être très désagréable, maintenant — tâcher de résoudre les questions concernant la société.

— C'est la pagaille. Le divorce aurait nettement coupé Donnie de l'agence immobilière. Pam aurait formulé sa nouvelle volonté de voir la moitié de l'affaire revenir à Josie sous forme de fidéicommis. J'aurais eu une option de rachat grâce à l'assurance entre associées que nous avions prévu de contracter. Nous n'avions jamais évoqué ça auparavant — une assurance entre nous. Nous n'y avions tout simplement jamais pensé. Je veux dire, nous étions toutes les deux jeunes et en bonne santé... Elle marqua une pause. Finalement, aucun de ces changements n'est survenu avant que...

Annie décida qu'elle aimait cette femme, elle aimait sa force et la colère qu'elle manifestait en mémoire de son amie. Elle ne s'était pas attendue à cette sorte de témoignage de la part d'une ancienne jeune fille de bonne famille. Plutôt à un chagrin passif, du style sortez vos mouchoirs. Un préjugé de ma part, se dit-elle.

— Et maintenant, que se passe-t-il ? interrogea-t-elle.

— Maintenant il faut que je traite avec Donnie, qui a le même sens des affaires qu'une tique. Il s'est montré d'autant plus odieux que, plusieurs mois avant que leur mariage n'éclate, la société de Donnie était dans une mauvaise passe financière, et Pam avait accepté de camoufler des terrains au sein de la société immobilière, pour que la banque ne les saisisse pas.

— Dissimuler ?

— Sur le papier, Bichon Bayou Promotion a « vendu » ces propriétés à Bayou Immobilier. En réalité, nous les conservions juste pour les mettre en sûreté.

— Et vous les avez toujours ?

Son sourire fut un rien féroce.

— Oui. Mais désormais Donnie détient la moitié de l'affaire que Pam possédait, si bien que, techniquement, ces propriétés sont en partie les siennes. Toutefois, avant qu'il puisse en faire quoi que ce soit, il faut qu'il ait mon accord. À l'heure actuelle, nous sommes dans le statu quo. Il veut récupérer ses biens et je veux l'entière propriété de l'affaire. La dernière chose qu'il faut savoir, c'est que Donnie s'est mis tout d'un coup dans la tête que la moitié de l'affaire qui appartient à Pam valait le double de sa valeur. Il joue une tactique dure, en me menaçant avec un vague « autre acheteur » de La Nouvelle-Orléans.

Le stylo d'Annie s'arrêta sur la page.

— La Nouvelle-Orléans ? *La Nouvelle-Orléans. Immobilier. Duval Marcotte.*

Lindsay secoua la tête à la pensée de cette idée ridicule.

— Qui, à La Nouvelle-Orléans, aurait quoi que ce soit à faire avec Bayou Breaux ?

— Vous pensez qu'il bluffe ?

— Lui, il pense que oui. Moi, je pense que c'est un imbécile.

— Que feriez-vous s'il vendait sa part à cet acheteur ?

— Je ne sais pas. Pam et moi, nous avons démarré cette affaire ensemble. C'est pour cette raison qu'elle est importante pour moi, vous savez, comme quelque chose que nous avons bâti et partagé en amies. Et c'est une petite affaire solide : nous nous débrouillons bien. J'aime ça. Je vendrai l'immeuble, ça oui, si j'en ai l'occasion, admit-elle en se retournant pour regarder le parking par la fenêtre. À présent, il y a ici trop de mauvais souvenirs. Et ce salaud, là-haut. Je continue de m'imaginer l'inspecteur Fourcade en train de le battre à mort. Je...

Elle s'interrompit. Annie se tint tout à fait immobile. Dans la pièce principale, la porte s'ouvrit et le carillon annonça des clients potentiels en tintant sur une note agréable.

— Broussard, murmura Faulkner sur un ton accusateur. C'est vous qui l'en avez empêché. Mon Dieu ! Je croyais vous avoir entendue dire que vous vouliez voir cette affaire résolue.

— C'est le cas.

Elle se leva, avec cette prestance et cette grâce propres à la vieille éducation du Sud.

— Alors pourquoi ne vous êtes-vous pas éloignée, tout simplement ?

— Parce que cela aurait été un meurtre.

— Non, cela aurait été justice. Maintenant, vous voudrez bien m'excuser, fit-elle en allant vers la porte. Vous voudrez bien quitter ces bureaux. Je n'ai rien de plus à vous dire.

Annie sortit par la porte de derrière de l'agence immobilière et resta dans le couloir. À sa droite, il y avait la porte du parking où Fourcade avait agressé Renard. Devant elle montait l'escalier qui menait aux bureaux de Bowen & Briggs. Renard était là-haut. Elle songea à monter cet escalier. Le flic en elle voulait étudier Marcus Renard, essayer de le disséquer, de s'en faire une image, de voir comment il trouverait sa place dans la galerie des traqueurs de femme qu'elle avait étudiés dans des livres. Un instinct plus profond la retint. Il l'avait appelée son héroïne, lui avait envoyé des roses. Elle n'aimait pas ça.

La décision lui fut volée quand la porte en haut de l'escalier s'ouvrit d'un coup, et Renard apparut. Il avait l'air grotesque, un monstre sorti du plus grimaçant des contes de Grimm. Le troll caché sous le pont. Ses traits encore gonflés marquaient ici et là d'hématomes la teinte de fruit pourri de son visage. L'espace d'une seconde, il ne vit pas Annie, et l'envie lui prit de rentrer à nouveau dans le bureau de Bayou Immobilier. Mais cette seconde était passée.

— Annie ! s'exclama-t-il du mieux qu'il put, malgré son maxillaire toujours bloqué. C'est un plaisir inespéré !

— Ce n'est pas une visite mondaine, fit sèchement Annie.

— C'est pour le suivi du dossier, après mon agression ?

— Non. Je suis venue voir Mme Faulkner.

Il prit appui sur la main courante. Sous les hématomes, il était pâle.

— Lindsay est une femme dure, peu charitable.

— Mince, et elle qui dit des choses si gentilles sur vous.

— Nous étions bons amis, déclara-t-il. En fait, nous sommes sortis ensemble une fois ou deux. En a-t-elle fait mention ?

— Non. Mensonge ou pas, elle voulait en entendre plus. En elle, le flic poussa la femme prudente à l'écart. Il n'y a jamais eu mention de ça nulle part.

— Je n'en ai jamais rien dit, reconnut-il. Cela semblait à la fois sans importance et indélicat.

— Comment ça ?

— C'était il y a des années.

— Elle vous accuse de meurtre, haut et fort. J'aurais plutôt pensé que vous auriez eu envie de la discréditer. Pourquoi n'avez-vous pas parlé ?

— Je le fais maintenant, corrigea-t-il doucement, son regard plongeant sur elle. À vous.

C'était une invite. Il lui fournirait des éléments qu'il ne révélerait à personne d'autre. Car il la tenait pour son ange gardien.

— J'étais sur le point de prendre ma pause déjeuner, fit Renard en descendant l'escalier. Vous vous joindriez à moi ?

Cette proposition lui fit l'impression d'être si... normale. Elle tenait cet homme pour un monstre de la pire espèce. La vision du corps de Pam Bichon lui traversa l'esprit comme un éclair. La brutalité du crime semblait plus grande, plus forte, plus puissante, que l'homme qui se tenait là debout devant elle.

— Je ne veux pas être vue avec vous, fit-elle abruptement. Ma vie est assez compliquée comme ça pour le moment.

— Je ne sors pas. Je ne peux pas, admit-il. Ma vie aussi est compliquée.

La porte latérale qui donnait sur le parking s'ouvrit, et un livreur avec un sac blanc de livraison les interrompit.

— Monsieur Briggs ? Il leva des yeux écarquillés. Ben, mon vieux, vous avez dû êt' dans un drôle d'accident de bagnole !

Renard sortit son portefeuille sans commentaire.

— Je partagerai ma soupe de gombo avec vous, proposa-t-il à Annie tandis que le livreur s'en allait.

— Je n'ai pas faim, avoua Annie, mais elle ne refusa pas.

Marcus Renard était au cœur de toute l'histoire, le caillou dans l'étang, qui avait déclenché vague après vague, les ondes de choc se propageant à travers toute la vie de Bayou Breaux.

— Je ne suis pas un monstre, plaida Renard. J'aimerais avoir une chance de vous en convaincre, Annie.

— Vous ne devriez pas m'adresser la parole hors de la présence de votre avocat.

— Pourquoi pas ?

Pourquoi pas, en effet ? se dit Annie. Elle était seule. Elle n'avait pas d'émetteur, pas de magnétophone. Même s'il avouait, cela n'aurait aucune valeur. Kudrow était l'avocat en titre ; sans sa présence, rien de ce que Renard pouvait dire ne serait recevable devant la cour. Il pouvait avouer une dizaine de meurtres et n'être pendu pour aucun.

Elle soupesa les alternatives. Ils se trouvaient sur un lieu de travail. Elle pouvait encore percevoir les voix étouffées provenant de Bayou Immobilier. Elle était flic. Il ne serait pas assez stupide pour tenter quoi que ce soit ici, et il n'était pas en état d'essayer. Elle voulait savoir ce qui le poussait. Qu'est-ce qui, chez Pam Bichon, avait retenu l'attention de cet homme au demeurant si ordinaire et l'avait amené à dépasser les bornes ?

— D'accord.

Les bureaux de Bowen & Briggs comprenaient un vaste espace d'un seul tenant, avec un parquet de bois que l'on avait poncé pour qu'il retrouve sa teinte de bois naturel, puis passé au vernis pour lui donner un aspect dur et brillant. Côté ouest, des cloisons grises et capitonnées modulables composaient divers bureaux et espaces de conférences. Sur le côté, on avait implanté une demi-douzaine de tables à dessin et de sites de travail. Renard emporta son sac jusqu'à une table située dans l'angle sud-est, un espace à l'écart, aménagé pour se détendre, boire un café, déjeuner. Posée sur le bar, une radio jouait de la musique classique.

Annie le suivit à distance, prenant le temps d'évaluer l'endroit et regrettant de ne pas porter sur elle son arme d'intendance.

— Vous avez des ennuis ?

Elle se retourna brusquement vers Renard. Il essayait d'extraire son déjeuner du sac de livraison.

— Vous avez dit que maintenant votre vie était assez compliquée, rappela-t-il. Vous avez des ennuis à cause de Fourcade ?

— J'ai des ennuis à cause de vous.

— Non. Il la conduisit jusqu'au siège en face de lui et s'assit à son tour. Lorsqu'il souleva le couvercle du bol de gombo, de roux sombre et d'émincé de sassafras, un nuage de vapeur odorante s'échappa. Vous auriez des ennuis à cause de moi si j'étais le meurtrier de Pam. Ce que je ne suis pas. Après l'agression de cette pauvre Nolan, j'aurais pensé que vous en seriez convaincue.

— Des affaires sans lien entre elles. Les deux choses n'ont rien à voir, le contredit Annie.

— À moins qu'elles ne soient toutes deux l'œuvre de l'Étrangleur du Bayou.

— L'Étrangleur du Bayou, c'était Stephen Danjermond, et il est mort. Les preuves réunies contre lui étaient irréfutables.

— La pièce à conviction planquée par Fourcade dans mon bureau l'était aussi. Cela ne fait pas de moi pour autant un tueur.

Annie le dévisagea. Elle avait récapitulé la chronologie des événements. Tous les éléments concordaient. Mais il jurait être innocent. Était-il simplement un menteur accompli ou s'était-il convaincu de son innocence ? Elle avait déjà vu ça. Des gens qui s'accrochaient à un complexe de persécution comme à un dispositif transitionnel. Rien, jamais, n'était leur faute. Quelqu'un d'autre les poussait à vendre de la drogue. S'ils se faisaient pincer, c'était la faute de ces pourris de flics. Mais elle ne pensait pas qu'aucun complexe de persécution puisse correspondre tant à Renard qu'au meurtre de Pam. Il s'agissait là de tout autre chose. Une obsession.

— Je veux que vous compreniez, Annie... puis-je vous appeler Annie ? s'enquit-il poliment. Adjoint Broussard, tout bien considéré, ça m'est un peu difficile.

— Oui, accepta-t-elle, bien cela ne lui plaise guère.

Elle n'aimait pas l'idée de son prénom dans sa bouche, roulant sur sa langue. Elle n'aimait pas l'idée de lui céder quelque chose, quoi que ce soit, d'accéder à aucun de ses souhaits, si minime soit-il.

— Je veux que vous compreniez, Annie, reprit-il. J'aimais Pam comme...

— Comme un ami. Je sais. Nous avons déjà abordé le sujet.

— Est-ce que vous travaillez sur son affaire, à présent ? Allez-vous tenter d'attraper son assassin ?

— Je veux que son assassin passe en justice, fit-elle, éludant toute précision sur son implication dans l'enquête. Vous comprenez ce que cela signifie, n'est-ce pas ?

— Oui. Il porta une cuillerée de gombo jusqu'à sa lèvre recousue. Je me demande si vous le comprenez vous aussi.

Annie ignora le caractère inquiétant de cette remarque et poursuivit :

— Vous m'avez dit être sorti avec Lindsay Faulkner. Pardonnez-moi d'insister, mais j'ai du mal à me représenter la chose.

— Je n'ai pas toujours eu cette tête.

— Vous n'avez pas l'air... compatibles.

— Précisément, nous ne l'étions pas. Je pense que Lindsay doit avoir... comment pourrais-je présenter cela ? D'autres préférences.

— Vous pensez qu'elle est lesbienne ?

Il eut un petit haussement d'épaules et baissa les yeux dans son assiette, l'air gêné par le sujet qu'il avait soulevé.

— Parce qu'elle ne voulait pas coucher avec vous ? ajouta Annie abruptement.

— Mon Dieu, non. Nous sortions dîner. Je n'ai jamais attendu plus. Il était clair que nous n'irions pas jusque-là. Non, c'était parce que... à cause de sa manière de se conduire avec Pam. Elle était très protectrice. Jalouse. Elle n'aimait pas le mari de Pam. Elle n'aimait aucun des hommes qui témoignaient de l'intérêt à Pam.

Il prit une autre cuillerée de gombo et en avala une gorgée entre ses dents.

— Êtes-vous en train d'essayer de me dire que vous pensez que l'associée de Pam l'a tuée ? Dans un accès de rage de lesbienne ?

— Non. Je ne sais pas qui l'a tuée. J'aimerais le savoir.

— Alors où voulez-vous en venir ?

— Lindsay ne m'apprécie guère. Elle veut rendre quelqu'un responsable de la mort de Pam et elle m'a choisi, moi.

— Tout le monde vous a choisi, monsieur Renard. Vous êtes le principal suspect.

— Le suspect le plus commode, la corrigea-t-il. Parce que j'aimais bien Pam. Parce que les gens me considèrent ici comme un étranger... ils oublient que je suis né ici, que j'ai vécu ici enfant. Ils trouvent curieux que je sois célibataire et que je vive avec ma mère et un frère qui fait peur aux gens à cause de son autisme.

— Parce que Pam croyait que vous la traquiez, le contredit Annie. Parce que vous avez continué de tourner autour d'elle, même une fois qu'elle vous avait dit de laisser tomber. Parce que vous aviez motif, moyens, occasion de la tuer et aucun alibi fiable la nuit du meurtre.

— J'étais à Lafayette...

— Vous vous rendiez dans un magasin qui était déjà fermé à l'heure où vous êtes arrivé à la galerie marchande de l'Acadania Mall. Pas de chance, ça. Si le magasin avait été ouvert, vous auriez pu avoir des témoins pour corroborer votre histoire.

Il la regarda posément, puis il prit la parole d'une voix égale.

— Je suis allé là-bas pour trouver des fournitures, pas un alibi.

— Vous pouvez m'épargner l'histoire, fit Annie. J'ai mémorisé le déroulement des événements à la minute. À dix-sept heures trente, Lindsay Faulkner a quitté le bureau et remarqué que la voiture était toujours au parking. Pam était en rendez-vous avec des clients pour enregistrer une promesse de vente sur une maison. À vingt heures dix, vous vous êtes arrêté chez Hebert's Hobby Shop pour y acheter un certain nombre d'articles, parmi lesquels des lames de cutter.

— Un outil courant chez les maquettistes de maisons de poupée.

— Les clients de Pam ont quitté son bureau à vingt heures vingt. Ils ont été les derniers à voir Pam en vie — à l'exception de son assassin. Hebert's n'avait pas tout ce qu'il vous fallait...

— Des portes vitrées pour mon projet du moment.

— Alors vous vous êtes rendu en voiture à l'Acadania Mall de Lafayette, dans l'intention de faire un saut à la boutique de maquettes, mais elle était fermée, poursuivit-elle. Et sur le chemin du retour, vous avez déclaré avoir eu des ennuis — d'origine inconnue — avec votre voiture et être resté deux heures en bordure d'une route secondaire avant de parvenir à redémarrer, avec l'aide d'un bon Samaritain anonyme dont personne n'a jamais été capable de retrouver la trace au cours des trois mois qui se sont écoulés depuis. Vous avez dit être arrivé chez vous vers minuit, mais personne n'a pu le confirmer, parce que votre mère était partie à Bogalusa rendre visite à sa sœur. Voilà votre version.

— C'est la vérité.

— En attendant, le médecin légiste de Lafayette situe la mort de Pam aux alentours de minuit, un peu avant un peu après, à quelques kilomètres à peine de votre domicile.

— Je ne l'ai pas tuée.

— Vous étiez obsédé par elle.

— J'étais entiché d'elle, admit-il en se levant lentement de son fauteuil. Il alla jusqu'à un petit réfrigérateur logé entre les placards bas et en retira deux bouteilles de thé glacé. J'aurais aimé qu'elle puisse partager mes sentiments, mais elle ne l'a pas fait et je l'ai accepté.

Il posa les bouteilles sur la table, en poussant une dans la direction d'Annie.

— Son mari était animé d'une obsession bien plus compulsive que la mienne. Il se cala dans son fauteuil, attrapa une serviette en papier, et, à petits coups, tamponna la salive qui stagnait aux commissures de sa bouche à moitié fermée, alors qu'il peinait pour parler. Il ne voulait pas la laisser partir. Je pense qu'elle avait peur de lui. Elle m'a dit qu'elle n'osait pas voir d'autres hommes tant que le divorce ne serait pas conclu.

Une histoire commode pour se débarrasser d'un homme, se dit Annie, sans pouvoir toutefois écarter la possibilité que ce soit vrai. Il était de notoriété publique que Donnie ne souhaitait pas le divorce. Lindsay Faulkner avait avoué penser que c'était Donnie qui avait harcelé Pam. On avait chuchoté des rumeurs d'affrontement au sujet de Josie, même s'il semblait que Donnie ne disposait guère de marge sur ce terrain-là. Dans ce mariage, celui qui s'était comporté en tricheur, c'était lui. Pam n'avait rien fait qui permette de remettre en cause la garde de l'enfant.

— Mais aussi, murmura Renard, le regard plongé dans son thé, peut-être n'était-ce qu'un prétexte. Je pense qu'elle a bien vu quelqu'un, pendant une brève période.

— Qu'est-ce qui vous fait penser ça ?

Il ne pouvait lui répondre. La seule possibilité qu'il aurait eue de le savoir, ç'aurait été en la suivant, en la surveillant. Il ne voulait pas, il ne pouvait pas l'admettre. La traque était à la base de toutes les présomptions qui pesaient sur lui. S'il reconnaissait avoir traqué Pam Bichon et révélait l'avoir vue avec un autre homme, cela ne ferait qu'ajouter à ses raisons de l'avoir tuée. Jalousie. Elle l'avait éconduit pour un autre.

Annie se leva.

— J'en ai assez entendu, merci. Pam a été torturée et tuée par son mari aliéné, son associée secrètement lesbienne, et/ou un mystérieux amant que vous ne pouvez ni nommer ni identifier. Vous, vous n'auriez pas pu la tuer. Vous êtes la victime d'un complot malveillant. Peu importe que vous ayez eu motif, moyens et occasion, et un alibi en toc. Et que les inspecteurs aient retrouvé la bague volée de Pam dans votre maison.

Renard se leva à son tour, et il traîna la patte à côté d'elle qui regagnait la porte.

— Il existe plus d'une sorte d'obsessions, observa-t-il.

Fourcade est obsédé par cette affaire. Il a planqué cette bague. Il a déjà fait ce genre de chose précédemment. Moi, je n'en ai aucune. Je n'ai jamais fait de mal à personne. Je n'avais jamais été arrêté auparavant.

— Ça peut simplement vouloir dire que vous vous débrouillez bien, répliqua Annie.

— Ce n'est pas moi qui ai fait ça.

— Pourquoi devrais-je vous croire ? Et, pour être plus directe : pourquoi êtes-vous si déterminé à me convaincre ? Vous êtes un homme libre. Le procureur n'a rien contre vous.

— Pour l'instant. Combien de temps s'écoulera-t-il avant que Fourcade ou Stokes ne manigancent autre chose ? Je suis innocent. On a ruiné ma réputation. Tant qu'ils ne m'auront pas ôté la vie, par un moyen ou un autre, ils ne seront pas contents. Il faut que quelqu'un découvre la vérité. Annie, et jusqu'à présent vous êtes la seule à chercher.

— Effectivement, convint-elle d'une voix froide. Mais je ne garantis pas que vous allez apprécier ce que je vais trouver.

Marcus lui tint la porte et il la regarda descendre l'escalier et sortir du bâtiment. Elle bougeait d'une façon qui avait l'air sans contrainte, pleine de fraîcheur. Plus libre que Pam dans son allure, dans ses mouvements. La sœur de Pam, à l'esprit libre. Il trouva un certain réconfort à cette pensée. Fil conducteur. Il avait attaché son cœur à Pam, mais Annie allait le libérer. Il en était sûr.

17.

Quand Annie contourna la façade de l'immeuble, le bureau de Bayou Immobilier était fermé. Dommage. Elle avait envie de voir l'expression de Lindsay Faulkner quand elle lui annoncerait que Renard avait ouvertement insinué qu'elle était lesbienne.

Il y avait certes une possibilité pour que ce soit vrai. Annie en savait peu à son sujet. À sa connaissance, jamais personne n'avait examiné Faulkner d'aussi près. Il n'y avait eu aucun motif pour cela. Telle que la société était organisée au moment de la mort de Pam, Faulkner n'avait aucun intérêt à la tuer, et aucun autre motif n'aurait été retenu. Les femmes ne tuaient pas d'autres femmes, pas de cette manière-là.

Annie traversa la rue jusqu'à sa Jeep et, tout en tournant la clé de contact, elle leva un œil sur le bâtiment. Renard se tenait debout à sa fenêtre, et il la regardait. Il jurait d'être innocent, et qu'il aimait Pam. Il voulait qu'Annie découvre la vérité.

Découvrir la vérité ou rendre l'eau encore plus trouble ? se demanda-t-elle. Elle venait à peine d'entamer son enquête et elle se trouvait déjà confrontée à des facteurs qu'elle n'avait pas entrevus auparavant. Fourcade avait déjà suivi ces pistes embrouillées. Sa proposition lui restait en tête comme une promesse séduisante, à laquelle il lui faudrait résister. Détournant les yeux, elle mit la Jeep en prise et démarra en direction de l'autre côté de la ville.

Donnie surveillait la scène depuis le siège d'une excavatrice, une bouteille de bière en main. Le char de Mardi gras qui prenait forme devant lui était pour Josie. Elle l'avait convaincu, ses grands yeux marron illuminés d'excitation. Incapable de rien lui refuser, il avait organisé un groupe avec l'équipe de Bichon Bayou Promotion et les avait mis au travail. Il s'était imaginé que Josie passerait toutes ces heures auprès de lui, et verrait le plateau du char se transformer en un royaume de conte de fées en papier crépon, mais Belle Davidson l'avait emmenée sur le lac Charles pour la journée, « pour l'éloigner de l'atmosphère » de Bayou Breaux.

— Pour l'éloigner de moi, plutôt, marmonna-t-il.

Sa bouteille était vide. Il se renfrogna et la balança dans la pelle de l'excavatrice, où elle s'éclata contre des dizaines d'autres cadavres de bouteilles. Le bruit du verre brisé perça au travers de celui de la country music qui braillait à la radio. Depuis le char, plusieurs têtes se tournèrent dans sa direction, mais personne ne dit rien. Depuis la mort de Pam, les gens avaient appris à se méfier de ses humeurs. Ils lui tournaient autour en marchant sur des œufs, soucieux de se couvrir à tout hasard, au cas où les flics se seraient trompés sur le compte de Marcus Renard, et où Donnie serait la résurrection de l'Étrangleur du Bayou. Il en était malade.

— Foutus flics, grommela-t-il.

— On dirait que je ferais mieux de repasser plus tard.

Annie s'était introduite par une porte latérale du grand hangar où la compagnie de construction immobilière stockait une partie de son matériel lourd. Du haut de son trône, Donnie lui lança un regard furieux.

— Est-ce que je vous connais ?

— Annie Broussard, services du shérif.

Cette fois, elle exhiba son insigne. *Faites preuve d'audace.*

— Oh, bon sang, quoi encore ? Est-ce que mon chèque était en bois ? Si c'est ça, je m'en tape. Vous pouvez recoller Fourcade en taule, l'ingrat, le fils de pute !

— Pourquoi dites-vous ça ?

Il ouvrit la bouche pour se plaindre, puis il ravala sa salive. Fourcade était démis de l'affaire. Cela n'avait aucun sens de remâcher de vieux motifs de méfiance devant un nouveau flic.

— Ce type est un instable, c'est tout, fit-il en descendant de l'excavatrice. Alors, c'est vous la remplaçante de Fourcade ? Qu'est-ce qui est arrivé à l'autre type, ce Noir... Stokes ?

— Rien. Il est toujours sur l'affaire.

— Ce n'est pas que ça me préoccupe, fit-il en se penchant pour aller dénicher une autre bouteille dans la vieille glacière installée à côté du pneu de l'excavatrice. Vous voulez mon opinion : ce type est un paresseux. Il était sur l'affaire quand Renard a commencé d'enquiquiner Pam, et tout ce qu'il voulait faire, c'était essayer de la tomber. Il m'a toujours semblé que Fourcade était le cerveau de la paire. Flûte, c'est vraiment trop bête qu'il soit dessaisi de l'affaire, mis à part, bien sûr, qu'il est dingo.

Il renversa la bouteille et la balança avec le reste des déchets dans la pelle de l'excavatrice.

— Vraiment trop bête qu'il n'ait pas pu boucler cette histoire une bonne fois, l'autre nuit. Vous voulez une bière ?

— Non, merci.

Annie inclina un peu la tête, laissant ses mèches lui retomber devant les yeux, dans l'espoir qu'il ne viendrait pas à l'esprit de Donnie de la reconnaître, comme l'avait fait Lindsay Faulkner.

— En service ? Il sourit. Je n'ai jamais rencontré aucun flic que ça arrête — y compris Gus Noblier. Quoi, vous êtes une nouvelle ?

— J'ai besoin de vous poser quelques questions.

— Je vous jure, vous ne faites que ça, tous autant que

vous êtes — poser des questions. Maintenant, vous avez des réponses à ne plus savoir qu'en faire.

— J'ai parlé ce matin avec Lindsay Faulkner.

— Est-ce qu'elle vous a dit que j'étais l'Antéchrist ? Cette femme me hait. À croire qu'elle était la grande sœur de Pam. Elles étaient très proches. Aussi proches que peuvent l'être deux femmes sans être lesbiennes, dit-il, le visage tordu de dégoût.

— Elle m'a dit que vous alliez vendre la moitié de l'affaire qui appartenait à Pam.

— J'ai déjà les mains suffisamment prises avec mes propres affaires. Je n'ai pas la moindre envie d'avoir Lindsay pour associée et elle n'a aucune envie de m'avoir pour associé non plus.

— Elle a dit que vous pourriez avoir un acheteur du côté de La Nouvelle-Orléans. Est-ce que c'est vrai ?

Il lui adressa un regard oblique et rusé.

— Un bon homme d'affaires ne dévoile pas trop son jeu.

— Êtes-vous en train de me dire que c'est de l'esbroufe ? Elle lui retourna son regard sous la forme d'un sourire, comme une amie qui aimerait bien qu'on la mette dans le secret. Parce que, comme il y a un nom qui est sorti, je pourrais simplement passer quelques coups de fil...

— Quel nom ?

Devant elle, elle le sentait sur le qui-vive, et qui relevait sa garde.

— Duval Marcotte.

— C'est de l'esbroufe, trancha-t-il. Passez tous les coups de fil que vous voulez.

Il se gratta la barbe naissante qui lui poussait à la pointe du menton et fit un geste en direction du char de carnaval.

— Que dites-vous de ce chef-d'œuvre ?

Annie regarda l'ouvrage en cours : un châssis en pin bon marché recouvert de grillage. Cela aurait pu être tout et n'importe quoi. Deux femmes en jean coupé et T-shirt moulant étaient en train de bourrer les trous du grillage avec des carrés de papier crépon bleu, tout en parlant, tout en riant, insouciantes.

— C'est un château, expliqua Donnie. L'idée de ma fille. Elle a piqué ça dans une scène de *Beaucoup de bruit pour rien.* Vous voyez un peu ça ? Neuf ans, et elle est dans Shakespeare.

— C'est une petite fille très intelligente.

— Elle voulait aider à le construire, mais sa grand-mère avait d'autres idées. Encore une Davidson qui conspire contre moi.

— Est-ce que Belle et Hunter vont vous contester la garde ?

Ses épaules se voûtèrent, il regardait toujours le char fixement.

— Je ne sais pas. Probablement. Je suppose que cela dépendra, si Hunter va ou non en prison. Une chose joue en ma faveur : récemment, je n'ai essayé de tuer personne, ni jamais, d'ailleurs, corrigea-t-il, en lorgnant Annie. Je plaisantais.

— Vous voulez que Josie vive complètement avec vous ?

— C'est ma fille. Je l'aime.

Comme si c'était aussi simple que cela. Comme s'il était parvenu à totalement séparer Donnie le papa de Donnie le don Juan.

— Il y a une rumeur qui circule, comme quoi vous auriez affronté Pam pour obtenir la garde de Josie.

— Oh, bon sang, encore cette histoire ? L'impatience lui tendit les traits, lui donnant un air irascible. Vous l'avez, votre tueur. Alors, allez vous acharner après lui ! Je n'ai rien fait à Pam. Je ne l'ai pas tuée, ni pour l'assurance, ni pour la société, ni dans un accès de rage, ni pour je ne sais quoi. Je n'aurais rien pu faire à Pam. Cette nuit-là, j'étais pas en état de faire quoi que ce soit à qui que ce soit, ça, c'est sûr et certain. J'avais trop bu, je me suis fait raccompagner par un copain et je suis tombé raide...

— Je sais tout ça, l'interrompit Annie. Je ne vous vois pas suspect, monsieur Bichon.

Quoiqu'on ait déjà vu que l'ivresse pouvait très bien être une comédie ; quoique Donnie ait plus de mobiles que la plupart des gens. Selon les rapports, ce soir-là, il s'était pointé au Voodoo Lounge entre neuf et dix, et il s'était fait ramener chez lui par un ami, vers onze heures et demie. Pam avait été vue à huit heures vingt, et elle était morte vers minuit. L'histoire de Donnie laissait la porte ouverte à plusieurs fins.

— Je me demandais juste quelles raisons vous aviez de contester la garde de Josie à Pam.

— Pourquoi ? Pam est morte. Quelle différence cela fait-il, maintenant ?

— Si Pam avait été avec quelqu'un d'autre...

— Renard l'a tuée ! rugit-il soudainement. Les tendons de sa nuque saillirent, aussi tendus que des filins de hauban. Il envoya sa bouteille piquer sur le sol en ciment du hangar, des éclats de verre explosèrent, et la bière moussa comme de l'eau oxygénée sur une blessure à vif. Il l'a tuée ! Maintenant faites votre boulot, bordel, et mettez-le au trou pour ce qu'il a fait !

Il bouscula Annie et gagna la porte à grandes enjambées. L'équipe du char le dévisagea, bouche bée. Mary Chapin Carpenter braillait dans la radio *I Take My Chances*.

Annie se précipita derrière lui. Lorsqu'elle émergea du hangar, la luminosité de l'après-midi l'aveugla presque. En regardant de côté, elle se protégea les yeux d'une main. Donnie se tenait au grillage qui délimitait les possessions de sa société, le regard fixé sur les rails qui couraient derrière le parking.

— Écoutez, tout ce que j'essaie de faire, c'est de parvenir à la vérité, toute la vérité, fit-elle en venant le rejoindre pour se placer à côté de lui. Si je ne posais pas de questions, je ne ferais pas mon métier.

— C'est juste que... ça n'en finit plus de s'éterniser. Il déglutit, et sa pomme d'Adam dansa comme un bouchon. Ses yeux restaient fixés sur les rails. Pourquoi est-ce qu'on ne peut pas en finir, une bonne fois ? Pam est partie... Je suis si fatigué de tout ça...

Il voulait que les blessures guérissent, sans laisser ni cicatrices ni réminiscences. C'était le travail d'un bon inspecteur de continuer de creuser encore et toujours dans ces blessures. Toute l'astuce consistait à savoir quand il fallait le faire, et quand il fallait se tenir en retrait. Annie avait pensé qu'elle serait capable de percer à jour Donnie Bichon, de reconnaître le menteur en lui, s'il en était un. Mais les émotions qui s'étaient emparées de lui se mêlaient en un véritable embrouillamini ; elle ne parvenait pas à y distinguer le chagrin du remords, la crainte de l'arrogance.

— J'aurais pu être un meilleur mari, murmura-t-il. Elle aurait pu être une meilleure épouse. Une fois que j'ai dit ça, vous pouvez penser de moi ce que vous voulez.

Dans le lointain, un train siffla. Donnie paraissait ne pas l'avoir entendu. Il était perdu dans ses souvenirs.

— Je voulais ce qui m'appartenait, c'est tout, chuchota-t-il, clignant des yeux pour endiguer la menace des larmes. Je ne voulais pas la perdre ni perdre Josie. Je pensais que peut-être si je lui faisais peur... si je la menaçais de lui contester la garde...

Comment cela, s'il lui faisait peur ? La garde était-elle la seule menace qu'il avait proférée ? Annie prit son inspiration, elle allait lui demander ce qu'il voulait dire par là, mais il se tourna alors vers elle, et elle se retint.

— Vous lui ressemblez, vous savez, fit-il, la voix étrangement rêveuse. La forme du visage... les cheveux... la bouche...

Il tendit la main pour lui toucher la joue, mais, au dernier moment, il la retira. Était-ce son bon sens ou la crainte de rompre quelque charme intérieur qui l'avait arrêté. Quoi qu'il en soit, cela l'agaça. Elle ne voyait pas d'un trop bon œil d'être comparée à une femme qui avait connu une fin si brutale.

— Elle me manque, admit Donnie. Je veux toujours ce que je ne peux pas obtenir. Longtemps, j'ai pris ça pour de l'ambition, mais en fait c'est seulement un... besoin.

— Et Pam ? De quoi avait-elle besoin ?

Le train siffla de nouveau, plus fort, plus proche.

— De se libérer de moi, fit-il simplement, avec un air morne. Et maintenant, c'est fait.

Annie le regarda s'éloigner, non pas pour retourner dans le bâtiment, mais vers une Lexus blanc métallisé garée près de la porte latérale. Derrière Annie, le train de la ligne Southern Pacific passa, ses roues claquant sur les intervalles de dilatation des rails.

Cela faisait quelques heures à peine qu'elle s'était mise à travailler sur l'affaire, et elle se sentait déjà comme si elle s'était engagée dans un dédale qui, vu de l'extérieur, paraissait d'une trompeuse simplicité, mais qui, en réalité, formait un labyrinthe complexe, un couloir obscur et plein de miroirs. Une petite part d'elle-même avait envie de faire demi-tour. Une autre, plus importante, désirait aller plus profond, en apprendre plus. Le mystère l'attirait, l'appelait. *Tentation*. Le mot lui vint comme un secret chuchoté par un comparse qui conspirerait dans l'ombre.

Fourcade. Il était le gardien devant la porte, son guide auto-proclamé — si elle voulait bien accepter sa proposition. Il avait en main le plan du dédale et la connaissance de l'identité des joueurs. La difficulté serait de découvrir s'il était ami ou ennemi, si sa proposition était sincère ou si c'était un piège. Il ne semblait exister qu'une seule façon de le savoir.

18.

Même par une belle journée, la maison conservait un air sinistre. Le soleil de printemps, pourtant lumineux, ne parvenait pas à lever le voile d'ombres qui tombait des arbres, déjà chargés de leurs feuilles nouvelles. Enveloppée dans un linceul de lumière grise à force de négligence, elle était tapie au milieu d'une végétation bourgeonnante, comme une vieille femme édentée, laide, abandonnée. Nick contemplait la maison depuis sa pirogue, fasciné que le mal puisse avoir investi un lieu, et y rôder encore. Au moment du meurtre, la maison n'était pas en mauvais état. À l'époque, récemment libérée par ses locataires, et dans la perspective de travaux de rénovation, l'électricité y était restée branchée. Depuis le meurtre, l'endroit était à l'abandon. Des gamins avaient lancé des cailloux dans les vitres. Les stigmates de la mort s'y accrochaient comme de la suie.

Nick n'allait pas entrer. Certains auraient pu appeler ça de la superstition, mais ceux-là n'avaient jamais posé le pied à proximité des frontières entre le bien et le mal ; ils n'en connaissaient ni le pouvoir ni les capacités. Pourtant, il était assez parlant de constater que, par une belle journée comme celle-ci, quand tous les autres coins de Pony Bayou étaient envahis par les pêcheurs du week-end, il n'y en avait pas un seul à moins d'un quart de mile de l'endroit. Il était parti en pirogue, dans l'intention de mettre un peu de distance entre lui et ses pensées autour de cette affaire. Mais cet endroit l'avait attiré comme un aimant. Encore une bataille perdue, et c'est ainsi qu'il serait contraint de se soumettre à cette obsession, jusqu'à ce qu'on parvienne à une conclusion. *Serait-ce fini maintenant, si j'avais tué Renard l'autre nuit ?*

Ici, le Pony Bayou était étroit, même à cette époque de l'année, quand l'eau brune était haute et se répandait dans la forêt. Les rives étaient infestées d'écheveaux de ronces bleues et de sumacs vénéneux. Les basses branches du saule noir et du caroubier enjambaient le bras d'eau depuis les deux berges, comme des doigts osseux qui s'étiraient pour se rejoindre. Les arbres étaient habités, résonnant de chants d'oiseaux excités par l'arrivée précoce du printemps. Les trilles, les cris perçants ou rauques se fondaient en une cacophonie singulièrement discordante et énervante. Et sur chaque branche, chaque bûche, chaque souche, les serpents d'eau avaient rampé pour se réchauffer au soleil, en un mystérieux rituel de printemps. Tout le long des rives, ils pendaient, tels les cordons sombres et musculeux d'étendards vivants.

Relevant l'aviron, Nick se dressa sur l'arrière de la pirogue et l'envoya dériver en direction du nord et de l'est. Le trajet était tortueux, il n'y avait pas de témoin de son passage. Ici, à plusieurs kilomètres à la ronde, la nature faisait valoir ses droits, et aucun homme jusqu'ici ne les lui avait contestés. Puis le chenal s'élargissait légèrement et, sur la rive occidentale, la forêt s'interrompait brusquement, marquant la limite de la partie plus civilisée, un peu à l'écart du théâtre du meurtre. Le domicile de Marcus Renard.

La maison s'élevait à une centaine de mètres de là environ, élégante dans sa simplicité. Lignes dépouillées, colonnes simples. La demeure modeste d'un modeste planteur d'indigotier du siècle dernier. De hautes portes vitrées ouvraient sur une véranda de briques, où Victor Renard se tenait assis à une table du patio. Victor était un peu plus grand que Marcus, avec un corps plus épais. Il avait la maturité d'un petit enfant, mais possédait la force physique d'un homme de trente-sept ans. Pour lui, les émotions — les siennes ou celles des autres — étaient difficiles à saisir ou à maîtriser. Son esprit paraissait incapable de décoder les sensations. Pour l'essentiel, il n'en exprimait aucune, même si les choses qu'il percevait comme étranges pouvaient parfois déclencher en lui l'agitation et, occasionnellement, la colère. Mais Victor était doué pour les mathématiques, capable de résoudre avec facilité des équations sur lesquelles des étudiants auraient séché, et il pouvait nommer le genre et l'espèce de milliers d'animaux et de plantes, et décrire chacun d'eux avec un luxe de détails digne d'un manuel scientifique.

Dans les environs de Bayou Breaux, les gens ne comprenaient pas l'état de Victor Renard. Il les effrayait. Ils le prenaient à tort pour un individu retardé ou schizophrène. Il n'était ni l'un ni l'autre. Nick avait considéré comme de son devoir d'aller s'enquérir au sujet de Victor et de son autisme. Un arsenal d'informations était bien plus utile à un inspecteur qu'aucun autre type d'arme. Le fait ou le détail le plus ténu, apparemment le plus insignifiant, pouvait se révéler comme une pièce susceptible de faire fonctionner le reste du puzzle.

En soi, l'esprit de Victor Renard était un mystère

complexe. Si, quelque part dans ce labyrinthe, il détenait un indice de la culpabilité de son frère, Nick pressentait qu'on ne le saurait jamais. Si l'on parvenait un jour à faire passer Renard en procès, Pritchett ne se risquerait jamais à utiliser le témoignage de Victor. Hormis le lien familial, l'autisme de Victor excluait que, devant la cour, on puisse le tenir pour un témoin fiable, voire même cohérent.

Nick pesa légèrement sur l'aviron, pour maintenir la pirogue contre le faible courant. Il se tenait à la limite de la frontière légale. Kudrow avait requis et obtenu une injonction temporaire, au bénéfice de son client, qui définissait précisément à quelle distance Nick pouvait s'approcher de lui. S'il dépassait ces limites, il était passible de poursuites pour harcèlement. L'ironie de la situation l'amusait et le dégoûtait à la fois.

Il observa Victor, qui prit conscience de sa présence, se redressa sur son siège, puis tendit la main pour prendre les jumelles posées sur la table. Il se leva de sa chaise comme si quelqu'un y avait mis le feu. Il courut une vingtaine de mètres pour traverser la pelouse, d'une démarche étrange, les bras ballants. Il s'arrêta et leva les jumelles à nouveau. Puis il laissa les jumelles pendre autour de son cou et se mit à se balancer d'un côté, de l'autre, en une suite de mouvements saccadés, irréguliers, comme un jouet mécanique déréglé.

— Pas maintenant ! cria Victor en le pointant du doigt. Rouge, rouge ! Très rouge ! Allez-vous-en !

Comme Nick n'esquissait pas un geste pour s'éloigner, Victor courut en avant de dix pas supplémentaires, puis serra étroitement ses bras autour de la poitrine, comme un cerceau. Il poussait d'étranges cris perçants.

Dans la maison, l'une des portes vitrées s'ouvrit et Doll Renard se précipita sur la véranda. Son agitation égalait presque celle de son fils. Elle vint dans la direction de Victor, puis retourna vers la maison. Marcus fit son apparition, et il se traîna en claudiquant à travers la pelouse, en direction de son frère.

— Très rouge ! cria Victor, tandis que Marcus lui saisissait le bras. Allez-vous-en !

Il cria encore, tandis que Marcus lui retirait les jumelles. Nick s'attendait à un hurlement, puis il se souvint de sa mâchoire fracturée et n'en éprouva aucun remords, mais un malaise, à la pensée de la puissance de sa propre colère. Renard s'approcha de la rive.

— Vous êtes en train de violer l'ordonnance de la cour, proféra-t-il, poings fermés sur les hanches.

— Je ne pense pas. Je suis sur une voie d'eau publique.

— Vous êtes un criminel !

— Ça, c'est une question de point de vue, rétorqua Nick en claquant la langue.

— Nous sommes en train d'appeler la police, Fourcade !

— Nous sommes ici sur la juridiction des services du shérif. Croyez-vous vraiment qu'ils vont vous venir en aide ? Vous n'avez pas d'amis là-bas, Marcus.

— Vous avez tort, insista Renard. Et vous enfreignez la loi. Vous me harcelez.

Plusieurs mètres derrière lui, Victor était tombé à genoux pour se bercer. Ses cris perçants de fée de mauvais augure chassèrent les oiseaux des arbres. Nick prit un air innocent.

— Qui, moi ? Je suis juste en train de pêcher. Paresseusement, il se redressa en s'écartant de l'aviron, éloignant la pirogue de la berge. Y a pas de loi contre la pêche, non ?

Il laissa l'esquif dériver en arrière, suivant la courbure du terrain jusqu'à ce qu'il perde la maison de Renard de vue, que son frère s'efface, et que seul Renard demeure dans son champ de vision. *Concentration*, songea-t-il. *Concentration, calme, patience. Existe dans le courant, et le but sera atteint.*

Annie était assise dans un vieux fauteuil. Depuis le petit balcon de Fourcade, il y avait une jolie vue sur le bayou. Elle se demanda s'il arrivait jamais à Fourcade de laisser son moteur intérieur tourner au ralenti, suffisamment longtemps pour jouir de cette vue. Il ne semblait pas homme à prêter attention à ce genre de chose, mais aussi il avait démontré qu'il regorgeait de surprises. Qu'il habite en un lieu si reculé, si inaccessible, ne la surprit pas. Il était lui-même un homme inaccessible. Ce qui la surprit, ce fut de voir son jardin bien entretenu, et qu'à l'évidence il prenne soin de sa maison.

Son ventre gargouillait. Cela faisait une heure qu'elle attendait. Le pick-up de Fourcade était là, mais pas de Fourcade. Dieu seul savait où il était parti. Le soleil descendait et la résolution d'Annie s'amenuisait, en proportion exacte du besoin croissant qu'elle avait d'un repas. Pour s'occuper l'esprit, elle avait essayé d'imaginer une cachette dans la Jeep où elle aurait pu avoir fourré un Snickers pour les cas d'urgence et l'y avoir oublié. Elle avait déjà retourné la boîte à gants et regardé sous les sièges. Elle en avait conclu que Mullen lui avait dérobé sa barre de chocolat, et d'avoir la possibilité de tuer encore quelques instants à le haïr pour lui avoir fait ça, voilà qui la satisfit tout à fait.

Une pirogue apparut, glissant sur une nappe de fleurs mortes de cyprès. Les nerfs d'Annie se tendirent au creux de son ventre, et elle se leva de son fauteuil. Fourcade guida la barque le long du ponton, prit son temps pour amarrer la pirogue et monter sur la berge. Il portait un T-shirt noir qui le moulait comme une couche de peinture et un treillis rentré dans une paire de rangers. Il ne sourit pas. Il ne cilla pas.

— Comment avez-vous trouvé le chemin ? questionna-t-il.

— Si je n'arrivais pas à dénicher une adresse, je ferais un bien médiocre détective.

Annie fit un pas derrière la chaise et posa les mains sur le dossier.

— Ça, bien sûr, *chère*. Mais non. Vous avez pris l'initiative. Vous êtes venue prendre le taureau par les cornes, *oui* ?

— Je veux voir ce que vous possédez sur l'affaire.

Il hocha la tête.

— Mais avant toute chose il faut que vous sachiez que cela ne change rien à ce qui s'est passé mercredi soir. Parce que si c'est vraiment ça que vous avez en tête, alors dites-le tout de suite et je rentrerai chez moi.

Nick l'étudia un moment. Elle gardait une main à proximité du rabat ouvert de la poche de sa veste en jean délavée. Sans aucun doute, elle avait son Sig Sauer à portée de main. Il ne pouvait lui en tenir rigueur. Il haussa les épaules.

— Vous avez vu ce que vous avez vu.

— Je vais devoir témoigner. Cela ne vous met pas en colère ? Ça ne vous donne pas envie de... oh, disons, de planquer un serpent vivant dans ma Jeep ?

Il se pencha vers elle et lui tapota gentiment la joue.

— Si je voulais vous faire du mal, *chère*, je ne laisserais pas un serpent s'en occuper.

— Dois-je être soulagée ou craindre pour ma vie ?

Fourcade ne répondit rien.

— Je ne vous fais pas confiance, admit-elle.

— Je sais.

— Si vous me sortez encore ces conneries de dingue comme vous l'avez fait l'autre nuit, je suis partie, prévint-elle. Et si je dois vous tirer dessus, je le ferai.

— Je ne suis pas votre ennemi, 'Toinette.

— J'espère que c'est vrai. Ça me suffit déjà avec les autres. Et si je les ai sur le dos, c'est à cause de vous, releva Annie.

— Qui a jamais prétendu que la vie était juste ? Promis juré que c'était pas moi.

Il se détourna et s'éloigna. Il ne l'invita pas à entrer : il s'attendait à ce qu'elle le suive. Fourcade ne s'encombrait pas de courtoisie mondaine. Ils traversèrent le salon, une pièce meublée seulement d'une boîte à outils et d'un marteau de forgeron. Le plancher était couvert de bâches de protection en toile, sales. La cuisine présentait un contraste absolu — propre, claire, avec des cloisons démontables toutes neuves, et peintes couleur babeurre. Aussi bien rangée que la cambuse d'un bateau. Rien pour décorer les murs. Des herbes fraîches poussaient sur un étroit plateau posé sur le rebord de la fenêtre, au-dessus de l'évier.

Fourcade s'y rendit pour se laver les mains.

— Qu'est-ce qui vous a fait changer d'avis ? demanda-t-il.

— Noblier m'a suspendue de patrouille parce que les autres adjoints n'ont pas l'intention de jouer franc jeu avec moi. Il ne faut pas que je m'attende à ce qu'il m'octroie une promotion pour me confier votre boulot avant un bon moment. Alors, si je veux rester sur le coup dans cette affaire, mon ticket d'entrée, c'est vous.

Il n'exprima aucune compassion et ne demanda pas de détails sur les ennuis qu'elle avait eus avec Mullen ou les autres. C'était son problème, pas le sien.

— Faites-vous affecter au service des rapports et des pièces à conviction, fit-il en se retournant en se séchant les mains à un torchon immaculé. Vous pourrez lire des dossiers toute la journée, étudier des rapports.

— Je verrai ce que je peux faire. Ça dépend du shérif.

— Ne soyez pas passive, la reprit-il avec fermeté. Ce que vous voulez, demandez-le.

— Et vous vous figurez que je vais l'obtenir comme ça ? fit Annie en riant. Vous n'appartenez vraiment pas à cette planète, hein, Fourcade ?

Son visage se durcit.

— De toute façon, mon chou, vous n'obtiendrez rien si vous ne le demandez pas d'une manière ou d'une autre. Si vous voulez décrocher ce boulot, vous avez intérêt à retenir cette leçon, et en vitesse. Les gens ne lâchent pas leurs secrets comme ça. Il faut questionner, il faut fouiller, il faut creuser.

— Je sais tout ça.

— Alors faites-le.

— Je vais le faire. Je l'ai fait, insista-t-elle. Aujourd'hui, j'ai parlé avec Donnie Bichon.

— Et ? fit Fourcade, l'air surpris.

— Et il a l'air d'un homme qui a un problème de conscience. Mais enfin, peut-être que vous n'avez pas envie d'entendre parler de ça — étant tous les deux proches comme vous l'êtes et ainsi de suite.

— Je n'ai pas de liens avec Donnie Bichon.

— Il a versé votre caution pour vous faire sortir de prison, à hauteur de cent mille dollars.

Il posa les mains à la ceinture de son treillis.

— Ce que j'ai dit à Donnie, je vais vous le dire à vous : il a acheté ma liberté, il ne m'a pas acheté moi. Personne ne m'achète.

— Une politique rafraîchissante, pour un flic de La Nouvelle-Orléans.

— Je ne suis plus à La Nouvelle-Orléans. Je ne m'y suis pas bien intégré.

— Ce n'est pas ce que j'ai lu, observa Annie. J'ai passé la plus grande partie de mon après-midi à la bibliothèque. Selon le *Time-Picayune*, vous étiez la quintessence du flic corrompu. Pas mal d'encre a coulé sur vous, là-bas. Et pas grand-chose de très positif.

— La presse se laisse facilement manipuler par les gens puisants.

— Oooh, vous savez, ce sont les remarques de ce genre qui amènent les gens à tirer des conclusions peu flatteuses sur votre santé mentale, grimaça Annie.

— Les gens pensent ce qu'ils veulent. Je connais la vérité. La vérité, je l'ai vécue.

— Et votre version de la vérité, ce serait ? poursuivit-elle.

Il se contenta de la dévisager, et elle vit toute la désolation d'une âme qui avait connu une vie longue et difficile, et qui avait vu trop de choses, et pas agréables à supporter.

— La vérité, c'est que j'ai trop bien fait mon boulot,

dit-il enfin. Et j'ai commis l'erreur de prendre la justice trop à cœur, dans un endroit où elle est absente, existentiellement parlant.

— Avez-vous frappé ce suspect ?

Il ne dit rien.

— Avez-vous planqué cette pièce à conviction ?

Il inclina la tête un instant, puis il lui tourna le dos et tira un poêlon en fonte d'un placard bas. Elle voulut aller à lui, exiger la vérité, mais elle avait peur de l'approcher. Elle avait peur que quelque chose ne déteigne sur elle — son intensité, sa force compulsive, l'obscurité qui émanait de son être. Elle était déjà en train de s'impliquer dans une affaire au-delà des obligations de sa charge. Elle ne voulait pas y pénétrer au-delà du raisonnable, et elle éprouvait la sensation très forte que Fourcade aurait pu l'emmener dans cet au-delà de la raison, en l'espace d'un battement de cœur.

— J'ai besoin d'une réponse, inspecteur.

— Cela n'a pas de rapport avec l'affaire en cours.

— De mauvais antécédents, inadmissibles du fait qu'ils pourraient influencer l'opinion du tribunal ? Foutaises. Le plus souvent, les juges s'en tiennent à l'examen d'une ligne de conduite, sans aller chercher plus loin, argumenta Annie. Qui plus est, nous ne sommes pas au tribunal ; nous sommes dans le monde réel. Il faut que je sache à qui j'ai affaire, Fourcade, et je vous l'ai déjà dit, ces temps-ci, je ne fais pas confiance longtemps.

— Dans une enquête, la confiance, ça ne sert à rien, fit-il en s'affairant entre le four, le réfrigérateur et la planche à découper.

Il disposa un assortiment de légumes sur la planche et s'empara d'un couteau à la lame immense.

— C'est une question d'égard envers ses équipiers, insista Annie. Avez-vous oui ou non planqué cette bague dans le bureau de Renard ?

— Non, fit-il, sans ciller, en levant les yeux vers elle.

— Pourquoi devrais-je vous croire ? Comment saurais-je si Donnie Bichon ne vous a pas payé pour la planquer ? Autant que je sache, il aurait tout aussi bien pu vous payer pour tuer Renard l'autre nuit.

Il trancha un poivron rouge comme s'il s'était agi d'une mince feuille de papier.

— Cette fois, c'est qui le paranoïaque ?

— Il y a une différence entre une saine suspicion et la tromperie.

— Pourquoi vous inviterais-je à entrer dans l'enquête si j'étais pourri ?

— Histoire de pouvoir vous servir de moi comme d'une marionnette, pour parvenir à vos propres fins.

— Vous êtes bien trop futée pour ça, 'Toinette, dit-il en souriant.

— Épargnez-moi vos flatteries.

— Je ne crois pas en la flatterie. Moi, je dis ce qui est.

— Quand ça vous arrange.

Elle soupira, car ils tournaient à nouveau en rond. Une conversation avec Fourcade, c'était comme boxer dans le vide — rien que des efforts et aucune satisfaction.

— Pourquoi moi ? questionna-t-elle. Pourquoi pas Quinlan ou Perez ?

— Nous sommes dans une petite circonscription. Nous vivons tous les uns sur les autres. Quand il y en a un que ça démange, c'est l'autre qui se gratte. Vous, vous êtes en dehors du cercle — c'est un avantage. Il lui sortit de nouveau son large sourire, illuminé d'un charme qu'il n'avait jamais employé. Vous êtes mon arme secrète, 'Toinette.

Elle tenta une dernière fois de se convaincre de sortir de cette folie. Mais elle n'en avait pas envie, et elle le savait.

— Vous vous sentez une obligation, un lien avec Pam Bichon, dit-il, et avec celles qui sont parties avant elle. Vous sentez leurs ombres. C'est pourquoi vous êtes ici. Pour ça, et parce que vous savez que nous poursuivons le même but, vous et moi : expédier Renard en enfer.

— Je veux voir cette affaire résolue, rectifia Annie. Si c'est Renard qui a fait ça...

— Il a fait ça.

— ... alors c'est parfait. J'irai danser dans les rues le jour où, depuis l'Angola, ils l'enverront dans l'autre monde. Si ce n'est pas lui...

Il planta la pointe du couteau de boucher dans la planche à découper.

— *C'est lui.*

Annie ne dit rien. Pour être venue là, le trouver, elle ne devait plus avoir toute sa tête.

— C'est simple, reprit-il, plus calme, en retirant le couteau de la planche tout en coupant un oignon en dés. J'ai ce dont vous avez besoin, 'Toinette. Des faits, des déclarations, des réponses à des questions que vous devez encore vous poser. Tout cela peut être vérifié, si besoin est. Vous possédez un esprit inquisiteur, un libre arbitre, un scepticisme approprié. Je n'ai aucun pouvoir sur vous... Le couteau s'immobilisa. Il leva un œil sur elle, par-dessous le sourcil. Est-ce que j'en ai, moi ?

— Non, répondit-elle sereinement en détournant le regard.

— Alors nous pouvons avancer. Mais d'abord, dînons.

19.

Ils dînèrent. De légumes sautés et de riz brun. Pas de viande. Curieux qu'un homme qui fumait cigarette sur cigarette soit végétarien, mais avec Fourcade, s'attendre à l'inattendu était l'attitude la plus sage, même si l'on ne s'y faisait pas aisément.

— Vous avez passé deux années à l'université. Pourquoi avez-vous arrêté ? demanda-t-il en piquant ses légumes.

Il mangeait de la même manière qu'il faisait le reste : sans gestes superflus.

— Il fallait choisir une matière principale. L'idée qu'il était allé puiser dans son dossier personnel la mettait mal à l'aise. Cela me semblait trop restrictif. Je m'intéressais à un tas de choses.

— Manque de concentration.

— Curiosité, rétorqua-t-elle. Je croyais que vous appréciiez mon caractère inquisiteur.

— Vous avez besoin de discipline.

— Ça vous va bien de dire ça. Annie fronça les sourcils, en chipotant dans son assiette. Et où sont passés vos principes taoïstes qui prônent une existence délivrée de toute résistance ?

— Souvent incompatible avec le travail policier. Pour ce qui est des religions, je prends ce qui m'est utile et je l'applique là où c'est approprié. Pourquoi êtes-vous devenue flic ?

— J'aime bien aider les gens. C'est tous les jours différent. J'aime bien tirer des mystères au clair. Ça me permet de conduire une voiture puissante. Et vous ?

Des mots comme *pouvoir* et *maîtrise* lui vinrent à l'esprit, mais ce ne fut pas ces mots-là qu'il lui confierait.

— C'est factuel, logique, essentiel. Je crois en la justice. Je crois dans le combat pour un monde meilleur. Je crois que le mal collectif dissémine des métastases malignes dans l'âme des individus.

— Alors ce n'était pas seulement pour porter un chouette uniforme ?

Fourcade eut l'air stupéfié.

— Vous vous êtes inscrite à l'école de police en août 93, reprit-il. Juste après toute cette histoire d'Étrangleur du Bayou. Le lien ?

— Vous qui en savez tellement sur moi, dites-m'en un peu.

Il ignora cette suggestion, de même que la nuance de défi qu'elle avait dans la voix. Il ne lui présenta pas d'excuses pour avoir franchi une limite.

— Vous êtes allée à l'école avec la cinquième des victimes, Annick Delahoussaye-Gerrard. Vous étiez amies ?

— Ouais, on était amies, confirma-t-elle.

Elle alla poser son assiette dans l'évier et resta devant la fenêtre, à regarder dehors, sans rien voir. La nuit avait enveloppé la maison. Fourcade n'avait pas d'éclairage de jardin. Bien sûr que non. Sa personnalité rimait avec l'obscurité.

— Quand nous étions petites, c'était ma meilleure amie, fit-elle. Nos familles nous appelaient les deux Annie. Mais, vous savez, nous avons grandi séparément, fréquenté des milieux différents. Ses parents possédaient un bar — c'est le Voodoo Lounge, maintenant. Quand Annie a été tuée, ils ont tout vendu.

« Je suis tombée sur elle peut-être un mois avant que ça n'arrive. Elle était serveuse au bar de ses parents. Elle était en train de divorcer. Je lui ai dit qu'elle devrait aller passer un week-end à Lafayette, que nous devrions nous retrouver et nous amuser. Mais, vous savez, ce week-end-là n'est jamais venu. J'imagine que je n'en avais pas vraiment l'intention. Nous n'avions plus grand-chose en commun. De toute façon, ensuite, la nouvelle est tombée... et puis il y a eu l'enterrement.

Nick regardait son reflet dans la vitre.

— Comment expliquez-vous que cela vous ait frappée à ce point, puisque vous avez grandi si loin l'une de l'autre ?

— Je ne sais pas.

— Mais si, vous savez.

Elle resta silencieuse un moment. Il attendit. La

réponse était à sa portée. Elle n'avait pas envie de tendre la main pour la saisir.

— Nous étions les deux facettes de la même pièce, dit-elle enfin. À pile ou face, un tour du destin...

— Cela aurait pu être vous.

— Bien sûr, pourquoi pas ? reconnut-elle. Vous savez, vous lisez des choses dans le journal à propos d'un crime, et vous vous dites que c'est terrible pour les victimes, et puis vous tournez la page et vous passez à autre chose. C'est tellement différent quand vous connaissez la personne. La presse l'a appelée par son nom pendant une semaine, ensuite elle est devenue la Victime numéro cinq, et puis ils sont passés au gros titre suivant. J'ai vu ce que ce crime a fait à sa famille, à ses amis. Je me suis dit que ce serait bien de faire en sorte que les choses se passent autrement.

Nick se leva de table et alla déposer son assiette dans l'évier, pour l'empiler avec la sienne.

— C'est une bonne raison. 'Toinette. Honneur, responsabilité sociale.

— N'oubliez pas la voiture puissante.

— Ce n'est pas nécessaire.

— La voiture ?

— Le masque que vous portez, compléta-t-il. Le mal que vous vous donnez pour cacher la vérité sous des couches de manies insignifiantes et d'humour. C'est une perte d'énergie.

Annie remua la tête en signe de dénégation.

— Cela s'appelle avoir de la personnalité. Vous devriez essayer de temps en temps. Ça améliorerait vos relations en société.

Elle avait lâché cette repartie sans réaliser ce qu'elle disait — qu'il avait vécu en dépouillant son âme de tout faux-semblant protecteur ; ses besoins, ses pensées, ses sentiments, tout était à découvert, comme autant de terminaisons nerveuses à vif. Jamais elle ne l'aurait cru vulnérable, et elle savait que jamais il ne penserait cela de lui-même. Comme il était étrange de le découvrir sous ce jour ! Elle n'était pas certaine d'avoir envie de voir ça.

— Une perte de temps, répéta-t-il en se détournant. Nous avons du pain sur la planche. On s'y met.

Il avait transformé le grenier, le loft qui formait le second étage de la maison, en bureau. À voir le lit logé dans l'angle opposé, cela donnait l'impression qu'on y avait seulement pensé après coup, comme une concession consentie à contrecœur au besoin fortuit de sommeil. Un endroit masculin, avec un lourd mobilier en bois, d'où émanait un caractère presque monacal. Dans la bibliothèque étaient alignés des titres, des centaines de livres, rangés sur les rayonnages par sujet ou en ordre alphabétique. Criminologie, philosophie, psychologie, religion. Tout, depuis les aberrations du comportement jusqu'aux mystères du zen.

Une table longue de trois mètres servait de support aux quantités de dossiers que l'homicide Bichon avait générés. Photocopies de toutes les déclarations, de chaque rapport de laboratoire. Des classeurs numérotés contenant les notes de Fourcade. Derrière la table, sur un panneau d'affichage étaient punaisées des cartes : une carte de la zone des trois comtés, une autre du comté de Partout, et une des environs immédiats de Bayou Breaux, comprenant le lieu du meurtre et le domicile de Renard. Des punaises rouges marquaient les sites importants. De fines lignes rouges tirées entre les différents lieux portaient annotée la distance exacte en kilomètres. Sur un deuxième panneau étaient affichées des copies de photos du crime — la réalité brute, dure, projetée dans la lumière crue d'un flash.

— Ouf, murmura Annie ! J'imagine que vous êtes un adepte du travail qu'on rapporte avec soi à la maison.

— C'est un devoir, pas un passe-temps. Il se tenait face à l'une des bibliothèques. Vous voulez une pointeuse et pas de problèmes, prenez un boulot à la fabrique de lampes. Vous voulez refiler le bébé aux vrais durs, restez sous l'uniforme. Il lui fit son « regard de dur ». C'est ce que vous voulez, 'Toinette ? Vous voulez rester en surface, là où tout est simple et sûr, ou descendre plus profond ?

Encore une fois, elle avait la sensation qu'il était le gardien devant la porte de quelque monde secret et, que si jamais elle en franchissait le seuil, ce serait sans retour. Cette idée la contrariait.

— Je veux être inspecteur, fit-elle. Je veux aider à éclaircir cette affaire. Je ne suis pas en train de prêter allégeance au Prince Noir ou de me changer en chevalier Jedi. Je veux faire ce boulot, pas ne faire qu'une avec ce boulot.

C'était Fourcade, l'inspecteur zen. Elle vit planer au-dessus de lui comme un halo de désapprobation.

— C'est un boulot, pas une religion, poursuivit Annie.

Vous êtes né en dehors de votre époque, Fourcade. Vous auriez fait un drôle de zélote.

Son regard parcourut la table, vers le panneau d'affichage et les images de la mort effroyable de Pam Bichon. Elle voulait accéder aux sources de Fourcade. Elle n'avait pas à embrasser sa doctrine de comportement compulsive et obsessionnelle.

— Je veux élucider cette affaire, confirma-t-elle. Point final.

Elle choisit la chemise du dossier Donnie Bichon et l'ouvrit.

— Pourquoi êtes-vous allée le voir ? demanda Fourcade. Nous l'avons disculpé.

— Parce que Lindsay Faulkner prétend qu'il est en train de s'organiser pour vendre la moitié de l'agence immobilière qui appartenait à Pam.

Cette nouvelle frappa Nick comme un coup de poing en pleine poitrine. Il avait ironisé sur cette idée devant Donnie juste la veille, n'imaginant jamais que ce type serait assez bête pour se livrer à une telle manœuvre si tôt après la mort de Pam.

— Quand avez-vous entendu raconter ça ?

— Ce matin. Je me suis arrêtée à l'agence immobilière.

Elle hésita, pesant le pour et le contre avant de lui dire la vérité.

— Vous êtes passée là-bas et puis ensuite ? interrogea-t-il. Si nous faisons équipe, *chère*, on ne garde rien pour soi.

Elle prit une profonde inspiration, et mit le dossier de côté.

— Elle m'a appris qu'il pense avoir un acheteur possible... à La Nouvelle-Orléans. Donnie m'a dit que c'était du bluff.

Nick n'était pas arrivé à bannir de son esprit l'idée que Marcotte était impliqué dans l'histoire. Pourtant, cela semblait vraiment trop tiré par les cheveux. Il ne pouvait s'imaginer compter à ce point aux yeux de Marcotte, au point que ce dernier veuille lui infliger une vengeance, après tout ce temps. En outre, à l'époque, Marcotte avait obtenu ce qu'il voulait récupérer, alors quel intérêt aurait-il à vouloir prolonger la partie ?

À moins que Bayou Immobilier ne soit désormais ce qu'il veut, et alors l'implication de Nick dans l'histoire ne serait que pure coïncidence, ou pur karma. La question était : si Marcotte était impliqué, le meurtre intervenait-il comme une résultante, ou cette implication n'était-elle qu'un produit dérivé du crime ?

— *C'est ein affaire à pus finir*, chuchota Nick.

— Je pense que c'est de l'esbroufe, fit Annie. Nous... vous avez eu les enregistrements des conversations téléphoniques de Donnie couvrant la période où on a harcelé Pam. Si la vente de la société avait été pour lui un motif de se débarrasser d'elle, alors il aurait été en contact avec son acheteur dès cette période. Pas depuis son domicile, s'il avait le moindre bon sens, mais ce n'est pas la peine de réfléchir très longtemps pour imaginer qu'il ait pu appeler La Nouvelle-Orléans depuis son bureau. Ça, nous pouvons le vérifier.

« Mais, je veux dire, si Donnie a ferré ce gros poisson, pourquoi se soucierait-il une seconde de jouer avec Lindsay Faulkner ? poursuivit-elle. Et s'il redoute que les flics n'opposent leur feu rouge à cette vente, alors pourquoi faire quoi que ce soit ouvertement ? Dissimuler des accords financiers, ce n'est pas si dur. D'ailleurs, Donnie l'a déjà fait précédemment. Il s'est arrangé pour que Pam dissimule des propriétés foncières, pour qu'il ne risque pas de les perdre à cause de sa banque. Vous étiez au courant ?

— Oui.

Nick s'était contraint à se bouger. *En avant*, c'était devenu son mantra depuis des mois. Se bouger, en avant, physiquement, psychologiquement, spirituellement, métaphoriquement. Le mouvement semblait tendre les lignes sur lesquelles les faits et les idées venaient s'aligner dans son esprit. Le mouvement préservait l'ordre. Alors il avançait, et il essayait de ne pas se laisser hanter par les ombres qui le suivaient.

— Je vais vérifier les enregistrements, fit-il. Mais je doute que la vente de l'affaire ait quoi que ce soit à voir avec le meurtre. Il s'agit plus probablement de charognards qui s'entremettent, qui tirent avantage d'une bonne occasion. Une femme qui se fait tuer comme Pam a été tuée, ce n'est pas un meurtre pour de l'argent. Les gens qu'on liquide pour des raisons d'argent... ils tombent dans l'escalier, ils se noient, ils disparaissent.

Il s'arrêta devant la table, et son regard tomba en arrêt sur les photographies.

— Ce... cette affaire-là était personnelle. C'était de la haine. Du mépris. De l'asservissement. De la rage.

— Ou c'était fait pour en avoir l'air, après coup.

— Non, chuchota-t-il. Je le sens.

— Vous la connaissiez ? demanda-t-elle tranquillement.

— Elle m'a vendu cet endroit. Une femme charmante. Difficile de croire que quelqu'un ait pu la haïr autant.

— Renard prétend qu'il l'aimait... comme un ami. Il insiste pour raconter qu'on lui a cherché des poux dans la tête. Il veut que je découvre la vérité pour lui. Mince, je suis devenue populaire, comme fille, ces derniers temps, fit-elle en grimaçant.

Il ne releva pas ce trait d'ironie. Au contraire, il se concentra sur Renard.

— Vous avez parlé avec lui ? Où ça ?

— Ce matin. À son bureau. Il m'a invitée. Il se vautre dans l'idée fausse selon laquelle je me montrerais compréhensive à son égard.

— Il vous fait confiance ?

— J'ai eu la grande chance de lui sauver son pauvre cul... deux fois en une seule journée. Il a l'air de penser que, du simple fait que je ne vais pas laisser certains individus l'assassiner, je ne vais pas avoir envie non plus que l'État en fasse autant.

— Alors vous avez la possibilité de l'approcher de très près, murmura Fourcade. C'est quelque chose que Stokes et moi n'avons jamais pu faire. Dès le début, il nous a regardés comme des ennemis. Stokes le tannait déjà quand il ne s'agissait que de harcèlement, avant le meurtre. Vous, vous venez à lui à partir d'un tout autre point de vue.

— Je n'aime pas beaucoup les détours que fait votre esprit, dit Annie. Je lui ai dit carrément que je pensais que c'était lui qui avait fait le coup, jeta-t-elle, s'approchant d'une bibliothèque et déchiffrant les titres des ouvrages.

— Mais il veut vous gagner à sa cause, non ?

— Je ne sais pas si je présenterais les choses comme ça.

Fourcade la fit se retourner, ses mains posées sur ses épaules, et il la regarda comme s'il la voyait pour la première fois.

— *Mais oui.* Oh ouais ! Les cheveux, les yeux, à peu près la même taille. Vous avez le profil de la victime.

— Comme la moitié des femmes de Louisiane Sud.

— Mais vous, vous êtes entrée dans sa vie, *chère*. Comme prévu.

— Vous me donnez la chair de poule, Fourcade. Elle tâcha de se dégager en se tortillant. Vous parlez comme s'il était un tueur en série.

— Le potentiel est là. La psychopathologie est là, constata-t-il tout en se mettant à faire les cent pas. Regardez-le : milieu de la trentaine, blanc, célibataire, intelligent, mère dominatrice, père absent, incapable de maintenir des relations durables avec les femmes. C'est classique.

— Mais il n'a aucun antécédent criminel. Aucun modèle de comportement aberrant d'escalade.

— Peut-être, peut-être pas. Avant qu'il ne vienne s'installer ici, il avait une petite amie à Baton Rouge. Elle est morte prématurément dans un accident.

— Les articles rapportaient qu'elle était morte dans un accident de voiture.

— Elle est morte brûlée, à en être méconnaissable, dans un accident de voiture sans implication de tiers, sur une route secondaire, peu après avoir dit à sa mère qu'elle allait rompre avec Renard. Elle le trouvait trop possessif. « Étouffant », c'est le mot qu'elle a employé devant sa mère.

À l'évidence, il était allé prendre cette information à la source. La seule chose que les articles avaient montée en épingle à propos de la mère d'Elaine Ingram, c'était qu'elle trouvait Marcus Renard « très agréable », « un gentleman », et qu'elle avait souhaité que sa fille l'épouse. À partir de là, s'il avait été un monstre, personne ne s'en serait aperçu... sauf peut-être Elaine.

— Sa mère ne pense pas qu'il l'ait tuée, rappela Annie.

— Peu importe ce qu'elle pense. Ce qui importe, c'est ce qu'il a fait. C'est qu'il ait pu la tuer. Qu'il ait pu avoir précédemment un accès de rage et que, sous l'emprise de cette rage, il ait pu tuer. Regardez ce meurtre, fit-il, impatient, en désignant les photos. Rage, pouvoir, domination, brutalité sexuelle. Pas le contraire de l'Étrangleur du Bayou.

— Vous croyez Renard capable d'avoir tué ces femmes, il y a quatre ans ? demanda Annie. Il s'est installé ici en 93. Vous pensez que l'Étrangleur du Bayou, c'était lui ?

— Non. J'ai retourné tous ces dossiers. J'ai parlé aux deux personnes qui ont fini par mettre ça sur le compte de Danjermond : Laurel Chandler et Jack Boudreaux. Ils vivent maintenant sur la côte, en Caroline du Sud. Trop de mauvais souvenirs par ici, je suppose, avec elle qui a perdu sa sœur à cause de l'Étrangleur et ainsi de suite. Dans l'ensemble, le récit qu'ils ont fait de tout ça était fort convaincant. L'enquête a étayé leur version des faits.

Il s'interrompit pour fixer du regard les photos de la scène du crime.

— Qui plus est, il y a des différences entre ces meurtres. Pam Bichon n'a pas été étranglée à mort.

Il posa le doigt sur l'une des photos, un gros plan d'un hématome à la gorge.

— Elle a été étouffée à la main — ces hématomes sont des empreintes de pouce — et son os hyoïde a été fendu. À un certain moment, il l'a probablement étouffée alors qu'elle était inconsciente, nous ne pouvons que l'espérer. Mais l'asphyxie n'a pas été la cause de la mort. La perte de sang, du fait des premières blessures à coups de couteau, voilà la cause de la mort. Il déplaça son doigt vers un cliché de la poitrine nue de la jeune femme, sauvagement tailladée. La forme de ces taches de sang m'amène à penser qu'elle a été poignardée de plusieurs coups de couteau à la poitrine, alors qu'elle était encore debout, et puis elle est tombée sur le sol. L'étouffement est survenu après sa chute, mais avant sa mort. Sans quoi, vous n'auriez pas cette sorte d'hématone. L'Étrangleur, lui, utilisait un foulard blanc qu'il passait autour du cou de ses victimes pour les tuer — c'était sa signature. Et il les ligotait avec des liens de soie blanche. Vous voyez, là ? Aucune marque de ligotement sur les poignets ou les chevilles de Bichon.

— Mais la mutilation sexuelle...

— Similaire, mais nullement identique. Danjermond torturait ses victimes longuement avant de les tuer. La mutilation de Bichon est survenue largement *post mortem*, ce qui laisse entendre que là, ce qui était en jeu, c'était de la colère, de la haine, une volonté de dégrader, plutôt qu'une quelconque manifestation d'érotisme sadique — ce qui était le cas de l'Étrangleur. Ce garçon prenait son pied en faisant les choses en grand. Renard, lui, était juste en pétard. Et puis il y a le profil de la victime. L'Étrangleur pourchassait des femmes facilement accessibles : qui traînaient dans les bars, qui se cherchaient un homme, qui aimaient bien passer un bon moment. Ce n'était pas Pam Bichon.

« Non, trancha-t-il. Ces affaires n'ont pas de lien. De la manière dont je vois les choses, Renard a fait une fixation sur Pam quand il s'est imaginé qu'elle pourrait se rendre disponible à son égard — au moment où elle s'est séparée de Donnie. Il s'est probablement construit tout un fantasme autour d'elle et, quand elle a refusé d'entrer dans le jeu pour changer ce fantasme en réalité, il a franchi la ligne.

« Et maintenant, *chère*, il vous cherche, lui décocha-t-il avec un regard enveloppant.

— J'ai une de ces chances, bougonna Annie.

— Oh ouais, fit-il, ignorant son sarcasme. Vous vous êtes trouvée en présence d'une occasion rare, 'Toinette. Vous, vous êtes à même de l'approcher, de l'amener à se livrer, de voir ce qu'il a dans la tête. Il va se laisser aller.

— Ou me tuer, s'il y a du vrai dans votre théorie. Je préférerais tomber sur une jolie pièce à conviction, merci quand même. L'arme du crime. Un témoin qui pourrait affirmer l'avoir vu sur les lieux. Un trophée.

— Son trophée, nous l'avons trouvé — la bague. Ne vous attendez pas à en trouver un autre. Nous n'avons jamais mis la main sur les cadeaux que Pam lui a restitués. Ni sur les autres objets qu'il lui a dérobés. Il est trop malin pour commettre deux fois la même erreur — et c'est ce dont nous avons besoin, mon chou : qu'il commette une erreur. Et l'erreur, ce pourrait être vous. Du bout des doigts, il lui coiffa les mèches, lui caressa la joue. Son pouce effleura la commissure de ses lèvres. Il pourrait bien tomber amoureux de vous.

Elle sentit son pouls palpiter d'une manière qui ne lui plaisait guère. Elle n'avait pas beaucoup aimé la vision qu'elle avait eue du corps de Pam Bichon — ouvert, déchiqueté, ensanglanté ; le masque à plumes en guise de contrepoint grotesque.

— Je ne servirai pas d'appât pour votre piège à ours, Fourcade, fit-elle. Si je peux tirer quelque chose de Renard, je le ferai, mais je ne vais pas aller le coller d'assez près pour qu'il pose le petit doigt sur moi. Je n'ai pas envie qu'il m'ait dans la peau. Je n'ai pas envie qu'il m'ait dans la tête — ni que vous m'ayez dans la vôtre, en l'occurrence. Je veux la justice, c'est tout.

— Alors allez la chercher, *chère*, fit-il sur un ton séducteur. Allez la chercher... par tous les moyens à votre portée.

20.

— Ce qu'ils nous ont fait subir, il faudrait le leur faire payer, déclara Doll Renard.

Elle tournait autour de la salle à manger comme un colibri, voletant de-ci, de-là, sans se poser nulle part.

— Tu as dit cela dix fois, grommela Marcus.

— Huit, corrigea automatiquement Victor, et sans aucune impertinence. Huit fois. Répétition, multiplication. Deux fois quatre fois, huit fois. Pareil. Égal, égaux. Égaux quelquefois pairs, quelquefois dépareillés.

Devant cette astuce de langage, il eut un mouvement de tête désapprobateur. Doll lui lâcha un regard dégoûté.

— Et je me tuerai à le répéter. Le commissariat de police du comté de Partout a brisé nos vies. Je ne peux aller nulle part sans que les gens me dévisagent et chuchotent. Et la plupart du temps ils ne se donnent même pas la peine de chuchoter. « C'est Doll Renard, disent-ils. Comment peut-elle montrer sa figure après ce qu'a fait son garçon ? » C'est encore pire que quand ton père nous a trahis. Naturellement, tu ne t'en souviens pas. Tu n'étais qu'un petit garçon. Les gens sont haineux, voilà tout.

— Je n'ai rien fait de mal, lui rappela Marcus. Tant qu'on ne prouve pas que je suis coupable, je suis innocent. Dis-leur ça.

Elle renifla et virevolta du buffet au placard d'angle où était rangée la porcelaine.

— Je ne veux pas leur donner cette satisfaction. Qui plus est, ils me vomiraient à la figure que tout le monde sait que tu t'essoufflais à cavaler après cette Bichon et qu'elle ne voulait pas de toi.

— Vomir, fit Victor en se balançant de côté sur sa chaise.

Après la crise provoquée par la visite de Fourcade, il avait fallu une heure pour le calmer, et il était encore agité. Il était censé aider à nettoyer l'argenterie, mais il avait décidé que la ternissure était faite de bactéries et avait refusé de rien toucher. Les bactéries, croyait-il, allaient lui remonter le long des bras et, par ses canaux auriculaires, trouver un accès à son cerveau.

— Vomi. Dégueulis. Dégueulasse. Dégorger. Rengorger. Décharger... comme de l'excrément.

— Victor, ça suffit ! coupa Doll, sa main osseuse papillonnant à hauteur de son cœur. Tu nous donnes la nausée.

— Parler... vomir des mots. Ça sonne et ça sonne pareil, fit-il, les yeux éteints, comme s'il regardait quelque chose à l'intérieur de sa cervelle embrouillée.

Marcus se détacha de l'une comme de l'autre, en observant ses mains. Il passait et repassait un chiffon de bijoutier sur le manche d'une cuiller à os à moelle et méditait sur l'inutilité de la chose. Les gens ne mangeaient plus guère de moelle. Cet usage suggérait une voracité qui était passée de mode. Dévorer la chair d'une créature, puis en fendre les os pour proprement sucer la moelle de sa vie, voilà un acte de rapacité. On réprimait cette faim avide de consommer un être tout entier, on la réprouvait.

Il se demandait si un besoin réprimé assez profondément, assez longtemps, descendait ensuite jusque dans la moelle d'une personne, hors d'atteinte, sauf à lui fendre les os. Il se demanda ce que l'on retirerait de sa propre moelle. Celle de sa mère, soupçonnait-il, serait aussi noire que du goudron.

— Il t'a frappé, réitéra-t-elle, comme si elle avait besoin de rappeler les crimes de Fourcade. Tu aurais pu être définitivement défiguré. Tu aurais pu être infirme.Tu aurais pu perdre ton travail. C'est vraiment étonnant qu'ils ne t'aient pas mis à la porte, après tout ce qui s'est passé.

— Mère, je suis leur associé. Ils ne peuvent pas me mettre à la porte.

— Qui va venir te voir pour te proposer du travail ? Ta réputation est ruinée... et la mienne. J'ai perdu toutes les commandes de costumes qu'on m'avait passées pour Mardi gras. Et cet homme qui a le culot de venir ici nous harceler, et les services du shérif qui ne font rien ! Rien ! Je te jure, nous pourrions tous nous faire assassiner dans notre lit, et ils ne feraient rien ! Ce qu'ils nous font subir, il faudrait qu'on leur fasse payer.

— Neuf, compta Victor.

Il se leva subitement de sa chaise, tandis que la pendule du couloir sonnait huit heures, et il sortit de la pièce précipitamment.

— Et le voilà parti, gémit Doll avec amertume, le visage décomposé. Il va dormir comme un mort. Je n'arrive pas à me souvenir de la dernière nuit où j'ai dormi comme il faut. Maintenant, toutes les nuits, je rêve de mes masques de

Mardi gras. On m'a privée de toute la joie qu'ils me procuraient. Tu sais ce que les gens disent. Ils disent que le masque qu'on a trouvé sur cette morte venait de ma collection, alors que je sais fort bien que ce n'est pas vrai, alors que je peux très bien faire le compte de tous mes masques, jusqu'au dernier. Je sais très bien que les gens ne sont motivés que par la jalousie, parce que ma collection, année après année, a remporté des prix pendant la période du Carnaval, tout ça m'a tout simplement privée de toute ma joie de vivre.

Si sa mère avait jamais eu un moment de joie dans sa vie, Marcus n'en avait jamais entendu parler, jusqu'à ce qu'on l'en ait « privée », comme si elle n'était devenue consciente de cette émotion — la joie — qu'après coup. Il reposa la cuiller à os à moelle et plia le chiffon à bijoux.

— J'ai appelé Annie Broussard, annonça-t-il. Peut-être peut-elle faire quelque chose à propos de Fourcade.

— Qu'est-ce qu'elle pourrait bien faire, celle-là ? demanda Doll avec aigreur, contrariée de voir l'attention se détourner de sa propre souffrance.

— Elle l'a empêché de me tuer, releva-t-il. J'ai besoin de m'allonger. Ma tête cogne.

— Ça n'est pas étonnant. Tu pourrais avoir une blessure au cerveau. D'ici plusieurs mois, si un vaisseau sanguin éclate dans ta tête, qu'adviendra-t-il de nous ?

Je serais libéré de toi, songea Marcus. Mais il y avait des moyens plus simples de s'échapper que la mort. Il se rendit dans sa chambre, n'y faisant qu'une halte, pour prendre un Percodan dans le tiroir de sa table de nuit. On ne pouvait laisser les pilules dans l'armoire à pharmacie, où Victor aurait pu les trouver. Victor croyait que toutes les pilules avaient un effet à la fois curatif et préventif. Adolescent, il avait eu deux lavages d'estomac pour expurger l'aspirine, des pansements stomacaux, des vitamines et du Midol qu'il avait ingurgités.

Marcus cassa l'antalgique en morceaux, les introduisit dans sa bouche, et les avala avec du Coca-Cola — une pratique contre laquelle sa mère avait maugréé toute sa vie. Doll s'imaginait que le Coca-Cola réagissait avec les médicaments de la même manière que l'alcool, en rendant la personne comateuse. De dépit, il en reprit une lampée et emporta la boîte dans sa pièce de travail. La tension et la colère le retinrent de s'installer à sa table à dessin. Il tourna dans la pièce, les épaules voûtées, car il avait des côtes particulièrement endolories. Tout, ce soir, lui faisait plus mal, à cause de Fourcade. À cause de lui, il avait dû traverser la pelouse en courant, tirer sur ses muscles, risquer une montée de tension.

Ce salaud paierait salement pour ce qu'il avait fait. Kudrow y pourvoirait. Poursuites criminelles, plainte au civil. D'ici que la poussière retombe, ce qui restait de la carrière de Fourcade serait en lambeaux. Cette idée plaisait énormément à Marcus — se servir de ce même système avec lequel ses tourmenteurs avaient essayé de le détruire, pour les détruire. Il briserait Stokes également, s'il le pouvait. Donnie Bichon avait déjà détruit la confiance de Pam et l'avait rendue soupçonneuse vis-à-vis de tous les hommes. Mais par la suite, si elle n'avait pas fait appel aux services du shérif, Marcus l'aurait gagnée à lui. Stokes n'avait pas manqué une occasion de monter Pam contre lui en instillant le doute dans son esprit à tout bout de champ.

Souvent, Marcus se demandait ce qui serait arrivé si Pam n'avait pas mal interprété l'intérêt qu'il lui avait porté et appelé les services du shérif. Ils auraient pu vivre quelque chose d'agréable tous les deux. Il s'était représenté la chose des milliers de fois : tous les deux vivant une existence tranquille. Amis et amants. Mari et femme. Au cours des derniers mois, Marcus avait développé une forte animosité et un grand irrespect à l'égard des services du shérif. Sauf Annie. Annie n'était pas comme les autres. Son cœur était pur. La politique du système n'avait pas encore corrompu son sens de l'équité. Annie allait rechercher la vérité et, quand elle l'aurait trouvée, il la ferait sienne.

À minuit, Victor se leva, comme toujours. Il n'avait pas bien dormi. Des rêves fragmentaires avaient sillonné son cerveau comme des échardes de verre coloré. Les couleurs le dérangeaient. Des couleurs très rouges. Rouge comme le sang, et noir aussi. Sombre et clair. Claire la couleur de l'urine. Les couleurs étaient trop intenses. L'intensité était douloureuse. L'intensité pouvait être très rouge ou très blanche. L'intensité blanche venait de la douceur et de la fraîcheur ; de certaines sensations qu'il ne pouvait ni nommer ni décrire ; d'images visuelles bien particulières — points-virgules et deux-points, phrases entre parenthèses, et chevaux. L'intensité blanche venait aussi d'une collection de mots précieux : *lumineux, mystique, marbre, eau courante*. Contre les mots tout spécialement, il fallait qu'il se cuirasse.

Lumineux pouvait produire une telle intensité qu'il en restait sans voix et immobile.

Et juste d'un petit degré sur la droite de l'intensité blanche, il y avait l'intensité rouge. Comme un cercle, avec *Marche* et *Arrêt* noués ensemble. L'intensité très rouge provenait de la pesanteur, de la pression, de l'odeur du cheddar et des déjections animales — mais pas des déjections humaines, même si les humains étaient des animaux. *Homo sapiens*. Les mots rouges, c'était *écluse* et *oignon d'orteil*, et quelquefois *melon*, mais pas toujours. Des mots très rouges qu'il ne pouvait verbaliser. Il se les représentait comme des objets dont il ne pouvait se permettre de saisir que des aperçus. *Déchiqueté, ériger, dalle, mucus*.

L'intensité très rouge lui comprimait le cerveau et amplifiait les facultés de ses sens au centuple, jusqu'à ce que le son le plus ténu se change en un cri perçant et qu'il puisse voir et compter chaque cheveu, chaque poil, un par un, sur la tête et sur le corps d'une personne. Chez lui, la surcharge sensorielle déclenchait la panique. La panique provoquait la fermeture. Marche et arrêt. Bruit et silence. À présent, ses sens étaient pleins, comme des gobelets d'eau alignés sur une corniche étroite et tremblante, l'eau remuant, léchant leurs rebords et débordant. *Masque*, songea-t-il. Masque égalait *changement* et quelquefois *tromperie*, selon que c'était rouge ou blanc.

Victor se tint dans sa chambre, debout près du bureau, un long moment, et il écouta l'ampoule fluorescente de la lampe. Grésillement, chaud et froid. Presque un bruit blanc. Il sentait le temps passer, il sentait la terre avancer sous ses pieds, par minuscules paliers. Son cerveau comptait les moments qui passaient par fractions, jusqu'au nombre magique. À cet instant précis, il sortit de son immobilité et se glissa hors de sa chambre. La maison était silencieuse. Avec l'obscurité, Victor préférait le silence. Sans le poids du bruit ou de la lumière, il se déplaçait plus librement. Il emprunta le couloir et se tint debout devant la porte de la pièce où sa mère se livrait à son passe-temps favori. Mère lui interdisait l'accès à cette pièce, mais quand mère était endormie, ses pensées et ses souhaits cessaient d'exister — comme la télévision, marche et arrêt. Il compta par fractions dans sa tête, jusqu'au nombre magique, et se glissa dans la pièce, où il alluma la petite lampe jaune de la machine à coudre.

Des mannequins de robe étaient posés çà et là, comme

des femmes sans tête vêtues des costumes compliqués que mère avait confectionnés pour les carnavals passés. Les mannequins mettaient Victor mal à l'aise. Il se détourna d'eux, vers le mur où les masques étaient exposés. Il y en avait vingt-trois, certains de petite taille, quelques-uns d'une étoffe douce et brillante, d'autres de grande dimension, d'autres encore recouverts de sequins, ou bien couturés comme des visages aux contours tracés par des têtes d'épingle, avec un pénis protubérant à l'endroit du nez. Victor choisit son préféré et l'enfila. Il aimait la sensation que cela lui procurait, même s'il ne pouvait nommer ce qu'il ressentait. Masque égalait changement. Changement, transformation, *transmutation*. Enchanté, il se glissa hors de la pièce, descendit l'escalier et sortit dans la nuit.

21.

Kay Eisner avait appris à haïr les hommes à un âge précoce, à cause d'un oncle qui avait trouvé cette petite fille de sept ans trop tentante. Au cours des trente années écoulées depuis lors, aucun des hommes qu'elle avait connus ne l'avait amenée à changer d'avis. Le livre qui prétendait que les hommes venaient de Mars la faisait bien rire. Les hommes venaient de l'enfer, et qu'aucune femme sur cette planète ne s'en soit aperçue, voilà qui la dépassait. La guerre était un jeu sanglant, un jeu auquel jouaient les hommes. La politique était un jeu de pouvoir, un jeu auquel jouaient les hommes. Le crime était un cancer de la société, perpétré et propagé, pour l'essentiel, par les hommes. Les prisons débordaient d'hommes. Violeurs et tueurs écumaient les rues.

Cela lui était pénible de travailler pour un homme, mais les hommes dirigeaient le monde, alors quels choix s'offraient à elle ? Arnold Bouvier était son chef d'atelier, mais toutes les mains qui, dans son entreprise, accomplissaient le sale travail consistant à vider des poissons-chats appartenaient à des femmes. Ces jours-ci, avec l'approche du Carême, elles travaillaient en équipes, en faisant des heures supplémentaires. Dans toute l'Amérique, les catholiques allaient stocker du poisson congelé.

Kay avait travaillé dans la deuxième équipe du samedi, sans cesser de penser que la paie qu'elle toucherait pour ces heures supplémentaires la rapprocherait encore un peu de son rêve : s'établir à son compte. Elle voulait vendre des poupées de collection par correspondance et n'avoir affaire qu'à aussi peu d'hommes que possible.

Elle ferma les verrous des portes de chez elle à double tour — devant et derrière — avant d'entrer dans la salle de bains. Ses vêtements de travail finirent directement dans un baquet de lessive avec de l'eau, du détergent et de l'eau de Javel, pour combattre la puanteur du poisson. Elle fit couler la douche aussi chaude qu'elle put le supporter et se nettoya la peau avec du savon Yardley à la lavande. Lorsque l'eau chaude cessa de couler, la pièce était opaque de vapeur. Kay entrouvrit la fenêtre pour se rafraîchir. Elle sécha ses cheveux bouclés avec une serviette élimée, sans jamais se regarder dans le miroir au-dessus de l'évier. Elle ne supportait pas de regarder le corps qui, à plusieurs reprises au cours de sa vie, l'avait trahie en attirant l'attention des hommes.

Les hommes étaient le fléau de la terre. Cette pensée lui traversait l'esprit pas moins de dix fois par jour. En y songeant à cet instant, elle enfila une chemise de nuit informe, sortit de la salle de bains et emprunta le couloir qui menait à sa chambre. Juste au moment où elle se couchait, le corps douloureux de fatigue, elle se souvint de la fenêtre ouverte de la salle de bains. Elle ne pouvait pas la laisser ainsi. Un violeur rôdait dans le comté.

Comme si Kay l'avait fait remonter de ses cauchemars, il surgit de l'obscurité de son placard. Un démon en noir, sans visage, sans bruit. La terreur la transperça comme une lance. Elle cria une fois avant qu'il ne la frappe durement au visage et ne la fasse basculer en arrière sur le lit. En se retournant sur le ventre, elle tenta de se hisser de l'autre côté du matelas. Mais alors même que son instinct la poussait à fuir, le sentiment d'une fatalité inévitable s'empara d'elle. Les larmes qui lui vinrent tandis qu'il lui empoignait les cheveux étaient des larmes de haine autant que de douleur. De haine envers l'homme qui allait la violer, et de haine envers elle-même. Elle ne s'en tirerait pas. Elle ne s'en était jamais tirée.

22.

Il se souvenait d'une femme. Ou il avait rêvé d'une femme. La réalité et son contraire lui flottaient dans la tête comme une garniture de lampe Lava. Il geignit et changea de position, en s'étalant sur le ventre. Le froissement des draps fut amplifié par le bruit d'un journal chiffonné à côté de son oreille. C'est alors qu'il se souvint d'avoir picolé — un paquet. Il avait besoin de pisser. Une main se posa délicatement dans le bas de son dos et une haleine chaude, chargée de l'odeur des cigarettes, lui caressa l'oreille.

— Lève-toi, Donnie, et lamente-toi. Tu me dois quelques explications.

Fourcade.

Donnie sursauta, se redressa, se retourna, s'enroula le drap autour des hanches. Il se tapa le crâne un bon coup contre la tête de lit, grimaça sous la douleur qui lui irradia le crâne.

— Bon sang ! merde alors ! qu'est-ce que vous foutez ici ? demanda-t-il. Comment êtes-vous entré ?

Nick s'éloigna du lit, considérant l'état de l'antre de Donnie. En traversant la cuisine et le salon, il avait deviné que Donnie avait une femme de ménage, mais pas de cuisinière. La poubelle de la cuisine était pleine de cartons d'emballage de plats divers. Un décorateur avait arrangé cette maison de telle manière que l'on s'y sentait plus comme dans une suite d'hôtel que chez soi. Elle avait servi de maison témoin pour inciter les acheteurs éventuels à prendre une option sur Quail Court, programme de promotion immobilière en copropriété — jusqu'à ce qu'il soit mis un terme malencontreux à la situation maritale de Donnie. Quand il s'était séparé de Pam, il avait réquisitionné cette maison témoin.

— Voilà un bien vilain langage, pour un dimanche matin, Tulane, regretta Nick. Qu'est-ce qui te prend ? Tu ne respectes pas le sabbat ?

Donnie resta bouche bée, les yeux en boules de loto.

— Enfoiré, tu es vraiment givré ! Je vais appeler les flics.

Il attrapa au vol le combiné du téléphone sur la table de nuit. Nick s'avança et, de son index, enfonça le commutateur.

— Ne pousse pas ma patience à bout, Donnie. Ma patience n'est plus ce qu'elle était. Il lui retira le combiné, le reposa sur son support, et s'assit au bord du lit. Moi, je veux savoir à quel genre de jeu tu joues.

— Bon sang de bonsoir, je ne vois pas de quoi tu veux parler.

— C'est de toi que je parle, quand tu viens chercher des crosses à Lindsay Faulkner, en lui annonçant que tu vas vendre l'agence immobilière. En lui racontant que tu as ferré un gros poisson à La Nouvelle-Orléans. C'est là que t'as eu le fric pour payer ma caution, Donnie ?

— Non.

— Parce qu'il y aurait là-dedans une ironie drôlement poétique, si c'était ça : tu as tué ta femme, tu ramasses la prime d'assurance, tu vends son affaire, tu te sers de l'argent pour payer la caution du flic qui a essayé de tuer le suspect.

Donnie appuya ses deux paumes contre ses yeux douloureux.

— Bon sang, je t'ai dit et redit que j'ai pas tué Pam. Tu sais bien que c'est pas moi.

— Tu ne perds franchement pas de temps pour te faire du fric grâce à elle. Pourquoi, vendredi, tu ne m'as rien dit de cette transaction en instance ?

— Parce que c'est pas ton affaire. Il faut que j'aille pisser.

Il rejeta les couvertures et s'extirpa du lit, par l'autre côté. Il marchait comme un homme tombé en marche d'une voiture et qui, après un roulé-boulé, aurait fini par taper méchamment contre le caniveau. Un caleçon de soie noir lui pendait autour des hanches. Il avait été incapable de retirer ses chaussettes avant de sombrer dans l'inconscience. Elles tire-bouchonnaient autour de ses chevilles. Le reste de ses vêtements étaient étalés là où il les avait laissés tomber, sur le chemin de son lit.

Nick se leva, d'un mouvement paresseux, mais il parvint quand même à le coiffer au poteau, pour arriver à la porte de la salle de bains principale avant lui.

— Tu te traînes par terre ce matin, Tulane. La nuit a été longue ?

— Je m'en suis jeté quelques-uns. Je suis persuadé que c'est le genre de chose que tu es capable de comprendre. Laisse-moi entrer dans la salle de bains.

— Quand on aura terminé.

— Enfoiré ! Qu'est-ce qui m'a pris d'aller me fourrer avec toi ?

— C'est ce que je veux savoir, répliqua Nick. C'est qui, ton type plein de fric, Donnie ?

Il détourna le regard et lâcha une grande expiration. Quand il inhala, sa propre odeur le fit grimacer — fumée, sueur et sexe. Il se demanda confusément où était passée la fille.

— Personne. J'ai menti. C'était de l'esbroufe. Je l'ai dit à cette petite nana cajun.

— Ah, ah, celle qui est en train de passer en revue les relevés qu'on a effectués sur tes communications téléphoniques, répliqua-t-il, histoire de lui mentir un peu. Quand elle aura fini, tous les gens que tu connais, elle va les connaître aussi bien que toi.

— Je croyais que tu étais en dehors de tout ça, Fourcade. Tu es dessaisi de l'affaire. Tu es suspendu. Qu'est-ce que ça peut te faire, qui j'ai appelé ou pourquoi ?

— J'ai mes raisons.

— Tu es dérangé.

— C'est aussi ce que j'ai entendu dire. Mais, tu sais, vrai ou pas, ça m'est un peu égal. Mon existence, c'est ma perception, ma perception, c'est ma réalité. Tu vois comment ça marche, Tulane ? Alors, quand je te demande si tu es en train d'essayer de ficeler un marché avec Duval Marcotte, il faut que tu me répondes, parce que là, maintenant, tu es dans ma réalité.

Donnie referma les yeux et balança le poids de son corps d'une jambe sur l'autre.

— On va rester ici, Donnie, jusqu'à ce que tu fasses dans ton froc. Je veux une réponse.

— J'ai besoin de liquide, reconnut-il avec résignation. Lindsay veut racheter la part de Pam. Mais Lindsay est une casse-couilles et rien ne lui ferait plus plaisir que de me baiser tout ce qu'elle peut. Je veux récupérer les propriétés foncières que Pam a camouflées et soutirer jusqu'au dernier centime que je pourrai obtenir de Lindsay. J'ai monté un rachat d'entreprise en recourant à une petite stratégie d'endettement, c'est tout.

— Tu crois qu'elle est stupide ? fit Nick. Tu crois qu'elle ne va pas éventer ton esbroufe ?

— Je pense que c'est une salope et ce n'est pas l'envie qui me manque de faire ce qu'il faut pour envenimer sa situation.

— Tout ce que tu vas arriver à faire, Donnie, c'est lui pomper l'air, exactement comme avec moi. Et moi, tu me crois stupide ? Si ce que tu me racontes est un mensonge, je le saurai.

— Faut que je me renseigne, histoire de voir si je peux me dégager de cette caution, susurra Donnie en levant le nez au plafond.

Nick lui tapota la joue, tout en s'écartant de la porte.

— Désolé, *cher*. Ce chèque a déjà été encaissé, et on a vendu la mèche. J'espère que tu vas pas vivre une vie de regrets là-dessus.

— C'est déjà fait, répliqua Donnie en plongeant dans la salle de bains, le pénis dans la main.

Annie engagea sa Jeep dans l'allée qui menait chez Marcus Renard. C'était un bel endroit... et un endroit à l'écart. La seconde de ces deux impressions ne lui plaisait pas trop, mais au téléphone elle avait clairement indiqué à Renard que d'autres gens savaient qu'elle venait lui rendre visite — une petite sécurité, au cas où il caresserait l'idée de la démembrer. Elle ne lui avait pas dit que la personne au courant de sa visite, c'était Fourcade.

Pendant qu'elle passait toute la nuit précédente avec Fourcade à former leur difficile alliance, Renard l'avait appelée chez elle, en lui laissant un message pour lui apprendre que Fourcade était venu chez lui plus tôt ce même jour. En appelant, Renard lui avait épargné la tâche d'avoir à formuler une excuse pour le voir.

« Je ne voyais vraiment personne d'autre vers qui aller, Annie, lui avait-il dit. Les adjoints du shérif ne me seraient pas venus en aide. Ils auraient plutôt préféré voir cette brute me tuer. Vous êtes la seule vers qui je sens que je peux me tourner. »

Cette idée, qui aurait pu combler d'aise un Fourcade, ne procurait à Annie aucun réconfort. Elle avait déclaré à Fourcade qu'elle ne jouerait pas le rôle de l'appât, et pourtant elle était ici. Venue jauger le suspect dans l'environnement de son foyer, se disait-elle. Elle voulait voir comment se comportait Renard quand il baissait la garde. Elle voulait le voir se comporter dans le cadre de sa relation avec sa famille. Mais si Renard percevait cette entrevue comme une visite amicale, alors, fondamentalement, elle était un appât, qu'elle le veuille ou non. Sémantique. La perception, c'était la réalité, dirait Fourcade.

Ce fils de pute. Pourquoi ne lui avait-il pas dit qu'il était venu ici ? Elle n'aimait pas l'idée qu'il ait, dans toute cette histoire, un agenda secret.

L'allée déboucha hors des arbres, et un pré de la taille d'un terrain de polo s'étendait sur la gauche. Cet espace n'avait rien de luxueux, avec juste un pourtour de pelouse tondu à ras, afin de décourager les animaux sauvages de trop s'approcher de la maison. Elle dépassa un vieux hangar à voiture à cheval qui avait été peint d'une couleur assortie à celle de la maison. Cinquante mètres plus à l'intérieur de la propriété se dressait la maison proprement dite, accueillante et simple, couleur vieux parchemin, avec des boiseries blanches et des volets noirs. Elle se gara derrière la Volvo et s'approcha de la véranda qui courait sur la façade de la maison.

— Annie !

Marcus sortit sur le seuil, en veillant à ne pas faire claquer la porte moustiquaire qu'il referma derrière lui. L'enflure de son visage s'était encore un peu estompée, mais ses traits n'avaient toujours pas retrouvé leurs contours. À sa vue, la plupart des gens auraient eu un mouvement de recul, malgré sa tenue soignée, pantalon kaki amidonné et polo vert.

— Je suis content que vous soyez venue. Aujourd'hui, il articulait les mots très clairement, même si cela lui coûtait un gros effort. Il lui tendit les mains, comme si elle était une chère cousine éloignée. Naturellement, l'autre soir, j'ai espéré que vous pourriez me rappeler. Nous étions tous si contrariés.

— Je suis rentrée tard, expliqua-t-elle en relevant la légère nuance de reproche dans sa voix. D'après ce que j'ai entendu, au point où en étaient les choses, il n'y avait plus rien à faire.

— J'imagine que non, concéda-t-il. Le mal est fait.

— Quel mal ?

— Cette contrariété — pour moi, pour ma mère, et surtout pour mon frère. Le calmer nous a pris des heures. Mais ne restons pas là dehors à parler de ça. Je vous en prie, entrez. J'aurais aimé que vous puissiez accepter mon invitation à dîner. Cela fait si longtemps que nous n'avons pas eu de distraction.

— Ce n'est pas une visite de mondanité, monsieur Renard, lui rappela Annie en traçant clairement la barrière entre eux.

Elle pénétra dans le vestibule, qu'elle évalua d'un coup d'œil — mur vert feuillage, une sombre scène pastorale dans un cadre doré, un porte-parapluies en cuivre. Victor Renard l'observait d'en haut, à travers la balustrade blanche du palier du second étage, où il était assis dans une posture de petit enfant, les genoux relevés, comme s'il croyait pouvoir se rendre invisible en tassant son corps charpenté. Ignorant son frère, Marcus traversa la salle à manger en direction de la véranda en dur qui faisait face au bayou.

— C'est un si bel après-midi, j'ai pensé que nous pourrions nous asseoir dehors.

Il lui présenta un siège qu'il disposa devant la table en fer forgé. Annie préféra choisir elle-même son siège et s'installa, prenant bien soin d'ajuster sa veste, de manière que le magnétophone placé dans sa poche ne se voie pas. Ce magnétophone, c'était l'idée de Fourcade — un ordre, en fait. Il voulait avoir connaissance de chacun des mots qu'ils auraient échangés, entendre chaque inflexion de la voix de Renard. La bande ne serait jamais admise comme preuve devant la cour, mais si elle pouvait livrer quelque chose qui permette d'avancer.

— Alors, vous m'avez indiqué que l'inspecteur Fourcade avait violé l'ordonnance prononcée à son encontre qui lui interdisait de vous approcher, commença-t-elle en sortant son carnet de notes.

— Eh bien, pas exactement.

— Alors quoi ?

— Il a fait attention de rester au-delà des limites de la propriété. Mais le simple fait de s'en être autant rapproché était très contrariant pour nous. Nous avons appelé les services du shérif, mais, le temps que l'adjoint arrive, Fourcade était parti et n'avait pas grande envie de recueillir une déposition.

Il se tamponna la commissure des lèvres avec un mouchoir soigneusement plié.

— Si l'inspecteur n'a commis aucun crime, alors il n'y avait aucune déposition à recueillir, conclut Annie. Est-ce que Fourcade vous a menacé ?

— Pas verbalement.

— Vous a-t-il menacé physiquement ? A-t-il montré une arme ?

— Non. Mais sa présence se percevait comme une menace. Est-ce que cela ne fait pas partie de la loi contre le harcèlement — les menaces perçues comme telles ?

Le fait que lui, plus que quiconque, fasse un tel usage du texte de la loi contre le harcèlement lui retournait l'estomac.

— Cette loi laisse tout particulièrement une grande part à l'interprétation, observa-t-elle. Comme vous n'êtes désormais pas sans le savoir, monsieur Renard...

— Marcus, la corrigea-t-il. Je ne suis pas sans savoir que les autorités tordront n'importe quelle règle à leur convenance. Ces gens n'ont aucun respect pour ce qui est juste. Sauf vous, Annie. J'avais raison à votre sujet, n'est-ce pas ? Vous n'êtes pas comme les autres. Vous voulez la vérité.

— Tous ceux qui sont impliqués dans cette affaire veulent la vérité.

— Non. Non, ce n'est pas le cas, la contredit-il. Depuis le début, ils ont une idée bien arrêtée. Stokes et Fourcade se sont mis après moi, et après personne d'autre.

— Ce n'est pas vrai, monsieur Renard. D'autres suspects ont été soupçonnés. Vous le savez. Vous avez été isolé du lot par un processus d'élimination. Nous avons déjà abordé le sujet.

— Oui, nous l'avons déjà abordé, admit-il tranquillement en se renfonçant dans son fauteuil. Il l'étudia un instant. Aujourd'hui, ses yeux étaient plus saillants, comme deux billes fichées dans de la pâte à pain. Et vous avez déclaré que vous croyiez en ma culpabilité. S'il en est ainsi, alors pourquoi êtes-vous ici, Annie ? Pour essayer de me pousser à commettre une erreur ? Je ne crois pas que vous prendriez cette peine, tout en sachant bien que rien de ce que je vous dirais ne pourrait être utilisé contre moi. Vous avez des doutes. C'est pourquoi vous êtes ici.

— Vous prétendez avoir été injustement traité, reprit Annie. Si c'est vrai, si les inspecteurs ont négligé ou ignoré quelque chose qui pourrait vous disculper, pourquoi votre propre enquêteur — l'enquêteur de M. Kudrow — n'a-t-il pas mis ces détails en lumière pour votre défense ?

— Il est seul. Mes fonds sont limités, émit-il en détournant le regard.

— Selon vous, que devrions-nous rechercher ?

— Du côté du mari, premièrement.

— On a enquêté minutieusement sur M. Bichon.

Il vira de bord sans autre discussion.

— Aucun effort véritable n'a été mené pour trouver cet

homme qui m'a aidé à faire redémarrer ma voiture ce soir-là.

Annie consulta les notes qu'elle avait apportées avec elle.

— Cet homme à qui vous n'avez pas demandé son nom ?

— Je n'y ai pas songé.

— Cet homme qui conduisait « une espèce de pick-up de couleur sombre » avec une plaque d'immatriculation qui « pouvait » comporter les lettres F et J ?

— Il faisait nuit. Le pick-up était sale. Et en tout cas, je n'avais aucune raison de relever son numéro.

— Le peu que vous nous avez fourni a été largement mis en avant par les médias, monsieur Renard. Personne ne s'est fait connaître.

— Mais les services du shérif ont-ils essayé de le retrouver ? Je ne crois pas. Fourcade n'a jamais rien cru de ce que je lui ai dit. Est-ce que vous l'imaginez perdre son temps à vérifier ?

— L'inspecteur Fourcade est un homme très consciencieux, rectifia Annie. Fourcade avait aussi, dès lors qu'il s'agissait de Renard, une vision très étroite des choses. Il s'était montré méticuleux dans ses tentatives de démontrer la culpabilité de Renard. Aurait-il été aussi consciencieux s'il s'était agi de tâcher de corroborer les protestations d'innocence de cet homme ? Je vais examiner ça, mais je ne dispose pas de grand-chose pour avancer.

Renard laissa échapper un soupir qui, eu égard à cette proposition, semblait disproportionné.

— Merci, Annie. Je ne puis vous dire tout ce que cela signifie pour moi.

— Je vous le répète, je ne m'attends pas à ce qu'il en sorte grand-chose.

— Là n'est pas la question. Un thé ?

Il tendit la main vers le pichet posé au milieu de la table, à côté de deux verres et d'un petit vase de boutons de jonquilles. Annie accepta ce verre, et, entre deux gorgées, en profita pour jeter un coup d'œil circulaire sur le jardin. Pony Bayou était à un jet de pierre. En aval, le bayou bifurquait autour d'un îlot boueux chargé de saules et de ronciers bleus. Quelque part vers le sud, au-delà de la frondaison des arbres, là où chantaient les oiseaux de printemps, il y avait la maison où Pam était morte. Annie se demanda si le robuste pêcheur assis dans son bateau, là-bas, devant la fourche que décrivait le cours d'eau, était venu là sans savoir, ou s'il était venu là à cause de cela. Les gens ici avaient un comportement si étrange. La panique monta en elle. Ce pêcheur aurait-il pu appartenir aux services du shérif ? Et si Noblier avait réinstauré une surveillance ? Et si le sergent Hooker était venu précisément à cet endroit, profitant de son jour de repos pour y trouver de la perche et du sac-à-lait ? Si quelqu'un l'avait vue avec Renard, elle allait se retrouver dans la merde jusqu'au cou.

— Vous avez quelque chose, dans ce hangar à bateau ?

En désignant de la tête un petit appentis, bas de toiture, en métal rouillé, qui surplombait le bayou, elle modifia la position de sa chaise, tournant plus franchement le dos à ce pêcheur, là-bas.

— Un vieux bateau pour la pêche à la perche. Mon frère aime bien explorer le bayou. C'est une espèce de fou de nature. N'est-ce pas, Victor ?

Victor fit un pas, en sortant de derrière une tenture à l'intérieur de la porte-fenêtre que Marcus avait laissée entrouverte. Son visage ne trahissait aucune culpabilité, aucune gêne d'avoir été surpris en train d'espionner. Il dévisagea Annie en se contorsionnant comme si ce mouvement lui permettait, d'une certaine manière, de faire croire qu'il n'était pas en train de l'épier.

— Victor, fit Marcus en se levant avec précaution, voici Annie Broussard. Annie m'a sauvé la vie.

— J'aimerais bien que vous cessiez de répéter cela, protesta Annie entre ses dents.

— Pourquoi ? Parce que vous êtes modeste ou parce que vous auriez préféré ne pas me sauver la vie ?

— Je faisais mon travail.

Victor se coula timidement le long de la table, pour la regarder sous un meilleur angle. Il était vêtu d'un pantalon trop court de trois centimètres et d'une chemise sport, écossaise, boutonnée jusqu'au cou. Dans son état normal, ordinaire, il ressemblait à Marcus : des traits banals, de fins cheveux bruns soigneusement peignés. Annie l'avait vu en ville de temps à autre, toujours en compagnie de Marcus ou de sa mère. Il observait une attitude empreinte d'une excessive prudence, ou bien encore il restait trop près des gens dans les files d'attente, comme si son sens de l'espace et du monde physique était distordu.

— C'est un plaisir de faire votre connaissance, Victor.

Il la regarda du coin de l'œil, en signe de suspicion.

— Bonjour. Il jeta un regard furieux à Marcus. Masque, pas de masque. Chante et chante, tout comme. *Mimus polyglottos*. Oiseau moqueur. Non. Non. Il secoua la tête. *Dumetella Carolinensis*. Ça rappelle le chant d'autres oiseaux.

— Qu'est-ce que cela signifie ? demanda Annie.

Marcus risqua un pâle sourire.

— Probablement que vous lui rappelez quelqu'un. Ou, plus précisément, que vous ressemblez à quelqu'un que vous n'êtes pas.

Victor se balança un peu, en marmonnant.

— Rouge et blanc. Par-ci par-là.

— Victor, pourquoi ne vas-tu pas chercher tes jumelles ? suggéra Marcus. Les bois sont pleins d'oiseaux aujourd'hui.

Par-dessus l'épaule, Victor lâcha un regard inquiet vers Annie.

— Change, échange, mute. Un et un. Rouge et blanc.

Il se tint immobile un moment, comme s'il attendait quelque signal silencieux, puis il se précipita de nouveau à l'intérieur de la maison.

— Cela ne me surprendrait pas qu'il vous trouve une ressemblance avec Pam, commenta Marcus.

— La connaissait-il ?

— Ils se sont rencontrés au bureau, une ou deux fois. Périodiquement, Victor exprime une certaine curiosité pour mon travail. Et il a vu sa photo dans les journaux, après... Il lit trois journaux par jour, de la première à la dernière page, chaque mot. Impressionnant, si vous réalisez qu'il peut être subjugué par la vue d'un point-virgule, alors que la bombe de l'immeuble fédéral d'Oklahoma City n'a jamais revêtu pour lui la moindre signification.

— Il doit être difficile de s'accommoder de son... état, reconnut Annie.

Marcus surveilla la porte ouverte et, au-delà, la salle à manger vide.

— La croix qu'il nous faut porter, comme dit ma mère. Naturellement, elle trouve une grande satisfaction à devoir endosser cette charge. Il se retourna vers Annie avec un autre sourire pâle. Je ne situe pas vos parents. Avez-vous de la famille par ici, Annie ?

— Façon de parler, fit-elle évasivement. C'est une longue histoire.

— Les histoires de famille le sont toujours. Voyez la

fille de Pam. Quelle histoire de famille aura-t-elle, pauvre petite ? Que va-t-il advenir de son grand-père ?

— Il faudrait que vous demandiez ça au procureur, fit-elle, quoiqu'elle pût se risquer, pour ce qui allait advenir de Hunter Davidson, à formuler une hypothèse assez pertinente : pas grand-chose.

Son arrestation avait soulevé une clameur considérable. Jamais Pritchett n'allait braver la colère de ses électeurs en poussant à un procès. On trouverait probablement un terrain d'entente, avec célérité et sérénité — peut-être était-ce déjà le cas — et, pour son crime, Hunter Davidson accomplirait une peine de travaux d'intérêt public.

— Il a tenté de me tuer ! s'écria Renard avec indignation. Et les médias le traitent comme une célébrité.

— Ouais. Il y a beaucoup de ça. Vous n'êtes pas un homme très apprécié, monsieur Renard.

— Marcus, la corrigea-t-il. Au moins, vous vous montrez correcte avec moi. J'aimerais pouvoir dire que nous sommes amis, Annie.

L'émotion qu'elle lisait dans ses yeux était toute de faiblesse et de vulnérabilité. Annie essaya de s'imaginer ce qu'il y avait eu dans ces yeux, par une noire nuit de novembre, quand il avait plongé un couteau dans le corps de Pam Bichon.

— Au vu de ce qui est arrivé à votre dernière « amie », je ne pense pas que ce soit une très bonne idée, monsieur Renard.

Il tourna la tête aussi vivement que si elle l'avait giflé, et cligna des yeux pour refouler ses larmes, tout en se donnant l'air de se concentrer sur le pêcheur, là-bas, sur le bayou.

— Jamais je n'aurais fait de mal à Pam, fit-il. Je vous l'ai dit, Annie. Cette remarque était délibérément faite pour me blesser. De votre part, j'attendais mieux.

Il voulait qu'elle lui cède encore un pouce de maîtrise, comme il l'avait fait en lui demandant de pouvoir user de son prénom. C'était anodin, mais le tour de passe-passe, exécuté en douceur, avait quelque chose de sinistre. Ou alors, elle prêtait aux choses une importance disproportionnée, accordant à cet homme plus de crédit qu'il n'en méritait.

— C'est juste une forme de prudence, pour ma propre sécurité, l'assura-t-elle. Je ne vous connais pas.

— Je ne pourrais pas vous faire de mal, Annie. Il la

regarda de nouveau avec ses yeux noisette et larmoyants. Vous m'avez sauvé la vie. Dans certaines cultures orientales, je vous donnerais ma vie en échange.

— Ouais, bon, nous sommes en Louisiane Sud. De simples remerciements suffiront.

— À peine. Je sais que vous avez souffert à cause de votre geste. Je sais ce que c'est que d'être persécuté, Annie. Nous avons cela en commun.

— Pouvons-nous avancer ? reprit Annie.

L'intensité de la dernière formule l'agaça, comme s'il avait déjà décrété que, dorénavant, leurs vies seraient entremêlées pour l'éternité. Était-ce ainsi que débutait une fixation ? Comme un malentendu sur la nature d'un engagement ? Cela s'était-il produit ainsi entre lui et Pam et sa petite amie de Baton Rouge ?

— Aucune infraction, poursuivit-elle prudemment, mais il faut admettre que vous avez de mauvais antécédents. Vous vouliez vous engager avec Pam, et maintenant elle est morte. Vous vous étiez engagé dans une relation avec Elaine Ingram à Baton Rouge, et elle est morte.

— La mort d'Elaine était un terrible accident.

— Mais vous pouvez quand même comprendre que ça puisse donner à réfléchir. Il circule une rumeur selon laquelle elle était sur le point de rompre votre relation.

— Ce n'est pas vrai, insista-t-il. Elaine n'aurait jamais pu me quitter. Elle m'aimait.

N'aurait jamais pu, et non pas n'aurait jamais voulu. Le choix des mots était éloquent. Non pas : Elaine n'aurait jamais voulu le quitter de son propre fait. Mais : Elaine n'aurait jamais pu le quitter s'il ne le lui avait pas permis. Marcus Renard n'aurait pas été le premier homme à user du raisonnement « si je ne peux pas l'avoir, personne ne l'aura ». Parmi les obsessionnels simples, c'était là une manière de penser des plus courantes.

Doll Renard choisit ce moment pour entrer sur la terrasse. Elle portait une robe à pois en polyester, démodée de vingt ans, et un immense tablier de cuisine. Les cordons lui passaient deux fois autour de la taille. Elle possédait la même minceur que Richard Kudrow — comme si son corps s'était consumé de l'intérieur, ne laissant apparaître que les os et des tendons vigoureux. Elle ne lui offrit aucun sourire de bienvenue. Sa bouche dessinait une mince entaille sur un visage étroit. Annie crut voir Marcus tressaillir. Elle se leva et tendit la main à sa mère.

— Annie Broussard, services du shérif. Désolée de perturber votre dimanche, madame Renard.

Doll renifla, offrant à contrecœur une main molle qui s'affaissa dans celle d'Annie comme un sac de brindilles.

— Notre dimanche, c'est encore ce que vous avez le moins perturbé, vous autres.

Marcus leva les yeux au ciel.

— Mère, s'il te plaît. Annie n'est pas comme les autres.

— Eh bien, on ne dirait pas, ponctua Doll, bougonne.

— Elle va examiner certains éléments qui pourraient aider à prouver mon innocence. Elle m'a sauvé la vie, à la grâce de Dieu. Deux fois.

— Je ne faisais que mon travail, releva Annie.

Doll haussa un sourcil maquillé et fit entendre un claquement de langue agacé.

— Tu es encore arrivé à interpréter cette situation de travers, Marcus.

Il détourna les yeux de sa mère. Son regard s'assombrit, la tension s'électrisant. Annie observa l'échange, se disant qu'il valait peut-être encore mieux pour elle ne pas avoir de parents auxquels elle serait liée par les liens du sang. Des souvenirs qui valaient mieux qu'une réalité amère.

— Eh bien, poursuivit Doll Renard, il était temps que les services du shérif fassent quelque chose pour nous. Notre avocat va engager des poursuites, vous savez, pour toute la souffrance et toute l'angoisse qu'on nous a causées.

— Mère, peut-être pourrais-tu essayer de ne pas nous fâcher avec la seule personne qui soit disposée à nous aider.

Elle le regarda comme s'il l'avait appelée d'un nom ordurier.

— J'ai le droit de faire part de mes sentiments. Dans toute cette histoire, nous avons été plus maltraités que de vulgaires vauriens, alors que cette Bichon est considérée comme une espèce de sainte. Et maintenant, son père... tout le monde l'appelle le héros martyr parce qu'il a essayé de te tuer. Sa place est en prison. J'espère que le procureur va le garder là-bas.

— Il faut vraiment que je m'en aille, fit Annie en ramassant son dossier et son carnet de notes. Je vais voir ce que je peux trouver à propos de ce pick-up.

— Je vous raccompagne à votre voiture.

Marcus fit racler sa chaise en la reculant et adressa à sa

mère un regard venimeux. Il attendit qu'ils soient arrivés devant l'autre bout de la maison pour reprendre la parole.

— J'aurais aimé que vous puissiez rester plus longtemps.

— Aviez-vous encore quelque chose de pertinent à me communiquer au sujet de l'affaire ?

— Eh bien... euh... je ne sais pas, bégaya-t-il. Je ne sais pas quelles sont les questions que vous auriez pu me poser.

— La vérité ne dépend pas des questions que je pose, rectifia Annie. La vérité, c'est ce que je recherche en venant ici, monsieur Renard. Je n'agis pas en vue de prouver votre innocence, et je ne veux certainement pas que vous racontiez à tout le monde que c'est de ça que je suis en train de m'occuper. En fait, j'aimerais autant que vous ne fassiez aucune mention de moi. J'ai assez d'ennuis comme ça.

Il fit mine de passer le bout du doigt sur sa bouche.

— Mes lèvres sont scellées. Ce sera notre secret. Cette idée avait l'air de lui plaire un peu trop. Merci, Annie.

— Il n'y a pas de quoi. Vraiment.

Il lui ouvrit la porte de la Jeep, et elle grimpa dedans. Tandis qu'elle reculait pour faire demi-tour, il s'appuya contre la Volvo. Le jeune architecte heureux en affaires, dans un moment de détente. C'est un meurtrier, songea-t-elle, et il a envie de devenir mon ami. Un reflet attira son attention et elle leva les yeux vers le second étage de la maison, où Victor se tenait debout à une fenêtre, en train de l'observer avec des jumelles.

— Eh ben, mon vieux, à côté de vous, la famille Adams, c'est du Mary Poppins, fit-elle à mi-voix.

Elle pensait à cela en roulant, à travers la campagne toute plate des champs de canne à sucre. Derrière le visage de chaque tueur, il y avait toute l'accumulation des sous-produits de son éducation, de son histoire, de ses expériences. Autant de choses qui finissaient par former l'individu et par l'amener à emprunter un certain chemin. Dans la vie de Renard, il n'en fallait pas beaucoup pour faire la somme de ces facteurs et obtenir la psychopathologie qu'avait évoquée Fourcade. Le portrait idéal du tueur en série.

Marcus Renard voulait être son ami. Un frisson lui parcourut l'échine. D'un petit geste vif, elle brancha la radio et monta le volume pour couvrir les parasites.

« ... et ce que je pense, c'est simplement que tous ces

crimes, tous ces viols et tout ça, c'est un contrecoup des mouvements féministes.

— Êtes-vous en train de dire qu'en endossant les rôles traditionnellement réservés aux hommes les femmes, au fond, invitent à ce qu'on les viole ?

— Je suis en train d'dire que nous devrions savoir rester à notre place. Voilà ce que je suis en train d'dire.

— Okay, Ruth, de Youngsville. Vous êtes sur KJUN, ligne ouverte en permanence. À la lumière du viol d'une femme de Luck, signalé la nuit dernière, notre thème du jour, la violence contre les femmes. »

Un autre viol. Depuis le meurtre Bichon et la résurgence des histoires autour de l'Étrangleur du Bayou, toutes les femmes du comté vivaient dans un état de frayeur de plus en plus intense. Un terrain de chasse giboyeux pour un certain type de prédateur sexuel. C'était ça, le flash du violeur — la frayeur de sa victime. Il s'en nourrissait comme d'un narcotique.

Les questions vinrent à l'esprit d'Annie de manière automatique. Quel âge avait la victime ? Où et comment avait-elle été attaquée ? Avait-elle quoi que ce soit en commun avec Jennifer Nolan ? Le violeur avait-il suivi le même *modus operandi* ? Allait-on maintenant rechercher un violeur en série ? Qui se chargeait de l'affaire ? Stokes, supposa-t-elle, en raison du lien possible avec le viol Nolan. C'était ce dont il avait besoin — une autre affaire brûlante, pour le distraire de l'enquête sur l'homicide Bichon.

La campagne commençait de céder la place à de petites parcelles de terrain émaillées de curieuses caravanes délabrées qui servaient de maisons, puis, côté ouest, à de nouvelles extensions de la ville. La seule L. Faulkner figurant sur l'annuaire habitait à Cheval Court, dans le lotissement Quail Run. Annie ralentit la Jeep pour rouler au pas, et vérifier les numéros sur les boîtes aux lettres. Le quartier avait environ quatre ans, mais il avait été stratégiquement planifié. De grands arbres qui avaient poussé sur cette terre depuis une centaine d'années ou plus conféraient à tout le secteur un cachet de tradition. Pam Bichon avait vécu à seulement un jet de pierre d'ici, sur Quail Drive. La maison de Faulkner était en briques rouges, soignée, de style colonial caraïbe, avec des décorations extérieures en ivoire et des jardinières débordantes de plantes grasses et de fleurs disposées sur le perron.

Annie s'engagea dans l'allée et se gara le long d'une

Miata rouge décapotable avec des plaques périmées. Elle n'avait pas appelé avant de venir, elle n'avait pas voulu fournir à Lindsay l'occasion de dire non. Cette femme avait renforcé sa garde. Le meilleur plan, ce serait de plonger par en dessous.

Personne ne répondit au carillon. L'intérieur de la maison était en partie visible à travers les petites fenêtres latérales qui flanquaient la porte d'entrée. La maison avait un air ouvert, clair, accueillant. Une fougère imposante s'étalait dans un pot au milieu du vestibule. Un chat avançait à pattes de velours le long de l'îlot réservé à la cuisine. Au-delà de cet îlot, une porte coulissante et vitrée ouvrait sur la terrasse. Avant même qu'elle ait contourné l'angle, sur l'arrière, l'odeur persistante de la viande grillée saisit les narines d'Annie. Un témoignage de Whitney Houston, qui avouait tout au sujet des hommes qu'il lui avait toujours fallu, se déversait par les haut-parleurs d'une stéréo portable, ponctué par le rire de gorge d'une femme.

Lindsay Faulkner était assise devant une table de jardin à plateau de verre, ses cheveux attachés en queue-de-cheval. Une rousse fracassante, coiffée d'une visière écaille de tortue, sortit par les portes du patio avec un Pepsi light dans chaque main. Lorsque Faulkner aperçut Annie, son sourire se figea.

— Je suis désolée de vous déranger, madame Faulkner. J'avais encore quelques questions à vous poser, si vous n'y voyez pas d'inconvénient, expliqua Annie, tâchant de résister à l'envie qu'elle avait de lisser les plis de son blazer.

Faulkner et son amie avaient un air chic et pimpant, le style de gens qui ne transpiraient jamais.

— J'y vois un inconvénient, inspecteur. Je croyais vous avoir fait clairement comprendre que je préférerais ne pas avoir affaire à vous.

— Je suis désolée que vous le preniez comme ça, puisque nous souhaitons toutes les deux la même chose.

— Inspecteur ? s'étonna la rousse. Elle posa les sodas sur la table et s'installa dans son fauteuil avec une grâce nonchalante, un sourire désabusé au coin de sa bouche parfaitement maquillée. Qu'est-ce que tu as encore fait, Lindsay ?

— Elle est ici au sujet de Pam, fit Faulkner, sans quitter Annie des yeux un seul instant. C'est celle dont je t'ai parlé.

La rousse fronça les sourcils et jaugea Annie d'un

rapide coup d'œil, un regard condescendant fait pour rabaisser.

— Quitte à en découdre avec la police, précisa Faulkner, alors je préfère que ce soit avec le détective Stokes. C'est à lui que j'ai eu affaire depuis le début.

— Nous sommes du même côté, madame Faulkner, insista Annie, impavide. Je veux voir puni le meurtre de Pam.

— Vous auriez pu laisser faire, l'autre nuit.

— Dans le cadre du système, spécifia Annie. Vous pouvez m'aider à ce que cela se fasse.

Faulkner détourna le regard et soupira vivement. Annie s'assit, désireuse de donner l'impression qu'elle se sentait à l'aise et qu'elle n'était nullement pressée de partir.

— Vous connaissez bien Marcus Renard ?

— Qu'est-ce que c'est que cette question ?

— Le fréquentiez-vous ?

— Moi, personnellement ?

— Il prétend que vous êtes sortis ensemble à plusieurs reprises. Est-ce vrai ?

Elle lâcha un rire dénué d'humour, se sentant à l'évidence insultée.

— Je n'arrive pas à y croire ! Me demandez-vous si j'ai eu des rendez-vous avec ce têtard malade ?

Annie cligna innocemment des yeux et attendit.

— Nous sommes sortis en groupe, de temps à autre... des gens de son bureau, des gens du mien.

— Mais jamais en tête à tête ?

— Il n'est pas mon type, assura-t-elle, lançant un coup d'œil furtif à la rousse. Où voulez-vous en venir, inspecteur ?

— Ce sera « adjoint », précisa finalement Annie. Je veux juste me faire une image claire des relations entre vous tous.

— Je n'avais pas de « relation » avec Renard, fit-elle avec verdeur. Dans son esprit malade, peut-être. Que...

Elle s'interrompit soudainement. Annie ne put s'empêcher de voir quelle pensée venait de frapper Faulkner — que Renard avait pu développer une fixation sur elle aussi aisément que sur Pam. À en juger par l'ombre de culpabilité qui lui obscurcit le visage, ce n'était pas la première fois qu'elle avait envisagé son bonheur aux dépens de son amie. Elle se passa une main sur le front, comme pour essayer de balayer cette pensée.

— Pam était trop gentille, fit-elle doucement. Elle ne savait pas comment décourager les hommes. Elle ne voulait jamais blesser personne.

— Il y a autre chose qui m'intéresse, ajouta Annie. Donnie faisait grand bruit à propos de son intention de défier Pam au sujet de la garde de Josie, mais je ne vois pas quelles raisons il pouvait avoir d'agir ainsi. Est-ce qu'il y avait quelque chose ? Un autre homme, peut-être ?

Faulkner baissa les yeux vers ses mains posées sur le plateau de la table et tenta de retirer une petite peau morte autour d'un ongle.

— Non.

— Elle ne voyait personne.

— Non.

— Alors pourquoi Donnie pensait-il... ?

— Donnie est un imbécile. Si vous ne vous en êtes pas encore aperçue, alors c'est que vous devez en être une, vous aussi. Il pensait pouvoir faire passer Pam pour une mauvaise mère parce qu'il lui arrivait quelquefois de travailler le soir et de retrouver des clients de sexe masculin pour sortir boire un verre ou dîner avec eux, comme si l'immobilier n'avait été que la façade d'un service de rendez-vous réservé à son usage personnel. L'idiot. C'était ridicule. Il se raccrochait à des chimères. Contre elle, il se serait livré à du harcèlement, s'il en avait été capable.

— Est-ce que Pam le prenait au sérieux ?

— Nous parlons de la garde de son enfant. Naturellement, elle le prenait au sérieux. Je ne vois pas le rapport avec Renard.

— Renard explique que Pam lui aurait avoué qu'elle n'osait pas sortir avec quiconque avant que le divorce ne soit prononcé, car elle redoutait les réactions de Donnie.

— Oui, enfin, on a bien vu que ce n'était pas Donnie qu'elle devait redouter, non ?

— Vous avez dit qu'elle avait du mal à décourager les hommes qui s'intéressaient à elle. Il y en avait beaucoup qui lui tournaient autour ?

Faulkner appuya deux doigts sur sa tempe droite.

— J'ai déjà abordé tout ceci avec l'inspecteur Stokes. Pam avait cette disponibilité, ce côté fille accessible. Les hommes aimaient bien flirter avec elle. C'était un réflexe. Mon Dieu, même Stokes a flirté avec elle. Cela ne voulait rien dire.

Annie eut envie de lui demander si cela ne voulait rien

dire parce que Pam ne s'intéressait plus aux hommes. Si Pam et Lindsay Faulkner étaient devenues des partenaires au-delà du bureau, et si Donnie s'en était aperçu, il s'en serait certainement servi dans le cadre du divorce. Ce genre de découverte — l'insulte suprême à la virilité — aurait pu pousser un homme qui se trouvait déjà à la limite à franchir ladite limite. Un mobile qui s'appliquait à Renard aussi bien qu'à Donnie. Elle avait envie de demander ça. Fourcade, lui, l'aurait fait. Carrément, de but en blanc. *Vous et Pam étiez amantes ?* Mais Annie tint sa langue. Elle ne pouvait se permettre d'exaspérer Lindsay Faulkner plus qu'elle ne l'avait déjà fait. Si Faulkner se plaignait d'elle auprès du shérif, sa carrière serait définitivement brisée, et elle se retrouverait dans l'équipe de nuit à s'occuper des types en désintox jusqu'à l'âge de la retraite.

Elle repoussa sa chaise et se leva lentement, en tirant une carte de visite de la poche de sa veste. Elle avait rayé le numéro de téléphone des services du shérif pour le remplacer par celui de son domicile. Elle glissa la carte sur la table, en direction de Faulkner.

— Si vous pensez à quoi que ce soit d'autre qui puisse être utile, je vous serais reconnaissante de m'appeler. Merci du temps que vous m'avez consacré.

Elle se tourna vers la rousse.

— Si j'étais vous, je ferais renouveler ces plaques sur votre Miata. L'amende est assez salée.

Dans sa Jeep, Annie s'assit un moment, fixa la maison du regard, et essaya de se remémorer ce qu'elle avait pu glaner dans cette conversation. Encore plus de « peut-être », de « et si ? ». Stokes et Fourcade avaient déjà suffisamment arpenté ce terrain-là pour le ratisser complètement. Que croyait-elle pouvoir trouver ?

La vérité, la clé, la pièce manquante qui relierait ensemble tous les éléments. La vérité était là, quelque part dans ce dédale, à demi dissimulée derrière une pierre que l'on n'avait pas complètement retournée, tapie au milieu des mensonges et des impasses. Il fallait que quelqu'un la trouve, et si elle cherchait suffisamment longtemps, si elle creusait plus profond, ce quelqu'un, ce serait elle.

23.

Le Voodoo Lounge, après le meurtre ignoble, était devenu un pôle d'attraction et attirait les flics locaux plus qu'aucun autre bar. Pendant des années, l'endroit avait été connu sous le nom de Frenchie's Landing, le repaire des ouvriers agricoles et des usines, des cols-bleus et des bouseux. Il était réputé pour son écrevisse bouillie, sa bière fraîche et sa musique cajun plein pot, avec, à l'occasion, la dispute en prime. Toujours réputé pour tout cela, l'endroit avait changé de propriétaire à l'automne 1993, quelques mois après le meurtre d'Annick Delahoussaye-Gerrard. Minés de chagrin, Frenchie Delahoussaye et son épouse avaient revendu à un musicien local, patron de bar à l'occasion, Leonce Comeau. Après le meurtre, les flics avaient commencé d'en faire leur base immédiatement, un témoignage de respect mêlé à de la culpabilité, et qui avait rapidement tourné à la routine.

Le parking était plein aux deux tiers. L'immeuble, situé sur les berges du bayou, s'élevait du sol sur un socle de robustes pilotis, pour être à l'abri lors des périodes de crue, lorsque les eaux impétueuses du bayou montaient. Un nouveau balcon était en cours de construction, sur trois côtés de l'immeuble. Du zydeco rock cognait plein pot à travers les murs, et le volume monta d'un cran lorsque la porte moustiquaire s'ouvrit à la volée sur deux couples qui descendirent les marches en riant.

Nick en profita pour entrer, passa devant les photographies encadrées des célébrités et pseudo-célébrités venues ici au cours de ces quatre dernières années pour s'y imprégner de l'atmosphère. D'un coup d'œil, il prit la mesure de l'endroit. Le groupe maison, dirigé par le propriétaire du bar, chantait à s'en faire péter les poumons « Ma Petite Fille est Gone » de Zachary Richards, et Comeau se contorsionnait comme un homme atteint de dérangement neurologique. La piste de danse grouillait de couples jeunes et vieux qui sautaient en l'air et gigotaient, gagnés par la contagion du rythme. La fumée flottait en suspension au-dessus du bar et des tables. L'odeur du poisson frit et du gombo se répandait comme un parfum capiteux.

Stokes était à sa place habituelle, debout au coin du bar, ce qui lui permettait d'avoir la meilleure vue sur les lieux et sur toutes les femmes qui s'y trouvaient. Il portait une chemise grise de mécanicien de station-service Texaco, avec un carré cousu sur la poche qui portait inscrit ces quatre lettres : LYLE. Son feutre rond était perché sur sa nuque, une espèce de yarmulka du troisième type. Il aperçut Nick et leva son verre.

— Hé, mes frères, si c'est pas notre camarade à l'honneur flétri ! s'écria-t-il, son sourire étincelant au-dessus de son bouc. Nicky ! Hé, mec, t'as décidé de devenir sociable ou quoi ?

Nick se faufila entre les clients, tolérant les tapes sur le dos qui lui furent administrées par deux flics différents dont il n'aurait pu dire les noms, même sous la torture. Il contourna une serveuse vêtue d'un T-shirt moulant, au sourire avenant, comme s'il s'était agi d'un poteau planté dans le sol. Devant cette occasion gâchée, Stokes eut un geste de la tête. Il embrassa la joue de la fausse blonde assise sur le tabouret à côté de lui et lui pinça le derrière en guise d'adieu.

— Hé, mon lapin, et si t'allais poudrer ce joli nez pour laisser mon pote Nick ici même se faire un petit ravitaillement. Lui, tu l'sais p'têt' pas, mais c'est une légende.

La blonde glissa de son tabouret, laissant ses seins effleurer le bras de Nick.

— J'espère que vous allez pouvoir bientôt vous remettre au boulot, inspecteur.

Stokes lui donna un coup de coude, tandis que la fille s'éloignait, son derrière moulé dans un jean trop petit d'une taille pour qu'elle soit à l'aise dedans — juste pour le plaisir.

— C'est Valérie. Mec, cette fille, c'est une vraie gonzesse, laisse-moi te dire. Elle a une chatte comme un collier de serrage. Je meurs si je mens. Tu te l'es jamais faite ?

— Je ne la connais même pas, répondit Nick avec une patience forcée.

— C'est la secrétaire de Noblier, nom de Dieu. Les flics, ça la rend chaude. Mec, Nicky, parfois je te jure que t'as les hormones qui se sont mises en veilleuse, déclara-t-il, écœuré. Dans cette taule, avec toutes ces nanas, tu peux te lever un coup, tu sais.

Ignorant le tabouret libre, Nick se pencha sur le bar, commanda une bière, et alluma une cigarette. Il se foutait de l'avis de Stokes sur son appétit sexuel. Il ne tenait pas le sexe pour un passe-temps occasionnel. Il fallait que cela ait du sens, de l'importance, de l'intensité. Mais il ne fit aucun effort pour expliquer ça à Stokes. Sur la scène, le groupe avait annoncé une pause, laissant le volume de décibels retomber, au bar, à un niveau légèrement plus propice à la conversation. Danny Collett and the Louisiana Swamp Cats trompetaient dans le juke-box, sur le devant de la salle. Une bonne moitié des danseurs ne prit pas la peine de quitter la piste.

— Le boulot te manque ? demanda Stokes.

Il s'était envoyé quelques verres. Il avait quelque chose de vague dans ses yeux pâles.

— Un peu.

— Gus t'a dit quand il te reprenait ?

— Ça va dépendre si je prends ou non des grandes vacances en Angola.

— Cette salope de Broussard. Cette fille-là, elle crée trop de problèmes pour ce qu'elle vaut. J'ai pensé à cette histoire de lesbiennes, avec elle, et je vois pas. Je crois qu'elle a juste besoin de se faire amorcer la pompe, tu vois de quoi je parle ?

Nick le regarda droit dans les yeux.

— Tu arrêtes de charrier Broussard. Elle a pris une position, et elle a fait ce qu'elle devait faire. Pour ça, il lui a fallu des couilles.

Les yeux de Stokes s'exorbitèrent.

— Qu'est-ce qui te prend, mec ? Elle t'a foutu la queue dans une essoreuse...

— Je me suis mis la queue dans une essoreuse tout seul. Il se trouve simplement qu'elle est arrivée à temps.

Stokes eut un haut-le-corps.

— Tu chantes plus la même chanson. Qu'est-ce qui te prend, là ? Un air rusé lui traversa la figure. Il se pencha plus près en se caressant le bouc. Peut-être que t'y es allé voir et que t'as décidé que t'avais envie de lui faire honneur ? De lui donner une petite correction avec ce bon vieux manche à balai ? Si c'est ça, il y a un sacré défi à relever, tu vois ce que je veux dire ?

— Tu sais, Chaz, on dit qu'un homme qui ne se sert pas de sa tête, c'est une chose terrible, lâcha Nick. Il tira sur sa cigarette, exhala un double jet de fumée par les narines. Ces derniers temps, tu t'es servi de la tienne ou tu as délégué toutes les responsabilités à ce morceau de viande qui te pendouille entre les jambes ?

— J'alterne entre les deux. Nom de Dieu, quelle mouche t'a piqué ce soir ?

— Ah, cette mouche-là, ça fait quelques jours, *mon ami*, et je ne sais toujours pas d'où elle vient. Peut-être que tu pourrais m'aider, non ?

— Peut-être. Si je savais de quoi tu parles, bon sang.

Nick se pencha un peu plus près.

— Allons faire une petite promenade à l'air de la nuit. On va bavarder.

Stokes se força à sourire, en guise d'excuse.

— Hé, mon pote, ce soir, j'ai mon agenda rempli. Pour demain, je m'arrange. On se taille une bonne bavette. Mais là...

Nick fit un pas de plus et lui attrapa l'objet de sa fierté et de sa joie dans son poing serré.

— Alterne, Chaz, ordonna-t-il d'une voix sourde comme un grondement. Tu commences à me taper sur les nerfs.

Il le relâcha, et Chaz retomba en arrière, le visage pâle et hébété de stupéfaction. Il ravala un hoquet et se secoua comme un chat mouillé, en jetant un coup d'œil autour de lui, en quête de témoins. Pour tout le monde autour du bar, la vie continuait. Le geste de Fourcade avait été trop rapide pour attirer l'attention.

— Banco, l'enfoiré ! lança-t-il dans un chuchotement outragé. Bordel, mec, t'as pas le droit de me faire ça ! T'empoignes mon p'tit dard et tu tires dessus comme ça d'un coup sec ? L'enculé, qu'est-ce que t'as qui va pas ? Tu peux pas faire ça à un frère !

Nick but un coup de Jax et s'essuya la bouche du dos de la main.

— Ben, justement, je viens de le faire. Maintenant que j'ai toute ton attention, on sort prendre l'air.

Il se dirigea vers une porte latérale et Stokes marcha à ses côtés, l'air méfiant, exaspéré. Ils sortirent sur le balcon à demi terminé, où un chevalet de sciage et un écriteau DÉFENSE D'APPROCHER ! bloquaient l'accès de l'immeuble qui donnait sur le bayou. Nick ignora cet avertissement. À ce stade de la construction, le balcon qui faisait face au bayou n'avait pas de rambarde. L'aplomb était d'environ quatre mètres. Assez pour qu'un ivrogne moyen fasse une chute et se rompe le cou. Nick avança jusqu'au bord de la plate-forme et se tint debout, mains sur les hanches, songeant à ces mots : calme, centre. Quand on avait affaire à

Stokes, la force était une arme surprise. Une chose qui le déséquilibrait. Un outil qu'il fallait utiliser avec parcimonie, avec prudence. Son but, c'était la vérité. Toujours agité, Stokes faisait les cent pas.

— Mec, t'es vraiment givré, merde, m'empoigner la queue ! Qu'est-ce que t'as dans le crâne, Nick ? Bon sang !

— Passe à autre chose.

Nick alluma une autre cigarette et fixa le bayou. La lune brillait sur une demi-douzaine de house-boats amarrés tout le long des pontons flottants, des havres de week-end pour les gens qui cabotaient de ville en ville, jusqu'à Lafayette. Ce soir, il n'y avait pas de lumières aux fenêtres. La musique s'infiltrait depuis l'intérieur du bar, une confuse vibration de basse. S'il y fermait son esprit et s'il se concentrait, il pouvait arriver à ne plus entendre que le chœur des chants des grenouilles et la gifle et l'éclaboussement d'un poisson qui crevait l'eau. Vers l'est, un éclair fendit le ciel — un orage qui remontait en aspirant l'air du Mississippi vers le Golfe. Un orage lointain. Il songea à Marcotte. L'orage lointain.

— Alors, camarade, mon attention, tu fais ce qu'il faut pour me l'accaparer, ou quoi ? fit Stokes, l'air de se calmer. Il appuya une épaule contre un pilier de soutènement et croisa les bras. C'est toi qui voulais causer.

— J'ai entendu dire qu'il y avait eu un autre viol.

— Ouais. Et alors ?

— T'en as entendu parler ?

— Ouais, j'en ai entendu parler. On dirait que c'est le même taré que celui qui s'est fait Nolan l'autre nuit. Entré par effraction vers une heure du matin, l'a malmenée, l'a attachée, l'a violée, et après il lui a fait prendre une douche. Ce fils de pute est un malin, ça, je lui accorde. On a que dalle de nib pour avancer.

— Pas de semence ?

— Nan. Il emporte tout avec lui, d'une manière ou d'une autre. Probable qu'il se sert d'un préservatif. Peut-être que le labo trouvera un résidu de latex sur l'un des prélèvements, mais la putain de belle jambe que ça nous fait, tu le sais bien, non ? Ça prouvera quoi ? Qu'il a un faible pour Trojan, comme marque de capote ?

— Il porte un masque ?

— Ouais. Pour que les bonnes femmes fassent dans leur culotte, ce masque, c'est au poil. L'ombre de l'Étrangleur du Bayou et toutes ces conneries.

— Et Pam Bichon.

— Et Bichon, concéda-t-il. Ça complique l'histoire, tu vois de quoi je parle ? Le masque, c'était le truc de Renard. Donc, si Renard n'est pas ce violeur, alors est-ce que c'est ce violeur qui s'est fait Pam Bichon, les gens veulent savoir. Les gens sont tellement stupides, les cons. Je veux dire, c'est dans tous les reportages, que Renard a laissé un masque là où il a tué Pam. L'autre type est un opportuniste, c'est tout.

— Qui était la femme ?

— Kay Eisner. Petite trentaine, célibataire, habite près de Devereaux, travaille dans une usine de poisson à Henderson. Pourquoi tu t'intéresses à tout ça, toi ? demanda-t-il en allant pêcher une cigarette dans sa poche de chemise, au-dessous du carré de tissu marqué LYLE. Si j'étais toi, Nick, je dépenserais mon temps libre un peu mieux.

— Juste par curiosité, fit Nick.

Il laissa tomber son mégot sur le plancher de lattes et l'écrasa de la pointe de sa botte. À l'intérieur du bar, le groupe était revenu sur scène. Leonce Comeau gémissait l'intro de « Snake Bite Love ». Le batteur martela l'ouverture et le reste du groupe s'engouffra au pas de course.

— Le passé éclipse le présent qui présage l'avenir.

Stokes cligna des yeux devant lui comme un homme qui hoche la tête à l'église.

— Nicky, mon pote, je suis pas assez soûl pour faire de la philo.

— Nous avons tous un passé que nous traînons avec nous, reprit Nick. Quelquefois ce passé pointe le nez en douce et te mord le cul.

Entre eux deux, la saute de tension fut subtile, mais bien réelle. Un raidissement des muscles. Une perception accrue. Nick surveillait les yeux de Stokes comme un joueur de poker.

— Qu'est-ce que tu racontes, Nick ? fit Stokes doucement.

Nick laissa le silence en suspens, attendit.

— Dans mon dos, j'entends une mâchoire qui claque, fit-il. Dans mon dos, je la sens, cette ombre. Il se rapprocha. Tout d'un coup, il y a un nom qui tournicote, encore et encore, comme un cheveu sur la soupe. Moi, je me retrouve en mauvaise posture, et je continue de l'entendre, ce nom. Et je me dis qu'une coïncidence pareille, ça ne peut pas exister.

— Quel nom ?

— Duval Marcotte.

Stokes ne cilla pas. L'attente serra un nœud dans le ventre de Nick. Que voulait-il ? L'éclair de l'aveu ? Que Stokes soit coupable ? Qu'un autre flic l'ait trahi ? Il voulait Marcotte. Après tout ce temps, après tout ce travail pour le reléguer loin derrière lui, il voulait Marcotte — même au prix de l'honneur d'un autre homme. Se rendre compte de cela pesa sur sa conscience, aussi lourd qu'une pierre, dure et abrasive.

— Est-ce qu'il est impliqué dans cette histoire, Chaz ? lui demanda-t-il. C'était une promenade de santé, du gâteau. Me faire venir chez Laveau, me faire faire le plein d'alcool et d'idées, m'orienter dans la bonne direction, et s'assurer que je partais comme il fallait, braqué comme un pistolet. De l'argent facilement gagné, et bordel, de l'argent, là, il y en a un paquet.

L'expression du visage de Stokes se radoucit et puis il rit tout seul. Il regarda au loin, vers le bayou et au-delà, là où l'orage traçait une lueur inquiétante au cœur des nuages noirs.

— Mec, chuchota-t-il en secouant la tête. T'es un enculé de ta mère, un dingue. Putain, qui c'est ce Marcotte ?

— La vérité, Chaz, fit Nick. La vérité, ou cette fois je repars avec ta queue dans la poche.

— Jamais entendu parler de lui, fit Stokes à mi-voix. Je meurs si je mens.

Les yeux d'Annie louchaient et sa tête vacillait. Les lignes du rapport d'autopsie se brouillaient devant elle, et puis elles retrouvaient leur netteté. Elle se passa la main sur le visage, ramena derrière ses oreilles ses torsades de cheveux rebelles, et consulta sa montre. Fourcade n'avait pas de pendule. Fourcade ne faisait qu'un avec le temps, supposa-t-elle — ou il n'accordait aucun crédit au concept de temps, ou alors Dieu sait à quelle philosophie il adhérait sur ce plan. Il était minuit passé.

Elle était assise à la grande table de son bureau depuis quatre heures. Fourcade n'avait pas fait la moindre apparition. Il lui avait confié une clé de la maison et lui avait ordonné d'étudier tout ce qu'il possédait concernant l'affaire. Elle lui avait demandé s'il y aurait un quiz. Cela ne l'avait pas amusé. Où était-il ? Allez savoir. Annie se dit qu'elle lui était reconnaissante de son absence. Et pourtant, en un sens, l'espèce de brusquerie dans sa façon d'interroger, ses visions complexes, et ses philosophies étranges et mystiques lui manquaient.

— Seigneur, tu dois avoir un besoin désespéré de voir des amis, ma fille, maugréa-t-elle à cette pensée.

C'était probablement vrai. Elle s'était repliée sur son travail, coupée d'A.J. Des gens qu'elle ne connaissait même pas lui laissaient des insultes sur son répondeur. Pourtant, elle était un animal social — par nécessité, se disait-elle parfois. Il y avait en elle un sens larvé de la solitude qui remontait à l'enfance, une sensation qu'elle avait toujours redoutée et qui reflétait le détachement de sa mère, et, de ce fait, elle recherchait la compagnie des autres, une tentative d'empêcher cette solitude de croître et de l'avaler tout entière. Elle se demandait s'il se pouvait qu'il soit arrivé la même chose à Fourcade.

Éprouvant le besoin de bouger, Annie s'obligea à se lever de sa chaise et s'étira. Elle fit un tour du grenier, inspecta les bibliothèques, regarda dehors par les fenêtres en lucarne, s'aventura dans le petit recoin que Fourcade avait aménagé à l'écart pour y installer son couchage et ses vêtements de rechange. Il n'y avait pas d'objets personnels sur la table de toilette, même pas cette petite collection d'objets que l'on vidait habituellement de ses poches. Pourtant, si la tentation était bien là, elle ne fit pas un geste pour ouvrir un tiroir. Elle ne violerait jamais l'intimité de quelqu'un sans mandat. En outre, sans avoir à le vérifier, elle savait que chaque chaussette, chaque T-shirt serait soigneusement plié et rangé, avec ordre. Le lit était de style militaire, les couvertures assez bordées et tendues pour qu'on puisse y faire rebondir des pièces de monnaie.

Elle se demanda de quoi il avait l'air, endormi. Mordait-il dans son sommeil avec la même concentration vorace qu'il mettait à mordre toute chose dans la vie ? Ou l'inconscience arrondissait-elle les angles les plus aigus ?

— Vous songez à y passer la nuit, *chère* ?

Annie pivota vivement au son de sa voix. Fourcade était debout, campé dans la pièce, mains sur les hanches. Elle n'avait rien entendu, même pas le grincement d'un gond ou un bruit de pas dans l'escalier.

— Vous n'avez rien trouvé de mieux que de vous approcher d'une femme en vous faufilant en silence quand il y a un violeur qui se balade dans le coin en liberté ? lança-t-elle. J'aurais pu vous tirer dessus.

Il écarta cette possibilité sans commentaire.

— J'étais juste en train de me dégourdir les jambes, rectifia-t-elle en s'écartant du lit, ne voulant pas lui laisser supposer qu'elle l'avait imaginé dedans. Où êtes-vous allé ? Chez Renard ?

— Pourquoi irais-je là-bas ? fit-il d'un ton net.

— Mettons cela au passé, suggéra-t-elle. Pourquoi êtes-vous allé là-bas ? Mon Dieu, qu'est-ce qui vous a pris ? Il aurait pu vous faire renvoyer en prison.

— Comment s'y serait-il pris ? Cette fois-là, vous n'étiez pas en service...

— N'adoptez pas cette attitude avec moi, en vous imaginant que je vais lâcher le morceau, le coupa-t-elle. Vous savez déjà que je ne regrette absolument pas de vous avoir coffré, si ce n'est que ça a transformé ma vie en un enfer sur terre. Vous êtes sûrement rentré directement de chez lui l'autre nuit et vous ne m'en avez pas dit un mot.

— Il n'y avait rien à en dire. J'étais sorti en barque. Je me suis retrouvé dans le voisinage. Je n'ai pas franchi la limite de la propriété. Je ne l'ai pas touché, pas menacé. En fait, c'est lui qui s'est approché de moi.

— Et vous vous êtes figuré que rien de tout ça ne m'intéresserait, l'équipier ?

— La rencontre a été sans incidence, fit-il en s'éloignant, manière de s'écarter, et d'Annie et du sujet.

Elle avait envie de lui flanquer un coup de pied.

— Ce qui a une incidence, c'est que vous ne m'en avez pas fait part. Elle le poursuivit jusqu'à la longue table où elle avait étudié les dossiers. Si nous faisons équipe, nous faisons équipe. Cela suppose que l'on espère pouvoir se faire confiance, et vous êtes déjà parvenu à la briser, cette confiance.

— D'accord. Vu, soupira-t-il lourdement. J'aurais dû vous le dire. On peut avancer ?

L'envie de lui demander de s'excuser lui brûlait les lèvres, mais, de toute manière, à la fin des fins, elle savait qu'il ferait en sorte qu'elle se sente comme une idiote. Il avait tourné son attention vers les documents sur la table. Il ramassa le papier d'emballage de Butterfinger au milieu des dossiers, considéra cette vision d'un air sévère, et le balança dans la corbeille.

— Qu'avez-vous appris ce soir, 'Toinette ?

— Que j'ai probablement besoin de lunettes de lecture, mais que je suis trop fière pour aller chez l'ophtalmo, fit Annie sèchement.

Il lui jeta un coup d'œil de côté.

— Je blague, déclara-t-elle. Une remarque désabusée en vue d'alléger l'atmosphère.

Il tourna le dos aux déclarations et aux rapports de laboratoire. Elle soupira et se massa le creux des reins des deux mains.

— J'ai appris que pas moins d'une douzaine de personnes ont prêté serment sur le degré d'intoxication alcoolique de Donnie le soir du meurtre — certaines sont ses amies, d'autres non. Cela ne le tire pas nécessairement d'affaire.

« J'ai appris que l'on n'avait pas trouvé de semence lors de l'autopsie. La mutilation a empêché de savoir si elle avait été violée, mais, là encore, il se peut qu'il n'y ait pas eu viol, tout simplement. Cela me fait peur.

— Pourquoi ça ?

— Ce connard qui se balade dehors à l'heure qu'il est. J'ai répondu au premier appel — Jennifer Nolan. Pas de semence et le type portait un masque de Mardi gras. Pam Bichon : pas de semence et un masque de Mardi gras qu'on a retrouvé.

— Copie conforme, intervint Fourcade. Le masque était de notoriété publique.

— Et il savait aussi qu'il ne fallait pas jouir ?

— Il y a un certain taux de dysfonctionnement chez les violeurs. Peut-être qu'il ne pouvait pas jouir. Peut-être qu'il utilisait une capote. Les affaires n'ont pas de lien.

— C'est ce que j'aime bien chez vous, Nick, fit Annie, sarcastique. Vous avez l'esprit si ouvert.

— Ne vous laissez pas distraire par des événements extérieurs sans incidence.

— Sans incidence ? Comment un violeur en série peut-il n'avoir aucune incidence ?

— D'après ce que j'ai entendu, il y a plus de différences que de similarités entre ces affaires. L'un est un tueur, l'autre est un violeur. Les victimes de viol ont été ligotées. Pam Bichon a été clouée au plancher — Dieu merci, nous sommes parvenus à éviter que ça ne sorte pas dans les articles. Les victimes des viols ont été attaquées chez elles ; Pam, non. Pam Bichon a été traquée, harcelée. Les autres l'ont-elles été ? C'est simple, mon chou : Marcus Renard a tué Pam Bichon, et quelqu'un d'autre a violé ces femmes. Vous feriez mieux de vous décider pour savoir où se situe votre objectif.

— Mon objectif, c'est la vérité, répliqua Annie. Ce n'est pas mon boulot de tirer des conclusions — ni le vôtre, inspecteur.

— Vous avez vu Renard aujourd'hui, fit-il en écartant, une fois encore, et son sujet de discussion et sa remarque.

Annie rongeait son frein.

— Oui. Il a laissé un message sur mon répondeur hier soir, en me demandant mon aide pour que je m'occupe de votre rencontre impromptue. Il semble que l'adjoint qui a répondu à l'appel hier ne se soit guère montré compréhensif.

— Où est la bande ?

Elle tira le magnétophone à cassette de son sac, monta le volume et posa l'appareil sur la table. Fourcade fixa du regard le rectangle de plastique comme s'il pouvait voir Renard à l'intérieur. Il donnait l'impression d'écouter sans respirer, sans ciller. Quand ce fut terminé, il hocha la tête et se tourna vers elle.

— Impressions ?

— Il se convainc d'être innocent.

— Complexe de persécution. Rien n'est sa faute. Tout le monde lui tombe dessus.

— Il est également convaincu que je suis son amie.

— Bien. C'est ce que nous voulons.

— C'est ce que vous voulez, vous, ronchonna-t-elle derrière son dos. Comme famille, dans *Twilight Zone*, ça donnerait une sacrée galerie de personnages.

— Il hait sa mère, il est irrité par son frère. Il se sent enchaîné aux deux. La tête de ce type est une Cocotte-Minute mentale remplie de serpents.

Elle ne pouvait discuter le diagnostic de Fourcade. Ce qui l'ennuyait, c'était sa véhémence.

— Ce qu'il a raconté à propos de ce pick-up — le type qui serait censé l'avoir aidé à faire redémarrer sa voiture ce soir-là, dit-elle. Avez-vous vérifié la chose ?

— Sur la base de ses indications partielles, on a recherché la plaque par l'intermédiaire du fichier informatique central des véhicules en circulation. Nous avons obtenu une liste de soixante-douze camions de couleur sombre. Aucun des propriétaires n'a aidé d'automobiliste en rade ce soir-là. Il lui lâcha un regard aigu. Ce que vous pensez, *chère*... ce que vous pensez, c'est que je ne fais pas mon boulot ?

Annie choisit ses mots avec soin.

— Je pense que toute votre attention était accaparée

par la volonté de démontrer la culpabilité de Renard, pas par celle de vérifier son alibi.

— Je ne fais que mon boulot, fit-il avec fermeté. Je veux que les gens que j'arrête passent devant un tribunal. Dans ce cas précis, mon boulot je l'ai fait. Ce n'est pas seulement que je crois Renard coupable. C'est qu'il est coupable.

— Et La Nouvelle-Orléans ?

Ces mots étaient sortis avant qu'elle ait pu mesurer quelle folie c'était de le pousser dans ses retranchements.

— Quoi ?

— Vous pensiez savoir qui avait commis le meurtre de Candi Parmantel...

— Je le savais.

— Les charges retenues contre Allan Zander ont été sanctionnées par un non-lieu.

— Cela ne fait pas de lui un innocent, mon chou.

Il traversa la pièce à grandes enjambées, vers une pile de dossiers sur un coin de la table, et fouilla tout en bas de la pile pour en extraire un.

— Là, fit-il, poussant le dossier vers elle. La liste du fichier central des véhicules en circulation. Appelez-les vous-même si vous pensez que je suis un menteur.

— Je n'ai jamais dit que je vous prenais pour un menteur, protesta Annie en jetant un œil furtif sous la couverture du dossier. J'ai juste besoin de savoir que vous n'êtes pas passé au travers de cette affaire avec des œillères, c'est tout.

— Dites, Renard, il vous a gagnée à sa cause, *chère* ? demanda-t-il, sardonique. Peut-être que tout est là, hein ? Il vous trouve jolie. Il vous trouve mignonne. Il croit que vous allez l'aider. Bien. C'est justement ce que je veux qu'il croie. Simplement, vous, vous n'y croyez pas trop.

Elle était jolie, en effet, se dit Nick, laissant cette vérité toute simple pénétrer son esprit. Même avec ses cheveux en désordre et un cardigan trop grand de deux tailles dans lequel elle disparaissait. Il y avait en elle une sincérité que ce boulot allait ultérieurement effacer. Pas du tout de la naïveté, mais cette qualité qui était immédiatement voisine : l'idéalisme. Cette chose qui poussait un bon flic à faire encore plus d'effort. Qui pouvait le mener à approcher la limite, la ligne, à tel point que son obsession pouvait la lui faire franchir. Il lui frôla le visage du bout des doigts, dans un mouvement furtif.

— Je pourrais vous dire que vous êtes jolie. Ce n'est

pas un mensonge. Vous dire que j'ai besoin de vous, et même vous emmener dans mon lit. Alors est-ce que vous m'accorderiez plus de confiance que vous n'en accordez à un tueur ? demanda-t-il en se penchant vers elle, tout près.

Le rebord de la table pénétra dans le creux des cuisses d'Annie. Les jambes de Fourcade se frottèrent aux siennes. Son pouce vint caresser la commissure de sa lèvre et tout en elle devint chaud et sensible. Elle essaya de reprendre son souffle, elle essaya de se raisonner, l'esprit soudainement engourdi.

— Je ne fais pas confiance à Renard, fit-elle d'une voix rauque.

— Pas plus que vous ne me faites confiance à moi.

La bouche de Fourcade était à quelques centimètres de la sienne, ses yeux d'un noir de braise. Il fit glisser son pouce en suivant la ligne du cou jusqu'au petit creux situé à la base, là où battait son pouls.

— C'est vous qui disiez que, dans une enquête, la confiance, ça ne servait à rien.

— Vous enquêtez sur moi, *chère* ? fit-il en haussant les sourcils.

— Non. Ce n'est pas de vous qu'il s'agit.

Alors même qu'elle prononçait ces mots, elle s'interrogea. Dans cette affaire, il s'agissait de la mort d'une femme et de la culpabilité d'un homme, mais il s'agissait aussi de bien plus que cela.

— Non, fit Nick, même s'il n'était pas sûr de savoir très bien où il en était.

Il fit un pas en arrière pour rompre le contact, pour mettre ses sens à distance de son odeur douce.

— N'allez pas l'aider, 'Toinette, la prévint-il en recoiffant une mèche rebelle de ses cheveux. Ne le laissez pas se servir de vous. Maîtrisez. Il referma sa main tout en l'éloignant de la joue d'Annie. Maîtrisez.

Ce n'est pas moi qui risque de perdre ma maîtrise, se dit Annie, tout en préférant ignorer le frisson éloquent qu'elle sentit la parcourir. Fourcade piocha une cigarette dans un paquet égaré sur la table. La vérité, c'était qu'elle ne croyait pas avoir jamais possédé cette maîtrise. L'affaire lui avait échappé et continuerait de lui échapper, tant qu'elle se rendrait là où elle n'avait pas à être. Chez cet homme, par exemple.

— Il faut que je parte, dit-elle dans le dos de Fourcade, qui se tenait debout devant une des lucarnes. Il est tard.

— Je vais vous raccompagner, proposa-t-il, crispé. Histoire de m'assurer qu'il n'y a pas de serpents dans cette Jeep.

L'humidité avait adouci la nuit, la nuit aussi fraîche qu'un cellier à légumes et pleine des senteurs capiteuses de la terre et de l'eau. Dans le noir, au-delà du cercle de lumière du perron de Fourcade, un couple de ducs lançaient des appels, avec une inquiétante harmonie.

— Oncle Sos avait l'habitude de raconter à tous les enfants des histoires de loup-garou, lui confia-t-elle, tout en scrutant l'obscurité. Comment ils rôdaient la nuit, à la recherche de leurs victimes pour leur jeter un sort. Ça nous terrorisait à nous faire pisser au lit.

— Par ici, il y a pire que les loups-garous, mon chou.

— Ouais. Et c'est notre boulot de leur mettre la main dessus. En un sens, cette perspective a quelque chose d'un peu plus intimidant au beau milieu de la nuit.

— Parce que l'obscurité est leur dimension, observa-t-il. Vous et moi, nous sommes censés marcher à la limite entre les deux, et les sortir de la dimension où ils se trouvent, pour les amener dans la nôtre, là où tout le monde peut les reconnaître pour ce qu'ils sont.

Cela avait tout l'air d'une tâche mythique qui allait exiger d'eux une force herculéenne. Peut-être était-ce la raison pour laquelle Fourcade avait des épaules de taureau — à cause de la tension, du poids du monde. Elle grimpa dans la Jeep et balança les rapports du fichier central des véhicules sur le siège côté passager.

— Faites attention à vous, 'Toinette, fit-il en refermant la portière. Ne laissez pas le loup-garou vous attraper.

24.

Ce n'était pas d'une créature fictive qu'il lui fallait s'inquiéter, se dit Annie en roulant sur la route qui coupait à travers la forêt dense. Tout le problème auquel elle faisait face avait trait à des hommes mortels : Mullen, Marcus Renard, Donnie Bichon — et Fourcade.

Fourcade : il était aussi énigmatique que le loup-garou. Un passé mystérieux, une nature aussi sombre et irrésistible que ses yeux. Cela ne lui plaisait pas qu'il l'ait touchée, mais elle le lui avait permis, et son corps avait réagi d'une façon qui n'était guère futée. C'était déjà suffisamment la pagaille dans sa vie comme ça, sans qu'elle s'engage dans une histoire avec Fourcade.

— Annie, par là-bas, n'y va pas, susurra-t-elle pour elle-même.

Elle régla le tuner pour se laisser distraire par le bavardage de la radio. Il ne se passait pas grand-chose le dimanche soir. Les quelques bars qui étaient ouverts fermaient tôt, et les perturbateurs habituels se réfrénaient ; un signe de respect à l'égard des commandements bibliques. Il n'y avait pas de circulation. La seule trace de vie qu'elle rencontra, ce fut un daim qui traversa la route d'un bond et un chien égaré occupé à ronger une carcasse de tatou. Le monde semblait un lieu désert, mis à part les âmes esseulées qui appelaient pour s'exprimer à la radio et spéculer sur le possible retour de l'Étrangleur du Bayou. Personne n'avait été étranglé, mais les gens semblaient persuadés que ce n'était qu'une question de temps.

Annie écoutait, avec un mélange de fascination et de dégoût. Le degré de peur au sein de la population ne cessait de monter, et le degré de logique chutait en proportion inverse. L'Étrangleur du Bayou était revenu d'entre les morts. L'Étrangleur du Bayou avait tué Pam Bichon. Les théories sur de prétendues conspirations foisonnaient. La plupart d'entre elles reposaient sur l'idée centrale que les flics, quatre ans auparavant, avaient planqué une pièce à conviction pour mettre ces meurtres sur le dos de Stephen Danjermond alors qu'il était déjà mort, une idée étroitement reliée aux théories communément admises au sujet de celle censée accuser Renard et accabler Fourcade. Annie se demanda si Marcus Renard écoutait ça, si le violeur était là à barboter dans la satisfaction que lui procurait son infamie, et si ce qu'il écoutait le faisait sourire. Ou alors, est-ce qu'il était quelque part, dehors, en train de sélectionner sa prochaine victime ?

Gagnée par la peur, lorsqu'elle pénétra sur le parking de Corners, elle tira le Sig de son fourre-tout. Elle ferma la Jeep à clé et monta jusqu'à son appartement, tous ses sens aux aguets, à l'affût du moindre bruit, du moindre mouvement. Elle se tourna sur sa droite, sur sa gauche, tout en faisant jouer la clé dans la serrure, et regarda dehors, sur le parking et au-delà. Il n'y avait pas de lumière dans la maison de

Sos et Fanchon. Il semblait que rien ne bougeait et pourtant elle ne pouvait se défaire de la sensation que des yeux la fixaient. Elle avait les nerfs trop tendus, se dit-elle en entrant.

Elle avait laissé une lampe allumée dans l'appartement et elle en alluma d'autres tout en procédant à une inspection systématique des pièces, pistolet en main. Ce n'est qu'après avoir mené cette tâche à bien qu'elle mit de côté le Sig Sauer et qu'elle laissa se relâcher sur ses épaules les nœuds serrés de son angoisse. Elle tira une bouteille d'Abita du réfrigérateur, ôta ses baskets, et s'approcha du répondeur. À cause de tous ces appels furieux depuis que la nouvelle de l'incident avec Fourcade avait couru sur les ondes, elle avait envisagé de le débrancher. Quel était l'intérêt de s'offrir en pâture aux gens qui ne souhaitaient que l'insulter ? Mais il y avait toujours la possibilité qu'un de ces appels concerne l'affaire, du moins l'espérait-elle.

La bande livrait ses secrets un par un. Deux journalistes qui souhaitaient un entretien, des insultes, un souffle muet, et trois appels raccrochés. Chacun de ces appels lui portait sur les nerfs, chacun à sa manière, mais l'un d'entre eux seulement déclencha un frisson qui lui parcourut l'échine.

« Annie ? C'est Marcus. Sa voix était d'une présence intime, comme s'il l'avait appelée de son lit. Je voulais juste vous dire à quel point cela m'a fait plaisir que vous soyez passée aujourd'hui. Vous ne pouvez pas savoir ce que cela signifie pour moi, que vous vous montriez désireuse de m'aider. Tout le monde a été contre moi. Je n'ai pas d'allié, mis à part mon avocat. Le simple fait que vous m'ayez écouté... que vous vous souciiez de la vérité... Vous ne pouvez vous douter à quel point c'est particulièrement... »

— Je ne veux pas le savoir ! s'écria-t-elle, mais elle interrompit son geste avant d'enfoncer la touche pour rembobiner et, au lieu de cela, elle sortit la cassette de son logement.

Fourcade aurait envie d'entendre ça. Si les choses avançaient avec Renard, cette cassette pourrait figurer comme pièce à conviction. S'il s'entichait d'elle... Si l'attirance évoluait en obsession... Déjà, il la croyait son amie. « *N'allez pas l'aider, 'Toinette... Ne le laissez pas se servir de vous.* »

— Et toi, Fourcade, qu'est-ce que tu es en train de faire ? murmura-t-elle en glissant la bande dans la poche de son pull.

L'odeur estompée de la fumée restait collée à ses vêtements. Par la porte-fenêtre, elle sortit sur le balcon pour respirer un peu d'air frais. Sur le marais, une lueur d'un vert inquiétant tremblota dans l'obscurité — des gaz allumés par la nature et qui se consumaient, sans que personne y prête garde. Plus près, quelque chose gicla près de la rive. Probablement un raton laveur en train de nettoyer son apéritif de minuit, se dit-elle. Mais cette explication sonnait creux, comme lorsqu'on prend ses désirs pour des réalités, et la sensation d'une présence tangible vint la saisir.

Les cheveux se hérissant dans sa nuque, Annie scruta lentement le jardin — ce qu'elle pouvait en voir — de la maison de Sos et Fanchon, le long de la berge et derrière le quai, là où étaient amarrés les pontons aménagés pour les touristes du marais, sur le côté sud du bâtiment, là où trônait une paire de grandes poubelles rouillées. Seules quelques infimes particules de la lumière du parking, provenant de l'éclairage de sécurité, parvenaient jusque-là. Rien ne bougeait. Et pourtant la sensation d'une présence s'emparait d'elle, comme une main serrée sur sa gorge.

Lentement, Annie recula dans l'appartement, puis elle se jeta à plat ventre sur le sol et rampa de nouveau vers le balcon pour observer à travers la balustrade. Elle scruta de nouveau, suivant le même parcours, lentement, son pouls cognant à ses oreilles. Le mouvement survint à hauteur des poubelles. À peine perceptible, avec un bruit infime, un bruissement. La forme d'une tête. Un bras qui se tendait. Noir — tout noir. Une ombre robuste. Qui s'avançait vers l'escalier de son appartement.

Annie se précipita à reculons, pour rentrer dans son appartement, referma les portes et se rua dans sa chambre, là où elle avait laissé son Sig. Assise par terre, elle vérifia que le pistolet était bien chargé tout en appelant le 911 pour signaler le rôdeur. Puis elle attendit, et elle écouta. Cinq minutes s'écoulèrent.

Elle pensa au rôdeur, à ce que pouvaient être ses intentions. Le violeur ? un voleur ? Un magasin qui vendait un peu de tout, en bordure de nulle part, pouvait paraître une cible facile, et ç'avait été le cas à plusieurs reprises par le passé. Oncle Sos avait pris l'habitude de garder la caisse sous son lit, et un fusil chargé dans le placard — tout ceci contre l'avis d'Annie. Si c'était un cambrioleur, s'il ne trouvait pas ce qu'il voulait dans le magasin... et s'il entrait dans la maison pour y chercher de l'argent...

La pensée de cette tragédie potentielle retourna l'estomac d'Annie. Elle avait vu des gens se faire tirer dessus pour les cinquante dollars de la caisse enregistreuse, dans un magasin de spiritueux. Quand elle travaillait en patrouille à Lafayette, c'était un gamin de seize ans, le crâne défoncé, parce qu'un autre gosse voulait lui prendre son blouson de base-ball. Elle ne pouvait rester assise à attendre pendant qu'une espèce de minable était en train d'ajuster avec son arme la seule famille qu'elle ait jamais eue. Elle enfila ses baskets et avança à pas feutrés en direction de la salle de bains, puis vers la porte située juste après la vieille baignoire à pieds de lion. Quand elle l'ouvrit lentement, les gonds grincèrent. Elle se glissa dans la réserve du magasin. Le dos appuyé contre le mur, pistolet en main, prête à agir, elle se tendit à l'écoute du moindre bruit qu'aurait pu faire un intrus. Rien. Elle descendit, lentement, une marche à la fois.

La lumière du parking tombait par les fenêtres du magasin, comme un clair de lune artificiel. Annie longea les rayonnages d'articles, comme un chat en maraude. Serrées sur la crosse du Sig, ses mains étaient moites. D'un geste rapide, elle en sécha une et puis l'autre sur son jean.

Pour quelqu'un qui aurait voulu ressortir, la porte de devant paraissait l'issue la moins risquée. S'il s'agissait d'un voleur, il essaierait de s'introduire par la réserve, côté sud, hors de vue depuis la maison comme depuis la route. Et si ce n'était pas un voleur, s'il était en train de chercher un accès à l'appartement, le seul chemin pour y monter, c'était l'escalier, côté sud du bâtiment.

Annie se glissa vivement au-dehors et contourna l'angle du bâtiment, côté nord. Bon sang, et cette voiture radio, où était-elle ? Il devait bien s'être écoulé une quinzaine de minutes depuis son appel. Il leur aurait fallu moins de temps pour envoyer la cavalerie depuis New Iberia. Elle continua de longer le bâtiment, en plongeant à couvert sous la véranda aussitôt que possible, en espérant qu'elle était bien en train de prendre position entre le rôdeur et la maison. Ce qu'elle voulait, c'était l'en éloigner, pas l'en rapprocher. Lui faire peur et le chasser en direction de la route remblayée, cela semblait être la solution la plus sûre, même si c'était probablement là où il avait caché son véhicule.

Elle rampa jusqu'en bas de la pente, puis se releva en se retenant d'une main contre les fondations du bâtiment. Elle avançait avec prudence pour éviter de riper sur les cailloux et les coquilles de clams écrasées. Il régnait une forte odeur de poisson crevé. À hauteur du pilier d'angle de la véranda, un chat était recroquevillé sur les entrailles d'un poisson chapardé, et il renaudait, avec un profond bruit de gorge. Annie n'arrivait à distinguer aucun mouvement dans la direction de la maison. Ajustant sa prise sur son pistolet, elle prit une profonde inspiration et plaqua la tête à l'angle du mur. Rien. Une autre profonde inspiration et elle tourna l'angle, le Sig en avant. Les poubelles étaient disposées par-delà l'extrémité sud de la véranda.

Elle avança rapidement dans cette direction, en restant toujours tout contre le mur du bâtiment. La sueur perlait à son front et elle résista au besoin de l'essuyer. Elle était tout près maintenant, elle pouvait le sentir, sentir la présence de l'autre. Ses sens s'aiguisèrent. Le bruit de l'eau gouttant quelque part tout près résonnait très fort dans ses oreilles. La puanteur du poisson éviscéré lui provoqua un haut-le-cœur. Il y avait quelque chose, dans cette odeur, qui ne cadrait pas avec la réalité, mais ce n'était pas le moment de vérifier. Elle s'arrêta à l'angle sud-est du bâtiment, pour écouter le crissement d'une semelle sur le sol ou sur l'escalier de son appartement. Contournant l'angle, elle se projeta en esprit et se représenta, le pistolet en avant, se concentrant sur sa cible, criant sa sommation. Mais, comme elle allait crier, une voix éclata derrière elle.

— Adjoint du shérif ! Lâchez ce pistolet !

— Je suis sur le coup ! aboya Annie en abaissant le Sig et en l'écartant sur le côté.

— À terre ! Tout de suite ! Par terre !

— J'habite ici ! s'écria-t-elle en se jetant à genoux. Le rôdeur est juste de l'autre côté !

Le flic ne voulait rien entendre. Il se rua en avant comme un taureau à la charge et, avec sa matraque, la bloqua en lui faisant une clé dans le dos, à hauteur des épaules.

— J'ai dit à terre ! Par terre, bordel !

Annie s'étala sur le sol, la tête la première, trente-six chandelles devant les yeux. D'un coup sec, l'adjoint lui tira la main gauche dans le dos, lui fit claquer la menotte autour du poignet et lui tordit le bras droit pour recommencer la même opération.

— Je suis l'adjoint Broussard ! Annie Broussard !

— Broussard ? Vraiment ? Sa surprise n'était pas franchement sincère. Il fit rouler Annie sur le dos et lui alluma sa lampe-torche en pleine figure. Eh bien, mais ça par exemple ! Si c'est pas notre petite qui a retourné sa veste, et en chair et en os avec ça.

— Va te faire foutre, Pitre, lui lança brutalement Annie. Et retire-moi ces menottes, tant que tu y es. Elle se débattit pour s'asseoir. Pourquoi ça t'a pris si longtemps ? Ça fait vingt minutes que j'ai appelé.

Il haussa les épaules, l'air de ne pas se sentir concerné, tout en déverrouillant les menottes.

— Tu sais comment c'est. On a des appels prioritaires.

— Et ça, ça vient en quelle position ? Une fois que tu as fini de feuilleter les pages de *Penthouse* ?

— Tu devrais franchement pas insulter l'officier de police chargé de patrouille dans ton quartier, Broussard, fit-il en se levant et en époussetant son uniforme aux genoux. Tu ne sais jamais quand tu pourrais avoir besoin de lui.

— Ouais, c'est ça.

D'un mouvement de poignet, Annie ramassa son Sig et se releva en réprimant un grognement. Elle s'ébroua en faisant rouler ses épaules pour essayer de dissiper la douleur cuisante.

— Beau travail, Pitre. En temps normal, combien de propriétaires tu agresses au cours d'un service ?

— Je t'ai prise pour un cambrioleur. Quand je t'ai commandé de te mettre à terre, tu n'as pas obéi. Tu es quand même bien placée pour savoir ce genre de chose.

— Parfait. Si tu m'as matraquée, c'est ma faute. Et maintenant, ce voleur, si tu m'aidais à le chercher ? Enfin, je suis tranquille, il a dû se tailler depuis longtemps, après tes beuglements.

Pitre ignora le sarcasme, reniflant l'air tandis qu'ils avançaient pour aller contourner l'angle du bâtiment, côté sud.

— Bon sang, qu'est-ce que c'est que cette odeur ? s'exclama-t-il en braquant le faisceau de la torche devant eux. T'as abattu des cochons ou quoi ?

Annie tira sa propre lampe-torche de derrière la ceinture de son jean. Gouttes. Elle entendait des gouttes. La chose lui tomba dessus alors qu'elle marchait sous l'escalier — une goutte, et puis une autre, tombées des marches de l'escalier qui menait à son appartement. Elle tendit la main et s'éclaira la paume avec le faisceau de la lampe-torche, alors qu'une autre goutte lui tombait dessus, puis une autre. Du sang.

— Oh, mon Dieu ! souffla-t-elle en s'écartant, prompte comme l'éclair, de cette pluie macabre.

— Dieu tout-puissant ! lâcha Pitre entre ses dents, avec un mouvement de recul.

Sous l'escalier, les miettes de coquillages étaient rouges de sang, comme si quelqu'un avait fait rouler une boîte ouverte de peinture jusqu'en bas de l'escalier. Et entre les marches, pendantes comme de morbides cheveux d'ange, il y avait des entrailles animales. Annie s'essuya la main sur son T-shirt et s'avança vers le pied de l'escalier. Levant le faisceau de sa lampe vers le palier, elle éclaira la traînée sanglante d'un carnage, un cordon d'intestins, comme une guirlande, jusqu'au bas des marches.

— Oh, mon Dieu ! répéta-t-elle.

À la surface de son esprit, un souvenir affleura : Pam Bichon — poignardée, éviscérée. Puis une possibilité la frappa comme un éclair, et l'horreur fut multipliée par dix.

— Oh, Dieu ! Oh, non ! Non ! cria-t-elle.

Elle fit volte-face, bouscula Pitre et courut, ses pieds glissant et dérapant sur les miettes de coquillages, jusqu'en bas de la pente, vers le quai. Le faisceau de sa lampe-torche balayait l'obscurité devant elle, dans une suite de mouvements erratiques. Sos. Fanchon. Sa famille.

— Broussard ! hurla Pitre derrière elle.

Annie se jeta contre la porte d'entrée du ranch, en cognant avec la lampe-torche, en tournant la poignée de la porte de sa main ensanglantée. La porte s'ouvrit d'un coup et elle tomba sur Sos en même temps qu'une lampe du salon s'allumait.

— Oh, Dieu ! Oh, Dieu ! bégaya-t-elle en l'enveloppant de ses bras dans une étreinte frénétique. Oh, merci mon Dieu !

— Ce sont des entrailles de porc, annonça Pitre en désignant un intestin du bout de sa matraque. À cette période de l'année, des porcs, on en abat des tas.

Annie était toujours tremblante. Elle allait et venait au pied de l'escalier, furibarde. Pitre avait retrouvé le baquet de plastique de vingt-cinq litres dans lequel on avait apporté les abats, et l'avait posé à côté d'eux, bien en vue à présent sous la lumière qui provenait de la vitrine du magasin. Annie avait envie d'y flanquer des coups de pied. Elle avait envie de cogner Pitre, parce qu'elle l'avait à portée de la main, et que c'était une enflure. Pour cette bonne blague, il était probablement au parfum. Si c'était une blague.

— Je veux me l'entendre dire par le labo, prévint-elle.

— Quoi ? Pourquoi ?

— Parce que, s'il s'avère que depuis deux jours un corps humain a perdu sa tuyauterie, quelqu'un va vouloir la récupérer, Einstein.

Pitre émit un grognement de mécontentement. Si c'était une pièce à conviction, il allait devoir s'en charger, ramasser ça pour tout remettre dans le baquet, et emporter le tout dans sa voiture.

— C'est des intestins de porc, insista-t-il encore.

Annie lui planta un regard furieux, bien en face.

— Si tu en es tellement sûr, c'est parce que t'as pas envie de t'en charger, ou c'est parce que tu le sais vraiment ?

— J'en sais rien, grommela-t-il.

— Si c'est Mullen qui est derrière ça, tu peux lui dire que je vais le conduire jusqu'à Lafayette à coups de pompes dans le cul !

— Mais je suis au courant de rien, moi ! rouspéta Pitre. J'ai répondu à ton appel. C'est tout ce que j'ai fait !

— Qui est-ce, ce Mullen, *chère* ? intervint Sos. Pourquoi qu'il t'aurait fait une chose pareille, à toi ?

Annie se passa une main sur le front. Comment pouvait-elle bien expliquer ça ? Dès le début, Sos n'avait pas été ravi de la profession qu'elle avait choisie. Il adorerait entendre comment certains adjoints s'y prenaient pour essayer de la chasser du service. Et si ce n'était pas Mullen, alors qui ?

— Une mauvaise blague, oncle Sos.

— Une blague ? se fâcha-t-il, incrédule. Mais non. T'es venue me trouver, et c'était pas en rigolant, *chérie*. Y a rien d'drôle là-d'dans.

— Non, rien, en effet, acquiesça Annie.

Fanchon regardait vers le haut de l'escalier, où une demi-douzaine de chats étaient venus festoyer sur les entrailles.

— Ça, ils en ont fait, des cochonneries, ça, c'est sûr.

— L'adjoint Pitre et moi, nous allons nettoyer tout ça, tante. C'est une pièce à conviction, la rassura Annie. Vous deux, retournez vous coucher. Ce sont mes cochonneries. Je vous ai réveillés, je suis désolée.

Cela prit encore cinq bonnes minutes de discussion pour les convaincre de rentrer chez eux. Annie ne voulait pas qu'ils se sentent touchés. Comme ils s'éloignaient enfin, la panique qui l'avait envahie quand elle avait pensé à eux refit surface. Le monde était devenu fou. Qu'elle ait pu imaginer que quelqu'un avait massacré Sos et Fanchon en était la preuve. Au fond d'elle-même, elle avait peur, comme tout le monde dans ce comté, que le mal soit venu depuis l'enfer pour les contaminer et tous les dévorer. Elle avait plus d'une bonne raison de souhaiter pouvoir mettre ça sur le compte de Mullen. Mais plus elle y pensait, moins elle avait de certitude là-dessus. Lui couper la radio, c'était simple, anonyme. Le serpent dans la Jeep, c'était facile à organiser, mais ça... Trop de risque de se faire prendre la main dans le sac, dans le sac de sang, littéralement. Et la corrélation avec Pam Bichon était troublante.

Sur l'insistance d'Annie, Pitre remonta vers le remblai de la route avec elle, histoire d'y balader un peu le faisceau de sa lampe-torche. Le rayon lumineux traça à travers bois et broussailles, alluma ici et là les lueurs rougeoyantes des yeux d'animaux. S'il y avait eu une voiture garée par là, cela faisait longtemps qu'elle était partie. Il n'y avait pas d'empreintes sanglantes. Les pneus n'avaient pas laissé de marques sur la route caillouteuse.

Lorsque Annie regagna péniblement son appartement par l'escalier intérieur du magasin, il était près de trois heures du matin. Tous ses muscles lui faisaient mal. Entre ses omoplates, la douleur, à l'endroit où Pitre l'avait frappée, avait le tranchant du couteau. Et, en même temps, elle était trop tendue pour dormir. Elle sortit une autre bière du frigo, avala un peu de Tylenol et s'affala sur une chaise, à la table de la cuisine, là où ses propres notes sur l'homicide de Pam Bichon étaient encore étalées. Elle attrapa les feuillets de la chronologie et jeta un œil sur les dates.

9.10 — 1 h 45 : Pam signale encore un rôdeur. Aucun suspect appréhendé.

10.10 : En prenant le bus de l'école, Josie Bichon découvre les restes mutilés d'un raton laveur devant la porte d'entrée.

Marcus Renard se voulait son ami. Il s'était voulu l'ami de Pam Bichon, aussi. Pam l'avait rejeté. Annie l'avait traité de tueur, en face. Pam était morte. Et Annie attendait son tour, pour prendre dans sa vie la place de Pam. Parce qu'elle voulait jouer au détective, parce qu'elle éprouvait le besoin que justice soit faite pour cette femme prise au piège dans la terre des ombres des victimes. Elle n'avait jamais imaginé qu'elle pouvait courir le risque de finir là-bas, elle aussi.

25.

— Je pensais que je pourrais peut-être intégrer le service des rapports et pièces à conviction, fit Annie en se glissant sur la chaise située devant le bureau de Noblier.

En tout et pour tout, elle avait eu trois heures de sommeil. Elle avait déjà une mine d'enfer ; le manque de sommeil n'allait pas notablement endommager l'emballage. Apparemment, le shérif avait passé son dimanche à récupérer de sa semaine de chien. Ses joues et son nez avaient pris des coups de soleil, signe d'une journée passée dans sa barque de pêche à la perche. Il leva les yeux sur elle, comme si elle venait de se porter volontaire pour nettoyer les toilettes.

— Rapports ? Vous voulez aller au service des rapports ?

— Non, monsieur. Je veux rester en patrouille. Mais si ce n'est pas possible, j'aimerais aller quelque part où je n'ai pas encore été. Une expérience qui m'apprenne quelque chose de nouveau.

Annie luttait pour rendre son enthousiasme visible. On gaspillait rarement le personnel assermenté pour du boulot comme celui des rapports, mais, où qu'il l'affecte, il allait la gaspiller.

— Je suppose que, là-bas, vous pouvez difficilement nous causer des ennuis, bougonna-t-il en caressant son gobelet de café.

— Non, monsieur. J'essaierai, monsieur.

Il retourna la chose dans sa tête, tout en prenant une bouchée de son petit pain aux myrtilles, puis il hocha la tête.

— D'accord, Annie. Mais pour aujourd'hui, j'ai besoin que vous me fassiez d'abord autre chose. Une autre expérience instructive, comme vous diriez. Allez voir ma secrétaire.

— McGruff le chien policier ?

Annie considéra avec horreur le costume suspendu

devant elle dans la pièce aux fournitures : des membres en peluche et un imperméable. La tête du chien géant était posée sur les pieds du chien géant. Valérie Comb minauda.

— D'habitude, c'est Tony Antoine qui fait ça, mais il s'est fait porter pâle.

— Ouais, ça m'étonne pas.

La secrétaire de Noblier lui tendit un programme.

— Deux séances ce matin et deux cet après-midi. L'adjoint York fera la présentation. Tout ce que vous avez à faire, c'est de faire le pied de grue.

— Déguisée en chien géant.

Valérie renifla et arrangea le foulard de mousseline qu'elle s'était noué autour de la gorge, tentative pitoyable pour dissimuler un furoncle.

— Si vous me demandez mon avis, vous avez encore du bol qu'on vous confie du boulot.

— Je ne vous l'ai pas demandé.

— Vous avez dix minutes pour vous rendre à la maternelle Minimômes, fit-elle en regagnant la porte d'une allure nonchalante. Vous avez intérêt à donner un bon coup de jarret, adjoint. À moins que ce ne soit un bon coup de queue ?

— Pour ce qui est de ça, vous seriez plus experte que moi, pesta Annie à mi-voix tandis que la porte se refermait, la laissant avec son nouvel alter ego.

Une expérience instructive. Elle apprit qu'elle aurait mieux fait, une fois sortie du cagibi et dans les couloirs du poste de police, de mettre la tête géante, histoire d'être complètement déguisée et de s'éviter une humiliation. Mais elle apprit également qu'elle ne pouvait coiffer la tête sans aide. Elle était lourde et aussi peu maniable qu'une coccinelle Volkswagen. La seule tentative qu'elle avait faite pour l'enfiler lui avait fait perdre l'équilibre, et elle était allée trébucher contre un rayonnage en métal, avait rebondi et s'était retrouvée tête (de chien) la première dans la corbeille à papier.

Elle apprit aussi qu'elle ne savait pas conduire chaussée de pieds de chien géant, qu'à l'intérieur du costume aucune ventilation n'avait été prévue, et que la chose sentait encore plus mauvais que tous les vrais chiens qu'elle avait croisés. Elle apprit encore que York le Gland avait pris les obligations de sa corvée-McGruff bien trop au sérieux.

— Vous savez aboyer ? lui demanda-t-il en lui ajustant la tête.

Ils se trouvaient dans le parking latéral qui jouxtait

l'école maternelle Minimômes. Son uniforme était impeccable, raide d'amidon. Les plis de son pantalon avaient l'air si affûtés qu'on aurait pu y découper du fromage en tranches. Annie jeta un regard furieux par les trous pratiqués dans le fond de la bouche à moitié ouverte du McGruff.

— Est-ce que je peux quoi ? demanda-t-elle d'une voix étouffée.

— Aboyer. Aboyer pour moi, comme un chien.

— Je vais faire comme si vous ne m'aviez rien dit.

La petite moustache en brosse de York se tortilla d'impatience. Il contourna Annie et vint se poster derrière elle pour lui ajuster la queue qui pointait par la fente arrière de l'imperméable.

— C'est important, adjoint Broussard. Ces enfants sont sous notre responsabilité. C'est notre travail de leur apprendre ce que c'est que la sécurité et que les fonctionnaires chargés d'appliquer la loi sont leurs amis. Alors maintenant dites quelque chose que McGruff pourrait dire.

— Retirez vos mains de ma queue ou je vous mords.

— Vous ne pouvez pas dire ça ! Vous allez faire peur aux enfants !

— C'était à vous que je m'adressais.

— Et il faut que vous preniez une voix beaucoup plus profonde, plus comme un grognement. Comme ça. Il revint à nouveau se placer devant elle et se mit physiquement en condition pour le rôle, en voûtant les épaules et en faisant une figure qui ressemblait à celle de Nixon. Bonjour, les garçons et les fiiiilles ! s'exclama-t-il de sa plus belle voix de chien de dessin animé, qui sonnait vraiment comme celle de Nixon. C'est moi McGruff le chien policier ! Si on se met tous ensemble contre le criiiime, on peut n'en faire qu'une bouchée !

— Ouais, York, un vrai Rintintin. Tu veux le porter, ce déguisement ?

Il se raidit devant l'affront.

— Alors boucle-la et fiche-moi la paix. Je suis pas d'humeur.

— Vous avez un problème de comportement, adjoint, déclara-t-il, puis il tourna les talons et marcha vers l'entrée latérale de l'école, de sa démarche cul serré.

Annie se dandina derrière lui, trébucha sur les marches, atterrit sur son museau de chien géant. Un soupir souleva la poitrine de York, histoire de lui signaler sa patience à toute épreuve, et il l'aida à se redresser, puis la guida à l'intérieur de l'immeuble.

Elle comprit vite que, dans un costume de chien, elle n'avait plus aucune mobilité, et plus aucune dextérité quand elle portait des pattes. Elle apprit aussi qu'elle était honteusement désavantagée, puisqu'elle ne pouvait entrevoir que d'une petite lucarne le monde extérieur, à travers la bouche du McGruff. Le règne des bambins se situait totalement au-dessous de son champ de vision — et ils le savaient. Ils lui marchaient sur les pieds et lui tiraient la queue. L'un d'eux bondit d'un pupitre, en yodlant comme Tarzan, et empoigna la grosse langue rose qui pendait de sa gueule. Un autre s'était faufilé en douce et lui avait fait pipi sur le pied.

Lorsqu'ils eurent accompli leur programme, en terminant par l'école élémentaire du Sacré-Cœur, Annie se sentait comme une piñata remplie de sucreries, sur laquelle les invités à la fête d'anniversaire auraient trop tapé, pour casser le couvercle et piocher dans les bonbons. York avait complètement cessé de lui adresser la parole — non sans auparavant l'avoir assurée qu'il ferait part de son comportement peu coopératif au sergent Hooker et même, si possible, au shérif. À son avis, elle était la honte des chiens policiers du monde entier.

Annie se tenait debout sur le trottoir devant l'école du Sacré-Cœur, sa tête de McGruff sous le bras, et elle regarda York rejoindre en trombe sa voiture de patrouille. C'était la sortie de l'école. Une horde de dixièmes la dépassa au galop, en aboyant. En route vers le bus à grandes enjambées, un gamin plus grand lui saisit la queue et la lui entortilla.

— Ça n'a pas l'air d'aller, fit Josie d'une petite voix.

Elle se tenait debout sur les marches, les bras autour de son sac à dos, ses cheveux retenus par un large bandeau violet.

— Hé, Josie, qu'est-ce que tu fais là ? fit Annie.

La fillette haussa les épaules, le regard fixé sur le sol.

— Tu vas louper le bus.

Josie secoua la tête.

— Il faut que j'aille au bureau de l'avocat. Grand-maman et grand-papa Hunt ont rendez-vous là-bas. Ils l'ont laissé sortir de prison hier, tu sais. Nous sommes allés le chercher au lieu d'aller à l'église. J'ai bien l'impression que personne, parmi les gens qui ne respectent pas la loi, n'est forcé de rester en prison, hein ?

— Ils l'ont laissé sortir sous caution ? demanda Annie.

Qui aurait pensé que Pritchett allait agir un dimanche ? Personne — justement, tout était là. Les bureaux étaient officiellement fermés, ce qui en faisait un jour idéal pour les manœuvres clandestines. La famille n'avait pas envie que la presse profite de l'occasion. Pritchett n'avait pas envie non plus de contrarier les Davidson plus qu'il n'était nécessaire. Au sein de la circonscription électorale, les Davidson avaient bien plus d'amis que Renard.

Josie haussa de nouveau les épaules tout en descendant l'escalier pour prendre la direction du terrain de jeux.

— J'imagine. Je ne comprends pas, mais personne n'avait envie d'en parler. Grand-papa Hunt, en particulier. Quand nous sommes arrivés à la maison, il est parti pêcher tout seul et, quand il est revenu, il s'est enfermé dans son bureau.

Au lieu d'aller à la balançoire, elle s'assit sur une grosse traverse de chemin de fer qui bordait un carré de pensées à l'ombre d'un chêne vert. Annie laissa tomber la tête de McGruff sur l'asphalte et s'assit à côté d'elle, arrangeant sa queue du mieux qu'elle put. En face de l'école, les bus démarraient en rugissant.

— Je sais que c'est perturbant pour toi, Josie. C'est perturbant pour plein d'adultes, aussi.

— Grand-maman dit que l'inspecteur a essayé de battre le type qui a tué ma maman, mais que tu l'as arrêté.

— Il a enfreint la loi. Les flics sont supposés appliquer la loi ; ils ne devraient jamais l'enfreindre. Sauf que le fait que j'aie arrêté l'inspecteur ne veut pas dire que je ne vais pas encore essayer d'attraper le type qui a tué ta maman. Tu comprends ?

Josie se tournait d'un côté, de l'autre, et tendit la main pour effleurer une pensée couleur lavande du bout du doigt. Une larme glissa sur sa joue et elle chuchota :

— Non.

Elle inclina un peu la tête, et un rideau de cheveux noirs masqua son visage. Lorsque finalement elle parla, sa voix était ténue et tremblante.

— Ma... ma maman me manque vraiment.

Annie lui tendit unc patte et serra Josie tout contre elle.

— Je sais, mon cœur, dit-elle, la bouche tout contre le front de Josie. Je sais très bien à quel point elle te manque. Je suis si triste que tout ça te soit arrivé.

— Je veux qu'elle revienne, sanglota Josie contre l'imperméable. Je sais qu'elle ne va jamais revenir et je la déteste !

— Ma chérie ! La vie n'aurait pas dû te faire mal comme ça.

— Sœur Céleste dit que je de... devrais pas être en colère contre D... Dieu, mais je suis en colère contre lui.

— Ne te fais pas de souci pour Dieu. Il a tellement de quoi s'occuper. Contre qui d'autre es-tu en colère ? Contre moi ?

La petite fille hocha la tête.

— Je comprends. Mais je veux que tu saches que je fais de mon mieux pour arranger les choses, Josie, murmura-t-elle. Je t'ai promis que je le ferai, et je le fais. Mais tu as tout à fait le droit d'être en colère contre qui tu veux. Ton papa ?

Elle hocha la tête de nouveau.

— Et ta grand-maman ?

Un autre hochement de tête.

— Et grand-papa Hunt ?

— N... non.

— Qui d'autre ?

Josie se tut un moment. Annie attendit ; l'appréhension enflait dans sa poitrine. Une brise irrégulière couchait les têtes des pensées. Une banderole s'échappa d'un bosquet d'azalées.

— Qui d'autre, Josie ?

La petite voix était noyée de douleur.

— Moi.

— Oh, Josie, chuchota Annie en l'étreignant très fort. Ce qui est arrivé à ta maman n'était pas ta faute.

— J'é... j'étais partie à la m... maison de Kristen. Peut-être que si... si j'a... j'avais été à la maison...

Annie écouta cette confession balbutiante, et, à l'intérieur d'elle-même, elle se sentit avoir neuf ans, et elle se rappela l'horrible poids de culpabilité qu'elle portait, et que personne n'avait jamais soupçonné. Elle avait toujours été avec sa maman, elle avait veillé sur elle dans les mauvaises passes et prié Dieu qu'il la rende heureuse. Et la première fois qu'elle était partie loin de la maison, Marie avait mis fin à sa vie. Ce poids-là avait tant pesé sur elle qu'elle avait cru qu'il allait l'écraser.

— Ce n'était pas ta faute, Josie, murmura-t-elle enfin. Je pensais ça, moi aussi, quand ma maman est morte. Que si j'avais été à la maison j'aurais pu empêcher que ça n'arrive.

Mais dans la vie nous ne pouvons pas savoir quand les mauvaises choses nous tombent dessus. Nous ne pouvons pas maîtriser ce que font les autres. Ce n'est pas ta faute, chérie. C'est la faute de quelqu'un d'autre, et on va le faire payer. Je te le promets. Tout ce que je te demande, c'est que tu me croies quand je te dis que je suis ton amie. Je serai toujours ton amie, Josie. J'essaierai toujours d'être là pour toi et pour toi j'essaierai toujours de faire de mon mieux.

Josie leva les yeux vers elle. Elle essaya de sourire.

— Alors comment ça se fait que tu es déguisée en chien ?

— Un petit contretemps momentané, fit Annie, contrariée. Ça ne durera pas. Quelque chose me dit que je suis plutôt miteuse comme chien policier.

— Tu étais très mauvaise, admit Josie. Elle plissa le nez de dégoût. Et puis tu sens vraiment une odeur dégueulasse.

— Hé, attention, ne m'insulte pas, la taquina Annie. Je vais te refiler toutes mes puces.

— Berk !

— Allez, petite môme, fit-elle en se levant avec lenteur. Je te raccompagne. Tu peux m'aider à porter ma tête.

Le lac Ponchartrain brillait d'un bleu-vert métallique, aussi plat qu'une pièce de monnaie, et s'étirait vers le nord à perte de vue, coupé en deux par le pont à péage Pontchartrain Causeway. À mi-distance, plusieurs bateaux en effleuraient la surface, leurs pilotes faisant l'école buissonnière après les rigueurs habituelles d'un lundi de travail. La vue, depuis ce côté de la rive, valait cher. L'immobilier, le long de cette partie du lac, appartenait à la catégorie « si vous avez besoin de demander le prix, c'est que vous n'avez pas de quoi ». Duval Marcotte avait de quoi.

Sa demeure était de style italianisant, et elle avait une allure qui aurait été plus adaptée à la Toscane. Stuc blanc cassé et toit de tuiles rouges. Des lignes droites élégantes et de petites fenêtres hautes et étroites. Un mur de deux mètres cinquante de haut entourait la propriété, mais le portail en fer forgé restait ouvert, offrant aux flâneurs une vue sur la pelouse émeraude et les somptueux jardins d'agrément. Une Lincoln noire Town Car était stationnée dans l'allée près de la maison. Du haut d'un pilier du portail, une caméra de surveillance était braquée vers le bas.

Nick redémarra, dépassant la caméra, et tourna.

L'entrée de service était ouverte, elle aussi. Une camionnette de fleuriste était arrêtée près de l'entrée de la cuisine, avec ses portières béantes. Nick gara son camion devant la porte et marcha vers la maison, en attrapant dans la camionnette une énorme composition de fleurs printanières. La cuisine bourdonnait d'activité, une vraie ruche. Une femme mince supervisait deux aides en tablier dans la confection des canapés. Deux autres femmes déchargeaient des plateaux de flûtes à champagne sur le plateau de granit d'un deuxième plan de travail. Un garçon d'une vingtaine d'années, bien bâti, fit irruption par une porte avec une caisse de champagne qu'il porta jusqu'à une table, sous la direction d'un petit homme blond efféminé aux lunettes cerclées d'or, qui se tourna ensuite vers Nick.

— Allez porter cela au salon rouge. Il faut les placer sur la table ronde en acajou, près de la cheminée.

Une domestique lui ouvrit grande la porte. Il était venu dans cette maison à deux reprises et il en avait mémorisé la disposition, il pouvait voir, en imagination, chaque pièce d'antiquité de l'ameublement et chacun des tableaux accrochés aux murs. Le salon rouge était du côté gauche, sur le devant de la demeure, une pièce qui donnait l'impression d'avoir pu accueillir Napoléon, avec son décor second Empire, ostentatoire et chargé. Nick disposa la composition florale sur la table ronde en acajou et enfila d'un pas rapide le couloir de l'aile est, ses chaussures de jogging presque silencieuses sur le parquet ciré. Il dépassa le grand escalier, pour lui préférer celui qui était situé au fond du couloir. Le bureau de Marcotte était au second étage de l'aile est. En homme d'habitudes, il travaillait les lundi et vendredi. Les associés avec lesquels Marcotte ne voulait pas être vu dans ses bureaux de Poydras Street, le quartier d'affaires central de La Nouvelle-Orléans, avaient pour habitude régulière de se rendre à son domicile. Nick songea à la Town Car dans l'allée et fit la grimace.

Il aurait mieux fait d'attendre, de venir à une heure tardive, pour surprendre Marcotte dans son lit, mais cela aurait fourni une trop belle excuse à ce dernier pour lui tirer dessus — ou pour lui faire tirer dessus, comme sur un intrus. Il était ici pour affaires, pas pour se venger, se rappela-t-il tout en s'introduisant dans une salle de bains et en refermant la porte derrière lui. Il s'observa fixement dans le miroir au-dessus du lavabo. Il portait une veste sport noire, ample, par-dessus son T-shirt blanc, la coupe de la veste dissimulant le baudrier et le Ruger P.94 semi-automatique. Ses pommettes s'étaient colorées. Son pouls cognait un peu trop fort, et l'appréhension nappait sa langue d'une saveur cuivrée. Il n'avait pas vu Marcotte depuis plus d'un an, et il n'avait pas prévu de le revoir. Il avait fait de son mieux pour fermer la porte sur ce chapitre de sa vie, et voilà qu'il se surprenait maintenant à y revenir, à la dérobée.

Il ferma les yeux, respira profondément et s'efforça de tranquilliser son esprit. *Calme, centre, concentration.* Pourquoi était-il ici ? Rien de visible ne reliait Marcotte à l'affaire Bichon. Il avait vérifié tous les numéros de téléphone de La Nouvelle-Orléans sur les listes d'appels téléphoniques de Donnie, antérieurement au meurtre, sans trouver de lien direct avec Marcotte. Un soulagement. Il n'avait pas envie de donner du corps aux motifs que Donnie pouvait avoir eus de tuer Pam, quand il sentait, dans ses tripes, que Renard était le meurtrier. Si Donnie avait contacté Marcotte après la mort de Pam, Nick n'avait aucun moyen de le savoir. Il n'y avait aucune raison de saisir les listes d'appels téléphoniques de la ligne de Bichon pour cette période-là. Et si Donnie avait contacté Marcotte après l'événement, cela sortait ce dernier du cercle meurtrier. Toutefois, même après s'être récité ce raisonnement logique, le malaise subsistait. Le spectre de Marcotte se profilait dans les ombres qui bordaient la périphérie du drame. Donnie avait besoin que l'affaire de Pam soit classée avant de pouvoir mettre à exécution ses projets de vendre la société immobilière. Si Renard se faisait dégommer, il était probable que c'en serait fini de cette affaire. Si Nick devait être celui qui dégomme Renard, et s'il s'abaissait à commettre cet acte, il se retrouverait alors écarté du nouveau terrain de jeu de Marcotte.

Il rejeta lentement l'air entre ses lèvres. *Calme, centre, concentration.* Il ne pouvait laisser le passé exercer sa pression. Il lui fallait isoler le présent, traiter l'instant présent, tourner sa pensée vers l'avant. *Maîtrise.* Il regagna le couloir et avança en direction de la porte en cyprès laqué à double battant. Le jeune assistant de Marcotte était assis derrière le secrétaire copie d'ancien, dans le petit bureau en antichambre.

— Puis-je vous aider ?

— Je suis venu voir M. Marcotte.

Le secrétaire considéra l'allure de Nick avec une suspicion désapprobatrice.

— Je suis désolé, vous n'avez pas rendez-vous.

— Ne soyez pas désolé. Il va me recevoir.

— M. Marcotte est un homme très occupé. Il est en réunion.

Nick se pencha sur le bureau et empoigna la cravate du personnage juste au-dessous du nœud, en l'entortillant bien serrée autour de son poing. Les yeux du secrétaire s'écarquillèrent et, de surprise, il laissa échapper un cri étranglé.

— Tu es bien malpoli, le collégien, fit Nick doucement. Ils étaient vraiment nez à nez. T'as de la chance que je sois patient. Moi, je crois qu'il faut donner aux gens leur seconde chance. Alors pourquoi j'arrêterais pas de t'étouffer, et comme ça tu pourrais sonner M. Marcotte ? Et dire que Nick Fourcade est ici pour affaires.

Nick le relâcha et le secrétaire retomba sur sa chaise, aspirant une grande goulée d'air. Il tendit la main vers le téléphone et appuya sur le bouton de l'intercom.

— Je suis désolé de vous interrompre, monsieur Marcotte. Il essaya bien de s'éclaircir la gorge, mais elle conservait son inflexion rauque. Il y a ici un certain Nick Fourcade qui veut vous voir. Il a fortement insisté pour que je vous le fasse savoir.

Aucune réponse ne sortit de l'appareil. Nick tapait du pied avec impatience. Un instant plus tard, la porte à double battant du saint des saints de Marcotte s'ouvrait en grand et quatre hommes en sortaient. Nick eut vite fait d'inventorier la compagnie, tout en s'écartant vers le mur le plus proche. Ouvrant la marche, il y avait là tout d'abord Vic « le Bourrin » Di Monti, un caïd du milieu, calibre moyen, actif dans l'agglomération de La Nouvelle-Orléans. Il était bâti comme un petit cube, avec des jambes et des bras trapus. Par contraste, le tas de muscles qui le flanquait était surdimensionné : tout un assortiment de petites frappes taillées en brosse, avec lunettes de soleil rondes Armani.

Tandis que le quatuor de marioles sortait, Marcotte demeura sur le seuil. Il avait l'air du plus ordinaire des hommes, en pantalon de costume et chemise à rayures, aux manches relevées, avec sa cravate impeccable à rayures rouge sang. Mince, la soixantaine, dégarni. Il était célèbre pour son sourire. Ses yeux étaient empreints d'une bienveillance, que démentait un cœur qui n'était qu'un bloc noir et atrophié. Il était d'une bonté prodigue, d'une modestie impressionnante, secrètement vicieux. Il avait payé sans compter pour se forger une image de bon aloi, et les quelques personnes de la haute société de La Nouvelle-Orléans qui le savaient détournaient obligeamment le regard.

— Eh mais, si ce n'est pas mon bon ami, Nick Fourcade ! s'écria-t-il avec un petit rire étouffé, jovial, affichant le genre de bonhomie que l'on réserve aux chères vieilles connaissances. Quelle surprise !

— Vraiment ?

— Entrez, Nick, lui proposa-t-il avec un large geste. Evan, apportez-nous du café, voulez-vous ?

— Je ne vais pas m'attarder, fit Nick tout en passant devant son hôte pour pénétrer dans le bureau.

Il fut impressionné, malgré lui, par la vue sur le lac que l'on découvrait par les fenêtres palladiennes percées au milieu du mur principal. La pièce elle-même n'était pas moins impressionnante. Moquette en peluche grise, un rien plus claire que le gris des murs, objets d'art exposés çà et là le long des murs. Les meubles étaient dignes d'un musée.

— C'est vrai, vous avez une longue route pour rentrer, observa Marcotte en contournant son bureau massif. J'ai entendu dire que vous vous êtes fait une sacrée réputation là-bas.

Nick ne fit pas de commentaire. Il se plaça derrière un fauteuil Louis XIV à une extrémité du bureau, avec les portes en vue. Il posa les mains sur le dossier du fauteuil. Marcotte était l'antithèse de tout ce en quoi il croyait : la moralité, la justice, la responsabilité. Pour tout cela, Nick avait rêvé de punir Marcotte, mais il n'y avait aucun moyen d'y parvenir sans se corrompre soi-même. Le comprendre n'avait fait que nourrir sa colère.

— Qu'est-ce qui vous amène dans les parages, inspecteur ? demanda Marcotte. C'est-à-dire, mis à part votre invraisemblable culot.

Les coudes bien calés contre les accoudoirs de son fauteuil directorial, il joignit ses doigts et fit lentement pivoter le fauteuil, de gauche et de droite.

— Je dirais bien que c'est la réception que je donne ce soir, mais je crains que votre nom ne figure pas sur la liste des invités. Ce ne peut être pour une affaire officielle : vous êtes largement en dehors de votre juridiction. En outre, je crois savoir que vous avez récemment connu un petit contretemps professionnel.

— Qu'est-ce que vous en savez ?

— Ce que je lis dans les journaux, Nick, mon garçon. Maintenant que puis-je faire pour vous ?

Le calme de Marcotte l'étonnait. Cet homme l'avait brisé et il était assis là comme s'il pouvait n'y avoir nulle rancune, comme si cela n'avait rien signifié pour lui.

— Répondez-moi, insista Nick. Quand, pour la première fois, avez-vous discuté de la vente possible de Bayou Immobilier avec Donnie Bichon ?

— Qui est Donnie Bichon ?

— Vous lisez les journaux, vous savez qui il est.

— Vous avez une raison de croire que j'aurais parlé avec lui ? Pourquoi serais-je intéressé par une petite société immobilière dans un trou perdu ?

— Oh, laissez-moi réfléchir ! Nick se posa deux doigts sur la tempe pour souligner son effort de concentration. L'argent ? Faire de l'argent. Cacher de l'argent. Recycler de l'argent. Y emmener votre gratin. Peut-être que votre copain Vic le Bourrin est en train de se chercher un petit investissement poids léger. Peut-être que vous avez quelques sénateurs dans la poche, prêts à installer des casinos sur des bateaux dans le bassin. Peut-être que vous savez quelque chose que le commun des mortels ignore.

Le visage de Marcotte se durcit.

— Vous m'offensez, inspecteur.

— Ah oui ? Eh ben, flûte alors. À part ça, quoi de neuf ?

— Rien. Vous êtes toujours aussi assommant. Je suis un homme d'affaires respecté, Fourcade. Ma réputation est au-dessus de tout reproche.

— Quelle sorte d'argent faut-il pour s'acheter une réputation comme ça ? Les suppléments que vous versez, c'est en fonction de l'escroc avec qui vous avez envie de vous associer ?

— M. Di Monti possède une société de construction. Nous sommes en train de développer un projet ensemble.

— Mais j'en suis sûr. Vous allez l'amener à Bayou Breaux, lui et ses voyous ?

— Vous êtes mentalement dérangé, Fourcade. Quel intérêt voulez-vous que j'aie dans je ne sais quel patelin au bord d'un marais infesté de serpents ?

Nick leva un doigt en guise d'avertissement.

— Attention à ce que vous dites, Marcotte. Au bord du marais, c'est mon patelin — celui où vous m'avez envoyé.

Je veux pas voir votre binette là-bas et je n'ai pas envie de renifler votre argent qui pue.

— Vous ne retenez décidément pas les leçons, hein, le rat des marais ? Je me suis conduit à votre égard en hôte parfait, et vous m'insultez. J'aurais pu vous faire arrêter, si j'en avais eu envie. Ça ferait quelle impression, dans votre dossier d'états de service ? Ça laisserait croire que vous avez perdu la boule, dirais-je. Frapper des suspects, faire la route jusqu'à La Nouvelle-Orléans pour harceler un homme d'affaires et un philanthrope bien connu. Vous m'agacez, Fourcade. La dernière fois, je vous ai éloigné d'un revers de la main comme un moustique. Ne recommencez pas à m'importuner.

La porte s'ouvrit d'un coup, et le secrétaire apporta un plateau d'argent avec une petite machine à café et des tasses en porcelaine tendre. L'arôme âpre de la chicorée remplit la pièce. En se dirigeant vers la porte, Nick décocha un clin d'œil au secrétaire.

— Vous boirez le mien, *mon ami.* J'ai entendu dire que c'était bon pour le mal de gorge.

Il redescendit l'escalier latéral et se glissa au-dehors par le solarium pour éviter la foule de la cuisine. La camionnette du fleuriste était partie. Pas les voyous de Vic Di Monti.

L'un d'eux sortit de derrière un abri de jardin pour lui barrer le chemin du portail. Nick s'arrêta à trois mètres d'eux et il évalua les choix qui s'offraient à lui : tenir sa position ou repartir en courant là d'où il venait, quoiqu'il eût le fâcheux pressentiment que la tête de lard numéro deux l'avait déjà privé de ce second choix. Le raclement d'une paire de pieds de grande pointure, sur le chemin de briques derrière lui, confirma cette réalité. Puis Di Monti en personne surgit de l'abri de jardin, avec un manche de pelle en noyer qu'il tenait en équilibre horizontal entre ses pattes épaisses.

— Je n'ai pas de différend avec vous, monsieur Di Monti.

Il maintenait le poids de son corps en légère extension vers l'avant, et ses yeux sur le voyou face à lui. Dans les lunettes de soleil du type, il pouvait guetter le reflet de son frère jumeau.

— Je me souviens de toi, Fourcade, fit Di Monti.

Il avait un accent que l'on rencontrait dans le quartier irlandais de la ville, proche de celui de Brooklyn, et qui aurait parfaitement convenu au cinéma à un caïd du milieu.

— T'es une espèce de barjot. Qui s'est fait jeter de la rousse. Il aboya un éclat de rire. Faut vraiment le vouloir — se faire jeter du commissariat de police de La Nouvelle-Orléans.

— C'est rien du tout, répliqua Nick. Demandez à votre ami Marcotte.

— Ça tombe bien que tu m'en parles, Fourcade, fit Di Monti en frappant le manche de pelle contre sa paume. M. Marcotte est un ami très proche et, en affaires, un associé précieux. Je veux pas qu'on le dérange. Tu vois où je veux en venir quand je te dis ça ?

— Absolument. Alors dites à Petit Bonhomme, là, de s'écarter et je m'en vais.

— J'aimerais bien que ça soit aussi simple, Nick, fit Di Monti d'un air contrit. Je peux t'appeler Nick ? Tu vois, je pense que tu as ce qu'on appelle un petit problème de comportement. Tu as peut-être besoin que Nounours et Brutus, qui sont là, te donnent une petite leçon pour t'aider à t'en débarrasser. T'y faire réfléchir à deux fois avant de revenir ici. Tu vois de quoi je parle ?

Dans les lunettes de soleil de Nounours, il vit Brutus grandir derrière son dos. Un coup de pied tournant cueillit Brutus à la figure, lui brisa le nez et ses lunettes de soleil, et l'expédia à terre sur le chemin comme un arbre qu'on abat. Nick pivota dans l'autre sens en bloquant une rotation sur la droite pour décocher un violent coup de pied dans le diaphragme de Nounours. Ce fut comme de frapper du béton.

Le voyou le cueillit d'un direct costaud, et la bouche de Nick se remplit de sang. Il ramena son pied en l'air et frappa Nounours en plein dans le genou, forçant l'articulation à plier dans une direction que la nature n'a aucunement prévue. En braillant, le voyou se plia en deux et s'empoigna le genou, et Nick lui assena une volée de coups qui lui fendirent la lèvre et firent jaillir une fontaine de sang.

Tout ce qu'il lui fallait, c'était que Nounours aille à terre et qu'il puisse filer vers le portail. Il n'avait pas envie de dégainer son Ruger. Di Monti n'était pas venu là pour le tuer et il ne voulait pas de complications, mais pour autant il n'hésiterait pas à le sortir. Le Bourrin avait balancé son lot de cadavres dans le marais. Encore un coup et Nounours serait à dégager. Mais avant que Nick ne batte en retraite, Di Monti fit tournoyer le manche de pelle comme une batte de base-ball et le cueillit pile entre les reins. Di Monti le fit tournoyer encore et Nick tituba en avant, luttant pour garder ses jambes droites, pour continuer d'avancer. S'il arrivait à courir...

Cette réflexion tourna court quand Brutus le plaqua par-derrière et qu'il partit face contre terre. Puis le monde vira au noir, et la dernière pensée de Nick fut de se dire que c'était probablement tout aussi bien comme ça.

26.

Annie laissa échapper un soupir et plongea dans la pile de paperasses, exhumant un paquet de microcassettes étiquetées Renard, rédigées de l'écriture de Fourcade, en grosses capitales. Bandes d'interrogatoires, sans aucun doute réalisées à la dérobée. On n'aurait jamais autorisé que les bandes officielles sortent des services du shérif, mais Fourcade vivait suivant ses propres règles — elle fermait les yeux sur certaines d'entre elles, quant aux autres...

Cela la mit mal à l'aise rien que d'y penser. Où tracerait-elle la limite ? Et lui ? En s'impliquant personnellement dans cette affaire, elle enfreignait les règles, mais elle trouvait que c'était justifié, qu'elle devait allégeance à une autorité supérieure. Était-ce à cela que Fourcade avait pensé quand il avait affronté Renard sur le parking ? Que la justice était un pouvoir supérieur à la loi ? Où était-il, bon sang ? se demanda-t-elle tout en fouillant dans son sac à la recherche de son magnétophone. Pour un homme qui avait été suspendu et qui s'était vu signifier son dessaisissement de l'affaire, il est vrai qu'il circulait pas mal.

— Peut-être qu'il est allé planquer une pièce à conviction, Annie, pour que tu la trouves, ronchonna-t-elle, puis elle se réprimanda d'avoir eu une telle pensée.

Elle n'y croyait pas pour la bague. Personne n'avait prouvé les allégations formulées lors de l'enquête sur le meurtre Parmantel. Fourcade avait démissionné du commissariat de La Nouvelle-Orléans avant de laisser cette chance à quiconque. Le tapage s'était tu autour de l'affaire, qui s'était éteinte d'elle-même.

C'était justement ce qui amenait Annie à penser que quelque chose clochait dans les charges retenues. L'affaire s'était éteinte et aucune plainte au civil n'avait été déposée.

Ces temps-ci, n'importe qui ayant la moindre dent contre les flics l'aurait fait. Allan Zander, l'homme que Fourcade avait accusé d'avoir tué cette prostituée du nom de Candi Parmantel, était retourné à l'anonymat. Tout en insérant la cassette numéro un, elle se dit que cela n'avait pas d'importance. Fourcade voulait garder son passé pour lui, et tout ce qu'elle voulait, elle, c'était clore cette affaire d'homicide. Tout le reste l'encombrait. Elle enfonça la touche « play » et posa l'appareil sur la table.

Fourcade donne l'intitulé de l'interrogatoire avec Marcus Renard. Il annonce la date, l'heure et le numéro de l'affaire ; son propre nom, son rang et son numéro d'insigne. Les chaises raclent le sol, on remue des feuilles de papier.

Fourcade : — Vous en pensez quoi de ce meurtre, monsieur Renard ?

Renard : — C'est... c'est horrible. Je ne peux pas y croire. Pam... mon Dieu...

Stokes : — Vous pouvez pas croire quoi ? Que vous pouviez massacrer une femme comme ça ? Ça vous a surpris vous-même ?

Renard : — Quoi ? Je ne vois pas ce que... vous ne pouvez pas penser que, moi, j'ai pu faire ça ! Pam était... jamais je n'aurais...

Stokes : — Allez, Marcus. C'est ton vieux pote Chaz à qui tu parles. Je suis pas né d'hier. Toi et moi, on a eu la même conversation ça fait maintenant... six, huit semaines ? Sauf que cette fois tu as fait un peu plus que de juste aller mater. J'ai pas raison ? Ça t'a rendu malade de mater. Ça t'a rendu malade qu'elle t'envoie balader.

Renard : — Non. Je n'étais pas...

Fourcade : — Laissons-lui le bénéfice du doute, Chaz. Monsieur Renard, où étiez-vous dans la soirée de vendredi dernier ?

Renard : — Est-ce qu'on m'accuse de quelque chose ? Devrais-je m'exprimer en présence d'un avocat ?

Fourcade : — Moi, j'sais pas, monsieur Renard. Devriez-vous vous exprimer en présence d'un avocat ? Nous voulons juste que vous nous aidiez à y voir clair, c'est tout.

Renard : — Vous n'avez rien contre moi pour me lier à cela. Je suis un homme innocent.

Stokes : — Tu la voulais, Marcus. J'ai été là d'un bout à l'autre, tu te souviens. Je sais comment tu l'as suivie partout, comment tu lui envoyais des petits mots, des petits cadeaux. Je sais que c'est toi qui lui téléphonais, qui tournais autour de chez elle. Je sais que c'est toi qui t'es fait cette fille, et tu ferais aussi bien d'avouer, Marcus, parce que tu peux parier ton cul qu'on va le prouver, Nicky et moi. Je meurs si je mens...

Le ronflement d'un moteur rompit sa concentration. Elle arrêta le magnéto et tendit l'oreille pour écouter le claquement d'une portière de voiture. Comme ce bruit ne venait pas, elle se leva de sa chaise, tout en s'emparant du Sig.

La petite fenêtre au bout de la maison ne laissait voir que le néant. La nuit était d'un noir de bitume. La retraite de Fourcade était fourrée au fin fond du monde civilisé, facilement accessible aux animaux qui rôdaient dans le marais — dont un bon nombre évoluaient sur deux jambes. D'un seul coup, la nuit précédente lui revint à l'esprit. Ici, quel serait son ennemi ? Personne n'aurait pu la suivre sans qu'elle le sache, ce qui éliminait les membres du service. Une attaque du violeur à l'aveuglette semblait improbable. Ce prédateur connaissait les habitudes de ses victimes. Il ne les avait pas choisies par accident. Quelque chose heurta durement le parquet de la véranda. Le Sig braqué devant elle, Annie sortit lentement sur le palier.

— Nick ? C'est vous ?

Elle attendit, perplexe, elle avait déjà dévoilé son jeu. Puis survint un gémissement sourd, sans équivoque : des plaintes.

— Fourcade ? appela-t-elle en descendant lentement l'escalier. Ne me poussez pas à vous tirer dessus.

Il était étendu sur le parquet de la véranda, la lumière qui se répandait par la fenêtre éclairait son visage meurtri.

— Oh, mon Dieu ! Annie rangea son pistolet et se précipita vers lui. Qu'est-ce qui s'est passé ? Qui vous a fait ça ?

Nick entrouvrit un œil qu'il leva sur elle.

— Ne vous découvrez jamais tant que vous ne comprenez pas la situation, Broussard.

— Hé, même à moitié mort, vous menez les gens à la baguette.

— Aidez-moi à me lever.

— Vous aider à vous lever ? Je ferais mieux d'appeler une ambulance ! Ou alors, histoire de vous soulager, j'imagine que je pourrais tout aussi bien vous tirer dessus.

Quand il essaya de se redresser à quatre pattes, il grimaça de douleur.

— Tout va bien.

— Oh, pardonnez-moi, je vous avais pris pour quelqu'un qui s'était fait démonter la tête, lâcha méchamment Annie.

— *Mais* ouais, maugréa-t-il. Ça doit être moi. C'est pas la première fois, mon chou.

— Ça, ça ne m'étonne pas. Surprenant, non ?

Il se releva lentement, et la douleur lui irradia le corps.

— Allez, Broussard, arrêtez de faire la godiche et aidez-moi. Si nous faisons équipe, nous faisons équipe.

Annie le contourna pour venir à côté de lui et lui permettre de passer un bras autour de ses épaules.

— Ça ne me gêne pas de vous dire que vous me donnez plus de fil à retordre que je ne m'y attendais.

Il s'appuya lourdement sur elle, et elle l'aida à rentrer dans la maison. En titubant, ils dépassèrent le salon comme un duo de poivrots. Annie jeta un coup d'œil à la tache de sang sur sa poitrine qui lui maculait son T-shirt et grommela un juron.

— Qui vous a fait ça ?

— Un ami d'ami.

— Je crois que vous auriez besoin que quelqu'un vous redéfinisse le sens de ce terme. Où allons-nous ?

— Salle de bains.

Elle le guida vers le bout du couloir et bascula presque dans la baignoire quand elle l'aida à se baisser pour l'asseoir sur le couvercle rabattu des toilettes.

— Bon Dieu, vous êtes sûr que vous êtes en vie ? fit-elle en s'accroupissant devant lui.

— Ça a l'air plus méchant que ça n'est.

— J'imagine que vous allez me dire qu'il faudrait que je voie l'état du type d'en face ?

— Ils étaient déjà moches avant d'avoir commencé.

— Ils ? Pluriel ?

— Rien de cassé, fit Nick en refoulant un autre gémissement quand les muscles de son dos se coincèrent. Je vais pisser du sang demain, c'est tout.

Il posa les avant-bras sur ses cuisses et tâcha de se concentrer sur une seule et unique chose, dissiper son engourdissement. Un marteau de cinq kilos cognait dans sa tête comme sur une marmite en fonte.

— Apportez-moi un whisky, grommela-t-il.

— Parlez-moi sur un autre ton, l'avertit Annie en fouillant dans le placard à médicaments. Je tiens de source sûre qu'il ne faut jamais taper sur le personnel médical qui s'occupe de vous.

— Apportez-moi un whisky, s'il vous plaît, madame l'infirmière du Rochet.

Elle lui lança un regard par-dessus l'épaule, l'air étonné.

— Vous avez dû subir une commotion. Vous venez juste de faire une plaisanterie.

— C'est dans la cuisine, gronda-t-il entre ses dents, trois d'entre elles étant déchaussées. Troisième placard sur la droite.

Elle revint quelques instants plus tard avec un gobelet de Jack Daniel's et en prit la première gorgée pour elle-même.

— Je veux une explication, Fourcade. Et ne me baladez pas. J'ai une bouteille d'eau oxygénée et je sais comment m'en servir.

Elle posa le whisky sur le rebord du lavabo et commença de l'aider à ôter sa veste.

— Je peux faire ça tout seul, protesta-t-il.

— Oh, bon Dieu, ne soyez pas si tête de mule. Vous pouvez à peine bouger.

Nick renonça et la laissa lui retirer sa veste et son baudrier, avec le Ruger.

Il était dégoûté de lui-même. Il aurait dû anticiper l'attaque de Di Monti, se montrer plus malin, et ne pas sortir par le même chemin que celui qu'il avait pris pour entrer. Il aurait dû résister aux séquelles de son passage à tabac avec plus de succès. Il n'aurait pas dû avoir besoin de quelqu'un qui prenne soin de lui, et il ne pouvait se permettre d'en prendre l'habitude. Il appartenait à cette espèce d'homme solitaire par nécessité. Il s'était concentré sur sa propre reconstruction. Mais ce travail était loin d'être achevé, et il était fatigué et meurtri.

Il commença de faire glisser son T-shirt taché de sang, jusqu'à ce que la douleur lui cisaille de nouveau le dos, comme si Di Monti se trouvait juste là derrière lui, avec son foutu manche de pelle.

— Je remercie Dieu tous les jours de ne pas avoir de testicules, grommela Annie. Il est évident qu'ils entament le bon sens.

Elle se mit à lui enlever son T-shirt par petites secousses, mais ses mains s'immobilisèrent avant de le lui avoir retiré à moitié. Des zébrures rouges et enflammées lui cinglaient le bas du dos ; au-dessous, le sang formait des hématomes aussi sombres que des cumulus avant l'orage.

— Mon Dieu ! souffla-t-elle.

Rien qu'en passant le bras autour de lui pour l'aider à rentrer dans la maison, elle avait dû lui faire mal, et il n'avait pas émis un cri. Foutu entêté, cet homme, songea-t-elle. Il avait probablement eu ce qu'il méritait.

— Ça n'est rien, fit-il d'un ton sec.

Elle ne réagit pas. Sa peau était chaude, son odeur masculine, avec quelque chose d'animal. Du sang et de la sueur, se dit-elle. Il n'y avait rien de sexuel dans l'acte de le déshabiller. Ses phalanges lui effleurèrent les clavicules. Les yeux de Fourcade caressaient ses seins. La pièce lui sembla soudain aussi large qu'une cabine téléphonique. Fourcade se pencha en arrière tandis qu'elle s'éloignait, comme s'il avait pu ressentir, lui aussi, cette étrange attraction magnétique. Sa poitrine était large et ferme, couverte d'une toison de poils noirs qui descendait en un sillon au centre des muscles abdominaux et disparaissait dans la ceinture de son jean. Annie avala sa salive avec difficulté et alla au lavabo.

— J'attends votre explication, fit-elle.

Elle patienta encore quelques minutes, tandis qu'elle remplissait le lavabo d'eau chaude pour y tremper un torchon.

— Je suis allé voir Marcotte. Un de ses amis s'en est offusqué.

— Mince, voyez-vous ça. Elle tamponna délicatement le sang qui avait formé une croûte le long d'une coupure sur la pommette. Je suis certaine que vous vous êtes montré charmant, comme à votre habitude — à débiter vos fantasmes de paranoïaque, à l'accuser d'être le diable. Et d'abord, qu'est-ce que vous faisiez là-bas ? Avez-vous trouvé quelque chose dans les listes d'appels téléphoniques de Donnie ?

— Non, mais je n'aime pas sentir l'odeur de Marcotte autour de tout ça. Je voulais juste lui secouer un peu les puces.

— Et vous vous êtes fait sonner les cloches. Imprudent.

Imprudent, en effet. Il se l'était répété un nombre incalculable de fois, sur la route du retour. Il était rouillé, et en plus de ça, quand il s'agissait de Marcotte, il n'avait pas les idées claires.

— Alors, ces « amis », c'était qui ?

— Un duo de petites frappes qui appartiennent à Vic Di Monti.

— Vic Di Monti. Vic Di Monti le mafieux ?

— C'est *vrai*. Dans le mille, mon ange. Vous ne pensiez pas qu'un bon et honnête citoyen comme Marcotte connaîtrait quelqu'un de ce genre, hein ? Eh bien, vous ne les verrez jamais en page Vie mondaine ensemble, ça c'est foutrement certain.

Il avala une gorgée de whisky, tandis qu'elle rinçait le torchon. L'alcool lui mordit le dessous de la langue, là où la dent avait déchiré la peau fragile. Et vint le frapper au creux de son estomac vide, une pointe d'acidité, suivie de près par un embrasement, un engourdissement, une chaleur. Il prit un autre verre.

— Il faudrait faire recoudre ça, maugréa Annie en observant la coupure qui lui tranchait le sourcil gauche.

La première fois qu'il avait mis le sujet Marcotte sur le tapis, elle l'avait cru fou. Elle pensait que Marcotte faisait simplement partie de l'encombrant bagage qu'il avait traîné avec lui, et qu'il ne laisserait personne y aller voir. Mais si Marcotte était l'acheteur secret de Donnie, et s'il fréquentait des types du milieu... peut-être Fourcade n'était-il pas si fou, après tout.

— Alors, qu'est-ce que Marcotte avait à dire ?

— Rien. Mais je n'ai pas aimé son silence.

— Si Donnie n'était pas en contact avec lui avant le meurtre, alors le mobile n'est pas là. Maintenant, ce que Donnie va faire avec la moitié de l'affaire qui lui appartient, ça le regarde.

Il lui saisit le poignet et lui écarta la main de son menton fendu.

— Le diable vient frapper à votre porte, 'Toinette, ne le prenez pas de haut simplement parce qu'il est en retard pour la première danse.

Annie eut le souffle coupé par la force retenue de sa poigne, par le feu sombre de ses yeux. C'était contre cela qu'elle s'était administré des avertissements — son intensité, ses obsessions.

— Je suis dans cette histoire pour résoudre cette affaire d'homicide, fit-elle. Marcotte, c'est votre démon, pas le mien. Je ne sais même pas ce qu'il a fait pour conquérir cette place éminente dans votre cœur.

Elle venait à peine de se dire qu'elle n'avait aucune

envie de le savoir qu'elle se surprit à retenir son souffle, comme si elle en attendait l'explication.

— Si nous faisons équipe..., chuchota-t-elle.

Le silence, l'instant revêtirent une étrange intensité. L'atmosphère de l'attente : trop lourde pour être respirable, chargée d'électricité. Il se demanda si elle la ressentait. Puis il prit une profonde inspiration et s'écarta de ce récif intérieur.

— Je suis allé chercher la justice, fit-il doucement. Marcotte me l'a tordue au-dessus de la tête, comme un démonte-pneu. Il m'a montré une facette du système aussi entortillée et aussi huileuse que les entrailles d'un serpent.

— Vous pensez que Marcotte a tué cette prostituée ?

— Oh, non. Il remua lentement la tête. Allan Zander a tué Candi Parmantel. Marcotte, il a fait en sorte d'étouffer tout ça — et ma carrière avec.

— Pourquoi aurait-il fait ça ?

— Zander est marié à une cousine de Marcotte. C'est monsieur personne, ce n'est pas un arriviste, juste un de ces branleurs de cols blancs, un pauvre type. Frustré dans son boulot, déçu par son mariage, et qui a besoin de s'en prendre à quelqu'un. Il a laissé cette fille, cette fugueuse de quatorze ans qui vendait son corps pour pouvoir manger, morte dans une poubelle au fond d'une ruelle borgne, comme si elle n'était rien d'autre qu'un détritus. Et Duval Marcotte a couvert ça.

— Vous le savez ? demanda Annie avec prudence. Ou vous le pensez ?

— Je le sais. Je ne peux pas le prouver. J'ai essayé, et tout s'est retourné contre moi. Ce n'est pas moi qui ai falsifié les pièces à conviction ou qui ai égaré les conclusions du laboratoire.

— Personne d'autre n'a trouvé ça étrange — tout ce matériel qui clochait sur une seule affaire ?

— Tout le monde s'en fichait. Une pute morte, qu'est-ce que ça vaut, à côté d'une mauvaise presse ? Qui plus est, dans tout ça, rien n'avait l'air si important. Un examen raté par-ci, une pièce à conviction qui disparaît par-là. Vous savez ce qu'on dit : La Nouvelle-Orléans, c'est l'endroit rêvé pour les coïncidences.

— Mais vous n'étiez pas le seul inspecteur sur l'affaire. Et votre équipier ?

— Il avait un gosse avec une leucémie. Il avait largement de quoi faire avec ses factures de soins médicaux. À votre avis, pour qui se faisait-il le plus de soucis — son enfant ou une prostituée morte ? Dans cette partie, j'étais le seul joueur à ne pas en avoir rien à foutre de cette fille. Je ne voulais pas de l'argent de Marcotte, je voulais Marcotte, et surtout je voulais Zander. Marcotte m'a brisé comme une brindille, et je ne pouvais pas prouver la moindre chose. Plus je faisais de bruit, plus je passais pour un dingue. Le chef voulait mon cul sur un plateau. Le capitaine voulait me sortir sur la base d'une accusation de déficience mentale. Mon lieutenant s'est mouillé pour moi, et il m'a laissé démissionner. J'ai entendu dire qu'il s'occupe maintenant de la sécurité dans une compagnie pétrolière de Houston.

En grimaçant de douleur, il se pencha en avant, fouilla dans sa veste pour en tirer son briquet et ses cigarettes.

— Duval Marcotte, il fait des choses pareilles pour un type comme Zander, qui n'est rien du tout ni personne, alors qu'est-ce que vous croyez qu'il ferait pour quelqu'un comme Vic Di Monti ?

Annie s'assit sur le rebord de la baignoire et examina ses mains. Ce que Fourcade ne lui disait pas, c'est qu'il s'était descendu en beauté. Les rumeurs qui avaient filtré de La Nouvelle-Orléans par le téléphone arabe avaient chuchoté des mots comme *dingue, paranoïaque, alcoolique, violent.* Elle songea à ce qu'il lui avait dit ce soir-là chez Laveau.

« Vous avez peur de moi ?... Vous n'écoutez pas les potins ?

— Je les prends pour ce qu'ils valent. Des demi-vérités, au mieux.

— Et comment décidez-vous quelle moitié est la bonne ? »

— Est-ce que vous me croyez, 'Toinette ? l'interrogea-t-il.

L'espace d'un instant, il n'y eut que le bourdonnement d'insectes des néons qui encadraient l'armoire à pharmacie. Cela faisait longtemps qu'il ne s'était plus soucié que quelqu'un le croie — non pas les faits mais lui. Il avait éloigné de lui ce besoin, mais à présent il ressentait dans sa poitrine les tiraillements de l'espoir.

— Cela n'a pas d'importance, conclut-il en écrasant sa cigarette sur le rebord du lavabo.

— Si, ça en a, le reprit Annie. Bien sûr que ça en a. Elle ramena ses cheveux en arrière, usant de ses doigts comme d'un peigne. Ça a dû être un enfer. Je ne peux pas...

non, je peux imaginer... un peu. Récemment, j'ai appris ce que c'est que de se trouver du mauvais côté du manche.

— Et c'est moi qui vous y ai mise, *chère* ? Il tendit la main pour lui toucher le menton. Son sourire était amer et triste. On est vachement bons, comme équipe, hein ?

Elle tenta un sourire qui aille de pair avec le sien.

— Ouais. Qui l'eût cru ?

— Personne. Mais c'est forcé, vous savez. Nous voulons la même chose... nous avons besoin de la même chose...

Sa voix mourut en un chuchotement, tandis qu'il réalisait que la conversation avait glissé sur un autre plan, que ce qu'il y avait entre eux deux, c'était de l'attirance ; que ce dont il avait besoin, ce qu'il voulait, c'était Annie. Et elle le savait. Il put le voir dans ses yeux — la surprise, l'appréhension, l'attente.

Il lui glissa les doigts dans les cheveux, se pencha en avant et effleura sa bouche de la sienne, comme à titre expérimental. Une secousse le traversa, un courant profond qui le tirait plus près d'elle. Il goûta sa bouche, chaude du whisky et douce de cette sorte d'innocence dont il avait à peine le souvenir. Il prit sa tête dans le creux de sa main et l'embrassa profondément, sans retenue, sa langue se lovant contre la sienne. Annie était assise, figée, paralysée par les émotions et les sensations déchaînées par ce baiser. Chaleur, peur, envie, dangereuse excitation. Cela la choquait qu'il se permette cette intimité, qu'il la veuille, elle. Qu'elle le veuille, lui. Sa langue s'agitait contre la sienne et il émit un gémissement venu du fond de sa gorge. La sensation de pouvoir et la passion qui se levaient en elle la terrifièrent. Fourcade était un pourfendeur de dragons, un homme qui connaissait de profonds secrets. Plus que pour une histoire de sexe, il la désirait pour son âme. Elle détourna le visage, et sentit sa lèvre lui effleurer la joue.

— Je ne peux pas faire ça, chuchota-t-elle. Vous m'effrayez, Nick.

— Qu'est-ce qui vous effraie ? Vous pensez que je suis fou, dangereux ?

— Je ne sais pas quoi penser.

— Si, vous savez, murmura-t-il. Simplement, vous avez peur de l'admettre. Je pense, *chère*, que vous vous effrayez vous-même.

Il lui prit le menton.

— Regardez-moi. Qu'est-ce que vous voyez chez moi qui vous effraie ? Vous voyez ce que vous avez peur de ressentir. Vous pensez que, si vous allez aussi profond, vous pourriez vous noyer, vous perdre... comme moi.

Un frisson ténu tissa sa trame autour d'elle. Elle passa outre, se raidit sur ses jambes, se donna un coup de pied pour réveiller son esprit engourdi.

— Vous devriez être au lit — et pas avec moi, fit-elle en ôtant la bonde du lavabo. Son cœur battait trop vite. Elle ne parvenait pas tout à fait à reprendre son souffle. Elle tripota la bonde et la fit tomber par terre. Prenez un peu d'aspirine, et une douche froide. Évitez de trop boire, au cas où vous auriez un...

Il lui saisit le poignet comme si l'empoigner physiquement pouvait arrêter son moulin à paroles. Annie le regarda avec suspicion. Elle l'avait laissé franchir la barrière, il pouvait la tirer à elle, au propre comme au figuré. Mais elle n'avait pas envie de ça. Elle ne savait pas comment le prendre, ignorant si elle pouvait lui faire confiance. Elle s'était trouvée en bordure d'un parking et l'avait regardé frapper un suspect d'une manière démente.

— J'ai besoin de m'en aller, fit-elle. Après la nuit dernière, Dieu sait ce que le programme de cette nuit pourrait me réserver.

— Qu'est-il arrivé la nuit dernière ? demanda-t-il en se levant lentement.

Annie rejoignit le couloir, en tâchant d'affecter une désinvolture qu'elle ne ressentait pas. Elle lui raconta, dans les moindres détails, comme elle aurait rédigé un rapport — sans émotion. Nick se tenait à l'entrée de la salle de bains, le verre de whisky presque vide à la main. Il parut se concentrer sur chacun des mots qu'elle prononçait.

— Qu'a dit le labo à propos de ces boyaux ?

— Rien encore. Ils appelleront demain. Pitre a insisté pour dire que c'étaient des intestins de porc. C'était probablement ça. Sans doute Mullen et sa bande de joyeux branleurs qui ont essayé de me faire paniquer, mais...

— Mais quoi ? s'enquit Fourcade. Vous avez une idée là-dessus, 'Toinette, sortez-la. Dites ce que vous avez en tête.

— Quelqu'un, sans doute Renard, a laissé un animal mutilé sur le seuil dc la porte de Pam, en octobre. Maintenant que je travaille sur l'affaire, voilà qu'il m'arrive la même chose.

— Vous pensez que ce pourrait être Renard ?

— Je ne sais pas. Est-ce que ça a un sens ? Tant que

Pam ne l'a pas rejeté, il ne s'est pas mis à la harceler. Elle l'a rejeté, il l'a punie. Il s'imagine que j'ai pris fait et cause pour lui. Pourquoi ferait-il quoi que ce soit pour compromettre ça ?

— Peut-être qu'avec Pam la punition n'était pas son but, suggéra Nick. Quand il lui arrivait quelque chose de fâcheux, il était toujours le premier à lui faire part de son inquiétude.

Annie hocha la tête, songeuse. « *Je sais ce que c'est que d'être persécuté*, lui avait dit Renard juste la veille. *Vous et moi, nous avons cela en commun.* »

— Quel que soit celui qui a fait ça, j'aimerais lui tordre le cou, bougonna-t-elle. Ça m'a fait peur. J'ai horreur d'avoir peur. Ça me fait chier.

Nick sourit presque. Elle faisait de gros efforts pour s'endurcir, pour être un flic. Mais jamais elle ne s'était trouvée impliquée dans quelque chose de ce genre — pas avec cette affaire, mais avec lui. Il avait vu de l'incertitude dans ses yeux. Il fallait qu'il la lâche un peu, pour l'aider à dépasser ça.

— Appelez-moi quand vous serez arrivée chez vous, lui ordonna-t-il. Équipière.

Annie leva les yeux sur son visage meurtri et ressentit cette attirance étrange. Cela l'effrayait. Et cela lui tapait sur le système. Dans dix jours, elle allait devoir témoigner contre lui.

— Il faut que je...

Elle leva la main en direction de la porte.

— Je sais.

Comme elle sortait de sa maison, elle eut le sentiment très net que leurs mots d'adieu n'avaient pas du tout été les mots qu'on prononce quand on a envie de partir. Tout ce qu'elle voulait, c'était faire son métier, trouver une conclusion à cette affaire pour Josie, pour Pam. Elle n'avait jamais eu l'intention de tomber dans ceci... ceci — Dieu, quel nom pouvait-elle donner à cette histoire avec Fourcade ? Attirance. Ce n'était pas une relation. Elle n'avait pas envie d'une relation. Elle n'avait pas envie... d'aller si loin.

Merde.

Quand elle déboucha devant Corners, il y avait encore de la lumière dans le magasin, même s'il aurait dû être fermé depuis une heure. Sos avait probablement régalé ses copains avec le récit de l'aventure de la nuit dernière. Mais s'il avait eu de la compagnie, tout le monde était rentré chez soi. Il n'y avait pas d'autre voiture sur l'aire de stationnement. Tout au bout, dans le salon des Doucet, il y avait une faible lumière allumée. Tante Fanchon devait être en train de s'installer pour écouter les nouvelles, en faisant ramollir ses oignons dans le bain de pied mini-station thermale qu'elle lui avait offert pour Noël, voici deux ans.

Annie coupa le moteur de sa Jeep et resta assise à regarder là-haut, son appartement, ses pensées remontant le temps, vers sa mère. La jolie Marie, si renfermée, si compliquée, si mystérieuse... Si profonde qu'elle s'était noyée en elle-même, enlisée dans l'intensité de ses émotions.

Il n'y avait rien de mal à ne pas désirer cela. Il n'y avait rien de mal à rester en sûreté, en lisière de ces abysses.

Elle prit une grande inspiration pour se laver de ses pensées, se sentant sotte d'avoir réagi de cette manière excessive. Elle connaissait à peine Fourcade. Il lui avait volé un baiser. La belle affaire. Elle avait envie de lui. La belle affaire. Elle ferma sa Jeep à clé, jeta son fourre-tout sur son épaule et se dirigea vers le bâtiment, tandis que Sos sortait sur le perron.

— Hé, *chère*, qu'est-ce que tu fabriques, à traîner à c't'heure ? demanda-t-il avec un large sourire. T'as un petit rendez-vous ?

— Je pourrais te demander la même chose, répliqua Annie en traînant des pieds jusqu'au seuil de la véranda.

Sos avait laissé les lumières de service, chose qu'il faisait rarement, parce qu'il en avait après la compagnie d'électricité.

— Mais non ! Il rit. *T'es en erreur*. Ta tante Fanchon, elle me poursuivrait à coups de bâton, *chère*. Tu sais bien.

Annie parvint à lui sourire.

— Tu es sortie avec André ?

— Non.

— Pourquoi non ? Comment est-ce que tu vas l'épouser ce garçon à la fin, si tu le vois jamais?

— Oncle Sos...

Elle ne pouvait se résoudre à poursuivre son discours, en partie à cause de la fatigue, et en partie à cause d'un vague sentiment de culpabilité qu'cllc n'avait aucun désir d'explorer. Sos descendit du perron, ses bottes raclant la pierre.

— Hé, *'tite chatte*, fit-il doucement, son visage se creusant de rides soucieuses. Il lui toucha la joue de ses doigts calleux. Toi et André, vous vous êtes encore disputés ?

— A.J. te porte sur le cerveau, ronchonna Annie. Je suis juste crevée, c'est tout.

Il renifla, froissé, et il l'entraîna en haut des marches.

— Allez. Viens asseoir ta jolie petite personne avec ton oncle Sos et dis-moi tout.

Annie s'assit à côté de lui et elle appuya sa tête contre son épaule, avec l'envie de pouvoir simplement raconter les choses à oncle Sos pour tout lui expliquer, comme quand elle était petite. Mais la vie était devenue infiniment plus compliquée que lorsqu'elle avait dix ans et qu'elle n'avait pas de mère pour l'emmener aux thés organisés à l'école pour les mamans et les petites filles. À l'époque, Sos et Fanchon avaient toujours été là. Mais, à présent, elle ne voulait pas qu'ils soient mêlés à ce qui lui arrivait. Elle voulait les protéger par tous les moyens.

Sos fit doucement claquer sa langue et la serra contre lui.

— Te tirer ce que t'as sur le cœur, c'est comme arracher des dents à une poule avec des tenailles. T'as toujours été comme ça, tu sais, même quand t'étais une minuscule 'tite chose. Tu veux embêter personne. Combien de fois faut que j'te l'dise, *chérie*, qu'la famille, c'est fait pour ça ?

— C'est juste le boulot, oncle Sos, murmura-t-elle, les yeux fermés. Les choses sont assez dures pour moi en ce moment.

— Parce que t'as empêché cet inspecteur de tuer ce type que tout l'monde dit qu'il est coupable ?

— Ouais.

— Ben, moi aussi, j'aimerais bien le voir mort, mais ça veut pas dire que t'as mal fait, grommela-t-il. Ceux qui disent pas pareil que moi, ils peuvent venir me trouver. Ce cul de cheval de Noblier, il te mérite pas comme adjoint, *chère*. Tu peux toujours venir travailler pour ton oncle Sos, tu sais. Je te donnerai un quart de dollar et tu viendras seiner des diamants dans mes réservoirs à appât.

À cette taquinerie, Annie trouva le moyen de répondre par un petit rire étouffé et le serra fort dans ses bras.

Sos lui donna une tape dans le dos et un baiser sur la tête.

— *Je t'aime, chérie.* Cette nuit tu dors un peu. Les salopards, tu me les laisses. J'ai de la chevrotine toute neuve dans mon fusil.

— Oh, ça c'est un drôle de réconfort, bougonna Annie avec une pointe d'ironie.

Elle se traîna jusqu'en haut de l'escalier. Un petit paquet l'attendait sur le palier, enveloppé dans un papier avec de petits brins de violettes et noué avec un ruban couleur lavande. Automatiquement soupçonneuse, elle le souleva avec prudence, écouta, le secoua dans tous les sens, et rentra.

La lampe-témoin du répondeur clignotait avec impatience. Elle enfonça la touche pour les messages et prêta l'oreille tout en déballant le paquet.

« C'est moi, fit A.J. Où es-tu ? Je pensais que peut-être nous pourrions nous faire un cinéma ce soir, mais... euh... je suppose que ce ne sera pas pour ce soir, hein ? Tu en as toujours ta claque, de moi ? Appelle-moi, veux-tu ? »

Le trouble de sa voix atteignit Annie au cœur.

La machine émit un bip et ce fut ensuite un journaliste, qui lui demandait quelques minutes de son temps ; autant lui demander de se taper sur la tête avec un marteau.

« C'est Lindsay Faulkner. »

Les mains d'Annie s'immobilisèrent sur la boîte blanche de son cadeau.

« J'ai repensé à certaines des questions que vous m'avez posées l'autre jour. Si je vous ai semblé de mauvaise volonté, j'en suis désolée. Ce n'était pas mon intention. Tout ceci a tellement traîné en longueur, et je... s'il vous plaît, appelez-moi quand vous en aurez l'occasion. »

Annie regarda l'horloge en forme de chat sur le mur de la cuisine. Vingt-deux heures vingt-sept. Pas trop tard. Abandonnant le paquet sur la table, elle feuilleta les pages de l'annuaire, puis composa le numéro. Le téléphone à l'autre bout de la ligne sonna quatre fois, avant que ça ne décroche.

— Bonsoir, madame Faulkner, c'est...

« Vous êtes bien chez Lindsay Faulkner. Je ne puis vous répondre pour le moment, mais si vous me laissez votre nom, votre numéro de téléphone et un bref message après le bip, je vous rappellerai dès que je le pourrai. »

Annie lâcha un soupir de frustration, attendit le bip, et laissa son nom et son numéro. L'espoir qui avait pointé à l'écoute de la voix de Lindsay Faulkner était retombé comme une pierre, et elle restait là, avec rien de plus que des questions sans réponse. Depuis le début, elle avait senti que cette femme lui cachait quelque chose. Mais quand elle avait lu ses déclarations dans le dossier, elles lui avaient paru très franches. Stokes n'avait inclu aucune note où il aurait fait état de ses inquiétudes quant à la bonne foi de Faulkner. C'était lui, plus que Fourcade, qui avait eu affaire à elle au cours de l'enquête sur le meurtre, parce qu'il avait déjà établi une relation avec elle lors de l'affaire du harcèlement. Lui demander son avis était hors de question.

Résignée à devoir attendre les révélations de Lindsay, elle enfonça de nouveau la touche d'écoute des messages de l'appareil. Le suivant commença de se dévider — un torrent de jurons et de propositions obscènes lâché avec des hennissements et des reniflements. Annie leva les yeux au ciel et s'adressa mentalement un mémo : ne plus jamais réapparaître à la télévision.

Elle revint à son cadeau, souleva le couvercle de la boîte avec prudence, parée à l'éventualité d'une surprise désagréable. Encore un cadavre de rat musqué, peut-être. Un autre serpent. Mais rien ne lui sauta au visage. Aucun parfum de mort ne lui assaillit les sens. Niché dans des couches de papier de soie, il y avait un foulard de soie diaphane, couleur ivoire, imprimé de petites fleurs bleues. En fronçant le sourcil, elle le sortit de son paquet et le fit couler entre ses mains, et la sensation fraîche et sensuelle de la soie eut l'effet opposé. La carte était rédigée comme suit : « Quelque chose de joli, pour une jolie personne. Avec mes remerciements et ma gratitude — une fois encore. Marcus. »

Parmi les cadeaux qu'il avait offerts à Pam Bichon, il y avait eu un foulard de soie. Il semblait qu'il mordait à l'appât qu'Annie n'avait jamais eu l'intention de laisser traîner. Elle mit le foulard de côté et prit le téléphone pour appeler Fourcade.

27.

« Notre sujet de ce soir : deux poids deux mesures dans le système judiciaire. Vous êtes branchés sur KJUN, la radio du jackpot géant. Ici votre Avocat du diable, Owen Onofrio. Nous avons appris aujourd'hui que Hunter Davidson, du comté rural de Partout, le père de Pamela Bichon, victime de meurtre, avait été libéré de prison ce week-end après une audience à huis clos de mise en liberté sous caution sans précédent. Des sources sûres du service du procureur font état d'un marché passé tard dans la journée qui vraisemblablement ne condamnerait Davidson à guère plus qu'une peine de travaux d'intérêt général pour la tentative d'agression sur la personne de Marcus Renard, soupçonné de ce meurtre.

« Qu'en pensez-vous, à l'autre bout des ondes ? Tous ceux qui ont une télévision ont vu les reportages de la semaine dernière : M. Davidson descendant les marches du tribunal au pas de charge, un pistolet en main, alors que l'homme accusé d'avoir détruit sa vie sortait les mains libres. Curtis, de St. Martinville, dis-nous ce que tu en penses.

— Est-ce qu'il y a deux poids deux mesures ? Je veux dire, ils ont laissé sortir Renard. Pourquoi est-ce qu'ils ne devraient pas laisser sortir Davidson lui aussi ?

— Mais la cour doit encore prouver que Renard est coupable. Davidson a commis son crime devant une foule de témoins. Est-ce que l'évidente tentative de meurtre de Davidson ne mérite rien de pire qu'une grande claque sur le poignet et une peine de travaux d'intérêt général ? Au lieu de quoi, on nous a vendu cet homme comme un héros et on l'a transformé en célébrité. Il paraît qu'il a reçu des propositions de Maury Povich, de Larry King et de Sally Jessy pour faire des apparitions dans leurs émissions. »

Tout en roulant sur la route de Bayou Breaux, Lindsay écoutait avec dégoût. Elle détestait Owen Onofrio. L'unique but de ce type dans la vie semblait être d'irriter les gens jusqu'à les faire exploser. Elle n'appréciait guère son jeu d'avocat du diable. Elle n'avait pas de temps à perdre avec des gens dépourvus de fermes convictions, et pourtant elle écoutait cette émission plus souvent qu'à son tour sur la route, quand elle rentrait chez elle, après ses réunions de l'Association féminine des agents immobiliers. Au moins, l'agacement l'empêchait-il de s'endormir au volant.

Sans la compagnie de Pam, elle en était venue à redouter ce trajet mensuel. Elles avaient toujours profité du chemin du retour pour leurs conversations entre femmes — Pam avait appelé ça « l'heure des confessions sincères » —, le genre de conversations qu'il valait mieux avoir dans l'habitacle tamisé d'une voiture. Conversations faites d'introspection, de déballages à propos de l'existence, de l'amour, de la vie de mère, de l'amitié entre deux femmes qui s'entendaient comme des sœurs.

Elle jeta un coup d'œil vers le siège vide et ressentit une douleur sans fond. Elle était incapable de fouiller plus avant dans la nuit, là où les maisons se faisaient rares et que la nature dominait, sans penser à Pam, seule avec son meurtrier, là où personne n'avait pu entendre ses appels au secours.

Avec un besoin de colère pour refouler le désespoir, elle enfonça la touche de numérotation mémorisée sur le téléphone de voiture. Elle avait beau haïr Owen Onofrio, il avait fini par faire partie de son autothérapie.

— Vous êtes sur KJUN. Ligne ouverte en permanence.

— C'est Lindsay de Bayou Breaux.

— Salut, Lindsay, c'est Willy, fit l'assistant d'une voix un peu trop mielleuse et un peu trop familière à son goût. Si vous ne le gagnez pas bientôt ce jackpot, ce ne sera pas faute d'avoir essayé.

— J'en ferai donation à la fille de Pam. Considérez ça comme la somme que KJUN aura à payer pour avoir jeté sa famille dans l'arène publique comme les chrétiens aux lions.

— Hé, vous êtes en ligne, non ?

— Laissez-moi parler à Owen.

— Vous êtes la prochaine sur la liste, Lindsay. C'est uniquement parce que j'adore le son de votre voix.

Lindsay poussa un soupir.

La voix d'Onofrio se fit entendre sur la ligne.

— Lindsay de Bayou Breaux, quel est votre avis ce soir ?

— J'aimerais relever le fait qu'il existe une profonde différence entre un psychopathe qui commet un meurtre sexuel brutal pour satisfaire un appétit dépravé, et un membre respectueux des lois, poussé par les carences de notre système judiciaire à commettre un acte désespéré.

— Alors vous fermez les yeux sur la justice d'autodéfense ?

— Bien sûr que non. Je suis simplement en train de dire que les crimes dont il est question ici ne sont pas interchangeables. Il serait ridicule, pour ne pas dire cruel, d'envoyer Hunter Davidson en prison. Il n'a pas, dans les faits, tué Marcus Renard. Et n'a-t-il pas suffisamment souffert ? Il a déjà été condamné à vivre avec le souvenir de la mort horrible de sa fille.

— Une remarque qui donne à réfléchir. Merci, Lindsay.

Après avoir confirmé son adresse pour le jackpot, Lindsay raccrocha et changea de station. Elle avait dit ce qu'elle avait à dire, elle s'était livrée à sa défense quotidienne de Pam. Elle se demandait quand cela cesserait — la douleur, la colère, le besoin de répondre coup pour coup. La douleur n'était plus aussi intense qu'au début. Elle n'aurait pu soutenir ce degré de fureur sans y perdre sa propre santé mentale. Elle se demandait combien de temps elle serait capable de s'y tenir. Sa peur, c'était que sans la douleur, sans l'indignation, il n'y ait plus que du vide. Cette perspective la terrifiait.

Peut-être devrait-elle vendre l'affaire, déménager à La Nouvelle-Orléans. Recommencer de zéro. Rencontrer des gens nouveaux, renouer avec ses vieilles connaissances du collège. Dieu sait si Bayou Breaux avait peu de chose à offrir en matière de culture et de vie sociale tapageuse. Qu'est-ce qui la retenait ici, hormis les souvenirs et la rancune ? Les souvenirs et les amis. Une vie simple. Des obligations sociales qui impliquaient de s'investir au sein de la collectivité. Elle aimait cet endroit. Et puis il y avait Josie, sa filleule. Elle ne pouvait pas abandonner Josie.

La faible lueur sur la pendule du tableau de bord indiquait minuit vingt-quatre, tandis qu'elle s'approchait de l'embranchement qui conduisait chez elle. Elle n'aurait pas dû rester si tard après la réunion. Elle n'était pas d'humeur aux bavardages enjoués et autres ronds de jambe, et pourtant elle avait traîné, repoussant sans cesse le moment d'effectuer la longue route solitaire du retour. Maintenant il était trop tard pour rappeler l'inspecteur Broussard. Il n'y avait pas franchement d'urgence. Juste une réflexion à laquelle elle n'avait pas envie d'ajouter foi. Pourtant, elle se sentait coupable de la garder pour elle.

Elle appuya sur la télécommande de la porte du garage et rangea la BMW à côté du nouveau vélo qu'elle s'était acheté pour s'astreindre à un passe-temps. Elle laissa tomber sa serviette sur la table de la salle à manger et se rendit droit dans sa chambre, ignorant la lumière qui clignotait sur le répondeur. Il était trop tard. Elle était trop fatiguée. La tension de ces derniers mois était visible sous ses yeux et dans les rides autour de sa bouche. Épuisée, elle gagna son lit, éteignit la lumière et s'étendit, les yeux grands ouverts, une pulsation sourde lui battant les tempes. Un poids vint se pelotonner dans le creux de ses genoux, et se mit à ronronner. Taffy, le chat que les Davidson lui avaient fait adopter l'année où elle et Pam avaient monté l'affaire. Le chat s'endormit instantanément en ronflant doucement.

Lindsay savait, pour en avoir vécu l'expérience de trop nombreuses nuits, qu'elle n'aurait pas cette chance. La migraine ne disparaîtrait pas comme ça. Elle avait essayé la méditation, les cassettes de relaxation, lire un livre barbant. La seule chose qui avait marché, c'était le somnifère que son médecin lui avait prescrit après le meurtre de Pam. Elle en était à sa troisième ordonnance, et il lui avait clairement signifié qu'il n'y en aurait pas d'autre. Elle avait horreur de devoir penser à ce qu'elle ferait alors. Quand elle rejeta les couvertures, le chat se plaignit bruyamment.

— Ouais, bon, estime-toi heureux que je ne t'aie pas appris à aller chercher, bougonna Lindsay.

Elle gardait tous ses médicaments dans un placard de la cuisine parce qu'elle avait lu dans *Cosmo* que l'humidité de la salle de bains n'était pas une bonne chose pour les pilules et les gélules. Elle ne prit pas la peine d'allumer la lumière quand elle se rendit au bout du couloir de la cuisine. Elle avait laissé allumée la lumière de la hotte, qui était largement assez lumineuse pour qu'elle puisse y voir. Assez lumineuse, en effet, pour que, en dépassant le coin de l'espace cuisine/salle à manger, elle puisse clairement voir l'homme qui entrait par la porte du patio. Il regarda droit vers elle, et elle vit le masque à plumes. L'espace d'un instant, le temps demeura suspendu, le temps qu'ils s'identifient l'un l'autre, proie et prédateur. Et tout ne fut plus tout à coup qu'une masse confuse de bruits et de mouvements.

Lindsay saisit la première chose sur laquelle elle put mettre la main et elle la lui lança. D'un geste brutal, il dévia la course du chandelier en étain et fonça sur elle, culbutant une chaise. Elle s'élança vers la porte donnant sur la pelouse — quoi ? Qui allait regarder au-dehors et la voir ? Il était plus d'une heure du matin. Ses voisins étaient au chaud dans leur lit, leurs maisons tapies au fond des propriétés huppées qu'elle leur avait elle-même vendues. Si elle criait, est-ce qu'ils l'entendraient seulement ? Fugitivement, elle pensa à Pam, et cette image lui traversa l'esprit comme une lance, et alors, oui, elle cria au secours.

Il la frappa par-derrière, la renversant à terre. Le tapis berbère de galerie lui mit la peau des genoux et des phalanges à vif, tandis qu'elle rampait pour essayer de se relever, trouver quelque chose à empoigner et s'en servir comme une arme. Ses doigts se refermèrent sur le rebord de la table du couloir, où étaient posés le téléphone et un assortiment de photos de famille. Son agresseur lui tomba dessus tandis qu'elle tâchait de se relever en prenant appui sur la table, qui se renversa sur le flanc en déversant son contenu avec fracas. Lindsay s'empara du téléphone et elle l'abattit maladroitement sur son agresseur. Il lui saisit le poignet et lui tordit le bras avec sauvagerie. Elle se souleva violemment sous lui, son corps se démenait, ses jambes frappaient, sa main libre essaya de le griffer, de lui arracher son masque.

Tout en luttant, elle rugit un Non ! du fond de la gorge, encore et encore. À ses propres oreilles, le timbre de ce mot ne résonnait même pas comme du langage, mais comme un cri de survie, de révolte. Il se pencha en arrière, en esquivant les gestes de ses mains, et poussa un fort grognement quand elle parvint à lui cogner le genou dans l'aine. « Enfoirée de salope ! » Lindsay se dégagea en se rejetant en arrière, profitant de ce que le poids de son agresseur s'était momentanément soulevé. La porte n'était qu'à quelques pas de là. Elle se mit de nouveau à genoux. Si elle pouvait atteindre la sortie...

Son bras se tendit vers la poignée, quand quelque chose la frappa entre les omoplates avec la violence d'une brique. Elle tomba, son menton buta contre le bois dur. Le coup suivant lui frappa l'arrière de la tête avec une force sauvage. Au troisième, elle perdit connaissance. Sa dernière pensée, quand elle glissa dans le vide, ce fut de se demander si elle allait voir Pam de l'autre côté.

28.

Le foulard enroulé autour de ses poignets, le baiser de la soie comme un souffle frais contre sa peau enfiévrée. Ce foulard l'enserrait et la retenait. Il lui maintenait les bras au-dessus de la tête. Elle était nue. Exposée, vulnérable. Elle ne pouvait pas s'échapper, elle ne pouvait pas lutter.

Fourcade abaissa la tête sur ses seins, laissa lentement descendre sa bouche, passa sur son ventre. Elle gémit et son corps se tordit, cette sensation s'effaça sous le flux précipité de son pouls. Elle ne pouvait s'échapper. Cela n'avait aucun sens de lutter. Sa langue toucha sa féminité, injecta de la chaleur dans ses veines. Puis la tête se releva, et Marcus Renard lui sourit.

Le souffle court, Annie se réveilla d'un seul coup. Les draps étaient entortillés autour d'elle. Son T-shirt était imprégné de sueur. Elle fit tomber le réveil de la table de nuit, le réduisant au silence, et elle s'assit en luttant contre l'envie de vomir. Elle se traîna hors du lit, elle entra dans la salle de bains d'un pas titubant et s'aspergea la figure d'eau froide, pour tâcher de laver ces images de sa mémoire — toutes ces images.

Elle se consacra à l'exécution de ses mouvements d'échauffement. Exécution : ce matin, le mot décrivait très exactement sa séance d'entraînement. Elle sentait chacune de ses fibres musculaires. Vivre sainement, faire de l'exercice, et mourir de toute façon. Elle adressa quelques réflexions cinglantes au Pouvoir supérieur alors qu'elle bataillait avec le numéro quarante de ses abdominaux. Quel était l'intérêt de suivre les règles, sur le plan personnel et professionnel, si tout ce que ça lui rapportait, c'était de la douleur et de la souffrance ? Puis elle songea à Fourcade, qui enfreignait les règles en toute impunité et qui aurait de la chance s'il arrivait à ramper hors de son lit aujourd'hui. Peut-être Dieu était-il après tout un tyran qui veillait à l'égalité des chances.

Avec la nuit qui était passée dessus, le temps qu'elle avait consacré à soigner les blessures de Nick était devenu un souvenir surréel. Peut-être n'avait-elle pas réellement touché sa poitrine nue. Peut-être ne l'avait-elle pas laissé l'embrasser avec la langue. Peut-être n'avait-elle pas rêvé de lui. Elle essaya de se sortir ça de la tête, tout en empoignant la barre de traction pour tirer son corps vers le haut, peinant à chaque centimètre.

Au lieu de cela, elle songea à l'histoire que Fourcade lui avait racontée à propos de La Nouvelle-Orléans et de Duval Marcotte. Cela n'avait aucune importance, trancha-t-elle. Donnie Bichon n'avait pas contacté Marcotte avant la mort de Pam. À moins que Marcotte ne l'ait contacté, lui. À moins que leurs conversations n'aient eu lieu qu'à partir de cabines téléphoniques. Ce qui rendait Donnie plus malin qu'il ne le laissait paraître. Qui savait vraiment ce que pouvait être son potentiel ? Elle n'arrivait pas à le voir faire à Pam ce qu'on lui avait fait, mais la raclée que Fourcade avait reçue des hommes de Di Monti introduisait comme une hypothèse déplaisante la possible intervention d'hommes de main. Elle alla à la porte, s'arrêta en apercevant au passage le foulard sur la table de la cuisine. Qu'est-ce qui lui prenait de tirer des plans sur des scénarios de conspirations quand elle avait un suspect de meurtre qui lui laissait des témoignages d'affection ? Peut-être qu'elle aurait mieux fait de s'en tenir à la vision étroite des choses selon Fourcade. Peut-être Lindsay Faulkner l'aiderait-elle à la mettre sur la piste.

Elle prit le sentier d'une foulée lente. Le brouillard qui montait arrivait à hauteur de la taille, comme s'il sortait d'un vieux film d'horreur. Le soleil était une grosse boule fuchsia qui perçait ce brouillard, à l'est. Dans le lointain, des îlots d'arbres paraissaient flotter. Annie le traversa en courant jusqu'en bas de la route du remblai. À cinquante mètres devant elle, un escadron de cinq hérons bleus jaillit des roseaux en direction d'un îlot de saules, sur leurs pattes grêles comme de fins serpentins.

Elle courut trois kilomètres qui lui en parurent quinze, se doucha et s'habilla, puis rejoignit Fanchon et Sos au café pour le petit déjeuner.

— Quelqu'un a laissé un paquet pour moi hier, fit Annie en remuant le lait dans son café. L'un de vous deux l'a-t-il vu ?

— Un amoureux caché ? Sos haussa les sourcils, le visage éclairé de malice. Ça doit être André, non ? T'envoie des fleurs, t'apporte des cadeaux. Ce garçon, il t'a dans la peau, *'tite chatte*. Écoute ton oncle Sos.

— Ce n'était pas A.J., lança Annie. Je sais qui l'a apporté. Je me demandais juste si l'un de vous deux l'aurait vu.

Sos se renfrogna et ronchonna quelque chose dans sa barbe. Fanchon écarta cette possibilité d'un geste de la main.

— *Mais non, chère*. On était si occupés ici, moi, j'ai bien cru que j'courais après mon ombre. Deux bus bourrés de gamins de Lafayette pour les balades en bateau. C'est tout comme de lâcher une centaine de petits ratons laveurs dans le magasin. Pourquoi tu veux savoir ça ?

— Ce n'est pas important. Il faut que j'y aille.

Annie attrapa son gobelet de café et s'écarta de la table. Elle les embrassa tous les deux sur les joues.

— Alors c'était qui ? lança Sos, la curiosité l'emportant sur le dépit.

Annie chipa un Snickers dans la boîte en passant devant le rayon des confiseries et l'agita pour leur adresser un au revoir.

— Personne en particulier.

Juste un traqueur et un meurtrier probable. Elle n'aimait pas l'idée que Renard se montre par ici, qu'il s'introduise dans sa vie privée, qu'il entre en contact avec Sos et Fanchon. Il lui semblait impossible qu'il en soit venu si vite à une telle fixation sur elle. Elle ne lui avait apporté aucun encouragement, en fait, elle avait essayé de le décourager, au contraire. Exactement comme Pam l'avait fait... et cela n'avait pas sauvé la vie de Pam Bichon.

Elle vira vers l'ouest, espérant attraper Lindsay Faulkner avant qu'elle ne parte pour son bureau. Annie ne pouvait s'empêcher de se dire que sa patience et son insistance avaient payé. Elle avait fait appel à Faulkner, de femme à femme, et maintenant elle allait obtenir d'elle quelque chose que celle-ci n'avait pas livré aux inspecteurs de sexe masculin. Elle s'autorisa un bref satisfecit avant de tourner dans Cheval Court.

La porte du garage de Faulkner était fermée. Les doubles rideaux de la façade étaient tirés. Annie marcha vers la maison et donna un coup sur le carillon de la porte tout en se penchant plus près par la vitre latérale pour scruter à l'intérieur. Lindsay Faulkner était étendue par terre dans l'entrée, sa chemise de nuit roulée en boule sous le menton, le bras droit tendu vers le combiné du téléphone au milieu d'un fatras de débris. Du sang était coagulé autour de la racine de ses cheveux dorés. Elle en avait le visage recouvert. Son chat poil de carotte était lové à côté d'elle, endormi. Poussant un juron, Annie courut à sa Jeep et empoigna le micro de sa radio.

— Comté de Partout, 911. Demande fonctionnaires de police et ambulance au 17, Cheval Court. Vite, s'il vous plaît. Informez les inspecteurs. C'est probablement un 261. À vous.

Elle confirma l'information comme demandé, donna son nom et son grade. Puis elle attrapa son pistolet dans son fourre-tout au cas où l'agresseur serait toujours sur les lieux, et elle retourna dans la maison en courant pour voir si Lindsay Faulkner était en vie. La porte de devant était fermée à clé, mais l'agresseur avait obligeamment laissé la porte du patio grande ouverte. Annie couvrit le corps de Lindsay avec une couverture attrapée à la hâte dans la chambre d'amis et s'agenouilla à côté d'elle pour lui prendre son pouls, qui battait faiblement.

— Restez avec nous, Lindsay. L'ambulance est en route, fit-elle à voix haute. Nous allons vous emmener à l'hôpital en moins de deux. Il faut que vous vous accrochiez fort. Nous allons avoir besoin de vous pour nous dire qui vous a fait ça, que nous puissions choper ce type et le faire payer. Il faut que vous vous accrochiez pour que vous puissiez nous aider.

Il n'y eut pas de réponse. Pas un mouvement des paupières ou des lèvres. Faulkner semblait se retenir au plus petit fil de vie. Le seul bon signe, c'était qu'elle n'avait pas pris cette posture fœtale qui signale les dégâts cervicaux graves, mais cela ne voulait pas dire qu'elle ne pouvait pas mourir pour autant. Annie fixa son visage, qu'on ne sait quel animal avait défoncé jusqu'à le rendre méconnaissable. Si c'était le travail d'un violeur en série, pourquoi avait-il isolé Lindsay Faulkner du lot ? Parce qu'elle était célibataire, attirante, parce qu'elle vivait seule ? Elle était aussi liée à l'enquête sur le meurtre. Justement la veille, elle avait trouvé quelque chose de pertinent à dire à propos de ce meurtre. Quelqu'un l'avait-il fait taire avant qu'elle puisse en parler ? Toutes ces hypothèses lui mettaient les nerfs en pelote.

Le mugissement des sirènes qui approchaient pénétra le silence de la maison. L'équipe médicale d'urgence arriva la première sur les lieux comme une tornade, suivie de près par Sticks Mullen. Il regarda Annie de travers. Elle le regarda de travers.

— Nom de Dieu, qu'est-ce que tu fous ici, Broussard ?

— Je pourrais te demander la même chose, fit Annie en jetant un œil à sa montre. D'habitude, vers cette heure-ci, tu t'empiffres de beignets. C'est ma chance, ça t'a pris justement aujourd'hui de te montrer diligent.

Elle recula dans le salon, pour ne pas rester dans le chemin de l'équipe médicale, en gardant un œil sur les auxiliaires du service des urgences qui s'affairaient.

— Il me semble que l'agresseur lui a frappé violemment le crâne avec la base du téléphone. Elle désigna l'endroit où se trouvait l'appareil sanglant, au milieu des cadres de photos brisés. Elle s'est défendue.

— Pour le bien que ça lui a fait, marmonna Mullen.

— Hé, si un connard s'en prend à moi, je lui balance mon poing dans la gueule ! s'écria Annie. Ce genre de type, je lui fais regretter d'avoir posé les yeux sur moi.

— Des types qui regrettent, y en a déjà un tas dans le coin.

— Ne commence pas avec moi, le rembarra Annie.

Elle le défia d'un regard furieux, puis elle se rendit dans le coin repas.

— Il est entré par la porte du patio. Elle a dû l'entendre, elle est sortie de sa chambre et s'est retrouvée en face de lui.

— Elle aurait dû se tenir à carreau et appeler le 911.

— Ça ne lui aurait pas plus réussi. Le téléphone est mort. Tu trouveras la ligne coupée, j'imagine. Comme pour les autres.

L'équipe médicale souleva le brancard et le fit rouler vers la porte d'entrée. Au moment où ils partaient, Stokes entra, un feutre gris ramené en arrière sur le crâne, un bout de papier toilette collé à la joue gauche avec une tache rouge. Ses yeux clairs étaient injectés de sang.

— Mec, je déteste ces appels tôt le matin, grommela-t-il.

— Ouais, quel manque d'égards, de la part de ces gens, de se faire agresser pendant les heures de repos, fit Annie. Elle aurait pu au moins attendre le matin pour qu'on la retrouve violée, frappée et inconsciente.

Stokes lui fit une grimace.

— Qu'est-ce que tu fabriques ici, Broussard ? Quelqu'un t'a appelée pour jouer au McGruff ?

— C'est moi qui l'ai trouvée.

Il lui fallut un moment pour digérer ça, et son regard se fit plus perçant.

— Et encore une fois, je répète, qu'est-ce que tu fabriques ici ? Comment est-ce que tu la connais ? Toutes les deux, vous jouez à « on se tamponne la moule » ou quoi ?

Mullen poussa un hennissement. Annie leva les yeux au ciel.

— Tu sais, Chaz, ça me navre d'avoir à te sortir ça, mais c'est pas parce qu'une femme n'a pas envie de baiser avec toi qu'elle est lesbienne. Ça veut juste dire qu'elle a des critères.

— Arrête. Tu me gâches mes fantasmes. Va voir si la ligne téléphonique est coupée, fit-il en s'adressant à Mullen.

Et va voir aussi s'il n'y a pas d'empreintes de pas un peu valables dans le jardin. La terre est meuble. Peut-être qu'on peut faire un moulage.

Mullen sortit sur le devant de la maison. Stokes remonta son pantalon marron qui bâillait et s'agenouilla au milieu du bric-à-brac qui traînait dans le couloir.

— Tu vas répondre à ma question, Broussard ? demanda-t-il tout en enfilant une paire de gants en caoutchouc et en attrapant le combiné téléphonique ensanglanté.

— C'est mon agent immobilier, fit Annie, mue par un automatisme. J'envisage d'acheter une maison.

— C'est vrai ça ? fit-il froidement. Alors pourquoi faire tout ce chemin pour venir la voir quand son bureau se trouve... quoi ?... à quatre pâtés de maisons du service ?

— Elle avait envie de me montrer quelque chose par ici.

— Ce quartier est un petit peu au-dessus de ta gamme de prix, non, adjoint ?

— Une jeune fille peut rêver.

— Oh, oh. Et quand est-ce que vous avez organisé tout ça ?

— Lindsay m'a appelée hier soir et m'a laissé un message sur mon répondeur.

Ses yeux se tournèrent sur celui de Faulkner. Sa propre voix serait sur la bande. Dieu merci, elle n'avait rien laissé de plus que son nom et son numéro.

— J'ai essayé de la rappeler vers dix heures et demie, mais c'est la machine qui a répondu. Pourquoi toutes ces questions ? demanda-t-elle en lui rendant la monnaie de sa pièce. Tu crois que c'est moi qui l'ai violée et battue à mort ?

— Je fais juste mon travail, McGruff.

Il plissa les yeux comme s'il était en train de visualiser le corps de Lindsay Faulkner sur le sol. Il tâta son bouc et émit un râle, les lèvres closes. La flaque de sang qui s'était écoulée de son crâne avait séché et foncé sur le chêne couleur miel. Des éclaboussures et des traînées s'étaient infiltrées dans le tapis berbère blanc cassé.

— Il se l'est faite exactement ici, hein ?

— Ça m'en a tout l'air. Sa chemise de nuit était remontée autour de ses épaules. Elle avait des tas d'hématomes sur le corps.

— Alors c'est le boulot de notre sympathique violeur en série du quartier ? fit Stokes en s'adressant plus à lui-même qu'à Annie. Les deux autres, il se les est faites au lit, il les a attachées.

— J'ai l'impression qu'elle a dû l'entendre arriver, fit Annie. Il n'a pas eu l'occasion de la surprendre au lit. Et il n'a pas eu à la ligoter parce qu'il l'a assommée avec le téléphone.

Elle s'accroupit à côté du tapis, son regard s'attachant à une parcelle de fibres foncées prise dans le tapis de galerie, là où était étendu le corps de Faulkner. Elle gratta l'endroit délicatement avec un ongle et tira sur le bout ainsi dégagé, qui vint tout seul, puis elle l'amena à hauteur de ses yeux.

— Ça m'a l'air d'un morceau de plume noire, constata-t-elle en regardant Stokes tout en le lui tendant. Ça répond à ta question, d'après toi ?

— Ne bourrez pas ces documents comme ça, vous allez les froisser, lui lança l'archiviste sur un ton cassant, le timbre de sa voix comme un crissement de craie sur un tableau noir.

Annie tressaillit.

— Désolée, Myron.

— Ce sera monsieur Myron. Vous êtes de l'autre côté de mon guichet, vous m'appelez Myron. Vous êtes de ce côté-ci de mon guichet, vous m'appelez monsieur Myron. Vous êtes sur mon domaine. Vous êtes mon assistante.

Myron se cala les mains à la ceinture et hocha la tête, l'air sévère. Ce Noir fluet et très collet monté portait tous les jours une cravate en polyester avec une épingle à cravate et tous les vendredis il se faisait retailler comme un bosquet ses cheveux gris. Il travaillait au service des rapports et des pièces à conviction depuis vingt ans et percevait la présence d'un uniforme derrière son guichet comme une menace directe sur son royaume.

— Que ça ne te monte pas trop à la tête, marmonna Annie. À Myron, elle fit sa figure la plus ingénue et lui assura : Je ferai de mon mieux.

Myron lui adressa un regard rosse et regagna son bureau. Annie laissa sa présence s'effacer de son esprit tandis qu'elle se concentrait sur les faits de l'agression de Lindsay Faulkner. Elle était tentée de penser que cet agresseur était une copie conforme de leur violeur, qui était une sorte de copie conforme du tueur de Pam Bichon, quelqu'un qui avait tiré avantage des deux premiers viols afin de réduire Faulkner au silence pour d'autres raisons. Peut-être avait-il eu l'intention de la tuer. Il pouvait fort bien avoir cru la laisser pour morte en partant.

Mais, si c'était le cas, alors qui était ce meurtrier copie conforme ? Renard semblait au-dessus de tout soupçon. Affaibli par les coups que Fourcade lui avait assenés, il n'aurait pu avoir ni la force ni la mobilité d'agresser une femme robuste et en bonne santé comme Lindsay. Si ce n'était pas Renard, alors qui ? Donnie ? Ce n'était un secret pour personne qu'il n'aimait guère Lindsay. Si elle s'était mise en travers de sa route en vue du marché qu'il voulait conclure au sujet de la société immobilière... Pouvait-il la tuer ? S'arranger pour que cela ressemble à un viol ? Si c'était Donnie, alors cela signifiait-il qu'il était impliqué dans le meurtre de Pam ? S'il était le meurtrier de Pam, tuer Lindsay aurait été chose facile, par comparaison.

Le fragment de plume noire était la pierre angulaire de la théorie du meurtre copie conforme. Cette plume n'était pas une pièce à conviction planquée là après coup pour impliquer quelqu'un d'autre. En fait, elle se présentait comme étant exactement le contraire. Quelque chose qu'il avait laissé derrière lui par accident, dissimulé par le corps inconscient de sa victime. Leur gaillard n'avait certainement rien laissé d'autre derrière lui qui soit susceptible de l'incriminer. Et pourtant, là encore, la plume pouvait fort bien ne pas provenir d'un masque. Elle avait pu appartenir à un jouet du chat. Elle avait pu être apportée là sous le pied d'un visiteur. Ils ne sauraient pas s'ils tenaient là une plume qui allait de pair avec celle de l'affaire Nolan, tant qu'ils n'auraient pas les résultats du labo de New Iberia.

— Hé, Myron, qu'est-ce que t'as fait pour mériter ça ? demanda Stokes avec un hennissement, tandis qu'il déposait l'ensemble des éléments concernant le viol sur l'appui du guichet. Qui est-ce qui t'a lâché le chien policier dans les pattes ?

Annie fut trop heureuse d'abandonner son classement et s'approcha.

— Ouais, Chaz, on a tous pigé cette bonne blague les dix premières fois que tu nous l'as sortie. Ça vient de chez Faulkner ? Ça t'en a pris, du temps.

— Hé, ça prend le temps que ça prend, tu vois de quoi je veux parler ? Les médecins ont d'abord dû stabiliser son état. De toute façon, qu'est-ce que ça peut faire ? On n'en a rien retiré. Elle n'avait rien sous les ongles. Il va rien y avoir dans les échantillons du labo, et pour moi, tous les poils pubiens se ressemblent. C'est pas un mauvais, ce plaisantin.

— Il a vraiment l'air de savoir ce qu'on va chercher, observa Annie. Je parierais qu'il a un casier. Tu as vérifié avec les services de l'État les récidivistes au fichier ? Tu as fait la procédure de recherche au Centre national de renseignements sur les crimes et délits ?

Aussitôt, Stokes haussa le ton d'un cran.

— J'ai pas besoin que tu me dises comment on conduit une enquête, Broussard.

— Il me semble que ma remarque était tournée sous la forme d'une question, inspecteur, fit-elle avec une suavité mordante. Je sais à quel point tu es débordé, à t'occuper de ces viols, en plus de l'homicide Bichon, et tout le tremblement. J'aurais pu te proposer de passer ces appels à ta place.

Myron remua la tête comme un coq nain outragé.

— C'est pas votre travail !

— J'essayais juste de me montrer serviable, fit Annie en haussant les épaules.

Stokes se tourna vers Myron.

— J'ai besoin que tu m'enregistres tout ce bazar et puis ensuite que tu me le ressortes. J'emporte le tout à New Iberia moi-même, en personne, pour qu'ils se grouillent de passer ça au labo et qu'on puisse pas me dire que je branle rien, parce que c'est pas vrai que je branle rien avec ces deux autres viols non plus.

— Qui est-ce qui travaille là-dessus, à part toi ? demanda Annie.

Il lui lança un coup d'œil par-dessous le rebord de son feutre.

— J'ai pas besoin que tu viennes me faire chier. Ce sont mes affaires. Quinlan me donne un coup de main en se chargeant des vérifications sur l'entourage et les antécédents des deux autres femmes — avec qui elles travaillaient et ce genre de chose. Est-ce que vous jugez cela à votre convenance, l'adjoint ?

Annie leva les mains en signe de reddition.

— Je veux dire, je sais bien que tu ne me trouves pas à ta convenance, continua-t-il avec quelque chose de tranchant dans la voix. Mais hé, qui est-ce qui fait son boulot en civil ici, et qui est-ce qui se balade en ville dans un costume de chien à la con ?

Myron leva le nez de sa paperasse pour jeter à Annie un œil furieux, clairement mécontent qu'elle rapporte ici, dans son royaume, les stigmates de son costume de chien. Arrivant du bout du couloir, Mullen laissa échapper un aboiement de chien de meute. Annie tâcha de ne pas grincer des dents.

— J'ai toujours dit que tu devrais porter un collier antipuces, Mullen, lança-t-elle en gagnant l'autre bout du guichet pour s'écarter de Stokes et Myron.

— C'est la dégringolade sociale, Broussard, fit-il, plein de jubilation, tout en posant un flacon d'urine en plastique rempli à ras bord de quelque donation d'un ivrogne. Alors, le crime, t'en as fait qu'une bouchée, récemment ? Tiens, tu peux faire descendre avec ça.

Annie bâilla, tout en sortant une fiche d'enregistrement de pièce à conviction et en commençant de la remplir.

— Réveille-moi quand tu auras quelque chose d'original à dire. Est-ce que cette urine appartient à quelqu'un, ou est-ce que tu m'as apporté ça pour me montrer que tu sais viser ?

S'étant à nouveau fait damer le pion, il s'en tint momentanément aux faits.

— Ross Leighton. Encore un déjeuner arrosé au martini au Wisteria Club. Mais tu l'as déjà battu à plate couture, non, Broussard ? À te rincer au Wild Turkey sur le chemin du boulot.

Le stylo s'immobilisa sur le formulaire. Annie leva la tête.

— C'est un mensonge et tu le sais.

Mullen haussa les épaules.

— Je sais ce que j'ai vu dans cette Jeep samedi matin.

— Tu sais ce que toi tu as mis dans ma Jeep samedi matin.

— Je sais que le shérif t'a retirée de patrouille et que moi je suis toujours au volant, répliqua-t-il d'un ton suffisant, en exhibant ses immondes dents jaunes. Il posa ses mains sur l'appui du guichet et se pencha vers l'intérieur, avec dans l'œil une lueur aussi mauvaise que celle d'une fouine. Au fait, quelle espèce de témoin tu vas bien pouvoir faire contre Fourcade ? chuchota-t-il. J'ai entendu dire que, cette nuit-là aussi, tu avais bu.

Annie garda sa repartie pour elle. Ce soir-là, elle avait bu un verre avant de dîner chez Isabeau. Un verre de vin avec son repas. Le barman de Laveau pourrait témoigner qu'elle s'était rendue au bar. Peut-être qu'il ne se souviendrait pas s'il l'avait servie ou non. Ou que quelqu'un lui ferait comprendre qu'il aurait tout à gagner à perdre la mémoire. En aucun cas elle n'avait été en état d'ivresse ce soir-là, mais l'avocat de Fourcade s'en donnerait à cœur joie en insinuant qu'il se pouvait qu'elle l'ait été. Quel effet cela aurait-il sur l'affaire de Fourcade, le doute était permis ; quel effet cela aurait-il sur sa réputation à elle, le doute n'était pas permis.

Elle lâcha un rire contraint, car elle n'avait aucune envie de rire.

— Je dois le dire, Mullen, je ne t'aurais pas cru si malin, murmura-t-elle. Je devrais te serrer la main.

Elle heurta, du dos de la main qu'elle lui tendait, le récipient d'échantillon d'urine, ce qui fit basculer le couvercle en porte à faux, et envoya gicler l'urine de Ross Leighton sur le devant du pantalon de Mullen.

Mullen fit un bond en arrière comme un chien ébouillanté.

— Enfoirée de salope !

— Oh, mince alors, regardez-moi ça ! fit Annie à voix haute, tout en retirant le récipient du guichet. Mullen a mouillé son pantalon !

À l'autre bout du couloir, quatre personnes se retournèrent pour regarder. Mullen les considéra avec horreur.

— C'est elle qui a fait ça ! s'exclama-t-il.

— Eh ben, ça serait un drôle de tour de force, fit Annie. Il m'aurait quand même fallu un accessoire fixé à mes collants. Ils savent quand même ce qu'ils voient, Mullen.

La fureur lui contracta les muscles du visage. Ses lèvres minces s'étirèrent, laissant apparaître des dents aussi grosses que celles d'un cheval.

— Tu paieras pour ça, Broussard.

— Ouais ? Qu'est-ce que tu vas faire ? Répandre encore un baquet de boyaux de porc en bas de mon escalier ?

— Quoi ? Je sais pas de quoi tu parles. T'as le cerveau rétamé, Broussard.

Hooker se fraya un passage dans l'attroupement, tel un taureau.

— Mullen, bordel, qu'est-ce que vous foutez ? Vous vous êtes pissé dessus ?

— Non !

— Bon Dieu, nettoyez-moi ce foutoir et allez vous changer.

— N'oublie pas les dépendances ! cria quelqu'un du fond du couloir.

— C'est Broussard qui a fait ces cochonneries, rouspéta Mullen, hérissé par les rires. C'est elle qui devrait nettoyer ça.

Annie secoua la tête en signe de dénégation.

— C'est pas mon travail. Les cochonneries sont de ton côté du guichet, monsieur l'adjoint en patrouille. Moi, de mon côté, derrière le guichet, je suis l'humble assistante de Myron.

L'archiviste leva le nez de sa paperasse avec une dignité souveraine.

— Monsieur Myron.

Annie se rendit assez vite compte qu'il y avait peu d'avantages à travailler dans le service des rapports et des pièces à conviction. Son seul bénéfice de la journée se présenta sous la forme d'une télécopie du laboratoire régional de New Iberia : les résultats préliminaires des examens des entrailles que l'on avait déroulées jusqu'en bas de son escalier dimanche soir. Aucun inspecteur n'avait été désigné pour cette affaire, ce qui voulait dire que la télécopie parvenait au service des rapports et des pièces à conviction pour être transmise à l'adjoint en charge. En se trouvant justement là quand le message se déroulait de l'appareil, Annie évitait d'avoir à se mettre en relation avec Pitre.

Elle retint son souffle à la lecture du rapport, comme si les mots avaient le pouvoir de ramener avec eux cette odeur. La scène lui traversa l'esprit en un éclair.

Les découvertes préliminaires attestaient que ces organes provenaient bien d'un cochon. Cette nouvelle ne la soulagea que dans une faible mesure. Le labo était incapable de la renseigner sur l'origine de ces matières organiques. En Louisiane Sud, on abattait des cochons tous les jours. Les boucheries revendaient tous leurs morceaux à des particuliers qui fabriquaient eux-mêmes leurs saucisses. Personne ne tenait de dossiers sur ce genre de chose. De même, le labo ne pourrait pas plus lui dire qui avait déversé ces viscères dans son escalier. Si cc n'était pas Mullen, alors qui ? Pourquoi ? Est-ce que cela avait quoi que ce soit à voir avec sa propre enquête sur le meurtre de Pam ? Est-ce que le meurtre de Pam avait quoi que ce soit à voir avec l'agression de Lindsay Faulkner ? Chacune de ces questions s'enchaînait à une autre, et à une autre encore, sans fin, à perte de vue.

Tard dans l'après-midi, l'état de Lindsay Faulkner était toujours considéré comme critique, mais stationnaire. Elle souffrait d'une fracture du crâne, de fractures multiples de la face, de diverses contusions, et elle n'avait pas encore repris conscience. Les médecins discutaient de savoir s'il fallait la transférer de Notre-Dame-de-la-Miséricorde à Notre-Dame-de-Lourdes à Lafayette. En attendant qu'ils décident quelle apparition de la Vierge s'avérait la plus miraculeuse, Faulkner demeurait dans le service de soins intensifs de Notre-Dame-de-la-Miséricorde.

La nouvelle de l'agression avait atteint les radios locales. Le shérif avait programmé une conférence de presse pour cinq heures. Les ragots qui circulaient dans le service évoquaient la mise sur pied d'un détachement afin d'apaiser le vent de panique au sein de la population. Avec ces maigres pistes à remonter, ils auraient peu de choses sur lesquelles se concentrer, mais on allait à nouveau passer toute l'affaire au peigne fin, encore et encore, jusqu'à la réduire en poussière. Si Stokes, qui prendrait la tête de ce détachement, n'avait pas encore vérifié, auprès des services de l'État ou auprès du Centre national d'information sur les crimes et délits, les récentes mises en liberté de délinquants sexuels, pour confronter les *modus operandi* des criminels connus, ce serait désormais chose faite. Les connaissances des victimes allaient être interrogées de nouveau, dans le but de découvrir un indice, un lien entre ces femmes.

Alors qu'Annie restait assise à son bureau temporaire de la salle des rapports, elle ressentit un pincement de jalousie envers les gens qui allaient travailler au sein de ce détachement. C'était le genre de travail qu'elle avait voulu décrocher, mais, à moins d'un retournement de fortune en sa faveur au sein du service, il gèlerait en enfer avant que Noblier ne la promeuve inspecteur.

Trouver une conclusion à l'affaire Bichon lui permettrait d'accomplir une grande partie du chemin vers l'amélioration de son statut. Mais si quelqu'un découvrait qu'elle était en train de mener sa propre enquête — et avec qui elle la menait —, sa carrière serait grillée. C'était à cela qu'elle pensait lorsque Myron quitta son poste à contrecœur pour sa promenade de l'après-midi jusqu'aux toilettes. Qu'est-ce qu'elle était censée faire si elle sortait une pièce à conviction ? Qu'est-ce qu'elle était censée dire à propos de l'apparente fixation de Renard sur elle ? Si Lindsay Faulkner lui avait livré cette information utile, où cela l'aurait-il conduite ? Stokes ne voulait pas d'elle dans ses jambes, et si elle lui fournissait quoi que soit d'utile, il ne faisait aucun doute qu'il en revendiquerait tout le crédit. Si elle allait trouver A.J., elle court-circuiterait la chaîne, et d'une manière qui ne lui rapporterait pas un seul point, en dehors des services du procureur. Devait-elle aller voir le shérif avec toutes ses découvertes éventuelles et encourir sa colère pour avoir outrepassé les bornes qu'on lui avait assignées ? Ou bien est-ce que Fourcade saisirait l'occasion pour remettre sa propre carrière sur les rails et la laisser dans la mouise ?

Peut-être que c'était tout ce qu'il y avait, dans ce baiser. Plus il l'attirait près de lui, plus il la repousserait facilement quand il aurait ce dont il avait besoin.

Elle griffonnait sur son carnet de notes tandis que son cerveau slalomait au milieu des hypothèses. Elle avait tiré profit de l'absence de Myron pour sortir quelques-uns des dossiers concernant l'homicide Bichon : la déposition initiale de Renard, dans laquelle il relatait l'histoire improbable de son alibi, pour lequel il n'avait aucun témoin qui corrobore ses dires. Fourcade avait battu la campagne en pure perte avec son histoire d'automobiliste bon Samaritain, et Renard tentait de l'envoyer effectuer la même quête sans intérêt. Une façon de vérifier sa loyauté, supposa-t-elle. Renard la prenait pour une espèce de saint-bernard venu le délivrer des mâchoires de l'enfer — ou du pénitencier d'Angola, sans qu'il y ait d'ailleurs beaucoup de différence entre les deux.

M. Renard déclare que l'automobiliste conduisait un break de couleur sombre et de marque indéterminée. Plaques d'immatriculation en Louisiane, comportant peut-être les lettres FJ.

FJ. Annie traça les lettres sur son bloc-notes, encore et encore. Fourcade avait rentré cette information insignifiante dans le fichier central des véhicules en circulation, il avait examiné la liste qui en était sortie et il n'en avait rien tiré. *FJ.* Elle recomposa le *J* en forme d'hameçon et dessina un poisson aux yeux exorbités au-dessous, avec le mot « témoin » fondu dans les écailles. Renard ne croyait pas que Fourcade ait rien tiré de cette information, et il refusait de voir que son propre avocat n'avait pas non plus présenté un seul témoin qui puisse lui tenir lieu d'alibi. Que croyait-il qu'elle ferait, que personne d'autre n'ait déjà fait pour lui ?

Elle accentua les barres du F et en ajouta une au bas de la lettre. E. *E.* Elle se redressa un peu. Renard avait déclaré qu'il faisait nuit et que le pick-up était boueux.

Un appel téléphonique au fichier central des véhicules en circulation était chose assez simple. Elle pouvait donner cet os à ronger à Renard afin de se gagner encore un peu plus sa confiance. Elle pouvait déposer cette demande sous le nom de Fourcade, se faire télécopier la liste directement sur l'appareil du service des rapports, et ni vu ni connu, personne ne s'apercevrait de rien.

Elle pensa au foulard resté sur sa table à la maison et à l'homme dans l'ombre dimanche soir, et elle se rappela pour elle-même que celui avec lequel elle jouait était un probable meurtrier. Donnie Bichon pouvait avoir un mobile, les trois viols pouvaient présenter une ressemblance à vous donner des frissons avec la mort de Pam ; les eaux qui entouraient l'affaire étaient devenues troubles, mais la fixation de Renard sur Pam Bichon était un fait avéré et Pam était morte.

Elle déposa son appel au fichier central des véhicules et raccrocha juste quelques secondes avant que Myron ne revienne de son pèlerinage là où même le roi va seul, avec le dernier numéro de *US News & World Report*.

À la fin de son service, Annie avait récolté une demi-douzaine de coupures de presse et une migraine à force de tension oculaire. Elle avait également deux pneus à plat sur sa Jeep. Les tiges des valves avaient été coupées à la base. Personne n'avait rien vu. Traduction : personne n'avait vu Mullen perpétrer sa vengeance. Elle appela le garage Meyette et s'entendit répondre qu'il faudrait une heure avant que quelqu'un puisse la dépanner.

L'après-midi était chaud et il faisait lourd, à cause d'un orage qui était en train de se former sur le Golfe. Annie longea la voie piétonne sur la rive du bayou. La foule allait se presser à la conférence de presse de Noblier, elle était au courant, mais elle n'avait aucune envie d'en être. Il lui fallait se dire que le shérif omettrait de citer son nom dans le récit de l'agression de Faulkner. Il ne voudrait en aucune façon que les gens de la presse s'intéressent encore à elle comme ils l'avaient déjà fait. Il ferait ce qui lui semblait le mieux pour son service et son personnel, et si cela impliquait de biaiser ou d'omettre la vérité, alors au diable la vérité.

Et qui suis-je pour critiquer ? se dit Annie en s'arrêtant en face de Bayou Immobilier. La fin justifiait les moyens — aussi longtemps que la fin consistait à rechercher le bien de l'humanité, ou de soi, ou de quelqu'un que l'on aimait, ou quelque principe supérieur. Elle s'était attendue à découvrir une pancarte FERMÉ sur la vitrine de l'agence immobilière, mais elle put voir la réceptionniste à son bureau. La femme leva les yeux, l'air d'être dans l'expectative, tandis qu'Annie entrait et que le carillon tintait, annonçant son arrivée.

— Ce ne sont pas de mauvaises nouvelles, non ? demanda la jeune femme, et ses joues pâlirent. L'hôpital aurait appelé. Je viens juste de parler avec... oh, pitié.

Ces derniers mots s'étaient échappés d'elle dans un souffle comme un ballon qui se dégonfle. Elle paraissait avoir cinquante et quelques années, avec un casque de cheveux blonds tirant sur le gris, rigides de laque. Une coiffure digne d'une surveillante générale. Bien habillée, les ongles soignés, des bijoux en or. La plaque sur son bureau portait la mention GRACE IRVINE.

— Non, la rassura Annie, réalisant que son uniforme l'avait effrayée. Je n'ai aucune nouvelle. La dernière fois que j'en ai entendu, il n'y avait aucun changement.

— Non, fit Grace avec un certain soulagement. Aucun changement. C'est ce qu'ils viennent de m'annoncer. Oh, par exemple. Elle se tapota la poitrine. Vous m'avez fait peur.

— Je suis désolée, s'excusa Annie en prenant une chaise à côté du bureau. Ça m'a surprise de voir le bureau ouvert.

— Eh bien, je n'ai pas appris ce qui s'était passé avant qu'il soit près de midi. Bien sûr, quand Lindsay n'est pas arrivée à son heure habituelle, je me suis fait du souci, mais j'ai supposé qu'elle avait pris un rendez-vous à l'improviste avec un client. Nous faisons tous ça, non ? Nous rationalisons. Même après que Pam...

Elle s'interrompit et pressa la main sur sa bouche tandis que des larmes lui inondaient les yeux.

— Je n'arrive pas à croire à ce qui s'est passé, murmura-t-elle. J'ai essayé de l'appeler sur son téléphone portable. J'ai essayé à la maison. Finalement, je suis sortie pour me rendre là-bas, et il y avait des adjoints et cette bande d'adhésif jaune.

Elle remua la tête, à court de mots. Pour un individu ordinaire, tomber sur la scène d'un crime, ce devait être comme de poser le pied dans une réalité seconde.

— J'ai gardé le bureau ouvert parce que je ne savais pas quoi faire d'autre. Je ne pouvais pas supporter l'idée de rester chez moi, ou de m'asseoir dans cette horrible salle d'attente à l'hôpital. Le téléphone sonnait sans arrêt. Il y avait des rendez-vous à annuler, et j'ai dû appeler la famille de Lindsay... J'ai senti que je devais rester, c'est tout.

— Vous connaissez Lindsay depuis longtemps ?

— Je connaissais Pam depuis toujours. Sa mère est ma cousine au sixième degré issue de germain du côté Chandler. Quant à Lindsay, notre amitié remonte au collège. Nous étions des jeunes filles adorables, toutes les deux. Lorsque mon mari est décédé l'année dernière, elles m'ont recueillie, pour ainsi dire. Elles m'ont expliqué que j'avais besoin de m'occuper, et elles avaient raison. Elle fit un mouvement en direction des livres ouverts étalés sur le bureau. Je suis en train d'étudier pour obtenir ma licence. J'ai songé à racheter à Donnie la part que possédait Pam dans l'affaire.

Elle détourna le visage et elle prit un petit instant pour se reprendre, en tamponnant le coin de ses yeux avec un mouchoir de lin, à petites touches.

— Je suis désolée, adjoint, s'excusa-t-elle. Je parle pour ne rien dire. Que puis-je faire pour vous ? Travaillez-vous sur l'affaire ?

— C'est une manière de présenter la chose, fit Annie. C'est moi qui ai trouvé Lindsay ce matin. Elle avait laissé un message sur mon répondeur hier soir pour me dire qu'elle avait quelque chose à m'apprendre en relation avec l'affaire de Pam. Je me demandais si elle pouvait vous avoir dit de quoi il s'agissait.

— Oh non, j'en ai peur. La journée d'hier a été trépidante. Dans la matinée, Lindsay avait plusieurs rendez-vous. Et puis Donnie est arrivé sans s'être annoncé, et ils ont eu une dispute à propos des affaires de la société et ainsi de suite. Ils ne se sont jamais entendus, vous savez. Et puis les nouvelles listes des disponibilités immobilières sont tombées. J'avais une obligation dans l'après-midi à l'école de mon petit-fils. Il est en onzième au Sacré-Cœur. C'était la journée consacrée aux forces de police, assez curieusement. McGruff le chien policier est venu avec un officier. Les grands-parents étaient invités à y assister.

— J'ai entendu dire que ça a beaucoup de succès, confirma Annie sèchement.

— J'ai trouvé ça plutôt étrange, pour être tout à fait franche. De toute façon, Lindsay et moi n'avons pas eu une minute pour nous parler. Je sais qu'elle avait quelque chose en tête, mais je suppose qu'elle en a fait part à l'inspecteur. Vous jugerez peut-être nécessaire de lui demander.

— Le... Les mots se coincèrent dans la gorge d'Annie. Qui ? Quel inspecteur ?

— L'inspecteur Stokes, lui répondit Grace Irvine. Elle l'a vu à l'heure du déjeuner.

29.

Mouton's était le genre d'endroit où peu d'hommes entraient sans un pistolet ou un couteau. Tapi sur ses pilotis, au bord du Bayou Noir, au sud de Luck, c'était le repaire des braconniers, des voleurs et autres indésirables qui côtoyaient les marges les plus pouilleuses de la société. Les gens qui cherchaient des ennuis se tournaient vers Mouton's, où on pouvait tout obtenir au juste prix et où personne ne posait la moindre question. C'était cette dernière vérité qui avait éveillé l'intérêt de Nick, un mardi après-midi. Il n'était pas d'humeur à se rendre au Voodoo Lounge, il n'avait aucune envie que quiconque lui tape dans le dos ou lui exprime d'inutiles marques d'amitié pour la situation dans laquelle il se trouvait. Il avait envie de whisky, se décida pour une bière et attendit que Stokes se montre.

Il s'était tiré hors du lit à midi et s'était forcé à exécuter ses figures de tai-chi, en méditant sur le mouvement de chacun de ses muscles, en tâchant d'expulser la douleur grâce à la concentration de son esprit. Le processus avait été atroce et épuisant, mais la perception de tout son être en était devenue plus claire. Il était là, l'esprit aux aguets, les nerfs tendus à bloc, comme des ressorts, à téter sa bière, dos à un angle de la salle.

Un duo de motards jouait aux cartes, au jeu de poule, avec une pute habituée des bistrots qui leur voltigeait autour en jupe courte et Wonderbra. Plus près de lui, un tandem de rats des marais était assis à une table, à échanger des histoires et à siroter de la bière. John Lee Hooker poussait sa plainte dans le juke-box, du blues noir du delta dans un bar de culs-terreux blancs. Dans l'arrière-salle, il y avait une partie de cartes clandestine en cours, et des courses de chevaux à la télévision installée au-dessus du bar. Le barman ressemblait à un jumeau méchant de Paul Prudhomme. Il surveillait Nick d'un œil suspicieux.

Nick prit une gorgée de sa bière, lentement, et se demanda si le type voyait en lui un flic ou un problème. Il savait qu'il avait la tête du genre de problème que personne n'avait envie d'avoir devant sa porte, avec son visage tailladé et plein de bleus, la crosse du Ruger pointant le nez par sa veste ouverte. Et malgré la pénombre, il avait gardé ses lunettes de soleil à verres chromés. L'un des rats recula en faisant racler sa chaise et se leva, en grattant le médius géant imprimé sur le devant de son T-shirt. Il portait une casquette de base-ball, rouge et sale, vissée bas sur la tête, la visière rabattue en U inversé pour encadrer une paire d'yeux trop petits pour un visage osseux. Nick le regarda approcher, et s'assit plus en avant sur sa chaise, prêt à bouger. À quelque chose malheur est bon, la dégelée qu'il avait reçue des mains des voyous de Di Monti avait dérouillé d'un coup ses instincts de survie.

— Mon pote et moi, on a fait un pari, annonça le rat des marais en titubant quelque peu sur ses jambes. Moi je dis que t'es le flic qu'a démonté la tête de ce tueur, ce Renard.

Nick ne répondit rien, tira longuement sur sa cigarette, exhala la fumée par le nez.

— C'est toi, non ? Je t'ai vu à la télé. Mec, laisse-moi te serrer la main. Il fit un pas pour s'approcher et donna une bourrade à Nick, comme à un vieux pote, comme si de l'avoir vu aux nouvelles avait forgé un lien entre eux. T'es un drôle de héros !

— Vous faites erreur, fit Nick calmement.

— Mon œil. C'est toi. Allez, mec, serre-moi la main. J'ai misé dix billets là-dessus. Il exhiba une rangée de dents gâtées. Je veux dire, y z'auraient dû te laisser dessouder ce trou-du-cul une bonne fois pour toutes. La justice du p'tit bayou. Histoire d'épargner un peu l'argent des contribuables, pas vrai ?

Il fit un mouvement pour lui administrer encore une taloche amicale. Nick lui saisit le poing et se leva de sa chaise, en tordant le bras du type de manière à le faire pivoter face contre le mur de planches raboteuses.

— J'aime pas qu'on me touche, fit-il à voix basse, la bouche à quelques centimètres de l'oreille de son ex-nouvel ami. Moi, je crois pas à l'intimité sans gêne entre étrangers, et c'est ça qu'on est — des étrangers. Je ne suis pas ton ami et, ce qui est sûr, c'est que je suis le héros de personne. Tu vois d'ici l'erreur que t'as faite ?

Le rat des marais essaya de hocher la tête affirmativement, en frottant sa joue écrabouillée contre le mur.

— Hé... hé, je suis désolé, ça va ? Faut pas l'prendre mal, grommela-t-il du coin de la bouche, la salive lui dégoulinant sur le menton.

— Mais tu vois, je l'ai déjà mal pris, et c'est bien pour ça que j'ai toujours trouvé que les excuses, c'était inefficace, et que c'était le résultat d'une logique fausse.

Du coin de l'œil, Nick pouvait voir le barman qui observait, une main plongeant sous le bar. La porte moustiquaire claqua, avec un bruit aussi sec que celui d'un coup de feu. Le copain du rat des marais se leva de sa chaise comme un pet, mais il ne fit pas le moindre geste pour se rapprocher.

— Alors maintenant pose-toi la question, murmura Nick, les dix dollars de ton copain, tu les veux simplement pour qu'ils te servent à payer les factures de ton toubib, ou tu préfères plutôt te tailler, comme un homme plus pauvre, mais plus sage ?

— Bon Dieu, Nick. La voix de Stokes traversa la salle, ponctuée par le bruit de ses pas sur le sol de planches. Je peux pas te laisser seul dix minutes. Si tu continues comme ça, il va te falloir un permis pour te promener en public.

Il vint à la hauteur de Nick, en secouant la tête.

— Qu'est-ce qu'il a fait ? Tu l'as touché ? demanda-t-il au rat des marais. Mec, qu'est-ce que t'as dans la tête ? Ne traverse pas cette ligne-là. Le dernier type qui l'a touché, il suce son dîner avec une paille. Il inclina son feutre en arrière et se gratta la tête. Moi je te le dis, Nick, la stupidité inhérente à l'humanité, ça me suffit à laisser tomber tout espoir en ce monde, en bloc. Tu prends un verre ? J'ai besoin d'un verre.

Nick fit un pas en arrière pour s'écarter du rat des marais, son accès de mauvaise humeur se désamorçant et faisant place à une sensation de désillusion.

— Eh, toi, je suis vraiment navré d'avoir perdu mon

calme, fit-il. Sur ce trait d'esprit, les commissures de ses lèvres se relevèrent. Eh ben, tu vois ? Y avait pas de souci à se faire.

En se frottant la joue, le rat rejoignit son pote en titubant. La paire libéra sa table et partit s'installer à l'autre bout du bar.

— Tu as du mal à jouer avec les autres, Nicky, se plaignit Stokes en écartant une chaise de la table et en la retournant, dossier en avant, pour s'asseoir à califourchon. Où est-ce que t'as acquis tes talents en société — dans une maison de correction ?

Nick l'ignora. Il secoua son paquet de cigarettes pour en extraire une, il l'alluma en bougeant, car il avait besoin de faire un peu les cent pas pour consumer le reste de cette crête d'énergie. *Maîtrise. Centre. Concentration.* Ça lui resterait là un petit moment, et puis ça coulisserait comme une corde dans une main moite.

— Tant que j'en suis à poser des questions, qu'est-ce qui t'est arrivé à la figure ? T'es tombé sous le marteau d'un mari jaloux ?

— J'ai interrompu une réunion d'affaires. M. Di Monti s'en est offusqué.

Stokes haussa les sourcils.

— Vic Di Monti « le Bourrin ? » Le mafieux ?

— Tu le connais ? demanda Nick.

— Par ouï-dire. Bon Dieu, Nick, t'es un fils de pute de parano. D'abord tu penses que je t'ai embobiné. Maintenant tu crois que je touche avec le milieu. Et me voilà — le meilleur ami que t'as dans ce trou perdu. Je pourrais finir par faire un complexe. Il remua tristement la tête. C'est toi qui as vécu à La Nouvelle-Orléans, mec, pas moi. Pourquoi il en a après toi, Di Monti ?

— Je suis allé voir Duval Marcotte. Marcotte est dans l'immobilier. Di Monti possède une société de construction. Donnie Bichon est tout d'un coup en train de chercher à vendre sa moitié de Bayou Immobilier. La société immobilière possède un bon paquet de propriétés « acquises » par Pam auprès de Bichon Bayou Promotion pour tirer le cul de Donnie de la faillite. Et maintenant j'entends dire que Lindsay Faulkner, de Bayou Immobilier, s'est fait agresser la nuit dernière.

— Violer. Probablement le même type qui s'est fait les deux autres, avança Stokes en faisant un geste pour attirer l'attention du barman. C'est un coriace, avec le goupillon en surmultipliée. C'était pas un coup du milieu, nom de Dieu. T'aurais dû entrer dans la CIA, Nicky. La manière dont ta tête fonctionne, ils adoreraient.

— Je prends pas ça pour un coup du milieu. Moi, simplement, ce que j'aime pas, c'est la coïncidence, c'est tout. Tu as parlé à Donnie ?

Il hocha la tête en jetant de nouveau un œil vers le bar.

— Bon Dieu, t'as foutu la trouille au barman. J'espère que t'es content, bougonna-t-il en laissant tomber un regard circonspect sur la bouteille à moitié vide de Nick. Dis, ça, tu vas le boire ? Parce que je meurs de soif, mon vieux.

— Qu'est-ce qu'il avait à dire pour sa défense ?

— Qu'il aurait aimé ne jamais entendre parler des services du shérif. Il me dit qu'il était à son bureau jusqu'à onze heures à remplir de la paperasse, qu'il a fait un arrêt-buffet au Voodoo pour quelques verres, et puis qu'il est rentré chez lui tout seul. Il vida la bière en deux longues gorgées. Je lui ai dit qu'il ferait bien de se dégotter une copine stable. Ce type est définitivement incapable de se trouver. Tu vois de quoi je parle. Mais aussi, pour un type sorti de l'université, il est un peu court en neurones. Regarde ce qu'il a foutu en l'air pour pouvoir courir le jupon. Pam était une dame charmante et une battante par-dessus le marché, et il ne lui a rien apporté d'autre que des emmerdements.

« Mais dis donc, pourquoi tu lui cherches des crosses comme ça ? interrogea-t-il en prenant une cigarette dans le paquet sur la table. Un type qui paie ta caution, le commun des mortels lui témoignerait un peu de gratitude. Et toi, tu essaies de le mêler à un complot de gros croque-mitaines.

— Je n'aime pas le rapport, c'est tout.

— Renard s'est fait Pam. Toi et moi, on le sait, mon camarade.

— Le reste n'est que sous-produit désagréable, commenta Nick en s'installant finalement sur sa chaise. Qu'est-ce que j'ai d'autre à faire de mon temps ?

— Va pêcher. Fais relâche. Mets-toi au golf. Fais relâche. Moi, si j'étais toi, je ferais surtout relâche. Tu en as besoin, camarade. Ton ressort est vachement trop remonté, ça, c'est un fait. C'est pour ça que tu en as toujours après les gens.

Il consulta sa montre et se carra dans sa chaise. L'endroit se remplissait tandis que le jour déclinait. Une serveuse se matérialisa en sortant de l'arrière-salle. Des boucles blondes teintes, un débardeur blanc moulant de chez

Hooters, boutique de Miami. Il lui sortit son sourire Monsieur Propre.

— Deux Jack Daniels, chérie, et une portion de ce que vous avez à la carte.

Avec un sourire espiègle, elle se pencha en avant, tout près, et tendit le bras devant lui pour ramasser la bouteille vide, en le régalant d'une vue plongeante sur la naissance de ses seins. Tandis qu'elle s'éloignait, il lâcha un rugissement de tigre. De l'autre côté de la salle, le motard avec le mot JUNIOR cousu sur la poche de poitrine de sa veste en jean regarda par-dessus son jeu de poule, l'air de mauvaise humeur. Stokes garda un œil sur la serveuse.

— Elle me veut. Je meurs si je mens.

— Elle veut surtout un gros pourboire.

— Nicky, tu es un pessimiste. C'est ce qui arrive quand on va chercher un sens caché dans toute chose, bon sang. T'es condamné à la désillusion — tu vois de quoi je parle ? Fie-toi un peu aux apparences. La vie est vachement plus simple comme ça.

— Comme pour le viol de Faulkner ? suggéra Nick. Tu penses que ça fait partie du schéma parce que c'est plus simple, Chaz ?

Stokes fronça les sourcils.

— Je le pense parce que c'est exact.

— Il n'y a pas de changement de méthode entre ce viol-ci et les deux autres ?

— Il y en a un peu, probablement parce qu'elle l'a entendu arriver. Mais pour tout le reste, ça cadre. C'était du boulot vicieux et propre, comme pour les autres. Le type a probablement un casier long d'un kilomètre. Faut que j'appelle les services de l'État pour voir ce qu'on peut faire.

— Pourquoi elle ? Pourquoi Faulkner ?

— Pourquoi pas ? C'est une jolie fille, elle vit seule. Il savait peut-être pas que c'est une gouine.

Nick arqua le sourcil au-dessus de la monture de ses lunettes de soleil.

— Elle coucherait pas avec toi, celle-là non plus, hein ? Dans ce comté, ça grouille vraiment de lesbiennes.

— Hé ! Quand j'en vois, j'les appelle par leur nom.

Quelqu'un avait changé de chaîne à la télévision du bar, pour passer sur une chaîne de Lafayette. Les sous-titres indiquaient que l'émission était en direct de Bayou Breaux. La figure épaisse de Noblier emplit l'écran. Il se tenait debout derrière un pupitre hérissé de microphones, l'air aussi malheureux que le chat de l'histoire qui se fait tirer à la carabine dans une pièce pleine de fauteuils à bascule. Conférence de presse. Tous les basculeurs de fauteuils au figuré allaient lui viser la queue. Nick fit un signe de la tête en direction du téléviseur.

— Pourquoi t'es pas là-bas ? J'ai entendu dire qu'on t'avait confié ce détachement.

— Nom de Dieu, le détachement, c'est moi, maugréa Chaz. Moi et Quinlan avec quelques uniformes — Mullen et Compton le jour, Degas et Fortier la nuit. La vache de belle affaire. Quinlan a essayé d'y mettre les types du commissariat de Bayou Breaux — Z-Top et Riva. Pas moyen. Noblier et le chef sont dans un duel, à celui qui aura la plus grosse trique à cause de toi. L'excuse officielle, c'est que les viols ont tous eu lieu hors des limites de la ville. C'est notre territoire, notre affaire, notre détachement. Il secoua la tête et tira sur sa cigarette. De toute façon, tout ça, c'est du cinéma, mec. On a que dalle de nib pour avancer. Tout ça, c'est supposé faire croire aux bonnes gens qu'ils sont en sécurité.

— Alors comment se fait-il que t'es pas là-bas à rassurer toutes les dames célibataires, toi la star de Hollywood ?

— Merde, j'ai horreur de ces salades avec les médias, fit-il. Des hordes de permanentés qui posent des questions stupides. Je passe mon tour, merci. J'ai déjà une migraine suffisamment costaud comme ça. Devine qui a débarqué chez Faulkner ? poursuivit-il avec une expression peinée. Broussard. Maintenant, qu'est-ce que tu imagines qu'elle était en train de faire là-bas ?

Nick haussa les épaules, l'image du désintérêt. Son attention était captée par les motards. Celui qui s'appelait Junior avait l'air d'un gros congélateur à barbe rousse. Il avait un tatouage de la Confrérie aryenne gravé sur le biceps droit. Il regardait fixement Stokes avec des yeux reptiliens.

— Elle prétend qu'elle est en train de chercher à acheter une maison. Ouais, d'accord, je vais croire ça, ricana Stokes. C'était juste une coïncidence. Comme quand elle t'est tombée dessus avec Renard. Il secoua la tête en prenant une autre cigarette. Je te le dis, mec, cette nana, c'est rien que des emmerdements. Elle est toujours là où elle devrait pas. Tu veux un complot, tu vas voir ce qu'elle mijote. Tu sais, la rumeur raconte qu'elle se saute l'adjoint du procureur, Doucet. Le voilà, ton complot.

Junior vint vers eux depuis la table de jeu de poule, intercepta la serveuse au passage et subtilisa l'une des bières qu'elle apportait sur un plateau. Stokes jura dans sa barbe et se leva.

— Hé, mec, me carotte pas mon verre.

Le motard retroussa la lèvre.

— Tu veux un verre ? Va te coller la tête dans les chiottes.

Les yeux de Stokes s'agrandirent.

— Ça te pose un problème que je sois là, Junior la tête de nœud ? Tu crois que je suis un petit peu trop marron pour ce bar ?

Junior prit une gorgée de bourbon et rota. Par-dessus son épaule, il jeta un œil à son acolyte.

— Voilà le genre de problème qu'on a quand les nègres se reproduisent avec des Blanches.

Stokes bascula une épaule en avant et percuta Junior dans son élan, le culbutant sur la table de jeu de poule. Le motard s'étala sur le dos, sa tête cogna durement contre l'ardoise. Les boules s'éparpillèrent. L'autre motard fit un pas pour s'écarter, en tenant sa queue de poule comme une batte de base-ball, tandis que Chaz sortait son insigne et le brandissait à la figure de Junior.

— Est-ce que ça, ça me fait la peau plus claire, trou-du-cul ? beugla-t-il. Et ça ? Il sortit un Glock neuf millimètres de son étui de ceinture et lui fourra le canon dans la narine gauche. Tu penses que t'es d'une race supérieure, espèce de suceur de nazi ? T'en penses quoi maintenant ?

Il gifla violemment le motard avec son insigne, puis il le lâcha sur la table et bloqua sa main juste au-dessous du menton du type.

— Tu me traites pas de nègre ! Je suis pas un nègre, toi espèce de beau morceau de merde d'enculé de ta mère ! Tu me traites de nègre et je te fais sauter ta tête de nœud et après je raconte que t'as agressé un officier de police !

Junior émit un son étranglé, sa grosse figure virant d'un ton plus rouge que sa barbe. Nick prit la mesure de la rage dans les yeux de Stokes, sachant qu'il était proche de la limite, surpris par la chose. Peut-être qu'ils avaient quelque chose de plus en commun que le boulot, après tout. Nick s'arc-bouta des deux mains sur la table de jeu de poule, et il se pencha pour entrer dans le champ de vision de Junior, qui avait les yeux exorbités.

— Tu vois ce qu'on se ramasse, ces temps-ci, quand on est politiquement incorrect, Junior ? C'est bien simple, les gens ne supportent même plus de se faire maltraiter comme avant.

Stokes n'insista pas et Junior roula sur le côté, en régurgitant ses glaires sur le feutre vert. Il laissa échapper un soupir et se força à sourire en grand, tout en se débarrassant de la tension dans ses épaules avec de petits mouvements vifs.

— Bordel, Nicky, tu m'as gâché mon plaisir.

Nick remua la tête en signe de désapprobation et se dirigea vers la porte.

— Et après tu dis que c'est moi le dingue.

Stokes se récusa d'un haussement d'épaules

— Hé, qu'est-ce que tu veux que je te dise ? Il est passé trop près de ma ligne.

Annie était assise à la table de la cuisine, une fourchette piquée dans une boîte en carton de poulet kung pow, avec Jann Arden qui chantait en bruit de fond. Les paroles étranges de « Living Under June » la ramenaient à sa situation.

Avait-elle réellement cru qu'elle pourrait s'impliquer dans cette enquête comme si elle se planquait dans une bulle d'invisibilité ? Les gens se parlaient entre eux. L'affaire était ouverte et en cours. Stokes était censé y travailler ; il était évident qu'il allait parler à Lindsay Faulkner. Lindsay l'avait fait avec Annie. Pourquoi pas à Stokes ? Elle n'avait aucune raison de ne pas le faire.

— Sauf que ça pourrait me coûter mes fesses, susurra Annie.

Si Stokes allait sortir ça au shérif... Rien qu'à imaginer ce que Noblier pourrait lui dire, elle en eut mal au ventre. On n'aurait plus qu'à l'enterrer dans son foutu costume de chien. Mais quand il l'avait appelée dans son bureau à propos de Faulkner, Gus n'avait absolument rien dit, ce qui pourrait simplement vouloir dire que Stokes n'avait pas mis ça sur le tapis... pas encore.

« Hooker avait raison, s'était plaint Gus en la fixant de son regard classique de mécontentement. On dirait que, dès qu'il se présente un tas de merde, vous allez trouver le moyen de mettre le pied dedans. Juste une chose, comment se fait-il que vous étiez au domicile de Lindsay Faulkner, adjoint Broussard ? »

Elle s'en était tenue au mensonge qu'elle avait servi à Stokes, en se demandant, mais un peu trop tard, si elle ne se piégeait pas elle-même. Il n'y aurait pas de paperasse à Bayou Immobilier pour soutenir ses dires. Et si Stokes se rendait à l'agence immobilière et demandait un dossier qui n'existait pas ? Elle aurait à s'occuper de ce pont qu'elle avait coupé derrière elle quand elle en serait là, trancha-t-elle en poussant son dîner de côté. La question qui la tiraillait le plus était celle-ci : si Stokes savait qu'elle reniflait autour de son affaire et s'il ne la voulait pas dans les parages, pourquoi n'était-il pas allé voir le shérif ? Peut-être Faulkner ne lui avait-elle pas parlé de leurs rencontres. Il n'y avait aucun moyen de le savoir, tant que Stokes ne bougerait pas ou que Lindsay Faulkner ne reprenait pas conscience.

— Pourquoi ne peux-tu pas simplement te mêler de tes affaires, Annie ? se morigéna-t-elle à haute voix.

En bas dans le magasin, Stevie, le vendeur de nuit, regardait encore *Speed*, en pleine luxure avec Sandra Bullock. Les bruits d'accidents et d'explosions montaient à travers le sol comme si une petite guerre se déroulait à l'étage au-dessous. D'ordinaire, Annie arrivait à s'abstraire du bruit. Ce soir, elle en vint à souhaiter le calme du bureau de Fourcade, mais pour autant elle n'avait aucune intention d'aller le chercher là-bas. Elle avait besoin d'une nuit de repos, le temps de s'éclaircir la tête et de considérer d'un regard froid dans quoi elle s'était mise. Pour le bénéfice qu'elle en retirerait dorénavant... Pourtant, malgré elle, elle se demanda comment allait Fourcade. À midi, elle l'avait appelé depuis une cabine téléphonique et elle avait laissé un message sur son répondeur au sujet de Lindsay Faulkner. Il ne l'avait pas rappelée. De temps à autre, elle était la proie de peurs paniques à l'idée qu'il gisait sur le sol, mort d'une hémorragie interne, mais ensuite elle se raisonnait pour se sortir ces pensées de la tête. Ce n'était pas la première fois qu'il faisait les frais d'une série de coups de boutoir. Il connaissait l'ampleur de ses blessures mieux qu'elle.

Et il ne l'avait franchement pas embrassée comme un homme à l'article de la mort. Non, comme un aveugle qui recherche la lumière, comme un homme qui a besoin d'établir un lien avec une autre âme mais qui ne sait pas comment le faire.

— Ne sois pas stupide, marmonna-t-elle en tournant son attention vers les documents qu'elle avait rapportés de chez Nick la nuit précédente — les rapports sur le harcèlement qu'avait enduré Pam Bichon avant son meurtre, des copies de rapports du commissariat de Bayou Breaux sur les incidents survenus à son bureau.

Pam avait craint pour sa sécurité et celle de Josie. Mais son degré de crainte avait paru hors de proportion aux fonctionnaires de police qui avaient pris ses appels. Bien qu'ils n'aient tiré aucune conclusion dans leurs rapports, il n'était pas difficile, pour un autre flic, de lire entre les lignes. Ils avaient considéré qu'elle réagissait de manière excessive, qu'elle n'était pas sensée, qu'elle leur faisait perdre leur temps. Pour quelle raison aurait-elle peur de Marcus Renard ? Il avait l'air si normal, si inoffensif. Quelle raison avait-elle de penser que c'était lui qui l'appelait au téléphone pour ne lui laisser entendre que le souffle de sa respiration ? Quelle preuve avait-elle qu'il traquait les ombres autour de sa propriété de Quail Run ? Comment pouvait-elle donc s'effrayer de recevoir un foulard de soie d'un admirateur anonyme ?

La chair de poule parcourut les bras d'Annie. Elle savait que Renard avait donné à Pam un certain nombre de cadeaux, mais que le seul cadeau jamais évoqué en détail dans toute cette paperasse ou dans les reportages, c'était un collier avec un pendentif en forme de cœur. Il avait pris le risque de le lui offrir pour son anniversaire, peu de temps avant sa mort.

Annie tira son classeur de coupures de presse et feuilleta les chemises, à la recherche de cette coupure en particulier qui lui trottait dans la tête. C'était un passage du *Daily Advertiser* de Lafayette, paru peu après l'arrestation de Renard, et il y était précisément question de l'anniversaire de Pam, quand elle était montée dans les bureaux de Bowen & Briggs avec une boîte en carton contenant les cadeaux qu'il lui avait donnés tout au long des semaines qui avaient précédé. Elle avait, disait-on, lancé la boîte au visage de Renard en lui criant avec colère qu'il la laisse tranquille, qu'elle ne voulait rien avoir à faire avec lui. Elle lui avait rendu tout ce qu'il lui avait donné, tout, et parmi ces présents, il y avait un foulard en soie. Annie ne put en trouver aucune description détaillée. Les inspecteurs avaient recherché ces cadeaux refusés au cours d'une perquisition au domicile de Renard, mais ils ne les avaient jamais trouvés, et ne les avaient pas jugés importants. Comment pouvait-on considérer un joli foulard en soie comme une preuve de harcèlement ?

Une idée vint subitement à Annie, et la traversa d'un

tourbillon nauséeux. Elle tendit la main à travers la table pour attraper la boîte, souleva le foulard et le fit passer entre ses doigts, les pensées se bousculant dans sa tête.

« *Vous lui ressemblez, vous savez,* avait dit Donnie, la voix étrangement rêveuse. *La forme du visage... les cheveux... la bouche...* »

« *Vous avez le profil de la victime,* avait dit Fourcade. *Vous êtes entrée dans sa vie,* chère. *Comme prévu... Il pourrait tomber amoureux de vous.* »

Pam Bichon avait-elle tenu ce même foulard entre ses mains ? Avait-elle ressenti la même étrange sensation d'inquiétude qu'Annie éprouvait à présent ?

Le téléphone sonna, et elle sursauta de quinze centimètres. Elle lança le foulard de côté et se rendit dans le salon. Le répondeur prit l'appel à la quatrième sonnerie et elle écouta sa propre voix prévenir le correspondant.

« Si vous êtes quelqu'un à qui j'ai réellement envie de parler, laissez un message après le bip. Si vous êtes journaliste, vendeur, un souffleur anonyme et pénible, un givré, ou quelqu'un qui a sur moi une opinion que je n'ai aucune envie d'entendre, ne prenez même pas cette peine. Je vous effacerai, un point c'est tout. »

L'avertissement n'avait semblé dissuader personne. Quand elle était rentrée chez elle, la bande était pleine. La nouvelle de son implication dans l'affaire Faulkner avait circulé à partir d'une fuite dans le service, comme de l'huile à travers un joint de culasse pourri. À son retour, trois journalistes étaient en train de l'attendre, allongés par terre sur la véranda du magasin. Mais ce n'était pas un journaliste qui attendait le bip.

— Annie, c'est Marcus. Il avait la voix tendue. Pouvez-vous me rappeler, s'il vous plaît ? Ce soir quelqu'un m'a tiré dessus.

— Je suis là. Qu'est-ce qui s'est passé ? fit Annie en s'emparant du combiné.

— Exactement ce que je viens de dire. Quelqu'un m'a tiré dessus par une fenêtre.

— Pourquoi est-ce que vous m'appelez, moi ? Appelez le 911.

— C'est ce que nous avons fait. Les adjoints qui sont venus nous ont dit que c'était dommage que le type soit un si mauvais tireur. Ils ont extrait la balle du mur et ils sont repartis. J'aimerais que quelqu'un vienne jeter un œil ici dans les environs.

— Et vous aimeriez que ce quelqu'un, ce soit moi ?

— Annie, vous êtes la seule à y attacher de l'importance. Vous êtes la seule dans tout ce bon Dieu de service à attacher de l'importance à ce que justice soit faite. Si cela ne dépendait que des autres, je servirais déjà d'appât aux alligators depuis des semaines.

Il resta un moment silencieux. Annie attendit, l'appréhension s'enroulant au creux de son ventre comme un python.

— S'il vous plaît, Annie, dites que vous allez venir. J'ai besoin de vous.

Dehors, sur l'Atchafalaya, le tonnerre roula comme le feu lointain du canon. Il la voulait. Il avait besoin d'elle. Il était un meurtrier probable. Elle s'était immergée dans cette affaire jusqu'au menton. Elle reprit son souffle et respira plus à fond.

— J'arrive tout de suite.

30.

— Nous étions assis, pour boire le café comme des gens civilisés, expliquait Doll Renard en désignant la table de la salle à manger, tel un guide touristique, quand soudain la vitre de cette porte a volé en éclats. J'en ai eu presque une crise cardiaque ! Nous ne faisons pas partie de ces gens qui ont des fusils chez eux, ou qui s'y connaissent en fusils ! Penser que quelqu'un nous tirerait dessus, dans notre foyer ! Dans quel genre de monde vivons-nous ? Et dire que je croyais dans la bonté des gens !

— Où est-ce que vous étiez assis, tous ? Dans quels sièges ?

— Les autres officiers de police n'ont même pas pris la peine de nous le demander. J'étais exactement là, à ma place, fit Doll en reniflant, montrant la chaise située au bout de la table.

— Victor était ici sur son siège habituel.

Marcus désigna une chaise qui plaçait son frère dos aux portes-fenêtres.

À l'appel de son nom, Victor secoua la tête et flanqua une tape de la paume sur la table. À présent, il était assis au haut bout de la table, à se balancer, à marmonner sans relâche.

— Pas maintenant. Pas maintenant. Très rouge. Entrée annulée. Entrée annulée tout de suite !

— Il va ressasser pendant des jours, fit Doll avec amertume.

— Mère, je t'en prie, fit Marcus en la regardant de travers. Nous sommes tous bouleversés. Victor a autant de raison de l'être que nous. Et même plus que toi — il aurait pu se faire tuer.

Doll en resta bouche bée, comme s'il venait de la frapper.

— Je n'ai jamais dit qu'il ne devait pas être bouleversé ! Comment oses-tu me parler comme ça devant une étrangère !

— Je suis désolé, mère. Pardonne-moi de m'être emporté aussi facilement. Mes manières ne sont pas ce qu'elles devraient être. Quelqu'un a déjà eu l'intention de me tuer auparavant.

Annie s'éclaircit la gorge, pour attirer son attention.

— Où étiez-vous assis ?

Il désigna d'un coup d'œil la porte fracassée. Des dizaines d'insectes s'étaient massés pour passer dans le trou et maintenant ils pullulaient autour de la suspension. Des moucherons s'agglutinaient au plafond comme des petites taches d'encre noire.

— J'étais sorti de la pièce.

— Vous n'étiez pas assis ici quand le coup de feu a été tiré ?

— Non. J'avais quitté la pièce quelques instants auparavant.

— Pourquoi ?

— Pour me rendre aux toilettes. Nous étions restés assis là à boire le café.

— Possédez-vous une arme de poing ou un fusil ?

— Bien sûr que non, fit-il, une rougeur lui léchant la nuque.

— Je ne voudrais pas d'un fusil dans cette maison, affirma Doll, très offensée. Je ne permettais même pas à Marcus de jouer avec une carabine à plombs quand il était petit garçon. Ce ne sont que de répugnants instruments de violence et rien d'autre. Son père possédait des fusils, acheva-t-elle d'un ton accusateur. Je me suis débarrassée de tous. Des appels à la violence...

— Vous ne pouvez pas penser que j'aie tout manigancé, l'interrompit Marcus en regardant Annie fixement.

— Tout manigancé ? s'écria Doll d'une voix perçante. Qu'est-ce que tu veux dire par « tout manigancé » ?

Annie leur tourna le dos et s'approcha du mur, là où la balle s'était logée dans l'épaisseur du crépi. On avait l'impression que les adjoints de garde qui avaient répondu à son appel avaient extrait l'objet avec une pioche. Des morceaux de plâtre effrités et une fine poussière jonchaient le sol. L'impact de la balle se situait une bonne trentaine de centimètres au-dessus des têtes de chacune des personnes qui se trouvaient assises à table. L'une des choses que tout tireur d'élite devait prendre en compte en visant, c'était la perte de hauteur de la balle à partir de sa trajectoire. Pour faire mouche là, le flingueur devait avoir visé encore plus haut.

— Soit c'était un tir de tocard, soit il n'a jamais eu l'intention de toucher qui que ce soit, en conclut-elle.

— Que voulez-vous dire ? interrogea Doll. Quelqu'un nous a quand même tiré dessus ! Nous étions justement assis là !

— Aviez-vous remarqué quelqu'un qui aurait traîné par ici plus tôt dans la journée ? demanda Annie. Aujourd'hui ou n'importe quel jour, en tout cas récemment ?

— Des pêcheurs passent devant chez nous sur le bayou, répondit-elle en laissant voleter une main osseuse en direction du cours d'eau, tout en agrippant de l'autre le corsage de sa robe d'intérieur trop ample. Et ces horribles journalistes qui vont et viennent, alors que nous n'avons rien à leur dire. Ils en prennent à leur aise. De ma vie entière, je n'ai jamais vu d'individus aussi mal élevés. Il y avait un temps dans ce pays où les convenances voulaient dire quelque chose...

Marcus ferma les yeux, paupières plissées.

— Mère, s'il te plaît, pourrions-nous en rester à la question qui nous occupe ? Annie n'est pas intéressée par une discussion sur le déclin des bonnes manières et des bonnes mœurs.

Le visage de Doll se colora à la fois de rose et de blanc. Sa peau se tendit sur les os et les tendons.

— Eh bien, si mes avis n'ont pour toi aucune importance, excuse-moi, Marcus, fit-elle avec raideur. Si tu considères qu'Annie, ici présente, ne souhaite pas entendre ce que je pense, pardonne-moi.

— Tout cela a été traumatisant pour vous tous, j'en suis certaine, reconnut Annie avec diplomatie.

— Ne me prenez pas de haut ! lança Doll, cinglante. Son corps tout entier tremblait de colère. Vous pensez que nous sommes soit des criminels, soit des imbéciles. Vous ne valez pas mieux que tous les autres.

— Mère...

— Rouge ! Rouge ! Non ! cria Victor d'une voix perçante, en se balançant si fort que les pieds de sa chaise décollèrent du parquet.

Il flanquait des tapes sur la nappe, encore et encore.

— Si tu t'imagines qu'elle se soucie de nous, Marcus, c'est que tu es un idiot. Doll se détourna de lui pour s'occuper de son autre fils. Viens par ici, Victor. Tu vas au lit. Personne ici n'a plus besoin de notre présence.

— Pas maintenant ! Pas maintenant ! Très rouge !

La voix de Victor partit sur une note stridente suraiguë, un crissement métallique. Quand sa mère lui agrippa l'épaule d'une main aux jointures toutes blanches, il se recroquevilla en boule.

— Viens par ici, Victor !

En sanglots, Victor Renard déplia son corps pour se lever de sa chaise et laissa sa mère l'entraîner hors de la pièce.

Marcus laissa retomber sa tête et fixa le sol, rouge d'embarras et de colère.

— Eh bien, n'était-ce pas charmant ? Encore une soirée dans la vie heureuse de la famille Renard. Je suis désolé, Annie. Parfois, je me dis que ma mère ne sait pas plus quoi faire de ses émotions que Victor.

Annie n'émit aucun commentaire. Il lui était plus utile de voir qu'il y avait du tirage sur les bords entre les Renard que de les voir bien emmitouflés dans leur maîtrise d'eux-mêmes. Elle s'approcha des portes-fenêtres en contournant les débris de verre.

— J'aimerais jeter un œil dehors.

— Naturellement.

Sur la terrasse, elle s'emplit les poumons d'un air qui avait le goût du cuivre. Des nuages gorgés d'une pluie qui tardait à tomber donnaient l'impression de faire ployer la cime des arbres.

— Simplement pour mettre les choses bien au clair, fit Marcus, ma mère n'a jamais cru dans la bonté des gens. Elle s'est attendue à voir surgir une foule de lyncheurs sur la pelouse devant la maison, et elle n'a jamais manqué une occasion de relever que tout ça était ma faute. Je suis sûr qu'elle est secrètement ravie de tout ceci, à sa façon tordue bien à elle.

— Je ne suis pas venue ici pour discuter de votre mère, monsieur Renard.

— S'il vous plaît, appelez-moi Marcus. Il se tourna vers elle. La lumière qui filtrait de la maison adoucissait d'ombres ses hématomes et ses points de suture. Avec l'enflure qui s'était résorbée, il n'avait plus l'air grotesque, mais seulement dépourvu d'attrait. Il n'avait pas l'air dangereux, il avait l'air pathétique. S'il vous plaît, Annie. J'ai besoin de pouvoir au moins me dire que j'ai une amie.

— Votre ami, c'est votre avocat. Moi, je suis un flic.

— Mais c'est vous qui êtes ici et rien ne vous y oblige. Vous êtes venue pour moi.

Elle eut envie de lui présenter les choses différemment, de lui dire qu'elle avait essayé de lui mettre les points sur les i, mais soit il n'écoutait pas, soit il biaisait la vérité à sa convenance.

C'était bien souvent le mode de pensée des obsessionnels. La répugnance ou l'incapacité à accepter la vérité. Il n'y avait rien de déclaré dans l'attitude de Renard. Rien qui pouvait être taxé de folie, et pourtant cette insistance subtile qu'il mettait à plier la réalité à ses désirs était perturbante. Elle voulait mettre une distance entre elle et lui. Mais la vérité, c'était que plus elle s'approchait de lui, plus il était vraisemblable qu'elle finirait par découvrir quelque chose que les inspecteurs avaient manqué. Il pouvait se laisser aller à baisser la garde, à commettre une erreur. « *Il pourrait tomber amoureux de vous...* », et elle serait là pour le pincer.

— D'accord... Marcus, accepta-t-elle, son nom lui collant à la bouche comme une noix de beurre de cacahuètes.

Il laissa échapper un soupir, comme si cela le soulageait, et il glissa ses mains dans les poches de son pantalon.

— Fourcade, reprit-il. Vous m'avez demandé si quelqu'un était venu par ici récemment. Fourcade était là samedi. Sur le bayou.

— Avez-vous une raison quelconque de croire que l'inspecteur Fourcade soit celui qui vous aurait tiré dessus ce soir ?

Il eut un rire étouffé, tira un mouchoir de sa poche, et se tamponna les commissures des lèvres.

— Il a essayé de me tuer la semaine dernière, pourquoi pas cette semaine ?

— Il n'était pas lui-même, ce soir-là. Il avait perdu au tribunal sur une décision de justice capitale. Il avait bu. Il...

— Lors de l'audience la semaine prochaine, vous n'allez pas lui trouver des excuses, n'est-ce pas ? demanda-t-il en la regardant, l'air choqué. Vous étiez présente. Vous avez vu ce qu'il était en train de me faire. Vous l'avez dit vous-même : il essayait de me tuer.

— Nous n'en sommes pas à parler de la semaine dernière. Nous parlons de ce soir. L'avez-vous vu ce soir ? L'avez-vous vu depuis samedi ? Vous a-t-il téléphoné ? Vous a-t-il menacé ?

— Non.

— Et naturellement vous n'avez pas vu ce tireur parce qu'il se trouve que vous étiez aux toilettes au moment précis...

— Vous ne me croyez pas, fit-il froidement.

— Je crois que, si l'inspecteur Fourcade avait voulu vous voir mort, vous seriez en présence de votre créateur à l'heure qu'il est, rétorqua-t-elle. Il ne va pas vous confondre avec votre frère ou tirer dans le mur à trente centimètres au-dessus de votre tête. Il vous aurait fait sauter la cervelle comme un melon pourri, et je n'ai aucun doute qu'il pourrait y arriver dans le noir à cent mètres.

— Il est venu ici en barque samedi. Il aurait pu être sur le bayou...

— Dans ce comté, tout le monde possède une barque, et environ quatre-vingt-dix pour cent de ce monde-là pense qu'on devrait vous amener en place publique pour y être écartelé. En l'occurrence, Fourcade est loin d'être la seule hypothèse, objecta Annie. Pour être tout à fait franche avec vous, oui, Marcus, je pense que vous êtes un candidat plus vraisemblable que Fourcade.

Sur cette réplique, il se détourna d'elle en fixant l'obscurité.

— Je n'ai pas fait ça. Pourquoi aurais-je fait ça ?

— Pour attirer l'attention. Pour me faire venir ici. Pour monter la presse contre Fourcade.

— Vous pouvez examiner mes mains pour y trouver des restes de poudre, vous pouvez fouiller les lieux pour y trouver un fusil. Ce n'est pas moi qui ait fait ça. Il eut un mouvement de la tête, en signe d'écœurement. J'ai l'impression que c'est ma devise de ces derniers mois : ce n'est pas moi qui ai fait ça. Et pendant que vous tous, vous vous occupez d'essayer de prouver que je suis un menteur, des tueurs et des candidats tueurs circulent en liberté.

Il s'essuya de nouveau la bouche. Annie l'observa, s'efforça de lire en lui, se demanda quelle part de ce qu'il laissait voir était un numéro, et jusqu'à quel point il y croyait au fond de lui-même.

— Vous savez ce qu'il y a de pire dans tout ça ? demanda-t-il d'une voix si faible qu'Annie dut avancer d'un pas pour l'entendre. Je ne suis jamais allé pleurer la mort de Pam. Je n'ai pas été autorisé à exprimer mon chagrin, mon indignation, ma blessure, ma perte. Elle était une si jolie personne. Si ravissante.

Il abaissa les yeux sur Annie, et à cet instant un éclair s'alluma, baignant son visage d'un reflet argenté — un regard étrange, vague, rêveur, comme s'il contemplait un souvenir qui n'était pas tout à fait réel.

— Elle me manque, chuchota-t-il. J'aimerais...

Quoi ? Ne pas l'avoir tuée ? Qu'elle lui ait retourné son affection, au lieu de ses cadeaux ? Annie retint son souffle, en attente.

— J'aimerais que vous me croyiez, murmura-t-il.

— Mon travail n'est pas de vous croire, Marcus, répliqua-t-elle. Mon travail, c'est de trouver la vérité.

— Je veux que vous trouviez la vérité, supplia-t-il.

La familiarité du ton de sa voix l'agaça, et elle recula pour s'écarter de lui, tandis que le vent montait, dans un grand souffle venu des cieux, ballottant les arbres comme des pompons géants.

— Pour cette histoire, je reste en première ligne, assura-t-elle. Voir si les adjoints sortent quoi que ce soit. Mais c'est tout ce que je peux faire. Je suis suffisamment dans la panade comme ça. J'apprécierais que vous ne disiez à personne que je suis venue ici.

Il passa son pouce et son index sur ses lèvres. « Notre secret. Ça en fait deux. » L'idée semblait lui plaire.

Annie se renfrogna.

— Je suis en train de vérifier pour cette camionnette — votre bon Samaritain de la nuit où Pam est morte. Je ne vous fais aucune promesse qu'il en sortira quelque chose, mais je veux que vous sachiez que je cherche.

— Je savais que vous le feriez, fit-il, tentant un

sourire. Vous ne voudriez pas penser que vous m'avez sauvé la vie sans aucune bonne raison pour le faire.

— Je ne veux pas qu'on dise que l'enquête n'a pas été conduite minutieusement sur tous les chefs d'accusation, corrigea-t-elle. Pour ce qui est du fichier des véhicules, l'inspecteur Fourcade a regardé, il n'a rien trouvé, c'est tout. Probablement parce qu'il n'y a rien à trouver.

— Vous la trouverez, la vérité, Annie, murmura-t-il en tendant le bras pour lui toucher l'épaule. Sa main s'attarda trop longtemps, l'espace d'un battement de cœur. Je vous le promets.

Annie sentit des fourmis lui parcourir la peau. D'un haussement d'épaules, elle se débarrassa de son contact.

— Je vais aller chercher ma lampe-torche. Je veux jeter un œil autour du jardin avant qu'il ne commence à pleuvoir.

Le jardin ne livra aucun secret. Elle chercha vingt minutes. Renard la regarda depuis la terrasse un moment, puis il disparut dans la maison, et revint quelque temps plus tard avec sa propre lampe-torche, pour l'aider à chercher.

Annie ignorait ce qu'elle avait espéré découvrir. Une douille, peut-être. Mais elle n'en trouva aucune. Le tireur pouvait s'en être débarrassé. Cette douille pouvait aussi bien être dans le bayou si c'était là que le tireur s'était posté — si jamais le tireur avait été quelqu'un d'autre que Renard lui-même.

Une fois au volant, elle passa les hypothèses au crible dans sa tête tandis qu'elle sortait de l'allée de Renard pour prendre la direction de la grand-route. Cela ne ferait pas de mal de savoir où se trouvait Hunter Davidson à l'heure du tir, quoiqu'il fût un vieux chasseur, et qu'elle ne pût l'imaginer manquer sa cible. Peut-être avait-il visé Victor Renard à la nuque en le prenant pour Marcus, et tandis qu'il fixait sa cible dans le viseur de son fusil, il avait été frappé par l'énormité du geste, supprimer une vie humaine, avant de fourrer son tir dans le mur.

Il semblait plus vraisemblable de penser qu'il aurait suivi Renard dans sa ligne de mire et qu'il aurait appuyé sur la détente dans un afflux d'émotion. Le remords, si jamais il intervenait, viendrait après la vengeance.

Cela n'avait pas plus de sens de considérer Fourcade comme suspect. D'un autre côté, Renard lui-même avait tout à gagner à mettre en scène l'incident. Cela lui fournissait une excuse pour l'appeler. Cela faisait porter le soupçon sur Fourcade, et pourrait servir à attirer les médias. L'histoire aurait pu passer au journal de vingt-deux heures, pour soulever une vague de fureur en bonne et due forme dès le lendemain matin. C'est certainement ce que l'avocat de Renard aurait souhaité. Mais Renard ne les avait pas appelés ; il l'avait appelée, elle.

La route du bayou était vide et noire, une tranchée isolée entre deux parois d'épaisse forêt qui couraient de part et d'autre. La pluie avait finalement commencé de tomber, un crachin colérique qui allait, d'une seconde à l'autre, se transformer en déluge. Annie actionna les essuie-glaces et jeta un coup d'œil dans le rétroviseur tandis qu'un éclair partait dans le ciel — illuminant la silhouette d'une voiture. Une grosse voiture. Trop près. Sans phares.

Elle se maudit elle-même de n'y avoir pas prêté garde. Depuis combien de temps cette voiture était-elle derrière elle ou à quel endroit avait-elle pris cette route, elle n'en avait aucune idée. Comme si le conducteur avait senti qu'elle l'avait remarqué, ses phares s'allumèrent d'un coup — de longs faisceaux éblouissants qui illuminèrent tout à l'intérieur de la Jeep, aveuglants d'intensité soudaine. Au même moment, les cieux s'ouvrirent et la pluie tomba à torrents. Annie enclencha les essuie-glaces sur grande vitesse et enfonça l'accélérateur. La Jeep fit un bond en avant, la voiture suiveuse dans son pare-chocs arrière. Annie sollicita encore la pédale, l'aiguille du compteur oscillant vers les cent vingt à l'heure. La voiture la talonnait comme un chien le museau dans les pattes postérieures d'un lièvre. Elle attrapa le micro de sa radio, et se rendit compte que le cordon avait été tranché net, sectionné du poste émetteur.

Préméditation. Ce n'était pas une partie engagée au hasard. Elle avait été choisie pour prendre part au jeu. Mais avec qui ? Ce n'était pas le moment d'envisager des noms. Ce n'était le moment de rien d'autre qu'agir et réagir. Elle roulait au-delà de ses limites de visibilité, fonçant à l'aveuglette entre des rideaux de pluie. À cet endroit, la route suivait une courbe et décrivait une boucle complète sur elle-même en serpentant, tout en longeant parallèlement le bayou. Chaque virage mettait la Jeep à la limite de l'adhérence et la soumettait à la menace de l'aquaplaning. Encore un kilomètre et demi et la route se changerait pratiquement en un pont de terre entre deux zones denses de marais. La voiture suiveuse déboîta sur la file de gauche et rugit en se portant à sa hauteur. C'était une grosse voiture — une Cad peut-être —, un vrai tank. Annie pouvait en percevoir la masse à côté d'elle. Trop large pour ces virages, songea-t-elle, et elle espéra qu'elle allait se rabattre. Mais elle restait à sa hauteur, et elle ne se laissa plus distraire par cet espoir pour se concentrer sur sa conduite alors que la Jeep basculait dans un virage et que les roues patinaient.

L'autre voiture tenait la corde du virage, qu'elle prit large, et se rabattit en cognant dans la Jeep, le métal grinçant contre le métal, pour tenter de l'expédier hors de la chaussée. Sa roue arrière extérieure tapa dans l'accotement et la Jeep flotta sous elle. Annie carra son pied contre le plancher et tint bon, s'efforçant de tenir la voiture sur sa trajectoire. Son champ de vision, à travers le pare-brise, s'inclina, puis se rétablit brutalement à l'horizontale.

— Fils de pute ! aboya-t-elle.

Elle accéléra pied au plancher tandis que la route redevenait droite, et elle pria pour qu'il n'y ait rien sur son chemin. Il pleuvait trop fort pour que la pluie s'écoule de la chaussée, et des panaches d'eau giclaient des roues de la Jeep. La résistance de l'eau aurait dû ralentir encore plus fortement l'autre voiture, qui avait une moins bonne tenue de route, et pourtant elle se maintenait à sa hauteur, amorçant un écart pour venir lui rentrer à nouveau dedans par le travers. Sa vitre latérale se fracassa, et des éclats de verre lui tombèrent dessus. Annie renvoya brusquement la Jeep contre la voiture. Le choc fut comme une explosion. L'autre tint ferme sur ses roues, la repoussant comme une balle de caoutchouc. L'espace d'un battement de cœur, elle n'eut plus aucun contrôle de son véhicule, qui dérapa vers l'accotement et, au-delà, vers le marais d'un noir d'encre. Le pneu avant droit heurta l'accotement et retomba. De la boue dégueula sur le capot, sur le pare-brise. Les essuie-glaces étalèrent cette bouillie sur toute la vitre. Elle fit tournoyer le volant vers la gauche et récita une prière à la vitesse du son tandis que la Jeep patinait, moitié sur la route, moitié en dehors, le marais l'aspirant comme un monstre affamé. Du coin de l'œil, elle put voir la voiture amorcer une nouvelle embardée, et en une fraction de seconde elle aperçut le conducteur — une apparition noire, avec des yeux miroitants et une bouche ouverte à se déchirer sur un hurlement qu'elle ne pouvait entendre. Puis la route décrivit un virage sec sur la droite juste devant ses roues et la Jeep revint d'un bond sur la chaussée, les museaux des deux voitures se heurtant, en faisant jaillir une gerbe d'étincelles sous la pluie.

Les choix zébraient l'esprit d'Annie comme des étoiles filantes. Elle ne pouvait surpasser son assaillant en force physique et elle ne pouvait le distancer, mais elle disposait de quatre bons pneus tout terrain et d'une machine maniable pour sa taille. Si elle parvenait à atteindre la route remblayée, elle pourrait le semer. Elle freina et partit en dérapage, tout en rétrogradant. Tandis que la voiture la dépassait comme un boulet, elle arrondit son dérapage en virage à cent quatre-vingts degrés et accéléra. Dans le rétroviseur, elle put voir les feux de freinage de la voiture luire comme deux yeux rouges dans la nuit. Le temps qu'il ait tourné, elle serait à mi-chemin du remblai — si sa chance se maintenait, si le chemin qui menait au camp de Clarence Gauthier n'était pas sous trente centimètres d'eau. Ses phares tapèrent dans le panneau. Clouée à la souche d'un chêne du marais qui avait été frappé par la foudre vingt ans plus tôt, l'enseigne était un morceau de planche de cyprès déchiquetée, peinte à la main en lettres orange : DÉFENSE D'ENTRER - LES INTRUS SERONT DÉVORAIENT.

Derrière elle, la voiture effectuait son demi-tour à grandes embardées. Annie balança la Jeep dans le chemin boueux et écrasa les freins. Devant elle, l'eau noyait la piste par le travers en un drapé noir et brillant ridé de pluie. Elle se dit, mais trop tard, qu'elle aurait pu être plus avisée en avalant les quelques kilomètres qui la séparaient de la maison de Renard pour trouver refuge auprès d'un meurtrier afin d'échapper à un autre. Mais la voiture fonçait maintenant vers elle, en tirant avantage de son hésitation. Si elle n'arrivait pas à traverser pour rejoindre la terre, plus haut, il la tenait, et peu importait qui il était, bordel, pour faire ce qu'il voulait. Il fallait qu'elle attrape le Sig dans le fourre-tout sur le siège côté passager, et qu'elle tienne ce fils de pute en respect jusqu'à ce qu'il passe quelqu'un qui puisse venir à son secours. Elle fit ronfler le moteur en relâchant l'embrayage. La Jeep toucha l'eau, le moteur rugit, les roues firent bouillonner la flotte. Bouillonnement et adhérence. Bouillonnement et enlisement.

— Allez, allez, allez ! psalmodiait Annie.

Le pneu arrière glissa vers le rebord du chemin submergé et l'arrière de la Jeep chassa sur la droite. Le moteur hurlait. Annie hurlait. Dans le rétro, elle aperçut la voiture qui s'arrêtait sur la route derrière elle. Puis les pneus avant trouvèrent prise sur une terre plus ferme, et la Jeep crapahuta en sûreté.

— Oh, Dieu ! Oh, merde ! gémit Annie tandis qu'elle dévalait le chemin sinueux, les branches giflant le pare-brise.

Quelqu'un sortit en courant de la cabane où Clarence Gauthier gardait ses chiens de combat. Annie prit à droite avant d'arriver au camp, et elle tressaillit au bruit d'un coup de feu qui partait en guise de sommation. Encore un peu moins d'un kilomètre sur ce chemin qui se délitait rapidement en bourbier, et elle serait enfin en mesure de grimper sur la route remblayée. Une fois sortie des bois, elle vit la pluie se refermer autour d'elle comme un rideau liquide. Seuls les éclairs lui permettaient d'entrevoir, au-delà des faisceaux de ses phares, un monde de cauchemar. Noir, mort, pas âme qui vive en vue. Elle se sentait malade.

Le magasin Corners était fermé. La lumière, dans le salon de Sos et Fanchon, brillait d'une lueur ambrée à l'opposé des ténèbres du parking. Annie amena la Jeep près de l'escalier côté sud du bâtiment et monta en courant jusqu'à l'étage. Ses mains tremblaient lorsqu'elle fit jouer la clé dans la serrure. Elle lutta mentalement pour amener ses nerfs à se calmer. Elle était un flic, après tout. Que quelqu'un ait essayé de la tuer n'aurait probablement pas dû la préoccuper tant. Peut-être une prochaine fois serait-elle en mesure de traiter la chose avec le plus complet mépris. Rien d'étonnant dans tout ça. Juste une journée de boulot comme une autre. Une journée comme une autre, tu parles.

Une fois dans l'entrée, elle se débarrassa de ses baskets, lâcha son barda et alla droit à la cuisine. Elle tira une chaise sur le carrelage. Une bouteille poussiéreuse de Jack Daniel's était posée dans le placard au-dessus du réfrigérateur. Tout en descendant la bouteille de whisky de là-haut pour la poser sur le bar, elle pensa à Mullen. Il aurait aimé avoir cet instant sur vidéo — preuve de son alcoolisme soudain. Fils de pute. Si elle découvrait que c'était lui derrière le volant de cette voiture ce soir... eh bien, quoi ? Pour lui, les conséquences iraient bien au-delà d'une inculpation criminelle. La vie aurait dû être plus simple, songea Annie tandis qu'elle dévissait le capuchon de la bouteille de Jack et qu'elle se versait un double baby. Elle en avala une longue gorgée, grimaçant quand le breuvage s'écoula en elle.

— Vous allez m'en offrir un peu ?

Le cœur battant, Annie se retourna en sursaut. Le verre s'écrasa au sol.

— J'ai fermé cette porte à clé en partant, dit-elle.

— Et je vous l'ai déjà dit : comme verrou, c'est pas grand-chose, dit Fourcade en haussant les épaules.

— Où est votre pick-up ?

— Hors de vue.

Nick attrapa un torchon et s'agenouilla pour nettoyer les dégâts.

— Vous êtes un tantinet à cran, ce soir, 'Toinette.

Il leva les yeux sur elle, debout à côté du croco crâneur collé à son frigo. Son visage pâle comme la mort, ses yeux brillant comme des perles de verre, ses cheveux comme des ficelles détrempées. Il pouvait sentir la tension en elle, les vibrations d'un diapason.

— J'imagine que c'est vrai. On vient d'essayer de me tuer.

— Quoi ?

Il se redressa brusquement et la regarda des pieds à la tête comme s'il s'attendait à voir du sang.

— Quelqu'un a essayé de me sortir de la route du bayou, de me balancer dans le marais. Et bordel, il y est presque arrivé.

Annie laissa son regard errer dans la cuisine, les vieux placards et la table des années 50, les boîtes sur le bar et les plants de lierre qu'elle avait commencés à partir d'un brin du bouquet de mariage de Serena Doucet cinq ans auparavant. Elle regarda la pendule en forme de chat, observa les yeux et la queue qui bougeaient au passage de chaque seconde. Tout avait l'air un peu différent, comme si elle n'avait rien vu de tout ça depuis très longtemps et comme si elle découvrait que rien ne correspondait aux images de son souvenir. Le whisky brûlait son estomac vide comme un acide. Elle pouvait encore sentir l'écoulement dans son arrière-gorge.

— Quelqu'un a voulu me tuer, murmura-t-elle encore, sidérée. L'engourdissement se répandit en elle comme une vague. Avec autant de sang-froid et de dignité qu'elle put en rassembler, elle lui dit : Excusez-moi. Maintenant, il faut que j'aille rendre.

31.

— Je ne suis pas dans mon meilleur moment.

Annie était à genoux devant les toilettes, en déséquilibre sur le côté, près de la vieille baignoire à pieds de lion. Elle se sentait comme une bogue de châtaigne desséchée, trop vidée pour ne pas se sentir gênée outre mesure.

— C'est toujours ça de pris pour mon image de poivrote.

— Est-ce que vous avez aperçu le conducteur ? demanda Fourcade en s'appuyant contre l'encadrement de la porte.

— Juste un coup d'œil fugitif. Je pense qu'il portait une cagoule. Il faisait nuit. Il pleuvait. Tout s'est passé si vite. Dieu, fit-elle, écœurée, sur un ton plaintif. Je parle comme n'importe laquelle des victimes dont j'ai eu à m'occuper.

— Les plaques ?

Elle fit non de la tête.

— J'étais trop occupée à me garder le cul hors du marais. Je ne sais pas, murmura-t-elle. Je pensais que Renard avait mis en scène ce coup de feu pour me faire venir là-bas, mais peut-être pas. Peut-être celui qui a tiré est-il resté dans le coin, il a surveillé l'arrivée des flics, puis mon arrivée et mon départ.

— Pourquoi vous cavaler après ? Pourquoi ne pas attendre que vous soyez partie et retenter le coup avec Renard ?

La réponse aurait pu la faire vomir de nouveau si elle n'avait pas déjà vidé son estomac. Si l'agresseur en avait après Renard, cela n'avait aucun sens qu'il en ait après elle.

— Vous avez probablement raison au sujet du coup de feu, fit-il. Renard voulait un prétexte pour vous appeler. Cette histoire qu'il vous a servie est aussi boiteuse qu'un chien à trois pattes.

Annie se hissa pour s'asseoir sur le rebord de la baignoire.

— Si c'est vrai, alors le type à la Cadillac n'était là que pour une seule raison — moi. Il avait dû me suivre.

Elle leva les yeux sur Fourcade quand il entra dans la pièce, espérant à moitié qu'il lui répondrait que non, juste pour apaiser son inquiétude. Il ne le fit pas, ne le ferait pas, n'était pas ce genre d'homme. Les faits étaient les faits, il ne verrait aucune utilité à édulcorer la vérité pour adoucir les coups. Avec un regard dubitatif, il tira la serviette de la main serrée en céramique qui saillait du mur et en imbiba le bout avec de l'eau froide.

— Vous arrivez à exaspérer les gens, 'Toinette, fit-il en prenant, en guise de siège, le couvercle fermé des toilettes.

— Je ne le fais pas exprès.

— Il faut que vous vous rendiez compte que c'est une bonne chose. Mais vous n'y prenez pas garde. Vous agissez d'abord et vous pensez plus tard.

— Ça vous va bien de dire ça.

Elle appliqua le linge froid sur une joue, puis sur l'autre. Il avait l'air plus soucieux que contrit. Elle aurait préféré la seconde solution. Elle se sentait plus rassurée quand elle le prenait comme un mentor que lorsqu'elle devait soupeser la signification de ces étranges moments où il avait l'air d'être ailleurs.

— Moi, je pense toujours d'abord, *chère*. Occasionnellement, il se trouve que ma logique est défaillante, c'est tout, rectifia-t-il. Comment ça va ? Vous tenez le coup ?

Il se pencha en avant, écarta une mèche de cheveux de sa joue. Son genou effleura sa cuisse, et, en dépit de tout, Annie perçut une subtile décharge électrique.

— Mais oui. Ça va. Merci.

Elle se remit debout et commença de se brosser les dents.

— Alors, qui vous veut morte ?

— Je ne sais pas, grommela-t-elle, la bouche pleine de mousse.

— Bien sûr que si. Simplement, vous n'avez pas encore assemblé toutes les pièces du puzzle.

Elle cracha dans le lavabo et lui lança un regard furieux du coin de l'œil.

— Bon Dieu, ce que vous m'agacez !

— Qui pourrait vous vouloir morte ? Servez-vous de votre tête.

Annie s'essuya la bouche.

— Vous savez, à l'inverse de vous, je n'ai pas un passé bourré à craquer de psychopathes et de voyous.

— Votre passé n'est pas le sujet, fit-il en la suivant dans le salon. Et cet adjoint — Mullen ?

— Mullen veut me dégager de mon boulot. Je ne peux pas croire qu'il essaie de me tuer.

— Poussez n'importe quel homme suffisamment loin, et vous ne savez pas ce qu'il pourrait faire.

— C'est la voix de l'expérience qui parle ? l'interrogea-t-elle, caustique, avec l'envie de se défouler sur quelqu'un.

Peut-être que si elle flanquait quelques calottes, cela lui permettrait de rétablir les frontières qui s'étaient brouillées la nuit précédente.

Elle fit les cent pas le long de l'alligator qui faisait office de table basse, l'énergie nerveuse montant à nouveau en elle comme une vague.

— Et vous, Nick ? Je vous ai arrêté. Vous pourriez tomber pour forfaiture. Peut-être que vous pensez ne rien avoir à perdre à vous débarrasser du seul témoin.

— Je ne possède pas de Cadillac, fit-il, le visage de pierre.

— Je dois bien imaginer que si vous deviez essayer de tuer quelqu'un, ça ne vous poserait certainement aucun problème moral de voler une voiture.

— Arrêtez ça.

— Pourquoi ? Vous voulez que je me serve de ma tête. Vous voulez que je sois objective.

— Alors servez-vous-en, de votre tête. J'étais ici, à vous attendre.

— Je suis venue par la route remblayée. Ça va moins vite. Vous auriez pu laisser tomber la Cad et venir ici à toute blinde dans votre pick-up.

— Vous commencez à m'exaspérer, Broussard.

— Ouais ? Ben, je suppose que je dois faire cet effet à tout le monde. C'est franchement étonnant que personne ne m'ait tuée, depuis tout ce temps.

Il lui saisit le bras, et Annie se dégagea de son étreinte, des larmes lui piquant les yeux.

— Ne me touchez pas ! lança-t-elle, cassante. Je ne vous ai jamais dit que vous pouviez me toucher ! Je ne sais pas ce que vous me voulez. Je ne sais pas pourquoi vous m'avez entraînée dans tout ça.

— Je ne vous ai pas entraînée. Nous faisons équipe.

— Ah ouais ? Alors, l'équipier, pourquoi donc est-ce que vous ne me dites pas pourquoi vous êtes allé chez Renard ? Vous étiez en train de repérer le site idéal pour jouer au tireur isolé ?

— Vous pensez que c'est moi qui ai tiré ? fit-il,

incrédule. Si je voulais la mort de Renard, mon chou, à l'heure qu'il est, il serait en enfer.

— Ouais, je sais. Pour ce qui est de ce premier départ, j'ai comme qui dirait déjà interrompu la cérémonie.

— *C'est assez !* ordonna-t-il en l'attrapant cette fois par les deux bras, et il la ramena tout près de lui.

— Qu'est-ce que vous allez faire, Nick ? Me casser la tête ?

— Nom de Dieu, qu'est-ce qui vous prend ? demanda-t-il. Pourquoi est-ce que vous me cassez les couilles, là ? Samedi, je n'ai pas touché Renard. Ce soir, je ne lui ai pas tiré dessus, et ce qui est sûr, c'est que je n'ai pas essayé de vous tuer !

Il avait envie de la secouer, il avait envie de l'embrasser, la colère et la rage sexuelle constituant un dangereux mélange. Il se força à l'écarter de lui et il s'éloigna.

— Si nous faisons équipe, nous faisons équipe, répéta-t-il. Cela veut dire faire confiance. Vous devez avoir confiance en moi, 'Toinette. Plus que vous ne faites confiance à un foutu meurtrier, bonté divine.

Il était étonné des mots qui lui étaient sortis de la bouche. Dans le métier, il n'avait jamais voulu d'un équipier, il ne perdait pas son temps à faire confiance aux gens. Il n'était même pas certain de savoir pourquoi il était en colère contre elle. Son argumentation était logique. Bien sûr, elle pouvait le tenir pour suspect. Annie laissa échapper un soupir.

— Je ne sais que croire. Je ne sais qui croire. Je n'aurais jamais pensé que ce serait si foutrement dur ! Je me sens comme si j'étais perdue dans un palais de miroirs. Je me sens comme si je me noyais. Quelqu'un a essayé de me tuer ! Ça ne m'arrive pas tous les jours. Je suis désolée de ne pas réagir comme un vieux pro.

Ils se tenaient chacun à une extrémité de la pièce. Que ce soit du fait de la distance ou de l'instant, elle avait l'air petite et fragile. Nick se sentit animé d'une étrange compassion, et d'un tiraillement inopportun de culpabilité. Il avait douté de ses motivations depuis le début, il avait mis en cause l'origine de son intérêt pour l'affaire Bichon, alors qu'elle avait exactement l'air de ce qu'elle était : un bon flic qui voulait devenir encore meilleur, qui voulait arriver à ce que justice soit rendue. Simple et directe, pas de motivations inavouées, pas d'agenda caché.

— Ce n'était pas moi, 'Toinette, murmura-t-il en

resserrant la distance qui les séparait. Je ne pense pas que vous croyiez que c'était moi. Simplement, vous n'avez pas envie de vous dire qu'il existe plus d'une personne sur cette terre qui pourrait souhaiter vous voir quitter ce monde, *oui* ? Vous n'avez pas envie de creuser tout cela, n'est-ce pas, *chère* ?

— Non, chuchota-t-elle, tandis qu'elle évacuait cet affrontement.

Elle ferma les yeux, comme si elle pouvait effacer tout ça. Dieu, dans quoi je me fourre !

— Vous êtes dans cette affaire pour une bonne raison, reprit-il. C'est votre défi, votre devoir. Vous êtes dedans jusqu'au cou, mais vous savez nager — aspirez de l'air et donnez un coup de pied quand vous touchez le fond.

— Pour le moment, je préférerais sortir de l'eau, merci quand même.

— Non. Recherchez la vérité, 'Toinette. En toutes choses, recherchez la vérité. Dans cette affaire. En moi. En vous-même. Vous n'êtes pas une enfant et vous n'êtes le pion de personne. Vous l'avez prouvé quand vous m'avez empêché de culbuter Renard dans cet autre monde de merde. Vous êtes dans cette affaire parce que vous voulez y être. Vous allez vous y tenir parce que vous savez qu'il le faut. Tenez bon. Tenez ferme.

Il leva une main et effleura sa joue, le bout de ses doigts descendit le long de cette ligne, de l'oreille au menton.

— Vous avez plus de force que vous ne croyez.

— J'ai la frousse, voilà ce que j'ai, chuchota-t-elle. Je déteste avoir la frousse. Ça me fait chier.

Annie tâcha de se convaincre de se détourner, mais elle ne pouvait s'y résoudre. Son geste de tendresse était trop inattendu et trop nécessaire. Il était trop fort et trop près.

— Je suis désolée, murmura-t-elle. J'avais la trouille de perdre mon boulot. C'était déjà pas si mal. Maintenant j'ai la trouille de perdre la vie.

— Et vous avez la trouille de moi, ajouta-t-il, ses doigts jouant sous son menton.

Elle leva les yeux sur son visage encore meurtri, sur ses yeux brillant d'une intensité qui brûlait au-dedans de lui. Elle lui avait dit, justement la nuit précédente, qu'il l'effrayait, mais ce n'était pas par peur de lui.

— Non, dit-elle avec douceur. Pas de cette manière. Je ne crois pas que vous étiez dans cette voiture. Je ne crois pas que vous avez tiré ce coup de feu. Je suis désolée. Je suis désolée.

Elle murmura ces mots encore et encore tandis que revenait ce tremblement. Son étreinte lui parut l'avaler tout entière. Il caressa ses cheveux d'une main, descendit dans son dos. Il l'embrassa dans le cou, sur la joue. À l'aveuglette, elle tourna sa bouche vers la sienne, et il l'embrassa avec cette chaleur qui s'embrase instantanément, incontrôlable. Elle ouvrit la bouche sous la sienne et fut prise d'une bouffée sauvage lorsque sa langue toucha la sienne. Elle se sentait douloureuse, la moindre sensation de vie la faisait trembler, elle était trop consciente qu'elle aurait pu être morte. La chaleur affleurait juste sous sa peau, la fit rougir, et aussi affluait, profonde, liquide, entre ses jambes. Elle pouvait palper leur désir — à tous les deux. Elle pouvait le sentir, elle avait envie d'y céder et d'oblitérer tout le reste de son esprit. Elle ne voulait ni pensée, ni raison, ni logique. Elle voulait Fourcade.

Ses mains glissèrent sous son T-shirt et remontèrent en lui effleurant le dos. Le T-shirt fut retiré tandis qu'ils sombraient à genoux sur le tapis. Il se défit du sien entre les baisers. Ils furent l'un contre l'autre, peau fiévreuse contre peau fiévreuse, bouches et mains s'explorant. Annie l'attira à terre, se cambra sous le toucher de ses lèvres, gémit au contact de sa langue frottant son téton. Plus rien d'autre n'existait que sa force, l'odeur masculine de sa peau. Elle se livrait tout entière à ce corps d'homme — la texture des poils de sa poitrine, la douce fermeté des muscles de son ventre, le toucher de son érection dans sa main. De ses doigts, il caressa les boucles sombres entre ses cuisses et s'assura qu'elle était prête. Et puis il fut au-dedans d'elle, il la remplit, il l'ouvrit. Elle enfonça ses doigts dans son dos, enveloppa ses jambes autour de ses hanches, laissa la passion et l'urgence de l'acte la consumer. Elle laissa l'orgasme l'aveugler dans un éclatement intense, chargé de peur et du besoin d'affirmer sa propre existence. Elle hurla sous cette force. Elle serra Nick fort contre elle tandis que son corps s'agrippait au sien. Ses bras étaient bandés autour d'elle. Sa voix était basse et âpre contre son oreille, un flot de mots français, érotique et chaud. Il la chevauchait plus fort, plus vite, il l'amena encore à l'orgasme et il alla lui-même jusqu'au bout en se plongeant plus profond en elle. Elle le sentit venir, elle sentit la soudaine rigidité des muscles de son dos, l'entendit gémir. Puis l'immobilité... Un seul son, celui de leur essoufflement. Ni l'un ni l'autre ne bougeaient.

Les reproches restèrent drossés dans l'esprit d'Annie comme des épaves, tandis que refluait l'assaut des sensations physiques. Fourcade était le dernier homme qu'elle devait désirer. Certainement l'un des derniers qu'elle aurait dû se permettre d'avoir. Il était trop compliqué, trop extrême. Elle l'avait vu commettre un grave délit. Elle avait mis les motifs de ses actes en doute, mis en doute sa santé mentale plus d'une fois. Et pourtant elle était incapable de formuler aucun regret sincère pour avoir, avec lui, franchi cette ligne très particulière. Peut-être était-ce le stress dû à la situation. Peut-être était-ce l'éruption inévitable de la tension sexuelle qui n'avait cessé de s'exercer entre eux. Peut-être était-elle en train de perdre l'esprit. Alors qu'elle envisageait cette dernière hypothèse, Nick leva la tête et la dévisagea.

— Bon, ça c'était histoire de briser la glace, ronchonna-t-il. Maintenant, allons trouver un lit et passons aux choses sérieuses.

Il était minuit passé quand Annie se glissa hors du lit. Tout en nouant la ceinture de son vieux peignoir en flanelle, elle étudia Fourcade à la douce lueur de la lampe en forme de danseuse de hulahoop, surprise qu'il n'ait pas ouvert les yeux pour lui demander d'expliquer pourquoi elle quittait leurs draps. Il avait le sommeil léger comme un chat, mais il ne broncha pas. Son souffle était profond et régulier. Il avait l'air trop bien dans le lit.

— Annie, dans quoi t'es-tu fourrée maintenant ? maugréa-t-elle tout en traversant le couloir à pas feutrés.

Elle n'avait pas de réponses, n'avait pas l'énergie d'en rechercher. Mais cela n'empêcha pas les questions de déferler dans son esprit. Des questions sur l'affaire, sur Lindsay Faulkner et Renard, et sur qui pouvait bien avoir été au volant de cette Cadillac. Des questions sur elle-même, son jugement et ses capacités. Nick lui avait dit qu'elle était plus forte qu'elle ne le croyait. Il lui avait dit aussi qu'elle avait trop peur de descendre profondément en elle. Elle s'imaginait qu'il avait raison sur ces deux plans.

Elle alluma l'interrupteur, elle contourna lentement la table en observant tout ce qu'elle y avait posé. Elle tendit la main vers le foulard, elle avait besoin de le toucher, avec cette répulsion à l'idée qu'un assassin avait d'abord pu le tenir entre ses mains, malade que cela ait pu être le cadeau d'une femme qui était morte d'une mort horrible et brutale.

— Renard, c'est lui qui vous a envoyé ça, non ?

Au son de sa voix, elle se retourna d'un coup sec. Il se tenait dans l'encadrement de la porte, en jean, fermeture Éclair remontée, mais pas boutonné, la poitrine et les pieds nus.

— Je n'avais pas l'intention de vous réveiller.

— Vous ne m'avez pas réveillé. Il s'avança tendant la main vers le bandeau de soie pâle. C'es lui qui vous a donné ça ? Exactement comme avec Pam.

— J'ai la sensation que ça pourrait être le même foulard, et ça me donne la chair de poule, avoua Annie.

— Jamais vu ce truc. Ce qu'il en a fait avec après qu'elle lui a rendu, mystère. Stokes pourrait peut-être savoir si c'est celui-là, mais j'en doute. Il n'avait aucune raison de remarquer ça. Ce n'est pas contraire à la loi d'envoyer de jolies choses à une femme.

— De la soie blanche, fit-elle. Comme l'Étrangleur du Bayou. Vous pensez que c'est intentionnel ?

— Si cela avait eu une telle importance pour lui, alors je pense qu'il l'aurait tuée avec.

Prise d'un frisson à cette idée, Annie s'étreignit elle-même et regagna pensivement le salon d'un pas lent. Elle enfonça le bouton marche de sa petite chaîne stéréo placée dans la bibliothèque, et les notes d'un piano bluesy s'élevèrent dans la pièce comme par enchantement. De l'autre côté des portes-fenêtres, la pluie continuait de tomber. Plus doucement, toutefois. Le gros de l'orage s'était déplacé vers Lafayette. Au nord, un éclair parcourut le ciel d'une nervure fluorescente.

— Pourquoi êtes-vous allé chez Renard samedi, Nick ? l'interrogea-t-elle en observant son reflet dans la vitre. Il aurait pu vous faire arrêter. Pourquoi courir ce risque ?

— Je ne sais pas.

— Bien sûr que si, vous savez.

Elle lui jeta un coup d'œil par-dessus l'épaule, surprise comme toujours par la luminosité de son sourire.

— Vous êtes en train d'apprendre, *'tite fille*, fit-il en agitant un doigt tout en venant se placer debout près d'elle.

Il ouvrit l'une des portes et respira profondément l'air frais.

— Je suis allé voir la maison où Pam est morte, fit-il, dégrisé. Et puis je suis allé voir comment vivait le meurtrier.

L'indignation est une bête vorace, vous savez. Elle a besoin d'être alimentée régulièrement ou alors après un certain temps elle s'éteint. Je ne veux pas qu'elle s'éteigne. Je veux la maintenir dans mon poing comme un cœur qui bat. Je veux le haïr. Je veux le voir puni.

— Et si ce n'est pas lui qui a fait ça ?

— C'est lui. Vous savez que c'est lui. Je sais que c'est lui.

— Je sais qu'il est coupable de quelque chose, fit Annie. Je sais qu'il était obsédé par elle. Je crois qu'il l'a traquée. Son processus de pensée m'effraie — sa manière de justifier, de rationaliser, de retourner les choses. Si subtil, si suave, que la plupart des gens ne le remarqueraient même pas. Je crois qu'il a pu la tuer. Je crois qu'il l'a probablement tuée. D'un autre côté, quelqu'un a essayé de tuer Lindsay Faulkner la nuit même où elle m'a appelée pour me dire quelque chose qui pourrait avoir un rapport avec l'affaire. Et maintenant quelqu'un a essayé de me tuer, et ce n'était pas Renard.

— Maintenez les fils séparés ou alors vous allez finir avec un nœud, 'Toinette, fit sèchement Nick. Un : vous avez un violeur qui circule en liberté. Il choisit Faulkner parce qu'elle correspond à son modèle. Deux : vous avez un ennemi personnel, Mullen. Il veut vous faire peur, peut-être vous faire un peu de mal. Disons qu'il vous suit chez Renard et ça le rend dingue — non seulement vous vous êtes retournée contre un des vôtres, mais en plus vous frayez avec l'ennemi. Ça l'a poussé à franchir la ligne.

— Peut-être, concéda Annie. Ou c'est peut-être que je rends quelqu'un nerveux, à force de fureter autour de cette affaire. Peut-être Lindsay s'est-elle souvenue de quelque chose au sujet de Donnie et de ces affaires de terrain. C'est vous qui avez tracé un lien possible entre Donnie et Marcotte, lui rappela-t-elle. Vous voulez bien examiner ça, mais seulement pour voir comment ça entre en ligne de compte avec le meurtre, après coup. Restez ouvert à toute hypothèse, inspecteur, ou alors vous pourriez vous fermer une porte derrière laquelle il y a un assassin.

— J'ai envisagé toutes les possibilités. Je continue de croire que Renard l'a tuée.

— Bien sûr que vous le croyez, parce que si Renard n'est pas le meurtrier, alors qu'est-ce que ça fait de vous ? Un ange de la vengeance sans mobile n'est plus qu'un voyou. Une justice rendue contre un homme innocent est une injustice. Si Renard n'est pas un criminel, alors vous en êtes un.

La même ligne de réflexion s'était tracée dans l'esprit de Nick quand il était revenu de La Nouvelle-Orléans, souffrant des coups que les gardes-chiourme de Di Monti lui avaient infligés. Et si la manière qu'il avait eue de concentrer toute son attention sur Renard l'avait empêché d'entrevoir les autres cas de figure ? Et ça, qu'est-ce que ça faisait de lui, pour le coup ?

— C'est ce que vous pensez de moi, 'Toinette ? Vous pensez que je suis un criminel ?

— J'estime que ce que vous avez fait à Renard était mal, soupira-t-elle. J'ai toujours voulu croire dans les règles, mais je constate tous les jours qu'on leur fait subir des entorses, et parfois je pense que c'est mal et parfois je pense que c'est bien — tant que l'issue me convient. Alors, ça, qu'est-ce que ça fait de moi ?

— Ça vous rend humaine, affirma-t-il en fixant la nuit au-dehors. La pluie s'est arrêtée.

Il sortit sur le balcon. Annie le suivit, pieds nus sur les planches froides et humides. Vers le nord, le ciel était opaque de nuages orageux. Au sud, la lumière des étoiles cloutait de diamants le ciel du Golfe.

— Qu'est-ce que vous allez faire au sujet de ce type à la Cadillac ? demanda Nick. Vous n'avez pas appelé la police.

— J'ai dans l'idée que je perdrais mon temps. Annie balaya l'eau de la balustrade, remonta les manches de son peignoir et posa les avant-bras sur le bois humide. Ces temps-ci, personne n'a envie de voler à mon secours. Je ne suis pas en train de dire qu'ils sont tous contre moi, mais au mieux, ce que j'obtiendrai, ce sera de l'indifférence. Qui plus est, je ne possède aucun numéro d'immatriculation de la voiture. Je ne suis pas certaine de la marque. Je ne peux pas décrire le conducteur. Je vais déposer un rapport demain matin et appeler un peu partout dans les ateliers de carrosserie, voir si je peux trouver une grosse voiture avec la moitié de ma peinture sur un flanc. J'aurais probablement plus de chance en misant sur une victoire des Saints au Super Bowl.

— Je vais vérifier l'alibi de Mullen, proposa Nick. N'importe comment, il était temps que j'aie une petite causette avec lui.

— Merci.

— J'ai vu Stokes ce soir. Il dit que Faulkner est dans un état stationnaire, mais toujours inconsciente.

— Elle l'a vu à déjeuner hier. Est-ce qu'il a dit quelque chose à ce propos ?

— Non.

— Est-ce qu'il a dit quelque chose à mon sujet ?

— Que vous êtes une chieuse. Toujours la même rengaine. Vous pensez qu'elle aurait pu lui dire quelque chose à propos du fait que vous êtes en train de farfouiller dans tout ça ?

— Je ne vois pas ce qui l'aurait empêchée de le faire. Quand je l'ai vue dimanche, elle m'a dit qu'elle préférait plutôt avoir affaire à Stokes. Elle n'était pas ravie que j'aie sauvé la peau de Renard. Alors elle voit Stokes à déjeuner pour lui dire, je présume, quelque chose au sujet de Pam. Puis elle m'appelle ce soir-là : pour se confondre en excuses, pour tâcher d'éclaircir les choses.

— Pourquoi ce changement d'humeur ?

— Je ne sais pas. Peut-être que Stokes n'a pas cru que ce qu'elle avait à dire était important. Mais si elle a fait allusion à moi, pourquoi est-ce qu'il ne m'a pas relancée là-dessus ? s'interrogea-t-elle. Je ne saisis pas. Cet après-midi, il m'a dit de rester à l'écart de ses affaires, mais pourquoi n'irait-il pas trouver le shérif ? Il sait que j'ai déjà des problèmes. Il aurait pu avoir une occasion de me faire suspendre. Pourquoi est-ce qu'il n'attaque pas sur ce terrain ?

— Mais s'il en parle à Noblier, il met la main dans un sacré sac de nœuds, lui aussi, mon chou, fit Nick. S'il donne l'impression de ne pas travailler assez dur à son affaire, peut-être que Gus va la lui retirer — spécialement maintenant que Stokes a le détachement spécial en charge des viols. Il n'a pas plus que moi envie de renoncer à l'homicide Bichon.

— Ouais... Je pense que ça tient debout. Elle essaya de sortir de son malaise. Peut-être que Lindsay n'a rien dit. J'imagine que je n'en saurai rien tant qu'elle ne reprend pas conscience. Si elle reprend conscience. Je l'espère. Si seulement je savais ce qu'elle avait l'intention de me dire.

Les bruits de la nuit trouvèrent leur place tout autour d'eux — le vent dans les arbres, un plongeon dans l'eau, le toc-toc staccato d'un bihoreau à aigrette noire sur l'un des îlots de saules. L'air était gorgé de l'odeur de végétation, de poisson et de boue.

Curieux, se dit Annie en observant Fourcade, ces

brèves plages de paisible tranquillité qui s'étendaient parfois entre eux, comme s'ils étaient de vieux associés, de vieux amis. À d'autres moments, l'air entre eux crépitait d'électricité, de sexualité, d'humeur, de suspicion. Volatil, instable, comme l'atmosphère dans un monde neuf en formation. Cette description convenait à la fois à Fourcade et à ce qui était en train de croître entre eux.

— C'est ici que vous avez grandi, fit-il.

— Ouais. Une fois, quand j'avais huit ans, j'ai attaché une corde à ce poteau d'angle et j'ai essayé de descendre en rappel jusqu'en bas. J'ai tapé du pied dans un cadre de moustiquaire en dessous et j'ai atterri en plein sur une table de touristes français.

— Destinée à causer des ennuis dès le plus jeune âge, dit-il en riant.

Ses mots ramenèrent en elle une image inattendue de sa mère, arrivant ici seule et enceinte, sans jamais révéler à quiconque qui était le père de son enfant. Des ennuis, apparemment, elle en avait causé dès la conception. Régulièrement, de temps à autre, elle en ressentait un pincement de culpabilité, même si elle n'avait pas eu voix à ce chapitre. La douleur vint éclore en elle, vive et claire, comme une goutte de sang sous la piqûre d'une épine. Nick l'observa, tandis que la mélancolie la recouvrait comme un voile, et il s'interrogea sur sa provenance, se demanda si à la source de cette mélancolie se trouvait la raison pour laquelle elle préférait la surface aux profondeurs de la vie. Cette soudaine absence de son étincelle habituelle lui inspira de la tristesse. En elle, était-ce cette lumière de surface qui l'attirait, ou les réserves de force qu'elle devait encore exploiter ?

— Moi, j'ai grandi là-bas, dans cette direction, fit-il en pointant le doigt au loin, vers le sud-est. Au milieu de nulle part, c'était le centre de mon monde. En tout cas jusqu'à douze ans.

Annie fut surprise qu'il se confie. Elle essaya de se le représenter en gosse insouciant des marais, mais elle n'y parvenait pas.

— Comment êtes-vous passé de là-bas à ici ? demanda-t-elle.

L'expression de ses yeux devint lointaine et pensive. Sa voix résonna comme s'il était épuisé par la route.

— Un long détour.

— J'ai vraiment pensé que vous auriez pu mourir, la nuit dernière, admit-elle enfin.

— Déçue ?

— Non.

— Il y en a qui le seraient. Marcotte. Renard. Smith-Pritchett. Il repensa au commentaire que Stokes avait fait cet après-midi. Et à propos de M. Doucet, du bureau du procureur ?

— A.J. ? fit-elle, l'air troublé. Qu'est-ce qu'il a à voir avec vous ?

— Qu'est-ce qu'il a à voir avec vous ? demanda Nick. La rumeur court selon laquelle vous et M. l'adjoint du procureur, vous faites la paire.

— Oh, ça, s'écria Annie en se faisant toute petite intérieurement. S'il savait que vous êtes là, il péterait un joint.

— À cause de ce que j'ai fait à Renard ? Ou à cause de ce que je vous ai fait ?

— Les deux.

— Second chef d'accusation : est-ce qu'il a un motif pour ça ?

— Lui dirait que oui.

— Je vous le demande à vous, fit Nick en retenant son souffle tandis qu'il attendait la réponse.

— Non, fit-elle doucement. Je ne couche pas avec lui, si c'est ce que vous me demandez.

— C'est ce que je vous demande, 'Toinette, confirma-t-il. Moi, je n'aime pas partager.

— Ça ne revient pas à dire que je trouve l'idée si géniale que ça, Nick, admit Annie. Je ne suis pas en train de dire que je regrette pour ce soir. Je ne regrette pas. Je devrais. Elle soupira et se reprit. C'est simplement que... Regardez la situation où nous sommes. C'est suffisamment compliqué, et... et... puis tout simplement, je ne fais pas ce genre de chose, vous savez...

— Je sais.

Il s'approcha, posant ses mains sur ses hanches, il voulait la toucher, marquer sa propriété de la manière la plus prosaïque.

— Moi non plus, dit-il.

— Je suis certaine, mordicus, que je ne devrais pas faire ça avec vous. Je...

Il posa un index sur ses lèvres, la réduisant au silence.

— Il ne s'agit pas de l'affaire. Cela n'a rien à voir avec ce qui est arrivé à Renard. Compris ?

— Mais...

— Il s'agit d'attirance, de besoin, de désir. Vous l'avez

senti cette nuit-là chez Laveau. Moi aussi. Avant que tout le reste ne commence. Vous pouvez l'accepter ou vous pouvez dire non. Qu'est-ce que vous voulez, 'Toinette ?

— Ça doit être agréable d'être sûr de tout, dit Annie en s'écartant de lui. De qui est coupable, innocent. De ce que vous voulez. De ce que je sais. Ça ne vous arrive jamais d'être perdu ? Ça ne vous arrive jamais de ne pas être certain ? Moi, si.

Elle guetta une réaction de sa part, mais son visage était aussi impassible que du granit.

— Vous voulez que je parte ? demanda-t-il.

— Je pense que ce que je veux et ce qui vaut mieux sont deux choses différentes.

— Vous voulez que je parte.

— Non, lâcha-t-elle avec exaspération. Ce n'est pas ça que je veux.

Alors il vint à elle, sérieux, tenace, tel un prédateur.

— Alors, nous nous occuperons du reste plus tard, parce que je vous le dis, *chère*, moi, je sais ce que je veux.

Puis il l'embrassa, et Annie laissa sa certitude les balayer tous deux. Il la porta de nouveau à l'intérieur, jusqu'au lit, laissant le balcon comme une scène vide, avec un public composé d'un spectateur unique, enveloppé dans les ombres de minuit.

« *Je l'ai vue avec lui.*

Le toucher.

L'embrasser.

LA PUTAIN.

Elle n'a aucune loyauté. Exactement comme avant. Cela m'a fait regretter de ne pas l'avoir tuée.

Amour.

Passion.

Cupidité.

Colère.

Haine.

Les sentiments s'enroulent l'un à l'autre, un brouillard rouge.

Vous savez, quelquefois je ne peux pas les distinguer. Je n'ai aucun pouvoir sur eux. Ils ont tout pouvoir sur moi. J'attends leur verdict.

Seul le temps le dira. »

32.

Le noir du ciel nocturne virait au bleu nuit, vers l'est, quand Nick se faufila hors de l'appartement d'Annie. Il ne voulait pas, avec les premières lueurs du jour, que quiconque le trouve ici. C'était pourquoi il avait garé son pick-up sur un débarcadère, à cinq cents mètres de là. Si, dans cette affaire de coups et blessures, la nouvelle transpirait d'une association entre l'accusé et le témoin clé, ils se feraient tous les deux incendier.

Il ne réveilla pas Annie. Il n'avait aucun désir de se trouver confronté à d'autres questions. Elle avait eu besoin de lui, il l'avait voulue — c'était aussi simple et aussi complexe que ça. Il ne voulait pas se demander où cela les mènerait. Ni pourquoi Antoinette, entre toutes les femmes, alors qu'il ne s'en était autorisé aucune, et depuis si longtemps qu'il ne pouvait même s'en souvenir. Il avait passé l'année écoulée à essayer de se reconstruire. Il ne lui était rien resté, en dehors de ce qu'il avait donné à son travail. Il ne dirait certes pas à présent qu'il avait quoi que ce soit à donner, alors qu'il était encore acculé dans un autre angle, et en danger de perdre non seulement sa carrière, mais son identité. Et pourtant, il se retrouvait attiré par cette femme. Son accusatrice.

Antoinette, jeune, fraîche, intacte. Il n'était rien de tout cela. Était-ce la raison ? Voulait-il simplement toucher quelque chose de bon et de propre ? Ou bien alors s'agissait-il là de rédemption, ou de salut, ou de contrainte ?

« *Ça ne vous arrive jamais d'être perdu, Nick ? Ça ne vous arrive jamais de ne pas être certain ?* »

— Tout le temps, *chère*, chuchota-t-il tout en roulant.

Il n'y avait qu'un seul Mullen figurant dans l'annuaire téléphonique de Bayou Breaux. K. Mullen Jr. habitait à un pâté de maisons plus au nord que la raffinerie de canne à sucre, dans une maison de bardeaux bâtie dans les années 50 et repeinte une seule fois depuis. Des arbres flanquaient la pelouse aussi clairsemée que la barbe d'un adolescent. Le garage se trouvait sur l'arrière de la maison ; un bateau de pêche à la perche et un break Chevy étaient rangés devant le garage, sur le béton fendillé.

Nick revint sur ses pas en longeant le bâtiment, jetant

un œil par les fenêtres, qui n'avaient jamais été nettoyées au cours de la dernière décennie. Tout un fatras encombrait les lieux — de vieux pneus, une moto, trois tondeuses à gazon, un tout terrain quatre roues motrices tartiné de boue. Pas de Cadillac. Sur l'arrière du bâtiment, un couple de chiens de chasse tachetés avait raboté deux demi-lunes de pelouse jusqu'à les transformer en plaques de terre, à force de les arpenter à l'extrémité de leur chaîne pour aller chier. Les chiens étaient roulés en boule entre leurs deux abris trop petits. Ils n'entrouvrirent pas un œil.

Il gagna la porte de derrière de la maison et se faufila à l'intérieur sans que la serrure résiste le moins du monde. La cuisine était une petite pièce déprimante, avec des plats sales qui s'entassaient sur la plus grande partie de l'espace disponible du bar. Des prospectus était empilés sur la petite table à côté d'une demi-tranche de pain blanc Evangeline Maid, d'un sac ouvert de chips goût barbecue, et de trois bouteilles vides de bière, à long goulot. Miller Genuine Draft. Le Sig Sauer de Mullen était posé à plat, dans son étui, sur le dernier numéro de *Field & Stream*.

Nick fouilla les placards et le réfrigérateur, en sortit une poêle à frire bon marché, des œufs, du beurre. Pendant que la poêle chauffait, il cassa les œufs dans un bol, renifla le lait pour le vérifier, puis en ajouta une lichette avec du sel et du poivre, et battit le tout avec une fourchette. La poêle laissa échapper un sifflement réjouissant lorsque le mélange toucha la surface.

— On ne bouge plus là !

Nick jeta un coup d'œil par-dessus son épaule. Mullen se tenait sur le seuil de la porte en pantalon d'uniforme, un fusil appuyé au creux de son épaule blanche et empâtée.

— Tu lèverais une arme à feu sur moi après avoir pris la liberté de supposer que j'étais ton bon copain ? persifla Nick en grattant avec une spatule les œufs qui faisaient des cloques. C'est mal élevé, adjoint.

— Fourcade ? Mullen abaissa son fusil et entra un peu plus dans la pièce en traînant des pieds, comme s'il ne se fiait pas à ses yeux à une distance d'un mètre cinquante. Qu'est-ce que tu fous ici, nom de Dieu ?

— Moi, je me prépare un gentil petit déjeuner, répondit Nick. Ta cuisine est une honte, Mullen. Tu sais, la cuisine, c'est l'âme de la maison. Tu tiens ta cuisine comme tu tiens ta vie. À voir ce que je vois ici autour de moi, je dirais que tu n'as aucun respect pour toi-même.

Mullen n'émit aucun commentaire. Il posa le fusil sur la table et gratta ses cheveux fins et gras.

— T'as du café ?

— Pourquoi t'es chez moi ? Il est six heures du matin, bordel !

— Eh bien, je suppose que, comme nous sommes de très bons amis, tu n'y trouveras rien à redire. Ce n'est pas vrai, adjoint ? En remuant les œufs un dernier coup, il fit glisser la poêle du brûleur, et se retourna. Excuse-moi, je n'ai pas noté ton prénom, mais, tu sais, je n'avais pas réalisé que nous étions si proches et alors j'ai toujours oublié de ne pas m'en foutre.

L'expression qu'afficha Mullen n'était qu'un nœud monstrueux de perplexité. Il avait l'air d'un homme qui pousse sur la cuvette.

— De quoi tu parles ?

— De ce que t'as fait la nuit dernière. Nick se pencha par-dessus la table et examina l'étiquette de postage sur une enveloppe qui proclamait : À L'INTÉRIEUR : VOTRE NOUVEL AUTOCOLLANT DE LA NATIONAL RIFLE ASSOCIATION ! Keith ?

— Quoi ?

— Ça s'appelle papoter. C'est comme ça que les potes font entre eux, à ce qu'on m'a dit. Pourquoi tu me parles pas de ce que tu as fait la nuit dernière ?

— Je suis sorti au club de tir. Pourquoi ?

— T'a tiré quelques rondelles, hein ? s'exclama Nick en inondant les œufs avec la bouteille de Tabasco posée derrière la cuisinière. Avec quoi t'as tiré ? Avec ce pistolet que t'as si imprudemment laissé sur ta table de cuisine ?

— Euh...

— Et alors, et les carabines ? Tu as tiré de l'argile ?

— Ouais.

— Tu n'as pas d'assiettes propres, annonça Nick avec désapprobation, en soulevant la poêle à frire par le manche. Il goûta les œufs et enfourna une seconde bouchée. Tu as entendu parler de quelqu'un qui a tiré un coup de feu sur Renard la nuit dernière ?

— Ouais. L'incertitude se lisait encore très clairement dans ses petits yeux méchants, mais il avait décidé d'afficher un brin d'arrogance. Ils étaient *compañeros*... peut-être bien. Il croisa les bras sur sa poitrine nue. Un petit sourire suffisant lui tordit les lèvres, révélant ses mauvaises dents qui se chevauchaient. Dommage qu'il l'ait manqué, hein ?

— Tu pourrais t'imaginer que j'aurais pensé ça aussi,

me connaissant comme tu me connais, reprit Nick. C'était pas toi qui essayais d'aider la justice là-bas, hein, Keith ?

Mullen eut un rire forcé.

— Bon Dieu, non.

— Parce que c'est contraire à la loi, comme tu sais. Maintenant, tu pourrais me dire que c'est pas ça qui m'a arrêté, l'autre soir. L'autre soir, c'est l'adjoint Broussard qui m'a arrêté.

— Cette petite pute. Elle ferait bien de s'occuper de ses affaires, bordel, émit Mullen en grognant grossièrement.

— J'ai entendu dire que pour ça tu l'as aidée, non ? En lui faisant passer un sale quart d'heure et tout ce qui s'ensuit.

— En loyauté, elle y connaît rien. Ces salopes de moules, elles ont rien à faire en uniforme.

Nick tressaillit à cette obscénité, mais il se retint. Lorsqu'il se laissa aller à se visualiser balançant la poêle à frire comme une raquette de tennis, la tête pointue de Mullen sautant de l'encadrement de la porte, le sang lui giclant par le nez et la bouche, il eut un sourire tranchant.

— Donc, tu as pris sur toi de te venger de ce tort qu'elle a eu envers moi. Parce qu'on est de si bons copains, toi et moi ?

— Elle aurait pas dû baiser la Confrérie.

Nick envoya la poêle à travers la cuisine comme un Frisbee. Elle atterrit dans l'évier avec un fracas de verre brisé.

— Hé ! beugla Mullen.

Nick le frappa violemment à la poitrine d'un coup porté avec le plat de la main, le renversa en arrière dans les placards, et le bloqua là, en le maintenant, ses phalanges plantées dans le creux mou juste au-dessous du sternum.

— Je ne suis pas ton frère, gronda-t-il en fixant Mullen dans les yeux. La simple suggestion d'un lien génétique entre nous est une insulte à ma famille. Et je ne voudrais pas non plus te compter parmi mes amis. Je ne fais pas de différence entre toi et quelque chose que j'aurais raclé de ma semelle. Et ici ce matin, tu ne m'as pas franchement fait bonne impression, Keith, je dois le dire. Alors je pense que tu me comprendras quand je te dirai que je m'offusque que tu agisses en mon nom. Je mène mes combats moi-même. Je m'occupe de mes problèmes moi-même. Je ne tolérerai pas qu'un trou-du-cul de bouseux qui ne veut que brutaliser une femme m'utilise comme prétexte. T'as ton problème à toi avec Broussard — c'est une chose. Tu y mêles mon nom, alors il va falloir que je te fasse mal. Simplement, tu serais assez futé si tu la laissais tranquille, histoire que je ne me méprenne pas. Est-ce que je me suis fait bien comprendre ?

Mullen hocha la tête avec vigueur. Suffoquant, lorsque Nick recula, il se plia en deux en se massant le diaphragme de la main.

— J'aurais dû deviner qu'un homme sans honneur tiendrait sa cuisine de cette manière. Nick fit un signe de tête tout en considérant une dernière fois l'état désolant de la pièce. Triste.

Mullen leva les yeux vers lui.

— Va te faire enculer. T'es qu'un enculé de givré, comme ce que tout le monde dit, Fourcade.

Nick lui sortit un sourire de crocodile.

— Ne me rabaisse pas, Keith. Je suis bien plus fou que les gens ne croient, et de loin. Tu ferais mieux de t'en souvenir.

Annie avait regardé son pick-up descendre vers la route du bayou. Une sensation de vide béait au cœur d'elle-même. Elle n'allait pas coucher avec des hommes qu'elle connaissait à peine. Elle pouvait compter ses amants sur une seule main, et, une fois le compte fait, presque tous ses doigts restaient libres. Pourquoi lui ? Parce que, quelque part dans l'obscur labyrinthe que formait sa personnalité, il y avait un homme qui valait plus que ce que son passé lui avait transmis. Il croyait en la justice, en un monde meilleur, en une puissance supérieure. Il avait détruit sa carrière pour une fille morte de quatorze ans dont personne au monde ne s'était soucié. Il avait frappé un suspect à mort juste sous ses yeux. Son audience était dans un peu plus d'une semaine.

— Dieu, Broussard, grogna-t-elle, les histoires dans lesquelles tu te fourres...

La nuit dernière, il s'était peut-être agi d'envie et de besoin, mais le futur n'était pas si simple. Fourcade pouvait toujours proclamer qu'il séparait l'attirance de tout le reste, mais qu'arriverait-il quand elle se lèverait à la barre des témoins, pour dire à la cour qu'elle l'avait vu commettre une forfaiture ? Et elle y serait à cette barre, quoi qu'il arrive. Quels que soient les sentiments qu'elle éprouvait à son égard désormais, cela ne changeait rien à ce qui était arrivé ou à ce qui allait arriver. Elle avait un devoir à accomplir — griller un policier dans l'intérêt d'un assassin.

En se massant les tempes, Annie rentra, enfila un short et un T-shirt, et se livra à son entraînement quotidien avec l'énergie d'une souche. Après son jogging, elle rentra chez elle pour découvrir la vision déprimante de sa Jeep à l'état de demi-épave sur le parking et d'A.J. assis sous la véranda.

Il était déjà habillé pour le bureau, dans un élégant costume à rayures et une chemise blanche amidonnée, penché en avant, sa cravate bordeaux papillonnant au vent. Ses yeux étaient sur elle, et un fantôme de sourire d'espoir flottait sur sa bouche. À ce moment, aux yeux d'Annie, jamais il n'avait été plus beau. Cela lui brisa le cœur de penser qu'elle allait lui faire du mal.

— Content de te voir en un seul morceau, fit-il en se levant tandis qu'elle montait les marches. Voir ta Jeep comme ça m'a fait une frayeur. Qu'est-ce qui s'est passé ?

— J'ai dérapé. Pas grand-chose. Ça a l'air pire que ça n'est, mentit-elle.

Il eut un mouvement de tête entendu.

— Les conducteurs de Louisiane ! Il faudrait qu'on arrête de distribuer les permis de conduire en cadeaux dans les paquets de Rice Krispies.

Annie trouva le moyen de lui sourire et tira un petit coup sur sa cravate.

— Qu'est-ce que tu fabriques par ici à cette heure-ci ?

— C'est ce qui vous pend au nez quand on ne répond jamais à mes messages au téléphone.

— Je suis désolée. J'ai été occupée.

— Avec quoi ? D'après ce que j'ai entendu, tu as du temps à ne plus savoir qu'en faire, ces jours-ci.

— Alors tu as entendu parler de la redéfinition de mon poste ? fit-elle, contrariée.

— J'ai entendu dire que tu t'es farci la corvée de chien policier. Il adopta un ton qui était juste assez empreint de gravité pour qu'elle en soit agacée. Pourquoi n'ai-je pas eu de nouvelles de toi ?

— Je n'étais pas exactement fière.

— Et alors ? Depuis quand tu ne m'appelles plus pour pleurnicher et te plaindre ? fit-il, manifestement troublé, même s'il s'efforçait de sourire.

Annie se mordit la lèvre et regarda par-dessus son épaule gauche. Elle aurait donné n'importe quoi pour pouvoir échapper à ce moment en se faufilant, mais elle ne le pouvait pas, et elle le savait. Mieux valait traverser le champ de mines au pas de course tout de suite et en finir.

— A.J., il faut qu'on se parle.

— Ouais, je suppose. Montons, dit-il dans un souffle.

Des images de son appartement traversèrent la tête d'Annie comme l'éclair — la table de la cuisine jonchée des dossiers de l'affaire Bichon, ses draps chiffonnés après sa nuit de sexe avec Fourcade. Elle se sentit minable et méchante, une fille à la cuisse légère, une tombeuse pour adolescents.

— Non, se ravisa-t-elle en lui prenant la main. J'ai besoin de prendre l'air. Allons nous asseoir dans une barque.

Elle choisit le ponton tout au bout du quai, attrapa une serviette dans le casier de rangement, et essuya la rosée du banc de plastique bleu-vert situé tout au bout. A.J. la suivit à contrecœur, en marquant un temps d'arrêt pour regarder la boîte à pourboires que Sos avait installée près du portillon — un cube de bois blanc avec une lucarne sur le devant et une tête de croco longue de trente centimètres fixée au-dessus de l'orifice du haut, la gueule ouverte dans une attitude de mange-monnaie. Le lettrage à la main sur le côté indiquait : TIP'S (POURBOIRE) MERCI !

— Tu te rappelles l'époque où oncle Sos racontait que ce croco lui avait arraché le doigt et ça nous faisait crier ?

Annie sourit.

— Parce que ton cousin Sonny avait essayé de chiper un dollar dans la boîte.

— Et puis le vieux Benoît, il nous a fait la même farce, sauf que lui, c'était pour de vrai qu'il n'avait plus la moitié de ses doigts. Sonny en a presque fait dans son froc.

Il se glissa sur le banc à quelques dizaines de centimètres d'elle et tendit le bras pour lui toucher la main.

— On a un tas de bons souvenirs, fit-il tranquillement. Alors, maintenant, pourquoi est-ce que tu m'exclus, Annie ? C'est quoi, cette affaire, là ? Tu es toujours en pétard après moi à cause de cette histoire avec Fourcade ?

— Je ne suis pas en pétard après toi.

— Alors, quoi ? On va bien ensemble, et puis, tout d'un coup, je suis *persona non grata*. Que...

— Qu'est-ce que tu veux dire, par « on va bien ensemble » ?

— Enfin, tu sais bien... A.J. luttait, sans du tout saisir ce qu'il avait bien pu dire de mal. Il haussa les épaules. Je croyais...

— Quoi ? Que les cent dernières fois que je t'ai dit que nous étions juste amis, je m'exprimais dans une espèce de code ?

— Oh, allez, fit-il en se renfrognant. Tu sais bien qu'il y a plus que ça entre nous...

Annie se remit debout en le regardant, éberluée.

— Dis-moi, quelle est la partie du mot *non* que tu ne comprends pas ? Tu as passé sept années à suivre des études supérieures et tu n'arrives pas à saisir la signification d'un mot d'une syllabe ?

— Bien sûr que si, simplement je ne trouve pas qu'il s'applique à nous.

— Bon sang, pesta-t-elle en agitant la tête. T'es aussi pénible que Renard.

— Qu'est-ce que c'est supposé vouloir dire ? Tu me traites de traqueur de femmes ?

— Je suis en train de te dire que Pam Bichon lui a répété sur tous les tons que c'était *non*, et il n'a fait qu'entendre ce qu'il voulait. En quoi est-ce différent de ce que tu es en train de faire ?

— Eh bien, d'abord, je ne suis pas accusé de meurtre.

— Ne fais pas le malin. Je te parle sérieusement, A.J. Tu veux quelque chose de moi que je ne peux pas te donner ! Comment est-ce que je peux exprimer ça plus clairement ?

Il regarda au loin, comme si elle l'avait giflé, les muscles de ses mâchoires jouant sous la peau.

— Ça, pour être clair, c'est clair que ça m'en fout un coup.

Annie se laissa couler dans le fond du banc.

— Je ne veux pas te blesser, A.J., fit-elle avec douceur. C'est bien la dernière chose que je voudrais faire. Je t'aime...

Il éclata d'un rire sec.

— ... seulement, pas de la façon dont tu as besoin que je t'aime, acheva-t-elle.

— Bon, mais tu sais, rappela-t-il, nous avons traversé ce genre de crise précédemment, et tu es revenue ou alors moi je suis revenu, et puis...

Annie l'interrompit d'un mouvement brusque de la tête.

— Je ne peux pas, A.J. Pas maintenant. Il se passe trop de choses.

— Dont tu ne me diras rien.

— Je ne peux pas.

— Pourquoi ? Qu'est-ce qui se passe ?

— Je ne peux pas, murmura-t-elle, détestant cette nécessité qu'il y avait à lui dissimuler les choses, à lui mentir — mieux valait le pousser à s'éloigner, pour qu'il n'ait pas envie de savoir.

— Je ne suis pas du côté de l'ennemi, Annie ! explosa-t-il. Nous sommes du même côté, pour l'amour de Dieu ! Qu'est-ce que tu ne peux pas me dire ?

Elle cacha son visage dans ses mains.

— Oh, fit-il subitement, comme si une ampoule électrique interne venait de s'allumer dans sa tête. Peut-être que tu ne faisais pas allusion au boulot ? Il respira profondément et la regarda de côté. Est-ce qu'il y a quelqu'un d'autre ? Ces derniers temps, c'est là que tu étais — avec un autre type ?

Annie retint son souffle.

— Annie ? Est-ce qu'il y a quelqu'un d'autre ?

— Peut-être, biaisa-t-elle. Mais ce n'est pas pour ça. Ce n'est... Je suis tellement navrée, finit-elle par dire, lasse de se disputer. Tu ne peux pas savoir à quel point je souhaiterais ressentir les choses autrement, à quel point je souhaiterais que les choses puissent être comme tu veux qu'elles soient, A.J. Mais le souhaiter ne suffit pas.

— Est-ce que je le connais ?

— Oh, A.J., ne commence pas sur ce terrain-là.

Il se tenait debout, les mains sur les hanches, le regard détourné d'elle, sa fierté lui cuisait, son esprit logique s'escrimant à trouver un sens à des sentiments qui se pliaient rarement à la volonté de la raison. En cela, il n'était pas si différent de Fourcade. La sensation qu'elle avait de le perdre lui infligeait une douleur physique au milieu de la poitrine.

— Je sais ce que tu veux, murmura-t-elle. Tu veux une femme. Tu veux une famille. Je veux que tu aies toutes ces choses, A.J., mais je ne suis pas prête à être la personne qui va te les donner. Et je ne sais pas si je le serai jamais.

Il se massa la mâchoire de la main, cligna des yeux avec force, consulta sa montre.

— Tu sais... Il s'interrompit pour s'éclaircir la gorge. Je n'ai pas le temps d'avoir cette conversation, là tout de suite. Il faut que je sois au tribunal ce matin. Je vais... je... je t'appellerai plus tard.

— A.J...

— Oh... je... Pritchett te veut dans son bureau cet après-midi. Peut-être que je te verrai là-bas.

Annie le regarda s'éloigner, fourrer une pièce de cinq *cents* dans la gueule de l'alligator en passant devant la boîte à pourboires, et, dans la poitrine, elle avait le cœur qui pesait le poids d'une pierre.

Quand Annie tourna pour entrer dans Notre-Dame-de-la-Miséricorde, un vieux gardien nettoyait les pieds de la Vierge Marie avec une brosse à dents. De l'autre côté de la rue, une femme fumait la pipe et vendait des fleurs coupées disposées sur l'arrière d'un break Toyota rouillé. Annie se gara dans le parking des visiteurs et enjamba le siège côté passager pour se faufiler hors de la Jeep. « Le tas de ferraille », comme elle avait décidé d'appeler cette demi-épave. L'impact d'une des collisions avait écrasé la portière du côté conducteur, la bloquant en position fermée.

— C'te vieille femme, ces fleurs, elle les vole, lança le gardien en agitant sa brosse sur le passage d'Annie. Elle les vole dans le jardin du parc des Vétérans. Moi, je l'ai vue faire. Pourquoi vous l'arrêtez pas ?

— Il va falloir que vous appeliez la police, monsieur.

Son visage sombre se contracta, faisant saillir ses yeux comme des balles de ping-pong.

— C'est vous la police !

— Non, monsieur, moi, j'appartiens aux services du shérif.

— Bah ! Les chiens, quand on les appelle à la soupe, c'est tous les mêmes !

— Oui, monsieur. Et, pour elle-même, Annie marmonna : Et va comprendre ce qu'il peut vouloir dire par là, tandis que les portes coulissaient devant elle dans un glissement.

Le service des soins intensifs était calme, excepté le bruit des appareils. Une femme en cornette et lunettes à monture violette était à la réception et surveillait des écrans tout en parlant au téléphone. Elle leva à peine les yeux quand Annie passa. Il n'y avait pas de garde à la porte de la chambre de Lindsay Faulkner. Une bonne et une mauvaise chose, se dit Annie. Elle n'avait pas eu à franchir le barrage d'un uniforme, et cela pouvait s'appliquer à n'importe qui... Faulkner était couchée sur son lit, et on aurait dit une expérience scientifique qui aurait mal tourné. Sa tête et son visage étaient emmaillotés dans des bandages, comme ceux d'une momie. Elle était toute raccordée de tuyaux de départ ou d'arrivée. Des moniteurs et des appareils à la fonction mystérieuse clignotaient et émettaient de brèves tonalités, leurs écrans d'affichage remplis des lueurs d'hiéroglyphes médicaux. Lorsque Annie s'approcha, la rousse aux plaques d'immatriculation périmées se leva de la chaise à côté du lit.

— Comment va-t-elle ? demanda Annie.

— Mieux, à vrai dire, fit-elle à mi-voix. Elle est sortie du coma. Elle a été consciente et inconsciente, tour à tour. Elle a dit quelques mots.

— Est-ce qu'elle sait qui lui a fait ça ?

— Non. Pour ce qui est de l'agression, elle ne se souvient de rien. En tout cas, pas encore. L'autre inspecteur est déjà venu et il lui a posé la question.

Deux miracles en une seule matinée : Lindsay Faulkner consciente et Chaz Stokes sorti du lit avant huit heures. Peut-être faisait-il des efforts, après tout. Peut-être le coup de projecteur du détachement spécial allait-il lui insuffler quelque ambition.

— A-t-elle eu beaucoup de visiteurs ?

— Ici, ils n'autorisent que la famille, répondit la rousse. Nous n'avons pas été en mesure de joindre ses parents. Ils sont en voyage en Chine. D'ici à ce que nous puissions les faire revenir, l'hôpital a accepté certaines exceptions à la règle. Belle Davidson est venue, Grace, de l'agence, et moi.

— Elle va avoir besoin de vous tous pour l'aider à traverser ça, fit Annie. Elle a un long chemin devant elle.

— Ne parlez... pas... de moi... comme si je n'étais... pas là.

Au son de sa faible voix, la rousse se retourna vers le lit, souriante.

— Il y a une minute, tu n'étais pas là.

— Madame Faulkner, c'est Annie Broussard, fit Annie en se penchant vers elle. Je suis venue voir comment vous alliez.

— Vous... m'avez... trouvée... après...

— Oui, c'est moi.

— Mer... ci.

— J'aurais aimé pouvoir en faire plus. Il y a tout un détachement spécial qui recherche le type qui vous a fait ça.

— Vous... en faites... partie ?

— Non. J'ai été réaffectée. L'inspecteur Stokes est en charge. J'ai entendu dire que vous aviez déjeuné avec lui l'autre jour. Aviez-vous quelque chose à lui dire à propos de Pam ? C'était pour cela que vous m'aviez appelée lundi ?

Le silence se prolongea si longtemps qu'Annie se dit que peut-être son état de conscience avait de nouveau décliné. Les bruits des moniteurs remplirent le box. Annie commença de s'écarter du lit.

— Donnie, chuchota Faulkner.

— Quoi, Donnie ?

— Jaloux.

— Jaloux de qui ? demanda Annie en se penchant tout près.

— Stupide... ce n'était rien.

Elle était en train de s'évanouir. Annie toucha le bras de Faulkner pour tenter de la maintenir consciente.

— De qui Donnie était-il jaloux, Lindsay ?

Le silence flotta de nouveau, comme un souffle froid suspendu en l'air.

— Inspecteur Stokes.

33.

Donnie était jaloux de Stokes. Annie laissa son cerveau remâcher ça pendant qu'elle triait les télécopies dans le panier, tirant du lot celle qu'elle avait réclamée au fichier central des véhicules en circulation — une liste de camions avec des plaques immatriculées en Louisiane contenant la série partielle des lettres EJ.

Il n'était pas difficile de se représenter Stokes en train de flirter avec Pam. À vrai dire, il aurait été impossible de ne pas se le représenter. Stokes était comme ça : il passait le moindre de ses instants de loisir à aiguiser ses talents de séducteur. Il considérait de son devoir de flirter avec les femmes. Et, à en croire ce que lui avait dit Lindsay Faulkner dimanche, Pam faisait ressortir ces traits de caractère-là chez les hommes sans même le faire exprès. Les hommes étaient attirés par Pam, ils la trouvaient charmante et douce. Jamais Chaz Stokes ne ferait exception à cette règle.

Avec les développements de cette affaire de harcèlement, il avait eu toutes les raisons du monde de voir Pam de manière fort régulière. Est-ce que Donnie se serait fait des idées à leur sujet ? Et si tel avait été le cas, qu'aurait-il fait par rapport à ça ? Il aurait affronté Stokes ? Pam ? Si Stokes savait que Donnie était jaloux, alors il avait certainement examiné les choses sous cet angle quand Pam avait été assassinée. Elle pourrait vérifier les dépositions ce soir, questionner Nick là-dessus. Renard avait prétendu que Pam avait peur de voir un autre homme en société, à cause de ce que Donnie aurait pu faire. Donnie avait menacé de livrer bataille sur le terrain de la garde de Josie, comme s'il avait eu des griefs pour contester les droits de Pam. Mais, en l'occurrence, ce n'était pas comme si Pam avait fréquenté Stokes en société.

Vraiment ?

« *Stupide*, avait dit Lindsay Faulkner. *Ce n'était rien.* »

Mais Donnie avait pris les choses autrement. Avait-il entendu ce qu'il avait envie d'entendre ? Avait-il interprété la situation pour qu'elle satisfasse — ou pour qu'elle excite — son mauvais caractère ? Annie avait vu une centaine d'exemples d'affaires de mauvais traitement conjugal — les affronts imaginaires, les amants fantômes, les motifs de colère inventés de toutes pièces. Des excuses pour se défouler, pour blesser, pour abaisser, pour punir.

Quand elle lui avait parlé de Stokes samedi, Donnie avait dit quelque chose de péjoratif à son propos, non ? La paresse. La remarque lui avait presque paru raciste, une attitude qui aurait fait grimper Stokes aux rideaux, et avec raison. Il serait tombé sur Donnie comme un pitbull. Mais Marcus Renard était le suspect que Stokes tenait dans sa ligne de mire.

Personne n'avait jamais accusé Donnie de mauvais traitements, mais cela ne voulait pas dire que son esprit n'allait pas dans cette direction. En le mettant à la porte de leur domicile, en intentant une procédure de divorce, en tentant de se séparer de lui, Pam avait ouvertement, publiquement meurtri son ego. Une liaison imaginaire avec Stokes aurait pu le pousser au-delà de la limite. Elle se cassait la tête sans nécessité. Nick avait probablement raison. Si elle ne maintenait pas chaque brin séparé, elle allait finir avec un nœud — autour de son propre cou. Elle tenait Renard au bout de sa ligne, exactement comme l'avait prédit Fourcade. Si elle gardait sa concentration, elle pouvait le mouliner hors de l'eau. Elle décida de refaire un saut à l'hôpital à l'heure du déjeuner, pour voir si Lindsay serait capable d'identifier le foulard que Renard avait envoyé à Pam.

— Ce n'est pas le moment de musarder, adjoint Broussard ! proclama Myron, en rejoignant son poste au pas, avec toute la raideur guindée d'un garde du palais. Nous avons reçu nos instructions pour la matinée. L'inspecteur Stokes a besoin des rapports d'arrestation de tous les hommes accusés de crime sexuel avec violence dans ce comté depuis dix ans. Je vais appeler la liste à l'écran, et ensuite vous tirerez les fichiers. Je remplirai un bon de sortie, et vous les porterez au détachement dans le bâtiment des inspecteurs.

— Oui, monsieur Myron, fit Annie avec son sourire cosmétique, en glissant la télécopie du fichier central des véhicules en circulation sous son registre.

Ils travaillaient vite, mais les interruptions dues aux affaires courantes de la section des rapports firent traîner la tâche en longueur — appels du palais de justice, appels de compagnies d'assurances, remplir le formulaire d'admission d'un cambrioleur récemment arrêté, la vérification d'une pièce à conviction contre ce même cambrioleur, l'enregistrement de sortie d'une pièce à conviction pour le procès d'un suspect de trafic de drogue.

Tout cela était fastidieux et déplaisait à Annie au plus haut point. Elle voulait faire partie du détachement spécial, au lieu de se retrouver enfouie dans des tranchées de papier. Même, il avait été préférable de travailler avec Stokes plutôt que de travailler avec Myron le Monstre.

Le déjeuner fut expédié en une dizaine de minutes, avec un Snickers et un téléphone collé à l'oreille, à passer au crible les garages locaux pour y retrouver toutes les grosses quatre portes endommagées du côté passager. Elle n'en trouva aucune. Soit son adversaire avait planqué la voiture, soit il l'avait conduite en dehors du comté pour la faire réparer. Elle vérifia le registre pour y pointer les véhicules volés récemment, et ne trouva rien qui corresponde. En élargissant les paramètres de sa recherche, elle se mit à faire la liste des garages du comté de Saint Martin.

— Hé, Broussard ! aboya Mullen en se penchant par-dessus le guichet. Laisse un peu tomber les papotages entre gonzesses et fais ton boulot, tu veux ?

Annie lui lança un regard furieux, tout en remerciant un autre mécanicien, avant de raccrocher.

— Ce détachement spécial est priorité numéro un, fit Mullen en bombant son torse osseux.

— Ouais ? Eh ben, comment t'as fait pour en être ? T'as des photos du shérif tout nu avec une chèvre ?

Il arbora un sourire satisfait, bien trop content de lui-même.

— J'imagine que c'est grâce au travail que j'ai accompli sur le viol de Nolan.

— Ton travail, reprit Annie avec dédain. C'est moi qui ai pris cet appel.

— Ouais, ben, dans la vie, ça va, ça vient.

— Tu sais, Mullen, grommela-t-elle, je te dirais bien d'aller t'empiffrer de merde à en crever, mais à en juger par ton haleine, je pense que c'est déjà ça, la base de ton régime.

Elle s'attendit à ce qu'il morde à l'hameçon, mais au contraire il se redressa pour mettre un peu de distance entre elle et lui.

— Écoute, maintenant est-ce que je peux avoir le reste de ces dossiers ? Et pour ce qui est de notre petit différend, laissons tomber. Sans rancune.

— Sans rancune ? répéta Annie. Elle se pencha vers lui en gardant la voix basse et tendue. Tu me terrorises, tu me menaces, ça me coûte une petite fortune en dégâts, ça me coûte ma patrouille. Je me retrouve ici sur la touche, à jouer les foutues secrétaires améliorées et pendant ce temps-là tu en profites pour t'approprier une affaire qui aurait dû me revenir, et tu me sors : « sans rancune » ? Espèce de fils de pute. De la rancune, qu'est-ce que tu veux que j'aie d'autre pour le moment ? Si je trouve ne serait-ce qu'une paillette de peinture qui te rattache à cette Cadillac ou à ce bordel de je ne sais quoi comme bagnole avec laquelle tu as essayé de me tuer la nuit dernière, je t'aurai, toi, ton insigne et ton petit cul osseux.

— Cadillac ? Mullen eut l'air ahuri. Je ne sais pas de quoi tu parles, Broussard. Je suis au courant d'aucune Cadillac ! Je ne t'ai rien fait !

— Oh, épargne-moi ton numéro, ricana-t-elle. Prends tes dossiers et sors d'ici.

Elle poussa les chemises et les envoya par-dessus le rebord du guichet, faisant pleuvoir des rapports d'arrestation.

— Bordel de merde ! beugla Mullen, ce qui attira Hooker hors de son bureau.

— Bon sang de bonsoir, Mullen ! hurla-t-il. Vos nerfs vous lâchent ou quoi ? Vous avez quelque chose qui ne va pas avec vos facultés motrices ?

— Non, monsieur, fit-il avec fermeté en lançant un regard furieux à Annie. C'était un accident.

— La Louisiane Sud est une région où la justice populaire fait partie des traditions, commença Smith Pritchett sur un ton de prédicateur, en allant et venant le long de la crédence qui meublait son bureau, les mains plantées sur sa taille épaisse. Les Cajuns, ici, possédaient leur propre code, avant que l'apparition d'organes structurés en charge de l'application de la loi et d'administrations investies du pouvoir judiciaire n'exerce son influence modératrice. L'opinion commune, ici, continue d'opérer une distinction entre la loi et la justice. J'ai parfaitement conscience que, dans ce comté, énormément de gens perçoivent l'agression du détective Fourcade contre Marcus Renard comme une manière acceptable de résoudre un problème social bien particulier. Quoi qu'il en soit, ils seraient là dans l'erreur.

Annie l'observa avec une impatience à peine déguisée. C'était probablement là le premier jet de sa déclaration introductive au procès de Fourcade, qui, si ce dernier était remis en liberté conditionnelle, aurait lieu dans des semaines ou des mois. Elle était assise dans le fauteuil que Pritchett réservait aux visiteurs. A.J. se tenait debout à l'autre extrémité de la pièce, le dos contre la bibliothèque, ignorant le fauteuil vide à un mètre vingt d'elle. Il avait une expression complètement fermée. Il n'avait pas prononcé un mot depuis dix minutes qu'il était là.

— On ne peut permettre aux gens de faire la loi eux-mêmes, poursuivit Pritchett. Nous aboutirions au chaos, à l'anarchie, au mépris, oui, au mépris de toute loi.

La progression et la conclusion lui plurent suffisamment pour qu'il marque une pause, afin de les griffonner sur son bloc.

— Le système est là pour tracer des limites, pour tracer une ligne nette, et imposer aux gens de s'y tenir, fit-il. Il n'y a de place pour aucune exception. Vous avez foi en cela, adjoint Broussard, sans quoi vous n'auriez jamais intégré les forces chargées d'appliquer la loi — n'est-ce pas vrai ?

— Oui, monsieur. Je crois que ceci a été établi, et j'ai déjà fourni ma déposition à...

— Oui, vous l'avez fait, et j'en ai justement copie ici même. Il tapota de son stylo sur la chemise du dossier. Mais je trouve qu'il est important de faire en sorte de mieux nous connaître, Annie. Puis-je vous appeler Annie ?

— Écoutez, j'ai un métier...

— Je crois savoir que vous avez eu certaines difficultés avec les autres membres du service, fit-il avec une préoccupation toute paternelle, en se perchant au coin de son bureau.

Annie lança un coup d'œil à A.J.

— Rien que je ne puisse prendre en main toute seule...

— Est-ce que quelqu'un essaie de vous contraindre ? De vous dissuader de témoigner contre l'inspecteur Fourcade ?

— Pas en des termes aussi...

— Quand bien même une certaine réticence de votre part serait tout à fait compréhensible, Annie, je veux attirer votre attention sur l'importance de votre témoignage en cette affaire.

— Oui, monsieur. J'en suis bien consciente, monsieur. Je...

— Est-ce que l'inspecteur Fourcade en personne vous a approchée ?

— L'inspecteur Fourcade n'a fait aucune tentative pour m'empêcher de témoigner. Je...

— Et le shérif Noblier ? Vous a-t-il transmis des instructions en un sens ou un autre ?

— Je ne vois pas ce que vous voulez dire, fit Annie en se tenant bien raide pour résister au besoin de remuer, tant il la mettait au supplice.

— En cette affaire, le shérif s'est montré moins que coopératif. Ce qui, en d'autres termes, j'en ai peur, revient à émettre un commentaire attristé sur les conséquences de la manière dont il assume ses fonctions. Gus pense que ce comté est son petit royaume et qu'il peut y travestir les lois à sa convenance, mais tel n'est pas le cas. La loi est la loi et elle s'applique à tous et à chacun — inspecteurs, shérifs, adjoints.

— Oui, monsieur.

Il contourna son bureau pour aller se glisser dans son fauteuil de cuir. Enfilant une paire de lunettes d'hypermétrope à monture d'acier, il sortit la déposition d'Annie de son dossier et il la parcourut brièvement.

— Donc, Annie, vous étiez de repos ce soir-là, mais A.J. me dit que votre véhicule personnel est équipé d'un scanner et d'un émetteur-récepteur radio, est-ce exact ?

— Oui, monsieur.

— Il me dit que vous avez dîné agréablement tous les deux chez Isabeau ce soir-là. Il leva de nouveau brièvement les yeux sur elle, avec un autre sourire indulgent et paternel. Un décor très romantique. Le préféré de mon épouse.

Annie ne dit rien. Elle croyait pouvoir sentir le regard fixe d'A.J. la consumer intérieurement. Il avait beau, semblait-il, avoir raconté tout le reste de leur relation à Smith Pritchett, il ne lui avait pas dit que c'était fini. Et Pritchett tentait de s'en servir comme d'un levier pour l'amener à déplacer sa loyauté. L'avocat visqueux.

— Où êtes-vous allée, après dîner, Annie ?

Jusque-là, elle était parvenue à éviter cette partie de l'histoire. Cela n'avait aucun rapport avec l'incident — à ceci près que Fourcade avait pris un appel téléphonique et qu'il avait quitté le bar aussitôt après, ce qui pourrait suggérer la préméditation, pour ne rien dire de la collusion avec un tiers. Mais personne d'autre que lui n'avait frappé Renard, et on ne pouvait pousser Fourcade à révéler la source ou le contenu de cet appel, alors quelle était l'utilité d'en parler ?

D'un autre côté, il y avait des témoins qui, chez Laveau, pourraient la reconnaître.

— J'ai vu le pick-up de l'inspecteur Fourcade garé dans la rue, en face de chez Laveau. Je suis allée échanger quelques mots avec lui au sujet de ce qui s'était passé au palais de justice.

Pritchett regarda A.J., clairement mécontent de s'être fait prendre au dépourvu.

— Pourquoi cela ne figure-t-il pas dans votre déposition, adjoint ?

— Parce que cela précédait l'incident et n'avait aucun rapport avec celui-ci.

— Dans quel état Fourcade était-il ?

— Il avait bu.

— Était-il agressif, en colère, hostile ?

— Non, monsieur, il était... malheureux, morose, résigné.

— A-t-il parlé de Renard ? A-t-il émis des menaces à son encontre ?

— Non. Il a parlé de justice et d'injustice. Et d'ombres et de fantômes.

— A-t-il donné une quelconque indication de son intention d'aller voir Renard ?

— Non.

Pritchett retira ses lunettes et se tripota pensivement l'oreille.

— Ensuite, que s'est-il passé ?

— Nous sommes repartis chacun de notre côté. J'ai décidé de m'arrêter au Quick Pik pour acheter deux ou trois choses. Le reste est dans mon rapport et dans ma déposition.

— Avez-vous, à quelque moment que ce soit, capté un appel sur votre scanner concernant un rôdeur suspect au voisinage de Bowen & Briggs ?

— Non, monsieur, mais je suis sortie du véhicule pendant plusieurs minutes, et puis j'ai allumé mon autoradio un moment, avec le scanner coupé. Je n'étais plus en service, il était tard.

Le silence demeura en suspens, comme des grains de poussière dans l'atmosphère. Le fauteuil de Pritchett grinça quand il se leva.

— Croyez-vous qu'il y ait eu un appel, adjoint ?

S'il lui posait cette question devant la cour, l'avocat de Fourcade opposerait une objection avant même que la phrase entière ne lui soit sortie de la bouche. *Incitation à la spéculation.* Mais ils n'étaient pas devant la cour. La seule personne dans cette pièce à opposer une objection, c'était Annie.

— Je n'ai pas entendu d'appel, reconnut-elle. D'autres personnes l'ont entendu.

— Pardon, d'autres personnes disent l'avoir entendu, la corrigea-t-il. À chaque syllabe, il élevait un peu plus la voix. Il se plia en avant et planta ses deux mains sur les accoudoirs du fauteuil d'Annie, le visage à quelques centimètres d'elle. Parce que Gus Noblier leur a dit de dire qu'ils l'avaient entendu. Parce qu'ils veulent protéger un homme qui, non content d'avoir vu une audience capitale lui filer sous le nez, a pris sur lui d'exécuter le suspect parce qu'il n'était pas parvenu à se montrer plus malin que lui ! Il n'y a pas eu d'appel, conclut-il en douceur, tout en se redressant en arrière. Il se rassit sur le bureau, sans détacher les yeux d'Annie une seule seconde. Cette nuit-là, avez-vous arrêté Fourcade et l'avez-vous conduit sous les verrous ?

Quelle différence cela faisait-il, dès lors que l'on avait procédé à l'arrestation ? Fourcade croulait sous les chefs d'inculpation. Pritchett cherchait simplement des munitions à utiliser contre Noblier, et Annie ne voulait pas prendre part à cette querelle de clans. Elle eut recours aux termes que le shérif lui-même lui avait mis dans la bouche.

— J'ai déboulé dans une situation que je ne comprenais pas. Je m'en suis rendue maître. Nous sommes allés au poste pour tirer les choses au clair.

— Pourquoi Richard Kudrow prétend-il avoir vu un rapport d'arrestation qui, ultérieurement, s'est révélé manquant ?

— Parce que cet avocat est une fouine puante et qu'il n'aime rien tant que de touiller la marmite. Elle regarda Pritchett dans les yeux. Quel motif avez-vous de le croire ? Il ne vit que pour une chose : vous emberlificoter tous les deux devant la cour. Vous pouvez parier qu'il adore ça — vous et Noblier en train de vous sauter à la gorge, avec les flics au milieu.

Une petite dose de satisfaction la réchauffa tandis qu'elle considérait son ouvrage de stratégie. Pritchett serra les lèvres et s'éloigna du bureau. La dernière chose qu'il voudrait au monde, ce serait que Richard Kudrow le fasse passer pour un idiot.

— Connaissez-vous bien Nick Fourcade, Annie ? l'interrogea-t-il, et sa voix avait perdu toute énergie.

Elle songea à la nuit passée dans les bras de Nick, à leurs corps cadenassés l'un à l'autre.

— Pas tellement.

— Il ne mérite pas votre loyauté. Et il est sûr et certain qu'il ne mérite pas l'insigne qu'il porte. Vous êtes un bon fonctionnaire, Annie. J'ai vu vos états de service. Et vous avez fait du bon travail cette nuit-là. Je suis enclin à me fier à vous, pour que vous vous conduisiez comme il convient lorsque vous vous lèverez à la barre des témoins, la semaine prochaine.

— Oui, monsieur, murmura-t-elle.

Il consulta sa Rolex et se retourna vers A.J.

— Je suis attendu ailleurs, A.J., voulez-vous reconduire Annie.

— Naturellement.

Elle commença de se lever, avec l'intention de partir sur ses talons, mais la porte se referma trop vite derrière lui.

— Il est en retard pour aller au golf prendre le *tee*, se moqua A.J., sans bouger de la bibliothèque. Pourquoi nous mens-tu, Annie ?

Elle tressaillit comme s'il lui avait craché ces mots au visage.

— Je ne...

— Ne m'insulte pas, la coupa-t-il. En plus de tout le

reste, ne m'insulte pas. Je te connais, Annie. Je sais tout de toi. Tout. Ça t'effraie, n'est-ce pas ? C'est pour ça que tu me rejettes.

— Je ne pense pas que ce soit ni le moment ni le lieu pour cette conversation, marmonna-t-elle.

— Tu ne veux laisser personne descendre aussi profondément à l'intérieur de ton âme, c'est ça ? Car que se passera-t-il si je m'en vais ou si je meurs, comme ta mère...

— Arrête ça ! ordonna Annie, furieuse qu'il utilise contre elle les souvenirs les plus douloureux de son enfance.

— Ça fait beaucoup plus mal que de perdre quelqu'un qui ne fait pas partie de vous, insista-t-il. Alors c'est plus commode de maintenir tout le monde à distance.

— Pour le moment, j'ai envie de beaucoup plus que de te tenir à distance, A.J., fit Annie avec fermeté.

Elle se sentit comme s'il avait tendu le bras vers elle par surprise pour la découper au rasoir, en taillant dans sa chair et dans ses os.

— Pourquoi ne m'as-tu pas dit que tu avais vu Fourcade plus tôt ce soir-là ? demanda-t-il.

— Quelle différence cela fait-il ?

— Quelle différence cela fait-il ? Je suis censé être ton meilleur ami ! Nous avions un rendez-vous, ce soir-là. Tu m'as laissé en plan et tu es allée retrouver Fourcade...

— Ce n'était pas un rendez-vous, argumenta-t-elle. Nous avons dîné. Point. Tu es mon ami, pas mon amant. Je n'ai pas à te faire part de chacun de mes faits et gestes !

— Tu ne veux pas piger, c'est ça ? fit-il, incrédule. Il s'agit de confiance...

— La confiance de qui ? demanda-t-elle. Tu es en train de me cuisiner, bordel ! Une minute, tu prétends être mon meilleur ami et, la minute suivante, tu te demandes pourquoi je ne t'ai pas fourni quelque chose dont tu puisses te servir devant la cour. Tu me dis que nous pouvons séparer qui nous sommes de ce que nous faisons, mais ça, c'est seulement quand ça t'arrange. J'en ai marre, A.J. Je n'ai pas besoin de ces conneries et ce qui est sûr et certain, c'est que je n'ai aucun besoin que tu fasses des cartons au petit bonheur sur mon psychisme !

— Annie...

Alors qu'elle se dirigeait vers la porte, il voulut lui attraper le bras, mais d'un geste elle se dégagea de lui. Quand elle passa en trombe devant les secrétaires du bureau de l'antichambre, elles le dévisagèrent avec des yeux de hibou.

À l'extérieur, le couloir était sombre et frais. Des voix flottaient depuis le troisième étage. Annie se dirigea vers une sortie latérale, et se faufila dehors, sous un soleil qui lui fit mal aux yeux. Elle tâtonna à la recherche de ses lunettes de soleil, puis elle bouscula presque un homme qui se tenait au bord du trottoir.

— Adjoint Broussard. Voilà qui est heureux et plutôt inattendu, je dois dire.

Annie laissa échapper un grognement. Kudrow. Il était appuyé contre un distributeur automatique du *Times-Picayune*, la ceinture de son imperméable serrée autour de la taille, malgré la chaleur et l'humidité étouffante, tout à fait hors de saison, de cet après-midi. Sa posture évoquait plus la douleur que le désœuvrement. Sa figure émaciée avait la couleur d'un champignon et luisait de transpiration. Il donnait l'impression qu'il allait mourir sur place, affalé sur un gros titre annonçant l'approche de Mardi gras.

— Tout va bien ? demanda Annie, déchirée entre le souci qu'elle se faisait pour lui en tant qu'être humain, et l'aversion qu'elle éprouvait pour sa personne.

Kudrow tenta de sourire, tout en se redressant.

— Non, ma chère, je suis mourant, mais je ne vais pas faire ça ici, si c'est ce qui vous inquiète. Je ne suis pas encore tout à fait prêt à m'en aller dans l'instant. Il reste encore des injustices à réparer. Mais pour ça, vous êtes au courant, n'est-ce pas ?

— Je ne suis pas d'humeur à écouter vos jeux de mots, l'avocat. Vous avez quelque chose à dire, dites-le. J'ai mieux à faire.

— Comme de chercher le témoin de l'alibi de Renard ? Marcus m'a dit que vous vous penchiez sur sa situation. Comme c'est passionnant ! Cela tombe en dehors du champ de vos obligations, n'est-ce pas ?

Quels dégâts pouvait-il provoquer, en ayant connaissance de cela ? De la sueur lui trempa le dos entre les épaules et lui dégoulina au creux des reins.

— Je suis à la recherche d'une ou deux choses, par curiosité, c'est tout.

— La soif de la vérité. Dommage que personne d'autre dans votre service ne semble partager cette qualité. Rien ne prouve que quiconque se consacre beaucoup à aller y regarder de plus près dans cet incident du coup de feu d'hier soir chez Renard.

— Peut-être n'y a-t-il rien à trouver.

— En l'espace d'une semaine, deux personnes ont ouvertement cherché à faire du mal à Marcus. Beaucoup d'autres l'ont menacé. La liste des suspects remplirait un annuaire, et pourtant, à ma connaissance, personne n'a été mis en cause.

— Ces temps-ci, les inspecteurs sont très pris, monsieur Kudrow.

— S'ils laissent les choses filer, ils vont avoir un autre homicide sur les bras, avertit-il. Cette communauté est plus remontée qu'un ressort de montre. Je peux sentir l'air qui épaissit sous l'effet de la colère, de la peur, de la haine. Ce genre de tension ne peut être contenu que jusqu'à un certain point, et puis elle explose.

Il fut secoué d'une toux sèche, râpeuse, et il s'appuya de nouveau contre le distributeur automatique, ayant épuisé toute son énergie, ses yeux virant au vitreux, le spectre morbide du destin.

Annie s'éloigna, sachant qu'il avait raison, ressentant cette même pesanteur dans l'air, cette même sensation d'appréhension. Même en plein soleil, tout paraissait ombré de noir, comme dans un mauvais rêve. Dans la rue adjacente, elle pouvait voir des agents municipaux en train d'accrocher de jolis fanions sur les réverbères, pour rendre la ville toute pimpante en vue du Carnaval de Mardi gras, mais les trottoirs avaient l'air étrangement vides.

Trois femmes avaient été agressées en un laps de temps d'une semaine. Les gens étaient terrifiés.

Annie repensa à l'été où l'Étrangleur du Bayou avait mené la chasse par ici, et elle se souvint d'avoir éprouvé le même sentiment de malaise, la même peur irrationnelle, la même sensation de désespoir. Mais cette fois, elle était un flic, et toutes ses autres émotions se trouvaient comprimées sous le poids des responsabilités. Myron accueillit son retour au bureau des rapports avec un regard lourd de sous-entendus, qui allait d'Annie à la pendule.

— Ce monsieur de chez Allied Insurance a besoin d'un certain nombre de rapports d'accident, fit-il en désignant d'un signe de tête vers l'autre côté du guichet un tas de chair en sueur, tout rond, vêtu de crêpe de coton complètement chiffonné. Vous lui fournirez tout ce dont il a besoin.

Ayant donné cet ordre, il prit son *Wall Street Journal* et partit, au pas de marche, vers les toilettes des messieurs.

— Ça c'est la meilleure de la journée ! gloussa le type de la compagnie d'assurances. Il tendit une main qui avait l'air de ces petits ballons en forme d'animal. Tom O'Connor. Facile à se rappeler, fit-il avec un clin d'œil flagorneur. Tom le Gros Minet, Tom le Déc'Conneur, Tom le Tombeur. Pigé ?

Annie lui retourna sa poignée de main.

— Je pige. De quels rapports avez-vous besoin ?

Il sortit de la poche de son manteau une liste toute froissée et la lui tendit.

— Hé, si vous êtes pas mignonne dans cet uniforme ! Vous avez l'air d'une petite adjointe.

— Je suis adjoint, en effet.

Ses yeux s'écarquillèrent et il lâcha encore une volée de gloussements.

— Eh ben, ça alors, je veux bien qu'on me fusille.

— Ne me tentez pas, fit Annie. Je suis armée et j'ai passé une très mauvaise journée.

En se rendant avec la liste vers les armoires à dossiers, elle interrogea le ciel du regard. « Le purgatoire, c'est l'endroit où on se retrouve employé aux écritures, c'est ça ? »

Tandis qu'elle renvoyait Tom O'Connor avec ses rapports, le télécopieur s'enclencha. Annie regarda la page de garde se dérouler, son intérêt éveillé par l'en-tête de la lettre — le laboratoire régional de la police criminelle, à New Iberia. La transmission était adressée à l'inspecteur Stokes, mais le numéro de télécopie composé aboutissait au service des rapports au lieu du bureau des inspecteurs. Elle regarda les feuilles se dérouler dans le chariot et les cueillit une par une. Les résultats préliminaires du labo, sur la base des maigres pièces à conviction matérielles collectées sur les lieux du crime commis contre Lindsay Faulkner, et sur la personne de Lindsay Faulkner elle-même. Négatifs. Rien à partir des éléments afférents au viol — pas de semence, pas de poil, pas de peau sous les ongles, bien qu'on sache qu'elle s'était défendue. Les prélèvements sanguins effectués sur le tapis de galerie apparaissaient comme étant les siens. Ou, tout au moins, du même type. Des analyses plus fines de la structure de l'ADN allaient prendre des semaines.

Exactement comme Stokes l'avait prédit, ils ne disposaient de rien, de même qu'ils n'avaient rien tiré des viols de

Jennifer Nolan et de Kay Eisner. Le manque de pièces à conviction était la seule chose qui reliait les affaires entre elles. Avec le masque noir à plumes — si le fragment qu'Annie avait prélevé sur le tapis de Faulkner correspondait à celui qu'elle avait trouvé dans le parc à caravanes de Nolan. Nolan et Eisner avaient toutes deux vu leur agresseur avec un masque. Pour l'instant, Lindsay Faulkner ne se souvenait de rien. Si rien ne venait améliorer le tableau, alors la plume du masque serait le seul lien avec les autres agressions.

Elle revint au document transmis, pour y chercher mention de la plume, sans en trouver aucune. Il aurait dû y avoir au moins une remarque. Annie jeta un coup d'œil à la pendule. Myron allait rester encore cinq minutes dans le huis clos des toilettes des messieurs. Elle composa le numéro du labo à partir de son bureau et entra en relation avec la personne dont elle avait besoin, à qui elle débita en vitesse le numéro de l'affaire et ce qu'elle recherchait.

Elle attendit, en compulsant les pages de la télécopie, désappointée par cette absence de pièces à conviction. Ils devaient avoir affaire à un pro, quelqu'un d'assez calé et d'assez froid pour forcer les femmes à nettoyer toutes traces de pièce à conviction ou, dans le cas de Lindsay Faulkner, pour les nettoyer lui-même. Il n'ignorait rien de ce qu'ils iraient chercher, jusqu'aux poils pubiens et jusqu'à la peau sous les ongles des mains. Elle se demanda si le détachement spécial avait glané quoi que ce soit dans les vieux fichiers, et si Stokes avait eu un retour d'information du pénitencier d'État, elle se demanda aussi si les ordinateurs du Centre national de renseignements sur les crimes et délits ou du fichier central des véhicules allaient leur sortir quelque chose.

— Excusez-moi ? fit la voix de la femme, de retour à l'autre bout de la ligne. Vous avez bien dit une plume noire, n'est-ce pas ?

— Oui. Il y en avait une avec le dossier de l'affaire Nolan, et quelque chose qui aurait pu être un fragment de plume noire avec celui de l'affaire Faulkner.

— Pas ici, il n'y a rien de tel.

— Qu'est-ce que vous voulez dire ?

— Je veux dire que je suis justement en train de chercher dans les fiches d'inventaires et je ne vois aucune plume. Elles n'ont jamais été enregistrées en dépôt ici. Désolée.

Annie remercia la femme et raccrocha.

— Pas de plumes, marmonna-t-elle tandis que Myron revenait dans le bureau au pas de charge.

— Adjoint Broussard, qu'est-ce que vous marmonnez entre vos dents ? demanda-t-il.

Sans lui prêter attention, Annie alla au tiroir placé derrière le guichet et en sortit la fiche de pièces à conviction de l'affaire Faulkner. Elle parcourut du doigt l'inventaire des objets, jusqu'à la dernière ligne. La fibre d'étoffe similaire à celle d'une plume figurait sur la liste en quatrième position. Le dernier nom, dans la chaîne de ceux qui avaient eu la garde de ces pièces à conviction, était celui de l'inspecteur Ch. Stokes, qui avait signé le bon de sortie de la liste complète des éléments, afin de les transmettre au labo pour examen. Elle sortit la fiche de l'affaire Nolan et parcourut les lignes du doigt. La plume était sur la liste. La pièce à conviction avait été enregistrée à sa sortie du service par Stokes, afin d'être transmise au labo. Mais le labo n'avait pas de fiche d'enregistrement concernant la réception d'aucune de ces plumes.

— Que faites-vous ? demanda Myron en lui arrachant la fiche des mains pour lorgner dessus.

Annie attrapa les feuillets de la télécopie sur son bureau et se dirigea vers la porte.

— Mais où est-ce que vous comptez vous rendre comme ça ? demanda le gratte-papier.

— Voir l'inspecteur Stokes.

34.

Les inspecteurs disposaient de leur propre bâtiment de l'autre côté de l'allée qui partait de l'édifice principal. Connue sous le sobriquet affectueux de Pizza Hut, à cause de la quantité de tartes aux peperoni avec supplément de fromage qu'on y livrait de façon régulière, c'était une construction basse, en parpaings vert morve, qui avait servi jadis d'espace de bureaux pour un établissement public de construction routière. Annie sonna à la porte et ce fut l'inspecteur Perez qui lui ouvrit, son nom inscrit au feutre magique en travers de son gilet pare-balles en Kevlar, qu'il portait par-dessus un T-shirt. Il jaugea Annie d'un coup d'œil revêche.

— Il faut que je voie Stokes.

— Tu as un mandat ?

— Va te faire foutre, Perez.

Tandis qu'elle passait devant lui, il se plaça la main devant la bouche en porte-voix, et cria :

— Hé, Chaz, tu as le droit de garder le silence !

L'immeuble était aussi glacé qu'une chambre froide. Deux climatiseurs fixés aux fenêtres gémissaient sous l'effort. La pièce affectée au détachement spécial en charge des viols était située sur l'arrière. Un cube de quatre mètres sur quatre recouvert de panneaux d'aggloméré bon marché. Quelqu'un avait commencé une pyramide de boîtes de soda sur le rebord de la fenêtre à barreaux. Les dossiers qu'Annie et Myron avaient réunis étaient éparpillés en piles, au petit bonheur, sur la longue table qui constituait la principale pièce de mobilier de la salle. Le rock cadencé ferme, épicé cajun, de Sonny Landret, *Shootin' for the Moon*, sortait en braillant d'une stéréo portable posée sur le dessus d'un meuble de rangement de dossiers situé dans un coin de la pièce.

Mullen était au téléphone. Stokes caracolait derrière la table, mimait ie guitariste et faisait semblant de chanter en articulant silencieusement les paroles, son chapeau melon déformé rejeté en arrière sur la nuque.

Annie ouvrit grands les yeux.

— Ah ça ouais, les femmes de ce comté vont mieux dormir maintenant qu'elles savent que tu es sur le coup, Stokes.

Il pivota vers elle d'un coup.

— Broussard, tu viens me gâcher ma journée comme une verrue au milieu de la figure. Tu vois de quoi je veux parler ?

— Comme si j'en avais quelque chose à foutre. Elle brandit les télécopies. Tes résultats préliminaires du labo sur Faulkner. Où est la plume ?

Il lui arracha les papiers des mains et les parcourut en fronçant les sourcils.

— Ne te fatigue pas à faire semblant de la chercher là-dedans, l'interrompit Annie. Le labo indique qu'ils ne l'ont jamais vue, pas plus que celle retrouvée sur les lieux du viol de Nolan. Je veux savoir pourquoi.

Mullen avait toujours le combiné du téléphone calé contre l'oreille, mais ses yeux étaient sur eux deux.

— Mec, j'ai autant besoin de ça que d'un traitement de canal dentaire, bougonna Stokes en se retournant pour gagner la porte du fond.

Annie le suivit dehors. L'espace compris entre les immeubles était un terrain vague de miettes de coquillages, de cailloux et de mauvaises herbes, avec vue sur les tas de ferraille abandonnés dans la cour de stockage des matériels saisis.

— Qu'est-ce que tu en as fait, Chaz ? demanda-t-elle.

— Je t'ai dit de ne pas fourrer ton nez dans mes affaires, jeta-t-il, cassant, en pointant un doigt sur elle.

— Pour que tu puisses te sentir libre de saloper le travail en toute impunité ?

— Ferme ta foutue gueule ! hurla-t-il en se ruant sur elle.

Annie battit en retraite sur le côté de l'immeuble.

— J'en ai plus qu'à moitié marre de tes conneries ! Broussard, lança-t-il, rageur, le visage à quelques centimètres d'elle. Les tendons de son cou saillaient comme des tiges d'acier. Je sais ce que je fais. Tu crois que j'ai obtenu ce boulot parce que je suis plus brun que toi ? Tu penses que j'ai joué sur la couleur de ma peau ?

Annie lui retourna un regard furieux, les yeux dans les yeux.

— Non. Je pense que tu l'as obtenu parce que tu es un homme et parce que tu ne racontes que des salades. Tu causes, tu la ramènes, et quand quelqu'un te demande de rendre des comptes, subitement, c'est un raciste. J'en ai ras le bol de ton petit jeu. J'entends jamais Quinlan ou Ossie Compton traiter personne de raciste. Jamais personne, à part toi, et toi, ce que t'as, c'est tout juste un bronzage.

Elle plongea sous le bras qu'il avait calé contre le mur de l'immeuble, et elle s'écarta de lui.

— Tu es un branleur. Tu aurais beau avoir la peau blanche comme neige, tu serais un branleur. Tu aurais beau avoir la tronche de Mel Gibson, tu serais un branleur. Point à la ligne. Je veux savoir ce que tu as fait des pièces à conviction que j'ai recueillies. Soit tu peux me le dire, soit on va régler ça devant le shérif.

Stokes fit le cent pas, tâchant de se reprendre, ou de soupeser les choix, ou les deux.

— Toi, Broussard, ne me menace pas, susurra-t-il.

Tu n'es rien qu'une petite faiseuse d'emmerdes et une allumeuse.

— Gus est encore dans son bureau, lança-t-elle, au flanc. J'aurais pu aller directement le voir, et tu le sais.

Stokes déclarerait la même chose devant Gus que ce qu'il venait de lui dire. Il la traiterait de faiseuse d'emmerdes, et il n'y avait pas une âme dans le service qui n'abonderait pas dans son sens.

— Tu as foutu en l'air une pièce à conviction, lança-t-elle, car elle ne voulait pas lui laisser le temps de réfléchir.

— Je n'ai rien foutu en l'air du tout, grommela-t-il. Les plumes sont allées au laboratoire d'État.

— Où est le reçu ?

— Va te faire foutre ! Je n'ai pas à te répondre, Broussard ! Bordel, pour qui tu te prends ?

— Peut-être que je suis la seule ici à me poser la question, lui rétorqua Annie. Pourquoi irais-tu expédier le tout à New Iberia, sauf les plumes ?

— Parce que je connais un type au labo d'État et il me doit un service. Voilà pourquoi. Ils ont là-bas un expert en fibres, un maniaque du cerveau, qui est capable, juste en regardant une plume, de dire si elle vient du cul d'un canard de Mongolie extérieure. Alors je lui ai envoyé ces foutues plumes et le masque de l'homicide Bichon. En espérant que ce sera tout bénéfice pour nous. Ces foutus masques coûtent trois sous la dizaine. Qu'est-ce qu'on va faire ? Aller pister tous les fabricants d'Ankul, Thaïlande, et leur poser la question ? Rendre visite à tous les bazars et toutes les boutiques de souvenirs de chiottes à trois balles de Louisiane Sud pour leur demander s'ils ont vendu des masques à un violeur ? Deux cents bornes à se mettre dans les pattes, et ça va nous rapporter quoi comme jackpot ? D'la merde.

— Sauf si les plumes correspondent, fit Annie. Alors tu pourrais être en mesure de relier les deux premiers viols à Faulkner, au moins ça. Même si ça ne tient qu'à un fil, ça sera déjà mieux que ce que tu as maintenant. Faulkner n'a aucun souvenir de son agression. Il se peut qu'elle n'en ait jamais.

Instantanément, elle sut qu'elle venait de commettre une erreur. Stokes se raidit, son regard se fit froid et dur.

— Comment tu sais ça ? demanda-t-il calmement.

Oh merde ! Annie mit les pieds dans le plat.

— Je suis allée la voir ce matin.

— Banco, l'enculée ! hurla Stokes, incrédule. Puis sa

voix retomba presque au niveau d'un chuchotement, et pourtant elle parcourut les nerfs d'Annie, affûtée comme une lame. En fait, t'écoutes rien de ce qu'on te dit, hein, salope !

« C'est mon affaire, fit-il en se frappant la poitrine du poing. Si je découvre que tu appelles le labo d'État pour vérifier mon histoire, je te traîne par le cul jusqu'au bureau de Noblier — et si tu crois qu'il n'est pas prêt à te dégager pour de bon, tu ferais mieux d'y regarder à deux fois, Broussard. Quand j'en aurai fini avec toi, tu te retrouveras à faire le vigile de la sécurité dans une ferme d'alligators.

« Faulkner, c'est ma victime, mon témoin, à moi. Tu te tiens à distance de mes affaires, nom de Dieu, avertit-il en lui appuyant un doigt sur le sternum. Et tu te tiens à distance de moi.

Il retourna dans l'immeuble, et la porte extérieure anticyclones protégée par des barreaux se referma derrière lui avec un sifflement. Par la fenêtre, Mullen la fixait du regard. Un instant plus tard, un moteur de voiture se réveilla dans un rugissement de l'autre côté du bâtiment et des pneus crissèrent sur le dallage. Elle saisit juste une vision fugitive de la Camaro noire de Stokes, qui partait comme un boulet en direction du bayou.

Et maintenant ? Annie ne parvenait pas à imaginer que Stokes se soit montré assez méticuleux pour envoyer les plumes à un spécialiste, mais, si elle appelait le labo d'État pour le vérifier, il aurait son cul sur un plateau. S'il avait bien fait porter les plumes à Shreveport, il en aurait conservé un reçu avec le dossier de l'affaire, or le dossier de l'affaire était en sa possession. Et s'il n'avait pas expédié les plumes au labo d'État ? Il n'avait pas envie que les plumes correspondent au masque de l'homicide Bichon parce que cela pourrait vouloir dire que quelqu'un d'autre que Marcus Renard avait tué Pam Bichon. Il n'avait pas envie de se taper ce boulot. Il n'avait pas envie de se taper cette migraine. Il n'avait pas envie qu'on lui prouve qu'il avait tort. Un flâneur sur la pente du moindre effort, voilà ce qu'était Stokes. Son problème n'avait absolument rien à voir avec la couleur de sa peau. Il préférait passer son temps à mimer le guitariste plutôt que de mener à son terme la tâche fastidieuse que cela pouvait représenter de remonter une piste de longue haleine. Il préférait passer son temps à flirter avec Pam Bichon plutôt que d'accomplir le travail de soutier qui aurait pu apporter les preuves de l'affaire de harcèlement dont elle était la victime.

Annie se demanda ce qu'il avait bien pu encore foutre en l'air — dans cette affaire-ci comme dans l'affaire de Pam. Qu'est-ce qu'il avait pu négliger quand Pam se faisait traquer ? Quelque chose qui aurait pu être utilisé contre Renard, quand Pam avait déposé plainte pour obtenir à son encontre cette injonction de ne pas l'approcher ? Dans quelle mesure les choses auraient-elles pu tourner autrement si quelqu'un d'autre s'était saisi de l'affaire de Pam dès le début — Quinlan, Perez ou Nick ?

Maintenant, Stokes était chargé d'un détachement spécial qui pouvait avoir une incidence sur la vie de quantité de femmes. Ils étaient après un criminel qui connaissait le système, qui connaissait les procédures, qui ne leur avait pratiquement rien laissé sur les lieux des trois viols. Un pro... Ou un flic.

L'idée la parcourut tout entière d'un frisson. La peur lui picota la nuque, et elle tourna le regard vers la Pizza Hut. Un flic saurait exactement ce qui intervenait dans la constitution d'un dossier de viol.

Stokes, un violeur ? C'était de la folie. Il avait plus de femmes qu'il ne pouvait en pister. Mais en fait, dans le viol, ce n'était pas de sexe qu'il s'agissait. Un tas de violeurs avaient des épouses ou des petites amies. Dans le viol, c'était de colère et de pouvoir qu'il s'agissait. Elle songea à l'allure de Stokes quand il s'était rué sur elle, quelques instants auparavant ; à la furie dans ses yeux. Elle songea à son allure, des mois auparavant, quand elle s'était disputée avec lui sur le parking du Voodoo Lounge, la flamme brûlante de haine qui avait jailli de lui quand elle l'avait rejeté. Mais de la colère à l'agression et au viol, il y avait un grand pas. Il était plus vraisemblable que leur violeur était un criminel professionnel qu'un flic professionnel. Et pourtant...

Stokes avait en main toutes les pièces à conviction de trois viols qui partageaient des traits communs avec l'homicide de Pam Bichon. Stokes avait enquêté sur les plaintes de Pam pour harcèlement.

Donnie Bichon avait été jaloux de la relation de Pam avec l'inspecteur. C'était ce qu'avait dit Lindsay Faulkner, qui avait rencontré Stokes à déjeuner lundi et qui avait eu la tête défoncée le soir même. Donnie avait été jaloux de Stokes.

« *Stupide... Ce n'était rien* », avait dit Faulkner. Annie se demanda qui pouvait bien avoir passé l'information à Stokes.

Elle termina son service dans l'enfer des écritures, changea de vêtements dans son vestiaire de fortune, pour aller faire estimer les dégâts causés à son tas de ferraille, en ouvrant l'œil sur la moindre Cadillac présentant des bosses qui pourraient correspondre. Le dernier des trois garages se trouvait dans la rue de Po'Richards, l'échoppe de sandwiches, juste en face.

L'estomac gargouillant, elle se proposa de dîner. Rentrer à la maison si tôt impliquerait presque certainement une confrontation avec oncle Sos. Ce matin, elle l'avait évité, lui et ses questions, mais elle n'aurait pas deux fois cette chance. Il aurait envie de savoir pourquoi A.J. était venu ce matin pour repartir aussi vite. Se rendre chez Fourcade, quel sens cela aurait-il ? Allaient-ils s'asseoir et parler de ce qui se passait entre eux ou finiraient-ils simplement dans son lit, à ne rien résoudre, à tout compliquer ?

Elle avança jusqu'au guichet réservé aux voitures et commanda un panier de crevettes grillées po'boy et un Pepsi. Le gamin du guichet ne la reconnut pas. Il n'avait pas l'air d'être du genre à regarder les infos. Fuyant les tables de pique-nique installées devant le restaurant et la demi-douzaine de personnes qui y prenaient leur dîner, elle continua jusqu'au bout du pâté de maisons et se gara devant un terrain vague jonché de boîtes de bière et de verre brisé. Tandis qu'elle engloutissait son déjeuner, elle fixa du regard, par sa vitre de portière cassée, de l'autre côté de la rue, Bichon Bayou Promotion.

Le bureau était fermé depuis deux heures. Mais la Lexus de Donnie était garée le long du bâtiment et une lumière était allumée à deux des fenêtres. Pourquoi Donnie avait-il été jaloux du temps que Pam avait passé avec Stokes ? S'était-il attendu à ce que Pam se tourne vers lui, plutôt que vers les flics, quand elle s'était fait traquer ? Était-ce là son plan — traquer Pam lui-même, l'effrayer sous couvert de l'anonymat, la forcer à se tourner vers lui, et se la gagner à nouveau ? Cela ressemblait au style de plan grandiose et infantile qui aurait pu séduire l'ego de Donnie, un ego qui en était resté au stade de l'adolescence. Et quand ce plan avait échoué, il aurait voulu en faire porter la faute sur quelqu'un d'autre que sur lui-même — Stokes, ou Pam elle-même.

Annie piqua la dernière crevette dans le plateau et la mâcha lentement, en songeant à Lindsay. Faulkner n'appréciait guère Donnie. C'était bel et bien de la haine, le mot pouvait ne pas être trop fort. Elle avait pu sortir cette dernière révélation dans le seul but de lui causer des ennuis. Selon la personne chargée de l'accueil chez Bayou Immobilier, Donnie et Lindsay s'étaient disputés lundi matin. Lindsay avait pu penser que diffamer Donnie effraierait son acquéreur potentiel de l'agence immobilière. Et comment Donnie aurait-il réagi à ce plan-là ? S'il était capable de terroriser la mère de son enfant, s'il était capable de la tuer, alors qu'est-ce qui le retiendrait de frapper Lindsay à la tête avec un téléphone ?

Elle se faufila hors de sa Jeep, traversa la rue, et franchit le portail latéral de Bichon Bayou Promotion, qui était ouvert. Elle choisit l'une des portes situées sur le côté, près de la fenêtre par où passait de la lumière, sonna deux fois et attendit. Un instant plus tard, Donnie tira la porte à lui et la dévisagea, il avait dans les yeux un éclat flou qui les rendait brillants.

— Ah ça mais, est-ce que ça serait pas la garniture de poulette dans mon sandwich aux flics, prononça-t-il d'une voix traînante. Il avait tombé la cravate et laissé sa chemise ouverte, manches remontées. L'odeur de whisky le collait comme un vague parfum d'eau de Cologne. J'ai Fourcade aux fesses, Stokes à la face, et vous... Quel morceau de ma personne vous désirez, mademoiselle Broussard ?

— Quelle quantité d'alcool avez-vous bue, monsieur Bichon ?

— Pourquoi ? Est-ce que maintenant il y a une loi contre un homme qui noie son chagrin en privé dans son propre bureau ?

— Non, reconnut Annie. Je me demande simplement si cette conversation va valoir le coup que j'y perde du temps, c'est tout.

Il passa la main dans ses cheveux bruns, les décoiffant, et se cala une épaule contre l'encadrement de la porte. Le sourire qu'il lui adressa semblait pincé, forcé. Il avait l'air fatigué, physiquement, moralement. Triste, trancha Annie, même si elle fit attention de ne pas laisser cette réflexion déteindre sur les sentiments qu'elle éprouvait à son égard. Donnie était le genre d'homme que beaucoup de femmes auraient envie de materner — l'éternel petit garçon dans un corps d'homme, plein de charme, de malice et de confusion. Était-ce là ce côté adolescent qui avait attiré Pam ? Lindsay

Faulkner lui avait déclaré que Pam avait toujours vu en Donnie son potentiel.

— Êtes-vous toujours aussi directe, inspecteur ? demanda-t-il. Que sont devenues ces minauderies effarouchées que les jeunes femmes apprenaient quand elles étaient sous la tutelle en gants blancs de leurs mères ?

— Adjoint, corrigea Annie. Ma mère est morte quand j'avais neuf ans.

Donnie tressaillit.

— Bon Dieu. Je n'arrive décidément pas à faire grand-chose de correct ces temps-ci. Je suis désolé, fit-il, sincèrement contrit. Il s'écarta de la porte à reculons et la fit entrer. Je ne suis pas soûl au point d'avoir perdu toutes mes manières ou tout mon bon sens, même si certains diraient que, pour commencer, je n'en ai jamais eu, de bon sens. Entrez. Prenez un siège. Je viens juste de commander une pizza.

Seule une lampe col de cygne éclairait son bureau, une lueur mordorée se reflétait sur sa table de travail en chêne astiqué et conférait à l'endroit une impression d'intimité. Une bouteille de Glenlivet single malt était posée sur le sous-main à côté d'une tasse qui proclamait que Donnie était le PAPA N° 1.

— Avez-vous vu Josie cette semaine ? lui demanda Annie tout en parcourant lentement la pièce du regard, en notant les scènes de faune et de flore sur les murs, les photos aériennes encadrées du lotissement de Quail Run.

Une photo de Josie souriante, comme un lutin, était posée sur le bureau près de la tasse. Donnie se laissa tomber dans son fauteuil.

— Bon sang, non. Toutes les soirées sont des veilles de jour d'école. Et le week-end, Belle file avec elle. Laissez-moi vous dire, la seule chose qui soit pire que d'avoir une ex-femme, c'est d'avoir une ex-belle-mère. Quand j'appelle, elle ment — elle me raconte que Josie est dans la baignoire, qu'elle est au lit, qu'elle fait ses devoirs. Il se versa deux doigts de scotch dans la tasse et en but la moitié. Je l'admets, j'ai des pensées plutôt sombres à l'égard de Belle Davidson.

— Faites attention à qui vous dites ça, monsieur Bichon.

— C'est juste. Tout ce que je dis peut être et sera utilisé contre moi. Eh bien, pour le moment, je n'en suis plus vraiment à faire attention. Ma petite fille me manque.

Il avala une gorgée de son scotch, passa les doigts sur les lettres imprimées de sa tasse. Il émanait de lui une certaine expression de surprise, comme s'il ne s'était jamais attendu à devoir faire face à aucune difficulté dans sa vie, et ce qu'il traversait à présent était un choc rude et franchement malvenu. Les choses lui étaient arrivées trop facilement, soupçonnait Annie. Il était beau garçon. Il avait du succès. C'était un athlète. Il attendait amour et adulation, pardon instantané, aucune responsabilité. À bien des égards, il était autant un enfant que sa propre fille.

— S'il vous plaît, prenez un siège, que je puisse fixer mon regard, adjoint. Et appelez-moi Donnie. Je suis assez déprimé comme ça sans avoir à penser que des jolies femmes se sentent obligées de m'appeler « monsieur ».

Il lui adressa de nouveau son sourire las.

Annie prit place dans la bergère bordeaux, face à lui. Il avait envie qu'ils soient amis, de faire comme si elle était là pour lui, et non pas en sa qualité de flic — tout comme Renard. Mais elle se sentait moins angoissée par la chose en présence de Donnie, une erreur qui pourrait se révéler coûteuse, se rappela-t-elle. Il avait autant de raisons de tuer Pam que Renard. Plus, même. Mais il avait du succès, et du charme, et personne n'avait envie de le croire coupable de rien d'autre que d'avoir trompé sa femme.

Si elle devait jouer au détective, c'était son rôle de le débusquer. De l'amener à se détendre, à parler, de voir ce qu'il pourrait lui révéler. Elle pouvait, là encore, prendre une attitude différente de celles que Stokes et Fourcade avaient adoptées avec lui dans la confrontation. Elle pouvait être son amie.

— Okay, Donnie, fit-elle. Qu'est-ce qui vous déprime ?

— Qu'est-ce qui ne me déprime pas, vous voulez dire ? Je suis séparé de mon enfant. Je me fais traquer par un flic psychopathe dont j'ai versé la caution pour le faire sortir de prison. Maintenant j'ai Stokes qui vient ici me demander si c'est moi qui ai défoncé la tête de Lindsay Faulkner — comme si j'avais jamais pensé qu'on puisse y faire rentrer quoi que ce soit, dans sa tête. Les affaires, c'est... Il laissa la formule en suspens, avec un profond soupir. Et Pam... Ce n'est pas ce que je voulais, chuchota-t-il, détournant la tête, les yeux pleins de larmes.

— Les choses ne vont au mieux pour personne, observa Annie. J'ai vu Lindsay ce matin. Elle est vraiment dans un sale état.

— Mais ça n'a rien à voir avec Pam, déclara-t-il. C'était ce violeur.

Annie ne commenta pas. Dans ce bref silence, elle vit s'effacer son expression de certitude.

— Je suppose que vous avez entendu parler de quelqu'un qui a tiré un coup de feu chez Renard hier soir.

— Toute la ville en parle, fit Donnie. Je crois que, s'il avait été tué, les Rotariens auraient fait le tireur grand maréchal de la parade de Mardi gras. Les gens en ont assez de faire le pied de grue en attendant que justice soit faite.

— Faites-vous partie de ces gens ?

— Bon sang, oui. Est-ce que c'est moi qui ai appuyé sur la détente ? Bon Dieu, non, et pour une fois j'ai une demi-douzaine de témoins pour me soutenir. Hier soir, j'étais ici, à travailler sur ce chariot de parade.

— Et l'équipe est libre, ce soir ?

— C'est terminé. Je fête ça. Il leva la bouteille et haussa les sourcils. Vous voulez m'aider ?

— Non merci.

— C'est la deuxième fois que vous déclinez mon invitation. Si vous ne faites pas attention, je vais finir par avoir l'impression que vous ne m'aimez pas.

— Et puis après ?

Il haussa les épaules et fit un grand sourire.

— Il va falloir que j'essaie encore. Je déteste être rejeté.

— Et la compétition, vous aimez ? Lindsay m'a dit que vous étiez jaloux de l'inspecteur Stokes, parce qu'il passait du temps avec Pam.

Le large sourire se dégonfla. Il se versa encore un peu plus de scotch et emporta la tasse avec lui tandis qu'il dépliait son corps dégingandé pour l'extraire du fauteuil.

— Ce type est un branleur, c'est tout. Il était censé enquêter. En réalité, tout ce qu'il voulait, c'était se la faire.

— Est-ce que vous pensez qu'il y soit arrivé ?

— Pam ne couchait pas à droite à gauche.

— Et en quoi cela vous aurait-il regardé ?

— Elle était encore ma femme, fit-il, son expression se raidissant sous l'effet de la colère réprimée.

— Sur le papier.

— Ce n'était pas terminé.

— Pam disait que ça l'était.

— Elle avait tort, insista-t-il. Je l'aimais. J'ai tout

gâché. Je le sais, mais je l'aimais. Nous aurions arrangé les choses.

Sa détermination surprenait Annie et la déconcertait.

— Donnie, elle avait déposé le dossier de divorce.

— Elle portait encore mon nom. Elle portait encore mon alliance, nom de Dieu. Des larmes emplirent à nouveau ses yeux et sa main tremblait un peu. Et elle est sortie avec ce...

Il n'était pas assez ivre pour achever sa phrase. Il eut un mouvement de la tête, pour se défaire de cette tentation, pour s'en détourner.

— Comment — sortie avec lui ? insista Annie pour l'aiguillonner. Vous voulez dire pour des sorties ensemble ?

— À déjeuner, pour discuter de tel aspect de l'affaire. À dîner pour passer à tel autre aspect de l'affaire. Je voyais bien de quelle façon il la regardait. Je savais ce qu'il voulait. L'affaire, il n'en avait rien à foutre. Il n'a rien fait pour faire cesser ce qui se passait.

— Comment savez-vous ça ?

Il cligna des yeux vers elle.

— Parce que je... je le sais. J'étais là.

— Où ? insista Annie en se levant et en avançant vers lui, tous ses sens en alerte. Vous l'avez suivi un peu partout ? Vous avez parlé au shérif ? Comment saviez-vous ce qu'il a fait ou pas fait ?

À moins que vous ne soyez impliqué.

Durant un moment, il ne répondit pas, ne la regarda pas.

— Demandez-le-lui, fit-il enfin. Demandez-le-lui ce qu'il fabriquait, ce qu'il voulait. Je n'arrive pas à croire qu'il n'ait pas voulu la même chose de vous. Son regard fixe s'écarta du visage d'Annie. Là encore, peut-être que c'est ce qu'il a voulu. Peut-être qu'il est votre type. Qu'est-ce que j'en sais ?

— C'est quoi, son type ?

En sirotant son scotch, il s'éloigna.

— Est-ce que vous l'avez jamais affronté au sujet de l'intérêt qu'il manifestait pour Pam ? demanda Annie.

— Il m'a dit que, si j'avais un problème avec lui, il fallait que j'aille exposer ça au shérif, mais que j'aurais l'air d'un couillon parce que Pam, il en mettait sa main à couper, n'irait pas s'en plaindre.

— Qu'est-ce que cela vous a inspiré, à l'égard de Pam ?

Il ne répondit pas. Il prit une petite photographie encadrée sur un rayonnage de la bibliothèque et la regarda comme s'il ne l'avait pas vue depuis très longtemps. Une photographie de lui avec Pam et Josie à cinq ans. Sa famille, encore intacte.

— Elle était si jolie, chuchota-t-il.

En mettant le cadre de côté, il se retourna vers Annie.

— Comme vous. De jolis yeux marron. Il tendit une main hésitante pour effleurer les mèches qui retombaient sur sa joue. Un joli sourire. Il lui toucha la commissure des lèvres. Vous feriez mieux de prendre garde. Je vais avoir envie de vous épouser.

Annie se tint immobile, se demandant dans quelle mesure ces propos émanaient de Donnie, et dans quelle mesure l'alcool n'avait pas d'incidence. Puis la sonnette de la porte d'entrée retentit, et ce qu'il y avait dans la tête de Donnie s'évanouit.

— Le livreur de pizza, annonça-t-il en sortant de la pièce.

Elle se demanda dans quelle mesure il était quelqu'un de stable. Sa logique semblait dangereusement proche de celle du classique traqueur obsessionnel. Elle se demanda quel degré avait pu atteindre sa colère quand il avait vu Pam avec Stokes. Elle se demanda comment un homme dont on disait qu'il courait après tous les jupons de la ville ne pourrait pas ressentir comme une insulte morale que sa femme, qui se séparait de lui, déjeune avec un autre homme. Même si Stokes avait eu des vues sur Pam, Pam ne lui avait pas témoigné de sentiments réciproques. « *Ce n'était rien* », avait déclaré Lindsay ; elle avait même répugné à soulever le sujet, cela lui paraissait trop insignifiant. Et pourtant elle avait soulevé le sujet avec Stokes le jour même où elle s'était querellée avec Donnie... et, cette même nuit, quelqu'un avait tenté de la réduire au silence pour toujours.

Elle passait les éléments en revue dans sa tête : Donnie, désespéré, en train de perdre une femme et un filet de sécurité dans ses affaires. Donnie, incapable de supporter l'idée de se faire rejeter. Donnie, dans une mauvaise passe financière. Donnie, en colère, poussé jusqu'à une limite dangereuse par ses problèmes et par le spectacle de sa femme se plaisant en compagnie d'un autre homme — un homme dont la race pouvait avoir ajouté à l'insulte dans l'esprit de Donnie. Se pouvait-il qu'il l'ait tuée dans un accès de rage, et qu'il ait masqué le crime au moyen d'atrocités que personne n'irait jamais lui imputer ?

La sonnerie soudaine du téléphone tira Annie de ses pensées. Elle attendit qu'un répondeur prenne la communication, mais aucun répondeur n'intervint. Qui appelait sur une ligne professionnelle à cette heure-là ? Un client ? Une petite amie ? Un associé légitime ? Un associé pas si légitime que ça ?

Elle décrocha le combiné, lorsque le téléphone cessa de sonner. Les yeux sur la porte, elle composa étoile et 69, pour que se numérote automatiquement la ligne d'origine de l'appel, et elle attendit, le temps que la communication revienne à son point de départ. À la quatrième sonnerie, une voix d'homme répondit. Marcotte.

35.

— Quand vas-tu repeindre ça, Marcus ? Je ne veux pas de traces, avertit Doll sur un ton implorant. J'ai encore les nerfs en pelote, ce soir. À vrai dire, c'est pire. C'est comme si tout me revenait, du simple fait que nous sommes le soir. Mes soirées ne seront plus jamais les mêmes. On m'a privée du plaisir de mes soirées. Je ne serai plus jamais capable de m'asseoir à cette table et de goûter au plaisir d'une tasse de café après dîner. Certainement pas, avec un mur qui a cette allure. Quand vas-tu le repeindre ?

— Demain, mère.

Marcus gratta ce qui restait d'enduit humide sur le mur et le replaça dans la boîte qu'il avait utilisée pour mélanger la préparation. Il n'était pas expert en matière de peinture, sans parler d'un impact de balle, mais enfin aucun expert n'avait voulu faire le travail. Tous ses appels avaient eu le même résultat : en entendant son nom, on lui avait raccroché au nez. Et, quand la vitre de rechange arriverait, il devrait apprendre à faire le vitrier, supposait-il. Doll avait fermé les volets et les rideaux de la maison pour cacher la vue à tout voyeur ou tout tireur isolé éventuel.

— Le bureau du shérif devrait payer pour la réparation de ce trou, estima Doll. C'est leur faute si nous avons des gens qui nous tirent dessus. Ce sont des paresseux et des corrompus, et nous allons tous finir assassinés dans nos lits, à cause d'eux.

— Ils ne sont pas tous comme ça, mère. Annie a dit qu'elle ferait de son mieux pour vérifier ce qui s'est passé l'autre soir.

— Annie, fit-elle avec réprobation. Elle ne vaut pas mieux que les autres.

En passant sur une autre longueur d'onde que le radotage monotone de sa mère, Marcus s'agenouilla pour nettoyer l'emplacement où il avait effectué son travail. Il imaginait ce que ce serait de s'en aller d'ici et de tout reprendre de zéro, libéré de la charge de sa famille ou de sa réputation. Il visualisa une maison dessinée de sa main, peut-être sur la côte du golfe du Texas ou en Floride.

Il songeait à ce que ce serait de rentrer à la maison, le soir après le travail, de préparer à dîner pour Annie. Il prendrait plaisir à lui apprendre la bonne manière de préparer un poisson en filets. Sa main se refermerait sur la sienne qui tiendrait le couteau, et il la guiderait. Il pouvait presque sentir sa main délicate sous la sienne, le manche lisse du couteau qui lui remplissait la paume. Cela leur rappellerait à tous deux la nuit précédente, quand il lui avait refermé la main sur la hampe de son pénis. La chaleur envahit ses reins.

— Marcus, est-ce que tu m'écoutes ?

La voix de crécelle de Doll déchira son fantasme, le réduisant à néant. Il s'imagina brièvement se dresser avec un rugissement, lui balancer la boîte en plastique, frapper sa mère à la figure avec, l'enduit et le sang aspergeant les murs lorsqu'elle s'écroulerait par terre. Il s'essuya les mains sur le torchon humide et le plia soigneusement.

— Qu'est-ce que tu disais, mère ?

— Est-ce que la couleur va correspondre ? demanda-t-elle avec exaspération. J'ai comme le pressentiment que la tache va toujours ressortir. Que nous aurons beau faire, la couleur ne va jamais correspondre, et chaque fois que je regarderai ce mur, je serai prise de frayeur.

Marcus se releva, avec le seau dans une main et la boîte à outils dans l'autre.

— Je suis certain que ça va correspondre — pourvu que nous laissions l'enduit sécher comme il faut avant de repeindre.

Doll martela sa poitrine de ses poings, avec un froncement de sourcils revêches.

— J'aurais préféré que tu repeignes ce soir.

— Si je repeins ce soir, la tache va se voir.

Il s'éloigna tandis qu'elle faisait claquer sa langue dans son dos.

Il avait envie de sortir de la maison, il avait besoin d'air, il avait besoin de calme. Il avait envie de voir Annie. Il avait essayé de l'appeler, de la remercier une fois encore d'être venue à son secours, de lui demander si elle avait fait un quelconque progrès dans l'éclaircissement de son affaire, mais elle n'était pas chez elle, ce qui l'amena à s'interroger sur ce qu'elle faisait. Bien qu'il n'en ait aucune envie, il ne pouvait s'empêcher de se poser la question de savoir si elle était avec un homme, ce soir.

Cette pensée excita sa jalousie. Des hommes la désiraient. Il la désirait. Il s'imagina l'arracher aux bras d'un autre homme, la frapper, la châtier, la punir pour l'avoir trahi, la prendre de force, la dominer. Alors elle comprendrait son erreur. Elle verrait la vérité de ses sentiments pour elle. Et, voyant cette vérité, elle reconnaîtrait ses propres sentiments.

Étrange, songea-t-il en lavant les traces d'enduit de ses mains, après la mort d'Elaine, pendant une longue période, il n'avait pas voulu que quiconque prenne sa place. Et, après la mort de Pam, il n'aurait pas cru pouvoir penser à une autre femme. Son chagrin était encore à vif. Elle lui manquait. Mais l'acuité de cette douleur s'était estompée, et quelque chose d'autre l'avait remplacée — la faim, le besoin. Pam, à la fin, l'avait rejeté. Elle avait cru les mensonges de son mari et de Stokes, et elle n'était pas parvenue à croire à la sincérité de sa dévotion. Il pensait de moins en moins à Pam, et de plus en plus à Annie, son ange.

Il traversa sa chambre pour pénétrer dans son sanctuaire, et il alluma la lumière et la radio. Un quatuor à cordes de Haydn le berçait, tandis qu'il sortait le portrait du placard secret dissimulé derrière un panneau de lambris. Ce cagibi était là depuis plus d'un siècle. Rien ne disait ce que les propriétaires originels de la maison y avaient mis à l'abri. Sur les rayonnages, Marcus alignait les reliques qu'il ne voulait partager avec personne. Des souvenirs qu'il conservait là comme autant de trésors de ses amours passées. Des choses qu'il ne voulait voir souillées par aucun membre de sa famille, mais qu'il caressait avec vénération.

Refermant le panneau, il se rendit à sa table à dessin. L'esquisse prenait joliment forme. Il la fixa du regard durant un long moment. Il se concentra d'abord sur les yeux, avec leur forme légèrement exotique. Puis le nez fin, mutin. Ensuite la bouche — sa bouche incroyablement sexy, avec sa lèvre inférieure pleine et ses commissures relevées. Il s'imagina l'embrasser et sa propre bouche parcourir son corps nu. Il imagina ses mains sur son corps, l'excitation à son comble, jusqu'à ce qu'il retourne finalement au placard secret, pour en revenir avec une paire de collants en soie noire avec laquelle il se masturba, les yeux sur le portrait. Il songea à ce que ça serait d'être en elle, d'écraser son corps sous le sien et d'empaler sa hampe entre ses jambes, encore, encore et encore, jusqu'à ce qu'elle en crie d'extase.

Quand ce fut terminé, il se lava dans le lavabo du coin de la pièce, rinça les collants, et les remit en place, avec ses autres trésors. Il regarda l'horloge et attendit, trop agité pour travailler sur le dessin. Quand la maison fut tranquille, et lorsqu'il sut que sa mère et Victor étaient probablement tous deux endormis, il sortit dans la nuit, pour s'apaiser.

Nick faisait les cent pas dans son bureau, tandis qu'Annie lui racontait les événements de la soirée, qui culminaient avec l'appel de Marcotte à Donnie. Les choses commençaient à se préciser. Les engrenages s'enclenchaient.

Marcotte était dedans, à présent, et Nick ne pouvait s'empêcher de se demander si c'était de son propre fait. Que Marcotte ait pu ne jamais porter le moindre intérêt à Bayou Breaux, s'il n'avait pas attiré son attention, voilà qui ne tenait guère debout. Mais la possibilité que Marcotte ait été impliqué depuis le début lui faisait encore moins plaisir. Le point de convergence de l'enquête s'élargissait plutôt qu'il ne se rétrécissait, laissant entendre qu'il n'avait pas été à la hauteur la première fois, et ça, il n'avait aucune envie de le croire. Il avait travaillé trop dur, pour rebondir après la débâcle de La Nouvelle-Orléans.

— Je me sens comme si j'étais en équilibre sur une tête d'épingle, à jongler avec des boules de bowling, maugréa Annie, se mettant à son tour à faire les cent pas, tandis que Nick ralentissait, comme s'il était essentiel que l'un des deux reste en mouvement. Si Marcotte était en contact avec Donnie avant le meurtre de Pam, alors cela ne fait qu'ajouter aux mobiles de Donnie, remarqua-t-elle. Il était en colère contre Pam parce qu'elle l'avait quitté. Je pense qu'elle conservait ses propriétés foncières comme gages afin d'obtenir qu'il renonce à sa menace sur la garde de l'enfant — ce à quoi Lindsay Faulkner a pu faire allusion à propos du fait que Pam rencontre des clients de sexe masculin. Je sais que Donnie était en colère à cause de la relation qu'il imaginait entre elle et Stokes. Si cette relation était imaginaire. Qu'est-ce que vous savez, là-dessus ? demanda-t-elle. Est-ce qu'il lui parlait en dehors du bureau ? Est-ce qu'il vous a dit quoi que ce soit ?

Nick eut un signe de tête.

— Pas que je me souvienne, mais je n'écoute pas ce genre de conneries, de toute façon. Je me fous de savoir qui baise qui, à moins qu'il n'y ait un crime à la clé. Je n'écoute pas Stokes, ça, c'est sûr et certain. Il en lève une nouvelle chaque semaine, au bas mot. Ce que je sais, c'est qu'il avait une attitude amicale avec elle. Il était plus calme après le meurtre. Il se peut qu'il ait eu envie d'être en première ligne sur l'affaire, mais, le matin où vous l'avez trouvée, il était retenu avec le procureur. J'ai pris l'affaire à sa place, et Noblier a laissé les choses en l'état, bien que Stokes ait travaillé sur l'aspect harcèlement. C'était une question d'expérience. J'avais travaillé sur plus de meurtres que le reste d'entre eux réunis.

— Mais Stokes n'a jamais rien exprimé de personnel au sujet de Pam, à leur sujet à tous les deux ?

— Pas de manière sexuelle, non. Il admettait qu'il aurait aimé pouvoir en faire plus pour elle quand elle se faisait harceler. Il n'avait pas pris la chose suffisamment au sérieux.

— Sans blague, fit Annie, sarcastique. J'ai parcouru ces rapports. Il lui a passé des brochures sur la violence au foyer et lui a conseillé d'appeler la compagnie de téléphone pour faire mettre sa ligne sur écoute. Le cossard, le fils de pute !

Elle marcha de nouveau vers lui d'un pas décidé, les yeux brillants. Elle avait l'air prête à lutter avec des tigres. Sa colère lui plaisait.

— Et si Stokes était pire que paresseux ? interrogea Annie en exprimant sa pensée pour la première fois, ce qui était comme d'avoir libéré un serpent venimeux dans la pièce.

Fourcade la regarda avec suspicion.

— Qu'est-ce que vous êtes en train de dire, au juste, 'Toinette ?

— J'ai eu une engueulade avec Stokes au sujet des pièces à conviction des viols. Il prétend les avoir envoyées au labo de Shreveport, mais il m'a menacée si j'allais vérifier. Il dit qu'il ira trouver Noblier et déposera une plainte en bonne et due forme contre moi parce que je farfouille dans ses affaires. Mais c'est quoi, le problème, si j'appelle — si le matériel est réellement là-bas ?

— Vous pensez qu'il ne les a pas envoyées ? fit Nick. Pourquoi aurait-il fait ça ?

— Ce violeur est au courant de tout ce que nous cherchons. Il va jusqu'à imposer à ses victimes de se nettoyer les ongles après qu'il en a fini avec elles. Qui saurait se montrer aussi prudent ? Un pro... ou un flic.

— Vous pensez que Stokes est le violeur ? *Mais sa c'est fou !*

Il éclata de rire. Annie ne voyait pas ce qu'il y avait de drôle.

— Pourquoi ? demanda-t-elle. Parce qu'il a toutes les femmes qu'il veut ? Vous savez aussi bien que moi que ça ne marche pas toujours comme ça.

— Voyons, 'Toinette. Stokes, tout d'un coup, est un violeur ? D'un jour à l'autre ? Pas question.

— Vous croyez qu'il est incapable de violence contre une femme ? fit Annie. Ce bon vieux Chaz. Le pote de tout le monde. Je peux vous dire, d'expérience, qu'il n'aime pas le mot « non ».

La teneur de ses propos frappa fortement Nick, éveillant en lui des sentiments de jalousie qu'il aurait juré ne pas éprouver.

— Il a levé la main sur vous ?

— Il n'en a jamais eu l'occasion, fit Annie. Mais ça ne veut pas dire qu'il n'en a jamais eu envie ou qu'il n'y a pas pensé une centaine de fois depuis. Il a un caractère épouvantable, et il est rapide à la détente.

C'est assez vrai, se dit Nick. Il avait vu Stokes en action justement la veille.

— Vous pensiez qu'il vous avait monté le bourrichon, lui rappela Annie.

Et il n'était pas entièrement certain que ce ne soit pas vrai. Mais Nick était incapable de trancher s'il soupçonnait Stokes parce que Stokes le méritait ou parce que lui, Nick, ne voulait pas accepter cent pour cent de la culpabilité dans le fait d'avoir démoli la tête de Renard.

— De là à me faire gober que c'est un violeur, il y a un grand pas, rappela-t-il.

— Mais regardez les liens avec Stokes, dans tout ça,

poursuivit Annie. Chaque fois que je me retourne, il est là. Il a en main le détachement spécial en charge des viols, il a accès à toutes les pièces à conviction. Maintenant, il a enregistré un bon de sortie pour les plumes du masque de deux des viols et le masque de l'homicide de Pam Bichon, et il ne veut pas que j'appelle le labo pour vérifier où se trouve ce matériel.

— Oh, du calme, 'Toinette. Nick leva les mains. Vous n'allez pas essayer de le relier à Bichon ?

— Pourquoi pas ? fit Annie. Stokes a enquêté sur les plaintes déposées par Pam quand elle se faisait traquer. Donnie était jaloux du temps que Pam passait avec lui — c'est ce qu'a dit Lindsay Faulkner, qui a rencontré Stokes à déjeuner lundi et qui a eu la tête défoncée la nuit même.

— Là, vous êtes largement en dehors des clous, fit Nick en secouant la tête. J'étais là, vous vous souvenez. Bichon, c'était mon affaire. Vous pensez que je n'aurais rien vu de tout ça ?

— Est-ce que vous regardiez ? le défia Annie. Vers qui Stokes vous a-t-il piloté ? Renard.

— Personne ne me pilote. Je suis allé vers Renard parce que la logique m'y a mené. Et Stokes apparaît dans tout ça parce que c'est un flic, nom de Dieu. Si vous suivez votre ligne de pensée, moi aussi, vous pourriez me relier au meurtre, et je pourrais vous relier aux viols.

— Ce n'est pas moi qui essaie de dissimuler des pièces à conviction, rétorqua Annie.

— Vous ne savez pas non plus s'il l'a fait. Peut-être qu'il veut juste que vous arrêtiez de lui taper sur les nerfs.

— Et peut-être que j'ai raison et que vous n'avez pas envie d'entendre ça parce que ça vous donnerait l'air d'un idiot.

— Je n'ai pas envie d'entendre ça parce que c'est une perte de temps, répliqua-t-il obstinément.

— Parce que c'est ma théorie et pas la vôtre, argumenta Annie. Je vous ai prévenu dès le début que je ne serais pas votre marionnette, Nick. Ne m'envoyez pas paître maintenant parce que je ne me colle pas les mêmes œillères que vous. Je considère que Stokes est un suspect légitime.

— C'est un flic.

— Et vous aussi ! le reprit-elle vivement. Ça ne vous a pas empêché d'enfreindre la loi.

Ses mots mirent un terme à tout, comme une gifle. Elle ressentit la morsure de la culpabilité, ce qui l'exaspéra. Ce n'était pas à elle de se sentir coupable de quoi que ce soit. Et pourtant, elle ne pouvait se soustraire à cette sensation de l'avoir blessé. Fourcade, le flic de granit, le pilier de la logique froide. Personne ne l'aurait cru capable de se sentir blessé.

— Je suis désolée, murmura-t-elle. C'était vache.

— Non. C'est assez vrai. *C'est vrai.*

Il alla à une fenêtre et fixa le vide.

— Je pense tout simplement que c'est encore une hypothèse de plus, fit Annie. C'est un aspect que personne n'a envisagé.

Et qu'il n'avait pas envie d'envisager, Nick l'admettait. Bichon, c'était son affaire. S'il avait travaillé côte à côte avec l'assassin sans jamais s'en apercevoir, quelle sorte de flic cela faisait-il de lui ?

Il tourna cette possibilité dans son esprit, tâchant de considérer la chose comme s'il n'avait jamais rien eu à voir avec l'affaire ou avec Stokes.

— Je ne marche pas, fit-il. Stokes est là depuis quatre ou cinq ans, et tout d'un coup, il massacre une femme et devient un violeur en série ? Hé, hé ! C'est pas comme ça que ça marche.

Il se détourna et revint vers Annie d'un pas lent.

— Quelle autre pièce à conviction y avait-il dans ces viols ?

— Pas de sang, pas de semence, pas de peau. Rien du matériel habituel en cas de viol. Et puis un souvenir refit surface. Sur les lieux du viol de Nolan, j'ai vu Stokes prélever des poils pubiens dans la baignoire de Jennifer Nolan avec une pince brucelles.

— Vérifiez ça. Pendant ce temps, trouvez-moi le numéro de dossier de ces viols. J'appellerai Shreveport et je leur dirai que je suis Quinlan. Histoire de voir ce qu'ils ont à dire.

— Merci, fit-elle en levant les yeux sur lui. Je suis désolée...

— Ne soyez pas désolée, 'Toinette, ordonna-t-il. C'est une perte d'énergie. Vous aviez quelque chose en tête, vous l'avez exposé. Nous allons voir où ça vous mène, mais je ne veux pas que vous suiviez une piste sccondaire. Ces viols ne sont pas notre centre d'intérêt. Notre centre d'intérêt, c'est le meurtre, et Renard est notre suspect numéro un. C'est Pam Bichon en personne qui nous a déclaré cela. Si vous ne voulez pas m'écouter, écoutez-la, elle.

Il avait raison. En Renard, Pam avait vu un monstre, et personne ne l'avait écoutée. En se détournant de Renard pour examiner d'autres hypothèses, était-elle en train, elle aussi, d'ignorer les appels au secours de Pam — ou faisait-elle simplement son travail ?

— Je n'aurais pas pu être serveuse dans des cocktails, se morigéna-t-elle avec un soupir de lassitude.

— Si vous n'étiez pas flic, vous ne pourriez pas conduire cette voiture puissante, murmura Nick.

Ce trait d'humour était inattendu et bienvenu. Annie regarda son visage tourmenté, ses yeux qui en avaient trop vu. Il avait le pouvoir de balayer tout ça, le temps de quelques heures, de la rendre aveugle à tout, sauf à la passion et à l'envie brute.

Annie se força à s'approcher du tableau où étaient punaisées les photos de la scène du crime et à regarder ce qu'il était resté de Pam Bichon. Un frisson de répulsion la parcourut, aussi dégrisant qu'une douche glacée. Se pouvait-il que Stokes ait fait ça ? Avec quel mobile ? Lindsay Faulkner n'avait jamais dit que Pam avait protesté contre les marques d'attention de Stokes. Si Pam l'avait éloigné parce qu'elle redoutait les réactions de Donnie, il n'avait qu'à ronger son frein jusqu'à ce que le divorce soit prononcé. Mais Chaz Stokes n'était pas un homme patient, et il n'était pas toujours rationnel. Dans un moment de fureur aveugle, aurait-il pu franchir la ligne ? Ça ne lui paraissait pas tenir. Peut-être n'avait-elle envie de regarder du côté de Stokes que pour la bonne et simple raison qu'il lui avait cherché des crosses, ou parce qu'elle savait qu'il était un flic paresseux.

Donnie aurait-il pu faire ça ? Dans son souvenir, elle pouvait le voir, à la lumière intime de son bureau, se tenir trop près d'elle, avec cette expression étrange de fausse réminiscence et de regret accrochée au visage. Dans une crise de colère, la jalousie le poussant loin au-delà de ses limites, avait-il pu massacrer la mère de son enfant ? Le soir du meurtre, il avait bu, comme il avait bu ce soir. L'alcool était la clé qui ouvrait les vannes des émotions les plus monstrueuses. Elle avait vu cela se produire à maintes reprises. Mais avec ce degré de brutalité ?

— Vous êtes dedans depuis le début, fit-elle à Nick. Est-ce qu'il vous est arrivé de penser que Donnie aurait pu faire ça ?

Il la rejoignit à la table.

— J'ai vu des gens conduits à toutes sortes d'atrocités.

J'ai vu des parents tuer leurs enfants, des enfants tuer leurs parents, des maris tuer leur femme, des femmes mettre le feu à leur mari évanoui à force d'alcool. Mais ça ? Je n'ai jamais cru qu'il avait l'estomac de faire ça. Des mobiles, peut-être, mais le reste... non, je n'y ai jamais cru.

« J'ai parlé au barman qui a servi Donnie ce soir-là au Voodoo Lounge. Il prit une cigarette dans le paquet sur la table et joua avec. Il a juré que Donnie avait plus que son compte.

— Je sais. J'ai lu la déposition. Mais c'était vendredi soir, lui rappela Annie. Ils étaient très occupés. Peut-il être certain que Donnie a bu tout ce qu'il lui a servi ? Et même s'il a bu tout ça, comment savons-nous s'il n'est pas tout simplement allé aux toilettes pour tout dégobiller ? S'il est capable de faire ça à une femme, alors il est assez malin pour se forger un alibi.

— Il y a juste une pierre d'achoppement, *chère. Il a pas d'esprit.* C'est un pleurnichard, pas un type qui passe à l'acte, et par-dessus le marché c'est un gaffeur. Pas moyen, même en enfer, que Donnie Bichon aille commettre un crime pareil et qu'il ne salope pas le travail quelque part en chemin. Empreintes digitales, fibres, peau sous les ongles, semence, ou autre chose. Sur les lieux du crime, il n'y avait presque rien, nom de Dieu. Il a accepté une perquisition à sa maison en ville — rien. Pas de vêtements ni de serviettes ensanglantés, pas d'empreintes digitales sanglantes dans le garage, ou nulle part dans la maison.

— Et ce lien possible avec Marcotte et Di Monti ?

— C'est pas un coup du milieu, trancha-t-il. Quand les types du milieu veulent la mort de quelqu'un, ils l'emmènent dans le marais et ils le descendent. Ils lui entourent le corps avec quarante kilos de chaînes et ils le balancent dans l'Atchafalaya. Ils le butent et ils le culbutent. Aucun caïd ne voudrait avoir ce genre de détraqué qui émarge à son budget. Un tueur comme celui-là, il est trop imprévisible, c'est un risque. Je l'ai dit depuis le début et je le répète : c'est une affaire personnelle.

Annie tourna le dos aux photos et se passa les mains sur la figure.

— J'ai mal à la tête.

— Gardez l'œil sur le trophée, 'Toinette. Ne tournez pas le dos à Renard simplement parce que vous entrevoyez d'autres hypothèses. Il vous appelle, il vous envoie des cadeaux — comme avec Pam et comme avec cette fille de

Baton Rouge. Il laisse deux mortes dans son sillage. Vous me laissez Donnie et Marcotte. Votre objectif, c'est Renard. Vous l'avez ferré, *'tite fille.* Moulinez-le.

Et puis après ? songea-t-elle, mais elle ne posa pas la question. Elle laissa simplement le silence s'instaurer entre eux, elle avait trop chaud et elle était trop fatiguée pour aller plus loin avec tout ça ce soir.

— Vous en avez assez pour aujourd'hui ? questionna Nick.

Il porta la cigarette à ses lèvres, puis l'en retira et la balança sur la table à côté du paquet. Annie se demanda s'il avait changé d'avis ou s'il l'avait mise de côté parce qu'il savait qu'elle n'aimait pas ça. Pensée périlleuse. Pensée idiote. Fourcade faisait ce qu'il voulait.

— Restez cette nuit, fit-il.

L'énergie qu'il irradiait devint instantanément sexuelle. Elle sentit son propre corps s'éveiller en réaction.

— Je dois rentrer, répondit-elle doucement. Avec tout ce qui s'est passé dernièrement, Sos et Fanchon s'inquiètent.

— Alors restez un peu, fit-il en lui relevant le menton. Je vous veux, 'Toinette, murmura-t-il en baissant la tête. Je vous veux dans mon lit.

— J'aimerais que ce soit aussi simple.

— Non, vous n'aimeriez pas. Parce que alors ce ne serait que du sexe, et vous vous sentiriez honteuse et utilisée. Ce n'est pas ce que vous voulez.

— Alors qu'est-ce que c'est, si ce n'est pas que du sexe ? demanda Annie, surprise qu'il ait fait allusion à quelque chose d'autre.

Il lui donnait l'impression d'être le genre d'homme à vouloir des aventures sans complication, du sexe sans fioritures, pas de zones d'ombre, pas d'émotions désordonnées. Il lui caressa la pommette de son pouce, avec une expression pensive.

— C'est ce que c'est, chuchota-t-il en posant sa bouche sur la sienne.

Si la réponse était là, il n'avait pas envie de la voir ou il n'était pas plus prêt à la voir qu'elle ne l'était à y apposer une étiquette.

— Restez et nous pourrons explorer les hypothèses, fit-il tout contre ses lèvres.

Il ouvrit sa bouche, lui toucha la langue avec la sienne. Un frisson courut en elle comme du vif-argent.

— Je vous veux, murmura-t-il en laissant ses mains descendre dans son dos. Vous me voulez aussi ?

— Oui, admit-elle.

Son regard soutint le sien.

— Ne soyez pas effrayée par ça, 'Toinette. Venez plus profond avec moi, *chère*.

Plus profond. Dans l'eau noire, l'inconnu. Elle songea à l'accusation d'A.J., comme quoi elle l'écartait parce qu'il la connaissait trop bien, et à l'affirmation de Nick disant qu'elle avait peur de se connaître, peur de ce qui pourrait l'attendre sous la surface. Elle songea à ce sentiment qu'elle avait éprouvé depuis des semaines, de faire du surplace, dans l'attente de quelque chose. Fourcade tendit la main vers elle. L'inconnu, c'était soit qu'elle lui servirait de bouée, soit qu'il la tirerait vers le bas, dans l'obscurité, si profondément qu'elle se noierait. Il attendit. Silencieux. Immobile, et aussi tendu qu'un poing serré.

— Je vais rester un moment, fit-elle.

Il la souleva et la porta jusqu'au lit. Ils se déshabillèrent l'un l'autre, de leurs doigts impatients, en défaisant leurs boutons avec une gaucherie fébrile. La chaleur de la pièce se faisait sentir. La peau devint glissante sous la moiteur du désir. Les corps s'embrassèrent, chauds et humides, chair contre chair. Ses mains l'exploraient : la douce plénitude d'un sein, le bout perlé d'un téton, les lèvres moites de la féminité. Elle touchait tout ce qu'il y avait de mâle en lui : les muscles aux contours fermes de son ventre, les poils sombres et rêches qui lui tapissaient la poitrine, la hampe de son érection, aussi douce et aussi dure que du marbre.

Ils tombèrent en travers des draps empesés, leurs membres emmêlés, ses cheveux noirs répandus sur l'oreiller. Elle arqua son corps sous le contact de sa bouche lorsqu'il embrassa les perles de sueur entre ses seins et lorsqu'il suivit leur trace tout en bas de son ventre, sur l'os saillant de sa hanche, dans la fossette de sa cuisse, dans le creux derrière son genou. Elle s'ouvrit au toucher de sa main. Il l'emmena au seuil de la plénitude et la laissa suspendue là, tout endolorie du besoin de joindre son corps au sien.

Il tira un paquet du tiroir de la table de nuit. Annie le lui prit des mains. Nick s'adossa à la tête de lit et se tint tranquille sous l'exquise torture de ses petites mains qui enfilaient le préservatif. Elle leva les yeux vers lui, de grands yeux, sa bouche gonflée et rouge cerise à force de baisers. Elle avait l'air à la fois impudique et hésitante. Jamais il n'avait autant désiré une femme — cette femme qui tenait le destin de sa carrière en son pouvoir. Cette femme — la douce et normale Annie, dont il n'avait jamais vu la face cachée, mais il n'en avait probablement jamais eu envie. Il aurait dû la laisser à sa vie agréable, mais elle s'était aventurée dans son royaume, et son besoin de la toucher, de la tenir contre lui, avait plus de poids que la faculté qu'il avait d'agir avec noblesse.

Il lui tendit la main.

— *Viens ici, chérie,* murmura-t-il en l'attirant à lui. Viens prendre ce que tu veux.

Les mains autour de sa taille, il la guida, à califourchon sur lui. Elle se laissa doucement descendre, le prit profondément en elle, ses doigts lui griffant les épaules. Ils bougèrent ensemble. Il la tenait fermement. Leurs baisers avaient un goût sombre et aigre-doux. Annie se sentit suspendue dans cette cadence, consumée par son intensité. Elle retomba en arrière maintenue par ses bras et flotta tandis qu'il lui suçait le sein. Elle lui étreignit les épaules, s'y cramponna tandis que l'orgasme montait en elle.

— Ouvre les yeux, *chère,* commanda-t-il. Ouvre les yeux et regarde-moi.

Son regard se verrouilla au sien, tandis que la jouissance montait pour tous les deux. L'un tout d'abord, et puis l'autre. Puissant. Intime. Plus que du sexe.

Dans une semaine, elle devait témoigner contre lui. Cette pensée atteignit son esprit comme une balle, tandis qu'elle s'allongeait à côté de lui. Elle voulait savoir si son avocat allait tenter de passer un accord, mais elle ne lui demanda pas. Elle essaya de s'imaginer lui rendre visite en prison, ce qui lui retourna l'estomac.

Elle supposa qu'aucun jury en Louisiane Sud n'allait le condamner, étant donné le faux témoignage qu'un nombre incalculable d'autres officiers de police allaient volontiers fournir à propos de cet appel bidon sur le 10-70 cette nuit-là, et le fait que presque tout le monde, dans le comté de Partout, pensait que Renard aurait dû recevoir bien pire qu'une rossée. Et par conséquent elle espérait que le système judiciaire qu'elle avait juré de servir se corromprait de lui-même pour répondre à ses vœux. Et ce serait une bonne chose, alors que Fourcade n'avait pas commis une bonne chose.

Des ombres grises, Noblier le lui avait dit. Comme des

couches de suie et de crasse. Elle sentit tout cela déteindre sur elle.

— Il faut que je parte, fit-elle avec un mélange de répugnance et d'impatience qui s'affrontaient en elle.

Elle balança ses jambes par-dessus le côté du lit et s'assit, à la recherche de son T-shirt.

Nick ne dit rien. Il ne s'attendait pas à ce qu'elle reste — ni ce soir, ni à long terme. Pourquoi resterait-elle ? Une relation entre eux serait difficile, et elle avait un gentil juriste insipide qui attendait en coulisse pour lui apporter une vie simple et normale. Pourquoi ne prendrait-elle pas ce qui se présentait là ? Il se dit que cela n'avait aucune importance. Il était le genre d'homme fait pour rester seul. Il en avait l'habitude. La solitude lui permettait de se concentrer sur son métier. Le métier qu'on l'empêcherait d'exercer s'il était reconnu coupable d'avoir frappé Marcus Renard. L'audience était dans une semaine. Le témoin clé était là, dos à lui, en train de se tirer les cheveux en une queue de cheval un rien brouillonne. Son accusatrice, son équipière, son amante. Il aurait beaucoup mieux faire de la haïr. Mais il ne la haïssait pas. Il sortit du lit et ramassa son jean.

— Je vais vous suivre jusque chez vous. Au cas où l'homme à la Cadillac reviendrait pour un bis.

Il resta nettement en retrait, dans l'allée qui menait jusqu'à Corners. Par moments, Annie se disait qu'il devait s'être arrêté de la suivre, et puis elle apercevait brièvement ses phares. Il ne la suivait pas pour empêcher le type à la Cadillac de la courser de nouveau, il la laissait courir devant, comme un lièvre, pour appâter leur prédateur. Si son agresseur mordait à l'hameçon, Fourcade serait là pour rosser ce crétin.

Pas exactement la manière qu'avaient la plupart des amants de couronner un intermède romantique. Mais aussi, Fourcade n'appartenait à aucun type. Et ils ne ressemblaient pas exactement à la plupart des amants. Et la plupart des amants n'avaient jamais à se faire face chacun d'un côté d'une salle d'audience.

Elle tourna à la hauteur de Corners et se gara devant le magasin. Quelques instants plus tard, Fourcade passa, en faisant un appel de phares. Il ne s'était pas arrêté. Elle resta assise dans la Jeep un moment, écoutant à moitié la radio — un débat, pour trancher si les femmes devaient ou non porter des pistolets sur elles, en cette époque dangereuse.

« Vous croyez qu'un violeur va tout bonnement se tenir tranquille quand vous aut' vous allez lui dire : " Oh, attendez, laissez-moi le temps d'attraper mon pistolet dans mon sac à main, que je puisse vous tirer dessus " ? s'écriait le correspondant de sexe masculin d'une voix aiguë de fausset. Les arts maritaux — voilà ce qu'il faut aux femmes.

— Vous voulez dire, les arts martiaux ?

— C'est ce que j'ai dit. »

Annie secoua la tête et sortit ses clés. Elle enjamba le siège côté passager et rassembla toutes ses affaires, en passant la bandoulière de son fourre-tout sur une épaule, et en ramassant au creux de son autre bras les dossiers que Fourcade lui avait remis. Elle y ajouta les reliefs de son dîner et une sandale qui avait trouvé le moyen de ressortir de sous le siège.

Surchargée, la courroie du fourre-tout lui glissant de l'épaule, elle descendit de la Jeep et, de sa hanche, cogna dans la porte pour la refermer. La charge qu'elle avait sur les bras vacillait. Tandis qu'elle contournait la Jeep par l'arrière, la sandale glissa de la pile et entraîna les restes du dîner avec elle. La bandoulière du fourre-tout finit par tomber, le poids du sac fit basculer son bras droit, et les dossiers et tout son fatras se répandirent par terre.

— Merde, bougonna-t-elle en se jetant à genoux.

Le bruit de la carabine s'imprima dans son cerveau une fraction de seconde avant l'impact de la balle.

36.

La balle perfora la lunette arrière en plastique de la Jeep, détruisit le pare-brise, et fit éclater la vitrine du magasin. Tout cela en moins de temps qu'il n'en fallait pour respirer — non qu'Annie respirât.

Elle s'était jetée à plat ventre sur le sol, les miettes de coquillages mordant ses bras nus, tandis qu'elle se réfugiait sous la Jeep en tirant le fourre-tout avec elle. Elle n'entendait rien, si ce n'est le battement de son pouls dans ses oreilles. La chaleur émanant de la Jeep pesait sur elle. De ses mains fouillant fébrilement, elle sortit son Sig Sauer du sac, déverrouilla le cran de sûreté et attendit. Elle ne pouvait rien voir d'autre que la terre. Si elle sortait de sous la Jeep en rampant vers le devant, elle pouvait arriver sur la véranda. En se servant de la Jeep comme couverture, elle pourrait grimper par la vitrine brisée, atteindre le téléphone, appeler le 911. Une porte moustiquaire claqua au loin.

— Qui est là ? appela Sos en agitant son fusil. Moi, je tire sur les intrus ! Et les survivants, je leur tire dessus une deuxième fois !

— Oncle Sos ! beugla Annie. Retourne à l'intérieur ! Appelle le 911 !

— J'préférerais décharger ma chevrotine dans l'cul d'un vaurien ! Où tu es, *chère* ?

— Retourne dans la maison ! Appelle le 911 !

— J't'en fous que j'appelle. Ta tante, elle a déjà appelé ! Les flics sont en route !

Et s'ils avaient de la chance, se dit Annie, un adjoint pourrait arriver d'ici une demi-heure — à moins qu'il n'y en ait déjà un juste de l'autre côté de la route avec une carabine en main. Elle songea à Mullen, à Stokes. Donnie Bichon lui vint à l'esprit. Elle envisagea l'hypothèse Renard. Elle l'avait accusé d'avoir tiré sur sa propre maison. Peut-être était-ce là sa récompense.

Elle ajusta sa prise sur le Sig et détala vers l'avant de la Jeep. Le coup avait dû venir de la route ou des bois situés au-delà. Elle n'avait ni entendu ni vu de voiture. Un tireur posté la nuit dans les bois disparaîtrait en vitesse. Pour le pister, il faudrait un chien, et d'ici à ce qu'une unité K-9 arrive, il aurait filé depuis longtemps. Au loin, elle put entendre la voiture radio arriver, sirène hurlante, offrant largement à tous les criminels du voisinage de quoi être avertis de son arrivée imminente.

Pitre était de service. À l'égard de Sos et Fanchon, il témoigna un minimum de respect. Pour ce qui est d'Annie, il observa qu'il ne s'était jamais rendu compte de la quantité de mauvais tireurs qu'il y avait dans ce comté. Il repassa un appel laconique au central pour aviser tout le monde de la situation, autant dire rien — ils n'avaient pas de description du suspect, pas de description du véhicule, rien. Sur l'insistance d'Annie, il appela une unité K-9 et s'entendit répondre que l'officier était indisponible. Un inspecteur serait nommé pour prendre l'affaire en charge dans la matinée — si elle souhaitait donner suite, ajouta Pitre.

— Quelqu'un a essayé de me tuer, répliqua-t-elle

sèchement. Ouais, je ne pense pas avoir envie de laisser gentiment tomber.

Pitre haussa les épaules, comme pour dire « si ça t'amuse ».

La balle était passée par la vitrine du magasin, elle avait fracassé une vitrine de bijoux composée de dents de ragondins, et s'était fichée dans la vieille caisse enregistreuse en acier posée sur le comptoir des tickets de promenade. La caisse enregistreuse était sérieusement déglinguée, mais fonctionnait toujours. La balle avait été déchiquetée, au point d'en être méconnaissable. Même si quelqu'un se donnait jamais la peine de trouver un suspect, on n'aurait rien à confronter sur le plan balistique.

— Ouais, bon, merci pour rien, une fois encore, fit Annie en raccompagnant Pitre à sa voiture.

Il feignit l'innocence.

— Hé, je suis venu avec gyrophare et sirène !

— Pas la peine de me la jouer, rétorqua Annie d'un air renfrogné. Il suffit de dire que t'es à peu près un trou-du-cul aussi gros que Mullen.

— Ooooh ! Maintenant tu vas te mettre après moi ? s'étonna-t-il. J'ai entendu dire que t'en as eu après Stokes aujourd'hui. Qu'est-ce qui te prend, Broussard ? Tu crois que le seul moyen de monter en haut de l'échelle, c'est d'en virer tout le monde à coups de pied ? Et comment elles ont fait, les bonnes femmes qui ont couché pour y parvenir ?

— J'aimerais mieux faire don de la moelle de mes os. Va pisser en l'air, Pitre.

Elle lui fit un bras d'honneur tandis qu'il démarrait et s'éloignait.

Après avoir raccompagné Fanchon dans sa maison, elle se servit du téléphone du magasin pour appeler Fourcade. Elle mâchonna un ongle cassé tout en écoutant le téléphone sonner à l'autre bout du fil. À la sixième sonnerie, son répondeur prit l'appel. Il lui avait demandé de rester passer la nuit, à présent la nuit était à moitié écoulée. Du Fourcade tout craché. Où était-il à une heure et demie du matin ? Cette question lui taraudait l'esprit, tandis qu'elle donnait un coup de main à Sos pour fixer des planches sur la vitrine, afin de maintenir au large les ratons laveurs.

Cela l'ennuyait d'avoir envie de la présence de Nick ici pour des raisons émotionnelles, et pas uniquement comme elle aurait eu envie de la présence d'un autre flic. Si elle parvenait à se sortir de toute cette pagaille, avec Renard, le service et l'audience de Fourcade, il allait lui falloir se montrer plus solide. Elle avait besoin d'apprendre à sérier les problèmes. Elle pouvait presque l'entendre dans sa tête : *Vous n'êtes pas morte. Ravalez ça et concentrez-vous sur votre boulot, 'Toinette.* Et puis il passerait ses bras autour d'elle et il la serrerait contre elle, la rassurerait.

Tandis qu'ils s'occupaient de la vitrine, elle répondit aux questions de Sos du mieux qu'elle put, sans trop lui dévoiler la situation dans laquelle elle avait fini par s'emberlificoter. Mais il savait qu'elle lui cachait des choses, et elle savait qu'il le savait. Comme ils sortaient du magasin, il lui lança un regard plein de rancune, toujours remonté et l'humeur en ébullition.

— Regarde-moi dans quoi tu t'es fourrée, *'tite fille.* Pourquoi que tu peux pas faire les choses d'une autre manière que la plus compliquée ? Pourquoi tu te maries pas avec André ? Pour donner à ta tante et à moi des petits bébés ? *Mais non,* il faut que tu t'embarques à faire un métier d'homme ! Tu passes ton temps à taper sur un nid de frelons avec un bâton ! Et maintenant tu vas te faire piquer. *Sa c'est de la couyonade !*

— Ça va s'arranger, oncle Sos, promit Annie, se sentant aussi minable qu'un ver de terre de lui mentir ainsi.

Elle aurait pu être morte. Il émit un bruit de gorge étranglé, mais se prit la figure dans ses deux mains calleuses.

— *Ta tante et moi,* on se fait du souci pour toi, *chérie.* C'est comme si t'étais notre propre enfant, tu le sais, ça ! Pourquoi t'as besoin de te rendre la vie si dure ?

— Je ne fais pas exprès de chercher les ennuis.

La poitrine de Sos se souleva en un grand soupir et il lui tapota la joue.

— Mais quand les ennuis viennent te chercher, t'es pas difficile à trouver, *c'est vrai.*

Annie le regarda s'éloigner. Elle détestait l'idée que tout ce fatras ait pu toucher Sos et Fanchon. Si sa vie devait rester aussi compliquée, peut-être devrait-elle songer à aller s'installer ailleurs que chez Corners.

— Ou aller m'installer dans un asile, maugréa-t-elle en descendant les marches de la véranda et en tournant le coin pour monter son escalier.

Une petite boîte enveloppée dans du papier à fleurs, avec un ruban blanc, était posée sur la troisième marche en partant du bas. Renard. Annie reconnaissait le papier. C'était le même que celui qui avait enveloppé la boîte qui contenait le foulard. Une sensation trop familière de malaise vint ricocher en elle à l'idée qu'il était venu ici, comme s'il se sentait le droit de toucher à sa vie privée. Elle fourra la boîte dans son sac et monta à l'appartement.

La sensation de violation la frappa immédiatement. La sensation que quelqu'un avait envahi son domicile. Depuis sa position stratégique, à l'entrée, elle pouvait voir tout le salon, elle pouvait voir que les portes-fenêtres étaient fermées, le verrou tourné. L'air, dans l'appartement, était suffocant et sentait le renfermé après cette journée d'une chaleur inattendue, car les fenêtres étaient restées closes. Il subsistait une vague odeur sous-jacente de quelque chose de terreux et de pourri. Le marais, se dit Annie. Ou peut-être fallait-il sortir la poubelle. Elle posa son fourre-tout sur le banc et en sortit son Sig. Pistolet braqué et prête à tirer, elle pénétra dans le salon et appuya sur la touche d'écoute des messages de son répondeur. S'il y avait quelqu'un ici, et s'il la croyait occupée à écouter son répondeur, il pourrait songer à en prendre avantage et à l'attaquer par-derrière.

Des images de Lindsay Faulkner lui traversèrent l'esprit comme l'éclair — gisant sur le sol comme une poupée désarticulée ; la tête emmaillotée de bandages comme une momie.

Les messages se dévidaient dans l'appareil. Une dame de Mary Kay qui l'avait vue aux informations et qui voulait la complimenter sur sa mine.

Elle sortit du salon et passa dans la cuisine. Rien ne semblait en désordre. Le vieux réfrigérateur ronronnait et gémissait. L'alligator sur la porte souriait de toutes ses dents. La table était propre. Elle avait rassemblé toutes ses notes et ses dossiers avant de partir ce matin, et elle les avait fourrés dans une vieille Cocotte-Minute qui était posée dans son salon — juste au cas où.

Le répondeur continuait de jacasser. De retour dans le salon, Annie suivit le même circuit, lentement, calmement, en surveillant tout ce qui avait pu changer de place, marquant un temps d'arrêt devant les portes-fenêtres pour les fermer à double tour. La table basse posée sur son alligator avait l'air de la narguer tandis qu'elle la dépassait en la longeant.

— C'est quoi, l'histoire, Alphonse ? murmura Annie.

Silence. Puis la voix de Marcus Renard s'adressa à elle.

« Annie ? C'est Marcus. J'aurais préféré vous trouver

chez vous. Je voulais vous remercier encore d'être passée hier soir. La voix était trop sincère, trop familière. C'est si important de savoir que vous prêtez attention à tout ça. Encore un silence, et puis il dit : Bonne nuit, Annie. J'espère que vous passez une agréable soirée. »

Dans sa nuque, un frisson lui courut sur la peau. Elle traversa la pièce et prit le couloir.

La salle de bains était intacte. Sa salle d'exercice ne semblait pas dérangée. La tension reflua un peu. Peut-être était-elle encore sous le coup de la balle qu'on lui avait tirée dessus. Peut-être était-elle simplement en train de projeter la sensation de violation que lui avait communiquée Renard en lui laissant un autre cadeau. Jamais il n'aurait dû entrer chez elle. Les portes étaient fermées au verrou. Puis elle contourna l'angle et ouvrit la porte de sa chambre.

La puanteur de la putrescence la frappa en pleine figure et lui retourna l'estomac. Cloué sur le mur, en position de crucifixion, les pattes fracturées et recourbées, pendait un chat noir. Son crâne avait été écrasé, ses entrailles répandues sur les oreillers situés juste au-dessous. Et, au-dessus du chat, un mot était peint en lettres de sang — SALOPE.

« Tout le monde devrait avoir ce qu'il mérite, vous ne croyez pas ? Le bien, et le mal.

Elle mérite d'être mise en face des conséquences de ses péchés. Elle mérite d'être punie. Comme les autres.

La trahison est le moindre de ses crimes.

La terreur est le moindre des miens. »

37.

Il était couché, en attente, comme une panthère dans la nuit, colère et plaisir anticipé contenus par la patience forcée. La lueur bleue des chiffres sur le magnétoscope marquait les minutes. 1:43. 1:44. Le faible ronronnement d'un moteur se rapprocha, dépassa le bout de la maison et s'engagea dans le garage.

Le cliquetis des clés. La porte de la cuisine s'ouvrit d'un coup. Il attendit.

Bruits de pas sur le carrelage. Bruits de pas étouffés par la moquette. Il attendit.

Les pas dépassèrent sa cachette.

— T'es un véritable oiseau de nuit, pas vrai, Tulane ?

Donnie sursauta au son de la voix, mais, en l'espace d'un battement de cœur, Fourcade se matérialisa hors de la pénombre de la chambre et le plaqua contre le mur.

— Tu m'as menti, Donnie, gronda-t-il. Ce n'est pas malin, de me faire ça.

— Je ne sais pas de quoi tu veux parler ! bredouilla Donnie, des crachotements de salive aux commissures des lèvres.

Son haleine puait le scotch. L'odeur de la sueur et de la peur imprégnait ses vêtements. Nick lui flanqua une secousse, lui cognant la tête en arrière contre le mur.

— Au cas où tu n'aurais pas remarqué, Donnie, moi, je ne suis pas un homme patient. Et toi, tu n'es pas trop intelligent. Ça donne une mauvaise combinaison, non ?

— Qu'est-ce que tu veux de moi, Fourcade ? larmoya Donnie en frissonnant.

— La vérité. Tu me dis que tu ne connais pas Duval Marcotte. Mais Marcotte, il t'a appelé au téléphone ce soir, pas vrai ?

— Je ne le connais pas. Je le connais par ouï-dire, souligna-t-il. Il m'a appelé, et alors ? Je peux pas contrôler tout ce que font les autres ! Bon sang, c'est l'exemple parfait — je t'ai rendu un bon service et regarde comment tu me traites ?

— Tu n'aimes pas la façon dont je te traite, Tulane ? reprit Nick en reculant lentement le poids de son corps. Vu la façon dont tu m'as menti, j'étais tenté de te démonter la tête depuis longtemps. Replacée dans la bonne perspective, je trouve que ma retenue a été fort louable. La perspective, dans la vie, c'est la clé de l'équilibre, *c'est vrai* ?

Donnie se faufila le long du mur. Fourcade lui barra le chemin vers la cuisine et le garage. Il jeta un coup d'œil de l'autre côté du salon. Le mobilier plantait un parcours de course d'obstacles d'ombres noires sur un fond sombre ; seul éclairage, les lumières argentées de la rue qui venaient lécher l'intérieur à travers les rideaux diaphanes. Nick sourit.

— Ne cherche pas à m'échapper, Donnie. Tu ne ferais que me mettre en boule.

— J'y suis déjà arrivé.

— Ouais, mais tu m'as encore jamais vu en pétard, *mon ami.* Tu ne voudrais quand même pas ouvrir cette porte-là, faire sortir le tigre.

— Tu sais, j'en ai ma claque, Fourcade, répondit Donnie. Cette fois, j'appelle les flics. Tu peux pas t'introduire chez les gens et les harceler comme ça.

Nick se cala dans un fauteuil à haut dossier et alluma la lampe qui se trouvait à côté, sur la position basse. Donnie avait troqué l'allure du jeune homme d'affaires contre le décontracté résidentiel : jean et polo avec une petite écrevisse rouge brodée sur la poitrine côté gauche.

— Pourquoi tu portes des lunettes de soleil ? lui demanda Donnie. On est au beau milieu de la nuit.

Nick se contenta de sourire en silence.

— Tu es sûr que c'est ce que tu veux faire, Donnie ? fit-il. Tu veux appeler le commissariat ? Parce que, tu sais, tu fais ça, et alors on va tous avoir cette petite conversation dans un moins joli quartier, là où il se trouve, ce commissariat — et on va parler de la façon dont tu m'as menti et de tout ce qui concerne Marcotte qui renifle autour de l'agence immobilière, et qui veut ces terrains qui sont gelés dedans. Moi — il haussa les épaules — je suis juste un ami qui est passé pour causer. Mais toi... Il remua tristement la tête. Tulane, tu as de plus en plus d'explications à fournir. Tu vois quelle impression ça donne — toi qui traites avec Marcotte ? Je vais te le dire : que tu avais un drôle de mobile pour tuer ta femme.

— Je n'ai jamais adressé la parole à Marcotte...

— Et maintenant l'associée de ta femme se fait agresser et est laissée pour morte...

— Je n'ai jamais levé la main sur Lindsay ! Je l'ai dit à Stokes, ce fils de pute...

— Tout ça fait très mauvaise impression, en ce qui te concerne, Donnie. Nick s'écarta du fauteuil. Alors, tu vas faire quelque chose à ce sujet ou quoi ?

— Faire quoi ? s'écria Donnie, exaspéré.

— Est-ce que Marcotte t'a contacté ou c'est l'inverse ?

La pomme d'Adam de Donnie dansa sur sa gorge comme un bouchon.

— Il m'a appelé.

— Quand ?

— Hier.

Nick se maudit silencieusement de sa propre stupidité.

— C'est la vérité ? questionna-t-il.

Donnie leva la main comme un boy-scout et ferma les yeux en tressaillant.

— Je le jure, sur la tête de Dieu.

Nick lui empoigna la figure d'une main et serra en le faisant reculer contre un autre mur.

— Regarde-moi, ordonna-t-il. Regarde-moi ! Tu mens sur la tête de Dieu tout ce que tu peux, Tulane. Dieu, Il est pas là, à te botter le cul. Tu me regardes et tu réponds. Est-ce que t'as déjà eu un contact avec Duval Marcotte avant que Pam se fasse tuer ?

Donnie finit par le regarder en face.

— Non. Jamais.

Et si c'était la vérité ? L'obsession l'avait rendu aveugle à l'hypothèse que l'intérêt de Marcotte n'ait en fait été piqué que par la visite malheureuse de Nick, et que Marcotte ait été attiré sur les lieux comme un lion par l'odeur du sang.

— C'est le diable, marmotta-t-il en relâchant Donnie. Marcotte était le diable, et il n'avait rien fait d'autre que d'inviter le diable à jouer dans sa propre arrière-cour. Ne va pas faire d'affaires avec le diable, Donnie, murmura-t-il. Tu finirais en enfer. D'une manière ou d'une autre.

Il laissa tomber son regard au sol, réfléchissant à sa propre stupidité. Il n'y avait aucun moyen de modifier ce qu'il avait fait, rien à faire d'autre que s'en accommoder. Lentement, les bottes de chantier de Donnie, couvertes de boue, entrèrent dans son champ de vision.

— Où est-ce que tu es allé ce soir, Tulane ?

— Faire un tour, répondit Donnie en rajustant sa chemise d'une main et en se frottant la joue de l'autre. Je suis allé au cimetière. J'y vais quelquefois pour parler à Dieu, tu sais. Et pour voir Pam. Et puis je suis allé contrôler un chantier.

— En plein milieu de la nuit ?

— Hé, tu aimes bien te promener avec des lunettes de soleil, lança-t-il en haussant les épaules. Moi, j'aime bien me soûler et me balader sur des sites de chantier à moitié terminés. Il y a toujours une chance pour que je tombe dans un trou et que je me tue. C'est exactement comme la roulette russe. J'ai pas beaucoup de vie sociale, depuis que Pam a été tuée.

— Je suppose qu'un meurtre non résolu dans ton passé, ça doit éloigner les dames.

— Certaines.

— Bon... fais gaffe où tu mets les pieds, *cher,* le prévint Nick en reculant vers la cuisine. Nous ne voulons pas que tu trouves une fin prématurée — à moins que tu ne la mérites.

Nick avait disparu aussi vite et aussi silencieusement qu'il était apparu. Donnie n'entendit même pas la porte se refermer. Mais aussi, c'était peut-être dû à sa tête qui cognait. Les secousses le submergèrent d'une vague de faiblesse, et il tituba jusqu'à la salle de bains, une main appuyée sur son estomac qui le brûlait. Il se fit des bleus aux genoux en tombant sur le carrelage, et vomit dans la lunette des toilettes, puis il se mit à pleurer.

Tout ce qu'il voulait, c'était une vie simple, pépère. De l'argent. Du succès. Pas de soucis. L'adoration de sa fille. Il n'avait pas réalisé à quel point il s'était approché de cet idéal, jusqu'à ce qu'il fiche tout en l'air. Maintenant, tout ce qu'il avait, ce n'était que des ennuis, et chaque fois qu'il se retournait, il se vissait un peu plus dans le fond du trou. Il posa la tête dans ses bras et sanglota en étreignant la lunette.

— Pam... Pam... je suis si désolé !

Annie rêva qu'elle prenait une balle dans les dents. Attaché à la balle, il y avait un cordon. En remontant le long de ce cordon, une main après l'autre, elle flotta dans la nuit, dans les bois, jusqu'à se trouver arrêtée, le canon d'une carabine contre le front. Du côté de la crosse se tenait une apparition tremblotante, avec un masque en plumes, raffiné, qui lui couvrait la face. D'une main, l'apparition retira le masque pour dévoiler le visage de Donnie Bichon. Une autre main pela ce visage et le retira, pour dévoiler Marcus Renard. Puis le visage de Renard fut pelé à son tour pour dévoiler le masque mortuaire de Pam Bichon — les yeux partiellement retirés, la peau décolorée et en décomposition, la langue gonflée et violacée. Cloué sur sa poitrine, il y avait le chat noir mort, ses intestins pendant comme un collier sanglant.

— Vous, c'est moi ! s'écria Pam, et elle tira.

Bang ! bang ! bang !

Annie s'assit d'un coup sur le canapé, suffoquant, comme si son cœur avait sauté hors de sa poitrine. Les coups violents à la porte reprirent. Les yeux encore embués de larmes, elle empoigna son Sig sur la table basse.

— 'Toinette, c'est moi ! s'écria Fourcade.

Il se tenait devant les portes-fenêtres, la cherchant des

yeux, plissant les sourcils. Annie alla lui ouvrir. Elle ne prit même pas la peine de se poser la question qui tombait sous le sens. Évidemment, Fourcade n'allait pas passer par la porte d'entrée. De retour sur les lieux de son forfait, son tourmenteur aurait pu les observer depuis les bois. À la place, elle posa la seconde question qui lui brûlait les lèvres.

— Où étiez-vous, bon sang ?

Après avoir claqué la porte sur l'horreur qu'elle avait découverte dans sa chambre, elle était retournée au salon et s'était assise en essayant de penser à ce qu'elle devrait faire. Appeler les services du shérif ? Ramener Pitre ici et le laisser macérer jusqu'au cou dans les détails macabres pour aller répandre la chose dans le service lors du changement d'équipe ? Que ferait-il de plus ? Rien. À la place, elle avait appelé Fourcade, le maudissant en silence quand son répondeur avait encore une fois pris l'appel.

— Je me suis occupé de certaines affaires, fit-il.

Il l'observa tandis qu'elle allait et venait le long de la table basse. Il remarqua les cheveux en bataille, le jean sale et le T-shirt froissé. En tendant la main vers elle, il lui retira le Sig des mains et le mit de côté.

— Est-ce que ça va ?

— Non ! le rembarra-t-elle. Quelqu'un a essayé de me tuer. Je croyais que nous avions déjà établi que je ne prenais pas trop bien ce genre de chose. Ensuite, je découvre qu'il est entré chez moi, qu'il a écrit sur mon mur avec du sang et cloué un chat crevé au-dessus de mon lit. Et ça, ça ne me va pas non plus !

Du coin de l'œil, elle put voir Fourcade qui l'observait. Il n'avait pas l'air de savoir quoi faire, si ce n'est en revenir au boulot, à la routine. Elle, elle était une victime — Dieu, ce qu'elle pouvait avoir cette étiquette en horreur — et lui, il était l'inspecteur.

— Dites-moi ce qui s'est passé depuis le moment où vous avez garé la Jeep.

Elle lui exposa le récit des faits, point par point, suivant la manière dont on lui avait appris à témoigner. Ce processus la calma quelque peu, lui apporta un peu de recul par rapport à la violation de sa vie privée. Dans son esprit, elle essayait de séparer la victime du flic. Pour la première fois, elle lui parla du rat musqué écorché que l'on avait laissé dans son vestiaire, bien qu'elle ne puisse placer les deux incidents sur le même plan. C'était une chose que de jouer un sale tour dans le cadre du boulot ; pénétrer chez elle par effraction, c'était autre chose. Et ce que l'on avait fait dans sa chambre se voulait encore plus menaçant, plus vil, plus personnel. Et pourtant, si un adjoint avait été derrière cette carabine ce soir, pourquoi n'aurait-il pas été derrière cela également ?

Nick écoutait, puis il alla vers la chambre. Annie le suivit, répugnant à l'idée de voir de nouveau la chose en face.

— Avez-vous touché quoi que ce soit ? demanda-t-il, par habitude.

— Non. Bon sang, je ne pouvais même pas me résoudre à entrer.

Il poussa la porte. Une grimace lui tordit les lèvres. Il laissa Annie sur le seuil et entra dans la chambre, en enregistrant chaque détail d'un œil clinique.

Sur le mur, le sang avait été peint. Pas d'empreintes digitales visibles. Pour quelle raison avait-on choisi le mot « salope » ? Pour choquer ? Par mépris ? De colère ?

Dans sa mémoire, il pouvait revoir Keith Mullen, maigrichon et monstrueux, debout dans sa cuisine dégoûtante, pas plus tard que ce matin. *« En loyauté, elle y connaît rien, elle se retourne contre un d'entre nous. Ces salopes de moules, elles ont rien à faire en uniforme. »*

Quelle était la symbolique de l'animal ? Un chat de gouttière — sexe indéterminé. Les boyaux répandus sur le lit, là où Annie avait fait l'amour avec lui, justement la nuit précédente. Et la position du corps, les clous plantés dans le bout des pattes, l'éviscération — une allusion évidente à Pam Bichon. Dans l'intention d'effrayer ou comme un avertissement ?

Il songea qu'elle avait été tout près de se faire abattre et il eut envie de frapper quelque chose — quelqu'un —, violemment, à coups répétés. Il s'appliqua à contenir sa rage, tout en se rappelant les bottes boueuses de Donnie Bichon. Il mit cette pensée de côté, pour l'instant.

— Ce chat... il était à vous, 'Toinette ?

— Non.

— Vous avez demandé à votre tante et à votre oncle s'ils avaient vu quelqu'un dans le coin au cours de la journée ?

— Nous avons eu cette conversation quand nous avons parlé de qui pourrait bien vouloir me tirer dessus. Aujourd'hui, ils étaient occupés. Des touristes sont arrivés tôt pour Mardi gras. Ils ont dû appeler des guides touristiques en plus. Ils n'avaient pas le temps de remarquer quoi que ce soit de particulier.

— Comment est-ce que quelqu'un a pu entrer ici ?

Est-ce que vos portes étaient fermées à clé quand vous êtes rentrée ?

— Tout était fermé, et bien fermé. On peut arriver à faire sauter un verrou pour s'introduire, mais il n'y a pas moyen de reverrouiller ces portes de l'extérieur sans clé.

— Alors comment cette fripouille a-t-elle fait pour entrer ici ?

— Il n'y a qu'un seul autre endroit par où passer. Elle le conduisit dans la salle de bains, jusqu'à la porte derrière la vieille baignoire à pieds de lion. L'escalier descend dans la réserve du magasin.

— Est-ce qu'elle était verrouillée ?

— Je ne sais pas. Je pensais que oui. D'habitude, je la garde verrouillée, mais je suis descendue par là dimanche soir, quand ce rôdeur était là. J'ai peut-être oublié de la refermer après coup.

Nick grimpa dans la baignoire pour examiner le mécanisme du verrou à l'intérieur de la poignée, fronçant les sourcils en signe de réprobation.

— Il y a tout juste un taquet. N'importe qui pourrait le faire glisser avec une carte de crédit. Comment quelqu'un, en dehors de la famille et des employés, pourrait-il connaître l'existence de cet escalier ?

— Par chance. Par hasard, admit Annie. Les toilettes sont de l'autre côté du couloir, en bas de l'escalier. Quelqu'un qui s'y serait rendu aurait pu jeter un œil par la réserve et le remarquer.

Il appuya sur l'interrupteur et descendit l'escalier en pente raide, en cherchant un quelconque signe — une empreinte de pas, un fil, un cheveu. Il n'y avait rien. La porte de la réserve était ouverte. À l'autre bout du couloir, il pouvait partiellement apercevoir la porte des toilettes des hommes.

— Pour repérer qu'on pouvait passer par là, je dirais qu'il a vraiment fallu se donner du mal, murmura-t-il.

Il remonta l'escalier et suivit Annie dans le salon. Elle se blottit dans un coin du canapé et massa son pied nu, lentement, d'avant en arrière. Elle avait l'air d'une gosse abandonnée.

— À quoi pensez-vous, 'Toinette ? Vous pensez que le tireur et le tueur de chat sont la même personne ?

— Je ne sais pas, fit Annie. Et n'essayez pas de me dire que si, je sais. Est-ce que le tireur de chez Renard est aussi mon tireur, ou bien est-ce que c'est Renard ? Qui me hait le plus : les gens avec qui je travaille, ou les gens pour qui je travaille ? Et pourquoi me haïssent-ils le plus : parce que j'essaie d'élucider ce meurtre, ou parce que je vous ai empêché d'en commettre un ? Je suis si crevée que je n'arrive pas à y voir clair. Je suis terrorisée. Ça me rend malade que quelqu'un ait infligé ça à ce pauvre animal...

D'une certaine manière, c'était la goutte d'eau. Il était déjà assez pénible d'être la cible de cette violence, mais qu'un petit animal innocent se soit fait tuer et mutiler dans le seul but de l'effrayer, c'était trop. Fourcade se précipita vers elle et la prit dans ses bras, son visage contre sa poitrine. Les larmes qu'elle avait retenues si fort pour les étouffer trempèrent son T-shirt.

Nick la tint serrée contre lui, chuchotant avec douceur en effleurant son front de ses lèvres. Pendant quelques instants, il laissa ses émotions se libérer — le besoin de la protéger, de la réconforter, la rage aveugle contre celui qui l'avait terrorisée, quel qu'il soit. Elle s'était montrée si courageuse, elle avait été une telle lutteuse au milieu de tout ce désordre. Il appuya sa joue contre ses cheveux et la tint serrée dans ses bras. Cela faisait trop longtemps qu'il n'avait plus rien eu de valable à donner de lui-même à quelqu'un d'autre. La pensée qu'il en avait envie le terrifiait.

Annie se tint tout contre lui, sachant qu'il n'était pas facilement enclin à la tendresse. Ce qu'elle prenait pour un cadeau de sa part avait pris davantage de sens qu'elle n'aurait dû lui en accorder. Elle essuya ses larmes avec le dos de sa main et, quand il croisa son regard, elle étudia son visage en se demandant... en craignant de se demander. Son regard glissa vers le paquet-cadeau qu'elle avait laissé sur la table basse. À l'intérieur de la boîte, il y avait un petit camée ancien monté en broche, finement ciselé. Le mot qui y était joint disait : « À mon ange gardien. Avec amour. Marcus. » Un frisson de répulsion lui descendit le long du dos. Fourcade attrapa la boîte et la carte, et examina la broche.

— Il a fait des cadeaux à Pam, fit-il. Et il lui a lacéré ses pneus, et il lui a laissé un serpent mort dans son tiroir à crayons, à son bureau.

— Jekyll ct Hyde, murmura Annie.

Si Renard avait bien été le traqueur de Pam, comme celle-ci l'avait souligné, alors il avait alterné entre deux comportements, la terroriser en secret et lui offrir des cadeaux ; lui témoigner sa préoccupation pour elle, tout en prétendant être son ami. Le contraste entre ces attitudes avait empêché les flics de prendre au sérieux l'accusation de Pam.

À l'autre bout de la pièce, le téléphone sonna. Mue par un automatisme, Annie regarda la pendule. Trois heures et demie du matin. Fourcade ne dit rien, tandis qu'elle laissait l'appareil prendre l'appel.

« Annie. C'est Marcus. J'aurais aimé vous trouver. S'il vous plaît, appelez-moi quand vous le pourrez. Quelqu'un vient juste de lancer un caillou contre nos fenêtres. Mère est hors d'elle. Et Victor... et je... j'aimerais que vous puissiez passer, Annie. Vous êtes la seule qui nous prêtez attention. J'ai besoin de vous. »

38.

La fleuriste était en train de prendre ses quartiers, à l'ombre, de l'autre côté de la rue, en face de Notre-Dame, sa pipe calée entre ses dents serrées. Le gardien rôdait sur le boulevard, agrippé à une débroussailleuse à moteur qui lui grondait entre les mains.

— Voilà la police qui vient t'arrêter, vieille sorcière ! cria-t-il quand Annie tourna dans l'allée. Il s'approcha de la Jeep au pas de charge. Policière ! Vous allez lui filer cette contredanse ou quoi ?

— Pas moi ! s'écria Annie en le dépassant.

Elle gara la Jeep et, avec le foulard et la broche dans son sac à main, elle se dirigea vers le bâtiment. Si Pam avait montré les cadeaux de Renard à quelqu'un, ce serait à Lindsay. Annie espérait que son état se serait suffisamment amélioré pour qu'elle puisse lui dire si, oui ou non, ces objets que Renard lui avait donnés étaient les mêmes gages d'affection, recyclés à l'intention d'un nouvel objet de fixation.

L'hôpital bruissait des rondes du matin, pour la distribution du petit déjeuner et des médicaments. L'étrange odeur des antiseptiques se mélangeait à celle des toasts et des céréales. Le fracas des plateaux métalliques et des bassins hygiéniques faisait contrepoint aux conversations chuchotées et aux gémissements intermittents, tandis qu'Annie descendait les couloirs. Sa longue nuit sans sommeil pesait lourd sur ses épaules. La journée s'étirait devant elle comme une mauvaise route. Il lui faudrait faire face à un interrogatoire avec l'inspecteur chargé d'enquêter sur l'incident du coup de feu qu'on avait tiré sur elle, et elle avait déjà concocté un scénario du pire, dans lequel Chaz Stokes aurait été saisi de l'affaire et où elle aurait à se rendre devant le shérif pour lui demander que l'on dessaisisse Stokes, car non seulement elle le croyait suspect de cet acte, mais de surcroît parce qu'elle pensait qu'il pouvait être un violeur et un assassin. Elle n'avait pas à se soucier de Stokes ou de quiconque aurait essayé de la tuer. Jamais elle n'atteindrait vivante le bureau de Gus Noblier.

Elle essaya encore d'imaginer Stokes se faufilant dans son appartement pour y clouer un chat mort sur son mur, mais elle ne parvenait pas à se représenter la chose. Il se pouvait qu'il ait le caractère pour commettre un acte pareil, mais elle ne pouvait croire qu'il en prendrait le risque. Elle ne pouvait imaginer personne, dans le service du shérif, prenant ce risque.

Alors qui ? Qui pouvait s'être glissé dans le magasin, avoir trouvé cet escalier, être arrivé jusque dans son appartement pour redescendre sans se faire remarquer ? Renard était venu chez Corners pour lui déposer des cadeaux — à deux reprises. Fanchon ne l'avait pas remarqué, aucune de ces deux fois. S'il avait traqué Pam, il l'avait fait sans se faire repérer.

Annie tourna le coin du service de soins intensifs, et se trouva nez à nez avec Stokes. Il fronça les sourcils avec férocité. Il fondit sur elle comme un faucon en lui empoignant le bras et en l'éloignant du flux d'allées et venues du couloir.

— Bordel, qu'est-ce que tu fous ici, Broussard ?

— Qui t'a chargé de contrôler les visiteurs ? Je suis venue voir mon agent immobilier.

— Oh, vraiment ? ricana-t-il. Elle a prévu de te faire visiter quelque chose dans une jolie petite chambre à deux lits au deuxième étage ?

— C'est une connaissance, et elle est à l'hôpital. Pourquoi est-ce que je ne viendrais pas la voir ? rétorqua Annie sur un ton de défi.

— Parce que c'est moi qui te le dis ! aboya-t-il. Parce que je sais que tu n'es rien qu'une faiseuse d'embrouilles, Broussard. Je t'ai dit, nom de Dieu, de rester en dehors de mes affaires. Il resserra sa poigne autour de son bras, il la poussa encore dans le coin. Tu crois que j'aime bien parler pour ne rien dire ? Tu crois que je vais pas te tomber dessus comme une tonne de plomb ?

— Ne me menace pas, Stokes. Elle essaya de dégager son bras en le tordant. Tu n'es pas en position de...

L'alarme retentit à la réception du service des soins intensifs.

— Oh, merde ! beugla quelqu'un. Elle est en train de faire une attaque ! Appelez Unser !

Deux infirmières se précipitèrent vers une chambre. La chambre de Lindsay Faulkner. En se débarrassant de Stokes, Annie s'y précipita et fixa la scène, prise d'horreur. Les bras et les jambes de Faulkner battaient l'air, secoués comme ceux d'une marionnette au bout des fils d'un marionnettiste fou. Une plainte horrible, inhumaine, la déchirait, se mêlait aux bruits perçants des moniteurs. Trois infirmières s'affairaient autour d'elle comme un essaim, essayant de la maîtriser. L'une d'elles attrapa une spatule sur le plateau de service des infirmières et tâcha de l'introduire dans la bouche de Faulkner.

— Ménagez un passage pour l'air !

— Ça y est !

Un médecin en combinaison de bloc opératoire passa en trombe devant Annie et entra dans la pièce, en scandant :

— Diazepam : injection IV de 10 milligrammes !

— Dieu de Dieu, souffla Stokes en s'appuyant tout contre le seuil, derrière Annie. Dieu de Dieu de merde.

Annie lui jeta un coup d'œil par-dessus son épaule. Son expression n'était apparemment pas différente de la sienne — choc, horreur, attente angoissée. Un autre moniteur se mit à mugir en signe d'avertissement, accompagné d'une autre bordée d'épithètes.

— Elle est en arrêt cardiaque !

— Manœuvre de réanimation standard, fit brusquement Unser en frappant de la main la malade sur la poitrine. Phénytoïne : injection IV 250. Phénobarbital : injection IV 55. Je veux un ionogramme et le relevé des gaz sanguins ! Tubez-la et sous oxygène !

— Elle est en fibrillation.

— Merde !

— Montez le niveau !

L'une des infirmières pivota sur elle-même, un tube de sang dans les mains.

— Je suis désolée, nous avons besoin que vous sortiez.

Elle éloigna Annie et Stokes de la porte. S'il vous plaît, allez en salle d'attente.

Le visage de Stokes était de craie. Il se massait le bouc.

— Dieu de Dieu, marmonna-t-il en retirant son chapeau mou et en le pétrissant de ses doigts.

Annie le frappa dans la poitrine à deux mains.

— Qu'est-ce que tu lui as fait ?

Il la regarda comme si elle lui avait envoyé une carpe crevée en pleine figure.

— Quoi ? Rien !

— Tu sors de sa chambre et, deux minutes après, voilà ce qui arrive !

— Baisse la voix ! ordonna-t-il en cherchant à lui attraper son bras.

Elle se dégagea. Et si Stokes était le violeur ? Et s'il était encore pire que cela ?

— Je suis venu pour lui parler, fit-il, tandis qu'ils pénétraient dans la salle d'attente. Elle n'était pas réveillée. Demande à l'infirmière.

— Je vais le faire.

— Bon Dieu, Broussard, qu'est-ce que t'as ? Tu me prends pour un assassin ? Une rougeur lui remontait le long de la nuque. C'est ça que tu penses ? Tu crois que je viendrais dans un hôpital tuer une femme ? Tu es à côté de tes pompes, bordel !

Il s'affala dans un fauteuil et laissa pendre son chapeau écrasé et ses longues mains entre ses genoux.

— Peut-être que tu devrais en profiter pour te faire hospitaliser ici, fit-il. T'as besoin de te faire examiner ta tête de lard. D'abord, tu t'en prends à Fourcade, maintenant à moi. T'es une espèce de givrée totale. Tu es comme cette nana cinglée dans *Attraction fatale.* Obsédée — voilà ce que tu es.

— Hier, elle allait mieux, insista-t-elle. Je lui ai parlé. Pourquoi cette alerte ?

Stokes haussa les épaules, désarmé.

— Est-ce que j'ai l'air de George Clooney l'Enculé ? Je suis pas toubib aux urgences. C'est une espèce d'attaque, c'est tout ce que je sais. Bon Dieu, quelqu'un lui a défoncé la tête avec un téléphone. Tu t'attendais à quoi ?

— Si elle décède, c'est un meurtre, déclara Annie.

Stokes se leva d'un coup.

— Je t'ai dit, Broussard...

— C'est un meurtre, répéta-t-elle. Si elle meurt des

suites de l'agression, l'agression se change en chef d'accusation pour meurtre.

— Ben, ouais, fit-il en passant la manche de sa veste sur son front en sueur.

Annie avança de nouveau vers la chambre de Faulkner, essayant de l'apercevoir à travers l'équipe médicale qui tâchait de la sauver. Le bourdonnement électrique et le claquement du défibrillateur furent suivis d'une autre avalanche d'ordres.

— Épinéphrine et lidocaïne ! Dobutamine — à fond ! Résultats du labo ?

— Pas encore revenus.

— En charge !

— Prêt !

Bourdonnement. Claquement !

— Ligne plate !

— On est en train de la perdre !

Ils répétèrent le processus un si grand nombre de fois qu'il semblait que le temps et l'espoir s'étaient noués pour former une boucle sans fin. Annie se tint toute raide, concentrant sa volonté sur Lindsay Faulkner. *Vis. Vis. Nous avons besoin de toi.* Mais la boucle se rompit. Dans la chambre, les mouvements se ralentirent, jusqu'à cesser.

— Elle est partie.

— Bon sang !

— Tu l'as dit.

Annie regarda la pendule murale. L'heure de la mort : 7 h 49 du matin. Aussi simple que ça, c'était fini. Lindsay Faulkner était morte. Une femme dynamique, compétente, intelligente n'était plus. La soudaineté de la chose l'abasourdit. Elle avait cru que Faulkner s'en sortirait, qu'elle parviendrait à reprendre vie, qu'elle l'aiderait à élucider les mystères qui avaient gâché son existence et qui lui avaient soustrait son associée. Mais elle était partie.

L'équipe sortit de la chambre à la file, l'air défait, écœuré, vidé. Annie se demanda si l'un d'entre eux avait connu Lindsay Faulkner en dehors de l'enceinte de cet hôpital. Elle avait pu leur vendre une maison ou les avoir connus dans le cadre de la Ligue Junior. C'était une assez petite ville. Le médecin s'approcha de la salle d'attente, une ride lui creusant le visage. Il paraissait avoir la cinquantaine, les cheveux couleur bronze encore fournis. Sur son insigne, son nom était inscrit : FORBES UNSER.

— L'un de vous fait-il partie de la famille ?

— Non, répondit Annie. Nous appartenons aux services du shérif. Je suis l'adjoint Broussard. Je... euh... je la connaissais.

— Je suis désolé. Elle ne s'en est pas sortie, fit-il brièvement.

— Que s'est-il passé ? Je croyais qu'elle allait mieux.

— Elle allait mieux, confirma Unser. L'attaque a probablement été provoquée par le traumatisme crânien. Ce sont des choses qui arrivent. Nous avons fait tout notre possible.

— Inspecteur Stokes. Je suis chargé de l'affaire Faulkner, intervint Stokes en brandissant son insigne.

— Eh bien, j'espère que vous allez attraper l'animal qui l'a agressée, fit Unser. J'ai une femme et deux filles adolescentes. Et ces temps-ci c'est à peine si je les quitte des yeux. Madeleine veut que je garde un pistolet sous mon oreiller la nuit.

— Nous faisons tout ce que nous pouvons, affirma Stokes. Nous allons vous demander que son corps soit transporté à Lafayette pour autopsie. Procédure normale. Les services du shérif se mettront en rapport avec votre morgue.

Unser hocha la tête, puis il s'excusa et retourna à ses obligations courantes de la journée, la mort d'une femme sous sa responsabilité n'étant guère qu'un pépin dans son emploi du temps. *« Ce sont des choses qui arrivent. »*

Annie plongea vers les toilettes dames tandis que Stokes se dirigeait vers le bout du couloir. Elle s'aspergea le visage d'eau froide, essayant de se laver des images de l'attaque de Lindsay Faulkner. Comment cela pouvait-il être une coïncidence que cette femme ait subi un arrêt cardiaque moins de dix minutes après que Stokes eut été dans la chambre avec elle ? Mais il allait y avoir une autopsie. Stokes le savait. Quand Annie apparut dans le couloir, Unser sortait justement de la chambre d'un autre patient avec un graphique à la main.

— Ça peut aller, adjoint ? s'enquit-il. Vous avez l'air un peu pâle.

— Oui. C'était juste un choc, c'est tout. Ça n'avait pas l'air d'être une façon très agréable de mourir.

— Elle s'est battue contre la mort, mais c'était fini avant que nous n'ayons pu réellement faire quoi que ce soit pour elle.

— Est-ce que c'est ainsi que ça arrive d'habitude ?

— Un traumatisme crânien est toujours possible.

— En fait, ma question, c'était : y avait-il quelque chose d'inhabituel dans sa mort ? Des réactions bizarres, des niveaux anormaux ou... quoi que ce soit ?

Unser eut un mouvement de tête.

— Rien que j'aie remarqué. La prise de sang n'a pas eu le temps de nous revenir. Vous pouvez vérifier auprès du laboratoire. S'ils ne l'ont pas complètement égarée, il se pourrait qu'ils soient en mesure de répondre à vos questions.

Annie se rendit au labo et laissa le numéro des dossiers à une femme qui donnait l'impression de débarquer alors que tous les autres allaient prendre un café. Savait-elle si les résultats des analyses de Faulkner étaient arrivés ? Non. Savait-elle quand ils pourraient être là ? Non. Connaissait-elle le nom du président des États-Unis. Probablement pas.

— Ne tombez jamais malade ici, susurra Annie tout en s'éloignant.

Dehors, la chaleur était déjà oppressante, un mauvais tour de Dame Nature. L'été était assez long comme ça sans qu'on y ajoute un prélude précoce. La sueur perla immédiatement entre ses seins et entre ses omoplates. Le soleil lui brûlait la peau du crâne.

— Et maintenant, tu vas m'arrêter ?

Stokes se tenait à côté de sa Camaro, en zone rouge, en train de fumer une cigarette. Il avait tombé la veste, laissant sa chemise couleur citron vert éblouir tout vis-à-vis.

— Je suis désolée, fit Annie hypocritement. J'ai réagi de manière excessive.

— Tu m'as accusé d'être un bordel d'assassin. Il fit voler son mégot sur l'asphalte, à côté d'un emballage froissé de Snickers, et l'écrasa du bout de son soulier bicolore, marron et blanc. Personnellement, j'en prends ombrage. Tu sais de quoi je parle ?

— Je t'ai dit que j'étais désolée.

— Ouais, eh ben, ça n'y change strictement rien. J'en ai ma claque de toi, Broussard.

— Et qu'est-ce que tu vas faire pour ça ? demanda-t-elle tranquillement. Me tirer dessus ?

— J'ai entendu dire qu'il faudrait que je prenne la file d'attente. J'ai mieux à faire.

— Comme de foutre en l'air les pièces à conviction de ces affaires de viol ?

— Ne me fais pas chier, Broussard. Ton insigne, je l'aurai. Et je le pense.

Il se glissa au volant de sa Camaro et fit démarrer le moteur dans un rugissement. Annie resta sur le trottoir et le regarda s'éloigner. Il venait juste de perdre une victime et son premier souci, c'était de la faire virer. Un individu charmant et attentionné, ce Chaz. Le gardien émergea de derrière la statue de Marie et, avec son sécateur, dessina une flèche indicatrice à l'attention d'Annie.

— Policière ! Hé ! Je paie mes impôts ! Je suis un vétéran ! Allez-y, arrêtez cette vieille sorcière ! Elle leur fauche leurs fleurs, au parc des Vétérans !

— Navré, monsieur, fit Annie, les yeux fixés sur la voiture de Stokes qui tournait au coin de Dumas. Est-ce qu'elle a assassiné quelqu'un ?

— Quoi ? ! cria-t-il de sa voix perçante. Non, elle a tué personne, mais...

— Alors je ne peux rien pour vous.

Elle s'était éloignée de lui, en direction de sa Jeep, l'esprit occupé par Stokes, tandis que, dans son dos, la Lexus blanc perle de Donnie Bichon tournait pour sortir du parking et passait par la rue de derrière. Donnie tremblait comme un homme en proie à une crise de *delirium tremens,* bien que son dernier verre ne remonte pas à si loin que ça. Depuis que Fourcade l'avait quitté, il s'était autorisé un baby par heure, pour essayer de se calmer les nerfs. Tout l'effet que cela semblait avoir, c'était d'agir comme un accélérateur sur la tension qui était en train de creuser un trou dans la paroi de son estomac. Les caillots de sang qu'il avait vomis avaient confirmé ce soupçon.

Après la première visite de Fourcade, il s'était évanoui dans la salle de bains et il avait rêvé de Pam. Cheveux noirs et yeux brillants. Un sourire ensoleillé. Une langue de vipère. Les mains terminées par des griffes qui plongeaient en lui, se refermaient sur ses couilles, et étouffaient sa virilité. Il l'aimait et elle le haïssait. Elle avait grandi et il n'en avait jamais eu envie. La vie lui avait paru meilleure quand il avait vingt ans, quand il filait le train au monde, sans aucune responsabilité. Maintenant c'était le monde qui lui filait le train. Et puis, subitement, Fourcade l'avait attrapé par le col, et Donnie s'était retrouvé par terre la tête la première dans une mare spiralante de dégueulis. Interdit, il avait essayé de reprendre son souffle une seconde trop tard, s'en était rempli la bouche, et avait fini par étouffer et par avoir des haut-le-cœur.

— Ouais, étouffe-toi dedans, avait rugi Fourcade. Il

avait courbé le corps sur celui de Donnie, pour l'enfourner dans la cuvette des toilettes. Voilà, c'est ça, le goût de tes mensonges, la deuxième fois que t'y reviens.

Donnie avait craché dans la cuvette des toilettes. L'odeur de l'urine fraîche l'avait agressé, tandis que sa vessie s'était laissé aller. Et il avait suffoqué et craché, encore, en essayant de se dégager la bouche des grumeaux de vomi.

— Où étais-tu cette nuit ? avait demandé Fourcade.

— Tu es marteau !

Nick lui avait replongé la tête dans la cuvette.

— Mauvaise réponse, Tulane ! Où étais-tu cette nuit ? Où est-ce que tu t'es collé cette boue sur tes bottes ?

— Je te l'ai dit !

— Ne joue pas au con avec moi, Donnie. Je suis pas d'humeur. Où tu étais ?

— Je te l'ai dit ! cria Donnie. Des larmes coulaient sur sa figure entre le dégueulis qui lui maculait les joues. Je sais pas ce que tu me veux !

— Tu vas me donner les clés de ta voiture, Tulane. Et je vais aller fouiller dedans, centimètre par centimètre. Et si je trouve une carabine, je te la rapporte ici, je te la fourre dans le cul, et je te fais sauter la cervelle avec. On est clair là-dessus ?

Donnie avait tiré ses clés de la poche de son jean et les avait jetées par terre.

— J'ai rien fait !

— Tu ferais mieux de prier Dieu que ce soit vrai, Donnie, avait dit Fourcade tout en se baissant pour ramasser les clés du bout des doigts. Parce que la vérité, je pense que tu la reconnaîtrais pas, même si elle te mordait le dard à te l'arracher.

Terrifié et malade, dégoûté de lui-même, Donnie s'était forcé à se lever et il avait suivi Fourcade dehors, jusqu'au garage, attrapant un torchon de cuisine, comme une pensée après coup, pour essuyer le merdier de sa figure. Il avait observé depuis le seuil du garage, tandis que Fourcade ouvrait le coffre de la Lexus et fouillait dans son fatras — un sac de clubs de golf, un pistolet à clous, une glacière Igloo dégoûtante, des gants, des factures froissées, une boîte à outils, une demi-douzaine de casquettes de base-ball avec le logo de Bichon Bayou Promotion.

— Tu sais, t'es aussi pourri que ce que tout le monde raconte, Fourcade, lui avait-il déclaré. Tu n'as pas de mandat. Tu n'as aucun droit de me traiter comme ça. Tu n'es pas un flic ; tu es un enfoiré de truand qu'on a sacqué de chez les flics. J'aurais dû t'laisser pourrir en prison.

— Tu vas en avoir encore plus envie, Tulane, si je trouve quoi que ce soit dans cette voiture qui te rattache au coup de feu qu'on a tiré sur Annie Broussard la nuit dernière.

— Je sais pas de quoi tu parles. Et pourquoi tu te ferais du mouron pour Broussard ?

— J'ai mes raisons. Il avait refermé le coffre et était passé aux portières côté passagers. Tu sais, pour une fois, Donnie, tu as raison. Je ne suis pas un flic, je suis sous le coup d'une suspension. Ça fait de moi un simple citoyen, ce qui veut dire que j'ai pas besoin de mandat pour saisir les pièces à conviction qui t'incrimineraient. Ça t'en fout pas un coup sur la tronche ?

— Tu es un intrus, lui avait déclaré Donnie, tandis que Fourcade avait ouvert une portière arrière.

— Moi ? Faire intrusion au domicile de mon bon ami qui a versé ma caution pour me tirer de prison ? Qui croirait une chose pareille ?

— Est-ce qu'il y a une loi que tu ne vas pas enfreindre ?

Il avait refermé la voiture et rejoint Donnie d'un pas nonchalant en lui braquant sa lampe à la figure.

— Bien, je vais te dire, Tulane, moi, je crois que la vie est un voyage d'exploration de soi, et dernièrement je suis en train de me découvrir un souci plus marqué de la justice que de la loi. Est-ce que tu peux apprécier la différence ?

Il était près de la porte de la cuisine et avait empoigné Donnie par la chemise avant que celui-ci puisse reculer.

— La loi stipulerait que je fasse en sorte que quelqu'un d'autre te boucle pour ce soir et t'interroge au sujet de cet incident du coup de feu...

— Je n'ai tiré sur personne...

— Tandis que la justice passerait outre aux formalités et en viendrait directement au cœur du sujet.

— Ce n'est pas à toi de faire le juge et le jury.

— Tu oublies le bourreau. Il avait haussé un sourcil. Cette omission, c'était voulu ou c'était freudien ? Ce n'est pas que ça compte. Je trouve ça amusant que tu soulèves ce point justement maintenant, Donnie. Tu avais l'air de penser que tout aurait été pour le mieux si j'avais envoyé Renard en enfer l'autre nuit. Maintenant, c'est toi qui te trouves devant cette ligne-là, et tu aimerais autant que je m'en tienne du bon côté, de la ligne. Je pourrais te traiter d'hypocrite, mais moi-même j'ai mes propres problèmes avec le noir et le blanc dans toute cette histoire.

Il avait relâché la chemise de Donnie et reculé d'un demi-pas.

— Je vais te laisser sur cet avertissement, Tulane. Je n'ai pas découvert ce que je cherchais, mais si j'entends ne serait-ce qu'un chuchotement ou si je tombe sur un cheveu qui te relie à ça, je te trouverai, Donnie, et je ne serai pas d'humeur à philosopher.

Le givré, le fils de pute !

Après le départ de Fourcade, Donnie était retourné directement dans la salle de bains et il avait dégueulé de nouveau, puis il s'était assis sur le rebord de la baignoire, et il avait fixé les filets de sang dans la cuvette. Scotch, nerfs en pelote, et désastre financier imminent, ça ne faisait pas un bon mélange. Il avait décidé que ce dont il avait besoin, c'était d'un petit quelque chose dans le registre pharmaceutique, pour se remettre d'aplomb, histoire d'être en état de réfléchir à un moyen de se tirer de ce foutoir. Le vieux docteur Hollier s'était montré compréhensif face à la tragédie qu'il rencontrait dans sa vie. Il n'en connaissait pas la moitié, songea Donnie.

Lindsay Faulkner était morte et Fourcade savait pour Marcotte. Maintenant que la reine des salopes de Bayou Breaux avait débarrassé le plancher, la voie était libre pour conclure un marché sur la société immobilière — à un obstacle près : Fourcade. Comment Fourcade avait-il pu être au courant de ce coup de téléphone ? La paranoïa avait conduit Donnie à tout un assortiment de conclusions, y compris des écoutes téléphoniques, toutes conclusions qu'il avait écartées par la suite, dans un moment de plus grande sobriété. Fourcade n'était au courant que d'un seul appel, celui d'hier soir, rien d'autre, et il n'était pas en position de le faire mettre sur écoute téléphonique. Il était suspendu, en attente de procès. Accusé d'agression. Il avait presque frappé Renard à mort.

Ce souvenir bien précis poussa Donnie à attraper le flacon ouvert de Mylanta qu'il avait calé dans le support de son verre à dents. Il n'aurait jamais dû payer cette caution. Il s'était pris à espérer que Fourcade ne serait remis en liberté que pour son procès, la semaine prochaine, avant d'être de nouveau jeté en prison, mais l'avocat de Donnie l'avait informé que la mise en liberté sous caution de l'inspecteur serait probablement prorogée, et que, en attente de procès ou non, il resterait un homme libre indéfiniment.

Pam lui avait toujours dit qu'il agissait trop vite et qu'il envisageait les conséquences trop tard. Il se demandait si elle avait jamais réalisé à quel point elle avait raison.

39.

— Vous êtes encore en retard.

Myron se tenait piqué au garde-à-vous au milieu de la pièce, les mains nouées à la boucle de sa ceinture de cuir noir.

— Je suis désolée, Myron, fit Annie en lui accordant à peine un regard tandis qu'elle pénétrait sur son domaine et qu'elle se rendait au tiroir des fiches.

— Monsieur Myron, scanda-t-il. Je vous ferais savoir que j'ai parlé avec le shérif au sujet de votre piètre prestation depuis que vous avez été nommée ici. Vous êtes chroniquement en retard et vous décampez selon votre fantaisie. Nous sommes ici dans un service des rapports. Les rapports sont synonymes de stabilité. Je ne peux permettre le chaos dans mon service.

— Je suis désolée, marmonna-t-elle tout en faisant défiler les fiches de dépôt des pièces à conviction.

Le visage de Myron se figea, tandis qu'il se penchait par-dessus son épaule.

— Qu'est-ce que vous êtes en train de faire, adjoint Broussard ? Est-ce que vous m'écoutez ?

— Je suis une flemmarde, fit Annie sans quitter son travail des yeux. Vous en avez marre. Vous voulez que Gus me retire ce boulot, mais je vais essayer de mieux faire. Promis.

Elle sortit la fiche de dépôt des pièces à conviction du viol Nolan et parcourut l'inventaire du bout du doigt. Là, porté en troisième ligne : POILS. Les poils pubiens que Stokes avait pêchés dans le fond de la baignoire de Jennifer Nolan. Elle tapa impatiemment du pied. Myron entra de nouveau dans son champ de vision, l'air pincé par l'absence de réponse à sa tirade.

— Qu'est-ce que vous cherchez ? demanda-t-il. Qu'est-ce que vous fabriquez ?

— Mon boulot, fit-elle simplement en replaçant la fiche.

Des poils avaient été enregistrés au fichier et leur départ pour le laboratoire avait été noté. Cela ne voulait pas dire que ces poils appartenaient au violeur. Jennifer Nolan était rousse. Ses poils pubiens seraient ressortis, à côté de n'importe quels poils plus sombres qui se seraient trouvés dans la baignoire. Stokes aurait pu prélever ce qu'il voulait et laisser le reste — laisser les siens — pour faire couler de l'eau dessus.

L'estomac d'Annie se soulevait. Elle était sur le point d'accuser un inspecteur d'être un violeur en séric. Si elle avait raison, Chaz Stokes n'était pas seulement un violeur, mais aussi un meurtrier — que ce soit indirectement ou directement. Si elle avait tort, il aurait son insigne. Elle avait besoin de preuves, et il détenait chacune des pièces à conviction.

— Qu'est-ce qui vous prend, Broussard ? glapit Myron. Vous êtes souffrante ou quoi ? Vous avez bu ?

— Ouais, vous savez, je ne me sens pas très bien, marmonna Annie en repoussant le tiroir pour le fermer. Il se pourrait bien que je sois souffrante. Excusez-moi.

— Je refuse d'avoir affaire à des gens qui boivent, avertit Myron tandis qu'elle s'éloignait. Il n'y a pas de place pour ce genre de chose aux rapports. L'alcool est un instrument du démon.

Annie fila dans les couloirs jusqu'à son vestiaire, entra, et s'assit sur la chaise pliante sous la terne lueur de l'ampoule nue. Quelqu'un avait percé un nouveau trou dans le mur — à hauteur des seins. Elle allait devoir ressortir l'enduit de bouchage, mais ce dont elle avait besoin maintenant, c'était de quelques instants pour démêler les fils de son esprit.

« Maintenez les fils séparés ou alors vous allez finir avec un nœud, 'Toinette. »

Elle avait bel et bien un nœud, et elle était prise au piège au beau milieu. Renard lui envoyait des cadeaux. Donnie Bichon était en cheville avec Marcotte, qui était en cheville avec le milieu. Stokes était, au mieux, un mauvais flic, au pis, un tueur.

— Tu l'as cherché, grommela-t-elle. Tu voulais être inspecteur. Tu dois élucider le mystère.

Un mystère à la fois. Stokes semblait être le problème le plus pressant. Si ses soupçons à son endroit étaient justes, alors d'autres femmes étaient en danger.

— Moi, je vais être en danger ! s'écria-t-elle, un flash-back sur la nuit dernière lui revenant dans un noir et blanc déconcertant : l'encre noire de la nuit, les miettes de coquillages de couleur claire sur le parking, les papiers blancs se répandant à ses pieds alors qu'elle laissait tomber les dossiers. Le craquement sec de la carabine, le fracas du verre.

Ce souvenir provoqua en retour un autre souvenir, et puis un autre, comme une hémorragie. La colère dans les yeux de Stokes, quand ils s'étaient disputés au sujet de cette pièce à conviction manquante. La fureur sur son visage, cette nuit-là, des mois auparavant, quand il l'avait affrontée parce que sortir avec lui ne l'intéressait pas. Sa manière agressive de foncer sur elle, comme s'il avait eu l'intention de la frapper.

C'était un homme capable de rages instantanées, intenses, qu'il camouflait de son charme nonchalant et facile. Il était tour à tour irrationnel et froidement logique, selon le sujet. Imprévisible. Un caméléon. Ces traits de caractère s'étaient constitués dans le cours de sa vie, des traits qu'il avait apportés avec lui quand il était arrivé ici du Mississippi quatre ans auparavant. Par coïncidence, récemment, l'Étrangleur du Bayou avait inauguré son régime de terreur. Il avait même pu travailler sur un ou deux des meurtres commis dans le comté de Partout et liés à l'Étrangleur : ceux d'Annick Delahoussaye-Gerrard et de Savannah Chandler.

Cela pouvait être aisément vérifiable, même si Annie n'en voyait pas la nécessité. En dépit des ragots qui avaient circulé depuis la mort de Pam, elle ne croyait pas à ces allégations selon lesquelles les flics avaient trafiqué les pièces à conviction dans l'affaire de l'Étrangleur. Non, ce mal-là avait été brûlé, expurgé du comté de Partout... et un nouveau mal était en train de prendre racine dans les cendres.

Et tout d'abord, qu'est-ce que Stokes avait apporté ici avec lui ? se demanda-t-elle. Plus important, qu'est-ce qu'il avait laissé derrière lui ? De bons états de service ? Est-ce que son supérieur avait été contrarié de le perdre ou heureux de le voir pour la dernière fois ? Est-ce que la ville ou le comté où il avait travaillé avait constaté une chute soudaine du nombre des crimes sexuels, après le départ de Stokes ? Est-ce qu'il avait laissé des victimes dans son sillage ?

Il était rare qu'un homme devienne un prédateur sexuel dans le courant de la trentaine. Ce genre de comportement apparaissait généralement plus tôt — à la fin de l'adolescence ou au début de la vingtaine — et perdurait tout au long de la vie. En dépit de ce qu'affirmaient les diverses politiques financées par l'impôt, les véritables prédateurs sexuels se réinséraient rarement, si ce n'est jamais. Leurs cervelles étaient mal câblées, leurs comportements malveillants à l'égard des femmes étaient gravés pour l'éternité dans leur cœur de pierre.

Elle avait besoin d'obtenir le dossier d'états de service de Stokes, d'obtenir le nom de la dernière unité au sein de laquelle il avait servi dans l'État du Mississippi. Ces dossiers étaient conservés dans le bureau du shérif sous le regard mauvais, toujours vitriolé et ombré de bleu, de Valérie Comb. Un poing frappa à la porte du vestiaire avec la force d'un bloc de pierre qu'on aurait lancé dedans, ce qui fit sursauter Annie.

— Broussard ? Tu es là-dedans ?

— Qui est-ce qui veut le savoir ?

— Perez. Il tira sur la porte pour l'ouvrir et passa sa tête à l'intérieur. Merde, j'espérais qu'au moins ce que je tirerais de tout ça, ce serait de te voir à poil.

— Ce que tu tirerais de quoi ? questionna-t-elle avec humeur.

— L'affaire. Le tireur. Je suis ton inspecteur. Quel bol j'ai, l'enculé ! Allez. J'ai besoin de ta déposition et j'vais pas y passer la journée.

Perez s'intéressait autant à son affaire qu'à la politique de l'Uruguay. Il griffonnait sur un bloc officiel, tandis qu'Annie relatait non seulement l'incident du coup de feu mais la course-poursuite avec le type à la Cadillac, dès lors qu'il existait une possibilité pour que les deux incidents aient un lien.

— Est-ce que tu as le numéro de plaque ?

— Non.

— Est-ce que tu as vu le conducteur ?

— Il portait une cagoule.

— Tu connais quelqu'un avec une grosse voiture de ce type-là ?

— Non.

— Pourquoi est-ce que tu n'as pas appelé cette nuit-là ?

— Est-ce que ça aurait changé quelque chose ?

Il lui lâcha un regard froid.

— J'ai rédigé mon rapport le lendemain, poursuivit-elle. J'ai appelé tous les carrossiers de la région. Rien. J'ai vérifié les fichiers pour un éventuel signalement de Cadillac volée, ou de quelque chose qui ressemble à une Cadillac. Rien.

— Et la nuit dernière tu n'as pas vu le tireur ?

— Non.

— Tu n'as pas vu son véhicule ?

— Non.

— Tu as une idée de qui ça pourrait être ?

Annie le regarda un long moment, sachant qu'elle ne pouvait nommer aucun de ses principaux suspects sans révéler la pagaille dans laquelle elle s'était pris les pieds toute seule et certainement pas sans exaspérer Perez, si elle répandait encore des médisances sur deux flics.

— Je ne suis pas très populaire, ces temps-ci.

— En voilà une nouvelle, pour les infos. Il plissa les yeux et balaya sa moustache broussailleuse avec un doigt. Je me serais imaginé que tu aurais montré Fourcade du doigt. Il doit bien te détester encore plus que n'importe qui d'autre. On sait bien, tous, ce que tu éprouves pour lui.

— Vous savez que dalle sur moi. Ce n'était pas Fourcade.

— Comment le sais-tu ?

— Parce que Fourcade est suffisamment un homme pour agir à visage découvert, et s'il voulait me voir morte, nous ne serions pas en train d'avoir cette conversation, fit-elle en se levant de sa chaise. Avons-nous terminé, inspecteur ? Nous savons tous les deux que tout ça ne sert à rien et j'ai du travail.

— Ouais. Je sais où te trouver..., fit Perez en haussant les épaules, jusqu'à ce que quelqu'un ouvre les yeux et te botte ton petit cul serré pour te mettre à la porte.

Annie quitta la salle d'interrogatoire, contente de ne pas s'être donné la peine de lui parler du chat crucifié. De retour aux rapports, elle trouva Myron l'air d'être sur le point d'exploser.

— Regardez l'heure ! rabâcha-t-il en sillonnant le bureau comme un jouet à ressort devenu fou. Regardez l'heure ! Vous êtes partie la moitié de la journée !

— Eh bien, excusez-moi d'être la victime d'un crime, s'étonna Annie. Vous savez, Myron, vous êtes un individu extrêmement peu compréhensif. Ce matin, j'ai pratiquement été témoin de la mort de quelqu'un. La nuit dernière, quelqu'un m'a tiré dessus. Ma vie ici est pratiquement en charpie, et tout ce que vous faites, c'est de me brimer.

— Peu compréhensif ? Il susurra le mot comme s'il s'était agi d'un substantif douteux issu d'une autre langue. Pour quelle raison devrais-je vous témoigner de la compréhension ? Vous êtes mon assistante. C'est moi qui ai besoin de compréhension.

— Votre femme a toute la mienne, lâcha Annie. Vous devez avoir fichu en l'air tous les tissus de ses fauteuils, à l'heure qu'il est, vu le bâton que vous avez dans le cul.

Myron renifla, indigné. Annie l'ignora. Elle n'en était plus à se soucier de se gagner ses faveurs. Avec tout ce qui se passait ou qui était à venir, elle se figurait que, d'ici une semaine, soit elle serait morte, soit on l'aurait mise à la porte. Une chose était sûre, c'était que, où qu'elle soit, elle ne travaillerait pas dans cet enfer des écritures pour le reste de ses jours. Deux minutes plus tard, elle reçut une convocation à se présenter dans le bureau de Noblier.

Quand Annie arriva devant les bureaux du shérif, Valérie Comb n'était pas à son poste. La pièce était vide, les armoires contenant les dossiers personnels n'étaient pas surveillées. La porte du bureau de Gus était fermée. Annie s'en approcha et colla une oreille contre le bois blond. Pas de bruits de conversation. Pas de grincements de chaise. Rien. Elle jeta de nouveau un regard plein d'envie aux armoires de dossiers. Cela ne lui prendrait pas plus d'une minute — ouvrir le tiroir des S, trouver Stokes, un coup d'œil et le tour serait joué. Il pourrait ne pas se présenter d'autre occasion. Avalant la boule d'angoisse coincée dans sa gorge, comme un os de poulet, elle traversa la pièce en direction des armoires, tendit la main vers la poignée du tiroir des S.

— Je peux vous aider ?

Annie se retourna d'un coup au son de la voix sèche, en croisant prestement les bras. Valérie Comb était là debout, une main sur la poignée de la porte, une tasse de café fumant dans l'autre. Ses yeux trop maquillés étaient plissés de suspicion, sa bouche serrée en un mince trait.

— Je suis ici pour voir le shérif, fit Annie en toute innocence.

Sans commentaire, Valérie se rendit à son bureau, posa sa tasse, et installa son derrière sur sa chaise. Les yeux sur

Annie, elle sortit un crayon du nid à rat de ses cheveux décolorés et enfonça le bouton de l'interphone du bout de la gomme dudit crayon, pour ne pas écailler ses ongles rouges de pétasse. La rumeur circulait qu'elle s'était fait la moitié des types du service. Elle s'était probablement fait Stokes.

— Shérif. L'adjoint Broussard est ici pour vous voir.

— Faites-la entrer ! beugla Gus de sa voix trop grosse pour rester contenue dans cette boîte en plastique.

Le cœur battant trois cadences trop vite, Annie s'introduisit dans le saint des saints de Noblier. Les stores étaient tirés. Il était enfoncé dans son fauteuil, en train de se frotter les yeux comme s'il venait juste de se réveiller de sa sieste de l'après-midi.

— En fait de rapport, vous m'avez l'air bien partie, adjoint, fit-il en secouant la tête.

— Monsieur ?

Il agita la main en direction de la chaise située en face de lui, de l'autre côté de son bureau.

— Asseyez-vous, Annie. Myron est venu attirer mon attention. Il dit que vous n'êtes pas fiable et que vous pourriez boire.

— Ce n'est pas vrai, monsieur.

— C'est la deuxième fois en une semaine que j'entends votre nom et l'alcool mentionnés dans la foulée.

— Je n'ai pas bu, monsieur. Je me soumettrai volontiers à tous les examens que vous voudrez.

— Ce que je veux savoir, c'est pourquoi, alors que voici deux semaines c'est tout juste si je connaissais votre nom, vous êtes maintenant, là, tout d'un coup, le crampon qui s'accroche au cul de tout le monde.

Il s'appuya sur ses avant-bras posés sur le bureau. À sa droite, de la paperasse empilée comme la tour de Pise. À sa gauche était posée une paire géante de ciseaux pour cérémonie de coupe officielle de ruban, tout droit sortie des *Voyages de Gulliver.*

— Une coïncidence malheureuse, suggéra Annie.

— Adjoint, il y a trois choses auxquelles je ne crois pas : les OVNIS, les républicains modérés et les coïncidences. Qu'est-ce qui vous prend ? Chaque fois que je me retourne, vous êtes en plein milieu, là où vous ne devriez pas. Vous êtes aux rapports, nom de Dieu ! Comment se fait-il, bon sang de bonsoir, que vous vous fourriez dans des problèmes ?

— Pas de chance.

— Vous trébuchez sur des cadavres, vous vous disputez avec d'autres adjoints. Stokes était ici ce matin pour me dire que vous étiez à l'hôpital quand cette Faulkner est morte. Pourquoi ça ?

Annie expliqua ses absences du service des rapports du mieux qu'elle put, traçant d'elle un portrait qui était l'image même de l'innocence, et que Myron avait interprété de travers. Elle fit en sorte de se dépeindre comme une spectatrice malheureuse de l'agression et du décès de Lindsay Faulkner — au mauvais endroit, au mauvais moment. Noblier écoutait, mais son scepticisme envahissait son visage.

— Et cette histoire de coup de feu que vous avez reçu la nuit dernière ? De quoi s'agit-il ?

— Je ne sais pas, monsieur.

— Sincèrement, j'en doute, répliqua Gus en se levant de son fauteuil. Il se massa une crampe dans le bas du dos, tout en s'éloignant de son bureau. Est-ce que l'inspecteur Fourcade a fait une quelconque tentative d'approche depuis sa mise en liberté ?

— Monsieur ?

— Il aurait matière à prêcher pour sa paroisse auprès de vous, Annie. Autant je respecte les capacités de Nick en tant qu'inspecteur, autant, vous et moi, nous savons qu'il est un peu trop obnubilé par son propre sort.

— Avec tout le respect qui vous est dû, monsieur, le harcèlement dont je suis la cible depuis l'arrestation de l'inspecteur Fourcade est venu d'ailleurs.

— Ouais, vous êtes arrivée à faire ressortir le pire chez pas mal de gens.

Annie se garda de relever que, par les temps qui courent, faire porter le blâme sur les victimes était politiquement incorrect. Pour le moment, moins elle mêlerait le shérif à ce foutoir, mieux cela vaudrait. Elle n'avait aucune preuve. Il avait déjà conclu qu'elle lui causait probablement davantage de problèmes qu'elle n'en valait la peine. Si elle commençait à lancer des accusations contre Stokes, cela pourrait le mettre à bout.

Retournant derrière son bureau, il tira un dossier du haut de la pile et l'ouvrit d'une pichenette.

— Selon vos états de service, vous bénéficiez du report, pour cette année, de toutes vos journées de congé de maladie de l'an dernier. Vous pourriez vous prendre de petites vacances, non ?

— J'aimerais mieux pas, monsieur, fit Annie en se raidissant sur sa chaise. Je ne pense pas que ça ferait passer un bon message. Cela pourrait donner l'impression à la presse que vous êtes en train d'essayer de me forcer à m'en aller à cause de cette histoire avec Fourcade. Punir la seule femme fonctionnaire de patrouille pour avoir empêché un mauvais flic de tuer un suspect — voilà une histoire drôlement inflammable.

La tête de Gus se releva et il posa sur elle un œil fixe et perçant.

— Êtes-vous en train de me menacer, adjoint Broussard ?

Elle fit de son mieux pour lui retourner un regard ahuri.

— Non, monsieur. Jamais de la vie. Je suis juste en train de vous dire quelle impression ça pourrait donner à certains.

— Les gens qui en veulent à ma peau, maugréa-t-il en parlant tout seul à haute voix. Il gratta sa barbe naissante de l'après-midi. Smith Pritchett adorerait ça, le porc, l'ingrat. Il me traite de corrompu, de raciste et de sexiste. L'esprit étroit, voilà ce qu'il a. Il ne voit pas le tableau d'ensemble. Tout ce qu'il veut, en réalité, c'est une revanche sur Fourcade qui a tout foutu en l'air avec cette perquisition chez Renard. En fait de poursuites judiciaires, il voulait le grand chelem, mouiller tout le monde, une affaire pour le grand cirque médiatique. M. Gros Titres.

Il arracha de son sous-main un journal plié et écrasa son doigt épais sur une photographie de Pritchett, prise lors de la conférence de presse de mardi, l'air sévère et suffisant. Le gros titre indiquait : « Création d'un Détachement spécial dans les Affaires du Violeur de Mardi gras ».

— Regardez-moi ça, se plaignit Gus. Comme si c'était le détachement spécial de Pritchett. Comme s'il avait que dalle à foutre de résoudre ces affaires. Vous croyez connaître un homme...

Annie décida de ne plus écouter cette lamentation. Elle prit le journal des mains du shérif, tandis qu'il s'éloignait. Le détachement spécial était en page deux des informations de mercredi dans le *Daily Advertiser* de Lafayette. L'article livrait un bref résumé de la conférence de presse et des détails sur les trois agressions qui avaient eu lieu dans le comté de Partout au cours de la semaine écoulée. Mais ce fut le petit encadré qui attira son attention. Juste deux paragraphes, avec ce titre : « Le Chef du Détachement spécial : un Homme d'expérience ».

« L'inspecteur Charles Stokes prendra la tête du détachement spécial du comté de Partout dans l'enquête sur ces affaires que l'on a fini par appeler celles du " Violeur de Mardi gras ". Stokes, 32 ans, a intégré les services du shérif du comté de Partout en 1993 et le shérif August F. Noblier le décrit comme " un enquêteur diligent et minutieux ".

« Avant de rejoindre l'unité du comté de Partout, Stokes a servi au sein du commissariat de police de Hattiesburg (Mississippi), où il a également travaillé comme inspecteur, faisant partie d'une équipe qui a enregistré à son crédit l'élucidation d'une série d'agressions sexuelles contre des étudiantes sur le campus de William Carey College. »

Chaz Stokes savait donc tout des affaires de viol. Il s'en était déjà mêlé. La question était : avait-il élucidé les affaires de viol du William Carey College, ou les avait-il commises ?

40.

La vieille bibliothèque Andrew Carnegie était ouverte le mardi jusqu'à neuf heures du soir. Depuis environ cinq heures et quart, Annie avait tourné derrière les compartiments de fortune aménagés pour recevoir les trois ordinateurs des lieux, jusqu'à ce que, pour les petits tordus de premier cycle de lycée qui se servaient des machines histoire de surfer sur le Net à la recherche de choses qui n'étaient pas encore de leur âge, ce soit l'heure de rentrer à la maison pour le dîner. Alors elle s'installa devant l'ordinateur situé le plus à l'écart des regards indiscrets et se mit au travail.

Carnegie était déjà vieille du temps où le Christ se promenait en culottes courtes. Humide et peu éclairé, l'endroit avait toujours donné à Annie la chair de poule. L'air y sentait l'odeur de renfermé du papier qui moisissait. Chaque surface de bois avait soit noirci avec l'âge, soit pâli à l'usage. Même la bibliothécaire, Miss Brocher, semblait un rien piquée d'humidité.

Mais les ordinateurs, eux, étaient neufs et c'était le principal. Annie put accéder à la bibliothèque de William Carey College et, une fois entrée dans ce réseau, charger les articles du *Hattiesburg American* relatant les viols commis au collège universitaire entre 1991 et 1992. Elle les lut à l'écran, à l'affût de chaque similarité entre ces affaires et celles nouvellement baptisées « Mardi gras ».

Les victimes — au nombre de sept — étaient toutes des étudiantes du collège ou bien elles y travaillaient. Les caractéristiques physiques de ces jeunes femmes étaient diverses : leur âge allait de la fin de l'adolescence au début de la vingtaine. Les agressions étaient survenues dans leur chambre, tard dans la nuit. Chacune de ces jeunes femmes habitait un appartement de plain-pied au rez-de-chaussée. Les agressions avaient eu lieu par temps chaud, le violeur trouvant un accès par les fenêtres ouvertes. Il se servait de collants féminins qu'il apportait avec lui pour ligoter ses victimes. Au cours des viols, il parlait très peu, d'une voix décrite comme « un chuchotement rauque ». Quoique aucune de ces femmes n'ait pu apercevoir nettement le violeur parce qu'il portait une cagoule, plusieurs d'entre elles avaient émis l'hypothèse qu'il « pouvait être noir ». Le violeur utilisait un préservatif, qu'il jetait ensuite loin des lieux du crime, et l'on n'avait retrouvé ni semence ni poils pubiens qui puissent être utilisés comme pièces à conviction. Avant de laisser la dernière de ses victimes, l'agresseur lui avait pris de l'argent liquide et ses cartes de crédit.

Evander Darnell Flood, l'homme arrêté pour ces crimes, avait donné à sa petite amie une carte de crédit Visa ayant appartenu à la victime. Selon l'une de ses connaissances, elle-même bouclée sur la base d'une inculpation de détention de drogue sans lien avec l'affaire, Flood s'était vanté de ces viols en sa présence. Bien que ce témoignage n'ait pas été recevable devant la cour, Evander avait précédemment été l'hôte d'un établissement correctionnel du Mississippi, à Parchman, pour une peine de sept ans, suite à une inculpation pour viol. Deux inculpations antérieures avaient été abandonnées, à défaut de pièces à conviction.

L'accusation avait bâti contre Flood un dossier sur la base de présomptions, étayé par les pièces à conviction découvertes grâce aux inspecteurs du commissariat de police de Hattiesburg. Et, alors qu'Evander avait juré jusqu'au bout qu'il était victime d'un coup monté, que la police avait planqué ces pièces à conviction, le jury l'avait condamné et le juge l'avait renvoyé à Parchman pour le reste de ses jours.

Annie se cambra devant l'écran de l'ordinateur et se frotta les yeux. Il y avait entre ces affaires des différences et des similitudes, mais, aussi bien, on pouvait avancer la même chose dans la majorité des cas de viols. Les différences tendaient plutôt à être d'ordre personnel : un violeur était un bavard, usant d'un langage sexuel ordurier pour s'aider à prendre son pied ; un autre gardait le silence. L'un pourrait préférer couvrir le visage de sa victime pour la dépersonnaliser, quand l'autre la menacerait d'un couteau pour lui maintenir les yeux ouverts, qu'il puisse voir sa peur.

Elle trouvait ici davantage de similitudes que de différences, mais c'étaient les circonstances entourant l'arrestation de Flood et sa condamnation qui rendaient Annie mal à l'aise. Flood jurait son innocence, comme la presque totalité des salopards qui se trouvaient en prison. Pourtant, le dossier retenu contre lui n'était pas si solide que ça. Cette connaissance qui l'avait dénoncé avait facilement pu mentir, dans le cadre d'un marché conclu pour obtenir un allègement de sa propre peine. Les témoins qui prétendaient avoir vu un homme correspondant à la description de Flood au voisinage de plusieurs de ces viols avaient délivré des récits contradictoires et pleins de points peu fiables. Flood disait avoir trouvé la carte de crédit de la dernière des victimes dans le hall de l'immeuble où il habitait. Il prétendait que les flics avaient fait pression sur lui parce que son casier judiciaire n'était pas vierge et qu'il vivait dans le quartier où ces crimes avaient été commis.

Il aurait pu faire une cible assez commode pour un coup monté. En raison de son casier, les flics savaient tout de la vie antérieure d'Evander. Il vivait dans le quartier, avait un poste d'agent d'entretien à temps partiel dans le collège des victimes. Sa concubine travaillait de nuit, le privant ainsi d'un témoignage susceptible de lui fournir un alibi.

Annie ferma les yeux, et elle vit Stokes. En tant qu'inspecteur nommé pour traiter ces affaires, planquer une pièce à conviction aurait été pour lui chose facile. Il était présent chez Renard le soir où Fourcade avait trouvé la bague de Pam. Tout le monde était tombé sur Nick, avec une accusation de falsification de preuve parce qu'il en avait déjà été accusé précédemment. Personne n'était allé voir du côté de Chaz Stokes.

Elle procéda aux différentes étapes nécessaires pour commander à l'ordinateur une impression des articles, puis elle tourna sur sa chaise tandis que l'imprimante matricielle émettait un crépitement métallique. À l'autre bout d'une rangée de catalogues de références, un visage la regardait fixement, puis s'éclipsa précipitamment dans l'ombre, Victor Renard.

Le cœur d'Annie fit un bond. La bibliothèque était presque déserte. Le peu d'animation provenait du premier étage : un groupe de dames à cheveux bleutés qui suivaient une conférence s'appliquaient à trouver des messages sataniques dans *La Prophétie céleste.* Le second étage, où était Annie, était aussi paisible qu'une église. Victor pointa de nouveau le nez en contournant l'extrémité d'une autre bibliothèque, vit qu'elle l'observait, et recula précipitamment.

— Victor ? appela Annie. Abandonnant l'imprimante à son travail, elle se leva doucement de sa chaise et avança prudemment dans sa direction. Monsieur Renard ? Vous n'avez pas besoin de vous cacher, c'est moi.

Elle se fraya lentement un chemin jusqu'au bout d'une rangée, les muscles tendus, ses poumons douloureux à force de retenir sa respiration. L'éclairage, par ici, était médiocre. La chair de poule lui descendit le long de la nuque.

— C'est Annie Broussard, Victor. Vous vous souvenez de moi ? J'essaie d'aider Marcus, lui rappela-t-elle, avec un frémissement de sa conscience.

Mentir à une personne mentalement déficiente ! Écoperait-elle d'une journée supplémentaire de purgatoire si son but était de faire le bien ? *La fin justifie les moyens.* Au bout de la rangée consacrée aux sciences humaines, elle prit à droite et le surprit, sur sa gauche, qui se faisait tout petit dans un coin.

— Comment allez-vous, Victor ? demanda-t-elle, tâchant de prendre une voix agréable, d'affecter un ton de conversation.

Elle se retourna lentement vers lui, ne voulant pas l'effaroucher. La sentir si proche n'avait pas l'air de le mettre à l'aise. Elle était à peine à plus d'un mètre de lui. Il émit une lamentation, du fond de la gorge, et se mit à se balancer d'un côté, de l'autre.

— Tout ça, c'est devenu très dur pour vous, n'est-ce pas ? fit Annie, avec une sincère compréhension à son égard.

Selon le peu qu'elle avait lu sur les autistes, pour essayer d'en comprendre davantage au sujet du frère de Marcus Renard, la routine, pour lui, était chose sacrée. Pourtant, depuis la mort de Pam Bichon, la vie de Victor avait dû n'être qu'une série interminable de bouleversements. La presse, les flics, la mauvaise humeur des simples citoyens, tout le monde avait concentré son attention et ses doutes sur la famille Renard. Quantité de rumeurs avaient circulé en ville sur le fait que Victor lui-même pouvait être dangereux. Son état déroutait les gens et les effrayait. Son comportement paraissait au mieux bizarre, et souvent incongru.

— Masque, masque. Pas de masque du tout, marmonna-t-il en la regardant du coin de l'œil.

Masque. Depuis la mort de Pam, ce mot avait revêtu une connotation menaçante qui n'avait pu être qu'aggravée par les viols récents. Dans la bouche de quelqu'un dont le comportement était si étrange, de quelqu'un qui se trouvait être le frère d'un suspect de meurtre, cela ne faisait qu'ajouter à l'inquiétante étrangeté du personnage.

Il leva le livre qu'il tenait dans ses mains, un recueil de gravures d'Audubon, pour s'en couvrir le visage, et tapota du doigt l'image de couverture, une restitution finement détaillée d'un merle moqueur.

— *Mimus Polyglottos. Mimus,* mimique. Masque, pas de masque.

Lentement, il abaissa le livre pour glisser un œil pardessus et la regarder. Ses yeux avaient l'aspect du verre, durs et clairs, et ils ne cillaient pas.

— Transformation, trans... mutation, altération. Masque.

— Vous pensez que je ressemble à quelqu'un ? C'est ça ? Est-ce que je vous rappelle Pam ? demanda gentiment Annie.

Dans quelle mesure ce qui s'était passé demeurait-il verrouillé à l'intérieur de la conscience de Victor Renard ? Quel secret, quel indice pouvaient être pris au piège de l'étrange labyrinthe que formait son cerveau ?

Il se couvrit de nouveau le visage.

— Rouge et... blanc. Par-ci et... par-là.

— Je ne comprends pas, Victor.

— Je pense qu'il est troublé, fit Marcus.

Annie se retourna vers lui en sursautant. Elle ne l'avait pas du tout entendu approcher. Ils se trouvaient à l'écart, dans le coin le plus mal éclairé, le plus reculé de la bibliothèque. Elle avait Victor d'un côté, Marcus d'un autre, un mur dans le dos.

— Troublé que vous ressembliez à Pam, mais que vous ne soyez pas Pam, acheva Marcus. Il ne peut décider si c'est bien ou mal, passé ou présent.

Victor se balançait et cognait le livre d'Audubon contre son front, encore et encore, en marmonnant : « Rouge, rouge, entrée annulée. »

— Dans quelle mesure comprenez-vous son langage ? demanda Annie.

— Dans une certaine mesure. Il parlait entre ses dents serrées, la mâchoire toujours bloquée, avec moins de difficulté cependant. Toute enflure avait disparu de son visage. Mais les hématomes, sous cet éclairage médiocre, avaient tiré au jaune et noir. C'est une sorte de code.

— Très rouge, marmonna Victor d'un air malheureux.

— Rouge désigne les choses qui le bouleversent, expliqua Marcus. Tout va bien, Victor. Annie est une amie.

— Très blanc, très rouge, fit Victor en scrutant Annie par-dessus le livre. Très blanc, très rouge.

— Le blanc est bon, le rouge est mauvais. Pourquoi place-t-il les deux ensemble de cette façon, ça me dépasse. Il est très perturbé depuis le coup de feu de l'autre soir.

— Je peux comprendre ça, fit Annie en dirigeant son attention plus franchement vers Marcus. Quelqu'un m'a tiré dessus la nuit dernière.

— Mon Dieu !

Elle ne pouvait dire si cet état de choc était sincère ou non. Il avança d'un pas vers elle.

— Avez-vous été blessée ?

— Non. À vrai dire, j'ai plongé.

— Savez-vous qui a fait ça ? Était-ce à cause de moi ?

— Je ne sais pas.

Était-ce vous ? se demanda-t-elle.

— C'est terrible qu'on veuille vous faire du mal, Annie, fit Marcus, son regard un peu trop appuyé. Peu à peu, il se rapprochait d'elle insensiblement. Particulièrement quand on sait que ce quelqu'un voulait vous punir d'avoir agi comme il fallait. Ainsi va le monde, c'est triste à dire. Le mal essaie de supprimer le bien. Étiez-vous seule ? Vous avez dû avoir peur.

— Le mot est plutôt faible, fit-elle, résistant à son envie pressante de s'éloigner de lui. J'imagine qu'il va falloir que je m'habitue à ce genre de chose. Tout d'un coup, j'ai l'air d'être la cible préférée de tout le monde.

— Je peux compatir. Je sais exactement par quoi vous êtes passée, Annie, fit-il. Avoir un étranger qui vous atteint dans votre prie privée et qui commet un acte de violence. C'est de la violation. C'est du viol. Vous vous sentez si vulnérable, si impuissant. Si solitaire. N'est-ce pas ?

Un frisson courut sous la peau d'Annie. Il ne disait rien de choquant, rien de menaçant. Il lui offrait sa compréhension et sa sollicitude... d'une manière simplement un peu trop intense. Il se tamponna les commissures des lèvres avec son mouchoir, comme si le sujet en question le faisait saliver. Quelque chose dans la lumière de ses yeux ressemblait presque à de l'excitation, à un secret. Personne n'aurait compris — sauf Pam Bichon. Et peut-être Elaine Ingram avant elle.

— Je sais à quoi ça ressemble, insista-t-il. Vous le savez. Vous avez été là, pour moi, tant de fois. J'aurais aimé pouvoir être là, pour vous. Je me sens si égoïste à présent, de vous avoir téléphoné pour un caillou qu'on a lancé à travers l'une des fenêtres du salon la nuit dernière, et de m'être demandé pourquoi vous ne bougiez pas. Et pendant tout ce temps, vous étiez en danger.

— Vous avez appelé les services du shérif, n'est-ce pas ? Au sujet de ce caillou ?

— J'aurais mieux fait de ne pas prendre cette peine, fit-il amèrement. Il est probable qu'aujourd'hui ils utilisent ce caillou comme presse-papiers. Je suis certain qu'ils ont jeté le mot.

— Quel mot ?

— Celui qui était attaché au caillou par un élastique. C'était écrit : LE PROCHAIN MORT, C'EST TOI, TUEUR.

Victor émit de nouveau ce drôle de grincement et se couvrit le visage avec son livre.

— C'était terriblement contrariant, poursuivit Marcus. Quelqu'un est en train de terroriser ma famille, et les services du shérif n'ont rien fait. On me traque, exactement comme Pam a été traquée par un individu dérangé, et les bureaux du shérif seraient tout simplement ravis que quelqu'un me tue. Vous êtes la seule qui y prête attention, Annie.

— Écoutez, la nuit dernière, j'ai dû surtout me soucier de ne pas me faire tuer moi-même.

— Je suis si désolé. Vous voir blessée, Annie, c'est la dernière chose que je veuille — surtout de mon fait. Il se décala un peu plus près en inclinant la tête de côté, comme l'on fait pour partager un secret. Je me soucie beaucoup de vous, Annie, murmura-t-il. Vous le savez.

— J'espère que vous ne l'entendez pas sur un plan personnel, Marcus, fit-elle, pour le sonder. Il y avait des gens juste un étage au-dessous et son frère debout à trois mètres de là, qui les observait par-dessus le bord de son livre de peintures. Il n'allait rien tenter ici. Je travaille sur votre affaire. C'est tout.

Il eut l'air de marquer le coup une fraction de seconde, puis il sourit, soulagé.

— Je comprends. Conflit d'intérêts. Vous me sauvez la vie — deux fois —, c'était purement et simplement dans le droit-fil de votre devoir.

— C'est exact.

— Et la recherche que vous faites sur mon alibi et votre venue à la maison l'autre soir, même si ce n'était pas officiellement votre affaire — tout ça, c'était simplement parce que vous êtes un bon policier.

— C'est exact, acquiesça Annie, une autre onde de malaise se propageant en elle.

Une fois encore, il interprétait ses actes. Et pourtant, s'il s'était agi de quelqu'un d'autre que lui, sa réaction n'avait rien qu'elle puisse trouver déplacé.

— Je ne suis qu'un adjoint, fit-elle. C'est tout ce que je peux être pour vous, Marcus. Est-ce que vous comprenez ce que je suis en train de vous dire ? Vous ne devriez pas m'envoyer de cadeaux.

— Un simple témoignage de ma gratitude, fit-il.

— Vos impôts paient mon salaire. C'est toute la gratitude dont j'ai besoin.

— Mais vous avez répondu à l'appel, et bien au-delà du nécessaire. Vous méritez bien davantage.

Victor se manifesta par une plainte inarticulée et se balança.

— Par-ci et... par-là. Entrée annulée. Il est temps et il est temps... main-te-nant, Marcus. Très... rouge.

— Il n'est pas convenable que vous m'envoyiez des cadeaux.

— Avez-vous un petit ami ? demanda-t-il en se raidissant ; l'irritation lui durcissait la voix. Est-ce que cela vous a mise en colère — que je vous envoie ces cadeaux ?

— Ça ne vous regarde pas, répliqua Annie.

Elle osait à peine cligner des yeux, de crainte de manquer quelque petite nuance d'expression qui le trahirait.

— Très rouge ! se lamenta Victor sur un ton funèbre. Il avait l'air d'être au bord des larmes. Entrée annulée tout de suite !

Marcus consulta brièvement sa montre et se rembrunit.

— Ah ! nous ferions mieux d'y aller. Il est presque

huit heures. C'est l'heure du coucher de Victor. Je ne peux pas déroger aux habitudes, n'est-ce pas, Victor ?

Victor étreignit son livre contre sa poitrine et se pressa en direction de la porte du hall.

Marcus adressa un salut à l'attention d'Annie, non sans raideur, dans une tentative de conciliation.

— Puis-je vous raccompagner, Annie ? À l'évidence, il vous faut être prudente.

Elle réfréna son envie de relever que de l'avoir, lui, en guise d'escorte pouvait difficilement passer pour une position sûre. Soit il était un tueur, soit il pouvait être la cible d'un tueur.

— Je ne m'en vais pas tout de suite. J'ai encore du travail.

Il renonça à son idée, tandis qu'ils se dirigeaient vers l'allée centrale, mieux éclairée, qui faisait face à la salle.

— Avez-vous pu retrouver ce conducteur qui m'a aidé ?

— Non. J'ai été très occupée.

— Mais vous êtes en train d'essayer.

La liste du fichier central des véhicules était toujours sous le registre de son bureau.

— Je ferai ce que je pourrai.

— Je sais bien, Annie, fit-il tandis qu'ils arrivaient à hauteur de l'accueil, où Victor se tenait debout, sur le pas de la porte, face à l'entrée, en se balançant d'un côté et de l'autre.

— Je sais que vous ferez de votre mieux pour moi, Annie. Vous êtes vraiment un être à part.

Avant qu'Annie ait pu protester une nouvelle fois, il ajouta :

— Irez-vous danser dans la rue avec quelqu'un, vendredi ?

Comme s'il avait l'intention de l'y inviter, se dit Annie, sidérée. Elle recula d'un pas pour s'écarter de lui.

— Je m'y rendrai en uniforme, si le bal a vraiment lieu. Il est prévu que je sois de service ce soir-là.

— Comme c'est dommage, soupira Marcus. Vous avez travaillé très dur ces derniers temps.

À cause de vous, songea Annie, mais ce n'est pas elle qui allait encore solliciter cette gratitude écœurante. Elle regarda les frères Renard s'en aller, Victor étreignant le mur de la cage d'escalier, son livre d'oiseaux levé pour se cacher le visage. *Masque.*

Il voulait cacher celui qu'il était derrière une

autre façade. Son frère pouvait très bien dissimuler un *alter ego* sous son visage terne et ordinaire. Annie se tourna vers l'imprimante et la pile d'articles concernant Chaz Stokes, qui se servait de son insigne comme d'un masque pour couvrir Dieu savait quoi. *Masque.*

— Ouais, Victor, murmura-t-elle en rassemblant ses affaires. Il semble qu'il y ait beaucoup de ça, dans le coin.

— Ça ne va pas, rabâchait Doll. Je t'avais dit que ça n'irait pas. J'en avais la prémonition.

— C'est humide, mère, répondit Marcus en tamponnant la peinture avec une éponge, dans l'espoir qu'elle se fonde mieux avec le reste du mur. La peinture a l'air toujours plus clair quand elle est sèche que quand elle est mouillée.

Doll scrutait le mur de la salle à manger, son visage mince pincé sous l'effet de la concentration. Elle croisa les bras en déclarant :

— Je ne crois pas que ce soit la même couleur. Comment s'appelle cette couleur-ci ? Est-ce qu'elle s'appelle « forêt » ?

— Je ne sais pas, mère. La boîte porte un numéro, pas de nom.

— Ah voilà, il aurait fallu que ce soit écrit « forêt » dessus. Je me souviens distinctement avoir choisi la couleur « forêt ». Si ce n'est pas écrit « forêt », alors comment peux-tu savoir que c'est la même nuance ?

— Parce que je le sais.

Il sentait sa patience s'effilocher comme une vieille corde, et son irritation montait. Il était rentré de la bibliothèque avec la tête pleine d'Annie, une chaleur agréable irradiant doucement en lui, à fleur de peau. En faisant taire le bruit incessant de Victor, il avait passé le chemin du retour à se rejouer cette rencontre, depuis le regard surpris d'Annie quand elle s'était d'abord retournée pour lui faire face jusqu'aux messages subtils que le ton de sa voix avait transmis. Elle ne pouvait accepter publiquement ses marques d'attention, tant qu'elle ne l'avait pas lavé du meurtre de Pam. Il comprenait. Il aurait à se montrer discret. Cela serait comme un jeu entre eux, un autre secret à partager.

— Ce n'est pas « forêt », marmottait Doll en se déplaçant pour examiner la tache sous un autre angle. C'est exactement comme je le pressentais. La couleur ne correspondra jamais, quoi que nous fassions, et chaque fois que je regarderai ce mur, je serai saisie par la peur de cette nuit-là. La peur et la honte — voilà tout ce que ma vie est devenue. C'est tout juste si je peux me convaincre de sortir de la maison, ces temps-ci.

Marcus ravala les mots qui lui étaient venus sur le bout de la langue. Elle l'avait pourchassé toute la matinée pour qu'il l'emmène en ville parce qu'elle avait besoin d'aller à la pharmacie et au supermarché. Elle ne se fiait pas à sa mémoire des marques, et elle refusait de lui donner une liste de produits car, en fait, elle ne retenait que les couleurs et les graphismes sur les emballages. Et naturellement elle ne pouvait pas prendre sa propre voiture et y aller toute seule, du fait de ses nerfs et de cette paralysie à la cause mystérieuse dont elle souffrait depuis peu — sa faute à lui et à l'attention indésirable qu'il avait attirée sur la famille.

— Tout ça parce que tu t'es entichée de cette femme, disait-elle maintenant, en rabâchant. Je ne sais pas pourquoi tu n'arrives pas à te contenter de ce que tu as, Marcus.

Me contenter de quoi ? De toi ? Il la regarda du coin de l'œil, tandis qu'elle descendait de l'escabeau et qu'elle s'appliquait à nettoyer. Il se vit lui enfoncer la tête de force dans le pot de peinture et la noyer dans sa nom de Dieu de peinture couleur « forêt », mais évidemment il n'en ferait rien, pas plus qu'il ne lui fourrerait l'éponge imbibée de peinture dans la bouche pour l'étouffer, ou qu'il ne la larderait de coups de tournevis à la base du cou, le tournevis dont il s'était servi pour ouvrir le pot.

— Regarde ce qui s'est passé. Regarde ce que nos vies sont devenues, à cause de tout ça.

— Ce qui s'est passé n'est pas ma faute, mère, fit-il en rebouchant le couvercle du pot avec un maillet caoutchouté.

S'il était manié avec assez de fureur, causerait-il les mêmes dégâts qu'un marteau ?

— Bien sûr que si, insista Doll. Tu t'étais entiché de cette femme, et maintenant elle est morte et naturellement tout le monde croit que c'est toi qui as fait ça. Tu aurais dû la laisser tranquille.

— C'était un malentendu, se défendit-il en rassemblant ses outils et le pot.

La tache aurait besoin d'une seconde couche, mais il ne fallait pas laisser la peinture sortie. Victor adorait la texture et la viscosité de la peinture, et il y plongerait les mains, et il la laisserait goutter pour la regarder s'élargir en flaque sur le sol.

— Annie va élucider ça pour nous. Elle est en train de travailler sur l'affaire jour et nuit.

— Annie. Doll secoua la tête en le suivant dans la cuisine. Elle ne vaut pas mieux que les autres, Marcus. Retiens mes paroles, elle n'est pas ton amie.

Il s'arrêta devant la porte de derrière et se tint devant sa mère, avec un air de défi.

— Elle m'a sauvé la vie. Elle s'est détournée de sa route pour me venir en aide. Je crois que cela définit assez bien le mot « ami ».

Il poussa la porte du coude et se retrouva dans le petit appentis fermé à clé où il gardait les objets comme la peinture et les outils électriques. Une simple ampoule éclairait les murs en cyprès brut. Il posa la peinture et les outils et éteignit la lumière. S'il attendait suffisamment longtemps, il savait que sa mère allait monter se coucher et qu'il n'aurait plus à lui reparler jusqu'au lendemain matin. Il était presque dix heures. Elle devait être dans sa chambre pour le début des nouvelles, bien qu'il n'ait jamais compris pourquoi, puisque celles-ci ne manquaient jamais de l'irriter et de l'écœurer, pour une raison ou une autre. Rituel. Elle y était attachée, comme Victor.

Pour Annie, elle ne pouvait comprendre, se dit-il en attendant que la lumière de la cuisine s'éteigne. Qu'est-ce que sa mère savait des amis ? À sa connaissance, elle n'en avait jamais eu. Il doutait même que pour elle son père ait jamais été un ami. Jamais elle ne comprendrait, pour Annie.

Les lumières s'éteignirent dans la cuisine, puis dans la salle à manger. En coupant par la terrasse, Marcus gagna sa pièce de travail et s'y introduisit par l'une des portes-fenêtres, au moyen de la clé qu'il cachait sous un pot de fleurs. Il se rendit d'abord dans sa chambre pour y prendre un comprimé de Percodan, afin de calmer à la fois sa douleur et ses nerfs, puis il revint dans son atelier et rassembla les objets cachés dans son placard privé. Le médicament commença à agir, le détendit, lui procura une sensation vague de flottement, l'isolant à la fois de la douleur physique et des souffrances émotionnelles. Regardant fixement l'esquisse, il chassa toute chose de son esprit, sauf Annie.

Naturellement, il était séduit par elle. Elle était jolie. Elle était intelligente. Elle avait bon esprit. Son ange. C'était comme cela qu'il la nommait quand il s'imaginait tous les deux réunis — *Ange*. Ce serait son nom secret ; un autre petit quelque chose qu'ils partageraient, seulement tous les deux. Il passa un doigt sur ses lèvres, comme s'il faisait coulisser une fermeture Éclair, puis il s'adressa un sourire. C'était déjà devenu un signe de complicité entre eux deux. Ils devaient se montrer prudents. Prudents. Elle risquait tant de choses en l'aidant.

Il souleva le petit porte-bonheur de la table à dessin et le fit se balancer au bout de ses doigts, souriant à son côté fantaisiste. C'était une chose toute bête, à peine convenable pour une femme d'âge adulte exerçant une profession sérieuse, et pourtant cela lui allait. À bien des égards, elle était encore une jeune fille — fraîche, intacte, amusante, impulsive. Il se rappelait parfaitement, dans les détails, la surprise sur son visage, quand elle s'était retournée et qu'elle l'avait vu ce soir à la bibliothèque. Cela lui avait donné envie de la tenir dans ses bras. À la place, il tenait ce drôle de petit alligator en plastique, avec ses lunettes de soleil et son béret rouge, qu'il avait retiré du rétroviseur de la Jeep d'Annie.

Elle ne lui en voudrait pas de le lui avoir pris, raisonna-t-il. C'était simplement un autre petit secret entre eux. Il déposa un baiser sur le museau de l'alligator et sourit. Le Percodan lui faisait l'effet d'un vin chaud coulant dans ses veines. Il ferma les yeux et eut l'impression que son corps avait quitté son siège.

Il avait sorti plusieurs de ses trésors. Posant l'alligator sur le rebord de la table à dessin, il attrapa le cadre décoré de la photographie et parcourut du bout du doigt le pourtour filigrané, en souriant tristement à la femme de l'image. Pam. Pam et sa chère petite fille. Les choses qui auraient pu advenir si Stokes et Donnie Bichon ne lui avaient pas empoisonné l'esprit contre lui... À regret, il reposa la photographie de côté et attrapa le médaillon. Il y aurait un certain symbolisme à le passer à Annie. Un fil conducteur. En tenant le médaillon dans une main, il prit le crayon dans l'autre et en effleura le papier.

— Je le savais.

Jamais trois mots n'auraient pu être plus accusateurs. Marcus sentit sa colonne vertébrale se raidir au son de la voix. Sa mère se tenait debout, juste derrière lui. Il ne l'avait pas entendue entrer en passant par la chambre, il était si absorbé dans ses fantasmes.

— Mère...

— Je le savais, répéta Doll. Au-dessus de lui, elle fixait le dessin sur la table à plateau basculant. Des larmes lui montèrent aux yeux et elle se mit à trembler. Oh, Marcus, encore, non !

— Tu ne comprends pas, mère, fit-il en glissant de sa chaise, le médaillon dansant toujours au bout de son poing.

— Tu es pathétique, cracha-t-elle. Tu crois que cette femme te veut ? Elle te veut en prison ! Est-ce que tu mérites d'y aller, Marcus ?

— Non ! Maman !

En allongeant le bras, elle saisit la photographie encadrée sur sa table et la serra si fort dans sa main que le métal lui coupa les doigts. Elle fixait la photo de Pam avec dureté, tout son corps tremblant, puis, en sanglots, elle lança le cadre à travers la pièce.

— Pourquoi ? cria-t-elle. Comment as-tu pu faire ça ?

— Je ne suis pas un assassin ! cria Marcus, ses propres larmes lui brûlant les yeux. Comment peux-tu croire ça, maman ?

— Menteur ! De sa paume ouverte, elle le gifla sèchement, lui tachant sa chemise de sang. Et maintenant, tu me tues !

En hurlant, elle se retourna et balaya tout ce qu'il y avait sur la table dans un geste sauvage.

— Maman, non ! cria Marcus en lui empoignant le bras qu'elle tendait vers le portrait.

— Oh, Marcus ! Doll amena sa main à sa joue, se barbouillant le visage de sang. Je ne te comprends pas.

— Non, tu ne me comprends pas ! hurla-t-il, la douleur lui déchirant le visage. J'aime Annie. Tu ne peux pas comprendre l'amour. Tu ne sais pas ce qu'est l'amour. Tu connais la possession. Tu connais la manipulation. Tu ne connais pas l'amour. Sors. Sors de ma chambre. Je ne t'ai jamais demandé de venir ici. C'est le seul endroit où je peux être libre. Sors ! Sors !

Il cria ces mots encore et encore, tandis qu'il titubait à travers la pièce, en frappant les objets, en les détruisant à l'aveuglette, en cognant une maison de poupée contre le sol, où elle vola en éclats. Il imaginait chaque coup retomber sur le visage de sa mère, lui fracasser son masque d'aigreur, frappant son corps, le brisant.

Finalement, il tomba en travers de sa table de travail, sanglotant, se martelant de ses poings. La fureur ne le lâcha pas. Il resta allongé là un long moment, le regard brouillé, flou, sans rien fixer. Après un certain temps, il se rendit compte que sa mère était partie. Il se releva lentement et regarda la pièce autour de lui. L'ampleur du désastre l'abasourdit. Ses objets préférés, ses secrets, gisaient, brisés, tout autour de lui. C'était son sanctuaire, et maintenant son sanctuaire avait été violé, détruit. Sans même redresser sa chaise renversée, Marcus ramassa ses clés et sortit.

Victor était assis au milieu des ruines et se balançait, en miaulant. La maison était sombre et silencieuse, ce qui signifiait que tout le monde était endormi, et qu'ils avaient cessé d'exister. Marcus lui interdisait d'entrer dans son « espace personnel », mais Marcus était endormi et dès lors ses souhaits étaient sur arrêt, comme la télévision. D'ordinaire, Victor aimait bien venir ici et s'asseoir parmi les petites maisons. De même, il savait où Marcus conservait ses objets secrets, et parfois Victor ouvrait la porte secrète et sortait ces objets juste pour les toucher. Cela lui donnait une impression de force de connaître l'existence de la porte secrète et de toucher les objets secrets sans que personne d'autre le sache. Cela lui communiquait une sensation d'intensité rouge et... blanche, et c'était très excitant.

Ce soir, tout ce que Victor ressentait était très, très rouge. Il n'avait pas été du tout capable d'éteindre son propre esprit — même pas durant son heure habituelle. Les couleurs rouges tourbillonnaient encore et encore, elles lui entaillaient, lui tisonnaient le cerveau. Et ses Contrôleurs — les petites figures qu'il se représentait à l'intérieur de son esprit, les arbitres de l'émotion et l'étiquette — ne faisaient que surveiller, avec une expression réprobatrice. Les Contrôleurs étaient toujours en colère quand il ne parvenait pas à arrêter les couleurs rouges. *Rouge, rouge, rouge.* Obscurité et lumière. Encore et encore, tourbillonnantes. Entrailles et entrailles.

Il avait essayé de se consoler avec le livre d'Audubon, mais les oiseaux lui avaient paru coléreux, comme s'ils savaient, oui, ce qu'il avait en tête. Comme s'ils avaient entendu les voix. L'émotion le remplissait à ras bord comme de l'eau, le noyant d'intensité. Il avait l'impression de ne plus pouvoir respirer. Il avait entendu les voix, précédemment. Elles s'étaient élevées à travers le sol de sa chambre. Très, très rouges. Victor n'aimait pas les voix sans visage, en particulier les voix rouges. Il les entendait de temps en temps, et ce qu'elles disaient n'était jamais blanc, toujours, toujours rouge. Il s'était assis sur son lit en maintenant ses pieds au-dessus du sol, parce qu'il avait peur que les voix puissent remonter par les jambes de son pyjama et pénètrent dans son corps par son rectum.

Victor attendait que les voix s'en aillent. Et puis il attendait encore. Il compta jusqu'au nombre magique, à trois reprises, par seizièmes, avant de quitter sa chambre. Il était descendu jusqu'à l'espace personnel de Marcus, attiré par le besoin de voir le visage, même si ça le fâchait. Quelquefois il était comme ça. Quelquefois il ne pouvait s'empêcher de frapper du poing contre le mur, même s'il savait que ça lui faisait mal.

Le désordre de la pièce le contraria. Il ne pouvait supporter les choses cassées. Cela lui faisait mal dans son cerveau de voir du verre brisé ou des éclats de bois. Il avait la sensation de voir chaque molécule déchirée, et il ressentait leur douleur. Et pourtant il resta dans la pièce à cause du visage. Il ferma les yeux et vit le visage, les ouvrit et vit le visage encore — le même, le même, le même, mais différent. Masque, pas de masque. La sensation que cela lui donnait était très, très rouge. Il ferma les yeux de nouveau et compta par fractions jusqu'au nombre magique.

Annie. Elle était l'Autre mais pas, non, pas l'Autre. Pam, mais non, Pam, non. Elaine, mais pas, non, pas Elaine. Masque, pas de masque. C'était comme avant, et c'était très, très rouge.

Victor se balança et geignit à l'intérieur, oui, de son être, pas à l'extérieur, non. L'intensité s'accumulait. Ses sens étaient trop aigus. Chaque partie de lui était durcie de tension, même son pénis. Il s'inquiétait de ce que cette panique le frappe et le gèle, en prenant son intensité rouge au piège, à l'intérieur de lui, où elle se prolongerait encore et encore, et personne ne serait capable d'arrêter cela.

Il leva les mains et toucha son masque favori et se balança, des larmes roulant le long de ses joues tandis qu'il fixait le regard sur le dessin au crayon que son frère avait exécuté d'Annie Broussard, et sur cette larme dentelée, sanglante qui coulait, là, au centre.

41.

Kim Young était une habituée du Voodoo Lounge. Elle travaillait de trois à onze heures comme gérante adjoint au Quick Pik de Bayou Breaux, et elle estima avoir droit à une bière ou deux, après huit heures passées à remettre à zéro les compteurs de pompes à essence pour le client suivant, à vendre des tickets de loterie, et à faire déguerpir les teenagers avant qu'ils ne réduisent l'endroit à la faillite à coups de vol à l'étalage. Qui plus est, Icky Kebodeaux, le gamin qu'elle avait sous ses ordres, était bizarre, sentait comme un panier à linge de vestiaire sportif, et avait une acné si malsaine qu'elle avait l'impression qu'un de ces jours son visage allait proprement s'évanouir dans un dernier suintement. Au bout de huit heures en sa compagnie, elle la méritait bien, sa bière.

Dans les périodes où Mike était parti sur la plate-forme pétrolière de la TriStar dans le Golfe, elle s'arrêtait toujours, au retour, pour un dernier verre au Lounge. Tous les deux, ils habitaient en périphérie de Luck, dans une petite maison en briques bien tenue, avec un grand jardin. Ils étaient mariés depuis moins d'un an, et jusque-là Kim trouvait que dans sa vie d'épouse il y avait du bon et du moins bon. Mike était un homme, un vrai, mais quand il était là-bas sur la plate-forme, elle était livrée à elle-même pendant des semaines et des semaines. Là, il ne devait pas tarder à rentrer.

Il allait manquer le carnaval de Bayou Breaux, et ça, ça rendait Kim mauvaise. À vingt-trois ans, elle aimait encore faire la fête, et elle avait décidé qu'elle allait drôlement la faire, la fête, et sans Mike, s'il n'était pas disposé à les prendre, ces jours de congé-là. Quand c'était la saison de la chasse, quand il avait envie de se faire plaisir à lui, il était toujours disposé à en prendre. Qu'il aille se faire foutre. Les jeans moulants ne lui iraient pas bien éternellement. Elle s'était déjà organisée pour se rendre au Carnaval avec Jeanne-Marie et Candace. Une soirée entre filles. Dans les bals en plein air, il y avait toujours un tas de types avec qui s'acoquiner pour s'amuser un peu — si les édiles municipaux autorisaient le bal en plein air cette année.

Tout le monde avait la trouille de ce violeur. Aujourd'hui, l'une des victimes était morte. Elle l'avait entendu à la radio. Kim ne l'aurait jamais admis, mais elle-même n'avait pas trop bien dormi cette semaine. Elle avait pensé à s'installer chez sa sœur jusqu'au retour de Mike, mais Becky avait un bébé d'un mois avec la colique et Kim n'avait pas envie de se retrouver là-dedans. Et puis, de toute façon, ce n'était pas comme si elle était sans défense.

« Ce que je veux savoir, c'est, si les baptistes ne

peuvent pas aller à Disneyworld parce qu'il y a des gays, est-ce qu'ils peuvent aller à Busch Gardens ? demandait le correspondant qui appelait la station de radio. Comment peuvent-ils savoir qu'il n'y a pas de gays qui travaillent à Busch Gardens ou à Six Flags ? Le cousin de mon beau-frère travaille à Six Flags, et il lui manque tellement de cases qu'il flotte. Tout ça, si vous voulez mon avis, c'est complètement idiot. Qu'est-ce que c'est que ces bons chrétiens qui se baladent en essayant de savoir si des gens qui leur sont totalement inconnus sont à voile ou à vapeur ?

— Ah, en voilà un coup de pied dans la fourmilière. Est-ce qu'un baptiste qui nous écoute veut prendre la peine de faire un commentaire ? Vous êtes sur KJUN, ligne ouverte en permanence. La chaîne du concours jackpot géant. Nous revenons tout de suite, après ces quelques messages de publicité. »

Kim n'aurait pas été contre l'idée de gagner ce jackpot. Elle et Mike avaient parlé d'engloutir une somme dans un nouveau bateau. Dieu sait si elle avait participé à cette stupide émission suffisamment souvent. Elle avait justement appelé ce soir pour donner son opinion sur l'annulation du bal en plein air. Une idée idiote, voilà ce que c'était. Personne n'allait se faire violer dans un bal en plein air. Au pire, ce qui arrivait, c'était des bagarres.

Elle tourna, avec sa vieille Caprice, pour se garer sous l'auvent situé à côté de la maison, au moment où Zachary Richard chantait un jingle zydeco pour faire la pub d'un casino amarré en aval sur la rivière. La maison était intacte, exactement comme elle l'avait quittée. Un panier de linge était posé sur la table de la cuisine, prêt à être plié. Elle le souleva dans le creux de ses bras, l'emporta avec elle dans la chambre, et se mit à la tâche tout en regardant une rediffusion de *Cheers* sur la petite télévision en couleurs qu'elle avait achetée pour l'installer sur sa coiffeuse.

Elle se mit au lit vers une heure et demie et resta allongée, éveillée un long moment, tendue à l'écoute des bruits de la maison. Dehors, le vent s'était levé, et elle était de plus en plus énervée, à force d'essayer de percevoir la différence entre les branches des arbres qui bruissaient et des pas qui auraient raclé le sol devant sa fenêtre. À une heure cinquante, elle s'était laissé gagner par le sommeil, les traits tirés, la main droite serrée sous l'oreiller de Mike.

À deux heures dix-neuf, elle se réveilla en sursaut. Il était là. Elle pouvait sentir sa présence, menaçante. Son pouls palpitait à toute allure. Elle resta allongée, parfaitement immobile, en attente. Elle avait laissé la veilleuse allumée dans la salle de bains au bout du couloir, et un vague rai de lumière dépassait par la porte entrouverte et s'évasait dans le couloir. Elle le vit venir. La figure noire du destin. Pas de traits, pas de visage, silencieux comme la mort.

La mort.

Pourquoi moi ? se demanda Kim alors qu'il se glissait dans la chambre. *Pourquoi m'a-t-il choisie ? Qu'ai-je fait pour mériter ça ?*

Elle le saurait plus tard, pensa-t-elle, tandis qu'il s'approchait du lit. Elle le saurait quand elle l'aurait tué. En un seul mouvement, sans à-coups et sans hésitation, Kim Young s'assit, fit pivoter le fusil de sous l'oreiller de son mari, et pressa sur la détente.

42.

Le rêve baignait dans des ombres infiltrées de rouge. Une douce lumière rouge aussi grainée que de la poussière. Des ombres d'un rouge profond, aussi liquides que du sang. Elle était debout, devant ce qu'elle croyait être un miroir, mais le visage qui la fixait n'était pas le sien. Lindsay Faulkner la regardait à travers la glace, avec une expression accusatrice, dédaigneuse. Annie tendit une main pour toucher le miroir. L'apparition traversa la glace et passa au-dessus d'elle, passa, oui, à travers elle.

Elle se retourna et tenta de fuir en courant, mais son corps était attaché sur place par un gros muscle rouge et brut qui croissait à partir du sol et qui se tendait à partir des murs. À l'autre bout de la pièce, l'apparition tomba soudain en arrière sur le sol en criant. Puis le sol se souleva et devint un mur, et l'apparition devint Pam Bichon, le sang se déversant comme du vin par ses blessures béantes, ses yeux sombres plongeant, brûlants et vides, au fond de ceux d'Annie.

Avec un hurlement, Annie s'agrippa pour se hisser hors de son rêve, hors de son sommeil. Le drap était enroulé autour de son corps comme un sarong. Elle s'en libéra en se débattant et se redressa sur le canapé, les genoux relevés et la tête dans les mains. Ses cheveux étaient ébouriffés et moites de sueur. Son T-shirt était trempé. L'air conditionné se déclencha et souffla sa brise froide sur elle, lui donnant la chair de poule. Le caractère perturbant du rêve s'accrochait à elle comme une odeur corporelle. Ombres et sang. *Terre des ombres.*

— Je fais de mon mieux, Pam, chuchota-t-elle.

Trop à cran pour se recoucher, elle se rendit dans sa chambre et changea de T-shirt. Fourcade avait nettoyé toute cette saleté pour elle, mais elle n'avait pu se résoudre à dormir dans le lit. Peut-être après que les images auraient eu un peu de temps pour s'effacer de son esprit. Peut-être après que tout ceci serait fini et qu'elle aurait eu l'occasion de passer une couche de peinture fraîche sur le mur et de s'acheter de nouveaux oreillers... Ou peut-être tout cela n'était-il qu'un des signes les plus évidents de ce que sa vie ne serait plus jamais comme avant.

Elle alla dans la cuisine pour boire un verre, mais elle sortit plutôt une barre de Snickers du congélateur. En grignotant le chocolat glacé, elle erra dans son salon, en se repérant seulement avec les lumières de sa chaîne stéréo et celles du scanner pour éviter de se cogner. Nick était dehors, quelque part. Mission de surveillance. Elle n'avait pas envie de l'alerter en allumant la lumière à deux heures et demie du matin, même s'il aurait été agréable d'avoir un peu de compagnie. Elle se mettait à apprécier un peu trop sa présence à son gré. Elle s'affala dans le canapé et, de son pied nu, caressa affectueusement le museau de l'alligator empaillé.

— Peut-être que j'ai besoin de me trouver un animal de compagnie, un vrai, hein, Alphonse ? marmonna-t-elle.

L'alligator lui décocha son grand sourire habituel plein de crocs. À l'autre bout de la pièce, le scanner crachota un appel.

— À toutes les unités dans le voisinage : nous avons un 245 et un 261 possibles au 759, Duff Road, à Luck. Coups de feu. Code 3.

Une agression et un viol possibles. Tous les adjoints devaient s'y rendre le plus vite possible avec gyrophare et sirène.

— L'auteur de l'appel dit avoir descendu l'agresseur, ajouta le contrôle. Nous avons une ambulance en route.

Luck était juste en bas de la route et de l'autre côté du bayou. Et, si l'intuition d'Annie était juste, Chaz Stokes pouvait fort bien être étendu dans une mare de sang, au 759, Duff Road.

Deux unités avaient rejoint les lieux avant elle. Les voitures étaient arrêtées dans des positions extravagantes, au milieu du jardin, devant la petite maison de briques, gyrophare tournoyant. Un officier était assis sur les marches en béton de l'escalier de l'entrée, soit en train de surveiller l'arrivée de l'ambulance, soit malade. Plutôt la dernière solution, jugea Annie en traversant la pelouse. Il se leva en s'accrochant à la balustrade en fer forgé pour garder l'équilibre. La lumière du perron faisait miroiter ses cheveux roux comme le soleil sur une pièce de cuivre toute neuve, et Annie remercia le ciel de lui octroyer ses petites faveurs. Ce flic était un Doucet. Les liens du sang étaient plus forts que ceux de la Confrérie. Les liens du sang étaient plus forts que tout, en Louisiane Sud.

— Hé, Annie, c'est toi ?

— Hé, Casse-Pieds, qu'est-ce que tu fabriques ?

— Je gerbe tout ce que je peux. Qu'est-ce que tu fais ici, *chère* ?

— J'ai capté l'appel sur le scanner. Je pensais que la victime pourrait apprécier d'avoir une autre femme sur place, mentit-elle.

Casse-Pieds lâcha un reniflement et lui signifia mollement de la main que c'était peine perdue.

— Ça, pour une victime. Quelqu'un aurait dû soulever la nuisette de la 'tite jeune fille et voir quel genre de couilles poilues elle cache là-dessous. Elle a descendu ce fils de pute en pleine figure à bout portant avec un fusil à canon scié.

— Ouille. Qui est-ce ? demanda Annie en prenant un air dégagé, sans l'être une seconde.

En imagination, elle se représentait Stokes qui rampait vers le lit de cette femme, cette femme qui lève son fusil, le visage de Stokes qui explose. Casse-Pieds haussa les épaules.

— *Chère,* s'il se relevait et s'il appelait sa maman par son nom, elle ne le reconnaîtrait pas. Il n'a pas de pièce d'identité, mais il portait le masque. Des plumes, sur la scène du crime, bon sang, il y en a partout. Notre salopard de la saison, c'est lui, il est bien là.

— Tu as appelé les inspecteurs ?

— Ouais, mais Stokes, il est qui sait où. Au pieu avec une poulette, probablement — y a pas de mal à ça.

Le cœur d'Annie accéléra.

— Il ne répond pas sur sa radio portable ?

— Pas jusqu'ici. Quinlan est en route, mais il habite à Devereaux. Ça va lui prendre pas mal de temps d'arriver ici.

— Qui est à l'intérieur ? demanda-t-elle en se dirigeant vers la porte.

— Pitre.

En s'invectivant elle-même, Annie pénétra dans la maison, tandis qu'une troisième voiture de patrouille descendait la rue sirène hurlante. Toutes les patrouilles du comté abandonnaient leur mission du moment. Tout le monde voulait en être, du bouclage de l'affaire de Mardi gras.

Le salon était vide. Il n'y avait, à première vue, aucun signe de la victime. La chambre semblait être située tout droit au fond du couloir, sur la gauche. Pitre se tenait debout, juste au-delà du seuil de la porte, aux pieds de l'agresseur tombé à cet endroit. Annie prit une profonde inspiration et avança au pas de charge vers le fond du couloir.

— Je ne vais plus avoir envie de pizza avant un bon moment, murmura Pitre d'une voix sourde, puis il leva les yeux dans la direction des pas. Broussard, qu'est-ce que tu fous ici, bon sang, toi alors ? T'es pas de service ce soir. Et d'ailleurs, nom de nom, c'est tout juste si tu fais encore partie de la police.

Annie l'ignora, se tournant pour regarder l'homme mort. Ce n'était même pas son premier mort par coup de feu. Mais c'était le premier touché de près, et ça n'était franchement pas joli à voir. Le violeur était étendu sur le sol, bras déployés. Il était vêtu de noir, sur chaque centimètre de son corps, y compris ses mains. Il aurait pu être noir, blanc, indien — il n'y avait aucun moyen de le savoir. Pour ainsi dire, il ne restait rien de son visage. Le masque de chair et d'os qui distinguait un être humain d'un autre avait été oblitéré. Les chairs à vif, les os fracassés, et la matière cervicale étalée à l'air libre auraient pu appartenir à n'importe qui. Les cheveux étaient imbibés de sang, leur couleur indiscernable. Un fragment de plume noire était collé à un morceau de crâne arraché. L'odeur fétide de la mort violente épaississait l'air.

— Oh Dieu, souffla Annie, ses genoux flageolant un peu.

La barre de Snickers menaça d'effectuer le trajet de retour, et elle dut se cuirasser pour ne pas rendre le tout.

Des débris et des morceaux du visage de l'agresseur

avaient aspergé le plafond et le mur jaune pâle. Le fusil à canon scié reposait sur le lit, à l'abandon.

— Si tu peux pas supporter ça, va-t'en, Broussard. Personne t'a demandé de venir ici, lança Pitre en contournant le lit pour vérifier le fusil. Ça va pas faire rire Stokes de te voir.

— Ouais ? Eh ben, peut-être que c'est lui qui rit jaune, marmonna Annie, en essayant d'anticiper. Allait-elle prendre Quinlan à part dès qu'il arriverait et lui exposer son hypothèse ? Ou devait-elle se contenter de quitter les lieux et de laisser les choses se démêler d'elles-mêmes ? Personne ne la remercierait d'avoir soupçonné Stokes.

— Hé, s'écria Pitre avec la surprise et le ravissement d'un enfant qui a trouvé le cadeau-surprise dans un paquet de Cracker Jack. On sait déjà que le type avait un œil bleu.

— Comment ça ?

Un large sourire mauvais lui éclaira le visage, tandis qu'il se penchait sur le lit, fixant sa trouvaille.

— Parce qu'il est ici. Non mais, regardez-moi ça ! Quand elle l'a dégommé, c'te bonbon a dû lui sauter proprement de la tête ! Il est posé là, exactement comme un œuf !

Les globes oculaires bleu turquoise de Stokes s'inscrivirent très nettement dans l'esprit d'Annie tandis qu'elle contournait le corps. Mais avant qu'elle ne puisse aller se faire une idée du trophée de Pitre, une voix familière retentit derrière elle.

— *L'Homme sans visage.* Quelqu'un l'a vu, ce film ? Ce type-là, il a une encore plus sale gueule. Je meurs si je mens.

Annie pivota d'un coup sur elle-même, abasourdie. Stokes était là, debout au-dessus du corps, mâchant un morceau de boudin créole, une casquette de base-ball Ragin'Cajuns renversée en arrière sur la tête. Le visage fermé, il la parcourut du regard, des pieds à la tête.

— Ma parole, Broussard, t'es comme la chtouille — toujours de trop, toujours fâcheuse, et toujours impossible de s'en débarrasser.

— Je suis sûre que tu t'exprimes avec la voix de l'expérience, plaça Annie. Elle n'avait pas encore tout à fait réalisé, jusqu'à cet instant, à quel point elle s'était mis en tête l'idée de la culpabilité de Stokes. Un mélange d'émotions la submergea tandis qu'elle le voyait marcher autour du corps — déception, soulagement.

— Au fait, qui t'a invitée au bal ? lui demanda Stokes.

On n'a pas besoin de secrétaires par ici, ni de chiens policiers.

— Je pensais que la victime pourrait apprécier la présence d'une autre femme.

— Ouais, il aurait sûrement apprécié s'il était pas mort.

— C'est à la femme que je pensais.

— Alors va la trouver et dégage des lieux de ce crime, c'est le mien. Il la toisa et lui dit, droit dans les yeux : J'peux pas me permettre que tu foutes en l'air une pièce à conviction.

Comme Annie ressortait dans le couloir, Stokes se pencha sur le lit et observa le fusil.

— Mon pote, voilà ce que j'appelle du planning familial. Tu vois ce que je veux dire ?

Pitre rigola.

L'agressée, Kim Young, était dans son impeccable petite cuisine jaune, adossée au bar, tremblante comme si elle venait de sortir d'un congélateur. La nuisette de baby doll bleu pâle qu'elle portait descendait à peine plus bas que le haut de ses cuisses, et elle était abondamment mouchetée de sang et de fragments de tissu organique. Toute cette marmelade lui avait aspergé la figure et ses boucles blondes délavées.

— Je suis l'adjoint Broussard, fit Annie avec gentillesse. Voulez-vous vous asseoir ? Est-ce que ça peut aller ?

Elle leva les yeux, le regard perdu.

— J'ai... j'ai tiré sur cet homme.

— Oui, vous lui avez tiré dessus.

De là où elle était, Annie pouvait voir, dans la salle à manger, la porte ouverte sur le patio, par où l'agresseur avait pu trouver passage. Une demi-lune de verre bien nette avait été découpée à côté de la poignée de porte.

— Avez-vous pu l'apercevoir avant d'appuyer sur la détente ?

Kim Young eut un mouvement de tête, qui délogea un fragment d'os de ses cheveux. Il tomba sur le sol à côté de son pied nu.

— Il faisait si noir. Quelque chose m'a réveillée et... et... j'étais si terrorisée. Et puis il était là, juste à côté du lit et je... je...

Les larmes la firent suffoquer. Son visage devint écarlate.

— Et si ça avait été Mike ? Ça aurait pu être Mike ! J'ai tout de suite tiré...

Ignorant le sang et les souillures macabres, Annie passa un bras autour des épaules de Kim Young, car la jeune femme prenait peu à peu conscience de la chose — qu'elle aurait pu tuer un être aimé par erreur. Alors, au lieu d'être une héroïne, ce que la presse allait vendre quand elle allait se saisir de cette histoire, on aurait dressé d'elle le portrait d'une idiote et d'une hystérique, auteur d'un acte de légitime défense malencontreux, contrainte de payer son geste d'un prix terrible. La différence était dans le résultat, pas dans l'action. Encore une autre de ces petites leçons de choses que l'existence vous donnait.

L'agresseur s'appelait Willard Tard, connu de ses vieux copains de l'univers carcéral sous le nom affectueux de GrosLard le QueuTard. Il avait derrière lui un passé aussi long que monstrueux, avec diverses inculpations pour agressions sexuelles et deux condamnations. Il avait fait un dernier saut en Angola avant d'être libéré en juin 1996. Sa dernière adresse connue du système pénitentiaire se situait à Shreveport, où il avait largué le contrôleur judiciaire chargé de surveiller sa liberté conditionnelle et son identité. Se faisant appeler William Dunham, il avait déménagé à Bayou Breaux à la fin décembre et avait obtenu un poste de technicien à Radio KJUN, en présentant un faux curriculum vitae que personne n'avait vérifié. Travaillant au sein de l'équipe du soir avec Owen Onofrio, Tard assurait le standard téléphonique des appels de l'émission et enregistrait les noms et adresses des correspondants pour le grand concours du jackpot. C'était à partir de cette liste qu'il choisissait ses victimes.

Les pièces à conviction recueillies au domicile de Tard comprenaient des photocopies de ces listes avec ses notes personnelles griffonnées dans la marge. À côté du nom de Lindsay Faulkner, il avait écrit les mots : « Salope sexy ». Également à son domicile, on avait trouvé une boîte contenant une demi-douzaine de masques de Mardi gras noirs, à plumes, qui provenaient d'un grossiste en farces et attrapes de La Nouvelle-Orléans.

Tout au long de la journée, ces informations tombèrent une à une, à commencer par la découverte de la voiture de Tard, garée à peu de distance du domicile de Kim Young. Suivant les instructions du shérif, on releva, sur la scène du crime même, les empreintes digitales du cadavre de Tard, qui furent rentrées dans le système automatisé de stockage des empreintes digitales, au niveau de l'État, avec un ordre de priorité absolue : une conférence de presse prévue pour seize heures. Noblier voulait l'affaire nouée avec un ruban avant le début du Carnaval, pour un bénéfice maximal sur le plan des relations publiques.

Toute la journée, Annie rôda dans le bureau des rapports comme un animal en cage, avec l'envie de faire partie de l'équipe qui était en train de remonter la piste de Tard, d'aller porter des pièces à conviction au labo régional de New Iberia, de passer des coups de fil pour retracer la carte du milieu d'origine du violeur. Myron lui permit tout juste d'aider à établir le catalogue des pièces à conviction qu'on leur apportait pour qu'ils en assurent la garde dans leur propre local fermé à clé. La frustration était presque insupportable. Elle désirait voir les preuves de près, effectuer elle-même toute la procédure d'identification des éléments prouvant la culpabilité de Tard, afin de pouvoir exorciser ce qui subsistait de la théorie qu'elle s'était enracinée dans la tête : que Chaz Stokes pouvait avoir commis ces crimes, et que ces crimes auraient pu les faire remonter jusqu'au meurtre de Pam.

Une théorie n'était rien de plus qu'une théorie. Ainsi que Fourcade le lui avait fait remarquer, elle n'avait aucune pièce à conviction, rien que des intuitions, des conjectures, des spéculations. Le travail d'un inspecteur, c'était de trouver des preuves irréfutables, de monter le dossier de façon solide, hermétiquement close — ce que Stokes aurait pu faire avec Willard Tard avant que ce dernier ait eu l'occasion d'agresser Kay Eisner, Lindsay Faulkner et Kim Young, si Stokes avait été enclin à travailler un peu plus après l'agression de Jennifer Nolan. Au lieu de cela, Stokes n'avait effectué le travail de recherche sur Tard qu'après coup, tout en acceptant bien volontiers les félicitations qu'on lui décernait pour son travail d'inspecteur. Parce que tout le monde se réjouissait d'en finir une bonne fois avec la terreur qu'avait fait régner cet homme en traquant tout le comté, les gens choisissaient jusqu'ici d'ignorer le fait que Tard vivait dans le même parc à caravanes que Jennifer Nolan, et que, le jour du viol de cette dernière, il n'avait pas été interrogé. Le matin où l'enquête avait débuté, il n'était pas chez lui. Annie avait elle-même frappé à sa porte et rapporté à Stokes qu'il était absent. Ni Stokes ni Mullen n'avaient pris la peine de repasser. S'ils l'avaient fait, ils auraient ultérieurement pu le reconnaître, quand les services de l'État avaient télécopié des descriptions et des clichés d'identité judiciaire de délinquants sexuels libérés par le système pénitentiaire au cours de l'année écoulée.

Avec tous les événements pénibles qui avaient eu lieu au cours des dernières semaines, le service avait besoin de fêter quelque chose. La mort de Willard Tard était présentée comme un triomphe, alors même que ni le service ni le détachement spécial n'avaient eu aucune part dans l'issue mirobolante qu'avait trouvée le crime de Tard. Pour le moins, se dit Annie, on aurait dû considérer la chose avec un certain embarras. Il avait fallu une serveuse, soixante kilos toute mouillée, armée d'un fusil à canon scié, pour venir à bout du prédateur. Si Tard lui avait arraché son arme, ils auraient tout aussi bien pu déplorer la mort de Kim Young. Mais personne n'avait l'air de voir les choses sous cet angle.

À la fin de la journée, le shérif présenta la conclusion de l'affaire à la presse comme un paquet-cadeau emballé avec art. Seul Smith Pritchett n'avait guère l'air enchanté, mais uniquement parce que tout ce tapage ne profitait qu'à Noblier, et parce qu'il ne lui restait plus de vaurien à poursuivre. Néanmoins, il saisit cette occasion pour pontifier et déclarer que la vie était devenue plus supportable depuis que Willard Tard n'en faisait plus partie. Aucune charge ne serait retenue contre Kim Young pour s'être protégée sous son propre toit. Tout le monde est gagnant, se dit Annie, debout en lisière du groupe serré de spectateurs qui suivait la conférence de presse sur le récepteur de la salle de repos. Tout le monde, sauf Jennifer Nolan, et Kay Eisner, et Lindsay Faulkner, et Kim Young — qui, bien qu'elle se soit épargné un sort plus terrible, avait fait sauter la cervelle d'un homme et aurait à vivre avec ça jusqu'à la fin de ses jours.

Annie, d'un pas lent, ne sachant trop que faire, regagna le service des rapports. Concentration, dirait Fourcade. Les affaires de viol étaient closes, mais les viols n'étaient pas son objectif. Le meurtre de Pam, tel était son objectif. À cette fin-là, elle avait Marcus Renard et Donnie Bichon pour capter son attention.

— Vous n'avez aucun respect pour ce bureau, lui reprocha Myron en l'accueillant d'un ton sec. Il y a du pain sur la planche, et vous, vous allez regarder la télévision.

Alors qu'elle soulevait au creux de ses bras le paquet

du courrier de l'après-midi qu'on avait déposé au guichet, Annie leva les yeux au ciel.

— Oh, bon Dieu, Myron, pourquoi vous n'iriez pas vous faire une petite séance de transit intestinal, hein ? Ici, c'est le bureau des rapports. On ne monte pas la garde devant l'arche d'alliance, pour l'amour du ciel !

Les yeux de l'archiviste sautèrent de leurs orbites. Ses narines palpitèrent et sa maigre carcasse frémit d'indignation.

— Nous y voilà, adjoint Broussard ! Pour ce qui est de mon bureau, c'est terminé pour vous. Je ne compte plus supporter ceci.

Il sortit de la pièce en coup de vent, claquant la porte derrière lui, et se dirigea vers le bureau de Noblier. Annie se pencha par-dessus le guichet et lui cria :

— Hé, tant que vous y êtes, demandez-lui qu'il me rende mon ancien boulot !

Tandis qu'il sortait de son champ de vision à grands pas, elle ressentit une vague culpabilité. Elle avait toujours apprécié Myron à sa juste valeur — jusqu'à ce qu'elle ait à travailler avec lui. Elle avait toujours observé une attitude respectueuse à l'égard de ses aînés et de ses supérieurs, à quelques rares exceptions. Peut-être Fourcade avait-il une mauvaise influence. Ou peut-être avait-elle des choses plus importantes dans la tête que de lécher le cul osseux de Myron.

Elle tria le courrier, sachant que Myron allait monter sur ses grands chevaux si elle ouvrait quelque chose d'important à ses yeux. Pour l'essentiel, tout cela avait l'air de papiers émanant de compagnies d'assurances : demandes de rapports d'accident et ainsi de suite. L'une des enveloppes portait l'en-tête de Notre-Dame-de-la-Miséricorde et elle était libellée à son nom. En déchirant le côté de l'enveloppe avec son pouce, Annie en sortit ce qui semblait être un résultat de laboratoire. Une copie de l'ionogramme de Lindsay Faulkner que le docteur Unser avait demandé lors de l'attaque cardiaque dont elle avait été victime. L'examen qu'Annie avait demandé après la mort de Lindsay. L'examen que l'hôpital Notre-Dame avait apparemment perdu. Elle parcourut de haut en bas la rangée de symboles indéchiffrables et leurs chiffres correspondants, rien de tout cela n'ayant le moindre sens pour elle. Po+ : 4, 6 mEq/L. Chl - : 101 mEq/L. So ++ : 139 mEq/L. Urécémie : 17 mg. Glucose : 120. Cela n'avait plus guère d'importance, à présent. Willard Tard serait probablement crédité à la fois de l'agression et de la mort de Faulkner, à moins que l'autopsie demandée par Stokes ne révèle quelque anomalie.

— J'ai remis mon message à la secrétaire du shérif Noblier, lui annonça Myron. Je m'attends à ce qu'il soit mis un terme à vos fonctions à ce poste d'ici la fin de la journée.

Annie ne prit pas la peine de lui répliquer, même si elle se figurait bien avoir jusqu'au lundi pour être réaffectée ou suspendue, selon l'humeur de Gus. Moins d'une heure avant la fermeture, un vendredi, avec un grand trophée de victoire accroché à sa ceinture, le shérif était sans nul doute sorti boire à sa santé avec les édiles municipaux.

— Alors je peux aussi bien m'en aller, non ? s'écria Annie. En guise de dernier acte officiel à titre d'assistante de M. Myron, je vais aller porter ce rapport aux inspecteurs. Juste pour vous être agréable, Myron.

Annie pénétra dans la Pizza Hut sans prendre la peine de sonner. Occupé au téléphone, Perez leva les yeux sur elle, des yeux noirs brillants d'impatience. Elle agita le rapport dans sa direction et ramena le bras vers l'état-major de guerre du détachement spécial.

Les membres du détachement avaient tous été invités à la conférence de presse pour que Noblier puisse les montrer en spectacle et récolter plus de louanges encore pour avoir eu la sagesse de sélectionner une telle équipe de cracks. L'état dans lequel ils avaient laissé leur poste de commandement donnait l'impression que des voleurs l'avaient mis à sac. La radio posée sur le meuble de rangement des dossiers braillait *Wild Tchoupitoulas*. En longeant la table, Annie passa en revue les onglets de classement des dossiers jusqu'à tomber sur celui où il était inscrit FAULKNER, LINDSAY. Voilà qui semblait d'une minceur pitoyable, pour traduire la mort violente d'une femme. Il n'y serait pas ajouté grand-chose d'ici à ce que l'affaire soit close et qu'elle rejoigne les tiroirs du domaine de Myron. Le rapport d'autopsie, le rapport final de Stokes, et ce serait tout. D'un geste rapide, elle ouvrit le dossier et y joignit le rapport du laboratoire que Stokes avait déjà recueilli, parcourant le document pour s'assurer que c'était bien le même que celui qu'elle avait reçu. Po+ : 4,6 mEq/L. Chl - : 101 mEq/L. So ++ : 139 mEq/L. Urécémie : 17 mg. Glucose : 120.

— Bon sang, qu'est-ce qui te prend, Broussard ? demanda Stokes en pénétrant dans la pièce à grandes enjambées. Tu me traques ? C'est ça ? Contre ça, il y a des lois. Tu vois de quoi je parle ?

— Ouais ? Tiens, qui aurait cru que tu en saches quoi que ce soit, vu la manière dont tu as laissé choir Pam Bichon l'automne dernier ?

— Je n'ai pas laissé choir Pam Bichon. Maintenant, pourquoi tu ne me dis pas en face ce que tu fabriques, et qu'on en finisse ? Sans toi, je passais une vachement bonne journée.

— Notre-Dame a envoyé un dupli de l'ionogramme de Lindsay Faulkner. J'ai pensé qu'il fallait le joindre au dossier, bien que tu t'en moques. Pourquoi s'embêter à donner suite quand on commence de ne quasiment rien faire ?

— Va te faire foutre, Broussard, fit-il en lui arrachant le rapport des mains. C'était plus qu'une question de temps avant que j'alpague Tard.

— Je suis certaine que ça fait chaud au cœur de toutes les femmes qu'il a agressées après Jennifer Nolan.

— T'as pas des trombones à aller compter ?

Mullen passa le seuil de la salle en lâchant un regard de travers, d'Annie à Stokes.

— Tu viens, Chaz ? Ils peuvent pas commencer la fête sans nous.

Stokes exhiba son sourire Monsieur Propre.

— J'y suis, mec. J'y suis déjà.

— Une fête pour célébrer le geste d'une simple citoyenne qui a bouclé cette affaire à ta place. Tu as drôlement de quoi être fier.

Stokes coiffa son feutre mou en arrière sur sa nuque et rajusta sa cravate violette.

— Ouais, Broussard, je suis fier. Mon seul regret, c'est que Tard n'ait pas commencé par s'en prendre à toi.

Il la reconduisit jusqu'à la sortie. Annie se dirigea à contrecœur vers le bâtiment du commissariat, les yeux sur Stokes et Mullen qui montaient dans leurs véhicules respectifs et sortaient du parking sur les chapeaux de roues, en jouant du klaxon pour fêter ça.

Une simple citoyenne avait élucidé leur affaire la plus chaude, et l'assassin de Pam Bichon était toujours en train de se balader librement. Elle ne trouvait pas qu'il y ait beaucoup matière à se réjouir.

— Ou alors c'est peut-être tout simplement que je suis une perdante qui se vexe, ronchonna-t-elle.

43.

« Vous écoutez KJUN. Ligne ouverte en permanence. Notre thème du jour : la sécurité contre les droits civiques — les futurs employés doivent-ils, en vue de leur recrutement, être soumis à vérification de leurs empreintes digitales ? Carl, à Iota... »

Lorsque Donnie sortit de son bureau et monta dans la Lexus, Nick éteignit la radio et se redressa au volant de son pick-up. Il avait l'air aussi pâle que la voiture. Sa démarche voûtée avait quelque chose d'encore plus courbé. Il commençait à être sous pression. Il allait bientôt prendre une initiative, peut-être ce soir, et Nick voulait être là quand il passerait à l'acte. Il écrasa sa cigarette à côté de la demi-douzaine de mégots qui remplissaient son cendrier, mit le pick-up en prise, et attendit jusqu'à ce que la Lexus ait tourné le coin de la rue Dumas.

En l'occurrence, la patience était le mot clé. Essentielle dans la surveillance. Essentielle dans tous les aspects de la vie. Un instrument utile qu'il était ardu de maîtriser. Des hommes comme Donnie ne prenaient jamais le coup de main. Il s'était découvert trop vite pour se débarrasser de l'affaire de Pam. La hâte attirait inutilement l'attention. Mais aussi, était-ce là le fait de Donnie, ou celui de Marcotte ? Ou le sien ? Nick se le demandait, cette idée lui brûlant les entrailles comme un ulcère. Il n'avait pas complètement maîtrisé la patience, lui non plus.

La rue Dumas était animée, les voitures s'alignaient le long des caniveaux, les trottoirs étaient pleins de monde. La Lexus était quatre véhicules devant et elle attendait au feu vert pour tourner à gauche. Le vendredi soir attirait toujours du monde en ville. Nick avait entendu dire que la célébration du Carnaval de Bayou Breaux attirait des gens de toute la Louisiane Sud pour le bal en plein air et les fêtes et les défilés divers qui s'y déroulaient à partir de ce soir-là jusqu'à Mardi gras. Avec le décès du violeur en série, l'atmosphère festive allait remonter d'un cran, le soulagement se mêlant à une sorte de déchaînement euphorique.

Toute la journée, on avait entendu les « informations de dernière minute » sur le coup de feu qui avait abattu Willard Tard, que l'on avait ensuite démasqué, c'était le cas de le dire, en l'identifiant comme le violeur de Mardi gras. C'était toujours un coin enfoncé dans la théorie d'Annie sur Stokes le prédateur sexuel, même si Nick lui devait, quoique à contrecœur, une certaine admiration pour avoir cherché à prendre les choses sous l'angle le plus ardu. Elle avait pour ce métier une passion qu'elle commençait tout juste de savoir exploiter. Maintenant que le violeur n'était plus en travers du chemin, elle serait mieux à même de se concentrer pour prendre Renard en défaut.

Renard restait son enjeu numéro un. Donnie ne lui disait rien qui vaille, mais cela sentait plus l'odeur de l'argent sale que l'odeur de la mort. C'était Renard qui hérissait Nick. Chaque fois qu'il repassait l'affaire dans sa tête, la piste, la logique remontaient vers Renard. Chaque fois. Toute l'histoire était là. Simplement, il n'était pas arrivé à trouver la clé de l'énigme. Jusqu'à Annie.

À la réflexion, un bienfait mitigé, cela. Son intention initiale avait été de se servir d'elle comme d'un appât pour inciter Renard à sortir du bois. Mais plus ce plan fonctionnait, moins il lui plaisait. Il revoyait encore ce tableau macabre, dans sa chambre. Il avait fait le même rapprochement qu'elle, il le savait, en se rappelant la vision de Pam Bichon clouée au parquet de cette maison sur Pony Bayou. L'idée de Renard terrorisant Annie de la sorte, l'idée de Renard pensant à Annie de la sorte, touchant Annie de la sorte, soulevait en Nick un accès d'émotion qu'il n'était pas sûr de maîtriser. Il reconnaissait que ce n'était guère judicieux de sa part, mais c'était là, et il n'était pas disposé à faire comme si de rien n'était.

Dans six jours, elle témoignerait contre lui.

Il tourna dans la 5e Rue tandis que la Lexus prenait à droite vers le sud pour prendre la route qui longeait le bayou. Le parking du Voodoo Lounge était presque plein. Nick repéra la Lexus et gara son pick-up sur l'accotement de la route. La musique Zydeco soufflait la tempête à travers les murs de la boîte. On avait suspendu des lanternes chinoises colorées tout autour du bâtiment. Des fêtards costumés dansaient sur le balcon à moitié terminé. Une blonde pulpeuse sous un masque vert à paillettes ouvrit son bustier et secoua ses seins nus comme une paire de ballons de plage en direction de Nick, tandis qu'il gravissait les marches. Il la dépassa sans réagir.

— Ma parole, Nicky, t'as de l'eau glacée dans les veines ! Je meurs si je mens, proclama Stokes en lui tapant dans le dos.

Nick lui décocha un regard, en prenant la mesure de toute l'incongruité de cet assemblage : un masque de Zorro sous un feutre. Stokes haussa les épaules.

— Hé, lâche-moi un peu, camarade. C'est une circonstance exceptionnelle !

— J'entends bien.

— Pour les flics, les verres sont sur le compte de la maison. T'as choisi la bonne soirée pour sortir de ta grotte, Nicky.

Ils se faufilèrent lentement à travers la cohue, en direction du bar. Une électricité presque palpable amplifiait les odeurs de crevette grillée, de corps chauds et d'eau de Cologne bon marché. Chaz se fraya un chemin jusqu'au bar et beugla pour commander des babys. Nick approcha du coin le plus proche, scrutant la salle du regard, à la recherche de Donnie, qui avait trouvé une place à mi-chemin du bar. Il n'avait pas l'air d'un homme qui était venu faire la fête. Il sirotait son whisky comme s'il en usait à des fins médicinales. Stokes tendit un baby à Nick et leva le sien.

— À la fin d'un salopard de plus, en temps et en heure.

— Maintenant, tu peux te concentrer sur Renard, observa Nick en se penchant tout près afin de se faire entendre sans avoir à hurler par-dessus le bruit.

— C'est bien mon intention. Il n'y a rien dont j'aie plus envie que de mettre fin à cette situation, crois-moi. Il vida son verre cul sec en grimaçant sous le coup de l'étrier qu'il s'envoyait dans les tripes, et il s'ébroua comme un chien mouillé. T'es pas vraiment une bête de fête, mec. Qu'est-ce que tu fiches dehors à tourner par une nuit de folie comme ça ?

— Je garde un œil sur quelque chose, expliqua Nick vaguement. Une situation en développement. Il faut bien que j'occupe mon temps.

— T'as besoin d'un passe-temps, mec, renifla Stokes. Je te suggère Valérie là-dehors sur le balcon. Cette fille est un vrai terrain de jeu du diable quand on sait pas quoi faire de ses mains. Tu vois de quoi je parle ?

— Qu'est-ce qui se passe ? Tu t'ennuies avec elle ?

— Mes bons soins sont requis ailleurs, ce soir, fit-il, un sourire un rien affûté sur les bords.

— De même que les miens, lui fit Nick, alors que Donnie se retirait du bar et se dirigeait vers la porte, ambassadeur solitaire de la mélancolie au milieu d'une mer de visages souriants.

Quand Bichon passa devant lui, Nick lui tourna le dos en posant son verre sur le bar.

— Prends-en un autre, proposa Stokes, toujours magnanime avec l'argent des autres.

— Un, c'est ma limite ce soir. Je te retrouve plus tard.

Il se fraya un chemin jusque sur le balcon et repéra la Lexus qui reculait prudemment entre les breaks et les moissonneuses-batteuses garés en rang d'oignons. Il attendit jusqu'à ce qu'elle ait effectué sa manœuvre en direction de la sortie sud du parking, puis il monta jusqu'à la route au pas de course, à l'extrémité nord, et sauta dans son pick-up. Il y avait assez de circulation pour retenir l'attention de Donnie, tandis qu'ils se dirigeaient vers la sortie de la ville. Toutefois, Nick demeura nettement derrière. Patience. Il avait envie de voir comment cela allait se jouer, de tendre à Donnie un petit bout de corde pour voir s'il allait s'y pendre.

Le crépuscule avait capitulé devant le soir. Le brouillard flottait au-dessus de l'eau. La Lexus tourna vers l'est, traversa le bayou, puis reprit vers le sud, et descendit la rue principale de Luck. À la limite de la ville, elle tourna à la hauteur d'une boîte de nuit, le Landry's. Nick continua, dépassa le restaurant, l'œil attiré par la Lincoln luisante gris clair métallisé garée sur le parking, à l'écart des autres voitures, le chauffeur formant une ombre noire et massive au volant. Il tourna au coin, deux pâtés de maisons plus loin, fit demi-tour, et entra par l'entrée de service sur l'arrière de la propriété. Il pénétra dans le restaurant par la porte des cuisines qui était restée ouverte, laissant les arômes capiteux de la bonne cuisine cajun se répandre au-dehors dans la nuit. Alors qu'il traversait leur domaine, les aides cuistots choisirent de l'ignorer.

La salle à manger du Landry's était vaste et peu éclairée. Une cheminée non encastrée, avec de fausses bûches dispensant une lueur orange, pour l'ambiance, s'élevait au centre de la pièce. Les deux tiers environ des tables tendues de nappes blanches étaient occupées, pour la plupart d'entre elles, par des couples appartenant à la classe moyenne qui s'étaient mis sur leur trente-et-un pour leur grande soirée de sortie. Le bruit sourd des conversations était régulier, rythmé par le tintement des couverts contre la porcelaine, tel le timbre de petites cloches tintinnabulant à travers la salle.

Donnie et Marcotte étaient assis sur la banquette semi-circulaire devant une table ronde qui occupait l'angle. À la gauche de Marcotte, l'une des brutes jumelles de Di Monti, épaules rentrées, était assise à une table pour deux, comme devant un service à thé pour enfant. Di Monti n'était visible nulle part.

Nick rajusta la veste légère qu'il portait, juste pour laisser dépasser la crosse du Ruger dans son baudrier, enfila ses lunettes de soleil, et s'avança vers la table avec une aisance décontractée. Donnie le remarqua quand il fut à trois mètres d'eux, et son teint passa de la couleur de la cendre à la couleur de la craie.

— On commence la fête sans moi, Tulane ? s'étonna Nick en se glissant sur la banquette à côté de lui.

Donnie fit un bond de côté, et il en renversa presque son verre.

— Nom de Dieu, qu'est-ce que tu fais ici, Fourcade ? chuchota-t-il d'une voix rauque.

Nick haussa les sourcils au-dessus de ses lunettes.

— Eh bien, je suis venu voir de mes propres yeux quel genre de menteur et de faux cul tu étais, Donnie. Je dirais que tu me déçois, mais ce n'est pas moins que je n'en attendais.

Il passa la main sous sa veste pour aller y chercher ses cigarettes et les yeux de Donnie s'ouvrirent tout grands à la vue du Ruger.

— C'est une table non-fumeurs, fit-il sottement.

Par les verres chromés de ses carreaux, Nick le regarda droit dans les yeux et alluma sa cigarette. Marcotte observait l'échange, modérément amusé, décontracté, ses avant-bras sur la table. Il n'avait l'air nullement déplacé dans ce décor. Dans une chemise blanche toute simple, avec une cravate traditionnelle, on n'aurait pas pu le soupçonner d'être un magnat des affaires. Par contraste, même le plus borné des péquenots aurait reconnu le tas de muscles pour ce qu'il était. La brute-à-tempérament tourna son siège pour avoir une meilleure vue, révélant un nez fracassé, rattaché à la figure par du sparadrap. Brutus. Nick lui sourit.

— C'est un rendez-vous à caractère privé, fit plaisamment Marcotte. Il jeta un œil sur Donnie. Nick ici même présente une certaine inaptitude à l'apprentissage, Donnie. Il a besoin qu'on lui apprenne toutes ses leçons en deux coups.

Nick souffla la fumée par les narines.

— Oh non. Moi, j'ai retenu la leçon du premier coup. C'est pourquoi je suis ici ce soir, en qualité de conseiller de mon bon ami Donnie, qui a versé ma caution pour me faire sortir de prison il y a peu.

— Un choix malheureux, regretta Marcotte.

— Enfin, Donnie, pour un garçon éduqué au collège, il est pas trop malin. N'est-ce pas, Tulane ? Je n'arrête pas de lui répéter qu'il n'a pas envie que le diable vienne jouer dans son arrière-cour, mais je ne sais pas s'il m'entend. Il est trop préoccupé par le froissement de l'argent qui lui ventile l'oreille.

— Je ne me sens pas bien, marmotta Donnie en se levant.

De la sueur perlait sur son front de papier mâché. Nick lui posa une main sur l'épaule.

— Assieds-toi, Donnie. La dernière fois que je t'ai vu près d'une cuvette de toilettes, tu avais la tête dedans. Nous ne voulons pas que tu te noies... pas tout de suite.

— Vous ajoutez la coercition à la liste de vos crimes, maintenant, Nick ? insinua Marcotte avec un gloussement complaisant.

— Pas du tout. Je fais juste remarquer à mon ami Donnie ici présent quels sont les désavantages de se mettre en affaires avec vous. À savoir l'examen minutieux qu'une affaire conclue avec vous conduirait à mener sur sa personne et sur la mort prématurée de sa charmante épouse.

Des larmes noyèrent les yeux de Donnie.

— Je n'ai pas tué Pam.

Son démenti attira les regards figés de deux autres tables. L'œil de Nick demeurait fixé sur Marcotte, sans la moindre oscillation. Il tapota sa cigarette pour en faire tomber la cendre dans le verre de Donnie et tira une autre longue bouffée.

— Tu n'as pas besoin d'être coupable de quelque chose pour que ça te ruine l'existence, Tulane. Pas plus que les coupables ne paient nécessairement pour leurs crimes. Vous voyez comme je retiens bien mes leçons, Marcotte ?

« Ça fait effet d'une froideur, Donnie — toi en train de t'escrimer à boucler cette affaire, poursuivit-il. Bon sang, cette affaire est même pas encore à toi, techniquement parlant, que déjà tu vends. Ça m'a tout l'air de quelque chose que mes bons amis des services du shérif auraient envie de passer au peigne très, très fin. Ils vont avoir une de ces envies de creuser dans tous tes dossiers et que sais-je encore. Ça fait un moment que tu magouilles maintenant. Qui sait ce qu'ils pourraient encore sortir d'autre ?

« Les gens ont vent de ce genre de chose, ils se mettent à penser que peut-être tu les as trompés, et alors ça leur donne envie d'engager des poursuites. Et, dis, t'as tout cet argent que Duval Marcotte t'a versé, alors pourquoi ils essaieraient pas de s'en ramasser un peu au passage ? Pendant ce temps-là, les Davidson discutent avec un avocat de la garde de ta fille.

« Tu vois où ça mène, tout ça, Donnie ? questionna-t-il, sans cesser de regarder Marcotte. Donnie, il ne voit pas toujours le tableau d'ensemble. Il n'arrive pas à discerner le désastre qui se profile.

— Et toi, Nick, mon garçon, tu vois le train qui approche et tu te jettes quand même sous ses roues, intervint Marcotte avec un mouvement de la tête. Tu es né en dehors de ton temps, Fourcade. La chevalerie s'est éteinte depuis un bout de temps. Maintenant, on appelle ça de la témérité.

— Vraiment ? Image vivante du désintérêt, Nick écrasa sa cigarette et laissa tomber le mégot dans le whisky de Donnie. Je ne suis pas les tendances.

— Il faut que j'aille aux lavabos, haleta Donnie, virant au gris à force d'avoir les jetons.

— Prends ton temps, Tulane. Va réfléchir un peu tant que tu es là-bas, fit Nick en se laissant glisser de la banquette.

Donnie s'éloigna de la table en traînant des pieds, une main appuyée sur l'estomac. Nick se rassit et dévisagea Marcotte qui se renfonça contre le dossier de son siège capitonné, croisant les bras. Ses yeux sombres brillaient comme des pierres polies.

— Je crois que vous pourriez avoir réussi à ruiner mes chances de conclure une transaction, Nick.

— Je l'espère sincèrement. C'est le moins que je puisse faire, tout bien considéré.

— Oui, je le suppose. Et le moins que je puisse faire, c'est de me montrer élégant dans la défaite. Pour le moment.

— Vous renoncez aisément.

Marcotte haussa les épaules, avec une moue.

— *Que sera sera.* Cela m'a fait une distraction. Je ne serais jamais venu jusqu'ici regarder un peu si vous n'aviez pas éveillé mon intérêt, Nick. Je retirerai une certaine satisfaction de savoir que vous ne manquerez pas de vous attarder là-dessus. Et vous savez quoi ? Sortir par ici m'a rappelé à quel point j'aimais la campagne. La vie simple, les plaisirs simples. Il se pourrait que je revienne.

Nick ne dit rien. Il croyait avoir supprimé Marcotte de sa vie comme on procède à l'ablation d'un organe cancéreux. Mais il subsistait juste assez de sa vieille obsession pour le ramener en deçà de cette ligne, et maintenant Marcotte allait venir saliver à la limite de son sanctuaire comme un loup qui attend son heure. La serveuse s'approcha de la table, regardant Nick avec suspicion.

— Puis-je vous servir quelque chose à boire, monsieur ?

— Non, merci, répondit-il en se levant lentement. Je ne vais pas rester. La compagnie que j'ai ici me retourne l'estomac.

Lorsque Nick entra dans les toilettes, Donnie était courbé en deux sur le lavabo, en larmes et pris de haut-le-cœur.

— En forme pour conduire jusque chez toi, Tulane ?

— Je suis ruiné, espèce de fils de pute ! sanglota-t-il. Je suis fauché, bordel ! Marcotte m'aurait avancé de l'argent.

— Et tu serais toujours ruiné — pour toutes les raisons que je viens de t'expliquer de l'autre côté de cette porte. Tu n'écoutes pas si bien que ça, Donnie, fit Nick en se lavant les mains. Chaque rencontre avec Marcotte lui laissait l'impression d'avoir manipulé des serpents. Il y a de meilleures façons de se sortir des problèmes que de vendre son âme.

— Tu ne comprends pas. L'assurance-vie de Pam ne va pas tomber. J'ai perdu deux gros boulots et j'ai un prêt qui vient à échéance. J'ai besoin d'argent...

— Cesse de pleurnicher et sois un homme, pour une fois, le coupa Nick. Tu n'as plus ta femme avec toi pour verser la caution qui te sortira le cul de là. Il est temps de grandir, Donnie.

Il déroula une serviette en papier du distributeur fixé au mur, se sécha soigneusement les mains.

— Écoute, tu ne le sais pas, mais ce soir tu n'as pas de meilleur ami que moi, Tulane. Mais je te le dis, *cher,* si je découvre que tu essaies de retourner au pieu avec Marcotte, et que c'est toi qui as tiré sur Broussard l'autre soir, tu peux mettre ta main à couper que t'auras envie de jamais être né.

Donnie appuya la tête contre le miroir, trop faible pour tenir debout sans soutien.

— Ça fait maintenant des jours et des jours que j'en ai envie, Fourcade.

Derrière lui, Nick entendit la porte s'ouvrir dans un bruissement. Il put apercevoir le reflet de Brutus dans un angle du miroir. Il fit insensiblement passer le poids de son corps en légère extension vers l'avant, et se tint immobile.

— Tout va bien ici, monsieur Bichon ? demanda la brute.

— Tout juste, gémit Donnie.

— Tout va bien, Brutus, fit Nick. M. Bichon, il a juste des maux de croissance, c'est tout.

— Je t'ai pas demandé à toi, péquenot de cajun. En plongeant la main sous sa veste noire, Brutus en ressortit un coup-de-poing américain et l'enfila sur les doigts épais de sa main droite. Nick l'observait dans le miroir.

— À ta place, j'irais pas trop secouer les arbres généalogiques, King Kong. Parce que t'es sur le point de tomber du tien.

Il pivota et frappa de la jambe alors que Brutus avançait vers lui, le cueillant sur le côté de la tête. Brutus se cogna dans le distributeur de serviettes en papier la tête la première avec un craquement qui résonna sur les murs carrelés. Le sang jaillit de son nez et de sa bouche, et il s'écroula sur le sol. Nick eut un mouvement navré de la tête, tandis que le gérant se ruait dans les lavabos pour considérer la scène avec horreur, tout d'abord son distributeur de serviettes cassé, puis la masse saignante étendue sur le carrelage.

— Le sol est humide, constata Nick en avançant vers la porte d'un pas décontracté. Il a glissé.

44.

Dugas le Gros Dard et les Iota Playboys dopèrent le volume de leurs guitares balafrées par les combats et se lancèrent dans une version rapide et frénétique de « C'est Chaud ». Une acclamation monta de la foule et les corps se mirent à bouger — jeunes, vieux, ivres, sobres, noirs, blancs, pauvres, comme ceux de la classe des planteurs.

Il y avait facilement un millier de personnes sur la longueur de la rue France, contenues par un cordon de police, et tout le monde remuait en rythme telle ou telle partie de son anatomie. Bouches tout sourire, visages brillant dans la chaleur inhabituelle du soir et la joie de la libération. La semaine de travail était finie, la fête de cinq jours commençait seulement, et la source de la peur collective avait été effacée de la planète.

L'atmosphère de fête frappa Annie par son caractère grotesque, une réaction qui lui déplaisait fortement. Elle avait toujours aimé les festivités de Mardi gras à Bayou Breaux. La frivolité et le plaisir païen sans entraves avant les journées austères du Carême. Le bal de rue, les stands de nourriture, les marchands qui vendaient des ballons et des colifichets à deux sous, les cortèges historiques et les parades. C'était un rite du printemps et un fil conducteur qui avait couru tout au long de sa vie depuis ses tout premiers souvenirs. Elle se rappelait être venue au bal, enfant, avoir couru avec ses cousins Doucet pendant que sa mère se tenait juste en lisière de la foule, goûtant la musique à sa manière paisible bien à elle, mais sans jamais prendre part au plaisir de la masse.

Ce soir, ce souvenir lui serra un peu plus le cœur. À sa manière à elle, Annie se sentait à l'écart des fêtards. Non pas à cause de l'uniforme qu'elle portait, mais en raison des expériences qu'elle avait vécues au cours des dix derniers jours. Un homme barbu de forte carrure paré d'une robe rose à perles, un cigare planté au coin de la bouche, essaya de lui attraper le bras et de la faire descendre du trottoir pour un pas de deux. Annie se dégagea d'un mouvement du bras.

— Je ne suis pas ce genre de fille ! s'écria-t-elle avec un large sourire.

— Moi non plus, chérie ! fit-il en soulevant sa jupe, exhibant un aperçu de son caleçon bouffant recouvert de cœurs.

La foule autour de lui rugissait, mugissait. Une femme habillée en ouvrier du bâtiment lança un sifflement admiratif et tenta de lui pincer le derrière. Il poussa un hurlement, l'empoigna et ils plongèrent dans la danse. Annie réussit à rire de la scène. Tandis qu'elle se détournait, elle fut retenue par un autre fêtard costumé, celui-ci vêtu en noir et blanc, avec un masque peint d'un sourire, le portrait théâtral classique de la comédie. Il lui tendit une simple rose et s'inclina avec raideur quand elle l'accepta.

— Merci, fit-elle en glissant la tige de la rose dans la ceinture de son uniforme, à côté de sa matraque, tout en s'éloignant.

Elle appréciait ce bal, mais plus comme citoyenne. Le personnel du commissariat de police de Bayou Breaux de même que celui des services du shérif surveillaient l'organisation du Carnaval. Un front uni contre le hooliganisme. La règle établie était de disperser ceux qui se bagarraient, mais de n'arrêter que les ivrognes assez stupides pour balancer un coup de poing sur les flics. Toute personne prise avec une arme se retrouvait au trou pour la nuit, et le lendemain matin les services du procureur venaient récupérer leur part de détritus.

Toutefois, d'ordinaire, même avec les ivrognes et les bagarres au couteau, dans cette petite ville, l'innocence exubérante de la fête l'emportait sur les mauvais moments. Ce soir, tout le monde semblait célébrer l'exécution de Willard Tard plus encore que le Carnaval. L'air crépitait de cette excitation grisante de la légitime défense couronnée, mais Annie sentait un danger latent.

Le crime, en Louisiane Sud, tendait à être une affaire personnelle, conflictuelle. Les gens d'ici disposaient de leur propre sens de la justice et d'un stock abondant d'armes à feu. Elle pensa à Marcus Renard et aux incidents survenus à son domicile au cours des dix derniers jours. Le coup de feu, le caillou par la fenêtre. S'il n'avait pas mis ces incidents en scène lui-même, s'ils avaient bien été l'œuvre de quelqu'un, parmi tous ces gens qui trouvaient que Fourcade aurait dû être autorisé à achever la besogne, alors la possibilité existait bel et bien pour que ce même quelqu'un s'essaie au même geste que Fourcade. Et qui, dans les services du shérif, en dehors d'elle, y prêterait la moindre attention ?

Dieu, peut-être suis-je son ange gardien, après tout.

Cette pensée n'était guère réconfortante, mais elle ne pouvait non plus s'en défaire. Plus elle s'impliquait dans cette affaire, plus cela devenait compliqué, plus il semblait se présenter d'hypothèses. La seule chose qui devenait plus claire aux yeux d'Annie, c'est qu'il fallait que la justice s'applique suivant les voies appropriées, et qu'elle ne soit pas distribuée au petit bonheur la chance par des individus mal renseignés.

Comme cette opinion la rendrait populaire, songeat-elle, quand tout le monde dans le comté acclamait Kim Young comme l'héroïne des gens ordinaires. Elle essaya de voir le bon côté de ce coup de feu, en imaginant quel baril de poudre serait devenue cette rue s'il n'y avait eu Kim Young. La majorité des fêtards était venue au bal dans ses plus beaux atours de Mardi gras : costumes, maquillage, masques qui couvraient toute la palette, depuis les présidents défunts jusqu'aux monstres et aux divinités médiévales de la fertilité. Il y avait pléthore de paillettes et de masques à plumes. La célébration trouvait ses racines dans les rites anciens de la fécondité et elle avait conservé un parfum entêtant de sexualité tout au long des siècles. Même si tout ça était loin d'être aussi paillard ici dans les comtés cajuns que dans le Quartier français de La Nouvelle-Orléans, il y aurait quand même pas mal d'exhibition de peau dénudée avant la fin de la nuit.

Imaginer un prédateur comme Tard circulant librement dans cette atmosphère suffit à glacer le sang d'Annie. Un violeur en masque de Mardi gras au milieu d'une mer de masques... et des citoyens lourdement armés tressaillant à chaque ombre... Tout ça, au lieu de Tard pour seul et unique mort, se serait certainement achevé avec une morgue truffée de cadavres criblés de balles.

Annie se faufila entre la foule et les devantures des boutiques, en gardant les yeux ouverts sur les vitrines tentantes pour certains. Une ribambelle de petits garçons de neuf ou dix ans la dépassa en rafale, en tirant avec des pistolets à eau. Elle para un jet d'eau de la main, se détourna et se retrouva de nouveau nez à nez avec le masque peint en blanc. Il se tenait à moins de trente centimètres d'elle, si près qu'elle sursauta en le voyant.

— Est-ce que je vous connais ? questionna-t-elle.

Son visage peint lui adressa un large sourire tandis qu'il lui tendait le cordon d'un ballon gonflé à l'hélium en forme de cœur. Dans un geste théâtral, il pressa les mains contre sa poitrine puis les lui tendit, lui offrant symboliquement son cœur. Déconcertée, Annie jaugea son admirateur masqué — sa taille, sa carrure. Elle eut un frisson d'appréhension.

— Marcus ?

Il porta un doigt à sa bouche peinte et s'éloigna à reculons, se fondit dans la foule, anonyme. Mais elle savait à présent qui il était. Cela tombait parfaitement sous le sens. Le masque offrait à la fois la liberté et l'anonymat. Voici des mois qu'il n'avait pas eu la possibilité de marcher dans les rues de cette ville sans attirer sur lui une attention qu'il n'avait nullement souhaitée. À présent, il passait sans se faire remarquer parmi tous ces gens qui lui auraient craché dessus, ou pire, si seulement ils avaient su qui il était.

Et qu'est-ce que les bonnes gens de Bayou Breaux lui feraient à elle, s'ils la voyaient recevoir de romantiques marques d'attention de Renard ? Que feraient ses camarades flics ? Elle n'en serait qu'un peu plus ridiculisée et mise à l'index. Tous deux avaient déjà cela en commun, elle et Marcus. Annie regarda le ballon. Il lui avait donné son cœur, et elle l'avait accepté. Dieu seul savait quelle signification cela pouvait avoir dans l'esprit de Renard. Il avait envie de croire qu'elle se souciait de lui, exactement comme avec Pam. Il croyait que c'était son métier qui la tenait à distance de lui, comme il avait cru que Donnie avait été la barrière entre lui et Pam. Juliette et Roméo. Elle tendit le ballon à une petite fille, à la figure toute barbouillée de chocolat et vêtue d'un T-shirt Pocahontas, et elle descendit la rue.

Un clown avec une grotesque perruque arc-en-ciel s'approcha d'elle en titubant sur l'étroite bordure du trottoir. Son sourire peint était penché d'un côté, sous un museau de cochon en caoutchouc. Annie fit un pas vers la droite. Le clown se déplaça avec elle. Elle fit un pas vers la gauche, en même temps que lui. Elle tenta de le dépasser. Du coup, il oscilla vers elle, se cognant à son épaule et renversant sa bière sur son uniforme.

— Hé, Bozo, fais gaffe ! fit-elle, cassante.

— Désolé, ociffier ! déclara-t-il, sans aucun regret.

Sur sa gauche, un autre ivrogne trébucha contre elle, celui-là portait un masque de Reagan avec un large sourire creux et idiot. Un autre litre de bière lui ruissela dans le dos.

— Merde ! glapit-elle. Faites gaffe où vous mettez les pieds !

— Désolé, ociffier ! fit-il en chantonnant, goguenard.

Il regarda le clown et tous deux gloussèrent en cœur, Tête-de-Nœud et Tête-à-Claques.

Annie lança un regard furieux à la figure de caoutchouc, qui était perchée sur une des deux épaules osseuses. Ses yeux descendirent sur les jambes maigrichonnes comme des crayons, dans leur jean étroit.

— Fils de pute ! jura-t-elle en lui empoignant la chemise. Mullen, c'est toi, sous cette tête vide ?

Le clown brailla :

— Ta gueule !

Reagan s'écarta d'elle en trébuchant en arrière, pour se dégager de son étreinte. Le duo plongea dans la foule tournoyante en rigolant.

— Bon sang ! s'exclama Annie, à mi-voix, en tirant sur sa chemise imbibée.

La bière dégoulinait dans la ceinture de son pantalon, devant et derrière. Elle lui coulait sous son gilet pare-balles et lui trempait le dos. Quiconque viendrait la renifler pourrait considérer que les histoires selon lesquelles, chose regrettable, elle était tombée dans l'alcoolisme allaient au-delà de simples rumeurs.

— Sergent, c'est Broussard, fit-elle dans l'émetteur-récepteur tout en commençant de remonter la rue. Je viens à peine de me faire inonder. Je suis 10-7 au poste. De retour sous peu. Terminé.

— Grouillez-vous.

Elle se fraya un passage vers le nord en longeant la foule par-derrière, dans l'intention de couper au coin de la 7e Rue, là où elle avait garé sa voiture de patrouille dans une rue adjacente.

— Annie !

La voix d'A.J. lui fit dresser l'oreille et elle s'arrêta. Il avait laissé trois messages chez elle sur son répondeur et il avait essayé de la joindre au travail à deux reprises depuis qu'on lui avait tiré dessus, et elle avait évité de le rappeler. Elle n'avait pas envie de s'expliquer. Elle n'avait pas envie de mentir. Elle n'avait pas envie qu'il essaie de renouer le lien qu'elle avait tranché entre eux.

Il s'approcha d'elle en sortant du cercle de lumière jaune d'un stand de marchand ambulant, un carton à carreaux rouges plein d'huîtres frites au creux de la main, une bouteille d'Abita dans l'autre. Il était encore dans son costume de travail de la journée, avec toutefois la cravate dénouée.

— Je croyais qu'on t'avait retirée de la patrouille de rue.

— Je vais là où on me dit d'aller, répondit-elle. Je suis en route pour le poste. Je viens de prendre un bain de bière.

— Je t'accompagne jusqu'à ta voiture.

Il lui emboîta le pas et elle lui jeta un coup d'œil, en essayant d'évaluer son humeur. Il avait le visage tiré et une ligne profonde s'était creusée entre ses sourcils. Les bruits de l'orchestre et de la foule s'estompèrent tandis qu'ils tournaient l'angle de la rue et qu'ils s'éloignaient des lumières de la fête, éclatantes.

— Qu'est-ce qui te prend de travailler si tard ? demanda Annie. Un vendredi soir. Avec le grand bal et tout.

— Je... euh... j'ai pour ainsi dire loupé un rendez-vous pris de longue date.

Elle se flanqua mentalement un coup de pied pour lui avoir ouvert cette porte.

— Dis donc, le détachement spécial est allé à la vitesse de la lumière pour obtenir les antécédents de ce Tard, hein ?

— Ouais, approuva-t-elle. Dommage qu'ils n'aient pas pu montrer un tel enthousiasme un peu plus tôt. Peut-être qu'ils auraient pu lui épingler le cul après Jennifer Nolan.

— Toi, tu aurais pu, fit-il en posant son dîner sur le capot de sa voiture de patrouille.

— J'aurais pu essayer, au moins. C'est la chose qui m'ulcère le plus avec Stokes — il survole tout et il s'en sort toujours en sentant la rose.

— Il y a les gens qui font le boulot, il y a ceux qui ont le boulot dans la peau..., répliqua-t-il.

— Je n'ai pas le boulot dans la peau, le coupa-t-elle, n'appréciant pas le rapport avec Fourcade, qu'A.J. n'avait pourtant aucun moyen de connaître. Mais quand je suis dedans, je m'active. Ça devrait compter pour quelque chose.

— Ça devrait.

Mais tous deux savaient que la seule chose qui, pour elle, allait compter, ce serait de se rendre à la barre des témoins jeudi prochain. Annie détourna le regard en soupirant.

— Alors, qu'est-ce que c'était cette histoire de l'autre soir ? demanda-t-il. Quelqu'un t'a tiré dessus ? Mon Dieu, Annie !

— On a essayé de me faire peur, c'est tout, fit-elle en évitant toujours son regard.

— Comment ça, c'est tout ? Tu aurais pu te faire tuer !

— C'était une tactique d'intimidation. Comme témoin de l'accusation, je ne suis pas très populaire.

— Tu penses que c'était Fourcade ? demanda-t-il. Le salaud ! Je ferai annuler sa mise en liberté sous caution...

— Ce n'était pas Fourcade.

— Comment sais-tu ça ?

— Ce n'était pas lui, c'est tout, insista-t-elle. Laisse tomber, A.J. Tu n'es au courant de rien.

— Parce que tu ne me dis rien ! Bon Dieu, quelqu'un essaie de te tirer dessus et il faut que je l'apprenne par oncle Sos ! Tu ne prends même pas la peine de me rappeler quand j'essaie de vérifier comment tu vas...

— Écoute, fit-elle, retenant sa mauvaise humeur par la bride. Est-ce qu'on peut remettre cette dispute à plus tard ? Je suis en 10-7. Hooker va me hacher toute crue si je ne passe pas là-bas.

— Je n'ai pas envie de me disputer, fit A.J. avec

lassitude. Il lui saisit la main et la retint alors qu'elle aurait voulu prendre le large. Juste une minute, Annie. S'il te plaît.

— Je suis en service.

— Tu es en 10-7. Ça veut dire que tu prends sur ton temps personnel. Cette conversation est personnelle.

Elle prit une inspiration pour protester et il lui posa un doigt sur les lèvres. Son expression était sincère, à la lumière tamisée du réverbère.

— J'ai besoin de te dire ceci, Annie. Je me soucie de toi. Je veux que personne ne te fasse de mal, quel que soit le motif. Je ne veux pas te voir courir des risques insensés. Je veux prendre soin de toi. Je veux te protéger. Je ne sais pas qui est cet autre type...

— A.J., ne...

— Et je ne sais pas ce qu'il a de plus que moi. Mais je t'aime, Annie. Et je ne vais pas prendre cette rupture comme si de rien n'était. Je t'aime.

Son aveu la laissa stupéfaite, sans voix. Ils n'avaient pas été si proches, dernièrement. Il y avait eu une période où elle avait attendu qu'il parle, et il ne l'avait jamais fait. Maintenant il voulait qu'elle en fasse autant et elle ne le pouvait pas — pas dans le sens qu'il souhaitait. L'histoire de leurs vies. Ils n'étaient jamais tout à fait au même endroit au même moment. Il voulait d'elle une chose qu'elle ne pouvait donner, et elle voulait un homme qu'elle pouvait tout aussi bien envoyer en prison d'ici une semaine.

— Je te connais mieux que personne, Annie, murmura-t-il. Je ne renoncerai pas à toi sans combattre.

Il baissa la tête et l'embrassa, avec lenteur, avec douceur, profondément. Il l'attira à lui, sans se soucier de sa chemise trempée de bière, et il la serra contre lui — seins contre torse, ventre contre hanche.

— Dieu, tu crois que tu le penses vraiment, c'est ça ? chuchota-t-il tout en relevant la tête. Que c'est fini ?

La douleur qu'elle lut dans ses yeux lui fit venir les larmes.

— Je suis désolée, A.J.

— Non, ce n'est pas fini, promit-il tranquillement. Je ne laisserai pas les choses se défaire.

Tout comme Donnie Bichon, se dit Annie. Déterminé à s'accrocher à Pam, même après qu'elle le lui avait notifié par écrit. Comme Renard — qui voyait ce qu'il voulait voir, qui pliait la réalité pour se ménager des possibilités en fonction de l'issue qu'il souhaitait. La différence, c'était que le comportement de tête de mule d'A.J. ne lui inspirait que de l'agacement, et non de la peur.

— Je t'avertis en toute honnêteté, prévint-il. Il fit un pas en arrière pour s'écarter d'elle, ramassa ses huîtres et sa bière. À plus tard dans le coin.

Annie s'assit contre la voiture, tandis qu'il s'éloignait.

— J'ai besoin de ça comme j'ai besoin qu'on me fasse un trou dans la tête, pesta-t-elle.

Elle s'accorda un instant pour se défaire de l'idée qu'elle avait réussi, d'une certaine façon, à faire partie d'un triangle romantique, une idée trop absurde pour être exprimée par des mots. Au lieu de cela, elle tenta de se concentrer encore une fois sur le monde autour d'elle : le bruit de la foule, les détonations intermittentes des pétards, l'air humide et chaud, la lumière argentée du réverbère, et l'obscurité, au-delà de sa portée. Soudain, la sensation d'être surveillée lui provoqua des fourmillements dans tout le corps. La sensation qu'elle n'était soudainement plus seule dans cette rue déserte. Elle se redressa, s'écartant lentement de la voiture, et tenta de distinguer les ombres sur l'arrière de la boutique à côté de laquelle elle s'était garée. À l'entrée de la sombre ruelle, un visage pâle semblait flotter.

— Marcus ? fit Annie tandis qu'elle s'écartait de la voiture pour avancer prudemment vers le bâtiment.

— Vous l'avez embrassé, c'est ça, fit-il. Cet avocat dégoûtant. Vous l'avez embrassé, je vous ai vue !

Sa voix vibrait de colère. Il fit un pas vers elle.

— Oui, il m'a embrassée, répondit Annie.

Son pouls s'emballa, elle fit en sorte de poser les mains sur les hanches, d'un air décontracté — la main droite à portée de sa matraque, de sa bombe lacrymogène, de la crosse de son Sig. Le bout de son médius appuya sur la tige de la rose que Renard lui avait donnée, une épine lui entra profondément dans la peau, et la douleur fut aiguë et surprenante.

— Est-ce que ça vous dérange, Marcus ? Que je l'aie laissé m'embrasser ?

— Il... il est des leurs ! tonna-t-il, articulant mal les mots qu'il se forçait à prononcer entre ses dents. Il est contre moi. Comme Pritchett. Comme Fourcade. Comment avez-vous pu, Annie ?

— Moi aussi, je suis des « leurs », Marcus, rappela-t-elle simplement. Je n'ai pas cessé de vous le dire, depuis le début.

Il remua la tête en signe de dénégation, le large sourire

du masque contrastant de manière macabre avec les ondes de fureur qui émanaient de lui.

— Non. Vous essayez de m'aider. Le travail que vous avez accompli. La manière dont vous m'avez apporté votre soutien. Vous m'avez sauvé la vie – deux fois !

— Et je continue de vous dire, Marcus, que je ne fais que mon métier.

— Je m'en moque, la reprit-il. Vous êtes venue me secourir à plusieurs reprises quand vous n'aviez pas à le faire. Vous vouliez que personne ne le sache. Je pensais...

Il laissa sa phrase en suspens, incapable de se résoudre à prononcer les mots. Annie attendit, émerveillée de l'aisance avec laquelle il avait retourné la situation dans son esprit pour qu'elle corresponde à ses propres souhaits. C'était de la folie, et pourtant il donnait l'impression d'être parfaitement rationnel, comme si n'importe quel homme avait pu émettre les mêmes suppositions, comme s'il avait tous les droits d'être en colère contre elle parce qu'elle l'avait fait marcher.

— Qu'est-ce que vous pensiez ? fit-elle en l'aiguillonnant.

— Je croyais que vous étiez unique.

— Comme vous avez cru que Pam était unique ?

— Vous êtes exactement comme elle, après tout, fit-il entre ses dents en glissant la main dans la poche profonde de son pantalon noir bouffant.

La main d'Annie saisit la crosse de son Sig et fit coulisser le cran de sûreté. Un millier de personnes étaient en train de faire la fête à soixante mètres de là, et elle était seule avec un meurtrier en puissance. Le bruit du groupe parut se dissoudre jusqu'au silence.

— Comment l'entendez-vous ? demanda-t-elle, tandis que son esprit anticipait à toute vitesse.

Allait-il sortir un couteau ? Allait-elle devoir l'abattre ici, tout de suite ? Elle n'avait pas pensé que les choses se dénoueraient de cette façon. Des aveux enregistrés ? L'arme du meurtre remise sans lutte ?

— Elle m'a pris mon amitié, déclara-t-il. Elle m'a pris mon cœur. Et puis elle m'a excité. Et vous faites la même chose.

— Elle avait peur de vous, Marcus. C'était vous qui l'appeliez, qui rôdiez autour de chez elle, qui avez lacéré ses pneus ?

— Jamais je ne lui aurais fait de mal, assura-t-il, et

Annie se demanda si cette réponse était une dénégation ou un signe de culpabilité. Elle m'a pris mes cadeaux. Je pensais que ma compagnie lui faisait plaisir.

— Et quand elle vous a dit de laisser tomber, vous avez pensé quoi... que vous pouviez lui faire peur de manière anonyme, et lui proposer votre réconfort à visage découvert, en personne ?

— Non. Ils l'ont montée contre moi. Elle était incapable de voir à quel point je me souciais d'elle. J'ai essayé de le lui montrer.

— Qui l'a montée contre vous ?

— Son pauvre pantin de mari. Et Stokes. Tous les deux, ils la voulaient, et ils l'ont montée contre moi. Quelle excuse avez-vous, Annie ? l'interrogea-t-il avec amertume. Vous voulez cet avocat ? Il se sert de vous pour que vous accomplissiez son sale travail à sa place ! Est-ce que vous ne voyez pas clair ?

— Il n'a rien à voir avec ça, Marcus. Je veux élucider le meurtre de Pam. Je vous l'ai dit depuis le début.

— Vous le regretterez, prévint-il calmement. À la fin, vous le regretterez.

Il commença de sortir la main de sa poche. Le cœur battant, Annie tira son Sig et le lui pointa sur la poitrine.

— Du calme, Marcus, ordonna-t-elle.

Doucement, il sortit sa main, cette fois le poing serré, et la maintint sur le côté, légèrement écartée.

— Quoi que ce soit, lâchez ça.

Il ouvrit les doigts, laissant tomber un objet de petite dimension qui heurta le trottoir avec un léger raclement métallique. De la main gauche, Annie sortit la lampe-torche de sa ceinture et avança d'un pas, le Sig toujours braqué. Renard recula vers la ruelle.

— Restez où vous êtes.

Elle bascula le faisceau de la lampe vers le bas pour en balayer le béton, qui éclaira une chaînette en or, un collier qui gisait là comme un bout de ficelle au rebut, avec, attaché, un médaillon en forme de cœur.

— Je vous croyais vraiment unique, répéta-t-il encore.

Annie rengaina le Sig et ramassa le collier.

— Est-ce que c'est le collier que vous avez voulu donner à Pam ?

Il la fixa à travers les yeux de son masque, et il recula encore d'un pas, pour s'éloigner d'elle.

— Je n'ai pas à répondre à vos questions, adjoint

Broussard, répondit-il froidement. Et je pense que je suis libre de m'en aller.

Là-dessus, il se retourna et repartit vers le fond de la ruelle.

— Parfait, fit Annie à mi-voix en refermant la main sur le médaillon.

Son angle d'attaque avec lui, c'était la similitude entre elle et Pam. Elle avait gagné sa confiance, son respect. Mais en l'espace d'un battement de cœur, tout cela venait de s'évanouir. Maintenant, elle était encore plus proche de Pam, la femme qu'il pouvait avoir massacrée.

L'émetteur-récepteur crépita contre sa hanche et, surprise, elle fit un bond en l'air.

— Broussard ? Bordel, où est-ce que vous êtes ? Vous êtes revenue ou quoi ?

Annie tira sur sa chemise humide et réprima un grognement.

— J'arrive, sergent. Terminé.

Tout en suçant le bout de son doigt que l'épine avait écorché, elle se faufila à travers la foule, traversa la rue France vers la station à essence du vieux Canal. L'endroit était fermé depuis la crise du pétrole, cela faisait longtemps qu'on en avait retiré les vieilles pompes, et il ne restait plus que des mauvaises herbes. L'écriteau AFFAIRE À SAISIR — À VENDRE était appuyé contre la vitrine depuis si longtemps qu'il avait jauni. Un troupeau de teenagers habillés de vêtements trop grands et coiffés de casquettes de base-ball retournées visière en arrière tournaient en rond sur le macadam fendillé, à boire de la Mountain Dew et à fumer des cigarettes. Reluquant Annie d'un œil soupçonneux quand elle passa au beau milieu d'eux, ils s'égaillèrent comme une portée de jeunes chiots débraillés.

Elle gagna le côté de l'immeuble, où il y avait une cabine téléphonique encore en service. Elle composa le numéro de Fourcade et secoua le devant de sa chemise mouillée tandis que le téléphone sonnait à l'autre bout de la ligne. Son répondeur émit un déclic, suivi d'un bref : « Laissez un message. »

— C'est Annie. Je viens juste d'avoir une prise de bec avec Renard. C'est une longue histoire, mais le fond des choses, c'est qu'il se pourrait bien que j'aie dépassé la limite. Il a dit des choses qui me filent un peu l'angoisse. Hum... je suis coincée ici à travailler sur le bal, et puis je rentre chez moi. Demain j'ai une journée de repos. Je vous verrai quand je vous verrai.

Elle raccrocha, vaguement écœurée. Il se pouvait qu'elle ait poussé un tueur de l'autre côté de la ligne qui sépare l'amour de la haine. Et maintenant ?

Elle observa la fête depuis l'angle de la station d'essence désaffectée, et elle se sentait aussi extérieure que si elle s'était tenue derrière un mur de verre. Elle n'entendait ni la musique de l'orchestre ni la foule.

« Jamais je ne lui aurais fait de mal. »

Et non qu'il n'avait pas, au sens affirmatif, fait de mal à Pam. Il avait déjà opéré cette distinction verbale auparavant.

« Elle était incapable de voir à quel point je me souciais d'elle. J'ai essayé de le lui montrer. »

Comment avait-il essayé de le lui montrer ? Avec ses cadeaux ou par le souci qu'il avait manifesté à son égard après l'avoir effrayée presque à mort ? La même préoccupation de voyeur, à vous donner la chair de poule, qu'il avait témoignée à Annie quand elle lui avait appris que quelqu'un lui avait tiré dessus.

« Étiez-vous seule ? Vous avez dû avoir peur... Avoir un étranger qui vous atteint dans votre prie privée et qui commet un acte de violence — c'est de la violation. C'est du viol. Vous vous sentez si vulnérable, si impuissant... si solitaire... N'est-ce pas ? »

Des paroles de réconfort qui n'étaient pas du tout réconfortantes. Il l'avait amenée à se sentir vulnérable, à se sentir violée, et il avait agi de même avec Pam. Elle le savait.

« Je croyais que vous étiez unique... Comme vous avez cru que Pam était unique ? Vous êtes exactement comme elle, après tout... Vous le regretterez, à la fin... vous le regretterez... À la fin... vous le regretterez. »

De la même manière que Pam avait dû le regretter ? Regretter que personne d'autre n'ait pu voir le monstre en lui, que personne n'ait écouté ses appels au secours suppliants, n'ait entendu ses cris cette nuit-là.

Annie dénicha le collier au fond de sa poche et le leva en l'air, pour observer le petit médaillon en or qui se balançait d'avant en arrière. Renard avait essayé de donner à Pam un collier pour son anniversaire, deux semaines avant qu'elle soit tuée.

— Officier Broussard ?

La voix douce tira Annie de ses pensées. Elle referma

le poing sur le médaillon et se retourna. Doll Renard se tenait à côté d'elle, dans une blouse June Cleaver grise taillée pour une femme pourvue, elle, de seins et de hanches. Entre ses mains, elle jouait nerveusement avec la tige d'un masque délicat en forme de papillon couvert de paillettes iridescentes. L'élégante beauté du masque contrastait apparemment avec la femme qui le tenait — banale, sans fard, la bouche comme un nœud d'amertume.

— Madame Renard. Puis-je vous aider ?

Doll détourna le regard avec nervosité.

— Je ne sais pas si vous le pouvez. Je jure que je ne sais pas ce que je fais ici. C'est un cauchemar, voilà ce que c'est. Un terrible cauchemar.

— De quoi s'agit-il ?

Des larmes embuèrent les yeux de Doll, qui délaissa la tige de son masque pour se frapper la poitrine.

— Je ne sais pas. Je ne sais pas quoi faire. Avant je croyais qu'on nous voulait du mal. Le père de mes garçons nous a trahis, et maintenant ils sont tout ce que j'ai au monde.

Annie attendit. Lors de ses précédentes rencontres avec Doll, elle avait trouvé cette femme mélodramatique et geignarde, mais la voix de Doll Renard, à présent tendue à craquer, avait l'accent de la sincérité. Le bout de son nez aigu était rouge, ses yeux bordés de pourpre à force d'avoir pleuré.

— Je savais que la maternité serait une joie et une épreuve, fit-elle en s'essuyant le nez avec un mouchoir. Mais on m'a privée de cette joie. Et maintenant j'ai peur que ce ne soit devenu un cauchemar. Des larmes s'écoulèrent sur ses pâles joues maigres. J'ai si peur.

— Peur de quoi, madame Renard ?

— De Marcus, avoua-t-elle. J'ai peur que mon fils n'ait fait quelque chose de mal.

45.

— Est-ce que nous pouvons aller quelque part pour en parler ? demanda Doll en jetant des coups d'œil nerveux sur les fêtards masqués qui allaient et venaient dans la rue.

Elle leva son propre masque pour dissimuler en partie son visage.

— Marcus est quelque part par ici. Je ne veux pas qu'il me voie parler avec vous. Nous avons eu hier soir une terrible dispute. C'était horrible. Je n'ai pas quitté mon lit de la journée. J'étais si angoissée. Je ne sais pas quoi faire. Vous avez été si bonne, si correcte avec nous, j'ai pensé...

Elle marqua un temps d'arrêt, luttant contre le besoin de pleurer. Annie lui posa une main sur l'épaule, déchirée entre sa compassion pour cette femme et l'excitation du policier.

— J'ai bien peur d'être en service..., commença-t-elle.

— Je ne vous demanderais pas... je ne voulais pas... Oh, mon Dieu... Doll porta une main à sa bouche et ferma les yeux un instant, tâchant de se reprendre. C'est mon fils, reprit-elle dans un chuchotement torturé. Je ne peux pas supporter la pensée qu'il ait pu... S'interrompant à nouveau, elle remua la tête. Je n'aurais pas dû venir ici. Je suis désolée.

Elle se retourna pour s'en aller, les épaules voûtées.

— Attendez, fit Annie.

Si la mère de Marcus Renard savait quelque chose, quoi que ce soit qui pût le rattacher à ce meurtre, elle ne pouvait pas remettre à plus tard cet entretien. Il était clair que la conscience de Doll avait gagné une bataille intérieure, et il était tout aussi clair qu'en l'espace d'un battement de cœur elle pouvait reculer pour sauver son fils.

— Où êtes-vous garée ?

— En bas de la rue. Près de Po'Richard's.

— Je vous retrouve là-bas dans cinq minutes. Cela vous convient ?

— Je ne sais pas. Je pense que c'est une erreur. Je n'aurais pas dû..., haleta-t-elle, tant son corps semblait trembler.

— Madame Renard, fit Annie en lui touchant le bras. S'il vous plaît, ne renoncez pas maintenant. Si Marcus a fait quelque chose de mal, il faut que cela cesse. Vous ne pouvez pas laisser ça continuer.

Elle retint son souffle tandis que Doll fermait les yeux de nouveau, cherchant en elle-même une réponse qui devait déchirer son cœur de mère.

— Non, chuchota-t-elle pour elle-même. Cela ne peut pas continuer.

— Je vous retrouve à la voiture, fit Annie. Nous

pouvons prendre une tasse de café. Parler. Nous allons arranger cela. Quelle voiture conduisez-vous ?

— Une Cadillac. Elle est grise, fit-elle, l'air résigné.

Dans cette marée humaine, Annie ne put trouver Hooker, ce qui était tout aussi bien. Elle n'avait pas envie qu'il la voie partir dans la direction opposée à celle du poste de police. Plongeant sous une porte cochère de la rue transversale, elle l'appela sur l'émetteur-récepteur pour lui dire qu'elle était malade.

— Nom de Dieu, Broussard, qu'est-ce qui vous arrive ? Vous avez bu ?

— Non, monsieur. Ça doit être cette grippe intestinale qui se balade. Elle marqua un temps pour gémir, histoire de l'impressionner. C'est épouvantable, sergent. Terminé.

Hooker lâcha sa bordée d'injures habituelles, mais il la laissa quitter son poste. Les adjoints qui vomissent sur la voie publique, c'était mauvais pour l'image du service.

— Si j'entends dire que vous avez bu, je vous suspends par la peau du cul ! Terminé.

Bannissant cette menace de son esprit, elle marcha vers sa voiture de patrouille et elle y déposa sa radio, de crainte que le bruit des communications n'effraie ou ne distraie Doll. Elle attrapa son magnéto, le fourra dans une poche de son pantalon et se dépêcha de descendre cette sombre rue.

Doll Renard conduisait sa Cadillac. Si le côté passager était endommagé, alors Marcus était celui qui l'avait terrorisée sur la route cette nuit-là. Voilà qui confirmerait la théorie Jekyll et Hyde d'Annie. La poussée d'adrénaline qu'elle ressentit à l'idée d'être enfin sur le point de pouvoir trouver une brèche était incroyable. Elle en fut presque prise de vertige. La propre mère de Renard allait le dénoncer. À elle. Grâce à tout ce travail qu'elle avait accompli. Perdre la confiance de Marcus n'aurait aucune importance.

Tandis qu'elle se pressait le long du trottoir entre des boutiques fermées et des voitures en stationnement, elle se tendait à chaque ombre, en esquivant les entrées des ruelles. Marcus était tapi quelque part, blessé, en colère devant ce qu'il voyait comme une trahison. Dieu seul savait ce qu'il pourrait faire s'il la voyait avec sa mère. Leur relation, en l'occurrence, était si tordue qu'elle en devenait insondable. La mère se reposant sur le soutien d'un fils qu'elle n'avait jamais cessé de critiquer et de rabaisser ; l'homme adulte s'exonérant de toute obligation envers une femme qui le hérissait jusqu'à la moelle des os. La ligne de partage entre leur amour et leur haine mutuelle devait avoir l'épaisseur d'un cheveu. Qu'est-ce que cela déclencherait en lui de savoir que sa mère était sur le point de commettre l'ultime trahison ? La rage, la douleur seraient incroyables. Annie avait vu ce que sa rage avait fait à Pam Bichon.

La voiture était garée au bord du trottoir, juste à l'est de Po'Richard's. Doll Renard faisait les cent pas à côté du véhicule, un bras autour de sa taille, comme si son estomac la faisait souffrir, l'autre main massant le sternum. Même sous l'éclairage médiocre qui provenait du restaurant, Annie put voir les griffures le long du flanc de la Cadillac.

— Avez-vous eu un accident, madame Renard ?

Doll eut une expression déroutée, puis elle jeta un œil à la voiture.

— Oh, ça, fit-elle en se déplaçant à nouveau. C'est Marcus qui a dû faire ça. Je conduis rarement. Cette voiture est si grosse, n'est-ce pas ? Je n'arrive pas à comprendre pourquoi il m'a acheté une si grosse voiture, non vraiment. Si voyante. C'est d'un vulgaire. Et difficile à garer. Ça me porte sur les nerfs de la conduire.

« J'ai développé une légère paralysie à cause de mes nerfs, vous savez. Vous ne pouvez pas imaginer la tension que ça a été. Se demander, vouloir croire... Et puis la nuit dernière... Je ne peux plus supporter cela.

— Pourquoi ne pas nous asseoir pour en parler ? suggéra Annie.

— Oui, oui, répéta Doll presque pour elle-même, comme pour raffermir la décision qu'elle avait prise. J'ai pris la liberté de commander du café. Nous sommes juste là, à cette table.

Les méchantes tables de pique-nique disposées devant le restaurant étaient désertées et mal éclairées. Un écriteau rédigé à la main dans la vitrine annonçait : FERMÉ POUR CARNAVAL. COMMANDES À EMPORTER SEULEMENT.

Doll s'installa sur le banc, en se tracassant pour sa jupe autant qu'une débutante pour un quadrille. Annie prit un siège, remua son café, et le goûta. Noir et amer, comme toujours ; chaud, mais buvable. Elle en prit une longue gorgée, car elle escomptait que la caféine consumerait la fatigue de trop nombreuses nuits de veille. Son esprit avait besoin d'être affûté, quoiqu'il n'eût servi à rien de paraître trop zélée. Elle laissa son carnet de notes dans la poche de sa chemise. Sous la table, elle enfonça la touche d'enregistrement du magnétophone.

— Je ne suis pas fière de moi, commença Doll. Elle reposa une main sur la table, crispée sur son mouchoir. C'est mon fils après tout. Ma loyauté devrait aller à ma famille.

— Laisser cela continuer n'ira pas dans l'intérêt de votre famille, madame Renard. Vous faites là pour le mieux.

— C'est ce que je n'arrête pas de me répéter. Il faut que je fasse pour le mieux.

Elle marqua un temps pour avaler une gorgée de café et se reprendre.

Annie but et attendit, en frottant distraitement la coupure au bout de son doigt. Elle était assise, dos au restaurant, avec la vue sur les alentours. Sans tourner la tête, son regard inspecta la rue, le trottoir, le terrain vague situé après la propriété de Po'Richard's, tâchant de discerner chaque ombre. Aucun signe de Marcus, mais il était très fort pour se tenir hors d'atteinte. Elle l'imagina en train, à cet instant, de les surveiller, sa colère croissant jusqu'au point d'ébullition.

— Cela a été très difficile pour moi, expliqua Doll, d'élever ces deux garçons toute seule. Tout particulièrement Victor. Une fois, l'État a essayé de me l'enlever et de le placer dans une maison. Il n'en est pas question. Il restera avec moi jusqu'à ce que je meure. C'est mon enfant, le fardeau que je dois porter. Je l'ai mis au monde comme il est. Je me suis reproché son état, même si les médecins disent que ce n'est la faute de personne. Comment pouvons-nous savoir ce qui se transmet d'une génération à une autre ?

Annie ne fit pas de commentaire, mais songea fugitivement à sa propre mère, et à son père qu'elle n'avait jamais connu.

— Qu'est devenu M. Renard ?

Le visage de Doll se durcit.

— Claude nous a trahis. Il y a des années. Et maintenant je suis assise ici, sur le point de trahir mon fils.

— Vous ne devriez pas dire ça, madame Renard. Pourquoi ne me parlez-vous pas de ce que Marcus a fait ?

— Je ne sais pas par où commencer, fit-elle en baissant les yeux sur son mouchoir tout fripé.

— Vous avez eu une dispute avec Marcus hier soir. À quel propos ?

— Vous, j'en ai peur. Je suis certaine que vous vous rendez compte que vous plaisez beaucoup à Marcus. Il fait ces choses-là, voyez-vous. Il... il se fourre quelque chose dans la tête et il n'y a pas moyen d'y rien changer. Je vois que tout ça recommence avec vous. Il est convaincu qu'il pourrait y avoir quelque chose de... très personnel entre vous deux.

— Je lui ai dit que ce n'était pas possible.

— Cela n'aura pas d'effet. Cela n'en a jamais eu.

— C'est arrivé auparavant ?

— Oui. Avec cette femme, cette Bichon. Et avant elle... quand nous vivions à Baton Rouge...

— Elaine Ingram ?

— Oui. Son coup de foudre, comme il appelait ça. Au bout d'une semaine de rendez-vous avec elle, il était complètement obsédé. Il la suivait partout. Il l'appelait jour et nuit. Il la couvrait de cadeaux. C'en était gênant.

— Je croyais qu'elle éprouvait les mêmes sentiments que lui.

— Pendant un certain temps, mais elle a fini par trouver que c'était trop. Il a fait de même avec cette femme, cette Bichon. Il a décidé tout d'un coup qu'il devait l'avoir, même si elle ne voulait pas entendre parler de lui. Et je vois que ça recommence avec vous. Je me suis opposée à lui à ce sujet.

— Qu'a-t-il dit ?

— Ça l'a rendu furieux et il est allé dans sa pièce de travail. Personne n'est censé le déranger là-bas, mais je l'ai suivi, avoua-t-elle. Je n'ai jamais voulu croire que c'était plus qu'une toquade, ce qu'il éprouvait pour cette femme, pourtant, je l'avoue, j'avais eu une prémonition. Je suis très réceptive à ce genre de chose, mais je ne voulais tout simplement pas y ajouter foi. J'ai surveillé Marcus depuis la porte sans qu'il le sache. Il est allé à un placard et il en a sorti certaines choses, et alors j'ai su. J'ai su, oui, c'est tout.

— Quelles choses ?

Doll inclina la tête au-dessus du sac à main qu'elle tenait sur ses genoux. Elle y plongea la main et la referma sur quelque chose en hésitant, puis elle en retira lentement l'objet. Tandis qu'elle sortait le petit cadre, Annie ressentit une étrange décharge lui remonter jusque dans le crâne. Elle s'agrippa à un accoudoir de son siège, tout étourdie. L'encadrement de la photo qui avait été porté manquant au bureau de Pam. L'un des objets que les inspecteurs avaient recherchés afin de relier Renard aux plaintes pour harcèlement, et qui n'avait jamais pu être retrouvé.

Annie l'observait à la lumière artificielle qui filtrait par la vitrine du restaurant. Le cadre était fait d'un délicat filigrane ancien en argent, et le verre était fêlé. La photo ne faisait pas plus de quatre centimètres sur six, mais ce qui était représenté, c'était un trésor d'émotion — l'amour d'une mère et d'un enfant. Josie ne devait pas avoir plus de cinq ans, assise sur les genoux de sa mère, le regard levé avec un sourire angélique. Pam, entourant son bébé de ses bras, lui souriait avec une expression d'adoration absolue. Marcus Renard avait volé cette photographie et détruit la relation que représentait celle-ci. Il avait pris une mère à son enfant. Il avait éteint l'esprit d'une femme qui avait aimé tant de gens, et qui en avait été aimée.

L'engourdissement l'envahit à nouveau. Une réaction à la photographie, supposa Annie. Ou à la caféine. Elle se sentait troublée... de détenir la certitude que l'homme qui s'était entiché d'elle était en fait celui qui avait commis des actes indicibles contre cette femme. Fourcade avait eu raison depuis le début : la piste, la logique ramenaient à Renard.

— Marcus a volé cela, n'est-ce pas ? fit Doll.

— Oui.

« Il y avait aussi d'autres choses, mais j'ai eu peur de les prendre. Je crois qu'il m'a volé aussi quelques objets, admit-elle. Un camée qui était dans la famille de ma mère. Un médaillon que j'avais depuis des années... depuis la naissance de Victor. Dieu seul sait ce qu'il en a fait.

Dieu et moi, se dit Annie en frémissant intérieurement. Et Pam Bichon. Et probablement Elaine Ingram avant elle. Une moiteur glacée lui parcourut la peau. Elle fit un effort pour respirer profondément l'air humide du soir, et posa fixement le regard sur la photographie qui se brouilla un peu devant ses yeux.

— Je ne voulais pas croire qu'il allait recommencer, fit Doll. L'obsession et tout.

— Pensez-vous qu'il ait tué ces femmes, madame Renard ? demanda Annie, ces mots lui collant à la langue.

Elle prit une autre gorgée de café pour se laver du goût de cette question. Quelle horreur pour une mère que de penser que son fils était un meurtrier ! Doll cacha son visage de sa main pour pleurer, tremblant de tout son corps.

— C'est mon fils ! Il est tout ce que je possède. Je ne veux pas le perdre !

Et pourtant elle avait mis la preuve en lumière.

— Je suis désolée, murmura Annie. Mais il va falloir que nous apportions ceci au shérif.

Elle repoussa son siège et se leva, vacillante, instable sur ses jambes, se sentant comme cernée par un essaim d'abeilles. Elle flottait sans aucune maîtrise sur le fait de le vouloir ou pas. Tandis qu'elle faisait un pas pour s'écarter de la table, le sol parut s'ouvrir sous ses pas, et elle chancela.

— Oh, Seigneur ! La voix de Doll Renard résonnait dans le lointain. Est-ce que ça va, adjoint Broussard ?

— Euh, j'ai la tête qui tourne un peu, murmura Annie du bout des lèvres.

— Peut-être devriez-vous vous rasseoir ?

— Non, ça va aller. Trop de caféine, c'est tout. Il faut que nous allions trouver le shérif.

Elle tenta de faire un autre pas et retomba lourdement sur un genou. Le cadre lui échappa des mains.

— Oh ! là là ! souffla Doll d'une voix haletante. Laissez-moi vous aider !

— Je suis confuse, s'excusa Annie en se cramponnant à cette femme plus âgée qu'elle. Je suis vraiment navrée.

Doll renifla et fronça le nez.

— Est-ce que vous avez bu, adjoint ?

— Non, non, c'était un assident. Elle fut saisie, atterrée, par le son de sa propre voix, de ses mots mal articulés, indistincts. Son corps lui semblait lourd, comme si elle se déplaçait dans une jarre de gelée. Je ne me sens pas bien, c'est tout. Nous allons nous rendre au poste. Ça va aller.

Elles avancèrent lentement vers la Cadillac, Doll Renard à la droite d'Annie, la soutenant. Cette femme était tellement plus forte qu'elle n'en avait l'air, se dit Annie. Ou peut-être était-ce simplement qu'elle n'avait subitement plus aucune force du tout. Un bourdonnement électrique vibrait dans ses bras et ses jambes. Le bout de son doigt qu'elle avait piqué sur la tige de cette rose pulsait comme un cœur qui bat.

L'épine de rose. La rose que Marcus lui avait donnée.

Empoisonnée. Dieu, elle ne se serait jamais attendue à ça. Mais c'était sûrement très poétique — qu'un gage d'amour se change en instrument de mort, dès lors que l'amour avait été repoussé. C'était bien sa manière de penser, à ce tordu, ce malade, ce fils de pute.

— Madab' Renard ? fit-elle en s'effondrant sur le siège côté passager de la voiture. Je crois que nous devvrions peut-être aller à l'hôôôpital. Je pense qu'il se pourrait que je sois en train de mourir.

Il avait envie de la tuer. Il avait envie de placer ses mains autour de la gorge d'Annie Broussard et de regarder son visage tandis qu'il l'étouffait. Elle s'était moquée de lui. La plaisanterie allait se retourner contre elle. Ce fantasme violent gicla dans l'esprit de Marcus en une gerbe de couleurs vives, tandis qu'il s'ouvrait un chemin à travers la foule. Le bruit de la fête faisait une cacophonie à ses oreilles assourdissante. Les lumières et les couleurs était trop lumineuses, trop criardes sur le noir de la nuit et le noir de son humeur. Des visages surgissaient devant lui, des bouches rigolardes et des masques hideux. Il se heurta à un sosie de Ronald Reagan, renversant la bière du type en un geyser sur le trottoir.

— Enfoiré d'ivrogne ! hurla Reagan. Fais gaffe où tu mets les pieds !

En représailles, l'homme le poussa brutalement, et Marcus donna de la bande pour aller buter dans un autre fêtard au masque de Zorro et feutre, Stokes. Stokes trébucha en arrière, s'emmêlant les pieds. Marcus tomba avec lui, lui tomba même dessus, au milieu de cette forêt de jambes. Il aurait voulu avoir un couteau. Il s'imagina poignardant Stokes dans leur chute, se relevant et filant avant que quiconque ait pu réaliser.

— Crétin, enculé de ta mère ! beugla Stokes en se relevant.

Avant que Marcus ait pu se redresser, Stokes lui flanqua un coup de pied dans les côtes. En se tenant le torse, Marcus lutta pour se remettre debout et continua son chemin, à demi plié en deux, les rires retentissant derrière lui. Il joua des coudes pour traverser la foule, puis il tourna au coin et descendit la rue en vitesse, en direction de Bowen & Briggs.

L'air humide, épais, lui brûlait les poumons. Il avait l'impression d'avoir la poitrine entourée d'arceaux d'acier, sous la pression qui écrasait ses côtes fêlées. Des élancements de douleur, brefs et aigus, éclataient en lui à chaque respiration. Il avait le visage en feu. Il s'arracha le masque peint du visage et le jeta dans le caniveau. Ce déguisement n'était rien comparé au masque qu'Annie avait porté. La trahison avec l'avocat était le moindre de ses crimes. La roulure. Il avait fermé les yeux, il lui avait trouvé des raisons, des excuses, certain qu'elle finirait bien par voir clair. Elle méritait d'être punie pour ce qu'elle lui avait fait endurer. Il la punissait dans son esprit, tandis que les émotions le déchiraient. Amour, rage, haine. Elle allait le regretter à la fin.

Il se sentait comme si on l'avait éviscéré. Pourquoi fallait-il que cela lui tombe dessus, à lui, encore et encore ? Pourquoi les femmes qu'il aimait ne pouvaient-elles l'aimer en retour ? Pourquoi ses sentiments l'empoignaient-ils si fermement et refusaient-ils de lâcher prise ? Amour, passion, besoin, besoin, *besoin*. Sinon, il était un homme normal. Il était intelligent. Il avait du talent. Il avait un bon métier. Pourquoi fallait-il que cela le submerge, encore et encore ?

Tandis qu'il montait lentement à bord de la Volvo, des larmes lui coulèrent sur le visage, brûlantes à la fois de douleur et de honte. Son corps était raide et tremblant de colère, la tension exacerbant ses blessures, la douleur physique l'humiliant encore davantage. De quelle espèce d'homme était-il ? De l'espèce que les autres rouaient de coups de pied et qu'ils méprisaient, de l'espèce que les femmes poursuivaient en justice. Il ne pensait pas pouvoir endurer cela plus longtemps. Ces émotions étaient trop fortes, trop lourdes, trop douloureuses. Et puis, derrière sa tête, il pouvait encore entendre la voix moqueuse de sa mère lui dire qu'il était pathétique. Il était pathétique, oui. Cette vérité l'écrasa presque sous son poids.

Lorsqu'il passa devant l'allée de la maison où Pam était morte, il sanglotait. Sa mort resterait suspendue au-dessus de lui comme une ombre pour le restant de sa vie.

Quelle vie menait-il ? Soupçonné de meurtre, misérable et pathétique, il vivait avec sa mère, essuyant encore et encore les rebuffades des femmes qu'il aimait. Combien de fois avait-il eu envie de se retrouver loin d'ici, combien de fois avait-il envisagé une autre vie — avec Elaine, avec Pam, avec Annie ? Mais il n'allait jamais partir, et cette vie meilleure n'adviendrait jamais. Il n'irait jamais vivre sur le Golfe dans une maison au bord de la plage, à passer ses soirées avec Annie ou aucune autre femme. Il ne deviendrait qu'un être de plus en plus pathétique, de plus en plus isolé, de plus en plus exécré. À quoi bon ?

Il engagea la Volvo dans l'allée et emballa le moteur. Un sentiment d'urgence s'était ajouté aux autres émotions qui grouillaient en lui comme un nid de serpents. Il pila pour se garer le long de la maison et entra. Victor était assis sur le palier de l'escalier principal, il portait un des masques de sa mère, et il se balançait. Il se mit debout et dévala les marches dans un bruit de tonnerre, se précipitant vers Marcus, pour ne s'arrêter qu'à quelques centimètres de lui en poussant des cris suraigus.

— Rouge ! Rouge ! Rouge ! Rouge !

— Arrête ça ! le coupa Marcus en le repoussant d'une bourrade. Tu vas réveiller mère.

— Pas maintenant. Entrée annulée, mère. Rouge ! Très très rouge !

— De quoi est-ce que tu parles ? lui demanda Marcus en coupant par la salle à manger.

Contre sa volonté, il jeta un coup d'œil vers le mur. Bien sûr que cette peinture n'allait pas.

— Il est minuit passé. Mère est au lit.

Victor secoua vigoureusement la tête.

— Par-ci et par-là. Entrée annulée, mère. Rouge !

— Je ne comprends pas ce que tu veux dire, fit Marcus avec impatience. Où est-ce qu'elle serait allée ? Tu sais bien que mère ne conduit pas la nuit. Tu es ridicule.

Tandis qu'ils atteignaient la porte des appartements de Marcus, Victor fut pris d'exaspération et il s'arrêta à côté du mur, puis il se frappa la tête contre en entonnant une lamentation gutturale. Marcus l'empoigna par les épaules.

— Victor, arrête ça ! Va dans ta chambre et calme-toi. Va regarder un de tes livres.

— Par-ci et par-là. Par-ci et par-là ! psalmodiait-il.

Marcus lâcha un long soupir, éprouvant une profonde tristesse pour son frère enfermé à clé dans son propre esprit. Mais, encore une fois, peut-être Victor était-il le plus chanceux.

— Viens, fit-il tranquillement.

En prenant Victor par la main, il le conduisit en haut de l'escalier, dans sa chambre, sans cesser de l'enjoindre de se taire.

— Rouge ! Rouge ! rabâchait Victor en chuchotant, comme un oiseau affligé de laryngite.

— Rien n'est rouge, Victor, fit Marcus en allumant la lampe.

Victor s'assit sur le bord du lit et se balança d'un côté, de l'autre. Les plumes de paon qui rebiquaient aux coins de son masque dansaient comme des antennes. Il avait l'air absurde.

— Je veux que tu comptes jusqu'à cinq mille par seizièmes, lui annonça Marcus. Et quand tu auras fini, tu viens me le dire. Est-ce que tu peux faire ça ?

Victor fixa le regard au-delà de son frère, les yeux dans le vague. Il y avait de bonnes chances pour que, une fois arrivé à cinq mille, il ait oublié l'origine de ce qui l'affligeait. Marcus quitta la pièce et marqua un temps d'arrêt, pour observer la porte de la chambre de sa mère, plus loin dans le couloir. Bien sûr qu'elle était là, l'araignée dans sa toile. Elle serait toujours là — physiquement, mentalement, métaphoriquement. Il n'y avait qu'un seul moyen d'échapper à chacune de ces trois présences.

Fermement résolu, il se rendit dans sa chambre, ferma la porte à clé derrière lui, et s'approcha du tiroir où il rangeait son Percodan. Le médecin lui avait rédigé une ordonnance pour soixante-quinze comprimés, espérant probablement qu'il les avalerait tous d'un coup. Il en avait pris un certain nombre au cours des journées et des nuits qui s'étaient écoulées depuis la correction qu'il avait reçue, mais il en restait plein. Plus qu'assez. S'il pouvait trouver le flacon. Il n'était plus dans le tiroir.

Victor ? Non. Si Victor avait pris une surdose de Percodan, le résultat ne serait pas cette agitation. Il serait en état de léthargie, ou mort — et, dans l'un ou l'autre cas, ne s'en porterait que mieux. Marcus se détourna du lit et passa dans sa pièce de travail. Après sa crise de rage la veille au soir, il l'avait rangée. Tout était de nouveau à sa place. Le portrait au crayon d'Annie était sur la table à dessin. Comme cela tombait bien qu'il soit déchiré, songea-t-il en laissant courir un doigt sur le bord déchiqueté de la feuille. Il imaginait que le sang qui maculait le papier était celui d'Annie. Il se retourna vers sa table de travail et ses outils alignés avec la précision d'instruments chirurgicaux, considéra attentivement le tranchant aiguisé comme un rasoir du couteau multi-usages. Il l'attrapa, fit courir son pouce sur la lame et observa la fleur de sang qui s'épanouit le long de la coupure, pourpre et claire. Des larmes lui vinrent à nouveau, pas sous la douleur physique, mais sous la charge émotionnelle énorme de ce qu'il était sur le point de faire. Il reposa le couteau multi-usages de côté, préférant ne pas s'en servir pour mener sa tâche à bien. C'est un couteau de boucher qui lui servirait à atteindre son but, symboliquement et littéralement. Mais d'abord, il voulait les comprimés.

Il s'approcha du panneau dissimulé dans le lambris, il ouvrit le placard, pour affronter son passé et sa perversion. C'est le nom que les autres donneraient à son amour pour des femmes qui ne le désiraient pas — perversion, obsession. Ils ne savaient pas ce que c'était que l'obsession. Les petits gages, les trophées qu'il avait dérobés à Elaine, à Pam et à Annie étaient disposés en grappes sur une planchette. Souvenirs. Une vague de nostalgie douce-amère le submergea lorsqu'il choisit un magnifique presse-papiers en verre. Il le tint dans ses mains et l'amena contre son visage. Il était froid au contact de ses larmes.

— Lâche ça, espèce de malade, salopard visqueux. La voix était basse et chargée de haine. Ceci appartenait à ma fille.

Le presse-papiers roula des mains de Marcus et tomba sur le parquet, et en même temps il leva les yeux sur le visage de Hunter Davidson.

— J'espère que tu es prêt à aller en enfer, fit le vieil homme en relevant le chien du .45 qu'il tenait en main. Parce que je suis venu pour t'y expédier.

46.

Il avait eu raison depuis le début. La piste, la logique, tout ramenait vers Renard. Et s'il s'était concentré sur son objectif, s'il n'avait pas permis à son passé de venir filtrer dans son présent, Marcotte serait resté un mauvais et lointain souvenir.

Nick alluma une cigarette et tira profondément dessus, tâchant de brûler le goût amer de la vérité qu'il avait dans la bouche. Le mal était fait. Il s'occuperait des répercussions si et quand elles surviendraient. Désormais, il devait se concentrer sur l'affaire en cours : Renard.

Annie lui avait apparemment secoué la calebasse un peu trop fort. Elle avait besoin de renfort, et Nick percevait bien à présent que c'était ce qu'il aurait dû faire depuis le début, au lieu d'aller pourchasser des ombres à moitié endormies. *Concentration. Maîtrise.* Il s'était laissé distraire quand il aurait dû demeurer fidèle à son instinct. La piste, la logique, tout ramenait à Renard.

Il se gara dans une rue adjacente et, se mêlant aux fêtards, scruta la foule du carnaval à la recherche de Broussard. Si elle avait poussé Renard trop loin, alors elle pouvait avoir des ennuis, et il n'avait pas l'intention de patienter jusqu'au lendemain matin ni même d'attendre qu'elle ne soit plus en service pour le découvrir. S'il y avait eu confrontation, elle avait eu lieu pendant qu'elle était à son poste. Cela signifiait que Renard était ici, à la surveiller.

La foule était chahuteuse et soûle, la musique assourdissante. La rue était remplie de costumes, de couleurs et de mouvements. Nick ne cherchait qu'une chose, les uniformes bleu ardoise que portaient les adjoints des services du shérif. Il arpenta systématiquement un trottoir en descendant la rue France, puis remonta par l'autre, en s'arrêtant à peine pour recevoir les vœux d'encouragement ineptes de ses collègues, allusion à l'audience prochaine. Aucun signe de vie d'Annie.

Il se pouvait qu'elle soit à la prison, en train de boucler un ivrogne. Il avait pu la manquer dans la foule, elle était si petite. Ou alors elle avait des ennuis. Au cours des dix derniers jours, elle avait passé plus de temps à les accumuler que le contraire.

Il aperçut Hooker qui s'attardait à proximité d'un stand où l'on vendait des crevettes grillées ; le gros sergent avait l'air de méchante humeur, mais il rythmait la musique du bout de son pied. Hooker saurait où se trouvait Annie, mais Nick doutait que Hooker lui passe l'information. Il verrait là-dedans trop de désastres potentiels.

— Nicky ! mon frère, mon pote. Qu'est-ce que tu fiches ?

Stokes oscilla vers lui, le feutre crânement penché sur un de ses yeux masqués. Il avait chacun de ses bras occupé par une femme en minijupe au ras des fesses — une fausse blonde en cuir et une brunette en jean. Ils avaient l'air de se maintenir mutuellement en position verticale.

— C'est mon pote, Nick, fit Stokes aux deux femmes. Il ne sait pas plus quoi faire dans une fête que s'il était face à une chèvre à deux têtes. Est-ce que tu veux qu'une de ces dames charmantes te serve de guide spirituel dans le monde de la fête, Nicky ? On peut aller quelque part et se faire une fête à notre façon. Tu vois ce que je veux dire ?

— Tu as vu Broussard ? le coupa Nick d'un ton sec.

— Broussard ? Qu'est-ce que tu lui veux, nom de Dieu ?

— Est-ce que tu l'as vue ?

— Non, Dieu merci. Cette gonzesse, elle fait que porter la poisse. Tu devrais le savoir. Elle... Oooohhh ! roucoula-t-il, alors qu'une hypothèse se faisait jour dans son esprit alcoolisé et laborieux. Lui faire volte-face, ce serait pas mal joué, hein ? Tu veux lui coller une petite frousse ou quoi ?

— C'est ça.

— C'est bonnard. C'est bonnard pour moi. Ouais. Cette salope a vraiment trop charrié.

— Alors va voir là-bas et demande à Hooker ce qu'elle fabrique. Trouve une bonne excuse.

Le sourire Monsieur Propre éclaira le visage de Stokes.

— Garde l'œil sur ces dames, mes copines, Nicky. Les filles, soyez gentilles avec Nicky. C'est un moine.

La blonde leva les yeux sur Nick tandis que Stokes s'éloignait.

— Vous n'êtes pas un vrai moine, quand même, non ?

Nick enfila ses carreaux, ce qui fit taire la ravissante idiote, et, surveillant Stokes qui s'approchait du sergent, il ne dit rien. Tous deux échangèrent quelques mots, puis Stokes s'acheta une portion de crevettes et revint en mâchonnant.

— T'as pas de chance, camarade. Cette petite coincée du cul, elle s'est sentie patraque, et elle est rentrée chez elle.

— Quoi ?

— Hooker dit qu'elle l'a appelé pour lui annoncer qu'elle était malade il y a un petit moment. Il pense qu'elle avait peut-être bu.

— Qu'est-ce qui lui fait penser ça ?

— Je sais pas, mec. Ces bruits qui courent. Tu vois ce que je veux dire ? En tout cas, elle est pas là.

L'anxiété noua un peu plus les entrailles de Nick.

— Quel est son numéro d'unité ?

— Quelle différence ? Elle y est pas.

— Je suis passé au poste. Sa Jeep est au parking. Quel est son numéro de fréquence, nom de Dieu ? lui demanda Nick.

Tout à coup, Nick fut à bout de patience. Il saisit Stokes par les épaules et le secoua, envoyant les crevettes grillées se répandre sur le trottoir.

— Quel est son numéro de fréquence, bordel !

— One Able Charlie.

Il pivota et s'engouffra dans la foule, poursuivi par la voix de Stokes.

— Hé ! Lui fais rien que j'irais pas lui faire !

Nick fonça à travers les fêtards, dégageant les gens de son chemin, l'épaule baissée et l'avant-bras tendu. Des masques passaient comme des éclairs à la périphérie de son champ de vision, donnant à la scène un caractère irréel. Quand il atteignit enfin son pick-up, il avait les poumons brûlants, sciés par l'air qui l'étouffait. Les muscles de ses côtes et de son dos, toujours endoloris depuis la raclée qu'il avait reçue de Di Monti, l'enserraient comme des griffes. Il tira sur le micro pour le libérer de son support, appela le central et, se faisant passer pour Stokes, demanda qu'on le raccorde à One Able Charlie. Les secondes s'écoulèrent, chacune d'entre elles paraissant plus longue que la précédente.

— Inspecteur ? fit le central qui le rappelait. One Able Charlie ne répond pas. Selon le fichier, cette unité n'est plus en service.

Nick raccrocha le micro et fit démarrer le pick-up. Si Annie n'était plus en service et si sa Jeep était encore sur le parking du poste, alors où était-elle ? Et Renard, nom de nom, où était-il ?

Penchant la tête par la fenêtre latérale, Annie essayait de lutter pour refouler la vague de nausée tandis que Doll mettait la Cadillac en prise, pour la faire démarrer dans une embardée. Comme elles dépassaient le terrain vague qui jouxtait Po'Richard's, Annie crut apercevoir le masque souriant de Marcus dans l'obscurité.

Elles traversèrent la rue France, un pâté de maisons en amont de la fête. Les couleurs et les lumières éclatantes brillèrent au loin, puis disparurent. Annie geignit un peu quand la voiture tourna sur la droite, le changement de direction aggravant ses vertiges. Elle se demanda ce que c'était que ce poison. Existait-il un antidote, et les crétins maladroits de Notre-Dame seraient-ils capables de le trouver avant qu'elle ne meure d'une mort horrible, atroce ?

Elle se dit de ne pas paniquer. Marcus n'avait pas pu prévoir les événements de la soirée ni s'organiser en fonction du fait qu'elle le rejetterait complètement. S'il respectait son propre schéma, il n'avait probablement eu que l'intention de la rendre malade, afin de pouvoir ensuite lui offrir son réconfort. C'était cela, son schéma.

Le quartier des affaires fit place à la zone résidentielle. De petites maisons proprettes, dans le style ranch, beaucoup d'entre elles avec un autel dédié à la Vierge Marie dans le jardin de devant. On avait découpé en deux de vieilles baignoires à pieds de lion, et on les avait plantées dans le sol, dressées sur une extrémité, pour faire office de grottes où loger les effigies consacrées à Marie. Cela privait l'objet d'une partie de son aspect mystique, se dit Annie, tandis que les ondes, dans son cerveau, se brisaient. Elles devraient bientôt arriver à l'hôpital. Le vieux gardien serait en train de nettoyer les pieds de la statue géante de la Vierge Marie avec une brosse à dents.

— J'apprécie ce que vous faites, madabe Renard, bafouilla-t-elle. J'appellerai le shérif de l'hôpital. Il va venii... iiir vous prendre. Vou... ouus avez bien fait de ve... nir me voir.

— Je sais. Il le fallait. Je ne pouvais pas laisser ça continuer, fit Doll. Je voyais bien que ça allait encore recommencer tout comme avant. Marcus qui s'entiche de vous. Vous... une femme qui n'aurait jamais voulu de lui. Une femme qui veut seulement me prendre mon fils et le mettre en prison... ou pire. Je ne peux pas laisser faire ça. Mes garçons, ils sont tout ce que je possède.

Elle se retourna et regarda Annie droit dans les yeux tandis qu'elles dépassaient l'embranchement qui menait à Notre-Dame-de-la-Miséricorde. Ses yeux, à la lueur du tableau de bord, semblaient rougeoyer.

— Personne ne va me prendre mes fils.

47.

Je suis en route pour l'enfer.

Le pays du bayou, d'un noir d'encre, vaste et inhospitalier, s'étendait devant elles, une terre sauvage où la mort violente était la rude réalité du jour. Ici, un prédateur réclamait sa proie, en un cycle sanguinaire et sans fin, et aucun survivant ne pleurait le décès des moins chanceux. Seuls les forts survivaient.

Jamais Annie ne s'était sentie aussi faible. La nausée la gagnait par vagues. Les vertiges ne faiblissaient pas. Ses facultés de perception commençaient de se déformer. Les sons lui parvenaient comme par un long tunnel. Le monde alentour avait une apparence liquide et animée. Il fallait qu'il y ait eu quelque chose dans son café, conclut-elle, quelque chose de fort. Elle essaya de se composer une image nette de la femme qui se tenait à l'autre bout de cette grosse voiture si large. Doll Renard lui parut étirée en longueur et si mince. Elle ne paraissait pas capable de violence. Mais Doll Renard était plus forte, plus jeune aussi qu'elle n'en avait l'air. Elle aussi, c'était une meurtrière. L'allure frêle, mal attifée, était un masque, tout autant que le domino pailleté de bal costumé posé sur le siège entre elles.

— Vou... ous avez tué Pam ? Vous avv... vez fait ces choses à Pam ? fit Annie, incrédule, les images macabres des photos prises sur les lieux du crime lui traversant la tête par éclairs, éclatantes et sanglantes.

Elle avait écarté, presque sans autre forme de procès, l'hypothèse d'un crime perpétré par une femme. Les femmes ne tuaient pas de cette façon — avec brutalité, avec cruauté, avec cette haine envers leur propre sexe.

— Elle a eu ce qu'elle méritait, la putain, lâcha Doll avec amertume. Les hommes lui soupiraient après comme des chiens après une salope en chaleur.

— Mon Dieu, souffla Annie. Mais vv... vous deviez savoir que MM... Marcus serait ss... soupçonné.

— Mais Marcus ne l'a pas tuée, raisonna Doll. Il est innocent — du meurtre, tout au moins. Quand il a commencé à devenir obsédé par elle, je l'ai observé, fit-elle avec dégoût. Exactement comme avec cette Ingram. Peu lui importait qu'elle ne veuille pas de lui. Il se fourre ces choses-là dans la tête, et il n'y a pas moyen de les lui en sortir. J'ai essayé de faire en sorte que ce soit elle qui l'amène à rompre, mais la peur qu'elle avait de lui semblait ne l'attirer qu'encore plus vers elle.

— C'est vv... vous qui étiez derrièè... ère cette traque ?

— Elle me l'aurait éloigné de moi — d'une manière ou d'une autre.

Et ainsi Doll avait poignardé à mort, crucifié et mutilé Pam Bichon. Pour mettre fin à l'obsession qui avait éloigné d'elle son fils.

— Je savais que la police le questionnerait, bien sûr, poursuivit-elle. C'était sa punition pour avoir voulu me trahir. Je pensais que ça lui servirait de leçon.

Annie avait du mal à avaler. Ses réflexes s'étaient émoussés. Lentement, sa main remonta le long de l'accoudoir, le bout de ses doigts cherchant à tâtons la crosse de son Sig. Le pistolet n'était plus là. Doll devait le lui avoir subtilisé quand elle avait « aidé » Annie à monter dans la voiture, en lui attachant la ceinture de sécurité du siège côté passager. Elle jeta un coup d'œil dans le rétroviseur, espérant, contre toute attente, voir des phares les suivre, mais la nuit se refermait derrière elles, et devant elle, c'était le marais. Une foule d'endroits où balancer un corps dans le marais. La drogue la tirait, l'entraînait vers l'inconscience.

— Cc... comment avez-vv... vous fait venir Pam... jusqu'à cette maison ? demanda-t-elle, pour forcer son cerveau à rester occupé.

Elle ne pouvait s'en tirer si elle ne demeurait pas consciente, et personne d'autre n'allait faire ça pour elle. Elle amena son bras droit contre son ventre et poussa un gémissement, tout en rapprochant sa main de la boucle de la ceinture de sécurité.

— Ce fut d'une facilité touchante. Je l'ai appelée sous un faux nom et je lui ai demandé de me montrer la propriété, expliqua Doll, en souriant de sa propre habileté. La petite salope, la rapace. Elle voulait tout — l'argent, la beauté, les hommes. Elle aurait éloigné mon fils de moi, et elle n'en voulait même pas.

Cela avait été aussi simple que de passer un coup de fil. Pam ne se serait jamais méfiée outre mesure avant de prendre un rendez-vous avec une femme plus âgée qu'elle pour lui montrer une propriété à la campagne, même le soir. Elle n'avait eu de problèmes qu'avec des hommes — ou tout au moins c'était ce qu'elle croyait. C'était ce qu'ils avaient tous cru. Fourcade avait eu raison depuis le début : la piste, la logique ramenaient à Renard. Il n'avait simplement pas compris de quel Renard il s'agissait. Personne n'avait regardé de plus près du côté de la mère de Marcus Renard, avec sa voix stridente et son allure évaporée.

Et maintenant cette femme va me tuer. Cette pensée s'engouffra dans l'esprit d'Annie comme un cyclone. Elle crut voir les mots de cette phrase flotter en l'air. Il fallait qu'elle fasse quelque chose. Sans tarder. Avant que la drogue ne la fasse sombrer tout à fait.

— Vous ne valez pas mieux, fit Doll. Marcus vous veut. Il n'arrive pas à voir que vous êtes une ennemie. Son désir pour vous l'éloigne de moi. J'ai essayé de faire en sorte que vous l'ameniez à cesser de vous désirer. Exactement comme j'ai agi avec cette Bichon.

— Vou... ouus étiez dans la vvvoi... ture cette nuit-là. Vous êtes vvvenue chez moi, bafouilla Annie, les pièces du puzzle flottant à la surface de son cerveau. Elle les visualisa qui remontaient à travers cette mélasse, collantes et humides de sang. Comment êtes-vv... vous entrée ? Ccco... mment avez-vous su... pour l'esss... calier ?

Un sourire affecté étira les lèvres minces de Doll Renard.

— Je connaissais votre mère. Elle a fait un peu de travail à façon pour moi, une saison, elle m'a cousu des costumes. C'était avant que Claude ne me trahisse, avant que je doive emmener mes garçons loin d'ici. Tout le monde voulait mes costumes, à l'époque.

Doll Renard avait connu sa mère. Cet aveu souleva une nouvelle vague qui la submergea. Cette femme était venue chez elle quand elle était enfant. Elle essaya de chercher dans son esprit un souvenir d'elle et de Marcus mis en présence l'un de l'autre, face à face, étant enfants. Est-ce que c'était possible ? Est-ce que l'un des deux avait eu le moindre soupçon que leurs chemins se croiseraient de cette façon à l'âge adulte ? Qu'une relation entamée sur une innocente rencontre, il y avait si longtemps, oubliée par la suite, s'achèverait sur un meurtre ?

— C'était une putain, comme vous, décréta Doll. Bon sang ne saurait mentir.

Annie vit cette phrase s'écouler de la bouche de Doll sous la forme d'un épais serpent.

Elle déglutit avec difficulté, tandis que la nausée revenait, puis elle piqua du nez et vomit sur le plancher. Doll émit un bruit dégoûté. Libérée à présent de sa ceinture de sécurité, Annie s'y accrocha, s'efforçant de reprendre son souffle, une main arc-boutée au tableau de bord. Il fallait qu'elle fasse quelque chose. La drogue l'entraînait de plus en plus profondément ; sous son emprise, la noirceur veloutée de l'inconscience exerçait son attirance sur elle.

Rassemblant le peu de forces qu'elle put, elle se jeta en travers de l'habitacle, saisit le volant. La Cadillac partit dans une embardée sur la droite, dans un crissement de pneus. Annie se servit du volant pour se hisser en travers du siège, une main appuyée sur le klaxon.

Doll poussa un cri, gifla Annie tout en se défendant pour tenter de ramener le volant vers la gauche. Une roue avant de la voiture enjamba l'accotement de la route, et la voiture vint rebondir sur la chaussée en se couchant en travers de la ligne médiane. Les phares éclairèrent la surface brillante de l'eau noire. Annie rentra la tête pour éviter les coups et agrippa de nouveau le volant. Elle se servit de son corps pour serrer Doll Renard contre la portière, en tâtonnant à l'aveuglette de la main gauche pour atteindre la poignée. Si elle pouvait parvenir à ouvrir la porte, peut-être pourrait-elle pousser Doll au-dehors. Elle imaginait la scène : le corps sec de Doll frappant l'asphalte comme un mannequin, rebondissant, la tête éclatée, la cervelle répandue. Elle s'accrocha à la poignée du bout de ses deux doigts.

Doll écrasa la pédale des freins, et la voiture dérapa brutalement dans un crissement. Annie piqua en avant, sa tête rebondit contre le pare-brise, son épaule alla se cogner violemment contre le tableau de bord. Le bruit, le mouvement, la douleur, le tourbillon dévalèrent en elle comme une avalanche. Elle essaya de se relever tandis que la voiture cahotait sur l'accotement, pour s'arrêter. Elle tenta de trouver une prise pour se soutenir et retrouver le sens de l'orientation, elle voulut chasser le flou de ses yeux pour distinguer nettement cette chose qui se trouvait juste devant elle — le canon d'un pistolet.

Son pistolet. Dans la main de Doll Renard. À dix centimètres de son visage. D'un coup brutal de la main, elle fit gicler le pistolet de côté, et le Sig partit avec un bang ! assourdissant, fracassant une vitre quelque part dans la voiture.

— Salope ! cria Doll de sa voix perçante.

De la main gauche, elle empoigna Annie par les cheveux et rabattit brutalement le pistolet, en la frappant à la tempe et à la pommette, une fois, deux fois. Trente-six chandelles s'allumèrent dans la tête d'Annie, comme une pluie de météores. Capitulant, elle tomba sur le plancher, flasque, de minces filets de sang dégoulinant sur sa joue. Elle crut sentir le monde glisser sous elle, mais ce n'était que la voiture. On se remettait à avancer, hors de la route principale. Elle pouvait percevoir le doux chuintement de l'herbe effleurant les flancs de la Cadillac, le bruit sec des pneus sur les cailloux.

Elle gisait, immobile, sur le plancher, sachant qu'il lui fallait un autre sursaut d'énergie, ou mourir. *Armes.* Ce fut comme une faible lueur dans sa tête. *Doll a le Sig. Doll a le Sig. Doll a le Sig.* Il fallait trouver une autre réponse, toute bête, mais elle était incapable de penser.

Si fatiguée.

Ses membres étaient aussi lourds que les branches d'un chêne. Ses mains avaient la taille d'un gant de base-ball. Sa langue semblait épaisse comme une vipère cuivrée. Peut-être était-ce le serpent rouge qu'elle avait vu sortir de la bouche de Doll et qui avait pénétré la sienne, pour l'étouffer. Un goût terriblement acide lui emplit la bouche.

Acide. Ça, ça ferait une arme, se dit-elle. Elle s'imagina le lancer à la figure de Doll Renard, elle imagina son visage se consumant jusqu'aux os du crâne, tandis que le reste de son corps dansait une folle gigue de mort.

Acide.

La voiture roula, s'arrêta. Doll actionna la commande d'ouverture du coffre, descendit et claqua la portière. Annie tendit lentement la main vers sa ceinture, dépassa, à tâtons, l'étui vide de son pistolet, pour aller chercher l'étroit logement de nylon, juste derrière. Elle souleva l'attache Velcro et libéra le petit cylindre en le faisant glisser de ses doigts engourdis. Derrière elle, la portière de la voiture s'ouvrit. La tête d'Annie fut happée, lorsque Doll l'empoigna par les cheveux et la tira en arrière.

— Debout ! Debout !

Annie tomba par terre, grimaçant de douleur sous les coups de pied que Doll lui flanquait dans le dos en l'injuriant. Recroquevillée, elle essaya de se protéger la tête. Les doigts de sa main droite s'enroulèrent, bien serrés, sur le cylindre dans sa paume. La portière de la Cadillac se rabattit, manquant de peu la tête d'Annie, puis Doll la saisit de nouveau par les cheveux pour la tirer en position assise. Annie ouvrit les yeux, tendit le bras pour se redresser contre le flanc de la voiture, tandis que les vertiges lui faisaient tourner la tête encore et encore. Le seul éclairage provenait des phares de la voiture, mais c'était suffisant. Penchée et tournoyant devant son champ de vision, il y avait une maison délabrée avec des fenêtres cassées, béantes, comme le sourire édenté d'une vieille mégère. Ils étaient à Pony Bayou. C'était la maison où Pam Bichon avait été privée de la vie.

— Je n'ai pas tué Pam, fit doucement Marcus.

Le large visage de Hunter Davidson se tordit de haine.

— Ne me mens pas, là, pas devant moi. Il n'y a pas de juge ici, sauf Dieu. Il n'y a pas de vices de forme, pas d'échappatoires possibles pour toi et ton maudit avocat.

— Je l'aimais, chuchota Marcus, des larmes venant à nouveau couler sur ses joues.

— L'aimer ? La grande carcasse de Davidson frémit de rage. La sueur tachait les manches de sa chemise. Sa fine chevelure était noire et luisante d'humidité. Tu ne sais pas ce que c'est que l'amour. C'est moi qui l'ai faite ! Ma femme l'a élevée ! Elle était notre enfant ! Tu ne sais foutre rien de cette sorte d'amour. Elle était notre bébé, et tu nous l'as enlevée !

L'ironie, songea Marcus, c'était qu'il savait tout de cette sorte d'amour. Toute sa vie, il avait été pris dans une mutation maladive de cet amour-là. Ce soir, il en aurait fini avec ça. Maintenant, le père de Pam allait y mettre fin à sa place.

— Tu ne peux pas savoir combien de fois je t'ai tué, fit doucement Davidson en avançant. Ses yeux étaient vitreux de fièvre, la fièvre de la haine. J'ai rêvé de te clouer par terre et de te faire passer par l'enfer qu'a traversé mon bébé.

— Non, psalmodia Marcus en criant maintenant plus fort, sous l'effet de la peur. Des crachotements de salive moussèrent entre ses lèvres et dégouttèrent sur son menton. Contre sa volonté, son regard obliqua vers la grande table de bois où son couteau multi-usages et ses cutters étaient disposés comme des instruments chirurgicaux. Il remua la tête. S'il vous plaît, non.

— J'avais envie de t'entendre me supplier de te laisser la vie, comme Pam doit avoir supplié. Est-ce qu'elle m'a appelé quand elle était en train de mourir ? demanda Davidson d'une voix torturée. Des larmes aussi grosses que des gouttes de pluie roulèrent sur ses joues rougeaudes. Est-ce qu'elle a appelé sa maman ?

— Je ne sais pas, murmura Marcus.

— Je l'entends. Chaque nuit. Je l'entends qui nous appelle, qui m'appelle à son secours, et il n'y a pas une chose, nom de Dieu, pas une chose que je puisse faire ! Elle est partie. Elle est partie pour toujours !

Il était debout à moins d'un mètre de lui, maintenant. La main qui tenait le pistolet était aussi grosse que la patte d'un ours, les jointures serrées à en être blanches, tremblantes.

— C'est comme ça que tu devrais mourir, dit-il amèrement. Mais je ne suis pas venu ici pour me venger. Je suis venu pour faire justice.

Le pistolet aboya deux fois. Les yeux de Marcus s'écarquillèrent de surprise lorsque la force des balles le projeta en arrière. Il ne sentit rien. Même en tombant sur sa table à dessin, puis sur le parquet, sa nuque rebondissant sur le bois dur, il ne sentit rien. Son corps sursauta encore et encore quand Davidson lui tira dessus. Marcus avait l'impression de voir cette scène sur un écran de cinéma. Il était mourant. Encore une ironie. Il aurait mis fin à ses jours lui-même, ce soir. Il aurait mis fin à la tyrannie tranquille et tordue de sa mère. Il aurait ménagé à Victor un futur sans protection. Au lieu de quoi, il allait mourir ici, sur le parquet, tué pour un crime qu'il n'avait pas commis, un échec, même dans sa mort.

— Ils vont croire que c'est MMM... MMarcus qui a fait ça, fit Annie.

— Non, ils ne vont pas du tout croire ça, corrigea Doll. Ils vont savoir très exactement qui a fait ça : vous. Levez-vous.

En s'arc-boutant contre la Cadillac, Annie se leva lentement, gauchement.

Penser. Essayer de penser. Besoin d'un plan.

Penser était aussi fatigant et aussi difficile que de nager vers l'amont contre un fort courant. Penser, et simultanément marcher, était presque chose impossible. Le sol se soulevait et retombait sous ses pieds par à-coups. La maison miroitait comme un mirage dans la clarté éblouissante des phares. Respirer devenait pénible. Elle sentait le battement de son cœur ralentir comme le tic-tac d'une horloge dont les ressorts se détendraient peu à peu, jusqu'à s'arrêter. Ce n'était plus qu'une question de temps, avant que la drogue ne la fasse complètement sombrer, et alors Doll lui fourrerait le Sig dans la bouche et appuierait sur la détente. Suicide.

Sa carrière se trouvait dans une mauvaise passe. Elle avait eu des difficultés avec ses collègues de travail. Quantité de gens avaient rapporté qu'elle avait un problème d'alcool. De là à penser qu'elle s'était rendue dans la maison où elle avait découvert les restes mutilés de Pam Bichon, pris une poignée de tranquillisants, et qu'elle s'était fait sauter la cervelle avec son arme de service...

— Mais ccc... ccomment est-ce que je... suis arrivée ici ? demanda-t-elle en s'arrêtant au pied des marches du perron.

— Silence ! jeta Doll, cassante, en lui enfonçant le Sig dans le dos d'un geste sec. Entre à l'intérieur.

La question du véhicule n'était guère plus qu'un détail mineur, c'est ce qu'Annie supposa, alors qu'elle montait les marches en titubant pour accéder au perron. En matière de meurtre, Doll Renard était une vieille routière. Elle s'en était fort bien tirée, ni vu ni connu, à deux reprises déjà.

La porte était restée ouverte, comme si quelqu'un les

avait attendues. Annie avança dans l'entrée, le bruit de ses pas renvoyant un écho dans le couloir vide. Le faisceau de la lanterne portative perçait les ténèbres, lui éclairait le chemin vers sa propre mort. Le parquet était couvert d'une épaisse couche de poussière. Des toiles d'araignées festonnaient les encadrements des portes. Le canon du Sig s'enfonça dans son dos. Annie avança vers le fond du couloir, la main gauche appuyée contre le mur, se guidant à tâtons comme une aveugle.

— Vous... alll... lez en tuer combien ? marmonna-t-elle. Cccom... bien de temps avant que Marcus... comprenne ? Il vous haïra.

— C'est mon fils. Mes fils m'aiment. Mes fils ont besoin de moi. Personne ne me les enlèvera jamais.

Cette véhémence, dans le ton de Doll, possédait les accents d'une mélopée parfaitement rodée, comme si elle ressassait ces mots, encore et encore, depuis des années, des années, des années.

— Qui a essayé de vous les enlever ? demanda Annie.

Elle avait l'impression d'avoir des jambes en caoutchouc. Son corps avait envie de crouler au sol et de succomber.

Elle franchit l'entrée d'une pièce et se retrouva dans une salle à manger. Le faisceau de la lanterne balaya le sol lorsque Doll la posa à terre, éclairant l'abri de fortune qu'y avait trouvé un long serpent indigo noir entre les vieilles planches salies en bois de cyprès. L'espace d'un instant, elle vit Pam étendue là, les bras écartés, son corps sauvagement mutilé. La tête se releva, et le visage en décomposition se tourna vers elle, et la bouche remua.

« Tu es là. Aide-moi. Aide-moi. Aide-moi ! » Ces mots se transformèrent en un cri strident qui perça le cerveau d'Annie, d'une oreille à l'autre, de part en part.

Aide-moi, songea-t-elle, sachant que personne ne l'aiderait, sachant que c'était trop espérer. Le temps allait lui manquer. Elle se courba en deux en appuyant l'épaule droite contre le mur, en essayant de canaliser le peu de forces qui lui restaient. Doll se tenait toute proche d'elle, environ un mètre. L'entrée du couloir était immédiatement sur la droite de Doll, et, juste là, il y avait l'escalier qui menait à l'étage, et qui débouchait sur l'obscurité. Il lui fallait un plan. Il lui fallait une arme.

Doll a le Sig. Doll a le Sig.

Sa matraque n'était plus là. Ses doigts se serrèrent sur

l'étui au creux de sa paume. Elle essaya de respirer, elle essaya de penser, fixa les yeux sur ses chaussures noires de flic.

Simple comme bonjour.

— Claude aurait essayé, fit Doll. Il nous a trahis. Il m'aurait enlevé mes garçons. Je ne pouvais pas laisser faire ça.

— Votre... mari ?

— Il m'a forcée à le faire. Il nous a trahis. Il a eu ce qu'il méritait. Je le lui ai dit, fit-elle. Juste avant de le tuer.

Doll avança d'un pas.

— Maintenant, il est temps que vous vous couchiez par terre, adjoint.

— Pourquoi le... masque sur Pam ? demanda Annie, ignorant cette sommation. Il permett... tait de remonter directement vers vvv... vvous.

— J'ignore absolument tout de ce masque, fit-elle avec impatience en sommant Annie d'avancer avec le pistolet. Par ici, adjoint. Là où cette autre roulure est morte.

— Je ne crois pas que je peux... bouger, fit Annie en observant les souliers de mère de famille de Doll qui se rapprochaient.

— Je vous ai dit d'avancer, fit-elle avec autorité. Avancez !

À ce signal, Annie prit l'initiative en puisant dans ses dernières réserves. De la main gauche, elle tapa dans le Sig qui partit sur le côté. Le pistolet cracha une balle dans le plafond. En même temps, Annie releva la main droite, avec la bombe de gaz lacrymogène, et elle l'aspergea. Doll hurla quand le nuage de gaz l'atteignit à l'œil droit. Elle tituba en arrière, s'agrippa le visage de sa main libre et, de l'autre, ramena le pistolet en position. Le Sig claqua une deuxième fois, la balle frappa Annie au bas de la poitrine et la renvoya contre le mur. L'impact contre son gilet pare-balles chassa l'air de ses poumons, mais elle n'avait pas le temps de s'en soucier. Il fallait bouger. Tout de suite. Pliée en deux, elle se rua vers l'escalier et se jeta dans l'obscurité devant elle, tandis que le pistolet tirait un autre coup de feu. Les bras et les jambes battant l'air, elle se précipita en direction de l'étage, glissant, tombant, se cognant les genoux, butant méchamment du coude. La drogue avait détruit son sens de l'équilibre. Elle ne pouvait plus reconnaître le haut du bas, ni si le sol était plat. Quand elle atteignit le palier de l'étage, elle s'étala tête la première. Le bruit de son menton cognant contre le bois fut presque aussi net que celui du coup de feu que Doll tira sur elle d'en bas — mais pas autant que la douleur cuisante qui lui déchira la cuisse gauche lorsque la balle y pénétra par-derrière et en ressortit par-devant.

Annie se carapata sur le ventre comme un alligator et se propulsa vers la porte la plus proche. La poussière qu'elle avait soulevée la fit tousser, elle refoula ses sanglots de douleur, et elle se hissa pour se redresser, le dos contre le mur derrière la porte. Elle tâta ses blessures, elle en ressortit la main toute mouillée de sang, mais il n'y avait pas d'artères tranchées — un maigre avantage. Cela lui prendrait plus longtemps pour mourir. Ses étourdissements la faisaient osciller comme une toupie. Le noir autour d'elle ajoutait à la sensation de vertige. La seule lumière de la pièce passait par l'unique fenêtre, pâle et grise. Le temps allait lui manquer. Elle déchira le revers de son pantalon d'uniforme. Elle sentait ses doigts aussi énormes et aussi encombrants que s'ils avaient été des saucisses. Elle crut entendre Doll arriver en haut de l'escalier, le bruit des pas alternant avec le battement de son pouls dans ses oreilles.

Elle se dressa sur ses jambes, le dos contre le mur pour garder l'équilibre, et elle attendit. Sa jambe gauche était une branche morte, totalement incapable de supporter son poids. La décharge d'adrénaline et la force d'attraction des narcotiques se livraient en elle une lutte acharnée. Elle sentait sa poitrine comme si quelqu'un l'avait frappée avec un marteau. Elle se demanda si la première balle ne lui avait pas fendu une côte. Mais, si elle mourait, cela n'aurait plus aucune importance.

Le Sig se fit entendre de nouveau, une fraction de seconde avant que le coup de feu ne perfore la porte dans une volée d'éclats de bois, à quelques pas de la tête d'Annie. Elle se mordit les lèvres pour réprimer son cri de surprise, et elle s'aplatit contre le mur en retenant son souffle. Ses mains étaient moites, sa prise peu assurée. Elle récita une brève prière et promit de se rendre plus souvent à confesse. L'inévitable marché avec Dieu. Mais, si Dieu n'avait pas entendu les cris de Pam Bichon quand Doll Renard l'avait torturée et tuée, alors pourquoi l'écouterait-il maintenant ?

Quelque part à l'autre bout du couloir, elle pouvait entendre les grattements des rats, des ratons laveurs, ou d'autres animaux venus squatter les lieux. Le Sig claqua encore une fois dans cette direction, loin de la pièce où se tenait Annie. Elle garda la position, cachée par la porte en partie ouverte, la fenêtre de l'autre côté de la pièce lui dispensant assez de lumière pour qu'elle puisse au moins discerner des formes. Elle n'aurait qu'une seule vraie chance. Elle devait tenir le coup assez longtemps pour cette unique chance. Et si elle n'y arrivait pas, elle allait mourir.

Nick enfonça la pédale pied au plancher et lança son pick-up à tombeau ouvert dans les portions de route qui filaient tout droit. Les bois et le marais défilaient en un éclair, à travers le brouillard. Il roulait plus vite que la portée de ses phares, mais pas que celle de son imagination.

Annie n'était pas dans son unité. Sa Jeep était restée sur le parking. Ses affaires étaient dans son placard. Elle était malade. Qu'est-ce que cela voulait dire, nom de Dieu ? Est-ce que Renard l'avait alpaguée et l'avait forcée à appeler, un pistolet sur la tempe ? Avait-elle voulu se libérer de son service pour aller vérifier quelque chose ? Nick n'avait aucun moyen de le savoir. Tout ce qu'il savait, c'était qu'il avait un nœud d'angoisse dans les tripes et qu'un autre le prenait à la gorge.

Il pila et dépassa l'allée des Renard en dérapage, fit claquer la transmission en marche arrière et recula dans un rugissement de moteur. Sans penser une seconde à l'ordonnance qui lui interdisait de s'approcher, il remonta l'allée à fond.

Des lumières brillaient faiblement au premier étage sur l'arrière de la maison. Seule une fenêtre était allumée. La Volvo de Renard était arrêtée, garée de travers, près de la véranda de la façade, plafonnier allumé. Nick trouva cela bizarre. Renard était plutôt cul serré et laisser quoi que ce soit entrouvert ou de travers n'était pas dans son caractère. Il coupa phares et moteur et descendit. Il avait pensé que trouver Renard chez lui allégerait ses craintes pour Annie. Assurément, il ne l'amènerait jamais ici. Mais l'air de la nuit autour de la vieille maison restait chargé d'une épaisse tension. Cette tranquillité était celle, anormale, d'un monde qui retient son souffle.

Et c'est alors que survinrent les coups de feu.

Le bruit des pas se rapprocha. Annie avala une gorgée d'air et essuya la sueur de son front avec le dos de son poignet. La tête qui tourne. Malade. Toujours plus faible. Sa vision se brouillait. Le temps allait lui manquer.

La voix de Doll résonna dans le couloir.

— De toute façon, ce soir, vous allez mourir.

Elle pleurait, elle la maudissait. Le gaz lacrymogène devait lui brûler l'œil comme un tisonnier.

— Vous allez mourir, vous allez mourir, lui promit-elle encore et encore.

Un frottement de pas. Annie pouvait la sentir de l'autre côté de la porte. Et soudain, Pam apparut devant elle, son corps putrescent dressé, rougeoyant comme une vision de l'enfer. Sa bouche s'ouvrit toute grande et un seul mot s'en écoula dans un flux de sang — *justice*.

Doll franchit la porte, se tourna, son pied piétina la vision. À cet instant, Annie eut l'impression qu'un projecteur était braqué sur elle. Les yeux de Doll s'exorbitèrent. Sa bouche s'ouvrit à se déchirer. Elle leva le pistolet dans un geste lent.

Et Annie pressa sur la détente. Le neuf millimètres Kurz sauta en arrière dans sa main et le visage de Doll Renard éclata comme du verre. La force du coup la renvoya en arrière à travers la pièce. Elle était morte avant d'avoir touché le sol.

Annie se relâcha, toute molle contre le mur, sa tête flotta, la vision fondit comme neige au soleil. Elle cligna très fort des yeux et regarda l'apparition de Pam qui fusa droit à travers le plafond et disparut.

Justice. Dans tout ceci, elle était venue chercher justice — pour Pam, pour Josie.

Que justice soit faite.

Trop faible pour remettre le Kurz dans son étui, elle coinça le pistolet dans la ceinture de son pantalon, puis elle essaya de trouver en elle la force de ne pas mourir.

48.

— Il a tué ma petite fille, marmonnait Hunter Davidson. Il a tué ma petite fille.

Il était assis à genoux sur le parquet de l'atelier de Marcus Renard, trempé de sueur, pâle et tremblant. Il leva le regard sur Nick, avec dans ses yeux une douleur plus affreuse que tout ce que Nick avait jamais vu.

— Vous comprenez, n'est-ce-pas ? fit Davidson. Il fallait que je le fasse. Il a tué ma fille.

Nick garda son pistolet au côté, approcha de l'homme avec prudence, un pas après l'autre. Un .45 restait mollement accroché à la grande main de cet homme, posé sur sa cuisse. Marcus Renard gisait sur le parquet, les bras écartés, les yeux à demi ouverts, vides de tout regard.

— Pourquoi ne posez-vous pas ce pistolet sur le sol ? Faites-le glisser vers moi, monsieur Davidson, suggéra Nick.

Hunter Davison resta assis là, fixant l'homme qu'il avait tué. Lentement, Nick s'agenouilla, lui prit le .45 et le coinça à la ceinture de son jean, contre ses reins. Il rengaina sa propre arme, puis il persuada gentiment Davidson de se lever, et l'éloigna du corps.

— Vous avez le droit de garder le silence..., monsieur Davidson, commença-t-il.

— Il fallait que je le fasse, murmura Davidson, plus pour lui-même que pour Nick. Il fallait qu'il paie. Nous méritions une justice.

Le système ne la lui avait pas donnée assez vite. Et maintenant la justice qu'il avait infligée lui-même allait se retourner contre lui. La tragédie de la mort de Pam venait simplement d'ouvrir un cercle concentrique de plus, dans l'eau du marais. Le regard de Nick passa du corps sans vie de Renard au père de Pam, et il ne ressentit rien d'autre qu'une profonde et absolue tristesse.

Victor se tenait parfaitement immobile devant la porte de l'espace privé de Marcus. Marcus lui avait donné du travail à faire. Il essayait toujours de faire plaisir à Marcus, même si Victor ne comprenait pas tout à fait ce que voulait dire faire plaisir. Le *plaisir* était une sensation blanche — ça, il le savait. Mais les bruits l'avaient amené à sortir de sa chambre avant d'avoir pu achever sa mission de comptage. Les voix étaient montées à travers le sol — *très rouges*.

La maison était calme, à présent, mais ce silence ne lui procurait pas la sensation blanche qu'il éprouvait d'ordinaire. Dans sa tête, les Contrôleurs faisaient les gros yeux. Du *rouge* suintait tout autour des limites de son cerveau comme une bactérie. Par-ci et par-là. Comme avant. Victor connaissait cette sensation. Il leva les mains pour toucher son masque préféré. Le contact des plumes contre le bout de ses doigts était doux, *blanc*, comme de *l'eau courante*. Et pourtant, il sentait bien la *rougeur* lourde tout autour de lui.

Il pouvait en goûter la saveur dans l'air, la sentir contre sa peau, qui se pressait contre lui, au contact du moindre poil de son corps, qui atteignait ses oreilles — un bruit qui n'était pas un bruit. Tension. Bruit et silence.

Mère n'était pas endormie, comme Marcus le croyait. Déjà et tout de suite. Comme avant. Elle était partie. Entrée annulée. Très rouge. Elle était leur mère, mais pas leur mère, parfois. Masque, pas de masque. Masque égalait changement, et quelquefois duperie. Victor avait essayé de le dire, mais Marcus ne l'avait pas entendu. Marcus ne voyait que les visages de mère, et il n'entendait jamais la Voix. Bruit et silence.

Victor se tenait juste à l'extérieur de la porte, le regard fixé à l'intérieur. Il sentait le temps passer, il sentait la terre se déplacer sous ses pieds, par minuscules paliers. Marcus gisait sur le parquet près de la porte secrète. Endormi, mais pas endormi. Marcus avait cessé d'exister. Ses yeux étaient ouverts, mais il ne voyait pas Victor. Sa chemise était rouge de sang. *Très rouge*. Hésitant, Victor s'avança dans la pièce, sans regarder les autres personnes. Il s'agenouilla à côté de Marcus et toucha le sang, sans toucher les trous. Les trous, c'était toujours mauvais. Bactéries et germes. Les trous rouges, c'était très, très mauvais.

— Pas maintenant, Marcus, dit-il doucement. Pas maintenant, entrée annulée.

Marcus ne bougea pas. Victor avait essayé de lui dire, pour mère et les Femmes Visages — Elaine et Pam et Annie —, mais Marcus ne l'entendait pas. Il avait essayé de lui dire, pour l'Homme qui attendait ce soir, mais Marcus ne l'entendait pas. Très, très rouge. Avec ses doigts sanglants, Victor toucha le front de son frère et commença de se balancer. Il savait qu'il n'aimerait pas que Marcus n'existe pas pour toujours. Il savait qu'il n'aimait pas la manière dont le visage de son frère avait changé. Dans sa tête, les Contrôleurs faisaient les gros yeux.

— Pas maintenant, Marcus, chuchota-t-il. Pas maintenant, entrée annulée.

Lentement, il tendit la main vers le haut, fit glisser le masque à plumes de son propre visage et le plaça sur celui de son frère.

Le cœur lourd, Nick observa ce rituel étrange et triste. Pour la première fois, il se demanda où était la mère de Renard, pourquoi elle n'était pas accourue au bruit de tout ce trouble. C'est alors que le rugissement d'un moteur de grosse voiture trancha le fil de ses pensées, et il se dirigea vers le devant de la maison, pour se lancer au pas de course lorsqu'il entendit un bruit de métal froissé.

Sur le côté de la demeure, une Cadillac avait éperonné la Volvo de Renard par le travers. Quand Nick mit le pied sur la véranda, la portière de la voiture s'ouvrit et la conductrice s'effondra sur la pelouse. D'un bond, Nick se précipita, la vieille main redoutable de la terreur l'empoignant ferme quand il reconnut l'uniforme et la tignasse de cheveux noirs.

— 'Toinette ! hurla-t-il, parcourant les derniers mètres comme un sprinter.

Il s'effondra à côté d'elle, encadra son visage de ses mains tremblantes, glissa deux doigts sur le côté de sa gorge, à la recherche du pouls, priant, suppliant. Annie ouvrit les yeux. Nick. C'était bon de le voir une dernière fois, que l'image soit réelle ou non.

— Doll, murmura-t-elle comme en rêve, un frémissement secouant tout son corps. Doll a tué Pam. Et elle m'a tuée, moi aussi.

49.

La lisière de la mort était un lieu d'obscurité et de lumière, de bruit et de silence. C'était là qu'elle demeurait en suspens, hésitante, glissant d'un monde dans l'autre, et retour.

L'ambulance, l'intervention du personnel des urgences médicales, les sirènes.

Immobilité absolue, une sensation de calme et de résignation.

Le bruit et le mouvement de la salle des urgences.

La paix sinistre de la non-existence.

Annie vit ce paysage lugubre et immobile, un champ de bataille au lendemain des combats, des corps éparpillés sur le sol, le ciel suspendu, lourd et plombé, toutes choses drossées dans le crépuscule des cauchemars. Pam était là. Et Doll Renard. Et Marcus. Leurs âmes s'élevaient au-dessus d'eux comme de la fumée d'un feu mourant, et dérivaient juste au-dessus de la terre sanglante. Elle se tenait en lisière, et elle observait.

— *Il fait froid, ici, non ?* chuchota Fourcade.

— *Où ?*

Il leva la main gauche, doigts écartés, qu'il tendit vers elle, sans la toucher tout à fait. Lentement, il passa la main devant ses yeux, frôla le côté de sa tête, lui effleura les cheveux du bout des doigts.

— *Dans la Terre des ombres.*

Il parlait comme s'il vivait en ces lieux-là. Et pourtant, Annie se sentait tirée loin de lui, plus profond, dans la noirceur.

— *Ne me laisse pas, 'Toinette*, murmurait-il, ses yeux noirs emplis de tristesse. *Moi, je suis resté trop longtemps seul.*

Elle leva sa main vers la sienne, mais elle ne put l'atteindre tout à fait. Puis elle fut saisie de peur panique, lorsqu'elle se sentit tirée en arrière, de l'autre côté de la ligne entre la vie et la mort. Elle ne pensait pas posséder la force de rompre cette attraction. Elle était si fatiguée, si faible. Mais elle ne voulait pas mourir. Elle n'était pas prête à mourir.

L'obscurité, aussi épaisse et liquide que du pétrole, commençait de l'engloutir dans les tréfonds. En puisant dans une réserve de force qu'elle ignorait posséder, Annie se concentra sur la surface et elle essaya de se libérer, d'un coup de pied contre le fond.

La première chose qu'elle vit quand elle se réveilla, ce fut Fourcade. Il était assis à côté du lit, le regard fixé sur elle, comme si le simple fait de détourner les yeux allait rompre le lien ténu qui la rattachait au monde des vivants. Elle prit conscience des moniteurs à côté de son lit et de la nuit derrière la fenêtre.

— Salut, chuchota-t-elle.

Il se pencha plus près.

— J'ai cru que j'allais vous perdre là-bas, *chère*, dit-il doucement.

— Où ?

— Dans la Terre des ombres.

Sans détacher ses yeux des siens, il amena le dos de sa main jusqu'à ses lèvres et y déposa un baiser.

— Vous m'avez fait peur, 'Toinette. Moi, je n'aime pas avoir peur. Ça m'exaspère.

Les commissures de ses lèvres se relevèrent une fraction de seconde.

Annie sourit, comme en rêve.

— Eh bien, nous avons cela en commun.

Il se pencha plus près et posa ses lèvres sur les siennes. Annie sombra dans le sommeil avec un profond soupir. Lorsqu'elle se réveilla de nouveau, il était parti.

« Vous êtes sur KJUN. Ligne ouverte en permanence. Notre histoire vedette à notre horaire vedette : un planteur du coin, Hunter Davidson, père de Pamela Bichon, victime de meurtre, va passer en justice cet après-midi devant le tribunal du comté de Partout pour le meurtre de l'architecte de Bayou Breaux, Marcus Renard.

« Le nouvel avocat de Davidson, Revon Tallant, a laissé entendre qu'il aurait recours à une ligne de défense mettant en avant le désordre mental de son client, et il s'attend à ce que de prétendus aveux faits par Davidson tôt samedi matin soient jugés non recevables par la cour.

« Récemment, Davidson avait été libéré de la prison du comté de Partout, suite à un appel à conciliation concernant son inculpation d'agression sur la personne de Marcus Renard. Le procureur Smith Pritchett ne s'est livré à aucun commentaire. Une déclaration officielle est attendue plus tard dans la matinée. »

Annie éteignit la radio. Au cours des deux journées qu'elle avait passées allongée dans son lit d'hôpital, elle avait eu tous les sens bombardés par cette histoire. À la télévision, à la radio, dans les journaux. Exactes, inexactes, tordues, et transformées en histoire à sensation — elle avait entendu toutes les versions possibles de la tragédie de Hunter Davidson et de la sienne. Elle avait été assiégée de demandes d'entretiens, qu'elle avait toutes refusées. C'était terminé. Le temps était venu, pour chacun, d'essayer de réparer les dommages causés, et d'aller de l'avant.

Le docteur Van Allen avait donné son accord, à contrecœur, pour qu'elle rentre chez elle. L'action de la drogue que Doll Renard lui avait administrée avait été neutralisée efficacement. Le sang qu'elle avait perdu avait été remplacé. Sa douleur à la cuisse était constante, mais tolérable. La balle l'avait traversée de part en part, en ratant à la fois l'os et l'artère fémorale. Elle allait boiter un certain temps, mais, tout bien considéré, elle était drôlement chanceuse.

Chanceuse d'être en vie. Qu'elle soit ou non assez

chanceuse pour avoir un métier auquel de nouveau se consacrer, cela restait à voir.

Samedi, Gus était venu à son chevet pour recueillir personnellement sa déposition concernant Doll Renard. Tandis qu'Annie relatait les événements des dix derniers jours, il avait écouté sans émettre de commentaire, le visage creusé d'une émotion, d'une tension sur laquelle elle avait peur de mettre un nom.

Elle y pensait, à présent, alors qu'elle s'était assise au bord de son lit, pour se reposer un instant de l'effort que cela avait été de s'habiller. Dans tout ça, qu'est-ce que l'on avait gagné, et qu'est-ce que l'on avait perdu ? Une meurtrière avait été démasquée, il avait été mis fin à ses agisssements. Annie y avait gagné une certaine vision de ses forces et de ses faiblesses. Mais les pertes paraissaient lourdes, par comparaison. Elle avait découvert le côté ignoble des hommes avec qui elle travaillait et sur qui elle devait compter. Des vies s'étaient trouvées dégradées, et quelques-unes endommagées sans recours.

Elle sortit de l'hôpital en boitant, dans une journée fraîche et grise, avec une promesse de pluie, et elle s'installa doucement, gauchement, dans le siège passager de la voiture de patrouille que Noblier avait envoyée pour venir la chercher. L'adjoint de service était Phil Préjean. Il se trémoussait sur son siège comme un gamin de cinq ans qui aurait eu la vessie pleine.

— Je... je... suis désolé de tout ce qui s'est passé, Annie, fit-il. J'espère que tu peux accepter mes excuses.

— Ouais, bien sûr, répondit-elle sans conviction en fixant le regard au-dehors, par la fenêtre.

Ils sortirent du parking, et l'air autour d'eux s'épaissit d'un silence irritant. Venus de toute la Louisiane, les studios mobiles des chaînes de télévision encombraient les trottoirs devant le palais de justice, alors que l'audience de mise en accusation n'aurait lieu que dans une heure. Le parking était bourré de voitures. Annie se demanda comment les mêmes journalistes qui avaient encensé Hunter Davidson allaient se comporter, à présent qu'il avait tué un homme innocent.

L'histoire d'un crime plongeait tellement plus profond que ce que les gens pouvaient en lire dans les articles de journaux ou en voir aux nouvelles du soir. Aucun journaliste ne pourrait loger, dans la largeur d'une colonne imprimée, ou d'une simple petite phrase d'accroche, la somme de répercussions qui, à partir d'un unique épicentre de violence, pouvait secouer les vies de tant de gens — la famille de la victime, et celle de l'auteur du crime, les flics et la collectivité.

Josie Bichon s'était retrouvée sans mère. Son grand-père allait passer en jugement pour meurtre. Belle Davidson avait perdu une fille, et elle était en passe de perdre un mari. Victor Renard avait perdu les seules personnes qui pouvaient comprendre le fonctionnement de son esprit malade. Le sentiment de confiance et de sécurité qu'avaient pu avoir les gens de Bayou Breaux avait souffert de dommages irréparables.

Préjean s'arrêta sur un emplacement réservé aux visiteurs, près de l'entrée située sur l'arrière de l'hôtel de police. Annie espéra qu'il n'y avait là-dedans rien de prophétique. Lorsqu'elle passa devant son bureau en boitant, Hooker fronça les sourcils d'un air soupçonneux, comme si on avait fini par découvrir qu'elle était un agent secret infiltré au sein de son équipe. Elle se vit décocher un regard du même genre par Myron, quand elle dépassa le guichet du service des rapports. Valérie Comb, dans l'antichambre du bureau de Noblier, continuait de la regarder comme si elle était un morceau de viande avariée.

Pour cette journée qui allait se dérouler tout entière sous le feu des médias, le shérif avait choisi son costume de funérailles, un complet rayé couleur anthracite qui ne tombait pas tout à fait bien sur sa charpente épaisse. Il avait déjà relâché le nœud de sa cravate. Il avait l'air plus âgé que dans le souvenir d'Annie, pourtant à peine vieux d'une semaine.

— Comment allez-vous, Annie ? Alors, vous êtes partante, pour ça ?

L'inquiétude frappa une note, basse et vibrante, au creux de ses tripes.

— Tout dépend de ce que vous entendez par « ça », monsieur ?

— Prenez un siège, proposa-t-il en lui désignant l'un des fauteuils réservés aux visiteurs. Le médecin vous a laissée sortir ?

— Oui, monsieur.

— Il a signé un bon de sortie ? Vous pardonnerez mon scepticisme, mais vous avez développé une certaine propension à désobéir aux ordres, ces derniers temps.

— Ils ne m'en ont pas donné copie, reconnut Annie en respirant un coup entre ses dents serrées, tout en s'avançant dans son fauteuil, jusqu'au bord. On m'a remis une facture.

Noblier n'insista pas. Il s'installa dans son propre fauteuil et, pendant un moment, la dévisagea d'un air dur. Annie soutint son regard.

— Nous avons exécuté un mandat de perquisition au domicile de Renard durant le week-end, commença-t-il enfin en ouvrant un tiroir de son bureau. Parmi les objets retrouvés dans la pièce de travail de Marcus Renard, il y en avait qui ont appartenu à Pam Bichon. Nous avons également trouvé ceci.

Il lança l'alligator-danseur en plastique à travers son bureau. Annie le ramassa, en proie à un vague embarras devant la stupidité de la chose, avec son grand sourire concupiscent et son béret rouge. Puis elle éprouva une sensation de violation qui lui donna la chair de poule. Renard lui avait dérobé cette innocente breloque comme un gage. Il l'avait caressée, il l'avait tenue dans sa main, et il l'avait souillée, en pensant à elle.

— L'adjoint Préjean a reconnu l'objet. Et pensé que vous pourriez avoir envie de le récupérer.

— Merci, monsieur.

Elle le glissa dans la poche de sa veste, sachant qu'elle le jetterait à la minute où elle aurait quitté cette pièce.

— Trouvé dans la chambre de Doll Renard, il y avait un couteau avec une lame de vingt-sept centimètres. Trouvé entre le matelas et le sommier, poursuivit-il. Jamais trouvé ça avant, parce que les mandats ne s'étaient jamais étendus à la chambre de Mme Renard. Le couteau a été envoyé au labo.

— Était-il nettoyé ?

Noblier pesa sa réponse un moment, puis il décida qu'elle la méritait.

— Non. Il ne l'était pas.

Cette idée retourna l'estomac d'Annie. Doll Renard avait gardé un couteau sanglant sous son matelas, afin de pouvoir l'en retirer et se remémorer les atrocités qu'elle avait commises en tant que mère. Mais elle appréciait la valeur de cette pièce à conviction pour ce qu'elle leur fournirait. Clôture de l'affaire — pour Pam, pour sa famille, pour les flics qui avaient travaillé dessus.

— Ils seront en mesure de faire le rapprochement entre le sang et les tissus organiques.

— J'y compte.

— Bien.

Le shérif redevint silencieux, l'observait, sourcils froncés. Un mauvais signe, se dit-elle.

— Au cours de ces deux derniers jours, j'ai consacré beaucoup de temps à réfléchir à tout ceci, Annie, reprit-il. Je ne peux fermer les yeux sur mes adjoints quand ils agissent pour leur propre compte, à enquêter sur des affaires qui ne leur ont pas été confiées.

— Non, monsieur, murmura Annie.

— Vous avez toujours été à fourrer votre nez là où il n'avait rien à faire.

— Oui, monsieur.

— Rien que des problèmes. Crée des dissensions. Sape le commandement.

Annie ne dit mot. Elle éprouvait un besoin malsain à savourer sa carrière en train de se déliter.

— D'un autre côté, cela démontre un sens de l'initiative, des tripes, de l'ambition, ajouta-t-il, ramenant le balancier du bon côté, vers le haut. Dites-moi une chose, Annie : pourquoi vous être mise après Fourcade cette nuit-là ?

— Parce que c'était la seule chose à faire.

— Et pourquoi vous être mise après Renard, de votre propre chef ?

Ce fut au tour d'Annie de peser sa réponse. Elle aurait pu dire qu'elle n'avait pas fait confiance à Stokes pour mener cette tâche à bien, mais ce n'était pas cela, pas vraiment. Pas au niveau des tripes. Pas dans son âme, là où cela comptait le plus.

— Parce que je sentais que je devais cela à Pam. J'ai été la première personne à voir ce que sa meurtrière lui avait fait. Il y avait quelque chose de très... personnel, là-dedans. Je sentais que je lui devais ça. J'ai trouvé son corps, je voulais aussi trouver la vérité, pour que justice lui soit rendue.

Gus hocha la tête en faisant la moue.

— Vous n'avez pas parlé à la presse.

— Non, monsieur.

— Lors de la conférence de presse, cet après-midi, je vais leur dire de quelle manière vous avez travaillé en secret pour aider à résoudre cette affaire. Votre prochaine feuille de paie reflétera vos heures supplémentaires.

Les yeux d'Annie s'agrandirent, en s'entendant promettre ce qui, pratiquement, revenait à un pot-de-vin. Noblier lut l'expression de son visage comme on lit un cadran d'horloge et plissa ses petits yeux.

— Je ne permettrai pas que l'on sape mon autorité,

Annie. Mes adjoints travaillent pour moi, pas dans mon dos. Ces heures supplémentaires sont un bonus — considérez cela comme une prime de risque. Compris ?

— Oui, monsieur.

— Vous avez un tas de choses à apprendre sur la manière dont tourne le monde, Broussard. Il venait de lui signifier son congé en reportant son attention sur les notes qu'il avait griffonnées en vue de la conférence de presse. Quand vous reprendrez le service après votre congé maladie, vous viendrez vous présenter à moi. Nous ferons la paperasse concernant votre nouvelle affectation... inspecteur.

Inspecteur Broussard. Annie essaya de voir comment cela sonnait dans sa tête, tout en regagnant le bout du couloir en boitillant. Elle tira l'alligator en plastique de sa poche et le balança dans la poubelle en passant devant le bureau du sergent. Fourcade l'attendait dehors, devant la porte d'entrée. Il se tenait adossé au bâtiment, les pieds croisés, mains dans les poches de sa veste, le regard soucieux.

— Noblier m'a nommée inspecteur, annonça-t-elle en percevant l'accent d'incrédulité dans sa propre voix.

— Je sais. Je vous ai recommandée.

— Oh !

— C'est là qu'est votre place, 'Toinette, affirma-t-il. Vous faites du bon travail. Vous creusez dur. Vous croyez en votre métier. Vous recherchez la vérité, vous luttez pour la justice — il n'en faut pas plus.

Annie eut un petit haussement d'épaules et jeta un coup d'œil au loin, gênée par cette louange.

— Ouais, bon, au passage, je perds l'uniforme sympa et la bagnole nerveuse.

Il ne sourit pas. Drôlement surprenant. Il se redressa en s'écartant du mur et lui posa la main sur la joue, avec douceur.

— Comment ça va, 'Toinette ? Tout va bien ?

— Pas exactement ! s'exclama-t-elle, le cœur lourd.

Elle avait envie de lui dire qu'elle n'était pas la même personne que dix jours auparavant, mais elle avait très nettement l'impression que Nick n'allait pas être d'accord avec elle. Il lui dirait qu'elle n'était tout simplement jamais allée regarder si profond auparavant. Elle se demandait ce qu'il avait vu tout au fond de lui-même.

— Vous marchez avec moi ? interrogea-t-elle. Jusqu'au bayou ?

Fronçant le sourcil, il regarda à l'autre bout du parking, à cinquante mètres de là.

— Vous êtes sûre de pouvoir ?...

— Je suis restée au lit pendant deux jours. J'ai besoin de bouger. Doucement, mais j'ai besoin de bouger.

Elle démarra sans lui. Il lui emboîta le pas. Le temps qu'ils franchissent cette distance, ni l'un ni l'autre ne parlèrent. Lorsqu'ils atteignirent la rive, un petit groupe de colverts prit son envol, puis revint s'installer sur l'eau couleur chocolat, dansant à la limite des roseaux comme des bouchons. De l'autre côté du bayou, un vieil homme promenait un teckel. Annie s'assit avec précaution au bout d'un banc du parc, étendant prudemment la jambe devant elle. Fourcade choisit l'autre bout du banc. L'espace entre eux était occupé par Marcus Renard.

— Il était innocent, Nick, fit-elle doucement.

Il aurait pu discuter ce fait. L'obsession de Marcus Renard pour Pam avait agi comme un catalyseur sur la violence de sa mère. Mais, en l'occurrence, ce n'était pas de cela qu'il s'agissait. Il avait remonté la piste jusqu'à Marcus, il s'était arrêté là, et il lui avait infligé lui-même son propre châtiment.

— Est-ce que cela aurait fait une différence s'il avait été coupable ?

Annie réfléchit là-dessus un moment.

— Cela aurait rendu la chose plus facile à rationaliser, au moins ça.

— *C'est vrai*, murmura-t-il. C'est assez vrai. Mais il n'était pas coupable. Je me suis foutu dedans. J'ai perdu le sens du recul. J'ai perdu ma maîtrise. À cause de ça, un homme est mort. À cause de moi. Je vais avoir à porter ce poids tout le reste de mon existence.

— Vous n'avez pas appuyé sur la détente.

— Mais c'est moi qui ai chargé le pistolet, non ? Si Davidson a cru tellement fort que Marcus Renard avait tué sa fille, c'est en partie parce que j'y ai cru tout autant. Je me suis concentré là-dessus, et lui aussi. Vous devez bien savoir comment cela fonctionne — j'ai essayé de vous forcer à le penser, vous aussi.

— Uniquement parce que cela avait un sens. Personne ne peut prendre votre logique en défaut, Nick.

Il lui décocha un sourire, mais les angles de ce sourire étaient durcis par une amertume intérieure.

— Mais non. Mes fautes se trouvent plus profond.

Quitte à être dans l'erreur, je crois qu'il vaut mieux être dans l'erreur du côté de la passion que du côté de l'apathie.

Il prenait les choses trop à cœur, il mettait trop de forces dans ses efforts. Ce métier, c'était sa vie, sa mission. Tout le reste était secondaire. Submergé par cette obsession, il lui était trop facile de perdre son sens du recul et son humanité. Il avait besoin d'une ancre, d'un *alter ego*, d'une voix qui mette ses motivations en question, d'un contrepoids à sa ténacité. Il avait besoin d'Annie.

— J'ai entendu dire que Pritchett allait laisser tomber les charges contre vous, fit-elle.

Il posa ses avant-bras sur ses cuisses et observa l'homme au teckel.

— Oui. Donc, je n'ai pas seulement causé indirectement la mort de Renard. J'en ai bénéficié.

— Et moi aussi. Pour ce qui est d'avoir à témoigner, je suis tirée d'affaire. Ce n'est pas un mince soulagement, fit-elle avec l'envie forte et silencieuse de croiser son regard. Il tourna la tête vers elle. Je ne voulais pas, Nick, mais il l'aurait fallu.

— Je sais. Vous êtes une femme de convictions, 'Toinette, reconnut-il en lui offrant un sourire cette fois plus doux, tendre, presque triste. Alors, où est-ce que cela nous mène ?

— Je ne sais pas.

— Mais si, vous le savez.

Annie ne prit pas la peine de discuter. Il avait raison. Cet homme était complexe et difficile. Il la pousserait. Il la mettrait à l'épreuve. Il aurait été beaucoup plus facile de se tourner vers A.J., de prendre ce qu'il voulait lui donner, de vivre une vie simple. Une vie simple, agréable, juste dépourvue de plénitude. Peut-être avec le temps l'impatience s'estomperait-elle pour se muer en contentement. Ou peut-être valait-il mieux être dans l'erreur du côté de la passion.

— Vous n'êtes pas un homme facile, Nick.

— Non, je ne suis pas un homme facile, admit-il, sans la quitter une seconde des yeux. Alors, là-dessus, vous allez m'aider, *chère*, ou quoi ? Vous allez prendre le risque ? Faire preuve d'audace ?

Il retint son souffle et attendit, il la regardait fixement, avec le désir, silencieux et fort, qu'elle relève le défi.

— Je ne sais pas ce que j'ai en moi à vous offrir, 'Toinette, avoua-t-il doucement. Mais j'aimerais avoir une chance de trouver.

Au-delà de sa détermination, Annie comprit son besoin. Elle observa son visage dur, les yeux noirs tournant leur regard brûlant vers les siens. Il était trop entier, trop impétueux, trop solitaire. Mais elle avait l'impression très nette qu'il était ce qu'elle avait attendu. Pour atteindre ça, son instinct fut le plus fort.

— Moi aussi, murmura-t-elle en tendant le bras pour poser sa main dans la sienne. Si nous faisons équipe...

Il retourna sa main et croisa ses doigts avec les siens, en un contact chaud et ferme.

— ... nous faisons déjà équipe.

Épilogue

Victor était assis à la petite table de sa chambre, en train de découper du papier avec des ciseaux à bout rond. Cette maison n'était pas la maison de sa famille. Riverview était un foyer pour autistes adultes. C'était un endroit étrange, plein de gens qu'il ne connaissait pas. Certains étaient gentils avec lui. D'autres, non.

Il y avait une grande pelouse avec un haut mur de pierre tout autour et beaucoup d'arbres sur tout le pourtour, et un jardin très agréable. Un bon emplacement pour observer les oiseaux, bien qu'il n'y en ait pas ici, et de loin, autant d'espèces qu'il y en avait autour de la maison de Victor. Et ici il ne pouvait pas prendre une barque pour sortir sur le bayou et aller en chercher d'autres. Il n'avait pas non plus la permission d'écouter les oiseaux de nuit ou d'observer les autres créatures qui préféraient l'obscurité à la lumière. Il y en avait beaucoup dans ce cas. Certaines étaient des prédateurs. D'autres, non.

Pour l'essentiel, la vie de Victor dans ce nouvel endroit était tranquille et calme. Quelque part entre le blanc et le rouge. Grise, avait-il tranché. La plupart de ses journées, il se sentait très gris. Comme s'il dormait, mais éveillé. Il pensait souvent à Marcus et il aurait aimé qu'il n'ait pas cessé d'exister. Il pensait souvent à mère.

Reposant les ciseaux, il prit un petit flacon de colle et se mit en devoir de mettre la dernière touche à sa création. Mère avait cessé d'exister, Richard Kudrow le lui avait annoncé, quoique Victor ne l'ait pas vue et qu'il ne sache pas, comme un fait, si c'était vrai. Quelquefois, il rêvait qu'elle venait vers lui dans la nuit, comme elle l'avait souvent fait, et qu'elle s'asseyait à côté de lui sur son lit, et qu'elle lui caressait les cheveux tout en lui parlant avec la Voix de la Nuit.

Un lourd bourdonnement vibra en lui, tandis qu'il se remémorait la Voix de la Nuit. La Voix de la Nuit parlait de choses rouges. La Voix de la Nuit parlait de sentiments. Il valait mieux ne pas en avoir.

Amour.
Passion.
Rapacité.
Colère.
Haine.

Leur pouvoir était très rouge. Les gens qu'ils touchaient cessaient d'exister. Comme père. Comme mère. Comme Marcus. Comme Pam.

Quelquefois, Victor rêvait de la Nuit Noire et des choses qu'il avait vues. Très rouge. Mère, mais pas mère, qui faisait des choses dont la Voix de la Nuit avait parlé. Le simple fait de se les remémorer provoquait une intensité rouge qui le paralysait, comme cette nuit-là. Il était resté des heures, gelé, devant la maison, après, caché dans l'obscurité, incapable de bouger ou de parler. Finalement, il était entré pour voir.

Pam, mais pas Pam. Elle avait cessé d'exister. Ses cris restaient enfermés dans la tête de Victor, répétés, répétés. Il n'aimait pas la manière dont son visage avait changé. Lentement, il avait retiré le masque et il l'avait posé sur ses yeux.

Amour.
Passion.
Rapacité.
Colère.
Haine.

Émotions. Mieux valait ne pas en avoir. Mieux valait porter un masque, pensait-il en mettant le nouveau, et il marcha vers sa petite fenêtre pour regarder fixement dehors, un monde pris dans les couleurs intenses et les douces ombres du crépuscule.

Haine.
Colère.
Rapacité.
Passion.
Amour.
La ligne entre elles était fine et noire.

La photocomposition de cet ouvrage
a été réalisée
par GRAPHIC HAINAUT
59163 Condé-sur-l'Escaut

Cet ouvrage a été réalisé par la
SOCIÉTÉ NOUVELLE FIRMIN-DIDOT
Mesnil-sur-l'Estrée
pour le compte des Éditions Pocket
en mars 1999

POCKET - 12, avenue d'Italie - 75627 Paris Cedex 13
Tél. : 01-44-16-05-00

Imprimé en France
Dépôt légal : mars 1999
N° d'impression : 46142